DARKISS

Umwelthinweis:
Dieses Buch wurde auf chlor- und säurefreiem Papier gedruckt.

Gena Showalter

Showdown im Zombieland

Roman

Aus dem Amerikanischen von
Constanze Suhr

DARKISS

darkiss®
Band 65109
1. Auflage: August 2015

darkiss® BÜCHER
erscheinen in der HarperCollins Germany GmbH,
Valentinskamp 24, 20354 Hamburg
im Vertrieb von MIRA® Taschenbuch
Geschäftsführer: Thomas Beckmann

Titel der nordamerikanischen Originalausgabe:
Queen of Zombie Hearts
Copyright © 2014 by Gena Showalter
erschienen bei: Harlequin TEEN, Toronto

Published by arrangement with
HARLEQUIN ENTERPRISES II B.V./S.àr.l

Konzeption/Reihengestaltung: fredebold&partner GmbH, Köln
Umschlaggestaltung: pecher und soiron, Köln
Redaktion: Daniela Peter
Autorenfoto: © Kim Haynes Photos
Titelabbildung: Harlequin Enterprises S.A., Schweiz
Satz: GGP Media GmbH, Pößneck
Druck und Bindearbeiten: CPI books GmbH, Leck – Germany
Printed in Germany
Dieses Buch wurde auf FSC®-zertifiziertem Papier gedruckt.
ISBN 978-3-95649-203-7

www.mira-taschenbuch.de

Rosen sind rot
Veilchen sind blau
fürchte den Tod
wir holen dich auch!

ANMERKUNGEN VON ALI

Seid ihr bereit für das Folgende?

Für eine Liebesgeschichte, das Knistern ... den Verrat ... Verlust ... Schmerz ...

Für das Ende?

Ich dachte, ich wäre es. Ich hatte begonnen, mich mit einer Münze zu vergleichen – Leben auf der einen Seite und Tod auf der anderen. Ich fühlte mich, als wäre ich in die Luft geworfen worden, nur um zu fallen, schnell und hart. Auf welcher Seite ich landete, wäre einzig und allein dem Schicksal überlassen. Aber ich musste feststellen, dass nicht alles, was passiert, vorausbestimmt ist.

Denkt mal darüber nach. Die Tatsache, dass ich einen Bagel mit Frischkäse zum Frühstück aß – kein Schicksal, einfach nur Hunger.

Die Tatsache, dass ich meine Mutter, meinen Vater und meine geliebte kleine Schwester bei einem Autounfall verloren habe – kein Schicksal, sondern Horror.

Die Tatsache, dass vier meiner Freunde in einer Nacht erschossen wurden und kurz darauf zwei weitere – kein Schicksal! Böse Mächte!

Schicksal und Vorausbestimmung bedeuten nur eins. Sie sind die Hilfsmittel, die uns gegeben wurden, um unser Schicksal zu formen. Eine Wahl. Meine ... eure ... deren. Gut, schlecht. Bedrohlich.

Hier ist meine: Vor Monaten beschloss ich, mich einer Gruppe von Zombiejägern anzuschließen und meine Nächte mit der Jagd nach Zombies zu verbringen.

Ja, genau. *Zombies*.

Diese abscheulichen Kreaturen leben unter uns, unsichtbar für jene, die nicht über den besonderen Blick verfügen. Sie tauchen bei Anbruch der Dunkelheit auf, hungrig nach Menschenseelen, der Essenz des Lebens. Sie laben sich daran, vergiften dich, und wenn du gebissen wurdest, steigt deine Seele auf, ausgehungert und bereit, andere zu verschlingen.

Für mich stand fest, dass die Zombies unsere schlimmsten Feinde hier auf Erden sind.

Ich täuschte mich.

Menschen können noch viel gefährlicher sein als Monster.

Da gibt es eine Firma. Anima Industries. Diese Leute kontrollieren Zombies, und sie haben entschieden, dass Zombiejäger ein Problem sind, für das es nur eine Lösung gibt: Vernichtung.

Nun, Zombiejäger haben die Wahl. Untertauchen … oder den Kampf aufnehmen. Bildlich ausgedrückt: Die Münze verstecken oder sie selbst hochwerfen.

Wir haben schon so viel verloren, und so wenige sind nur noch von uns übrig. Am vernünftigsten wäre es, die Sachen zu packen und zu verschwinden. Überleben und den Kampf später weiterführen.

Zum Teufel mit der Vernunft.

Wir werfen die Münze. So oder so werden wir Anima endgültig zerstören – oder sie uns. Diesmal wird nur eine Partei am Ende übrig bleiben.

Wir haben unsere Entscheidung getroffen.

Bereit oder nicht, wir kommen.

Wir sehen uns auf der anderen Seite,

Ali Bell.

1. KAPITEL

Oben ist unten und unten ist oben

„Wow. Wie wär's mit dem da?"

Meine beste Freundin Kat Parker zeigte in eine der hinteren Ecken zu einem Tisch, an dem drei Typen in unserem Alter saßen. Einer von ihnen war heiß genug, um das Polareis zu schmelzen. Den zweiten hätte ich nicht als gut aussehend im klassischen Sinne bezeichnet, aber wegen seiner ungewöhnlichen hellgrünen Augen trat alles andere in den Hintergrund. Ich taufte ihn Chartreuse. Der dritte war ein beeindruckend rauer Typ mit einer frischen Kratzwunde auf der Wange und vernarbten Fingerknöcheln.

So, so. Da hatten wir doch endlich ein nettes Büfett mit drei Sorten Machofleisch gefunden.

„Perfekt", sagte ich nickend.

„Ich weiß nicht." Reeve Ankh, meine andere Freundin, ließ den Blick über die drei Typen schweifen und kaute auf ihrer Unterlippe. „Ich finde, der rechts sieht mir nach richtig Ärger aus."

Der rechts – Narbenknöchel. Wunderbar. Ihr G-Sens – Gefahrensensor – arbeitete mal wieder auf vollen Touren.

In unserem kleinen Trio war sie schon immer die Stimme der Vernunft gewesen. Oder, wie Kat sagen würde: „Halt die Klappe und amüsiere dich."

Natürlich meinte mein Schätzchen Kat das ganz lieb und freundschaftlich. Ihr fehlte einfach ein Filter. Was ihr gerade durch den Kopf ging, ließ sie raus. Sie trat grundsätzlich spontan für ihre Überzeugung ein – zum Beispiel, dass ihre Meinung die richtige war – und lebte nach dem Motto: Ich befinde mich auf einem Wahnsinnszug, und du kannst aufspringen oder dich überrollen lassen.

Wen wunderte es da, dass ich sie so sehr liebte?

„Hey, Leute, das ist nicht schlau."

Die Warnung kam von Mackenzie Love. Früher meine Erzfeindin, inzwischen eins meiner beliebtesten Kuscheltierprojekte. Die meisten waren über unsere plötzlich geschlossene Freundschaft überrascht, aber für mich war es nichts Neues, dass sich das Leben innerhalb eines Augenaufschlags ändern konnte.

Alles konnte sich innerhalb eines Augenaufschlags ändern.

Ich akzeptierte das und machte weiter.

„Sei nicht so negativ." Tina Brighton, die Vierte in unserer Gruppe, versetzte Mackenzie unter dem Tisch einen Tritt. „Das war *deine* Idee."

„Stimmt. Du hast uns um Hilfe gebeten, und wir haben unter einer Bedingung zugestimmt. Du machst alles, was wir sagen und wann wir es wollen." Ihr Happy-Kätzchen-Grinsen im Gesicht, rieb Kat sich die Hände. „Das wird ein Riesenspaß. Für mich!"

Ich hatte zwar Zuneigung zu Mackenzie entwickelt, Kat aber nicht. Doch sie war nicht mehr ganz so anti ... na ja. Ich gab's nicht gern zu, aber ... ja, für mich sah das auch nach einer Menge Spaß aus. Wir befanden uns im Choco Loco, einer Schokobar, in der Mädchen Süßes abschleppten und Jungs Mädchen. Nicht dass ich abgeschleppt werden wollte.

Seit etwas mehr als einem Monat ging ich – wieder mal – offiziell mit dem umwerfenden Cole Holland. Und, na ja, okay, es gab ein kleines Problem in unserer Beziehung. Im Laufe dieses Monats hatten wir – Moment, eine Sekunde, ich muss mal nachzählen – null Dates. Und wir waren im Ganzen – mal sehen, mal sehen – null Minuten allein gewesen. Geküsst haben wir uns – ach, ich weiß gar nicht – null Mal.

Hier kommt eine Liste von Dingen, die noch ätzender sind: ......

Okay, na gut. Es gibt doch was, das schlimmer ist. Zum Beispiel, als ich für die Zombies als All-you-can-eat-Büfett herhalten musste. Die Phase, als ich gegen die gröbste Zombievergiftung überhaupt hatte ankämpfen müssen. Mein ganz persönlicher Favorit war die Zeit, als Anima Industries mich gefangen gehalten, mich ausgehungert, mich mit Elektroschocks behandelt und mich auseinandergenommen hatte wie ein Labortier.

Wenn man bedachte, was ich so alles durchgemacht hatte, dann sollte mein Liebesleben ein glitzernder Diamant inmitten einer schwarzen Kohlegrube sein. Oder besser Cole-Grube. Haha. Wir haben versucht, ES zu tun, haben diesen Vorgang nach minutiösen Plänen bis ins letzte Detail ausgearbeitet. Aber alles, was in Richtung Privatsphäre ging, scheiterte an einem klitzekleinen Hindernis.

Und das hieß Nana.

Wirklich, meine Großmutter hatte sich zu einer Sex-Polizistin gemausert. Okay, okay, ich musste mein Hirn im Grunde nicht lange martern, um zu verstehen, wieso. Eines Nachts hatte Cole mich vor einem qualvollen Tod gerettet und wir wollten das feiern. Nur zu zweit. Er hatte sich in mein Schlafzimmer geschlichen, worauf wir das getan hatten, was wir ständig taten. (Ich weigere mich, in die unanständigen Details zu gehen. Aber so war's. Schön unanständig. Wie auch immer.) Sie hatte uns gehört – der Horror! – und war ins Zimmer gestürmt.

Wir waren zwar noch bekleidet gewesen (jedenfalls mehr oder weniger), die Position jedoch, in der sie uns erwischt hatte … peinlich, peinlich. Seitdem klebte Nana an meinen Fersen. Tatsächlich ließ sie nur von mir ab, wenn ich mit meinen Mädels herumhing oder die Straßen durchstreifte, um Zombies zu jagen.

Versteht mich nicht falsch. Ich liebe Nana über alles. Und Cole geht es genauso. Wenn wir drei zusammen sind, haben wir wirklich Spaß. Aber ich brauche mehr. Ich bin süchtig nach Coles Berührungen … nach seinen Lippen … und ach, Ali will sein Nippelpiercing. Entzug ist das Letzte!

„Worauf wartest du denn, Liebesknochen?" Kat schlug mit der flachen Hand auf die Tischplatte. „Habe ich nicht klargemacht, dass es in diesem Fall kein Veto gibt? Dass die Sippe gesprochen hat? Du weißt, was du zu tun hast, also tu es!"

Ein Kellner kam an unseren Tisch, bevor Mackenzie etwas erwidern konnte. Er stellte vor jede von uns einen Schoko-Smoothie ab.

„Ähm." Reeve runzelte die Stirn. „Das haben wir aber nicht bestellt."

„Mit den besten Empfehlungen eurer Verehrer da in der Ecke." Ein Zwinkern und der Kellner war wieder weg.

Gleichzeitig warfen meine Freundinnen und ich einen Blick auf unsere Süchtigmacher. Heiß und Chartreuse hoben ihre Schokogläser zum Toast. Narbenknöchel starrte einfach nur herüber.

Erinnerte mich an Cole.

Kat stand auf und rief ihnen zu: „Meine Freundin MacLovin kommt gleich zu euch rüber und bedankt sich persönlich, sobald ihr Herzklopfen sich beruhigt hat. Ihr habt sie voll überwältigt …"

Mackenzie zog sie heftig auf den Stuhl zurück, um sie zum Schweigen zu bringen. „Musst du denn so peinlich sein?"

Kat klopfte Mackenzie auf die Schulter, während unsere Gönner sich auf ihren Erfolg hin gegenseitig ein High Five klatschten. „Worüber beschwerst du dich eigentlich? Wir sind hierhergekommen, um ein Date für dich zu suchen. Und jetzt ist die Mission dank mir praktisch schon erfüllt. Ich habe das Setting vorbereitet, du brauchst nur noch rüberzugehen und dir dein Lieblingsspielzeug auszusuchen. Bitte sehr."

Mackenzie ließ verzweifelt die Stirn auf die Tischplatte sinken.

„Warum benimmst du dich bloß so kindisch?" Kat klopfte ihr ein weiteres Mal auf den Rücken. „Du kommst mir vor wie eine super Ninjakämpferin, die ihre Nächte damit verbringt, Schmetterlinge zu jagen und …"

„Du meine Güte", unterbrach ich sie. „Hör auf, das so zu nennen."

„Jetzt mal ernsthaft." Mackenzie hob den Kopf und sah Kat an. „Wenn du so redest, hört sich das an, als wären wir eine Gruppe von …" Sie schauderte. „… Mädchen."

Obwohl Kat und Reeve nicht zu den Zombiejägern gehörten, kannten sie das Geheimnis der dunklen Welt um uns. Kat nannte das Zombiejagen gern Schmetterlinge fangen. So süß war sie.

„Ich finde Schmetterlinge fangen okay", sagte Trina.

Kat grinste.

Mackenzie starrte Trina entgeistert an.

„Was denn?" Trina zuckte die Achseln. „Ich bin mir meiner Männlichkeit sehr sicher."

Ich schnaufte. Trina sah vielleicht aus, als könnte sie einen Bus stemmen, aber tief in ihrem Herzen war sie weich wie ein Marshmallow.

„Du solltest zu den Jungen rübergehen und mit ihnen reden, damit wir es endlich hinter uns haben, Mac." Reeve strich mit einem Finger über den Rand ihres Dessertglases und leckte die Schokolade ab. „Kat sieht aus, als würde sie dich sonst jeden Moment da hinschleifen."

„Könnte stimmen", sagte Kat nickend. „Bin kurz davor."

„Wenn sie das durchzieht", fuhr Reeve fort, „wirst du nie wieder so glücklich sein wie jetzt."

„Na gut." Mackenzie stand auf, machte jedoch ein skeptisches Gesicht. „Aber ich werde nicht mit denen flirten."

„Als wenn du so was könntest", entgegnete Kat, und Mackenzie warf ihr einen bösen Blick zu.

„Du hast doch schon alles in trockenen Tüchern." Davon war ich überzeugt. Mac brauchte sich überhaupt nicht anzustrengen. Nicht mit ihrem Aussehen. Meine Freundinnen sahen so perfekt aus wie Models. Trotzdem waren sie sehr unterschiedliche Typen.

Kat mit ihrem glatten braunen Haar und den haselnussbraunen Augen war das süße Mädchen von nebenan. Reeve mit ihren dunkelbraunen Locken und den Rehaugen sah auffahrunfallmäßig unglaublich gut aus. Mackenzie mit ihrem schwarzen Wuschelhaar und den smaragdgrünen Augen war auf eine überirdische Art eine umwerfende Erscheinung. Und Trina mit ihrer kurzen Stoppelfrisur und den dunkel geschminkten Augen sah so cool aus wie eine Punkrockerin. Ich mit meinem weißblonden Haar und den fast beängstigend hellen blauen Augen bin die Exzentrikerin, freakig.

Nachdem Mackenzie sich auf den Weg zu den Jungen gemacht hatte, fiel ein Schatten über unseren Tisch.

Kat quietschte erfreut auf und warf sich in die Arme des Verursachers.

Nicht nötig, einen Blick nach oben zu werfen, um zu wissen, wer gerade angekommen war. Frosty, ihr Freund-Exfreund-Freund-Exfreund. Die beiden führten eine merkwürdige Beziehung. Selbst wenn sie sich mal wieder getrennt hatten, klebten sie aneinander. Ich hatte noch nie zwei Leute gesehen, die verrückter nacheinander waren.

Kat pflasterte sein Gesicht mit Küssen zu. „Du bist hier!"

„Und du siehst umwerfend aus."

„Offensichtlich."

Ha! So eine perfekte, selbstbewusste Antwort. So eine richtige Kat-Antwort. Ich musste das fürs nächste Mal im Kopf behalten, wenn Cole mir ein Kompliment machte.

„Ich konnte mich einfach nicht zurückhalten." Frosty strich mit den Fingern durch Kats Haar. „Ich glaube, deine letzte SMS lautete, ich zitiere: ‚Falls du nicht innerhalb der nächsten zehn Minuten hier bist, werde ich dich wohl vergessen und mich in jemand anders verlieben.'"

Meine Freundin war ja so poetisch veranlagt.

Lucas erschien hinter Frosty, attraktiv wie immer in einem Polohemd mit hochgerollten Ärmeln, die seine dunkelbraunen Muskelarme perfekt zur Geltung brachten. Er nickte Trina zu und starrte sie etwas länger an als notwendig. Eine merkwürdige Spannung war zwischen den beiden zu spüren. So, so. Ich hatte bereits den Verdacht gehabt, dass sie sich heimlich trafen, das bestätigte es mir. Gut. Sie hatten ein bisschen heiß dampfendes Glück verdient.

Kat umfasste Frostys Handgelenk und zog ihn an sich. „Ich glaube schon immer, dass die richtige Kommunikation der Schlüssel zu einer funktionierenden Beziehung ist. Und natürlich kleine Geschenke. Hast du mir was mitgebracht?“

„Ich will auch was!“ Reeve wedelte erwartungsvoll mit der offenen Hand. „Her damit.“

Frosty achtete gar nicht auf sie. Wie üblich hatte er nur Augen für seine Freundin. „Sollte meine hoch geschätzte Anwesenheit nicht Geschenk genug sein? Ich habe Cole und Bronx abgesetzt und alle Geschwindigkeitsrekorde gebrochen, um jedem das Rückgrat zu knacken, der sich an dich ranmacht. Und da es wohl jeder ist, der noch atmet, brauchst du mir nur zu sagen, wo ich anfangen soll.“

Als er Cole erwähnte, wurde ich hellhörig. „Wo hast du Cole abgesetzt?“

Natürlich ignorierte Frosty mich genauso.

„Tatty's Ink“, sagte Lucas. „Bronx lässt sich Reeves Namen in den Arm tätowieren. Was eigentlich eine Überraschung werden sollte, wie mir gerade einfällt.“

Reeve gluckste erfreut über das unerwartete Geschenk ihres Freundes.

Ich hatte beschlossen, mir ebenfalls neue Tattoos stechen zu lassen, also ... warum nicht *jetzt* dorthin fahren? Cole könnte mir während der Behandlung die Hand halten. Und danach würde ihm auffallen, dass wir die beste Gelegenheit für cinc nanafrcic Zeit hätten. Zwei Fliegen mit einer Klappe. Dann könnten wir ... Dinge tun. Ich erschauerte vor Vorfreude.

Da es ein Verbrechen gewesen wäre, auch nur einen einzigen Tropfen meines Schoko-Smoothies übrig zu lassen, stürzte ich den Rest runter und leckte den Glasrand ab. Um sicherzugehen, schleckte ich noch mal darüber. Es war wirklich keine Übertreibung, als ich bemerkte: „Das ist das Allerbeste auf der Welt.“

„Ganz deiner Meinung“, stimmte mir Reeve zu.

Schließlich fasste ich einen mutigen Entschluss und quetschte mich zwischen Kat und Frosty.

Ja, andere Leute hatten sich aufgrund einer solchen Aktion schon einen Tritt an die Kehle eingefangen, doch ich war bereit, das Risiko einzugehen. Ich brauchte die volle Aufmerksamkeit meiner besten Freundin.

„Ich gehe jetzt, und ich nehme Mackenzie mit.“ Liebesknochen war meine Mitfahrgelegenheit. „Du wirst wohl ohne mich keinen großen Spaß mehr haben, aber ich hoffe, du nimmst das Opfer auf dich.“

Kat zog einen Flunsch. „Was ist denn mit diesem ganz speziellen besonderen Anlass heute? Mädelstag?“

Im Ernst? „Der ist mit Karacho in sich zusammengefallen und verbrannt, als Frosty und Lucas auftauchten.“

„Hey!“, sagte Frosty hinter mir. „Ich crashe und verbrenne nur Leute, die sagen, dass ich Dinge crashe und verbrenne.“

„Recht hat er.“ Kat sah zu mir hoch. „Aber dieses Thema mal beiseite. Lass uns den Müll durchforsten und auf den Kern deiner Aussage kommen. Ich muss zwischen ihm und dir wählen.“

Wenn mich das davor bewahrte, stundenlang über meinen Abgang zu diskutieren? „Ja.“

„Oh, na gut. Ich wähle dich“, sagte sie mit strahlendem Lächeln. „Selbstverständlich.“

Das hätte ich wissen müssen. Sosehr sie Frosty auch liebte, sie liebte mich als beste Freundin. Diese Liebe war vielleicht sogar noch stärker. Wir waren Seelenverwandte, Schwestern im Herzen und gaben (meist) den Nöten der anderen den Vorzug vor allem anderen.

„Frosty, du musst gehen.“ Sie wedelte hinter meiner Schulter mit der Hand. „Du kannst mich später noch mal daran erinnern, wie sehr ich dich liebe.“

„Aber Kätzchen“, sagte er fast flehend.

Es war wirklich ulkig, den größten, wüstesten Z-Killer von Birmingham in Alabama so betteln zu hören, nur weil seine winzige, zarte Angebetete beschloss, jetzt nicht mit ihm zu spielen.

„Ich leide unter einem Fieber, und die einzige Medizin ist … noch mehr Zicken-Kat.“

Kat kniff die Augen zusammen. „Zicken-Kat?“

„Hey, Alter“, zischte Lucas, „willst du deine Eier loswerden?“

„Okay, okay“, sagte Frosty. „Ich bin Manns genug, um einen Fehler einzugestehen. Das war vielleicht missverständlich ausgedrückt.“

Ich legte Kat die Hände auf die Schultern. „Du brauchst keine Angst zu haben, dass du meine Gefühle verletzt. Ich bin ziemlich dampfendheiß scharf darauf, Cole zu treffen.“

„Hast du vor, ES zu tun?“

„Ja“, gestand ich, gleichzeitig stieg mir die Röte ins Gesicht.

„Das ist ja so Torte. Und du wirst mir alles bis ins Detail berichten?“

Moment mal. „Torte?“

„Mein neues Lieblingswort, das bedeutet sooo viel fetter als voll fett.“

Na gut. Das würde wohl bald das Lieblingswort der restlichen Welt werden. „Wenn du darauf bestehst, bekommst du eine Livestream-Version.“ Mir war klar, dass sie das Angebot annehmen würde.

Sie dachte einen Augenblick nach und seufzte. „Okay. Geh schon. Wir machen ein neues Date.“

„Wirklich?“

„Was soll ich sagen? Ich bin nun mal so selbstlos.“

„Danke, danke. Tausend Mal danke.“ Ich gab ihr einen Kuss auf die Wange und raste zu Mackenzie hinüber.

„… muss einen eingebauten Blitzschalter haben, jedes Mal, wenn ich dich ansehe, durchzuckt's mich“, behauptete Chartreuse gerade, als ich ankam.

Oje, nein. Aufreißersprüche, nicht gut. „Wir müssen gehen“, sagte ich zu ihr.

Chartreuse runzelte die Stirn. „Aber wir lernen uns doch eben erst kennen.“

Mackenzie sah erleichtert aus. „Tut mir leid, Jungs. Es war … tja.“ Sie zerrte mich regelrecht zur Tür.

„Hey!“, protestierte Reeve. „Niemand hat sich von mir verabschiedet!“

Ich winkte und rief ihr über die Schulter zu: „Tschüs! Wir lieben dich!“

Sie warf mir einen Luftkuss hinterher.

Trina lachte über irgendwas, das Lucas gerade gesagt hatte, und war wegen unseres plötzlichen Aufbruchs überhaupt nicht beunruhigt. Mackenzie und ich traten in die winterliche Nachmittagsluft hinaus. Die Sonne schien, aber es war kühl. Leute strömten in die nahe gelegenen Geschäfte oder kamen heraus, alle mit ihrer eigenen kleinen Welt beschäftigt.

„Danke!“ Mackenzie schüttelte sich. „Der einzige Typ, der mich interessiert hätte, hat nicht ein Wort mit mir gewechselt.“

„Lass mich mal raten. Mr Narbenknöchel.“

„Ja! Woher weißt du das?“

„Wir haben einen ähnlichen Geschmack.“ Beweis: Sie war vor mir mit Cole zusammen. „Den hätte ich mir auch ausgesucht.“ Und nicht nur, weil er so wild aussah.

Alle Zombiejäger hatten geliebte Personen im Kampf gegen die Zs durch Bisse und andere tödliche Wunden verloren. Die Trauer und der Schmerz schienen eine Mauer um unsere Herzen errichtet zu haben. Nach und nach sank in unser Bewusstsein, dass die Starken eine bessere Überlebenschance hatten. Narbenknöchel war definitiv der Stärkste in diesem Trio.

Erstaunlicherweise bildete Frosty – der mehr als wir alle verloren hatte – in meiner Theorie eine Ausnahme. Er hatte sich in die von einer Nierenkrankheit geschwächte Kat verliebt. Aber ich wollte jetzt lieber nicht an Kats Krankheit denken, an den Schmerz, den sie aushalten musste – und der noch auf sie zukam, dann würde ich zusammenbrechen. Ich musste diese Sorge in eine tiefe Kammer meines Hirns packen und mich später damit beschäftigen.

Diese Kammern waren schon so gut wie voll.

Ich hatte mir geschworen, es nicht mehr zu tun, emotionale Belastungen nicht mehr zu verdrängen und mich mutig mit meinen Gefühlen auseinanderzusetzen, aber ich bin trotzdem in diese Routine verfallen. Und ehrlich mal … ich hatte es nicht besonders eilig, das zu ändern.

„Wohin geht es?“ Mackenzie setzte sich hinters Steuer ihres Trucks. „Für die Patrouille ist es zu früh.“

Oh, richtig. An diesem Abend mussten wir wieder unsere Z-Runde drehen. Wir waren mit Gavin, unserem männlichen Flittchen – ein weiteres meiner Kuscheltierprojekte, trotz seines ätzenden Humors – und dem sehr schweigsamen Bronx zur nächtlichen Patrouille eingeteilt. Unsere Zeit war heute also begrenzt.

„Wir gehen zu Tatty's“, sagte ich und erklärte auch, warum.

„Ich würde dir ja raten, mal die Ich-bin-nicht-leicht-zu-haben-Nummer zu versuchen, aber ich könnte schwören, dass es völlig egal ist, was du machst. Cole betet dich ja geradezu an. Bei dem Gedanken würde ich euch beiden am liebsten meinen Dolch in die Augen stoßen.“

Vor ein paar Wochen noch hätte sie diese Worte gegen mich ausgespien, als wären sie Waffen, denn seit dem Moment, in dem Cole sein Interesse an mir gezeigt hatte – was gleich im ersten Augenblick passiert war, vielen Dank auch –, war ich ihr Hassobjekt Nummer eins gewesen.

Mit meiner strahlenden Persönlichkeit hatte ich sie schließlich für mich gewonnen.

Na gut. Persönlichkeit hatte wohl weniger damit zu tun. Wir waren Soldatinnen im selben Krieg und kämpften auf derselben Seite. Da hatte sich zwischen uns eine Allianz gebildet.

„Wenn du uns in die Augen stichst, werden wir beide eine Augenklappe tragen und als Piraten weitermachen", entgegnete ich. „Dann wirst du dir wünschen, dir zuerst selbst ein Auge ausgestochen zu haben."

Sie erschauerte. „Du hast immer noch dein böses Alter Ego in dir, wie ich sehe."

„Ja, und die böse Ali ist ganz wild auf deine Tränen."

Beinahe hätte Mackenzie gelächelt.

Als wir unser Ziel erreichten, ließ ich meinen Blick über den Parkplatz schweifen und kämpfte gegen die Enttäuschung an, als ich Coles Jeep nicht sah.

Vielleicht war er zu Fuß gekommen? Sozusagen als Training. Als würde er nicht genug davon in seinem Sportstudio absolvieren, wo er täglich auf dem Laufband rannte, Gewichte stemmte und in den Boxring stieg! Er war nicht im Laden, und meine Enttäuschung wurde immer größer.

Ich könnte ihn wohl anrufen oder ihm eine SMS schicken, aber heute war nicht nur Mädelstag, sondern die Jungs hatten sich ebenfalls verabredet. Er war womöglich nach wie vor mit Gavin, Bronx und dem Neuen im Team – Justin – zusammen. Nun, dem wieder mal Neuen. Lange Geschichte.

„Hast du ein paar Stunden Zeit?", fragte ich Mackenzie.

„Wäre die Alternative, zurück zum Choco Loco zu fahren?"

„Ja."

„Dann habe ich Zeit."

Mit dem Künstler, der schon meine anderen Tattoos geritzt hatte, ging ich in den hinteren Teil des Ladens. Ich hatte zwei, an jedem Handgelenk eins. Deshalb lag die „offizielle" Erlaubnis bereits in seinen Unterlagen. Das erste Bild war ein weißes Kaninchen, das meine Schwester Emma repräsentierte. Sie war zwar tot, besuchte mich aber immer noch. Das zweite bestand aus zwei gekreuzten Schwertern im Andenken an meine Eltern.

„Sag mir, was du willst", forderte er mich auf, während ich mich setzte.

Darüber hatte ich ziemlich lange nachgedacht. Unsere Gefühle zeigten sich in unserem Äußeren. Lächeln. Stirnrunzeln. Lachfältchen. Stirnlinien. Die Bilder waren meine Art, die Liebe zu meiner Familie und meinen Freunden, die ich verloren hatte, zu zeigen.

„Zuerst mal möchte ich einen Phönix im Nacken." Der würde Cole repräsentieren. Ich hatte ihn nicht verloren – und das würde ich auch nicht! –, trotzdem verdiente er einen Ehrenplatz. Mit seiner Hilfe war ich aus der Asche meiner Vergangenheit in eine neue Zukunft aufgestiegen. „Dann will ich ein Paar Boxhandschuhe über den Schwertern." Die wären für Pops, meinen Großvater, der von Zombiegift getötet worden war. Als Teenager hatte er im Ring trainiert, und sein ganzes Leben lang hatte er harte Schläge mit Würde und Mut eingesteckt.

Der Künstler machte sich an die Arbeit. Obwohl ich es schon einmal durchlitten hatte und wusste, was mich erwartete, tat es weh. Ziemlich. Als er fertig war, brannten mein Nacken und mein Arm fürchterlich.

„Und? Was hältst du davon?", erkundigte er sich.

Ich betrachtete die Boxhandschuhe und grinste. Sie sahen aus, als wären sie aus altem braunem Leder gemacht, zusammengehalten von einem gebogenen Band. „Perfekt."

„Als wenn du was anderes von mir erwarten könntest."

Männer und ihr Ego.

Ich ging zum großen Spiegel an der Wand. Mit zitternden Fingern nahm ich mein Haar im Nacken hoch und blickte über meine Schulter auf das Tattoo. Mir stockte der Atem. Der Kopf des Vogels war in helles Grün gefärbt und reichte bis zum Haaransatz. Die Flügel hatten alle Farben des Regenbogens, um die goldene Flammen flackerten, die sich über meinen Nacken bis zu den Ohren hinaufzogen. Der Bauch des Vogels, eine Mischung aus Rot und Gold, befand sich im Zentrum meines Nackenknochens, während die Schwanzfedern, ausgebreitet wie die eines Pfaus, zwischen meinen Schulterblättern endeten.

„Das ist … das ist …" Ich keuchte. „Mir fehlen wirklich die Worte."

„Ich weiß“, erwiderte er. „Ich bin fantastisch. Das ist die beste Arbeit, die du jemals gesehen hast. Blabla.“

Cole würde ausflippen.

„Du weißt noch, wie du dich vor einer Infektion schützt?“, fragte er.

„Ja.“ Ich bezahlte und ging zu Mackenzie nach vorn in den Empfangsbereich. Ihre Reaktion auf die Zeichnungen war ähnlich wie meine. Total verblüfft und beeindruckt.

„So gern ich bleiben und dein Tattoo anstarren würde, lass uns lieber losgehen.“ Sie machte eine Handbewegung zum Fenster hin. „Es wird schon dunkel.“

Ich warf einen Blick auf die Welt draußen. Zweifellos ging die Sonne bereits unter. Na gut, so ein Mist. Die Nacht brach jetzt immer früher herein. Wir hatten kaum noch Zeit, um uns auszuruhen und zu chillen.

Wann war das jemals der Fall?

Aber wir versuchten es. Alle Zombiejäger – inklusive unsere Anhängerinnen Reeve und Kat – hatten sich seit Neuestem in ein Heimlehrprogramm eingeschrieben, um nicht mehr zur Schule gehen zu müssen. Aufgrund unseres dichten Terminkalenders hatten wir entweder Unterricht versäumt oder waren, wenn wir dann doch erschienen, im Klassenraum eingeschlafen. Unsere Zensuren waren immer schlechter geworden. Jetzt hatten wir das etwas besser im Griff.

Aus Gewohnheit suchte ich den Himmel nach einer Wolke in der Form eines Kaninchens ab. Jedes Mal, wenn meine Schwester Zombies entdeckte, die sich in ihren Nestern regten und sich auf die Jagd nach frischen Seelen vorbereiteten, formte sie eine für mich. Im Moment war keine zu sehen. Gut so.

Heute Nacht würde ich von einem Quartier zum nächsten ziehen, nach Zombies Ausschau halten und die Bewohner in der Gegend schützen. Falls nichts passierte – und danach sah es aus –, würde ich um drei Uhr morgens fertig sein. Der Jungenabend wäre dann offiziell vorüber.

„Gehen wir“, sagte ich.

Wir kletterten in Mackenzies Truck und fuhren zur Trainingshalle, wo wir unsere Patrouillen starteten. Unterwegs schickte ich Cole eine SMS.

Bist du heute Nacht zu Hause?

Seine Antwort kam in Lichtgeschwindigkeit: *Ja. Hast du Pläne?*

Ich: *Wenn keine Zs auftauchen, würde ich gern meine Hände bei dir auflegen.*

Cole: *Guter Plan! Ich bin bereit!*

Ich: *Übrigens habe ich eine Überraschung.*

Cole: *Nackte Haut?*

Ich: *Noch besser!*

Cole: *Nicht möglich.*

Ich: *Das wird dich wegblasen!*

Ich: *UMHAUEN! ICH MEINE UMHAUEN!*

Cole: *Hahaha. Lieber wegblasen, Baby!*

Ich packte mein Handy ein.

„Du glühst ja geradezu vor Glück.“ Mackenzie gab Würgegeräusche von sich. „Hoffentlich bist du immer noch in der Lage, Zombies zu töten. Nicht dass du anfängst, die Monster mit Regenbogenstaub zu besprühen!“

Als würde ich Regenbogenstaub an Zombies verschwenden. „Mach dir keine Sorgen um mich, Liebesknochen. Willst du wissen, warum es auf dem Mars kein Anzeichen von Leben gibt? Weil ich da war!“

Sie versuchte, sich das Grinsen zu verkneifen. „Wenn du sagen willst, der Tod hatte ein Nah-Ali-Bell-Erlebnis, dann werde ich wohl das Risiko eines kleinen Piratenspiels riskieren und dir tatsächlich ein Auge ausstechen.“

„Warum willst du einem Mädchen ins Auge stechen, das bereits zweimal seine grenzenlose Größe gezeigt hat? Einem Mädchen, das ‚Vier gewinnt‘ in drei Zügen schafft? Das Feuer entzünden kann, indem es zwei Eiswürfel aneinanderreibt?“

„Da hilft nur noch der Dolch“, murmelte sie.

Ich lachte. „Das Einzige, was ich sagen will, ist: Ich bin bereit für heute Nacht … egal, was passiert.“

2. KAPITEL

Dicht dran an Haut und Zähnen

Es war drei Uhr nachts. Wie ich angenommen hatte, gab es keine Anzeichen von Zombies. Meine Aufgabe war erledigt, ich wurde jedoch nicht vor sieben Uhr morgens zu Hause erwartet.

Das Leben könnte nicht perfekter sein.

Oh, Moment. Doch, das konnte es. Mackenzie und Bronx wohnten bei Cole und seinem Vater, Mr Tyler Holland, die beiden hatten allerdings beschlossen, den Rest der Nacht in der Trainingshalle zu verbringen. Ich hatte kein Wort über meine Pläne mit Cole verlauten lassen, aber mein bis zu den Ohren reichendes breites Grinsen musste mich wohl verraten haben.

Gavin bot an, mich nach Hause zu fahren. Gentlemanlike wie immer öffnete er mir die Beifahrertür seines Wagens.

„Ich habe noch vor, Leute und Dinge zu treffen." Er gestikulierte wild, damit ich einsteige. „Hüpf rein, Cupcake."

„Vielen Dank auch."

„Nicht dass du dich daran gewöhnst."

Das meinte er mit jeder Faser seines Seins. *Ich sollte nicht lachen.* Diesen Typen betete ich geradezu an, aber ich war nicht blind für seine Fehler.

Einer *meiner* Fehler war: Ich fand jede seiner Macken charmant.

Gavin setzte sich hinters Lenkrad und ließ den Motor an, das Eis am Fenster begann zu schmelzen. Er fuhr auf die Straße.

„Wann bekommst du denn deinen Führerschein?"

„Nächste Woche." Es hatte mal Zeiten gegeben, da hätte ich Blut spucken können bei dem Gedanken daran, so eine Todesfalle aus Metall, genannt Auto, zu steuern. Aber der Kampf gegen den bösen Zombiezwilling in meinem Inneren – stellt bloß keine Fragen! – hatte die Dinge irgendwie in die richtige Perspektive gerückt. „Warum? Hast du keine Lust mehr, mich zu chauffieren?"

„Nicht doch. Ich wollte nur vorher informiert sein, damit ich rechtzeitig den Bundesstaat wechseln kann. Du bist leider jemand, der Unfälle magisch anzieht." Er fluchte. „Pardon. Das war nicht so gemeint."

„Keine Sorge. Wir wissen ja beide, dass jede Rentnerin am Steuer neben mir wie ein Formel-1-Champion aussieht." Ich hatte eine Hass-Liebe zur Geschwindigkeit. Ich liebte es langsam und hasste es schnell.

„Ganz meine Meinung", erwiderte Gavin. „Es gibt so was wie eine Leidenschaft für die Autobahn, und die habe ich."

„Und noch eine Menge anderer Dinge dazu", murmelte ich.

„Das stimmt, und alle sind gleich Ehrfurcht gebietend."

Ich verdrehte die Augen. „Übrigens, du fährst mich nicht nach Hause. Du fährst mich zu Cole." Zumindest wollte ich das. Ich hatte ihm eine SMS geschickt und hoffte, dass er nicht eingeschlafen war.

Keine Zs, tippte ich ein. *Bist du bereit für mich*?

Seine Antwort kam innerhalb von Sekunden: *Bereit? Ali-Gator, was denkst du denn! Ich hoffe, du hast Lust „Hungriger Zombie und Unschuldslamm" zu spielen. Ich will beißen! Wann bist du da?*

Mein Herz flatterte vor Aufregung: *In zehn Minuten.*

Cole: *Mach fünf draus.*

Ich, während mein Herz noch tausend Mal schneller klopfte: *Okay!*

Cole: *Sind Bro und Mac bei dir*?

Ich: *Nein. Sie gönnen uns eine Nacht allein.*

Cole: *Perfekt. Ich stelle den Alarm aus und lasse das Fenster angelehnt.*

Gavin zwinkerte mir zu. „Also heute Nacht ist *die* Nacht, was? Endlich wird das Pfläumchen gepflückt."

Unmöglich. Es war einfach unmöglich, dass er so was gesagt hatte. „Du bist so ein Schwein!"

„Schweinchen sind süß."

„Und dreckig."

„Die perfekte Kombination."

Es war unmöglich, jemanden zu beleidigen, an dem alles abprallte. „Hör zu, ich werde auf keinen Fall mein Sexleben – beziehungsweise das nicht existierende – ausgerechnet mit dir besprechen."

Völlig ungerührt erwiderte er: „Wenn du dir auf dem Weg ins Haus nicht gerade den Hals brichst, wirst du wahrscheinlich in das Bett dieses Typen hechten, sobald du den Raum betreten hast, das ist uns doch beiden klar."

Himmel noch mal. Er und Nana waren das absolute Gespann, und ich war mir nicht sicher, wen davon ich schlimmer fand.

„Also … willst du ein paar Tipps, um aus *nett* unglaublich zu machen?", wollte er wissen. „Ich bin so was wie ein Sex-perte."

„Ich denke, du bist eher so was wie eine Schlamp-perte."

„Sei nicht albern. Das ist ja nicht mal ein originelles Wort."

Ich konnte ihm leider keinen Tritt gegen die Luftröhre verpassen. Er würde die Kontrolle über den Wagen verlieren und einen Unfall bauen. „Am besten wäre wohl, wenn ich mir die Ohren abschneide und sie dir überlasse", murmelte ich mehr zu mir selbst. „Das würde weniger wehtun als dieses Gequatsche."

„Na gut. Mach nur weiter so. Taste dich im Dunklen vor. Mal sehen, ob es mich trifft."

„Dich sollte gar nichts treffen!"

„Tut es aber. Du bist mein Cupcake. Ich bin der Meinung, du hast es einfach verdient, mit Zuckerguss …"

„Wage es ja nicht, den Satz zu beenden!"

Er grinste.

„Warum erzählst du mir nicht lieber alles über dein erstes Mal, hm? War das was Besonderes? Hast du Rosenblätter aufs Bett gestreut?"

„Es war das Allerbesonderste", erwiderte er mit ausdruckslosem Gesicht. „Und ja."

Wieder verdrehte ich die Augen. Das passierte mir in seiner Gegenwart ständig, mindestens fünf Mal die Stunde. „Wie auch immer. Dieses Thema ist abgeschlossen, Barbie, du kannst also jetzt den Mund halten oder Angst um deine Zunge haben."

Er war aber noch nicht fertig. Logisch.

„*Barbie*? Ist das der Spitzname, den du dir für mich ausgesucht hast?"

„Gefällt er dir nicht?", fragte ich und grinste süffisant. Ein Mädchen ließ sich nur bis zu einem bestimmten Punkt „Cupcake" nennen, ohne zurückzuschlagen.

„Oh doch, ich bin begeistert! Ich hatte von Anfang an den Verdacht, dass du auf mich stehst und ein bisschen mit mir spielen möchtest."

Einfach unmöglich!

„Wie auch immer", fuhr er fort, „wie willst du denn Cole den Glücklichen Holland verführen?"

Ich schnaufte. „Ist das dein Ernst? Als müsste ein Mädchen noch mehr tun, als nur Luft zu holen."

Er schüttelte den Kopf und schnalzte mit der Zunge, als würde er mich bemitleiden. „Hör mal zu, Cupcake. Ich werde dich jetzt mit meiner Weisheit überschütten."

„Obwohl ich weiß, wie selten die Gelegenheit ist, bitte tu's nicht."

„Wenn ich ein Mädchen ins Bett kriegen will, sage ich entweder: Ich habe einen Fehler gemacht. Oder: Lass uns doch mal darüber reden. Womm. Kleider fliegen durch die Gegend, Arme und Beine verhaken sich und die unglaublichsten Dinge passieren. Aber wenn du so was zu Cole, diesem Weichei, sagst, dann ist der drüber und fertig, bevor ihr die richtig guten Sachen überhaupt erst angefangen habt."

„Lass mir eine Minute, um über den Schock hinwegzukommen, dass du noch Single bist."

„Okay, ich weiß. Du wirst aber sicher länger als eine Minute brauchen. Das ist nämlich ein echtes Rätsel."

„Hör zu, es gibt auch Beziehungen, in denen es um mehr als nur Sex geht." Ich musste daran denken, wie Cole mich manchmal ansah, so, als würde die Sonne nur für mich aufgehen. „Für manche ist es wichtiger, eine Verbindung herzustellen."

„Du bestätigst ja nur meine Ansicht. Es geht darum, eine Verbindung herzustellen … körperlich."

„Mental, emotional."

„Honigpferdchen, lediglich die eine Hälfte eines Paares ist an mental und emotional interessiert. Und hier ein kleiner Hinweis: Es ist nicht der Typ. Aber ich schweife ab. Du wirst ihn einfach anspringen, was? Kein großes Getue, keine Aufregung, du reißt ihm die Klamotten vom Leib und zeigst ihm, wer der Boss ist." Er verzog die Augenbrauen. „Ali Bell, ich hätte nicht gedacht, dass du so eine bist."

Frage: Wenn ich ihm den Bauch aufschlitzte wie einem Zombie, würde mir das als Verbrechen angelastet werden?

Antwort: Nein! Alle wären mir dankbar.

„Konzentrier dich … einfach auf die Straße", sagte ich.

Er tat es. Woraufhin ich argwöhnisch auf seinen nächsten Zug wartete. Ich studierte ihn von der Seite. Gavin hätte direkt aus einem Magazin entsprungen sein können. Aus einer Werbung für Unterwäsche.

Daher mein Spitzname für ihn. Er war der hübsche Junge mit dem blonden Haar und den grün-golden schimmernden Augen.

„Du starrst mich an", sagte er. „Denkst du gerade daran, wie du mich am besten vernaschst? Nun, ich muss dich leider, leider enttäuschen, Cupcake, dieser Zug ist abgefahren."

Drittes Augenrollen. „Ich versuche, dich einzuschätzen."

„Obwohl", fuhr er fort, als hätte ich nichts gesagt, „ich könnte mich sicher dazu überreden lassen, dir zu zeigen, wie ein richtiger Mann eine Frau erfreut, nachdem Cole alles vermasselt hat. Du weißt schon, sozusagen als ein Akt des Erbarmens."

„Lieber lasse ich mir das von einem Zombie zeigen. Du wirst nie ein Kandidat dafür." Das war mein Gratis-Service, damit er die Bodenhaftung nicht verlor – aber ich hatte so meine Bedenken, dass es half.

Er zuckte mit den Schultern. „Du versäumst was."

„Du bist ja nur so freigiebig …" Ich hätte mich fast an dem Wort verschluckt. „… weil du kein Nein vertragen kannst."

„Oder weil die Mädchen wie Schokoriegel sind, und meine Aufgabe ist es, die verschiedenen Geschmacksrichtungen auszutesten."

Viertes Augenrollen. „Vor grob vier Wochen hast du noch erzählt, du suchst die wahre Liebe und eine feste Beziehung."

„Vor grob vier Wochen war ich ein Idiot", erklärte er und schauderte.

Ich schüttelte verzweifelt den Kopf. „Du entwickelst dich zu einem echten STS, das ist dir doch hoffentlich klar, oder?"

„Ein supertalentierter Schauspieler?" Er hob die Schultern. „Ich bin mir nicht sicher, ob ich ins Filmgeschäft einsteigen will, aber warum nicht."

„Falsch. So total schlampenmäßig. Und das schon in ziemlich fortgeschrittenem Stadium."

Er zeigte mir den Stinkefinger, und als ich lachte, drückte er mir den Finger auf die Nasenspitze.

„Ich nehme an, Coles Vater hat keine Ahnung, dass du über Nacht dort bist und seinen Sohn verdirbst."

„Das stimmt." Nur um das letzte Wort zu haben, fügte ich hinzu: „Und wie ich ihn verderben werde!"

Gavin seufzte dramatisch. „Wenn ich Cole nicht so gern hätte, würde ich ihn hassen. Dieser Vollidiot bekommt immer die seltenen

Extrageschmackssorten.“ Er lenkte den Wagen an den Fahrbahnrand und schaltete die Scheinwerfer aus.

Sofort war ich mit den Gedanken woanders, mein Herz hämmerte vor Aufregung. In weniger als einer Minute würde ich in Coles Armen liegen.

„Danke fürs Herbringen, Gavin.“

„Ist doch selbstverständlich, Cupcake.“

Ich zog einen meiner Handschuhe aus und bewarf ihn damit.

Er fing ihn auf und küsste ihn.

Und da war es! Das fünfte Augenverdrehen.

Gleich darauf als Reaktion sein Grinsen.

Ich verließ das warme Innere des Wagens und wagte mich in die eisige Nachtluft. Meine Stiefelsohlen knirschten auf Eis, während ich das große eingeschossige Backsteinhaus mit den weiß gestrichenen Holzfensterrahmen und Türen ansteuerte. In der ganzen Aufregung stolperte ich über einen Stein, der mir im Weg lag.

Großartige Leistung, Ali.

Coles Zimmer befand sich auf der Rückseite, das erste Fenster links. Es war wie versprochen nicht verschlossen. So leise wie möglich kletterte ich hindurch und zog es hinter mir wieder zu.

Bevor ich mich umdrehen konnte und sich meine Augen an die Dunkelheit im Raum gewöhnt hatten, wurde ich von zwei Händen gepackt. Kräftige Finger pressten sich auf meinen Mund und erstickten meinen erschrockenen Aufschrei. Meine Arme wurden fest umklammert, damit ich keinen Schaden mit meinen Ellbogen anrichtete.

„Du wolltest in fünf Minuten hier sein, Miss Bell“, flüsterte Cole mir mit heiserer Stimme ins Ohr, und sofort erstarb meine Kampfbereitschaft. „Jetzt sind acht Minuten vergangen. Weißt du, was das bedeutet?“

Ich unterdrückte ein Kichern. „Muss ich mir eine Uhr kaufen?“

„Du wirst endlich den Hintern versohlt bekommen, so wie ich's dir versprochen habe.“

Er ließ mich los, und ich wirbelte herum, schaute aus Gewohnheit zunächst jedoch auf den Boden.

Normalerweise erlebten wir beide eine Zukunftsvision, sobald sich unsere Blicke das erste Mal am Tag trafen. Wir hatten uns aber heute Morgen schon getroffen, was uns diese Geschichte nun ersparte.

Darüber war ich froh.

Was wir zuletzt gesehen hatten … ich wollte jetzt gar nicht daran denken, sonst würde ich zusammenbrechen. *Cole, der an einem Baum lehnt, rote, blutende Striemen im Gesicht und auf der Brust. Blut läuft an seinen Armen herunter, besudelt seine Hände, seine Züge verzerrt von Schmerz und unermesslicher Trauer, während ich mich von ihm entferne.*

Mich. Von. Ihm. Entferne.

Ich konnte mir keinen Grund für so etwas ausmalen.

Wie stark war er verletzt? Wann würde sich diese Vision erfüllen? In wenigen Tagen? Wochen? Monaten? Nie gab es irgendeinen zeitlichen Hinweis. Nur *dass* es passierte, das war das Einzige, worauf wir uns einstellen konnten. Wir hatten es nie geschafft, zu verhindern, dass die Visionen Realität wurden.

Alarmstufe Rot! Alarmstufe Rot! Gefahr von emotionalem Zusammenbruch!

Ich schob diese Sorge in eine der besagten hinteren Kammern, nachdem ich alles andere darin noch dichter zusammengequetscht hatte, um Platz zu schaffen. Es war ein ziemlicher Kampf, aber es gelang mir, danach wieder abzuschließen.

Besser. Erst mal.

„Du kannst mich ruhig ansehen“, sagte er. „Ich werde nicht beißen … jedenfalls nicht zu sehr.“

Ich hob den Blick, sah ihm in die Augen, und plötzlich wurde ich von der gleichen verzehrenden Sehnsucht überrollt, die ich schon seit unserer ersten Begegnung empfand. Nach ihm … nach mehr.

Seine umwerfenden Lippen verzogen sich zu einem trägen Grinsen.

Himmel noch mal. Gavin war der hübsche Typ, aber Cole, das war reiner, rauer Sex-Appeal. Er sollte nur mit einem Warnschild rumlaufen. *Vorsicht, Gefahr des Dahinschmelzens.* Der Mond schien durchs Fenster und warf sein Licht auf ihn, sodass ich für einen Moment fast schon die Engel singen hörte. Sein schwarzes Haar stand zu allen Seiten ab, als wäre er ständig mit den Fingern hindurchgefahren. Vielleicht aus lauter Erwartungsfreude, mich zu sehen? Seine unglaublichen violetten Augen waren von so dunklen, dichten Wimpern umrahmt, dass es immer aussah, als hätte er Eyeliner benutzt.

Und was den Rest anging …

Heiß! Ich kannte das, was unter seiner Kleidung verborgen war. Makellos gebräunte Haut. Vorbildlich ausgeformte Muskeln. Ein perfekter Oberkörper mit den wundervollsten Tattoos. Eine seiner Brustwarzen war gepierct – miau! – und das war, wie ihr euch denken könnt, einfach göttlich.

Er streifte meine Wangen sanft mit den Fingerknöcheln, und diese leichte Berührung elektrifizierte mich.

„Ich habe dich vermisst."

„Wie sehr?", fragte ich erschauernd.

„Warum? Meinst du, du hast mich mehr vermisst?"

„Klar doch."

„Ich werde dich gern vom Gegenteil überzeugen. Nachdem ich deine Überraschung gesehen habe."

„Mach dich bereit für das Oberhammermäßige." Ich hob mein Haar im Nacken an und drehte mich um.

Stille breitete sich aus.

Ich runzelte die Stirn, wurde plötzlich nervös. Wenn es ihm nun nicht gefiel? Dieses Tattoo war für immer.

„Ali." Seine Stimme klang so tief und heiser und fühlte sich an wie die reine Verführung. „Habe ich dir jemals alle Gründe genannt, warum ich dich liebe?"

„Nein." Ich strich mir mit der Zunge über die Lippen und nahm allen Mut zusammen, um ihm ins Gesicht zu blicken. Seine Augen glühten geradezu vor Leidenschaft.

Das Tattoo gefiel ihm.

„Sag sie mir jetzt", forderte ich leise.

„Ich zähle dir die Top Ten auf", versprach er und gab mir einen Kuss auf die Stirn. „Du bist unerbittlich ehrlich. Das ist ein seltener und sehr kostbarer Charakterzug."

Pluspunkte für meinen Mann: Er bezog sich auf meine Persönlichkeit statt auf mein Äußeres.

„Zweitens." Er küsste eins meiner Augenlider. „Du hast einen absolut perfekten Sinn für Humor … perfekt für mich. Ein bisschen verschroben und verdreht, aber du kannst mich zum Lachen bringen wie niemand sonst."

Ich schmolz schon fast dahin. Fast. Erst wollte ich den Rest hören. „Mach weiter, oder ich muss dir wehtun." Hörte sich meine Stimme für ihn genauso atemlos an wie für mich?

Er lachte. „Drei." Sanft, ganz sanft küsste er mein anderes Lid. „Du bist sehr intelligent. Am liebsten würde ich dein Hirn nackt sehen."

Ha!

„Vier. Du bist so umwerfend heiß."

„Offensichtlich." Und okay, ja, dafür bekam er ebenfalls Pluspunkte. Vielleicht, weil ich mich so selten heiß fühlte. Oder weil ich so sehnsüchtig auf den nächsten Kuss wartete. Einen robusteren. Auf meine Lippen. Mit Zunge und Zähnen. Und Händen überall. Oder vielleicht weil ich mir wünschte, dass er mich ganz haben wollte.

„Fünf."

Er küsste mich auf die Wange, und ich stöhnte auf. *Mehr*.

„Du bist unglaublich fair." Er küsste meine andere Wange. „Sechs. Du liebst mit deinem ganzen Herzen, hältst nichts zurück."

„Komm schon, küss mich richtig." Wollte er, dass ich anfing zu betteln? Das würde ich glatt tun … nachdem ich ihn dazu gebracht hatte, selbst ein bisschen zu flehen.

„Sieben."

Er presste die Lippen auf mein Kinn, ohne meinen Mund zu berühren, verflucht noch mal.

„Du bist eine Eins-a-Kämpferin. Ich könnte mich zurücklehnen und zusehen, wie du die ganze Arbeit machst, ohne mich dabei wie ein Weichei zu fühlen. Es wäre ein erhebendes Gefühl."

„Das glaube ich nur, wenn ich es sehe."

„Acht." Er arbeitete sich mit dem Mund zur anderen Seite meines Kinns vor. „Die Art, wie du mich manchmal ansiehst … So als wäre ich das süßeste Stückchen in der Bäckerei und als könntest du es nicht erwarten, davon abzubeißen."

Ja, ja, ein großes, leckeres Stück. „Es gab mal Zeiten …", begann ich, wieder einmal überrascht, wie heiser sich meine Stimme anhörte, und legte ihm die Arme um den Nacken, „… da hat dir dieser Blick Angst eingejagt." Mit gutem Grund. Ich war voller Zombiegift gewesen und hatte ihn im wahrsten Sinne des Wortes fressen wollen. Nun, nicht ich selbst, sondern mein Zombiezwilling. Z. A.

„Neun", fuhr er fort und knabberte dabei an einem meiner Ohrläppchen. „Du bist wie eine gefährliche Droge. Einhundertprozentig rein, aber garantiert schon nach der ersten Einnahme süchtig machend. Ich kann mir mein Leben ohne dich nicht mehr vorstellen – will es auch gar nicht."

Meine Nerven vibrierten, das Blut rauschte durch meine Adern. „Cole", sagte ich aufstöhnend. Schob die Finger in sein Haar und versuchte, seinen Kopf zu mir herunterzuziehen. „Hör auf zu reden, Action bitte!“

„Zehn“, sagte er.

Glücklicherweise presste er endlich die Lippen auf meinen Mund. Aber der Kuss war zurückhaltend, viel zu zurückhaltend und schnell wieder vorbei.

„Du würdest dein Leben für mich geben, genauso wie ich für dich sterben würde.“

„Ja, das würde ich, ja, ja.“ Ich wartete auf den Ansturm.

Es passierte nicht. Cole kam mit dem Mund näher, ohne mich zu berühren – dachte er über den nächsten Zug nach?

Dabei würde ich ihm gern helfen. „Weg mit dem Pulli“, befahl ich und zerrte bereits am Stoff. „Jetzt.“

Er grinste. „Ungeduldig?“

„Rasend. Und wage es nicht, dich zu beschweren. Es ist deine Schuld.“

„Beschweren? Ich möchte das lieber feiern.“ Er löste meine Finger von seinem Shirt. „Zieh den Mantel aus.“

Ich wunderte mich, dass der nicht schon längst in Flammen aufgegangen war. Ich war sooo heiß auf Cole.

Während er sich das Sweatshirt über den Kopf zog, riss ich mir Mantel und Pullover vom Körper, sodass ich nur noch in Tanktop, Jeans und Stiefeln vor ihm stand … erst mal. Ich betrachtete ihn von oben bis unten und beherrschte mich eisern – ein goldener Stern für mein Kontrollsystem –, um nicht gleich auf das Tattoo zwischen seinen beiden Brustwarzen zu starren. Dort prangte mein Name in großen schwarzen Lettern auf seiner Haut.

Ich atmete seinen Duft ein – hmmm, Seife und Erdbeeren – und strich mit zitternden Fingern darüber.

Er stöhnte leise auf. „Bevor wir anfangen, Ali-Gator, muss ich dich warnen.“

„*Bevor* wir anfangen?“

Er griff in mein Haar, vorsichtig, um nicht das frische Tattoo im Nacken zu berühren, und zog mich an sich. Ein unglaubliches Gefühl, sein harter Oberkörper an meinen weichen Brüsten. Sein Blick war entschlossen, fast trotzig.

„Wir gehen nicht bis zum Schluss.“

Mein Blut kühlte augenblicklich ab. „Warum das?“ Kurz nachdem ich dem Tod gerade so entkommen war, hatte er mir signalisiert, dass er dafür bereit wäre. Mehr als bereit.

Und ich war es auch. War es noch immer. Mir war klar, dass wir diese sexuelle Erfahrung miteinander nicht ungeschehen machen könnten, dass sie unsere Beziehung verändern würde … und mich auch. Obwohl ich kein großer Fan von Veränderungen war, hier ging es um Cole. *Meinen* Cole. Damit wurde ich fertig.

„Nachdem uns deine Großmutter neulich erwischt hat", sagte er, „habe ich noch mal darüber nachgedacht."

Ein Schatten fiel über sein Gesicht, und seine unbewegte Miene weckte in mir den Verdacht, dass er nicht nur nachgedacht hatte. Wahrscheinlich hatte er einen Vortrag seines Vaters über sich ergehen lassen müssen.

„Ich bin achtzehn. Du bist sechzehn."

„Fast siebzehn."

„Ich bin volljährig. Du nicht."

„Cole …"

„Lass mich ausreden." Sein Tonfall war jetzt unnachgiebig wie sein Gesichtsausdruck. „Ich finde, wir sollten noch warten."

Ich starrte ihn an. Mit eins achtundsiebzig war ich nicht gerade klein. Mit eins zweiundneunzig war er aber größer. Er war breiter als ich, schwerer, in seiner Nähe fühlte ich mich immer total von ihm vereinnahmt. Normalerweise gefiel mir das. Heute war es anders. „Zwei Jahre sind …"

„Ein Jahr, drei Monate."

„… eine lange Zeit", beendete ich den Satz.

„Nicht wenn wir ein Leben lang Zeit zusammen haben."

Ich öffnete den Mund, um zu protestieren. Endlich presste er seine Lippen darauf.

Sofortiges Inferno. Ich küsste ihn mit allem, was ich hatte. Die Diskussion über dieses eine Jahr und die drei Monate konnte bis später warten – vielleicht, nachdem ich mehr Vorarbeit geleistet hatte. Jetzt im Moment würde ich ihn einfach genießen … und das, was er mir geben wollte.

Tausend kleine Feuer entzündeten sich in meinem Bauch und breiteten sich im Körper aus, als er meinen Po umfasste und mich noch dichter an sich zog. Erregt fuhr ich mit den Fingernägeln über seinen Rücken. Das, was ich vorher als Inferno bezeichnet hatte? Kein Vergleich.

Die Flammen mussten auch ihn erreichen, denn er hob mich hoch und presste sich an mich. Ich schlang ihm die Beine um die Taille und wir verschmolzen praktisch miteinander. Er trug mich zum Bett hinüber und legte mich auf die Matratze. Die ganze Zeit löste er die Lippen nicht von meinem Mund. Es wurde noch heißer. Gieriger.

„Wir können dafür was anderes machen“, flüsterte er atemlos. „So wie vorher.“

„Ja. Wie vorher.“ Was ich da gefühlt hatte …

Er umfasste mein Gesicht und sah mich an. „Aber vielleicht gehen wir diesmal ein bisschen weiter“, sagte er heiser.

Ich strich mir mit der Zunge über meine vom Küssen geschwollenen Lippen und unterdrückte ein Zittern. „Warum redest du denn noch?“

Er grinste süffisant, während er am Verschluss meines BHs spielte.

Draußen vor der Tür klirrte Glas.

Cole erstarrte und runzelte die Stirn. „Was …“

Schritte schallten auf dem Holzboden.

Plopp.

Plopp.

Schockiert fuhren wir beide hoch. Ich kannte dieses Geräusch. Schüsse aus Pistolen mit Schalldämpfern. *Aber … aber …*

„Runter auf den Boden!“, befahl Cole und stürzte zum Nachttisch, um sich eine seiner Waffen von der Ablage zu schnappen. Wer sollte die Hollands angreifen? Und warum?

Das ergibt keinen Sinn … keinen Sinn …

Cole warf mir einen warnenden Blick zu.

Okay. Auf den Boden. Ich versuchte, den Nebel aus meinem Kopf zu vertreiben, während ich zwei Dolche aus meinen Stiefeln zog. Ohne meine Waffen ging ich nirgendwohin. Messer taugten jedoch nur im Nahkampf etwas, wenn ich mir die Zombies vornahm und sie aufschlitzte. Wir hatten Schüsse gehört. Das waren keine Zombies.

Richtig. Ich ließ die Dolche fallen und griff nach der Pistole, die in meiner Manteltasche steckte.

„Cole! Du musst fliehen!“, schrie sein Vater von draußen durch die Schlafzimmertür – in dem Moment zerbarst die Fensterscheibe. Cole hatte keine Gelegenheit mehr, auszuweichen.

Scherben regneten ins Zimmer. Cole wurde plötzlich hochgerissen. Er flog wie eine Granate durch die Luft, wurde gegen die Wand geschleudert und fiel zu Boden, einen breiten roten Blutstriemen hinter sich herziehend.

3. KAPITEL

Keine verspritzten Gedärme, kein Triumph

Was zum Teufel war hier los?

Keuchend fiel ich auf die Knie. „Cole?", flüsterte ich und kroch auf ihn zu. Die Pistole klackte dabei rhythmisch auf den Holzboden, erinnerte mich an eine tickende Uhr.

Ich hasste tickende Uhren. Ein ganzes Leben konnte sich innerhalb eines Gongschlags verändern.

Ich ließ die Waffe los und presste Cole zwei Finger an die Halsschlagader, um seinen Puls zu fühlen. *Bitte sei nicht tot, sei nicht tot, bitte, bitte, sei nicht tot.* Okay, ich wusste, dass Sterben für uns nicht das Ende war, wie man an meiner Schwester sah. Aber ich war nicht bereit, auch nur den kleinsten Teil von Cole zu verlieren.

Poch ... poch ... poch ...

Gott sei Dank! Langsam, doch stark genug. Er lebte.

Seine Lider flatterten. „Ali?"

„Alles in Ordnung", sagte ich schnell. „Du lebst. Es wird alles gut."

„Was ist passiert?"

Ich sah mir die Wunde an. Das Blut hatte sein Unterhemd bereits zur Hälfte durchtränkt. Der Schuss war in die Schulter gegangen.

„Jemand hat auf dich geschossen. Direkt vor meinen Augen. Dieser Jemand könnte noch da draußen sein. Wir sind vielleicht immer noch Zielscheiben." Ich hatte mit zwei Gefühlen zu kämpfen – Hoffnung gegen Furcht – und konnte nicht mehr richtig denken. „Was soll ich machen?"

„Verbinden", flüsterte er mit schwacher Stimme. „Die Schulter."

Natürlich. Ja. Das war mir klar. Aber ... die Schulter verbinden würde nicht viel helfen. Er blutete zu stark. Die Wunde musste ausgebrannt werden, damit der Blutfluss gestoppt wurde.

Zombiejäger konnten ein Feuer produzieren. Das brauchten wir, um die Zombies zu vernichten. Ich war dazu in der Lage. Wenn es sich in mir bildete, schossen Flammen aus meinen Fingerspitzen. Wir mussten die Finger auf die Zs pressen, sodass die Hitze sie erfasste, entgiftete und reinigte, das Böse und die Dunkelheit verbrannten. Irgendwann fielen die Monster dann zusammen und wurden zu Asche. Aus unerklärlichen Gründen schaffte ich es, diese Flammen am ganzen Körper zu entwickeln. Um die Zombies auszulöschen, brauchte ich sie nur einen kurzen Moment zu berühren.

Mit diesem Feuer ließen sich Menschen heilen … manchmal. Es konnte aber auch den endgültigen Tod bedeuten, so wie bei den Zombies.

Es hatte mich geheilt, und es würde Cole heilen. Wir waren beide Zombiejäger, das war der entscheidende Faktor, der über Heilung oder Vernichtung entschied.

Oder etwa nicht?

Ich musste es riskieren. Cole würde es sonst nicht schaffen. Er verblutete, sein Kopf fiel zur Seite. Langsam färbten sich seine Lippen bläulich, die Haut war kalkweiß.

Panisch schloss ich die Augen. Menschen existierten auf drei Ebenen. Eine war die des Geistes, der Quelle des Lebens, die mit der Seele verbunden war. Sie beinhaltete den Verstand, den Willen und unsere Gefühle und ruhte in unserem Körper, der äußeren Hülle. Mit einem tiefen Atemzug – ein … aus – zwang ich meinen Geist hinaus. Es war fast so, wie einen Handschuh von den Fingern zu streifen. Die Zombies waren Geister, und nur Geister waren in der Lage, gegen sie zu kämpfen. Ich hatte gelernt, jederzeit in diese Geistform überzutreten.

Kühle Luft umfing mich. Ohne den Schutz der Körperhülle spürte ich die Kälte noch intensiver, als wäre die Temperatur um mehrere Grade gefallen.

„Was … tust du?“ Als Zombiejäger konnte Cole die Geistformen sehen, konnte mich in meiner Geistform sehen.

Keine Zeit für lange Erklärungen. Außerdem war ich nicht so erfahren und musste mich völlig auf diese eine Aufgabe konzentrieren.

Entzünde dich, dachte ich, und meine Fingerspitzen erhitzten sich. Ich warf einen Blick darauf … Flammen züngelten bis zu meinen Handgelenken. *Gut, gut.* Ich drückte meine Finger in Coles Schulter.

Sein Atem stockte. Keine weitere Reaktion. Auch wenn er keinen Ton von sich gab, wusste ich, dass er unglaublichen Schmerz verspüren musste. Ich kannte das, hatte es selbst erlebt. Seine Geistform würde Verbrennungen erleiden. Aber er zerfiel nicht zu Asche, es hatte also funktioniert.

Ich ließ die Flammen verlöschen und vereinigte meinen Geist mit meinem Körper durch eine einzige Berührung, dann untersuchte ich Cole. Seine Hautfarbe hatte sich wieder normalisiert. So schnell. Ich griff nach dem Shirt, das er ausgezogen hatte, und wickelte den Stoff um die nicht mehr so stark blutende Wunde.

Was jetzt? Ich hatte keine Ahnung, ob die Angreifer da draußen warteten und ihre Waffen auf die Fensteröffnung gerichtet hielten, durch die inzwischen der Wind ins Zimmer pfiff. Ich wusste auch nicht, wie viele der miesen Typen sich womöglich im Haus befanden, um Mr Holland zu erschießen – oder ob Mr Holland überhaupt noch am Leben war.

Mir verkrampfte sich schmerzhaft der Magen.

Gleichgültig, was war, wir konnten – und würden – auf keinen Fall ohne ihn das Haus verlassen.

„Kannst du aufstehen und laufen?“, erkundigte ich mich.

Cole biss die Zähne zusammen. „Egal … ob ich kann … ich werde … schon … klarkommen.“

Obwohl ihn das Sprechen offensichtlich viel Kraft kostete, hörte er sich kräftiger an. Das lag sicher nicht nur an meiner Notfall-Ausbrennung der Wunde, sondern auch an seiner eisenharten Entschlossenheit und seinem Mut, die ihm Power gaben.

„Ich suche deinen Vater und wir treffen uns …“

„Nein“, sagte er unnachgiebig, um jede Diskussion von vornherein im Keim zu ersticken. „Wir bleiben zusammen.“

„Wir haben nicht viel Zeit.“

„Mein Vater. Meine Entscheidung.“

Na gut. „Wir brauchen mehr Waffen.“ Ich hob die Pistole auf, die er fallen gelassen hatte, und gab sie ihm. Dann kroch ich zum Nachttisch und schnappte mir die kleine Armbrust von der Ablage, auf der er sie aufbewahrte.

Cole rappelte sich mühsam auf die Knie. „Ich gehe … zuerst durch die … Tür. Du bleibst … hinter mir. Verstanden?“

Er angelte nach seinem Rucksack auf der Kommode und verzog das Gesicht.

Nein, ich hatte es nicht verstanden, und ich würde nicht tun, was er verlangte. Der Stärkere führte den Schwächeren, nicht andersherum.

„Ich gehe zuerst.“

„Du sollst …“

Er runzelte die Stirn, horchte und hob einen Finger, um mich zum Schweigen zu bringen.

Ich blieb stehen und lauschte nach irgendwelchen verdächtigen Geräuschen. Der Wind pfiff unheimlich und … Eis knirschte. Alle Instinkte, über die ich verfügte, schrien: *Alarmstufe Rot, Alarmstufe Rot!*

Jemand näherte sich in großem Tempo.

Ich wirbelte herum und zielte, gerade als ein maskierter Typ die Beine durchs Fenster schwang. Kaum hatte er sich aufgerichtet, drückte ich den Abzug. Ein Pfeil traf ihn in die Kehle, durchfetzte seine Luftröhre und ließ den Schmerzensschrei verstummen, bevor er hatte aufsteigen können.

Ein Todesschuss.

Ich hatte getan, was notwendig war. Bedauern durfte ich es nicht.

Weiterhin die Waffe auf den Eindringling gerichtet, ging ich auf ihn zu. Sein Kopf war zur Seite gerutscht, die Augen aufgerissen, aber blicklos. Kein Puls. Er hatte einen Kopfhörer im Ohr. Ich nahm ihn ab und horchte, hörte verschiedene Stimmen durcheinanderreden.

„… getroffen, ich bin getroffen …“

„… soll ich weitermachen?“

„Er ist tot …“

Es waren noch viel mehr.

Die Tür wurde aufgerissen, und ich wirbelte herum. In dem Moment, als ich zum zweiten Mal den Abzug drückte, erkannte ich Mr Holland und konnte das Geschoss gerade noch mit einer Drehung des Handgelenks umleiten, sodass es in den Türrahmen neben ihm krachte.

„Runter!“, befahl Cole sofort besorgt und gleichzeitig erleichtert.

Mr Holland blieb stehen. Eines seiner Augen war zugeschwollen. Er blickte sich im Zimmer um und holte scharf Luft, als er Coles Verletzung sah. Er warf mir einen Blick zu und atmete langsam aus. Rote Striemen überzogen sein Gesicht.

„Es waren vier. Drei im Haus, einer draußen. Sieht so aus, als hättest du den erwischt.“ Mr Holland kniete sich vor Cole und zog den Stoff von dessen Schulter, um die Wunde zu inspizieren.

Cole zuckte zusammen.

„Glatter Durchschuss. Die Wundränder ausgebrannt. Blutung verlangsamt." Mr Holland warf das Shirt beiseite, zog sein eigenes Hemd aus und verband die Wunde seines Sohnes neu. „Wir haben nicht viel Zeit. Einer ist entkommen. Er wird Verstärkung holen."

„Sie scheinen schon alarmiert zu sein", sagte ich. „Ich habe sie über den Kopfhörer des Typen gehört."

„Die anderen sind bei Ankh."

Mr Ankh, Reeves Vater. Er war kein Zombiejäger, aber er unterstützte unseren Kampf und hatte Nana und mir einen Platz in seinem Haus zur Verfügung gestellt.

„Nana", keuchte ich. „Kat." Sie hatte vorgehabt, die Nacht bei Reeve zu verbringen. Ob sie verletzt waren?

Ich hätte bei ihnen sein sollen, hätte sie beschützen müssen.

„Tut mir leid", sagte Mr Holland. „Aber ich weiß nicht, wie es ausgegangen ist. Das war ein geplanter Angriff, der uns alle auf einmal vernichten sollte."

Alle? „Sie meinen ...?" *Nein, nein, nein, nein.* Die Richtung, in die meine Gedanken gingen, gefiel mir gar nicht.

„Ankh hat mich angerufen. Jemand hat sein Sicherheitssystem geknackt. Ich war gerade dabei mich anzuziehen, um rüberzufahren und zu helfen, als Frosty anrief. Kurz danach kam ein Anruf von Bronx. Aber ich hatte keine Gelegenheit mehr, mit den Jungen zu reden. Zwei Männer kamen durch die Hintertür hereingestürzt. Also, ja. Ich nehme an, alle Zombiejäger aus unserem Team waren heute Ziel des Anschlags."

Frosty. Bronx. Trina. Lucas. Cruz. Collins. Gavin. Veronica. Mackenzie. Justin. Jaclyn. Wenn irgendjemandem von ihnen etwas passiert war ... Die verschiedensten Gefühle peitschten auf mich ein. Schmerz. Reue. Besorgnis und vor allem heiße, brennende Wut.

In meinem Kopf formte sich eine Aufgabenliste. *Eins nach dem anderen. Bring Cole ins Krankenhaus. Geh auf die Suche nach den anderen. Setze die Verantwortlichen außer Gefecht.*

Über die Frage, wer das war, musste ich nicht lange nachdenken. Anima Industries. Das war klar.

„Bei den Ankhs gibt es viele Geheimgänge für Notfälle", sagte Cole, der inzwischen wütende Entschlossenheit zeigte. „Ankh hat sicher dafür gesorgt, dass alle rechtzeitig rauskamen, Ali-Gator. Das garantiere ich dir."

Wie ich verabscheute auch Cole Lügen. Ich glaubte ihm.

Als ich ihm den Rucksack abnahm, zuckte er zusammen. „Tut mir leid", murmelte ich und legte mir die Tasche über die Schulter. Was immer er eingepackt hatte, es wog mindestens hundert Kilo, wenn nicht mehr. „Lass uns zusehen, dass wir hier rauskommen."

Wir schafften es ohne Zwischenfälle in die Garage. Ich stieß ein Dankesgebet aus. Cole kletterte auf den Beifahrersitz seines Jeeps, ich stellte den Rucksack zu seinen Füßen ab.

Mr Holland warf mir einen Schlüsselbund zu. „Du fährst."

„Okay." Ein Führerschein war im Moment Nebensache.

„Bring ihn zur Holy Trinity Church. Büro des Pfarrers. Bücherregal." Mr Holland sah Cole an. „Ein Schutzraum, wie wir ihn für deine Mutter gebaut hatten."

Cole versteifte sich. So war das immer, wenn seine Mutter erwähnt wurde. Sie war eine Zombiejägerin gewesen und hatte vielleicht eine Zuflucht gehabt, war aber trotzdem bei einem Zombieangriff ums Leben gekommen.

Mr Holland begegnete meinem Blick. „Dort werden Ankh und deine Großmutter sein, wenn ..."

Wenn sie überlebt haben, beendete ich den Satz in Gedanken. Ich wäre sofort wieder in Panik ausgebrochen, wenn ich nicht im Stillen Coles Versicherung wiederholt hätte. *Ankh hat dafür gesorgt, dass alle rechtzeitig rauskamen, Ali-Gator. Das garantiere ich dir.*

„Sieh zu, dass du meinen Jungen dort ablieferst", sagte Mr Holland.

Nichts würde mich aufhalten. „Was ist mit Ihnen?"

„Ich werde kurz nach euch eintreffen."

Was hatte er noch zu erledigen? Die Toten vergraben?

Oh, Himmel. Wahrscheinlich.

Leicht zittrig setzte ich mich hinters Lenkrad. Meine Handflächen waren feucht. Mir rauschte das Blut heiß durch die Adern, aber meine Haut war kalt. Ich hatte einen bitteren Geschmack im Mund. Als sich das Garagentor öffnete, legte Cole eine Hand auf meine und drückte sie, um mir Mut zu machen, so gut er konnte. Seine Finger fühlten sich noch kälter an als meine, richtig klamm.

„Ich lasse nicht zu, dass dir was passiert", schwor ich, trat aufs Gaspedal und wir schossen auf die Straße. Ständig war ich darauf gefasst, dass wir in einen Kugelhagel gerieten. Als aus Sekunden Minuten wurden, entspannte ich mich ein bisschen.

Diese Atempause hielt jedoch nicht lange an. Ich bog um die Ecke und entdeckte Gavins Wagen, der sich um einen Pfosten gewickelt hatte. Rauch stieg aus der zerknautschten Kühlerhaube auf. Die Fahrertür stand offen, aber hinter dem Lenkrad war niemand zu sehen.

„Nein!" Ich keuchte.

„Er ist zäh", sagte Cole. „Und schlau. Gavin war schon mehrmals in der Hölle und hat's immer wieder geschafft."

Tränen traten mir in die Augen, als ich vor dem Wrack parkte. Wenn Gavin überlebt hatte, dann war er auf jeden Fall verwundet. Er würde vielleicht in der Nähe sein, versteckt hinter den Bäumen und warten … Es sei denn, jemand hätte ihn irgendwohin verschleppt.

Es dauerte kostbare Minuten, nach ihm zu suchen. Zeit, die Cole nicht hatte.

Ich musste eine Entscheidung treffen.

„Ich bin verletzt, nicht halb tot", sagte Cole, der genau wusste, was in mir vorging. „Mach dir keine Sorgen um mich … und erledige, was du tun musst … für Gavin."

Je mehr er redete, desto schwächer wurde seine Stimme.

„Ich will dich nicht alleine lassen", gestand ich ihm. „Du brauchst so schnell wie möglich medizinische Hilfe und …"

„Grund Nummer elf", sagte Cole, und ich brauchte einen Moment, um zu kapieren, wovon er sprach. Die Gründe, weshalb er mich liebte. „Du bist bereit … alles für … deine Freunde zu riskieren. Übrigens wirst du nicht … alleine sein. Ich gehe dahin, wo … du hingehst."

Wie bitte? „Nein. Du bleibst im Auto."

„Ali."

„Cole. Du bist zu schwach. Deine Wunde blutet nach wie vor. Durch die Bewegung ist es wieder schlimmer geworden. Und du hast nur Shorts an."

Er musterte mich. „Ali-Gator. Du trägst ein Tank."

Noch mal mit eiserner Entschlossenheit. „Du würdest mich nur aufhalten. Und jetzt keine Diskussion mehr. Wir müssen uns so schnell wie möglich in Sicherheit bringen."

Er sah mich finster an. „Okay. Sei vorsichtig … sonst werde ich sauer."

Ich küsste ihn hart und kurz. Kalte Luft schnitt in meine nackten Arme, als ich aus dem Wagen stieg. Meine Füße hatten sich inzwischen in schwere Felsbrocken verwandelt, aber ich schaffte es, mich einigermaßen flüssig zu bewegen, verfolgte die Blutspuren, die vom Wrack zu einem Baum führten, dessen Rinde zerkratzt war. Dort entdeckte ich ein paar Fußabdrücke, deren Größe zu Gavin passte. Die Tiefe der Abdrücke schien ebenfalls im Hinblick auf das Gewicht seines muskelbepackten Körpers zu stimmen.

Plötzlich endeten die Spuren.

„Gavin!“, rief ich trotz der Gefahr, dass Leute von Anima in der Nähe sein könnten. Das Risiko ging ich ein, um einem Freund zu helfen. „Ich bin’s, Ali.“

Keine Antwort. Nicht mal irgendwelche Insekten waren zu hören.

Diese Stille … brachte mich um.

„Gavin. Bitte.“

Weiterhin Stille.

Tränen brannten mir in den Augen. Jetzt konnte ich nichts weiter tun. Ich rannte zum Wagen. Cole war noch blasser geworden. Das bisschen Kraft, das er gehabt hatte, schien ihn zu verlassen.

„Irgendein … Anzeichen?“, erkundigte er sich.

„Er war auf jeden Fall hier, aber ob er irgendwo anders ist, vielleicht ohne Bewusstsein, keine Ahnung. Ich bringe dich zu Mr Ankh und komme hierher zurück.“ Bevor er eine Bemerkung zu der Gefahr machen konnte, in die ich mich begeben würde, sagte ich: „Hältst du noch durch?“

„Baby, wir sind gerade erst wieder zusammengekommen.“ Seine Zähne begannen zu klappern. „Da werde ich auf keinen Fall … jetzt sterben.“

Ich hätte gern die Heizung angestellt, tat es aber nicht. Die Kälte war für Cole im Moment besser, sie sorgte dafür, dass die Blutung nicht stärker wurde. Vielen Dank auch für die früheren Erste-Hilfe-Kurse.

„Versprichst du mir das?“, fragte ich.

„Versprochen.“

Ich fuhr langsam an der Kirche vorbei. Ein schönes dreigeschossiges Sandsteingebäude in Form eines Ms. Im Zentrum führten steile Betonstufen zum Haupteingang. Die Flügeltüren reichten bis zur zweiten Etage und liefen nach oben spitz zu, wo sich ein kunstvoll verziertes schmiedeeisernes Kreuz befand. Ich zählte zehn Buntglasfenster, keines war zerstört. Die Parkbuchten waren leer und wurden von einer einzigen Straßenlaterne beleuchtet.

Ich suchte die Umgebung nach Anzeichen von Mr Ankh – oder Anima – ab. Um diese Uhrzeit waren die Läden und Cafés geschlossen. Niemand schien sich in irgendwelchen dunklen Ecken herumzudrücken. Gegenüber auf dem Parkplatz standen zwei Wagen, in keinem lungerte jemand herum. Keines der beiden Fahrzeuge gehörte jemandem, den ich kannte.

Ich parkte zwei Blocks weiter. Die Leute von Anima wussten natürlich, wo wir wohnten. Sie kannten ganz sicher auch unsere Autos. Wenn sie auf der Suche nach uns waren, wollte ich nicht, dass sie unseren Wagen vor der Kirche fanden.

„Wir halten uns im Schatten und sehen zu, dass wir schnell wegkommen."

Cole verzog das Gesicht, als er sich den Rucksack überwarf. „Du … hattest recht. Ich bin langsamer. Wenn es Ärger gibt … warte nicht auf mich … um mir zu helfen. Sieh zu … dass du selbst in die Kirche kommst."

Auf keinen Fall. „Wir bleiben zusammen, schon vergessen?"

„Nur wenn es … für dich okay ist."

„Genau." Ich stieg aus, bevor er noch was erwidern konnte, die Kälte nahm mir fast die Luft.

Als Cole neben mir stand, eine Atemwolke vor seinem Gesicht, wollte ich ihm den Rucksack abnehmen, aber er sah mich nur böse an.

„Grund Nummer zwölf. Störrisch. Solange ich … atme … werde ich dich beschützen … und das tragen, was ich tragen kann."

Genau das. Das war einer der vielen Gründe, warum *ich* mich in *ihn* verliebt hatte. „Cole …"

„Ich Mann. Du Frau." Alles an seiner Haltung war stahlharte Entschlossenheit. Er deutete mit dem Kinn voraus. „Los jetzt."

„Angeschossen werden macht uns verschroben, denke ich." Aufmerksam um mich blickend setzte ich mich in Bewegung. Überall in den geheimnisvollen Schatten der Nacht lauerten Gefahren, und wenn ich nicht vorsichtig war, könnte ich es bereuen.

Cole stolperte ein paar Mal, hielt aber mit mir mit.

An einer niedrigen Steinmauer angelangt, die mehr der Dekoration als der Sicherheit diente, bückte ich mich. Niemand schien in der Nähe zu sein. Wir folgten Mr Hollands Anweisungen und arbeiteten uns ohne große Probleme zum hinteren Teil der Kirche vor. Ich wandte den Trick an, den Frosty mir beigebracht hatte, um das Schloss an der Tür zu knacken, während Cole sich an die Wand lehnte. Sein Atem ging inzwischen schwerer. Musste ich das Feuer noch einmal einsetzen?

Keine Zeit. Die Tür quietschte in den Angeln, als ich sie aufstieß und eintrat. Kein Licht brannte, undurchdringliche Dunkelheit empfing uns. Ich nutzte die Lampe in meinem Smartphone – in dem ich für fast alle Fälle eine Funktion gespeichert hatte – und verdrängte die Schatten. Wir befanden uns in einer Küche. Sie war klein, aber alles schien an seinem Platz zu sein. Niemand war zu sehen. Ein Flur vor uns verzweigte sich in drei Gänge.

„Hier lang." Cole ging mit schleppenden Schritten voraus, er wurde von Minute zu Minute langsamer.

Ich beleuchtete unseren Weg, als wir an verschiedenen Türen vorbeikamen und schließlich den Altarraum betraten. Leise betete ich um Kraft und Frieden. War Nana hier? Meine Freunde? Oder ...

Nicht daran denken.

Genau. Wir eilten durch die Andachtshalle, vorbei am Lagerraum, in dem ein Haufen Chorroben hingen, und kamen endlich ins Amtszimmer des Pastors. Cole, der ziemlich wacklig auf den Beinen war, knipste das Oberlicht an, und ich steckte mein Smartphone in die Tasche. Ich blinzelte, um mich an das grelle Licht zu gewöhnen, sah das Bücherregal, den Schreibtisch, einen Aktenschrank und ein paar Stühle.

„Irgendwas fehlt", sagte ich. „Wo ist der Durchgang zum Schutzraum?"

„Hier." Cole bückte sich und schob die Bücher im unteren Regal beiseite. Dann öffnete er eine versteckte Luke, die in einen schmalen Tunnel führte, gerade mal groß genug, dass ein erwachsener Mann durchkriechen konnte.

„Runter", sagte er. „Schnell." Er schloss kurz die Augen ... riss sie wieder auf.

Würde er jeden Moment ohnmächtig werden?

Ich flog geradezu durch die Öffnung – und fand eine Leiter. Dunkelheit umfing mich, als ich hinunterstieg. Wie eine richtige Alice im Wunderland, dachte ich, und ein nervöses Kichern stieg mir in der Kehle auf. Meine Handflächen wurden feucht, ich musste die Bilder in meinem Kopf verdrängen und durfte mir nicht vorstellen, wie Cole den Halt verlor und zu Tode stürzte.

Spärliches Licht drang jetzt zu uns hoch. Unten angelangt sprang ich auf einen Betonboden. Cole kletterte mit meiner Hilfe die letzten Sprossen herunter.

„Dafür wird Anima büßen", schwor ich.

„Ja, sie werden … mit ihrem Blut bezahlen."

Einer Menge Blut.

Wir befanden uns in einem kleinen verlassenen Gewölbe, aber im Hintergrund hörte ich Stimmen. Stimmen, die ich erkannte. Ich stolperte los. „Nana!"

„Ali?"

Ich bog um die Ecke, hinter der das Licht herkam, rannte schneller und erreichte einen großen Raum mit Liegen, medizinischen Geräten und Waffen. Nana, in ihrem Lieblingsnachthemd, kam auf mich zu. Ich flog ihr in die Arme und drückte sie fest an mich, während ich krampfhaft versuchte, nicht zu heulen.

„Gott sei Dank! Du lebst!" Sie war die Einzige aus meiner Familie, die ich noch hatte, und ich würde lieber sterben, als sie zu verlieren. „Du lebst wirklich!"

„Ich sage dir, ich muss heute Nacht von Engeln umgeben sein. Eine andere Erklärung kann es nicht dafür geben, wie ich das überstanden habe."

„Es tut mir so leid, dass ich nicht bei dir war."

„Ich bin froh darüber. Ich hätte es schrecklich gefunden, wenn du das miterlebt hättest, diese Gewalt. Du hast schon genug durchgemacht."

Sie schauderte, und mir ging durch den Kopf, dass es für heute Nacht tatsächlich reichte. „Ich hatte gehofft, dass du in Sicherheit sein würdest."

Hinter mir hörte ich leise schleppende Schritte und löste mich aus Nanas Umarmung. „Ich bin gleich zurück." Cole hatte gerade den Raum betreten, und ich lief zu ihm hinüber. Sein Gesichtsausdruck war gequält, seine Haut kalkweiß. Er brachte ein schwaches Grinsen zustande, als ich vor ihm stand. Ich vermutete, er hielt sich nur noch wegen des Adrenalins aufrecht.

„Sagte ich dir doch … dass sie in Sicherheit ist."

„Und was du sagst, stimmt immer." *Freu dich darüber, aber halte durch!* Ich zog ihm den Rucksack von der Schulter, das schwere Ding sackte zu Boden. „Du musst dich hinlegen."

„Ali, bitte vergiss niemals ... ich habe keine Angst ... zu sterben."

Schock! Das durfte nicht sein! „Ich weiß." Jemand, der Angst zu sterben hatte, konnte nie richtig leben, und Cole Holland lebte ganz gewiss. „Warum sagst du das jetzt? Du hast mir was versprochen, und ich erwarte, dass du dein Versprechen hältst."

Er lehnte sich an mich, um nicht umzukippen.

Ich legte ihm einen Arm um die Taille. „Mr Ankh!", rief ich. „Bitte helfen Sie mir!"

Der Mann kam hinter einem Vorhang hervor. Sein Oberkörper war nackt und genauso muskulös wie der eines Zombiejägers. Es sah aus, als hätte er gerade seine eigene Wunde vernäht, denn in Höhe seines Schlüsselbeins befand sich ein blutiger Schnitt, neben dem eine Nadel am Faden baumelte. Seine normalerweise gebräunte Haut war fast so bleich wie Coles und mit zahlreichen Abschürfungen und Prellungen übersät.

Als er Cole erblickte, eilte er auf uns zu. Zusammen verfrachteten wir Cole auf eine Krankenliege, was gar nicht einfach war. Auf halbem Weg verlor er das Bewusstsein und wurde schwer wie ein nasser Sack. Mr Ankh schob mich beiseite, um Coles Wunde an der Schulter zu säubern und zu flicken.

Mr Ankh ist Chirurg, sagte ich mir ständig. Er weiß, was zu tun ist.

„Er wird doch wieder gesund, oder?", erkundigte ich mich.

Unter Mr Ankhs linkem Auge zuckte es. Er schwieg.

Ich presste die Lippen zusammen.

Nicht daran denken, schieb es in die hinterste Kammer.

Ja, aber wie viel passte dort noch rein?

Nana kam zu mir herüber und drückte meine Hand.

„Wie bist du hierhergekommen?", wollte ich von ihr wissen.

„Einer von Mr Ankhs Geheimgängen führt direkt in dieses Versteck."

„Wo sind die anderen?" Ich sah mich im Raum um. Kat lag auf einer der Krankenliegen, das dunkle Haar umrahmte ihr blasses Gesicht. Ihr Ausdruck war ... merkwürdig. Leblos.

Ich runzelte die Stirn. Irgendwas stimmte nicht mit ihr, das war offensichtlich.

Reeve lag auf der Liege neben ihr, ihr Haar genauso zerzaust, die Augen geschlossen. Sie lag so still da, dass ich glaubte ...

Nein! „Sag mir, dass sie leben!"

„Ja, aber sie mussten ruhiggestellt werden." Nana stieß einen zittrigen Atemzug aus. „Beide."

Okay, okay. Ich konnte mir schon vorstellen, wieso. Reeve wollte wahrscheinlich losgehen, um Bronx zu suchen. Kat hatte ganz sicher großes Theater gemacht und verzweifelt versucht, zu Frosty zu fahren.

„Ich muss dir etwas sagen, meine Liebe", begann Nana, deren Gesichtsausdruck jetzt voller Trauer war.

Ich versteifte mich. „Nein." Was jetzt kommen würde, war mir klar.

„Du musst es wissen. Zwei von den …" Sie schluchzte auf. „Zwei Zombiejäger … sind …"

„Nein!", rief ich noch einmal.

„Lucas und Trina. Die schöne Trina. Sie …"

Ich schüttelte wild den Kopf. *Das will ich nicht hören!*

„Lucas rief an. Trina war bei ihm. Sie wurden beide verfolgt. Ankh hat ihnen erklärt, wohin sie flüchten sollten, dann … wir haben die Mädchen allein gelassen, als sie im sicheren Raum schliefen, und haben nach den anderen gesucht."

Ich konzentrierte mich auf das, was ich gerade heraushörte – dass Mr Ankh meine Großmutter aus dem Versteck mitgenommen und der Gefahr ausgesetzt hatte – und nicht auf die Worte, die gleich kommen würden. Nein … sprich es nicht aus. Bitte sprich es nicht aus.

„Er dachte, er würde meine Hilfe brauchen, dass ich die Wunden versorgen müsste, während er fuhr. Ich wünschte, er hätte recht behalten. Das wäre …" Sie räusperte sich. „Wir erreichten sie vor den Angreifern. Sie kamen uns entgegengelaufen."

Sie tat es einfach. Sie sprach es aus. „Nana, hör auf. Sag es nicht." Wenn sie es nicht aussprach und ich es nicht hörte, dann war es nicht real.

Sie schluchzte noch ein paar Mal, bevor sie weiterredete. „Ankh hat es versucht. Er wollte ihre Verfolger ausschalten. Das tat er auch. Aber vorher haben sie die beiden erschossen. Sie schafften es nicht zum Auto. Es tut mir so leid, meine Liebe. So leid."

Nicht darauf vorbereitet.

Lucas und Trina. Beide tot.

Tot!

Zwei Freunde. Verloren. Weil Anima beschlossen hatte, uns nicht mehr zu beobachten, uns nicht mehr zu bedrohen, sondern zur Tat überzugehen. Wir waren in unserer kleinen Welt gefangen gewesen und hatten nicht erwartet, dass jemand dabei sein könnte, eine Flut von Schmerzen auszulösen.

Ich hatte nicht mal die Gelegenheit gehabt, mich zu verabschieden.

Plötzlich, ohne Vorwarnung, platzte die hintere Kammer in meinem Kopf aus allen Nähten. All die Emotionen, die ich bisher erfolgreich verdrängt hatte, stiegen in mir auf. Bedauern, Sorge, Schuldgefühle, jetzt vermischt mit Trauer, Wut, Ärger. Alles wurde zu einer riesigen Welle, die über mir zusammenschlug.

Am Ertrinken.

Ich fiel auf die Knie und begann zu schluchzen.

4. KAPITEL

Verstand wird überbewertet (und bringt nur Ärger)

Ich hatte den merkwürdigsten Traum. Ein kleines Mädchen, wahrscheinlich drei, vielleicht auch vier, war an einen Stuhl geschnallt, eine einfach, aber geschmackvoll gekleidete Frau saß neben der Kleinen und hielt ihre Hand. Die Frau war so zart gebaut, dass sie wie eine Fee aus einem Märchen wirkte. Ihr gewelltes Haar war schulterlang und hatte die Farbe von Weizen. Ihre blauen Augen waren fast unheimlich hell.

Diese Augen hatte ich schon gesehen, und zwar sehr oft.

Zum Beispiel jeden Tag, wenn ich in den Spiegel blickte.

So was war selten. Und doch, das kleine Mädchen hatte die gleiche Augenfarbe.

Waren das Mutter und Tochter? Verwandte, die ich nie kennengelernt hatte?

Das war wohl möglich. Aber wieso träumte ich dann von ihnen?

Und warum ging ich davon aus, dass die beiden tatsächlich existierten, nur weil es sich so real anfühlte? Träume waren einfach Träume. Keine wahren Erlebnisse.

„Keine Angst", sagte die Frau mit leicht zittriger Stimme. „Wenn alles vorbei ist, bringe ich dich nach Hause und backe deine Lieblingskekse."

„Ich will *jetzt* nach Hause. Ich will keine Kekse."

„Das weiß ich, meine Süße, das weiß ich. Aber das geht nicht. Noch nicht. Das hier ist wichtig."

„Warum?" Tränen begannen zu fließen. „Sie tun mir weh, Momma."

Die Mutter fing nun ebenfalls an zu weinen. „Du bist ein ganz besonderes kleines Mädchen. Kannst Dinge tun, die niemand sonst schafft. Damit kannst du ihnen helfen, anderen Menschen zu helfen. Andere Menschen zu retten."

Ihnen? Wer waren *sie*?

„… lasse sie nicht allein", drang jetzt Nanas besorgte Stimme an mein Ohr.

Der Traum verpuffte in einer diffusen Wolke.

Ich versuchte die Augen zu öffnen, hatte jedoch nicht die Energie. Mein Kopf fühlte sich gleichzeitig leer und schwer an, als hätte ihn jemand ausgehöhlt und mit Steinen vollgepackt.

„Doch."

Mr Hollands Stimme. Er sagte noch etwas, aber in meinen Ohren schrillte ein hoher Klingelton und verzerrte den Rest der Unterhaltung. „...as wärren weseen."

„Zieh niehe ohne hielos."

Ich biss mir in die Zunge, bis ich kupfriges Blut schmeckte. Der Schmerz musste wohl in meinem Körper eine chemische Reaktion ausgelöst haben, die jede Menge Adrenalin freisetzte, um mir den erforderlichen Auftrieb zu geben. Das schrille Geräusch verschwand, und neue Kraft durchströmte mich.

„... zurzeit im Krieg, und das macht Sie zur Zielscheibe. Ali wird nicht so kämpfen können, wie ich es von ihr gewohnt bin, wie es nötig ist, wenn sie sich um Sie Sorgen machen muss."

Mr Holland hatte dieselbe eisenharte Entschlossenheit wie sein Sohn. Seine Worte klirrten wie Frost.

„Sie werden gehen, und damit Schluss."

Ich hob die Lider und blinzelte, um den Nebel vor meinen Augen zu vertreiben. In meinem Hinterkopf drängten die Erinnerungen an die Oberfläche, wollten aus ihrem Gefängnis. Bevor ich entschieden hatte, wie ich sie zurückhalten konnte, strömte alles hervor und stürzte auf mich ein. Cole angeschossen. Gavin vermisst. Kat und Reeve mit Medikamenten ruhiggestellt. Trina und Lucas ...

Nein.

Nein!

Nichts konnte dieses Wissen auslöschen. Die beiden waren tot. Erschossen. Für immer von uns gegangen.

Mein Bewusstsein schaltete die Verwüstung um mich herum aus. Ich durfte mir keine Gefühle erlauben. Nicht jetzt. Aber später ...

Ja, später.

Im Moment war es notwendig, die Kammern in meinem Kopf vollzustopfen. Neun meiner Freunde waren da draußen, Zielscheiben der Verrückten, aus denen Anima bestand, und wir mussten sie finden. Stöhnend setzte ich mich auf. Sofort erfasste mich Schwindel, der schon auf mich gewartet zu haben schien.

Eine weitere Erinnerung nahm Form an. Ich war zusammengebrochen und hatte geheult. Mr Ankh war auf mich zugekommen. Und während er mich mit Worten getröstet hatte, war seine Hand mit einer Spritze aus der Kitteltasche aufgetaucht. Er hatte mir irgendetwas injiziert. Ein Beruhigungsmittel, dachte ich verärgert und biss die Zähne zusammen.

„Ganz ruhig, meine Liebe.“ Der süße Duft von Nanas Parfüm umfing mich, als sie mir sanft den Arm um die Schultern legte, um mich zu stützen.

Meine Hände zitterten, als ich mir die Augen rieb. Der Schwindel ließ nach, das Zimmer und die Menschen darin nahmen langsam Kontur an. Nana, ihr schwarzer Bob frisch gekämmt und glänzend, das Nachthemd ausgetauscht gegen ein übergroßes T-Shirt und Jogginghose. Mr Holland stand neben ihr, die Kratzer auf seinem Gesicht inzwischen gereinigt und versorgt.

Dahinter sah ich Kat und Reeve, die in einem durch Glas abgetrennten Raum hin und her liefen. Wahrscheinlich einseitiges Spiegelglas. Ich sah Kat direkt in die Augen, aber sie wandte den Blick ab, als könnte sie mich nicht sehen.

„Sind die beiden eingesperrt?“, fragte ich. Sekunden später hämmerte Reeve gegen eine der Wände.

„Ja. Frosty und Bronx sind immer noch nicht aufgetaucht, und die Mädchen sind entschlossen, sie zu suchen“, erwiderte Mr Holland. „Sie wollten sich wegschleichen.“

Selbstverständlich wollten sie das. „Lassen Sie sie frei“, verlangte ich. „Sofort. Kat hat doch mit allem nichts zu tun. Wir können sie nach Hause schicken.“ Wo sie in Sicherheit wäre.

Er schüttelte den Kopf. „Sie ist Frostys größter Schwachpunkt und deiner auch. Natürlich hat sie was damit zu tun, sie ist eine Zielscheibe. Wir wissen außerdem beide sehr gut, dass sie keineswegs nach Hause gehen würde. Sie wird auf der Stelle ihren Freund suchen, egal, was ich ihr sage. Reeve genauso. Obwohl die Mädchen Selbstverteidigung trainiert haben, sind sie noch lange nicht in der Lage, einen echten Kampf auf Leben und Tod zu bestehen. Worum es sich nämlich im Moment handelt. Sie müssen hierbleiben.“

Okay, das sah ich ein. Aber eingeschlossen? Nein. Doch dazu später. „Wo ist Cole?“

Nana drückte meine Schulter. „Mach dir keine Sorgen um ihn. Es geht ihm gut. Besser, als wir alle erwartet hätten. Ankh hat ihn in sein Haus gebracht, damit er was zu essen bekommt."

Oh, wie süß war die Erleichterung! „Dann ist es jetzt sicher, zurückzugehen?"

„Fast", erwiderte Mr Holland. „Ankh arbeitet am Alarmsystem, wenn er nicht gerade den Doktor spielt. Sobald er mit dem Ergebnis zufrieden ist und es keine Sicherheitslücken mehr gibt, werden wir wieder durch den Haupteingang gehen können. Bis dahin müssen wir den Tunnel benutzen."

„Was ist mit den anderen Zombiejägern?"

Mr Holland schien in sich zusammenzusacken und ließ die Schultern sinken. Er wandte sich von mir ab, um meinem Blick auszuweichen. „Wir wissen nicht, wo sie sind."

Aber *irgendetwas* wusste er, er wollte es mir nur nicht sagen. Wieder wurden meine Handflächen feucht. „Schicken Sie ihnen eine SMS. Schreiben Sie ihnen, dass sie herkommen sollen und …"

„Das würde ich gern", unterbrach er mich. „Es geht jedoch nicht. Anima könnte ihre Smartphones haben."

Verdammt noch mal! Er hatte recht.

Er strich sich durchs Haar. „In den Nachrichten wurden die Kämpfe gestern Abend als Auseinandersetzungen zwischen Jugendgangs dargestellt. Sie behaupten, Cole wäre der Anführer einer Gang und sein Rivale, ein Straßengangster namens River Marks, hätte beschlossen, ihn und seine Anhänger fertigzumachen."

„Moment mal. Woher wissen die, dass Cole so was wie ein Anführer ist?" Und wusste die Polizei, dass ich jemanden in seinem Haus erschossen hatte?

Ich holte tief Luft. Oh, Himmel. Ich hatte auf einen Menschen geschossen und ihn getötet.

In die hintere Kammer.

„Keine Angst." Mr Hollands Gesichtszüge wurden weicher, als er begriff, in welche Richtung meine Gedanken gingen. „Ich bin heute Morgen ins Haus geschlichen. Jemand muss dort gewesen sein, um den … äh, Kollateralschaden zu beseitigen. Die Cops haben festgestellt, dass eingebrochen wurde, und Coles Blut klebte an der Wand, aber sonst gab es nichts zu sehen."

Die Leute von Anima waren also zurückgekommen.

„Fürs Erste“, fügte er hinzu, „werden wir uns bedeckt halten. Anima soll sich fragen, wer überlebt hat.“

Und wer nicht, vervollständigte ich seinen Satz im Stillen und holte tief Luft. Das Problem dabei war nur, dass wir uns die gleiche Frage stellten.

„Aber jetzt noch mal“, sagte ich. „Es bleibt mir ein Rätsel, wie die Polizei darauf gekommen ist, das mit Cole in Zusammenhang zu bringen. Sie müssten doch einfach davon ausgehen, dass er das Opfer eines Überfalls ist.“

Mr Holland biss die Zähne zusammen. „Offensichtlich haben sie einen anonymen Hinweis erhalten.“

Anonym. Mit anderen Worten von Anima.

Nana legte mir den Kopf auf die Schulter. „Sagen Sie ihr alles, Tyler. Besser, sie erfährt es von Ihnen als von irgendjemand anders.“

Mir sank das Herz. „Was ist los?“

Er schloss kurz die Augen, aber nicht schnell genug, um den Schmerz in seinem Blick verbergen zu können. „Cruz ist … er ist auch getötet worden. Man hat ihn in seinem Bett mit einer Kugel im Kopf gefunden.“

Nein. Nein, nein, nein. Noch ein Freund. Ein junges Leben, das viel zu früh ausgelöscht wurde.

In die hintere Kammer!

„Ich werde die anderen suchen“, kündigte ich an. Sie befanden sich irgendwo da draußen. Sie waren am Leben.

Sie mussten einfach am Leben sein.

Ich würde sie finden und zurückbringen.

Mr Holland nickte, ohne zu zögern. Das überraschte mich.

„Ich werde Kat und Reeve mitnehmen“, fügte ich hinzu. Sie waren noch nicht so weit, um richtig zu kämpfen, nein, aber ich konnte nicht den Wagen fahren *und* suchen *und* kämpfen *und* Verwundete versorgen.

Selbst Superheldinnen brauchten Assistenten.

„Der Himmel steh mir bei“, murmelte er und schlug sich eine Hand vors Gesicht. „Nach allem, was mit Ethan passiert ist, wird Ankh niemals zulassen, dass Reeve in Animas Nähe kommt.“

Ethan. Ich ballte die Hände zu Fäusten. Reeve hatte sich ein paar Mal mit Ethan getroffen, bevor sie mit Bronx zusammenkam. Er hatte für Anima spioniert und ihnen alles über uns berichtet. Was letztendlich dazu geführt hatte, dass sie Reeve, Kat und mich gekidnappt und mich gefoltert hatten.

„Es tut mir leid, das auszusprechen“, begann ich, „aber was Sie über Kat sagten, trifft genauso für Reeve zu. Sie ist bereits eine Zielscheibe und befindet sich in Gefahr, ob sie mitkommt oder nicht.“

Er lächelte bitter. „Spar dir deine Argumente für Ankh auf.“

Mr Ankh, der störrischste Typ, den ich kannte. Und das sollte etwas heißen, wenn man bedachte, dass Cole ebenfalls auf der Liste stand. „Das werde ich.“ Nun war es Zeit, zum Ausgangspunkt des Gesprächs zu kommen. „Lassen Sie die beiden Mädchen raus. Ich bringe sie ins Haus hinüber, dann arbeiten wir zu dritt daran, den Oberboss zu überzeugen.“

„Das kannst du auch selbst machen.“ Er nahm eine Kette vom Hals, an deren Ende ein Schlüssel baumelte, und gab sie mir. „Ich bin gerade drüben gewesen und gehe nicht wieder hin.“ Er warf Nana einen Blick zu. „Ich sorge dafür, dass deine Großmutter aus allem herausgehalten wird. Das ist nur zu ihrer eigenen Sicherheit“, sagte er mit Nachdruck.

Aha. Das Gespräch von vorhin ergab jetzt einen Sinn.

Von einer Sekunde zur anderen wurde aus der ruhigen Nana ein Feuer speiender Drache.

„Ich sagte es bereits und ich wiederhole es, denn offensichtlich können Sie nicht richtig hören: Ich gehe nirgendwohin. Haben Sie das jetzt verstanden? Ich bleibe bei meiner Enkelin.“

Das würden wir noch sehen.

Ich umfasste ihr Gesicht und sah ihr in die dunklen Augen, die so sehr denen meiner Mutter und meiner kleinen Schwester ähnelten – und deren Anblick mich regelmäßig schockierte und gleichzeitig zuversichtlich werden ließ. „Du musst gehen“, sagte ich leise. „Für mich.“

Erstaunt erwiderte sie meinen Blick. Dann schüttelte sie entschlossen den Kopf und sagte nur ein Wort: „Nein!“

„Diese Leute sind skrupellos, Nana. Sie haben mich entführt und gefoltert. Wenn sie nicht daran gehindert worden wären, hätten sie mich auf qualvolle Weise umgebracht. Gestern haben sie drei meiner Freunde getötet.“ Heiße Tränen tropften mir auf die Wangen. „Sie müssen unschädlich gemacht werden.“

„Aber …“

„Ich kenne diese Leute", unterbrach ich sie entschlossen. „Sie würden nicht zögern, dir wehzutun, um so an mich ranzukommen. Also bitte. Bitte! Geh mit Mr Holland, lass dich in Sicherheit bringen, damit ich mir keine Sorgen machen muss und mich konzentrieren kann."

Stille breitete sich aus. Spannung lag in der Luft.

„Ich werde mitgehen", sagte sie schließlich, was mich überraschte. „Aber nur, wenn du mit uns kommst." Ich hörte die Verzweiflung in ihrer Stimme. „Mein Ehemann ist tot. Meine Tochter ist tot. Eine meiner beiden Enkelinnen ist tot. Ich will dich nicht auch noch verlieren."

Das bringt mich um. „Nana. Wenn ich das hier nicht tue, wirst du mich sowieso verlieren. Dann bin ich nicht mehr … ich selbst." Ich war dafür geboren. Ich fürchtete mich nicht. Ich war bereit.

„Lass mich doch zumindest versuchen, dir zu helfen."

Aus dem Augenwinkel sah ich, wie Mr Holland eine Spritze aus der Tasche zog. Wollte er sie so außer Gefecht setzen wie Mr Ankh vorher mich? Oje. Wenn sie aufwachte, würde sie ausrasten.

Das war es wert. Ich nahm ihre Hand. „Ich werde hier gebraucht", sagte ich, und wieder schüttelte sie den Kopf. „Nur Zombiejäger können gegen Anima und die Zombies kämpfen. Und du weißt, dass wir es mit beiden zu tun haben werden."

Vorsichtig setzte er ihr die Spritze. Nana riss die Augen auf und keuchte.

„Bitte versteh", flüsterte ich. „Es tut mir wirklich ehrlich leid."

„Ali … zusammenbleiben."

Die Augen fielen ihr zu, ihr Kopf sank nach vorn, sie sackte in den Knien zusammen. Mr Holland fing sie auf, als sie stürzte, und hielt sie fest.

„Passen Sie auf sie auf", sagte ich und unterdrückte das aufwallende Schuldgefühl. „Bleiben Sie bei ihr und beschützen Sie sie mit Ihrem Leben."

„Das werde ich." Sein Blick war plötzlich eiskalt und grausam. „Ich möchte nicht gehen, ich könnte hier helfen. Aber ich kann nicht gegen die Zombies kämpfen. Außerdem bin ich aus der Übung, im Gegensatz zu dir. Und ich kenne Cole. Ich weiß, dass er auf jeden Fall möchte, dass deine Großmutter in Sicherheit ist. Womöglich kann ich euch von außen unterstützen und euch Informationen schicken, sobald ich etwas herausgefunden habe."

„Ich werde nicht zulassen, dass Ihrem Sohn was passiert", erwiderte ich leise.

Er nickte zufrieden. „Ich werde euch nicht sagen, wohin wir gehen. Es ist besser, wenn du das nicht weißt."

„Einverstanden."

„Heute Morgen habe ich zehn Wegwerfhandys gekauft und sie Cole gegeben. Er kennt meine neue Nummer und ich habe seine. Falls irgendetwas passiert, ruf mich an."

„Das verspreche ich." Ich drückte Nana einen Kuss auf die Wange und strich ihr das Haar aus der Stirn. „Sagen Sie ihr, ich rufe sie mindestens einmal am Tag an."

Er drehte sich um und trug sie hinaus.

Ich vermisste Nana jetzt schon.

Gleich darauf ging ich zum hinteren Teil des Raumes, um die beiden Mädchen freizulassen. Ich hatte die Tür kaum einen Spalt geöffnet, als sie herausgestürzt kamen und mich fast überrannten. In dem Augenblick, als ich rückwärts stolperte, erkannten sie mich erst. Reeve hatte die Hände bereits kampfbereit zu Fäusten geballt. Nun atmete sie erleichtert auf.

„Ali. Dir geht es gut."

Kat wirkte ebenfalls zum Kampf entschlossen. Sie sah mich aus zusammengekniffenen Augen finster an. Ihr Gesicht war noch blasser als am Abend zuvor, der Stress schien sie aufgrund ihrer Nierenkrankheit besonders mitgenommen zu haben.

„Ali!", rief sie.

Bevor ich blinzeln konnte, hatten die beiden sich auf mich gestürzt, umarmten und küssten mich und heulten an meiner Schulter.

„Ich habe so eine Angst", gestand Kat. „Das ist alles so überhaupt nicht Torte. Mr Ankh hat uns erzählt, dass alle Zombiejäger gestern Abend überfallen wurden, dass Trina und Lucas … sie sind …" Sie schluckte, unfähig, den Satz zu beenden.

„Ich weiß", sagte ich mit zittriger Stimme und zog ihre Hand an meine Wange. Ich brauchte das tröstliche Gefühl ihrer Berührung. Sie war hier, und es ging ihr gut. „Cruz war … Er ist auch tot."

Beide Mädchen erstarrten, und ich wusste, sie fragten sich, wie viele von uns es außerdem nicht überlebt hatten … und wie viele wir noch verlieren würden, bevor dieser Krieg zu Ende ging.

„Hast du Bronx gesehen?", wollte Reeve wissen.

„Nein. Tut mir leid", erwiderte ich, und ihre Schultern sackten nach unten. Dann wiederholte ich die tröstenden Worte, die Cole zu mir gesagt hatte: „Bronx ist zäh. Er weiß sich zu helfen, er ist schon öfter durch die Hölle gegangen und hat es immer wieder überstanden. Das hier, das ist doch gar nichts."

„Was ist mit Frosty?", sagte Kat und schüttelte mich. Sie war so aufgeregt, dass sie am ganzen Körper zitterte.

„Den habe ich auch nicht gesehen", musste ich zugeben. Aber wenn ich die Jungs richtig einschätzte, waren sie wild darauf zu erfahren, wie es den Mädchen ging. Sie würden in der Nähe sein. „Macht euch keine Sorgen. Wir werden sie finden."

„Zusammen", sagte Kat entschlossen. „Versucht nicht, mich nach Hause zu schicken. Das lasse ich nicht zu. Auf keinen Fall! Ich habe schon meinen Vater angerufen und ihm gesagt, dass ich ein paar Wochen bei Reeve bleibe. Vielleicht sogar länger."

Das war etwas wirklich Wunderbares an ihrem Vater, er erlaubte ihr alles.

„Wenn ihr in Gefahr seid, bin ich es auch. Und ich will nicht, dass mein Vater da reingezogen wird. Außerdem kann ich meine Dialysetermine im Krankenhaus absagen und die Behandlung bei Mr Ankh machen lassen."

Ich hob kapitulierend die Hände. „Da stimme ich dir zu. Also dann wollen wir mal großes Mädchen spielen und Mr Ich-habe-immerrecht davon überzeugen, dass er sich diesmal ganz gewaltig irrt."

5. KAPITEL

Unmöglich? Nur ein bisschen unmöglich!

Reeve steuerte einen Golfcart durch den feuchten dunklen Tunnel bis zum Keller der Villa ihres Vaters, den wir oft als den Kerker bezeichnet hatten. Ich erwartete Cole dort auf einer der vielen Liegen vorzufinden, wo er sich an Eiweiß und Truthahnschinken labte – das war gesund, was? Aber er war nicht zu sehen. Ich unterdrückte die bittere Enttäuschung.

Mit Reeves Fingerabdruck kamen wir an der Sicherheitssperre vorbei, die uns eine weitere Tür öffnete, bis wir schließlich ins Haus gelangten. Zu Fuß folgten Kat und ich ihr über die knarrenden Treppenstufen, die wir bereits unzählige Male hochgestiegen waren. Gewöhnlich ließen wir oben alle Anzeichen des Kerkerambientes hinter uns und wurden von gewaltigem Reichtum und Luxus empfangen. Mit Mahagoniholz getäfelte Wände. Plüschteppiche, die von Zauberfeen gewebt zu sein schienen. Glänzende antike Möbel. Heute nicht. Die Wände waren mit Graffiti in allen erdenklichen Farben beschmiert.

Irgendwo musste ein Regenbogen weinen.

Die Teppiche hatte jemand zerschnitten und zerrissen, Möbelstücke lagen zertrümmert herum.

Hatte Anima das Haus verwüstet, um der Geschichte mit dem Bandenkrieg Glaubwürdigkeit zu verleihen?

Wahrscheinlich. Einfach nur eine weitere Straftat auf ihrer stetig anwachsenden Liste von Vergehen.

Reeve drückte einen Knopf an der Sprechanlage. „Daddy, wo bist du?“, fragte sie angespannt.

„In meinem Büro, Prinzessin“, kam seine müde Stimme durch den Lautsprecher. „Ali, Cole ist in deinem Zimmer, er hat schon nach dir gefragt. Ich schlage vor, du gehst mal zu ihm, bevor ich mich gezwungen sehe, ihn ans Bett zu fesseln.“

Ich umarmte Kat und Reeve. „Sagt Mr Ankh nicht, was wir vorhaben. Ich rede mit ihm, nachdem ich Cole gesehen habe“, bat ich sie, bevor ich mich auf den Weg machte. Gleich darauf war ich bereits am anderen Ende des Flurs, ohne mitzubekommen, dass sie mir zugestimmt hatten.

Ich flog geradezu die Treppe hoch in den ersten Stock, flitzte den Gang entlang, bog um die Ecke und stürzte in mein Zimmer. Sofort atmete ich erleichtert auf. Meine zweite Hälfte saß an das Kopfende des Bettes gelehnt, gestützt von flauschigen weißen Kissen da. Seine Haut hatte eine gesunde Farbe, und in den violetten Augen, die ich so liebte, lag kein Ausdruck von Schmerzen, sein Blick war wach und aufmerksam. Der linke Arm ruhte in einer Schlinge, und in die Vene am rechten Handgelenk führte die Kanüle eines Tropfs. Seine Schulter war verbunden.

„Ali."

Sein Blick wurde feurig, als er mich ansah, und ich hätte schwören können, dass die Erde mit einem Mal bebte.

Eine Sekunde später verschwamm alles um mich herum …

… plötzlich lief Cole durch einen schmalen Gang. Blut tropfte von seinen Lippen.

Ich hing über seiner Schulter, bearbeitete seinen Rücken mit den Fäusten und stieß ihm die Knie in den Oberkörper. „Lass mich los!", zeterte ich.

„Niemals", erwiderte er.

„Was soll das heißen! Was hast du mit mir vor? Was willst du von mir?" Als würde ich ihn nicht genau kennen, manchmal sogar besser als mich selbst.

„Ich will das, was ich schon immer wollte. Alles."

So plötzlich, wie sie aufgetaucht war, endete die Vision …

Die Erde bebte tatsächlich. Ich sackte auf die Knie.

„Ali!" Cole schwang die Beine über die Bettkante.

„Bleib, wo du bist!", rief ich. „Sonst reißt du dir den Schlauch aus dem Arm! Mir geht es schon wieder gut." Ich rappelte mich auf und schüttelte die Benommenheit ab, die mich gerade befallen hatte. Nachwirkungen des Betäubungsmittels, dessen war ich mir sicher.

Cole hörte nicht auf mich. Er setzte sich auf, als wollte er tatsächlich aus dem Bett steigen. Schnell lief ich zu ihm hinüber, schob ihn auf die Matratze zurück und drückte ihn mit der Hüfte weiter nach unten, bis er auf dem Rücken lag. Erst mal wollte ich mich nicht mit der Vision beschäftigen. Wir hatten sie vor Wochen bereits einmal gesehen und sie würde sicher wieder auftauchen. Irgendwann würden wir schon herausfinden, was es bedeutete.

„Eigentlich solltest du es doch gewohnt sein, dass dir die Mädchen zu Füßen liegen“, sagte ich.

Er verzog den Mund zu einem halben Grinsen. „Mir ist es lieber, wenn mein Mädchen an meiner Seite steht.“

Süßholzraspler. „Wie fühlst du dich?“

Er verschränkte seine Finger mit meinen, hob die Hand und küsste meine Fingerknöchel. „Jetzt, wo du da bist, geht es mir besser.“

Ein paar einfache Worte, aber mein Herz floss geradezu über vor Liebe. Gingen alle Typen so offen mit ihren Gefühlen um? Gestanden so frei ein, was sie brauchten, was sie wollten ... was sie unbedingt wollten, weil sonst ...

„Wie verheilt die Wunde?“, erkundigte ich mich.

„Besser als normal. Guter Zug, mich fast bei lebendigem Leib zu grillen.“

Ich schnaufte. „Hast du das jemals bezweifelt?“

„Nur die ganze Nacht und heute Morgen noch ein bisschen.“

„So gut wie gar nicht also.“

Wieder verzog er die Lippen zu einem leichten Grinsen. „Gestern Abend habe ich mich schwächer gefühlt, daher habe ich den Flammentrick an mir selbst ausprobiert. Hat mich sofort aufgeladen. Wenn du nicht gewesen wärst, hätte ich nie gewusst, dass es funktioniert.“

„Dann schuldest du mir ja noch was.“

„Genau. Ich zahle in Küssen.“

„Wie gut, dass ich diese Währung akzeptiere.“ Ich liebte diese verspielte Seite an ihm – und hasste den Gedanken daran, dass seine Stimmung gleich umschlagen würde. „Weißt du von Trina, Lucas und Cruz?“, fragte ich leise.

„Ja. Aber das ist noch nicht alles. Die Trainingshalle ist abgebrannt.“

Entsetzt sah ich ihn an. „Bronx. Mackenzie. Die beiden waren da.“

Er nickte. „Die gute Neuigkeit ist, dass niemand dort gefunden wurde.“

Okay. Okay. Sie hatten sich entweder in Sicherheit bringen können oder waren gefangen genommen worden. So wie die anderen alle.

Magenverkrampfung.

„Allerdings hat sich auch keiner von ihnen gemeldet. In den Nachrichten werden ständig irgendwelche Geschichten über die Angriffe gestern verbreitet. Aber außer von Cruz war von keinem weiteren

Toten die Rede.“ Ich atmete tief durch und bereitete mich innerlich auf eine Diskussion vor. „Ich nehme Kat und Reeve mit, wir gehen auf die Jagd.“

Er überraschte mich, als er nickte.

„Das ist großartig.“ Natürlich konnte er sich nicht verkneifen, hinzuzufügen: „Ich komme mit euch.“ Was mich sofort ernüchterte.

„Du musst mindestens einen Monat im Bett bleiben. So, wie du mich dazu gezwungen hast.“ Ich hatte mich von einer Stichwunde erholen müssen – die er mir zugefügt hatte.

Keine Angst, dabei ging es nicht um häusliche Gewalt oder so. Es war eine Art Unfall gewesen.

„Versuch doch mal, mich hier festzuhalten. Das schaffst du nicht“, sagte er und zwinkerte mir zu. „Am Ende liegst du neben mir.“

Eine Herausforderung?

„Oh nein. Bloß nicht. Nur das nicht“, entgegnete ich und erschauerte theatralisch.

„Kluges Mädchen.“ Er tippte mir mit der Fingerspitze auf die Nase. „Selbst an meinem schlechtesten Tag, meine Hände auf dem Rücken gefesselt und ohne Pistole kann ich besser schießen als du.“

„Vielleicht hast du recht“, sagte ich zuckersüß. „Aber du hast deine Schwerter nicht unter Kontrolle.“

Er kniff die Augen zusammen. „Unter die Gürtellinie, Miss Bell. Ziemlich gemein unter die Gürtellinie.“

„Dachte ich mir.“ Ich warf in einer arroganten Geste mein Haar zurück.

„Weiß Ankh, was du mit seinem kostbaren Schatz vorhast?“

„Noch nicht.“

„Wirst du ihn um Erlaubnis bitten?“

„Nun, ja.“ Sicher könnte ich mit den beiden einfach abhauen. Darin war ich wirklich gut. Doch er würde in Panik geraten, nach seiner Tochter suchen und womöglich dabei umkommen. Diese Schuld musste ich nicht zusätzlich auf mich laden.

„Er wird nicht bloß Nein sagen“, behauptete Cole. „Sondern euch betäuben und einschließen.“

Ja, wahrscheinlich. „Ich kenne seine Methoden aus erster Hand. Aber inzwischen durchschaue ich diese Tricks.“ Ein zweites Mal würde er mich nicht überrumpeln können. „Er muss mir einfach vertrauen und damit aufhören, seine Tochter in Watte zu packen.“

„Ich kann gut verstehen, was in ihm vorgeht“, sagte Cole, der jetzt einen weichen Gesichtsausdruck bekam. „Für Ankh ist sie der Grund, weshalb er morgens aufsteht. Für ihn ist nichts wichtiger als sie. Ohne sie könnte er sich ebenso gut hinlegen und sterben. Und genauso, Miss Bell, geht es mir mit dir.“

Oh, Himmel. Nana hatte mich mit ihrer Erklärung schon fertiggemacht. Aber Cole … brachte mich regelrecht um …

„Es gibt einen Unterschied zwischen dir und Mr Ankh“, sagte ich lächelnd. „Du weißt, dass ich mich verteidigen kann, und vertraust darauf, dass ich kluge Entscheidungen fälle. Ist das nicht so, Mr Holland?“ *Uuh.* Diesen Namen sollte ich lieber für seinen Vater reservieren.

Zweiter Versuch. „Mr Cole.“

Er zog an einer meiner Locken. „Das stimmt. Deshalb werde ich dich wie ein großes Mädchen – was ja laut deiner Freundin Kat besser ist als ein großer Junge – gehen lassen. Und außerdem …“

„Moment mal. Du willst mich einfach so gehen lassen?“, unterbrach ich ihn.

„… habe ich nicht gefragt, ob ich mitkommen kann“, fuhr er fort. „Ich habe dir gesagt, dass ich an deiner Seite stehen werde.“

Seufz. Seine Entschlossenheit brachte mal wieder Komplikationen. „Wie ist denn dein Blutdruck? Hast du Fieber? Kannst du überhaupt stehen?“

Er lächelte. „Grund Nummer dreizehn. Du stellst immer zu viele Fragen.“

Vielleicht war ich heute Morgen im Kopf nicht die Schnellste, es dauerte ein paar Sekunden, bis ich kapierte. Dann war ich doch etwas verwirrt. „*Das* ist ein Grund, warum du mich liebst?“

„Siehst du? Wieder eine Frage. Und ja, so ist es. Es ist einfach entzückend.“

Na ja, er war wohl der Einzige, der so dachte. Andere Leute brachte das aus dem Konzept. Und das war noch die nette Variante!

Ich lehnte mich vor und küsste ihn auf die Stirn, vorsichtig, um seine Wunde nicht zu berühren. „Glaube ja nicht, dass du mich so davon ablenken kannst, dass du verletzt bist. Aber ich lasse es durchgehen … und ich *erlaube* dir, mitzukommen. Solange du im Auto bleibst.“

„Du erlaubst es mir?“

„Oh, wunderbar, deine Ohren funktionieren.“

Seine Gesichtszüge wurden hart, entschlossen. Er wirkte jetzt geradezu aggressiv und angriffslustig.

Es war nicht gegen mich gerichtet, das wusste ich, sondern gegen Anima.

„Lass uns doch mal ein kleines Spielchen spielen, das heißt: Cole ist der Chef, nicht Ali."

„Vergiss es! Das haben wir schon mal gespielt, gefällt mir überhaupt nicht."

Wieder ein halbes Grinsen. „Du weißt, ich denke, du hast den Mond aufgehängt, richtig?"

„Genau. Und dass du die Leiter gehalten hast, um mir unter den Rock gucken zu können."

„Du wirst mich in diesem Fall nicht umstimmen", fuhr er fort. „Also geh jetzt runter zu Ankh und rede mit ihm. Ich ziehe mich inzwischen an."

Störrischer Typ. „Ich würde dir ja anbieten, den Tropf zu entfernen, aber das macht mich zur Mittäterin."

„Es ist nicht das erste Mal, dass ich so ein Ding selbst abmache."

Der richtige Umgang mit einem Alphamännchen: Manchmal musst du ihm einfach seinen Willen lassen. „Na gut. Dann viel Spaß damit."

„Geh nicht ohne mich", sagte er warnend, als ich aufstand. „Ich meine es ernst."

„Okay, okay." Ich hob kapitulierend die Hände, ganz Unschuldslamm. „Ich warte unten auf dich."

Schnell wie der Blitz umfasste er meinen Nacken, um meinen Kopf näher an sich heranzuziehen. Er gab mir einen kurzen, heftigen Kuss – kein freundschaftlicher Knutscher auf die Stirn von diesem Typen, diesmal nicht –, so heftig, dass ich aufstöhnte.

„Denk nicht einmal daran, mich mit einer Spritze lahmzulegen."

„Na gut", zischte ich. Meine Möglichkeiten wurden nach und nach limitiert.

Ich verließ das Zimmer und stieg die Treppe hinunter, unterwegs schickte ich Nana eine SMS. Ich konnte einfach nicht anders.

Ich liebe dich. So sehr. Hoffe, eines Tages vergibst du mir.

Wenn sie am nächsten Morgen aufwachte – wo auch immer sie war –, würde die Nachricht auf sie warten.

Ich schrieb ihr eine zweite SMS. *Das Neueste: Habe Cole gesehen, er ist so herrschsüchtig wie üblich. Habe Kat und Reeve freigelassen und rede jetzt mit Ankh, dann suche ich die restlichen Z-Jäger. Ich bin vorsichtig, schwöre!*

Mr Ankh saß mit den Mädchen in der Küche, wo sie Sandwiches aßen.

Da ich nicht zu denen gehöre, die Zeit verlieren, erklärte ich meinen Plan für die Suche und Befreiung der anderen Z-Jäger, während ich mir ein Erdnussbutter-Marmeladen-Sandwich machte. Die Unterhaltung verlief besser – und schlimmer –, als ich erwartet hatte. Bevor ich fertig war, schüttelte Mr Ankh bereits den Kopf. Davon ließ ich mich allerdings nicht aufhalten. Tatsache war, dass ich Kat und Reeve nicht unbedingt dabeihaben musste. Sie brauchten mich. Sie würden eher sterben, als hierzubleiben.

„Nein", sagte er. „Du bist zu leicht zu erkennen. Die Anima-Leute werden dich entdecken, dir folgen und euch alle umbringen."

Ich hätte vorschlagen können, ein paar Stunden mit Haarefärben zu verbringen, unser Aussehen zu verändern, aber auch das wäre keine Garantie, dass sie uns nicht erkannten. „Da alle erwarten, dass die Bandenkriege weitergehen und eskalieren, wird überall Polizei sein. Anima würde nicht das Risiko eingehen, draußen irgendwas zu unternehmen." Das hoffte ich jedenfalls.

„Es ist zu gefährlich", widersprach er. „Kat ist krank. Sie braucht Ruhe und Erholung und nicht …"

„Hey! Passen Sie auf, dass ich Ihnen keinen Kinnhaken verpasse, Dr. Jekyll und Mr A. Ich würde es machen." Kat hob die Rechte, um zu demonstrieren, dass sie es ernst meinte. „Ich bin bereit zum Aufbruch."

Ankh verzog den Mund, als hätte er an einer Zitrone gelutscht. „Ich bin nicht unvernünftig."

Ha!

„Und ich weiß, dass wir die anderen finden müssen. Deshalb gehe *ich* mit Ali, und ihr Mädchen bleibt hier."

Oje. Das würde ein dickes fettes Nein geben. Er spielte nach den Regeln, wir stellten unsere eigenen auf. „Keine Angst. Wir haben einen Bodyguard. Cole kommt mit."

„Cole? Das glaube ich kaum."

Mr Ankh rieb sich die Stirn. Hatte er schon Kopfschmerzen?

„Dieser Junge braucht seine Erholung genauso wie Miss Parker."

„Dann braucht er also auch keine und ist bereit loszugehen?", sagte Kat spöttisch.

„Sagen Sie ihm das mal", forderte ich Mr Ankh auf und zeigte Kat den erhobenen Daumen. „Und ihr."

Er warf die Arme hoch, als wollte er sagen: Ich bin der einzig Vernünftige auf dieser Welt.

„Warum strenge ich mich überhaupt so an? Hier machen ja sowieso alle nur das, was sie wollen."

Na gut. Ich würde es mal andersherum versuchen und konnte nur hoffen, dass er keinen Anfall bekam. „Wenn Sie allen von der Kirche erzählt hätten, wäre das verhindert worden", sagte ich. „Doch das haben Sie nicht." Schuldzuweisungen. Vielleicht nicht gerade der beste Weg zum Erfolg. Aber an der Tatsache war nicht zu rütteln, und ich würde es nicht beschönigen.

Er warf mir einen wütenden Blick zu. „Nachdem Justin uns betrogen hat, war ich mir nicht sicher, wem ich trauen kann. Ich wollte, dass Reeve einen Zufluchtsort hat, den niemand sonst kennt. Dafür kannst du mir keine Vorwürfe machen."

Ich hörte die Schuldgefühle aus seinem Tonfall heraus. Die Selbstvorwürfe. „Nein. Das kann ich nicht."

Ich war noch nicht Mitglied der Gruppe gewesen, als Justin für Anima spioniert und interne Informationen der Zombiejäger weitergegeben hatte. Doch ich gehörte bereits dazu, als seine nicht weniger schuldige Zwillingsschwester gemeinsam mit mir gefangen gehalten und gequält wurde. Justin hatte einsehen müssen, dass er großen Mist gebaut hatte. Er hatte uns geholfen, eine ganze Armee von Anima-Leuten auszuschalten.

„Wenn Sie eine bessere Idee haben, wie wir die anderen finden können", sagte ich, nachdem ich den letzten Bissen meines Sandwichs hinuntergeschlungen hatte, „dann bin ich gern bereit, mich danach zu richten."

„Hey!", riefen die beiden Mädchen im Chor.

Mr Ankh sah mich immer noch finster an.

„Daddy", sagte Reeve nun. „Ich habe trainiert, ich bin nicht hilflos. Und ich möchte mithelfen. Ich *muss* mithelfen. Halte mich nicht davon ab. Hindere mich nicht daran, so zu sein wie das Mädchen, zu dem du mich erzogen hast. Stark. Mutig. So wie du dir meine Mutter gewünscht hättest."

Ihre Mutter hatte die Zombies nicht sehen können, jedoch von deren Existenz gewusst und sich vor ihnen gefürchtet. Diese Angst war immer größer geworden ... und größer ... bis sie sich irgendwann vor Verzweiflung umgebracht hatte.

Ich musste an meine Mutter denken. In ihrer Familie gab es Zombiejäger, aber sie selbst hatte die Zs nicht sehen können. Sie war so schön gewesen. Ziemlich klein mit dunklem Haar, dunklen Augen und mediterranem Teint. So wie meine süße geliebte Emma. Wenn die Leute uns drei zusammen gesehen hatten, dachten sie immer, ich, die große Hellblonde, wäre adoptiert worden.

„Na wunderbar", sagte Mr Ankh schließlich heiser. „Tut, was ihr für richtig haltet. Aber ich möchte, dass ihr um Punkt zehn wieder in diesem Haus seid. Keine Sekunde später."

Ich nickte, völlig verblüfft von seiner Antwort. Ich hatte ja nicht mal betteln müssen.

„Da du einfach so Ja sagst, könnte es sein, dass du mich mit einer Beruhigungsspritze lahmlegen willst, bevor ich zur Tür rausgehe", wandte Reeve ein und dämpfte meinen Triumph. „Wenn du das tust, werde ich dir nie mehr vertrauen."

Er sah sie lange an und kniff die Augen zusammen. Ich wusste genau, was in ihm vorging. Zuerst dachte er: Verflucht, sie hat mein Vorhaben durchschaut. Dann: Sie ist noch nicht bereit dafür.

Und er hatte recht. Das war sie nicht.

Beim Training war es am besten, mit etwas Einfachem anzufangen. Beherrsche es und gehe zum nächsten Schwierigkeitsgrad über. Entwickle Selbstvertrauen und lerne ein paar neue Handgriffe. Reeve befand sich noch immer in der „einfachen" Phase. Trotzdem erwartete ich von ihr, dass sie die Stützräder abnahm und einen Drachen besiegte?

Also, ich verstand Mr Ankhs Ängste vollkommen, würde jedoch nicht klein beigeben. Wir hatten die Wahl. Aufgeben und zulassen, dass der Feind bis zum Letzten ging, oder mit allen Kräften, die wir besaßen, Vollgas geben und uns wehren.

Ich würde mit allen Mitteln kämpfen. Und wenn ich verlor, dann ging ich zumindest in Ehren unter.

„Okay", sagte er seufzend und gab sich geschlagen.

Er legte die Handflächen auf den Tisch – wahrscheinlich, um nicht doch noch die Spritzen aus der Tasche zu holen.

„Geht mit Ali. Sucht nach den anderen." Sein Blick fixierte mich. „Ich übergebe dir die Verantwortung für ihre Sicherheit. Und die von Kat."

Da war er nicht der Einzige.

Er biss die Zähne zusammen und sagte fast knurrend: „Auf dem Parkplatz der Kirche steht ein Wagen, den ihr benutzen könnt. Er sieht von außen ziemlich zerbeult aus, aber der Motor schnurrt mit mehr als hundert PS, die nur auf ihren Einsatz warten."

Typische Beschreibung von einem Jungen.

Ich salutierte theatralisch.

Er machte sich auf den Weg zu seinem Arbeitszimmer, während er irgendwas vor sich hin murmelte, und wir befassten uns mit dem Waffenarsenal.

Als die beiden und ich uns mit Waffen eingedeckt hatten – Dolche im Stiefelschaft, in den Taschen Betäubungsmittel und Reservepatronen, Pistolen um die Taille geschnallt, Schlagringe an den Händen –, war Cole ebenfalls fertig angezogen und bereit zum Aufbruch. Die Kanüle war verschwunden.

Sein Gesicht wirkte blasser als vorher, was zeigte, wie viel Kraft ihn das kostete. Er reichte jeder von uns ein Wegwerfhandy. „Meine neue Nummer ist schon eingespeichert."

„Eine niedliche Armbinde, Cole", sagte Kat und ließ ihr ganz besonderes Lächeln sehen. „Die lässt dein Alphamännchen-Image lediglich um drei Punkte sinken."

„Ich bin sicher, wenn ich ein unartiges Mädchen wie dich übers Knie lege, werde ich wieder meine alte glorreiche Stelle auf der Skala erreichen", erwiderte er trocken.

Kat sah mich mit großen Augen an. „Du hast mir nicht erzählt, dass dein Freund auf Sadomaso steht."

„Du hast mich ja auch nicht danach gefragt. Aber ja, so ist es. Ich muss täglich eine Tracht Prügel befürchten."

„Du Glückliche", flüsterte sie, als sie sich an mir vorbeidrängte und auf die Tür zum Geheimgang zulief.

Wir stiegen in den Golfcart, Reeve setzte sich ans Steuer.

„Wohin willst du zuerst?", fragte sie mich. „Ich meine, wenn wir oben sind."

„Ich … weiß nicht." Es gab zu viele Möglichkeiten. Gavins Auto. Stand es noch an derselben Stelle? Frostys Haus. Justins und Jaclyns Haus. Eigentlich alle Wohnungen der Zombiejäger.

„Dann ist es ja egal, welche Straße wir nehmen", meldete sich Kat. „Wenn wir nirgendwohin wollen, kommen wir nie ans Ziel."

Eine nette Art zu sagen: Jetzt fälle eine Entscheidung, du Dummkopf!

„Wir fahren erst mal zu Coles Trainingshalle." Oder besser zu dem, was davon übrig war. Z-Jäger auf der Flucht waren womöglich dorthin gegangen. Hielten sich vielleicht in der Nähe auf, seit der Brand gelöscht war, und hofften, dass die anderen ebenfalls da auftauchten.

Reeve parkte den Cart im hinteren Teil des Raumes, in dem die Liegen standen. Wir stiegen aus und kletterten die Leiter hoch.

„Was machen wir, falls wir getrennt werden?", fragte sie.

Hoffe das Beste, plane für das Schlimmste. „Wenn möglich, seht zu, dass ihr euren Hintern wieder hierher schafft. Wenn nicht, versteckt euch irgendwo und ruft mich an. Falls ihr eure Handys verliert, keine Panik. Ich finde euch. Was auch immer dazu nötig ist."

Ich konnte nicht anders, als mich zu fragen, ob ich nicht die schlechteste Entscheidung meines Lebens gefällt hatte.

6. KAPITEL

Verzehrt euch vor Sorge

Die Übungshalle war nur noch ein Haufen verkohltes Geröll, so wie ich es erwartet hatte. Trotzdem verursachte mir der Anblick Übelkeit. Es fühlte sich an wie eine schwärende Wunde, die dringend behandelt werden musste. *So sollte es nicht sein.* Rauch hing schwer in der Luft und hüllte die Umgebung in einen gruseligen Grauschleier. Es sah Unheil verkündend aus. Als wären wir die einzigen Überlebenden und hätten nun die Aufgabe, eine neue Welt aufzubauen.

Wenigstens sah ich keine Kaninchenwolke am Himmel.

Die Polizei war bereits vor Ort gewesen und wieder abgezogen, zurück blieben die Absperrbänder.

Reeve stellte den Wagen vor einem der Wohnhäuser ab. Die Trainingshalle war eine ausladende Scheune – jedenfalls war sie es mal gewesen – in einem Wohngebiet mit Häusern, die von Weizenfeldern und Tausenden Quadratmetern Wald umgeben waren.

Unsere Freunde könnten sich im Wald versteckt haben. Vielleicht verletzt. Warteten dort ab.

Wurden womöglich noch verfolgt.

Ich übernahm das Kommando. „Reeve, du gehst mit Cole", sagte ich. „Kat, du kommst mit mir mit."

„Gefängnis-Regeln?", erkundigte sich Kat. „Erst töten und später Fragen stellen?"

Sie zog einen 38er Revolver aus der Tasche. Er hatte keine Sicherung, war aber mit einem Laser ausgestattet, der das Ziel markierte. Außerdem war der Abzugshebel enger gebogen, um zu verhindern, dass er versehentlich gedrückt wurde.

Ja. Das war schon mal passiert. Kat konnte sehr schreckhaft sein.

Reeve holte eine 22er hervor. Die Pistole hatte wenig Rückstoß und war eigentlich mehr dazu geeignet, jemandem Angst einzujagen als zu töten. Aber wenn sie halbwegs gut zielte, könnte sie den größten Gegner damit aufhalten.

„Wir werden uns nach den Holland-Regeln richten", mischte sich Cole ein. Er wedelte mit dem Zeigefinger vor ihrem Gesicht herum. „Leg deinen Finger erst an den Abzug, wenn du schießen musst.

Kleine Randbemerkung: Du musst erst schießen, wenn Ali oder ich es dir sagen."

„Aber haltet eure Waffen bereit", fügte ich hinzu.

Bevor wir ausstiegen, küsste Cole mich, und sofort durchströmte mich Wärme. Zusammen mit den Mädchen rannten wir in den Wald, wobei ständig hervorstehende Äste nach uns zu greifen schienen. Als die Bäume dicht genug standen, um uns vor Blicken zu schützen, gingen wir langsamer und schlugen die Richtung zur Trainingshalle ein.

„Seid ihr bereit, euch aufzuteilen?", erkundigte ich mich. „Ihr beide kommt von Westen, wir nähern uns von der Ostseite. So haben wir mehr Übersicht."

„Klingt vernünftig." Cole streckte einen Arm aus, um mich aufzuhalten. Die beiden Mädchen blieben ebenfalls stehen. Er sah mich eindringlich an. „Pass auf, dass dir nichts passiert. Das meine ich ernst."

„Was anderes würde ich nicht wagen. Aber du sei besser auch vorsichtig. Du bist schließlich nicht nur eine hübsche Dekoration, an der sich die Welt erfreuen kann. Du bist *meine* Dekoration."

„Und du bist mein Spielzeug."

Wir sahen uns mit humorvoll blitzenden Augen an, in unseren Blicken lag ein Versprechen. Dann trennten wir uns.

„Ihr beide seid schon komisch drauf", bemerkte Kat. „Aber die gute Nachricht ist, Cole wirkt stärker als neunundneunzig Prozent der restlichen Bevölkerung, auch mit seiner verletzten Schulter."

„Dasselbe könntest du von Frosty sagen."

„Stimmt." Kurz flammte Besorgnis in ihrem Blick auf, die schnell wieder verschwand.

Bei jedem Atemzug formten sich Wölkchen vor meinem Gesicht. Ein Zeichen, das Fährtenleser sofort bemerken würden, aber ich konnte nichts daran ändern. Wir arbeiteten uns zur Ostseite der Halle vor … und entdeckten Fußabdrücke! Aufregung vermischte sich mit aufkeimender Hoffnung und gab mir neuen Auftrieb. Von wem stammten die? Bronx oder Mackenzie?

Warum nicht von beiden? Wieso gab es nur Abdrücke von einer Person?

Meine Aufregung legte sich etwas.

„Komm weiter." Wir verfolgten die Spuren ein paar Meter. Sie waren zu groß. Zu groß, um von Mackenzie zu stammen. Die Person schien den rechten Fuß nachgezogen zu haben. Neben dem rechten

Abdruck war Blut zu sehen ... und dann noch mehr. Wenn die Abdrücke von Bronx stammten, so war er offensichtlich verletzt.

Ich bewegte mich von einem Gebüsch zum nächsten, immer in Alarmbereitschaft, meine 44er schussbereit. Die Blutspuren wurden größer. Dann sah es so aus, als hätte die Person den anderen Fuß ebenfalls nachgezogen, bis die Spuren ... aufhörten. Ich sah mich um. Bemerkte nichts. Oben. Unten. Links. Rechts. Wo zum Teufel ...

„Dort!"

Sofort kehrte die Aufregung zurück. Mit Erde und Blättern verdeckt, hatte er sich nahezu perfekt getarnt. Fast hätte ich ihn übersehen. Er lag gegen einen Baum gelehnt, und es war nicht Bronx. Es war Gavin.

Kat und ich stürzten zu ihm hin. Er reagierte nicht auf uns. Sein Kopf war zur Seite gekippt, und er bewegte sich nicht. Ich bemerkte, dass sich das Blut mit der Erde vermischt hatte, und mir sank das Herz. Seine Lippen sahen bläulich aus. Er zitterte auch nicht trotz der Kälte.

Vorsichtig überprüfte ich seinen Puls ...

„Bitte sag mir, dass er lebt", flehte Kat.

„Ja", rief ich viel zu laut. „Ja, er lebt noch!"

„Gott sei Dank!"

Kat atmete erleichtert aus, doch sie sah blasser aus als vorhin schon. Ich wusste nicht, ob es der Schock oder ihre geschwächte Konstitution wegen der Nierenkrankheit war. Oder beides.

„Gavin!" Ich tätschelte ihm vorsichtig die Wangen, wollte ihm von meiner Wärme abgeben. „Du musst uns helfen, dich auf die Füße zu bekommen. Wir sind zwar keine Schwächlinge, aber nicht stark genug, um dich huckepack zu nehmen. Du musst ein bisschen selbst laufen. Komm schon, Barbie. Bitte. Tu es für deinen liebsten Cupcake."

Er blinzelte nicht mal.

Na gut. Dann mussten wir es auf die harte Tour versuchen, die riskante. Genauso wie ich es bei Cole getan hatte.

„Halte mir den Rücken frei", sagte ich zu Kat. „In einigen Minuten wird Gavin vielleicht laut stöhnen oder aufschreien. Du darfst ihn auf keinen Fall berühren. Und mich auch nicht." Kat war keine Zombiejägerin. Sie wäre nicht in der Lage, meine Geistform zu sehen, und sie würde mein Feuer nicht wahrnehmen – bis es zu spät wäre. Für sie wäre es der Tod.

Sie stellte keine Fragen. Vertrauensvoll bezog sie hinter Gavin Posten und beobachtete die Umgebung für den Fall, dass von irgendwoher Gefahr drohen sollte.

Ich schloss kurz die Augen und atmete tief durch. Hielt die Luft in der Lunge, hielt sie. Als ich ausatmete, löste sich mein Geist. Ich zitterte, als die Kälte mich umfing, hatte das Gefühl, als würden sich in meinen Atemwegen Eiskristalle bilden.

„Entzünde dich", befahl ich meinen Händen.

Diesmal gehorchten sie mir nicht.

Okay. Flammen in diesem Set zu entwickeln würde etwas schwieriger werden. Registriert.

Ich gab trotzdem nicht auf. Die Kraft, um das Feuer zu entfachen, kam durch Zuversicht. Eine geistige Waffe für eine geistige Kraftquelle. Ich konnte es mir nicht erlauben zu zweifeln. Zweifel schwächten die Zuversicht.

„Ich schaffe es", sagte ich mir. „Ich bekomme es hin. Und zwar jetzt. Jetzt! Jetzt!"

Worte entwickelten ebenfalls eine erstaunliche Kraft. Sie ließen sich im Guten und im Schlechten einsetzen. Positiv und negativ. Ich konzentrierte mich auf das Positive, und Flammen begannen aus meinen Fingerspitzen zu züngeln, breiteten sich allmählich bis zu den Handgelenken aus. Langsam. Nicht wie ich es gewohnt war, aber okay. Damit konnte ich arbeiten.

Ich wusste nicht genau, welche Verletzungen Gavin hatte, und presste eine Hand an seine Brust, wo sein Herz schwach schlug.

Es schien zu funktionieren, Gott sei Dank, denn er schrie und bäumte sich auf. In jeder anderen Situation hätte mich sein Aufschrei entsetzt. Aber jetzt? Musste ich grinsen.

Ich hielt den Kontakt für mehrere Sekunden, bevor ich meine Hand zurückzog, die Flammen verlöschen ließ und in meinen Körper zurückkehrte.

„Die Gefahr ist vorüber", sagte ich zu Kat.

Gavin stöhnte.

„Guter Junge." Am liebsten hätte ich getanzt und laut gesungen. Wir hatten ihn nicht verloren. „Ich weiß, es tut höllisch weh, aber ein bisschen Schmerz dürfte dich ja nicht weiter umhauen, oder? Falls doch, na ja, du wirst bald in den Genuss von Mr Ankhs Drogenarsenal kommen, also ist das nicht so schlimm."

Er blinzelte und versuchte, geradeaus zu sehen, seine Augäpfel bewegten sich jedoch hin und her und schienen sich nicht auf ein Ziel fokussieren zu können. Ein Anzeichen von Schwindel.

„Ali?"

„Ja, ich bin es."

„Ich bin auch hier, Kat." Sie hockte sich auf die andere Seite und drückte ihm die Hand.

„Kat, du musst mir helfen und Cole eine SMS schicken", sagte ich. „Schreib ihm, sie sollen zum Wagen zurückgehen, dass wir Gavin gefunden haben und er schwer verletzt ist."

„Schon dabei", erwiderte sie und zog ihr Handy aus der Tasche.

Nun der schwierige Teil. „Wir stellen dich jetzt auf die Beine, Barbie, aber du musst ein bisschen mithelfen."

Er machte nicht den Eindruck, als hätte er mich verstanden. „Wrack … haben mich gejagt … geschossen … bin gerannt … bin zur Halle … Feuer …"

„Ich weiß. Cole ist da, doch viele werden vermisst", sagte ich vage. Von den Toten würde ich ihm erzählen, wenn sein Zustand stabil war.

„Frosty", sagte er, dann verzog er das Gesicht und presste eine Hand auf seine Seite.

Kat steckte das Handy wieder ein und packte Gavin am Kinn, sodass er sie ansehen musste. „Was ist mit Frosty? Hast du ihn gesehen?"

„Ali", stammelte er, als hätte er sie überhaupt nicht gehört. „Hilf."

Trotz der frustrierenden Situation straffte Kat die Schultern, entschlossen, weiterzumachen.

Ich war mehr als stolz auf sie. „Bringen wir ihn zu Mr Ankh."

Mit ziemlicher Anstrengung schafften wir es schließlich, ihn auf die Füße zu stellen. Als er schwankte, stützten wir ihn zu beiden Seiten, stellten uns wie Krücken unter seine Achseln. Es musste ein merkwürdiger Anblick sein, wie Kat und ich versuchten, den schweren großen Typen von der Stelle zu bekommen. Die zarte Kat zitterte unter seinem Gewicht.

Während wir uns mühsam fortbewegten, flüsterte Gavin: „Frosty … kam in die Halle … wurden verfolgt … er hat sie abgelenkt … von mir … sagte … treffen im … Wok and Roll."

Kat sah aus, als würde sie vor Aufregung platzen, und ich musste nicht lange rätseln, was ihr durch den Kopf ging. Das Wok and Roll war ein vierundzwanzig Stunden geöffneter Imbiss nur ein paar

Blocks von hier entfernt. Wenn Frosty immer noch dort war und auf Gavin wartete, könnte sie innerhalb der nächsten halben Stunde in seine Arme fliegen.

Cole und Reeve hielten sich in der Nähe des Autos auf. Als sie unser merkwürdiges Grüppchen entdeckten, kam Cole herübergerannt und nahm Kats Stelle ein. Reeve öffnete die hintere Wagentür.

„Habt ihr irgendein Anzeichen von Anima gesehen?", erkundigte ich mich.

„Nein. Nichts."

Zusammen verfrachteten wir Gavin ins Auto. Ich richtete mich auf. „Bring ihn direkt zum Haus, Reeve, nicht erst zur Kirche." Gavins Zustand würde womöglich wieder lebensbedrohlich werden, falls er in den Tunnel klettern müsste. „Aber ruf deinen Vater von unterwegs an und sag ihm, dass ihr kommt. Er wird dafür sorgen, dass euch niemand von Anima sieht, wenn ihr das Haus betretet."

Sie nickte. „Wird gemacht."

Kat nahm meine Hand und zog daran. „Ali und ich gehen jetzt zum Wok and Roll. Vielleicht ist Frosty da und wartet auf Gavin."

„Uh, Kat …" Hallo, heikle, schwierige Situation. „Du gehst mit Reeve."

„Was? Nein!"

Sie schüttelte den Kopf, und ich musste feststellen, dass sie blasser war als vorhin.

„Auf keinen Fall. Unter keinen Umständen."

Auf jeden Fall. Unter welchen Umständen auch immer. „Wenn es um Frosty geht, reagierst du zu emotional." Weit schlimmer, er wurde von den Anima-Leuten verfolgt. Womöglich hatten sie ihn schon gefunden. Nicht nur Mr Ankh würde unter keinen Umständen wollen, dass ich sie in eine noch gefährlichere Situation brachte, auch Frosty hätte kein Verständnis dafür. „Du musst mir jetzt mal zuhören …"

„Nein!" Sie stampfte mit dem Fuß auf. „Du hörst *mir* zu. Ich komme mit!"

O-kay. Plötzlich verstand ich Coles autoritäres Verhalten. Mit seinen Kumpanen zu diskutieren vergeudete kostbare Zeit. „Kat. Bitte. Sei vernünftig."

Cole gab ihr keine Gelegenheit, darauf zu antworten. „Du hast die Wahl", sagte er in vollem Kommandoton. „Entweder tust du, was sie sagt, oder du tust, was sie sagt. Verstanden?"

Kat kniff die Augen zu schmalen Schlitzen zusammen und wurde mit einem Mal ruhig wie ein Raubtier vor dem Angriff.

„Oh, ich habe dich sehr gut verstanden. Und jetzt wirst du gleich merken, was ich davon halte."

Bevor sie eine Bewegung machen konnte, stützte er sich mit der rechten Hand auf die Karosserie des Wagens und drängte sie dagegen. „Hast du irgendwas vor? Bitte schön."

Dingdong. Runde eins des Boxkampfs hat begonnen.

„In der Zwischenzeit kann Gavin verbluten!" Ich warf erst Kat, dann Cole einen wütenden Blick zu. „Außerdem bilden wir wunderbare Zielscheiben. Steigt jetzt in den Wagen und fahrt los!"

Kat schüttelte wieder den Kopf, störrisch bis zum bitteren Ende. „Ich suche nach Frosty. Basta."

Ich sah Cole an. Spürte förmlich, wie er um eine Entscheidung ringen musste. Schwere Entscheidungen führten zu harten Konsequenzen – er würde zu einem Schluss kommen. Einer von uns musste mit ihr gehen, das wussten wir beide.

„Es wird Zeit, dass du jetzt den Beweis für Nummer sieben antrittst", sagte ich, denn das bedeutete, dass er zurücktrat und mich kämpfen ließ. „Du bist verletzt, ich nicht. Ich bin diejenige, die Frosty suchen muss."

Ich erwartete Widerspruch. Stattdessen nickte er kurz und schnappte sich Kat, um sie in den Wagen zu hieven. Sie kämpfte wie ... nun, sagen wir, wie eine Straßenkatze, kratzte und fauchte, und es zerriss mir das Herz. Am liebsten hätte ich sie aus dem Auto befreit, ihr ihren Willen gelassen. Aber das tat ich nicht. Manchmal war das, was wir wollten, nicht das, was wir brauchten. Ich würde mich später bei ihr entschuldigen, und sie müsste mir vergeben ... denn Frosty würde mit mir zurückkommen.

Bitte mach, dass ich ihn mit nach Hause bringen kann.

Ich befestigte meine 44er am Gürtel. Bevor der Wagen mit quietschenden Reifen losfuhr, trafen sich Coles und mein Blick, und wir verständigten uns ohne Worte in totaler Übereinstimmung. Er würde tun, was immer notwendig war, um die beiden Mädchen zu beschützen. Selbst wenn es ihn das Leben kostete.

So weit durfte es aber nicht kommen.

Kaum war der Wagen außer Sichtweite, rannte ich in den Wald zurück und schlug den Weg zum Shoppingcenter ein, wo sich das Wok and Roll befand. Die Bewegung fegte die Schuldgefühle aus meinem Kopf, mir wurde warm, das Blut rauschte schneller und schneller durch meine Adern.

Schließlich endete die Baumreihe an einer befestigten Straße. Ich ging bergauf, bergab, an Häuserfronten vorbei, während ich ständig auf die Autos achtete, die an mir vorbeifuhren, bevor ich mein Ziel anvisierte. Meine Lunge brannte. Trotz der Kälte lief mir der Schweiß über den Rücken.

Es war Samstag, und eine Menge Shopper betraten und verließen die Geschäfte. Zu beiden Seiten erstreckten sich Häuser mit Läden und Restaurants. Es machte mich nervös, dass so viele Leute um mich herum waren. Jeder von ihnen könnte von Anima sein und nur darauf warten, zuzuschlagen.

Zuzuschlagen und zu töten.

Über der Tür läutete eine Glocke, als ich den Imbiss betrat. Sofort überfiel mich der Geruch von gebratenem Fleisch und mir wurde übel.

Nur ein Kunde befand sich in dem Lokal. Ein Mann mittleren Alters, definitiv nicht Frosty, ich bezweifelte, dass er von Anima war. Ihn schien nur noch eine Frühlingsrolle vom Herzinfarkt zu trennen.

Die Frustration brachte mich fast um. Ich hatte Kat für nichts und wieder nichts in Rage gebracht.

Nein, nein. Vielleicht war Frosty nur kurz rausgegangen und wollte gleich zurückkommen.

Die Hoffnung bestand immerhin.

Eine Kellnerin mit eifrigem Blick und einem geschäftsmäßigen Lächeln empfing mich. „Wie viele Plätze?"

Ob sie von Anima sein konnte? „Nur einer."

Sie führte mich zu einem Tisch in der Mitte des Lokals.

„Ganz hinten, bitte."

Mit steifem Rücken ging sie weiter zu einer Sitznische, die von einem riesigen Aquarium verdeckt wurde. Sie zog die Brauen hoch, als wollte sie fragen: Ist das gut genug für die Prinzessin?

„Perfekt." Ich rutschte auf die Bank und streifte sie dabei absichtlich, um sie nach Waffen zu checken. Nichts. „Vielen Dank."

Sie presste die Lippen zusammen, während sie die Speisekarte vor mir auf den Tisch legte, und ging wieder.

Ich zog mein Handy aus der Tasche und schrieb Cole eine SMS.

Frosty ist nicht hier. Muss warten, falls er zurückkommt. Hat sich Kat beruhigt?

Cole: *Kat – nein. Warte dort nicht als süße kleine Zielscheibe. KOMM NACH HAUSE.*

Ich hörte förmlich seine Verärgerung heraus. Er hatte mich vorgelassen, und nun bereute er es. Verstanden.

Ich: *Neuigkeiten für dich, Holland – GROSSE BUCHSTABEN SCHÜCHTERN MICH NICHT EIN.*

Cole: *SOLLTEN SIE ABER. DER ZORN DES C. H. IST NICHT LUSTIG.*

Ich: *Beiß mich doch.*

Cole: *Das … werde ich. Mit Freuden. Aber du musst herkommen. Zurzeit gibt es keinen anderen Wagen. Außerdem: Keine Diskussion.*

Ich: *Sorry, Baby. Das war nur eine Info, keine Bitte um Anweisungen. Hast Zeit, das zu verarbeiten.* Ich setzte einen Smiley ein, um ihn zu nerven.

Cole: *Ist das ein leises Ja?*

Himmel noch mal. Ich steckte das Handy weg, bevor er mich zu sehr von meinem Vorhaben ablenkte. Mehr, als er es bereits getan hatte.

Denk nach! Falls Frosty ins Wok and Roll zurückkommen wollte, hätte er sich bestimmt nicht weit davon entfernt. Es sei denn, er wäre dazu gezwungen gewesen. Wahrscheinlich zog er von Laden zu Laden, immer den Eingangsbereich des China-Imbisses im Auge und nach Gavin Ausschau haltend, ohne selbst gesehen zu werden.

Aber … wenn das so war, hätte er mich entdeckt und wäre sofort herübergekommen.

„Weißt du schon, was du willst?“, fragte mich die Kellnerin, als sie wieder an meinem Tisch erschien.

„War hier im Laden vorhin eine Prügelei oder so? Irgendein Streit?“ Irgendein Hinweis darauf, dass mein Freund aufgeflogen war?

Sie runzelte verwundert die Stirn. „Nein. Warum?“

Ich warf ihr einen Zwanziger auf den Tisch, statt zu antworten. „Schon gut. Ich muss gehen.“

Sie versuchte mich nicht zurückzuhalten, als ich den Laden verließ. Kurz lehnte ich mich an die Steinfassade, als müsste ich mich erst mal gegen die schneidende Kälte wappnen. Tatsächlich ließ ich schnell den Blick über die Geschäfte gegenüber schweifen. Klamotten. Klamotten. Kaffee. Schuhe. Bäcker. Kla…

Kaffee.

Dort könnte er sich am längsten aufhalten, ohne aufzufallen.

Ich beeilte mich, auf die andere Straßenseite zu kommen, und betrat das warme und von köstlichem Kaffeearoma erfüllte Lokal. Ein Blick über die Kunden, während meine Nerven vibrierten, und da …

Gefunden!

Freude über Freude. Glückliche Ali. Er saß in einer Ecke und starrte aus dem Fenster. Sein helles Haar hatte er unter einem Hut versteckt. Der Mantel, den er trug, musste gestohlen sein, denn den hatte ich bisher nicht bei ihm gesehen, außerdem war es nicht die richtige Größe. Ganz abgesehen davon, dass er pink war und mit violetten Blümchen verziert.

Ich ging zu Frostys Tisch hinüber und zog mir einen Stuhl vor.

„Mach, dass du weg…"

Sein verärgerter Blick wich sofort Erleichterung. Er lehnte sich zu mir herüber.

„Gott sei Dank, du bist es. Berichte mir alles, was du weißt. Fang damit an, wie es Kat geht."

„Sie lebt, ihr geht es gut und sie will dich unbedingt sehen."

Er schloss die Augen, von denen eines angeschwollen und dunkelblau war, und sackte in sich zusammen.

„Du hast keine Ahnung, wie dringend ich sie sehen muss. Aber als ich gestern Abend das Haus von Ankh durchsucht habe, war sie nicht da."

„Es gibt einen Geheimgang, der zu einer unterirdischen Anlage führt", sagte ich. „Da war sie."

„War?"

„Heute Morgen ist sie zurück in Ankhs Haus. Er hat die Sicherheitsanlage wieder in Ordnung gebracht."

Frosty ballte die Hände zu Fäusten. „Ich habe mir echt Sorgen gemacht …"

„Ich weiß." Beruhigend tätschelte ich ihm die Hand. „Warum bist du nicht ins Wok and Roll gekommen, als ich reingegangen bin?"

Er runzelte die Stirn. „Ich habe dich nicht gesehen."

„Aber du warst doch da mit Gavin verabredet."

„Nein. Ich war mit ihm im Café *gegenüber* vom Wok and Roll verabredet."

Nun, ich würde Gavins Irrtum seinem miserablen Zustand zuschreiben.

„Wie geht es ihm?", wollte Frosty besorgt wissen.

Er erwartete schlechte Nachrichten. „Er wird wieder", sagte ich entschlossen. „Im Moment ist er nicht gerade in guter Form. Cole ist auch verletzt, aber ihm geht es schon viel besser. Er ist angeschossen worden." *Immer ruhig bleiben.* „Sie sind beide bei Mr Ankh."

„Gut. Das ist gut." Sein Gesicht bekam einen grimmigen Ausdruck. „Cruz ist …"

„Ja, ich weiß." Das Brennen von unterdrückten Tränen. *Dreh den Wasserhahn zu. Sofort!* „Trina und Lucas auch."

Er presste sich die Fäuste auf die Augen. „Was ist mit den anderen?"

„Ich wünschte, ich wüsste es. Du hast nichts von ihnen gehört?"

„Nur, dass Justin und Jaclyn verschwunden sind."

Waren die Zwillingsgeschwister entführt worden? Oder etwa schon tot?

Jaclyn und ich waren nicht gerade die besten Freundinnen, aber auch nicht mehr verfeindet. Der Gedanke daran, dass sie da draußen war und gefoltert wurde – oder vielleicht gar nicht mehr lebte –, machte mich fertig.

„Ich wollte Gavin noch fünf Minuten geben", sagte Frosty. „Dann wäre ich los, um nach den anderen zu suchen."

Wieder ein Beweis, dass tickende Uhren einen fertigmachten. Wenn ich fünf Minuten später gekommen wäre, hätte ich ihn nicht angetroffen. „Was ist gestern Nacht passiert? Ich meine, mit dir?"

„Ich lag zu Hause im Bett, immer noch wach", sagte er tonlos. „Dann habe ich ein Quietschen gehört und wollte aufstehen. Im selben Moment hielt mich jemand zurück, presste mir den Mund zu und ich fühlte eine Nadel in meinem Nacken. Das Ding wirkte sofort. Mir war schwindlig, ich hatte überhaupt keine Power mehr und konnte mich nicht wehren. Der Typ musste die Wachen betäubt haben. Er hat mich ohne Zwischenfälle nach unten und aus dem Haus geschleppt. Dann hat er allerdings den Fehler gemacht, mich auf den Beifahrersitz zu verfrachten. In dem Moment, wo der Schwindel etwas nachließ, konnte ich ihn zwingen, den Wagen anzuhalten. Ich bin raus und zur Trainingshalle."

„Aber die war bereits bis auf die Grundmauern niedergebrannt", stellte ich fest.

„Ich bemerkte ein paar Bewaffnete, die Gavin hinterherjagten, und habe sie abzulenken versucht. Ist mir auch gelungen, es hat fast zwei Stunden gedauert, sie loszuwerden. Und zwei weitere Stunden, um zu Ankh zu kommen. Zwischendurch muss ich immer wieder weggedriftet sein. Schließlich kam ich hierher."

Aha. Anima wollte Frosty nicht töten. Aber sie hatten ganz eindeutig vorgehabt, Cole umzubringen. Warum?

Was für Pläne verfolgten sie? Was steckte dahinter?

„Hast du eine Ahnung, wo sich die anderen verkrochen haben könnten?" Bronx. Mackenzie. Veronica. Collins.

„Bronx … vielleicht. Ich wollte später unseren Treffpunkt checken."

„Ich komme mit. Muss nur Cole berichten, was los ist."

„Macht er Fernsteuerung?"

„So was Ähnliches."

Ich schickte Cole und Kat gleichzeitig eine SMS: *Frosty gefunden. Ihm geht es gut. Haben Hinweis auf Bronx. Mehr in Kürze. Kat … tut mir leid. Ich mach's wieder gut, ich schwöre!*

Coles Antwort kam Sekunden später: *Halte mich auf dem Laufenden.*

Kats kam kurz darauf, und erst danach entspannte ich mich: *Bring mein Spielzeug heil zurück und alles ist vergeben.*

Ach, wie ich dieses Mädchen liebte! Sie war nicht nachtragend, sondern pragmatisch.

„Also …", sagte Frosty, als wir aufstanden. „Ich muss dir jetzt eine persönliche Frage stellen. Unser weiteres Vorgehen hängt nämlich von deiner Antwort ab."

Ich verspannte mich, unsicher, was er wohl wissen wollte. „Frag."

„Wie ist deine Meinung zu Autodiebstahl?"

7. KAPITEL

Immer ruhig bleiben und die Waffe in der Hand

Eine Tatsache: Das Leben ist ein riesiges Klassenzimmer und jeder Tag eine Gelegenheit, etwas Neues zu lernen.

Noch eine Tatsache: Ihr müsst ständig auf einen Überraschungstest vorbereitet sein, denn irgendjemand kann jederzeit von irgendwoher auftauchen.

Auch eine Tatsache: Ich wünschte, ich könnte mich heute wegen Krankheit entschuldigen.

Was ich von Professor Frosty gelernt habe? Wie ich Autos knacke. Der Typ stellte die irrsten Dinge mit einem einfachen Stück Draht an.

„Jetzt bin ich eine Kriminelle", jammerte ich, als wir den Highway entlangjagten. In Notwehr töten zählte nicht. „Ich bin eine Komplizin. Eine Diebin."

„Eigentlich bist du nur ein Logistik-Servicedienst", entgegnete er tröstend. „Du hast nichts weiter gemacht, als einen Wagen von einem Ort zum anderen zu bringen. Daran ist doch nichts falsch, oder?"

Ich schnaufte, musste dennoch grinsen. „Logistik-Servicedienst?"

Er hob die Schultern. „Sieh es einfach mal so."

Warum nicht? „Wie hast du das überhaupt gelernt?"

„Das werde ich dir erzählen, aber dann kannst du dich nicht hinlegen und heulen wie ein Schlosshund. Du wirst allerdings den Wunsch danach verspüren, denn es ist eine tragische Geschichte. Es bricht einem das Herz und ..."

„Schon kapiert. Niemand hat so sehr gelitten wie du. Spuck's endlich aus."

Er schnaubte. „Weiß Cole, dass du aus Eis bist?"

„Ja, er liebt es, mich zum Schmelzen zu bringen."

„Wie auch immer. So ist es. Ich sah die Zombies bereits als kleines Kind. Deshalb schrie ich die ganze Zeit. Nach einer Weile hat mein Vater das nicht mehr ausgehalten und machte sich davon. Meine Mutter war dann allein und musste mich jedes Mal beruhigen, wenn ich wieder wegen der Monster Krawall machte. Es machte sie fertig, und sie brachte mich zu allen möglichen Ärzten und Psychiatern, die sie sich nicht leisten konnte, damit die Tests mit mir durchführten. Niemand fand heraus, was mit mir nicht stimmte. Als sie irgendwann einen neuen Freund hatte, ertrug sie den ständigen Stress nicht mehr, also gab sie mich zu meiner Tante und meinem Onkel. Ich begann, mit den falschen Leuten rumzuhängen."

Er beobachtete mich länger als notwendig, wenn man bedachte, dass er hinter dem Steuer eines Autos saß. Um nach Tränen zu suchen?

Ich gebe zu, ich war geneigt, auf Wunsch die eine oder andere zu vergießen. Er war verlassen worden. Vergessen. Ich hielt mich trotzdem zurück und hob das Kinn. „Tut mir leid, dass du das durchmachen musstest. Wirklich. Aber jeder von uns hat sein Päckchen zu tragen. Habe ich dir jemals erzählt, wie ich damals meine ganze Familie bei einem Autounfall verlor?"

Er lachte laut auf. „Du und Kat, Mann! Ihr seid so gut wie die einzigen Mädchen auf diesem Planeten, die mich noch überraschen können. Ich erwarte Mitleid, du lieferst eine Ansage. Das ist irgendwie süß."

Ein ziemlich zweideutiges Kompliment, sicher, doch ich würde es annehmen. „Was ist denn nun mit deiner Mutter passiert?"

Er umfasste das Lenkrad fester, was mir verriet, wie unangenehm ihm dieses Thema war.

„Sie hat mich ein paar Mal besucht. Jetzt, wo ich immer mit dem Auto unterwegs bin, hätte ich die Gelegenheit, sie zu besuchen. Aber sie hat inzwischen eine neue Familie, deshalb …"

Wie traurig. Ich tat ihm den Gefallen und wechselte das Thema. „Und wie hast du Cole kennengelernt?"

Seine Lippen verzogen sich zu einem frechen Grinsen. „Kennst du dich mit den Gefängnis-Regeln aus, Ali-Gator?"

Verfluchte Spitznamen. Sie waren wie verbale Pilze. Man wurde sie nicht wieder los. „Ein bisschen. Laut Kat gibt es nur eine einzige. Erst töten, dann Fragen stellen."

„Eigentlich gibt es zehn, aber die wichtigste ist – wenn du irgendwo neu ankommst, schalte sofort den Anführer aus, dann lassen die Kids dich in Ruhe. Nun, als ich in Coles Kiez zog, war er der regierende König. Also forderte ich ihn in Gegenwart aller anderen heraus. Er verpasste mir einen Hammer, der mich zu Boden warf. Dann half er mir wieder auf, und seitdem sind wir Freunde."

„Freunde auf den ersten Schlag sozusagen", bemerkte ich.

„So in der Art."

Ich fragte mich, wie viele andere Kids da draußen lebten, die zwar in der Lage waren, Zombies zu sehen, aber keine Ahnung über die Hintergründe hatten.

Mein Vater konnte die Zombies sehen, wusste jedoch nichts über sie. Als Junge hatte er mit ansehen müssen, wie eins der Monster seine Mutter umbrachte. Im Laufe der Jahre war seine Angst vor ihnen immer schlimmer geworden … und schlimmer … und schlimmer … bis er schließlich Trost im Alkohol suchte und meine kleine Schwester und mich nach Einbruch der Dunkelheit im Haus einsperrte.

Furcht richtete so etwas mit den Menschen an. Sie entwickelten eine destruktive Kraft. Deshalb war ich so entschlossen, meine Ängste zu überwinden, egal, was passierte. Manchmal geriet meine Entschlossenheit allerdings ins Wanken – das geschah meist, wenn es sich um eine bestimmte Person drehte.

„Darf ich dir eine Frage stellen?“, sagte ich zu Frosty.

„Machst du das nicht gerade?“

Haha. „Kats Nierenkrankheit.“

Angespannte Stille.

„Ich warte auf die Frage.“

„Können wir irgendwas tun?“

„Glaubst du, ich habe mich nicht schon erkundigt? Hätte nicht mit haufenweise Spezialisten darüber geredet?“

„Und es gibt nichts?“

„Nichts“, erwiderte er dumpf.

Ich blickte schweigend aus dem Fenster. Im Grunde war es nur eine Frage der Zeit, wann Kat an ihrer Krankheit starb. Eine tickende Uhr, die bald mit dem Gong stehen blieb.

„Lass uns von was anderem reden“, sagte Frosty und nahm die nächste Kurve nach meinem Geschmack schneller als nötig. „Zum Beispiel die jetzige Situation. Anima hätte uns bereits viel früher verfolgen können, sie haben es aber nie getan. Ich meine, als sie dich, Kat und Reeve entführt und eingesperrt hatten, haben wir sie nicht vernichtet, weil wir befürchten mussten, dass sie euch im Gegenzug umbringen. Also frage ich mich die ganze Zeit, warum jetzt?“

Gute Frage. „Mal sehen, was wir bisher wissen. Sie arbeiten an einem System, die Zombies zu kontrollieren, sie zu steuern, damit sie jeden angreifen, der Anima und deren Arbeit im Weg steht. Und sie hoffen, eines Tages mit dem Z-Serum Unsterblichkeit möglich zu machen, ohne Nebenwirkungen sozusagen, und die Menschheit von Krankheiten zu befreien. Gleichzeitig macht es ihnen aber nichts aus, mit unschuldigen Menschen zu experimentieren und sie umzubringen."

Frosty überlegte. „Was, wenn ihre Forschung Erfolg hatte?"

„Du denkst … was? Dass sie uns von der Bildfläche haben wollen, damit wir sie nicht aufhalten können? Weil wir die Einzigen sind, die von ihrem Treiben wissen?"

„Genau."

Das verhieße nichts Gutes für uns. Anima würde erneut zuschlagen. Und das bald, solange viele von uns verletzt und geschwächt waren.

Ich hörte den Countdown förmlich in meinem Kopf. Das Tick-tack-tick-tack, dem ich nie entkommen konnte.

Ich ballte die Hände zu Fäusten. *Ruhig bleiben. Immer die Fassung bewahren.*

Keine Angst haben, schon vergessen?

Frosty brachte den Wagen auf dem Schulparkplatz zum Stehen. Asher High. Das Heim der Tigers. (Go Tigers!) Ich runzelte die Stirn. Dort standen noch andere Fahrzeuge, sodass unseres nicht auffiel. Aber …

„Glaubst du, dass Bronx hier ist?", wollte ich wissen.

„Vielleicht."

Na gut. Okay. Dann hatte ich keine Einwände.

Wir betraten das Gebäude – die Türen waren unverschlossen, was uns vor einer weiteren Straftat bewahrte – und hielten uns im Schatten, während wir die Flure durchstreiften. Eine Hand hatte ich in meine Tasche geschoben, wo ich die Finger um einen der Dolche schloss. Nur für den Fall. Niemand attackierte uns, und wir konnten ohne Zwischenfälle den Raum 213 betreten.

Aber … verflucht! Es gab nirgends ein Zeichen von Bronx. Am liebsten hätte ich mit dem Fuß aufgestampft.

„Möchtest du vielleicht deinem Frust irgendwie Luft machen?" Frosty ging zur Tafel hinüber. „Kein Grund. Ich hatte recht. Er war hier."

Ich sah mich um, links, rechts. Bemerkte nichts. „Woher weißt du das?"

Frosty zeigte auf die Tafel. „Er hat eine Nachricht hinterlassen."

Ich las, was jemand dort angeschrieben hatte: *Make love not war. Die Wunden verheilen nicht. Die Party geht weiter.*

O-kay. „Was soll das heißen?“

„Nimm das zweite Wort von jedem Satz. Love. Wunden. Party. Soll heißen, Mackenzie Love ist verletzt und sie sind … wo?“

Verdammt. Wie schwer verletzt war sie?

„Sie sind … in einem Warenhaus für Partyzubehör? Wohl kaum.“ Frosty murmelte weiter vor sich hin und versuchte, einen Sinn zu finden. „Ein Ort, an dem wir gefeiert haben? Das könnte eher hinkommen. Aber es muss irgendwo an einem besonderen Ort sein. Irgendwas, an das ich mich erinnern kann, was Spezielles … die letzte Party vielleicht. Ja, ja, ja. Ich weiß, wo er ist!“

Mein Herz hämmerte vor Aufregung. „Dann lass uns losgehen.“

Wir landeten in einem trüben Viertel etwa fünfundzwanzig Kilometer außerhalb Birminghams. Nachdem wir unsere Fingerabdrücke überall entfernt hatten, ließen wir das Auto stehen – vielleicht würde jemand anders beschließen, sich ein bisschen als Logistik-Servicedienst zu betätigen, und es aus diesem Viertel bewegen. Dann gingen wir auf das heruntergekommenste Haus von allen zu.

Die Farbe blätterte von der Fassade ab, die Rollläden waren verrottet, Fensterscheiben gesprungen. Vom Dach hingen ein paar losgelöste Schindeln. Als wir uns der Eingangstür näherten, knarrten die losen Holzdielen unter unseren Füßen gefährlich laut.

Frosty klopfte an. Ein Schatten war hinter der Tür zu erkennen, und ich wusste, dass jemand durch den Spion blickte.

„Das wurde aber auch Zeit“, hörte ich eine mir unbekannte Stimme.

Die Angeln quietschten in den höchsten Tönen, als die baufällige Tür mit Schwung aufgerissen wurde. Eine kleine Brünette mit einem Netzwerk von blassrosa Narben auf einer ihrer Wangen trat beiseite, um Frosty hereinzulassen.

„Wo sind sie?“, fragte er.

„Hinten.“

Ich wollte ihm folgen, aber das Mädchen stellte sich mir in den Weg. Ich musste den Blick senken … noch weiter … noch weiter. Sie war keine eins fünfundfünfzig groß. Und sehr jung, sicher nicht älter als vierzehn. Auf eine punkige Art sah sie süß aus, mit dunkelgrünen zusammengekniffenen Augen, die voller Beschützerinstinkt feurig blitzten.

„Wer zum Teufel ist deine Freundin?“, rief sie Frosty hinterher, ohne den Blick von mir zu wenden.

„Das ist Ali. Lass sie rein.“

Sie sah mich angewidert an. „Du bist also die berühmte Ali Bell, was?“

Großartig. Was hatten sie ihr von mir erzählt? Ihr Tonfall klang, als wäre ich so böse und hinterhältig, dass der Teufel mir *seine* Seele verkauft hatte.

Ich nickte. „Und wer bist du?“

„Juliana. Veronicas jüngere Schwester. Na und?“

Alles Pose, nichts dahinter.

Mir zog sich die Brust zusammen, und augenblicklich verspürte ich ein unglaubliches Verlangen danach, meine kleine Schwester zu sehen. Emma war schon Wochen nicht mehr aufgetaucht. Wo war sie?

Das letzte Mal, als ich mit ihr gesprochen hatte, meinte sie, die Verbindung würde nachlassen und wir könnten uns nicht mehr so oft sehen. Ich hatte gedacht, sie spräche von nur noch zweimal die Woche oder so, und wünschte, ich hätte geahnt, dass „nicht mehr so oft“ auch heißen konnte „nie wieder“. Dann hätte ich mich gebührend von ihr verabschiedet, sie vielleicht festgehalten, für immer.

„Kann ich reinkommen?“, fragte ich freundlich.

„Von mir aus.“ Juliana trat steif zur Seite. Ich betrat das Haus und machte eine kurze Bestandsaufnahme.

Keine Bilder an den Wänden. Die Möbel waren abgenutzt, doch geflickt und poliert. Es gab keinen Fernseher oder Computer, auf dem Kaffeetisch befand sich eine Vase mit frischen Blumen. Süßer Blütenduft hing in der Luft und übertünchte den muffigen Geruch, der im Raum stand.

Ich hatte keine Ahnung, dass Veronica, meine beste geliebte Feindin, eine jüngere Schwester hatte. Oder dass sie ganz offensichtlich bettelarm waren. Ein ärmliches Haus, aber Bronx schien der Meinung zu sein, dass er hier in Sicherheit war. Obwohl es normalerweise nie sicher war, sich im Haus eines anderen Zombiejägers zu verstecken. Diese Adresse war bei Anima also anscheinend nicht bekannt. Wie kam das?

Und was war mit dieser Party, von der Frosty gesprochen hatte? Die hatte hier stattgefunden? Warum? Und wann? War Cole auch dabei gewesen?

Wieso war ich nicht eingeladen worden?

Uff. Das klang jetzt aber ziemlich jämmerlich. Als wenn dieser Blödsinn in der momentanen Verzweiflung irgendeine Bedeutung hätte.

„Wo sind eure Eltern?“, erkundigte ich mich. Über den Flur waren Stimmen zu hören. Ich beschloss, Juliana ein paar Minuten zu geben, damit sie mich nach hinten einlud. Falls sie es nicht täte, würde ich einfach losgehen, ob nun unhöflich oder nicht.

„Leben nicht mehr“, erwiderte sie schnippisch.

„Tut mir leid.“

„Sicher doch. Außerdem, warum fragst du mich nicht, woher ich die Narben habe?“

Okay. „Woher hast du die Narben?“

Sie blickte mich leicht irritiert mit offenem Mund an. Vermutlich hatte sie nicht erwartet, dass ich die Herausforderung annahm.

„Verbrennungen.“ Die Antwort kam wie ein Peitschenhieb. „Nicht, dass dich das irgendwas angeht.“

„Hey“, sagte ich und hob die Hände. „Das war deine Idee.“ Und Himmel noch mal, ich fühlte mich plötzlich schuldig, weil ich Veronica bei unserem ersten Zusammentreffen so schlecht behandelt hatte. Offensichtlich hatte sie es im Leben nicht leicht gehabt.

Andererseits, wie ich bereits zu Frosty gesagt hatte, das traf auf uns alle zu. Jeder von uns war auf die eine oder andere Weise verletzt worden.

Juliana blickte auf ihre Füße, verlagerte ihr Gewicht von einem Bein aufs andere und sah mich wieder an. „Hast du was von Cole gehört?“, fragte sie schroff.

„Er ist angeschossen worden, ihm geht es aber schon besser.“

Die Erleichterung konnte sie nicht verbergen. Ganz offensichtlich stand sie auf ihn.

Stell dich hinten an.

Okay, nun, es wurde Zeit, nach meinen Freunden zu sehen. Ohne ein weiteres Wort ging ich den Flur entlang.

„Hey! Du kannst da nicht einfach reingehen!“ Juliana kam mir hinterher. „Schließlich wohnst du hier nicht.“

Ich öffnete eine Tür – der Raum dahinter war bis auf eine breite Matratze und eine Decke leer – und schloss sie wieder. Es gab nur noch eine weitere … und da waren sie alle. Drei Matratzen lagen auf dem Boden. Auf der linken lag Mackenzie, Bronx auf der mittleren und Veronica auf der rechten.

Mackenzie schlief. Die dunklen Locken umrahmten ihr bleiches Gesicht. Ihre Lippen waren zerbissen und ihr Teint zeigte zahlreiche Abschürfungen. Der Saum ihres Shirts bauschte sich über dem Bauch, und ich entdeckte einen Verband um ihre Taille.

Bronx und Veronica waren wach und ansprechbar.

Bronx schien nicht verletzt zu sein. Er hatte den Kopf gegen die Wand gelehnt und eine Hand in den Nacken gestützt, die andere ruhte an seiner Seite. Sein dunkles Haar mit den grünen Spitzen stand in alle Richtungen ab. Die Piercings an seinen Augenbrauen und in der Unterlippe blitzten. Es waren keine Blutergüsse oder Schnitte zu sehen.

„Sie hat eine Stichwunde", sagte er, die Zähne wütend zusammengepresst.

Anima sollte sich in Acht nehmen. Von allen Z-Jägern war er der wildeste. Manchmal glaubte ich fast, dass sein menschliches Aussehen reine Fassade darstellte.

„Ich vermute, unsere Angreifer haben niemanden in der Trainingshalle erwartet. Es waren zwei, ich habe sie gehört, als sie eingebrochen sind. Wir haben uns versteckt und sie beobachtet, wollten erst mal abwarten. Als wir bemerkten, dass sie überall Benzin vergossen, haben wir sie angegriffen. Sie stürzten sich mit einem Messer auf Mac und dann brannte auch schon ein Streichholz. Einer der beiden konnte fliehen."

Ich ging zu Mackenzie und setzte mich auf die Kante der Matratze, meine Hüfte dicht an ihrer. Vorsichtig strich ich ihr über die Wange. Ihr Anblick erschütterte mich. Ich hatte das Gefühl, meine Gliedmaßen würden von Sekunde zu Sekunde schwerer. Mein Adrenalinpegel musste wohl inzwischen auf null sein. Ich hatte womöglich nicht die Kraft, aus meinem Körper zu treten und Feuer zu produzieren.

„Frosty", sagte ich. „Kannst du deine Flammen zünden?"

„Ja, warum?"

„Weil du sie in Mackenzies Wunde halten musst."

Augenblicklich reagierten alle im Zimmer entsetzt.

„Nichts dergleichen wird er machen!"

„Bist du verrückt? Auf keinen Fall!"

„Das wird nicht passieren!"

„Beruhigt euch“, sagte ich, und Wunder über Wunder, sie hielten den Mund. „Erinnert ihr euch daran, als ich krank war? Ihr habt mich mit eurem Feuer geheilt.“

„Ja, aber du warst ein halber Zombie“, entgegnete Bronx. „Sie nicht. Das Feuer wird ihrem Geist helfen und alles andere verletzen.“

„Stimmt nicht. Beides ist miteinander verbunden. Wenn ein Teil verletzt ist, ist der andere ebenso verletzt. Also warum nicht auch umgekehrt?“

Schweigen.

„Hört zu, ich habe es bei Cole gemacht. Er hat es sogar selbst noch einmal wiederholt, und jetzt ist er fast wieder gesund. Vorhin habe ich es bei Gavin angewendet. Er hat sich augenblicklich erholt.“

„Moment mal.“ Veronicas Tonfall war hart wie Granit. „Willst du etwa sagen, du hast Coles und Gavins Leben riskiert? Dass du nicht hundertprozentig sicher warst, was passiert, und es trotzdem gemacht hast?“

Kurz gesagt, ja. Aber … „Ihr Leben war bereits in Gefahr“, stellte ich klar.

Mackenzie stöhnte, als wäre sie durch unsere Diskussion aus ihrem tröstlichen Halbschlaf erwacht.

„Tu es“, befahl ich Frosty.

„Du bist hier nicht der Boss“, bellte Juliana.

Frosty rieb dem Mädchen sanft mit den Fingerknöcheln über die Stirn. „Danke für deine Unterstützung, du kleine Giftspritze, aber ich muss es tun.“ Er ging zu Mackenzies Lager.

Juliana warf mir hasserfüllte Blicke wie Dolche zu. Ich achtete nicht auf sie. „Mach keinen Rückzieher. Fang an.“

„Ich hoffe nur, dass du dich nicht irrst“, murmelte er.

Schon löste sich sein Geist, Flammen züngelten aus seinen Fingerspitzen. Er berührte Mackenzie, die ganz offensichtlich vor Schmerz aufkeuchte. Frosty versteifte sich und wollte sich zurückziehen.

„Nicht aufhören“, sagte ich. „Halte den Kontakt so lange, bis sie schreit.“

Er kniff in fiebriger Entschlossenheit die Augen zusammen.

Ein Stöhnen kam aus Mackenzies Kehle … ein weiteres. Sie warf den Kopf auf dem Kissen hin und her.

„Ali“, knurrte Frosty.

„Nur noch einen Augenblick.“

Dann öffnete Mackenzie den Mund weit und schrie auf. Sie schlug gegen Frostys Hand, aber da er sich in Geistform befand und sie nicht, konnte sie ihn nicht berühren. Konnte ihn nicht aufhalten.

Er ließ von ihr ab, und sie sackte wieder auf die Matratze. Ich beugte mich über sie, um zu sehen, was sich verändert hatte. Die Farbe kehrte in ihr Gesicht zurück, die Wangen färbten sich rosig, und die dunklen Ringe unter ihren Augen verblassten.

So. Schnell.

Eine Dame grinst nicht hämisch.

Seit wann war ich eine Dame?

Ich grinste.

Frosty verdrehte die Augen. „Wir haben's geschafft. Du hast es gesagt."

Und dass ihr das nicht vergesst! Ich sah Bronx an. „Bist du verletzt?" Sollte Frosty ihn ebenso behandeln?

„Ich habe nur ein paar blaue Flecken", sagte er, „alles in Ordnung."

Ich warf einen Blick auf Veronica.

„Mir geht es auch gut", sagte sie.

In ihren grünen Augen lag Besorgnis. Das dunkle Haar hing ihr wirr ins Gesicht, Grashalme und Zweige hatten sich darin verfangen. Trotzdem sah sie immer noch schön aus. Makelloses Äußeres – perfektes Gegenstück zu Cole. Wahrscheinlich der Grund, weshalb sie zusammen gewesen waren.

Ja. Cole war herumgekommen … ziemlich herumgekommen.

„Könnte mich mal jemand aufklären", sagte ich. „Warum ist dieses Haus ein geheimer Ort?"

Veronica fuhr sich mit der Zunge über die trockenen Lippen. „Jul und ich sind nicht im Raster. Ich kaufe oder leihe nie was unter meinem richtigen Namen. Nur die Leute hier … und Cole … wissen, wo wir wohnen." Sie wich meinem Blick aus, wie eine schuldige Angeklagte während einer Befragung.

Cole kannte das Haus und hatte mir nichts davon gesagt. Mir, seiner Freundin. Seinem Ein und Alles.

Mir fehlten die Worte.

Nein, das stimmte nicht. Mir fielen dazu eine Menge Worte ein – im Stillen. Ich gehörte nicht zu den eifersüchtigen Mädchen. Entweder gehörte Cole zu mir oder nicht. Basta. Entweder ich vertraute ihm oder nicht.

Allerdings hatte er sich für ein paar Wochen von mir getrennt und seine freien Tage mit Veronica verbracht. Es war in dem Sinne kein Betrug, wenn man bedachte, dass wir uns getrennt hatten, aber es hatte sich so angefühlt. Weil sie es miteinander getan hatten. Dinge miteinander getan hatten, an die ich lieber nicht denken wollte.

Dinge, die er mit mir nicht machen wollte.

Also, ja, eigentlich wäre ich gern auf sie losgegangen und hätte ihr meine Fingernägel ins Gesicht geschlagen und ihr ins Hirn gespuckt.

War das anschaulich? fragte die sittsame Ali.

Nicht anschaulich genug, erwiderte die blutdürstige Ali.

Hallo, neue Charakterzüge. Wie nett, euch kennenzulernen.

Nun, schließen wir den Kreis. Cole gehörte mir. Da gab es gar keinen Zweifel, und ich vertraute ihm. Vollkommen und ohne Aber. Und ich wusste, dass er an niemand anderem Interesse hatte. Nicht mal an Veronica. Dennoch … ja. Diese Geheimniskrämerei tat weh.

Beruhige dich. Jeder Mensch darf seine Geheimnisse haben. Und das ist ja sowieso nicht besonders wichtig.

Da war die pragmatische Ali. Die kannte ich gut.

„Ich war gestern Abend unterwegs“, fuhr Veronica fort. „Im Hearts, da bin ich regelmäßig. Und ich bin … na ja, mit jemandem nach Hause gegangen.“ Sie errötete und räusperte sich.

Sie wollte wohl nicht vor ihrer kleinen Schwester erzählen, dass sie einen Fremden aus dem Nachtklub abgeschleppt hatte, um ein bisschen dies und jenes zu bekommen.

„Ist schon okay“, sagte Juliana und starrte mich böse an. Als würde alles Schlechte in der Welt einzig von mir kommen.

Ich hatte sie verdammt noch mal gar nicht verurteilt.

„Er hat versucht, mir was in meinen Drink zu mischen“, sagte Veronica mit leicht zittriger Stimme. „Ihm war nicht klar, dass ich von der misstrauischen Sorte bin und die Gläser in dem Moment ausgetauscht habe, als er mal wegsah. Er ist sofort zusammengeklappt, und ein zweiter Typ kam plötzlich reingerauscht, der offensichtlich erwartete, dass ich da liege. Wir haben gekämpft. Ich konnte ihn besiegen. Gerade mal so. Dann bin ich nach Hause gerannt. Ich hatte keine Ahnung, was da los war, dachte nur, das wäre so ein typischer Fall von Vergewaltigung beim Date, bis Bronx vor ein paar Stunden an meine Tür hämmerte.“

Die Leute von Anima waren nicht dumm. Sie wussten, wie sie uns aufspürten. Dass sie sich die ganze Zeit an diesem Ort aufhielt, beunruhigte mich. „Ich glaube nicht, dass ihr hier länger sicher seid. Das Haus ist vielleicht nicht leicht zu finden, okay, aber es ist nicht unmöglich. Früher oder später werden die Anima-Leute auftauchen. Und wir wissen alle, was das bedeutet."

Sie erblasste. „Danke", sagte sie dann jedoch, „ich kann sehr gut auf mich und meine Schwester aufpassen. Das mache ich nämlich schon ziemlich lange."

„Hier geht es nicht um Stolz", mischte sich Frosty ein. „Du und Juliana müsst zu Ankh ins Haus kommen, keine Widerrede. Er hat ein gut funktionierendes Sicherheitssystem, das jeden mit Kameras aufnimmt, der das Grundstück betritt. Ihr habt nichts dergleichen. Außerdem befindet sich ein Geheimgang unter der Villa, sollte es nötig sein zu fliehen."

Veronica seufzte. „Okay, okay, schon verstanden. Mein Haus ist Scheiße. Seine Villa nicht."

Hört auf ihn, nicht auf mich. Na bestens.

Juliana ging zu ihrer Schwester ans Lager und die beiden hielten sich vertrauensvoll an den Händen. „Ich würde gern mal sehen, was du dir so leisten kannst, Ali Bell", zischte Juliana.

Wieder einmal zog sich meine Brust zusammen. So eine vertrauensvolle Verbindung hatte zwischen Emma und mir auch bestanden, ich vermisste sie und unser enges Verhältnis so sehr.

„Katzenkämpfe bitte auf später verschieben", sagte Bronx. „Ich bin bereit aufzubrechen, ich muss Reeve sehen."

„Muss", nicht „will". Ich wusste, dass das keinesfalls übertrieben war. Die gleiche Verbundenheit existierte zwischen Cole und mir. Nicht so sichtbar, aber dafür umso intensiver.

Frosty überprüfte die Sicherung seiner Pistole. „Wenn ich Kat nicht innerhalb der nächsten Stunde in die Arme nehmen kann, werde ich äußerst ungenießbar."

Erst mal: Das war eine beängstigende Aussicht. Ein ungenießbarer Frosty war mörderisch.

Dann: Wenn wir zusammenbleiben wollten, brauchten wir einen großen Wagen.

Wunderbar. „Sieht so aus, als würden wir jetzt alle in den Logistik-Servicedienst einsteigen."

8. KAPITEL

Heute verrückt, morgen verrückt

Auf der Fahrt zu Mr Ankhs Villa schickte ich Cole eine SMS, um ihn darüber zu informieren, dass Mackenzie medizinische Hilfe benötigte.

Seine Antwort kam innerhalb eines Wimpernschlags: *Ankh ist bereit.*

Ich schrieb außerdem Kat und Reeve eine Nachricht, um ihnen mitzuteilen, dass ihre Männer auf den Beinen und unterwegs zu ihnen waren. So um die dreißig Reaktionen trafen bei mir ein.

Die Hitliste?

Kat: *Torte! Wahnsinn! Ich wusste, du schaffst es, Ali, mein Mädchen!*

Kat: *Moment. Er ist auf den Beinen, aber ist noch alles an ihm dran? Nur um zu wissen, ob ich ihm die Knie irgendwohin stoßen kann. Seinetwegen habe ich mir solche Sorgen gemacht!*

Reeve: *Redet Bronx, oder schweigt er jetzt? Sag's mir! Bitte! Muss wissen, welche Reeve ihn empfängt – die Geliebte oder die starke Straßenkämpferin. (Ja, ich kämpfe. Schlag mich!)*

Kat: *Wäre es jetzt ungünstig, mich von ihm zu trennen? Egal! Wer seiner Freundin solche Sorgen bereitet, muss büßen!*

Kat: *Übrigens, wie viele Leute musste er töten, um zu überleben? Hast du mich deshalb zurückgelassen? (Und damit fast einen unvergesslichen Straßenkatzenzusammenstoß riskiert?) Sei ehrlich. Du wolltest nicht, dass ich die Leichen sehe, oder?*

Reeve: *Warum bist du noch nicht hier? Wenn du dich nicht beeilst, wirst DU die Straßenkämpferin kennenlernen!*

Kat: *Findest du es schlecht, dass ich gerade so angeturnt bin?*

Als wir ankamen, war es keine Überraschung, dass Mr Ankh, Reeve und Kat auf der vorderen Terrasse warteten. Kat hätte vor Aufregung einen rosigen Teint haben müssen, aber sie war immer noch blass. Das gefiel mir gar nicht. Und wo blieb Cole?

Unglücklicherweise bekamen die Pärchen kaum Gelegenheit, sich zu umarmen und zu küssen – und was sonst noch alles. Mr Ankh bellte seine Anweisungen, sobald die Autotür geöffnet wurde. Er befahl Frosty, Mackenzie in das Zimmer neben Gavins zu tragen, und forderte Bronx auf, vorauszugehen. Die Mädchen konnten nur nebenherlaufen und ein paar Worte mit den Jungen wechseln.

„… bekommst eine Belohnung fürs Überleben", sagte Kat gerade. „Bereite dich schon mal darauf vor und zieh dich aus, um …"

„Das muss ich jetzt nicht mithören, Miss Parker", zischte Mr Ankh.

„… zu duschen", beendete sie ihren Satz. „Allein. Natürlich. Ich mag meinen Mann sauber."

„Wie geht es Gavin?", erkundigte ich mich, während ich hinter ihnen herlief.

„Viel besser als erwartet." Mr Ankh blieb plötzlich stehen, sodass ich ebenfalls anhalten musste. Er blickte über die Schulter zu mir zurück. „Er wird überleben."

Erleichterung durchströmte mich. Süße Erleichterung.

„Zwei Jungen. Zwei lebensbedrohliche Wunden. Zweimal erstaunliche Heilung. Hast du irgendeine Idee, woher das kommen könnte?", fragte er und überrumpelte mich damit.

„Zombiejägerfeuer", gestand ich.

Einen kurzen Moment wurde sein Blick abwesend. Wahrscheinlich wägte der Wissenschaftler in ihm Pro und Kontra ab. Dann ging er schnell weiter, um Frosty und Bronx einzuholen, die bereits im Haus waren. Ich wollte ihm folgen, doch da kam Kat herausgestürzt. Sie rannte auf mich zu und warf die Arme um mich. Ihr Griff war schwächer als sonst.

„Danke, Ali. Danke, danke, danke!"

Ich hielt sie, Tränen brannten in meinen Augen. „Es tut mir sehr, sehr leid, Mad Dog. Ich weiß, ich habe mich schon in der SMS entschuldigt und du hast mir vergeben, aber ich muss es noch mal persönlich sagen. Ich konnte das Risiko nicht eingehen, dass wir ihn womöglich verletzt vorfinden und du ausflippst. Dann hätte ich euch beide verarzten und wegschaffen …"

„Ich weiß. Cole hat es mir auf dem Weg nach Hause erklärt." Sie rückte ein Stück von mir ab und lächelte mich an, ihre Augen schimmerten feucht. „Abgesehen davon hast du ihn zurückgebracht, und das ist alles, was zählt."

Damit drehte sie sich um und rannte ihrem Mann hinterher.

„Lass dich mal von Mr Ankh untersuchen!", rief ich ihr nach und setzte mich ebenfalls in Bewegung, ein merkwürdiges Kribbeln im Nacken veranlasste mich jedoch, stehen zu bleiben. Irgendwas in meiner Nähe ging da vor sich, das spürte ich. Nur mein Verstand wollte es noch nicht richtig kapieren.

Lässig drehte ich mich wie zufällig um, den Blick auf den Boden gerichtet. Das Grundstück war mit hohen, dichten Büschen umgeben, um die Bewohner vor Neugierigen abzuschirmen. Es war nirgends et…

Da! Ein bleiches Gesicht umrahmt von hellblondem Haar. Einen Moment, nur den Bruchteil einer Sekunde waren die hellblauen Augen der Frau auf mich gerichtet, bevor sie – irgendwie kam sie mir bekannt vor, obwohl ich sicher war, sie nie vorher getroffen zu haben – sich umdrehte und im Gebüsch verschwand.

Meinen Dolch in der Hand rannte ich hinter ihr her. Wer war das? Was suchte sie hier? War das eine Spionin von Anima?

Sicher nicht. Es war doch unmöglich, dass die an Mr Ankhs Sicherheitssystem vorbeikamen. Oder? Also musste Mr Ankh wissen, dass sie da war. *Oder?*

Kurz bevor ich die Stelle erreichte, an der ich sie zuletzt gesehen hatte, blieb ich wie angewurzelt stehen. Was, wenn er es nicht wusste? Was, wenn das irgendein Hinterhalt war? Ich horchte auf die Geräusche um mich herum. Da war das leise Pfeifen des Windes. In der Ferne brummte ein Automotor, ein Hund bellte irgendwo. Keine Stimmen. Keine schleifenden Schritte. Keine schnappenden Kiefer.

So wie jedes Mädchen es in jedem Horrorfilm immer tat – eine Spezialität von mir –, lief ich nicht zurück, um Hilfe zu holen. Ich schlich mich weiter vorwärts, arbeitete mich leise durch das Gewirr von Zweigen und Blättern … Sie stand wenige Meter von mir entfernt neben dem größten Baum auf dem Grundstück. Und wartete auf mich. Obwohl es schneidend kalt war, trug sie nur ein schwarzes Tanktop, Hose in Tarnfarbe und Kampfstiefel, keinen Mantel. Die Kälte schien ihr überhaupt nichts auszumachen.

„Wer bist du?", wollte ich wissen und spielte mit meinem Messer, damit sie es sah.

„Samantha", erwiderte sie. Sie sah mich so sehnsüchtig an, dass ich erschauerte. „Sami."

„Sami." Ein merkwürdiges Gefühl erfasste mich. „So heißt du?"

„Nein. Nicht ich." Sie lächelte mich traurig an, und plötzlich wusste ich, wer sie war. Die Frau aus meinem Traum. Mit dem kleinen Mädchen.

Die beiden existierten wirklich.

Gehörten sie zu meiner Familie?

Ganz bestimmt. Diese Augen …

„Wer ist Sami? Wer bist du?", wiederholte ich, diesmal etwas schärfer.

„Ich habe ein Geschenk für dich", sagte sie und streckte die Hand aus.

Ein Geschenk anzunehmen, was immer es auch sein sollte, wäre ziemlich dumm. Ich kannte sie nicht und ich traute ihr nicht über den Weg. Doch das hielt mich nicht davon ab, ein paar Schritte auf sie zuzugehen. Was soll ich sagen? Die Neugier hatte mich in ihrer Gewalt.

„Wenn du eine falsche Bewegung machst, schlitze ich dir den Bauch auf", warnte ich sie. „Ich werde nicht zögern."

Sie sah mich an – die Sehnsucht und die Trauer in ihrem Blick waren noch stärker geworden, es brach mir das Herz, doch ich sah darin ebenso … Stolz. Was hatte das zu bedeuten?

„Was ist das für ein Geschenk?", hörte ich mich plötzlich sagen. „Bist du mit Phillip Bell verwandt?" Das war mein Vater. *Wollte ich das*? „Was ist mit Miranda Bradley?"

„Die Zeit ist kurz, und das Geschenk ist wichtig." Sie winkte mich zu sich heran. „Es wird dir dabei helfen, deinen Feind zu besiegen."

War sie glaubwürdig oder hinterhältig?

Konnte das ein Trick sein? Ja. Aber es erschien mir viel dümmer, sie zurückzuweisen, als ihr zu vertrauen.

Wunderbar. Ich war nicht nur neugierig. Ich war ein leichtes Opfer.

Ich streckte die Hand aus, ließ sie über ihrer schweben, jederzeit bereit, sie zurückzuziehen – oder zuzustechen wie angekündigt. Sie schloss die Augen. Wärmestrahlen gingen von ihr aus und erreichten mich, drangen in mich. Es dauerte nicht lange, da war ich vollkommen davon erfüllt und eingehüllt. Es wurde immer heißer … so verdammt heiß. Ich fühlte mich bald, als würde ich innerlich in Flammen stehen. Dabei berührte sie mich nicht einmal.

Falsch! Absolut falsch! Ich versuchte mich zurückzuziehen, schaffte es aber nicht. Ich saß fest. Mein Kopf sackte nach hinten, und ein lauter Schrei stieg mir in der Kehle hoch.

Plötzlich ließ sie den Arm sinken. Der Schrei löste sich auf. Das Brennen wurde schwächer.

„Was ... was hast du getan?" Meine Haut prickelte. Ich hatte das Gefühl, als würde das Blut in meinem Körper brodeln.

Schweigend zeigte sie auf eine Stelle im Geäst des Baums. Dann drehte sie sich um und schwebte davon, verschwand hinter einem Gebüsch.

„Hey!", rief ich und lief ihr nach. „Ich bin noch nicht fertig mit dir!" Aber als ich die Büsche durchsuchte, war sie nicht mehr zu sehen. Nirgends ein Zeichen von ihr. Keine Fußabdrücke. Kein Hauch irgendeines Geruchs.

Ich suchte alles ab, suchte ... fand jedoch nichts.

Frustriert kehrte ich zum Baum zurück und betrachtete die Stelle, auf die sie gezeigt hatte. Wein rankte sich am Stamm hoch ...

Ich runzelte die Stirn, ging näher heran und strich mit den Fingern über die Ranken. Das war keine Pflanze. Es war zu fest, zu warm.

Eine Art Schnur oder Draht?

„Was machst du denn da?"

Ich wirbelte herum und begegnete Coles Blick. Was für ein Fortschritt! Er hatte die Schlinge abgelegt und war offensichtlich bereit, wieder in Aktion zu treten.

„Komm mal her", sagte ich.

Er kam zu mir herüber. Seine Hitze umfing mich, prickelte auf meiner Haut wie ein süßer Kitzel. Ich riss mich aus der Zufriedenheit der Wärme und zeigte auf die Drähte.

Cole fuhr von null auf hundert hoch, mit seiner Ruhe war es augenblicklich vorbei. „Die sind nicht von Ankh, aber ich bin sicher, dass sie in seine Anlage führen. Das würde erklären, wie die Anima-Typen ins Haus kommen konnten." Er nahm mir das Messer ab und durchtrennte jeden der Drähte. „Wie hast du die entdeckt?"

„Eine Frau war hier", gestand ich und verlor kein Wort über die Hitze, die sie auf mich übertragen hatte. Es bestand kein Grund, ihn aufzuschrecken, bevor ich wusste, was passiert war.

„Was für eine Frau?"

„Ihr Name könnte vielleicht Sami sein oder Samantha." *Und sie hat mir ein Geschenk gegeben. Sagte, sie wollte mir helfen.*

„Sie hat dich angerufen und dir von den Drähten erzählt? Oder war sie tatsächlich hier?"

„Sie war hier."

Er kniff seine violetten Augen zu schmalen Schlitzen zusammen und sah mich scharf an. „Du hast eine Fremde auf dem Grundstück gesehen, einen Tag nach dem Überfall auf uns, bei dem drei Freunde umgekommen sind, und statt um Hilfe zu rufen, beschließt du, ihr hinterherzulaufen?"

Urgh. So ausgedrückt klang es, als wäre ich die größte Idiotin der Welt. Ich fühlte mich auch wie die größte Idiotin der Welt. Trotzdem erwiderte ich: „So könnte man es ausdrücken, ja."

Er warf einen Blick hinter mich. „Wo ist sie jetzt?"

„Weiß ich nicht. Sie ist verschwunden."

Er nahm mich an die Hand und zog mich zum Haus zurück. „Wir werden uns die Kameraaufzeichnungen ansehen und sie identifizieren. Ich würde mich gern mal mit ihr unterhalten."

In der Eingangshalle war niemand, was uns ersparte, irgendwelche Fragen darüber zu beantworten, wo wir gewesen waren und was wir getan hatten. Wir gingen in Ankhs Büro. Cole schloss die Tür hinter uns und setzte sich an den Schreibtisch. Zweifellos kannte er sich mit dem Computer bestens aus, denn seine Finger flogen nur so über die Keyboardtasten. Ich beobachtete entsprechend beeindruckt alles über seine Schulter hinweg.

Auf dem Bildschirm erschien die vordere Veranda, Mr Ankh, Kat und Reeve standen dort und warteten. Der SUV, den Frosty sich vorübergehend geliehen hatte, fuhr vor, und alles spielte sich so ab, wie ich es im Gedächtnis hatte. Bronx ging voraus. Frosty trug Mackenzie. Meine kurze Unterhaltung mit Mr Ankh. Meine Umarmungsszene mit Kat. Wie ich stehen blieb und mich umsah.

Als ich mich in Bewegung setzte, drückte Cole ein paar Tasten, und die gesamte vordere Grünfläche kam ins Bild.

Nur dass nirgends die mysteriöse blonde Frau zu sehen war.

„Aber … sie war da", sagte ich verwirrt. „Ich habe sie genau gesehen."

Cole lehnte sich im Sessel zurück und fuhr sich mit zwei Fingern über das Kinn. „Ali-Gator. Du bist übermüdet, gestresst. Vielleicht hast du …"

„Ich habe nicht halluziniert. Wie kannst du so was behaupten? Sie hat mir die Drähte gezeigt. Davon habe ich vorher überhaupt nichts geahnt! Ob bewusst oder unbewusst."

Er dachte einen Moment nach. „Ich werde Mr Ankh wegen der Drähte Bescheid sagen, von der Frau erzählen wir vorerst mal nichts."

„Aber du glaubst mir, oder?"

„Natürlich", sagte er, als würde es daran keinen Zweifel geben. „Merkwürdige Dinge passieren dir. Das gehört wohl zum Paket. Ich hab's akzeptiert."

Er stand auf und nahm mich in die Arme. Ich legte den Kopf an seine Schulter und ließ mich von seinem schnellen Herzschlag trösten. „Danke."

„Spar dir deine Dankeshymnen, ich werde nämlich gleich losbrüllen."

Uh, oh.

„Lass dich niemals – niemals – von Unbekannten weglocken. Hast du mich verstanden?" Er brüllte eigentlich nicht richtig, war allerdings verdammt nah dran. „Sie hätte dich genauso gut in einen Hinterhalt locken können."

„Puh, ich hatte den gleichen Gedanken."

Er versteifte sich, dann sagte er leise, aber drohend: „Du hattest den gleichen Gedanken, trotzdem bist du ihr hinterhergelaufen?"

Ich musste unbedingt lernen, wann ich den Mund zu halten hatte. „Vergiss nicht Nummer sieben. Ich bin eine so gute Kämpferin, dass du dich zurücklehnen und zusehen könntest, während ich mich um die Angreifer kümmere."

„Das heißt aber nicht, dass du unverwundbar bist." Er seufzte. „Ich werde Nummer sieben wohl bis an mein Lebensende bereuen, was?"

„Und wahrscheinlich noch im nächsten Leben."

Er schnaufte. „Komm mal, jetzt muss ich dir was zeigen." Er führte mich die Treppe hoch und ins erste Zimmer auf der linken Seite. Ein Bündel auf der Matratze bewegte sich, und ich stutzte. Wer …

„Jaclyn", sagte ich, vor Erleichterung wurden mir fast die Knie weich. Eine weitere Zombiejägerin war wieder aufgetaucht.

Selbst im Schlaf spürte sie meine Anwesenheit, denn sie wandte den Kopf in meine Richtung. Das Haar hing ihr wirr um das mit Blutergüssen übersäte Gesicht. Eines ihrer Augen war grün und blau und vollkommen zugeschwollen, ihre Unterlippe war aufgesprungen. Ihr sonst gesunder dunkler Teint war bleich. Sie sah furchtbar aus, aber sie war am Leben. Alle Wunden würden verheilen.

„Wo ist Justin?“, fragte ich. Ihr Zwillingsbruder war gewöhnlich in ihrer Nähe.

„Wird immer noch vermisst.“

Von den höchsten Höhen zu den tiefsten Tiefen.

„Coley-poley!“, rief ein Mädchen.

Ich wirbelte herum, da warf Juliana sich schon in Coles geöffnete Arme. Sein Gesichtsausdruck wurde plötzlich viel weicher, fast … liebevoll.

Ich war immer noch nicht eifersüchtig. Glaubte ich. Er hatte Freundinnen und ich hatte Freunde, mit denen uns aber keine romantischen Gefühle verbanden. Daran war nichts falsch. Dennoch, irgendetwas war da zwischen den beiden. Es gab ganz eindeutig eine Beziehung.

Eine Beziehung, die er vor mir geheim gehalten hatte. Warum?

Irgendwann hatte Veronica sich mal mit ihrem „Trumpf in der Tasche“ gebrüstet, eine Sache, die mich und Cole auseinanderbringen würde. Zu der Zeit hatte ich nicht groß darüber nachgedacht. Ein Trumpf? Aber bitte doch. Inzwischen glaubte ich, dass kaum etwas anderes mich mehr beschäftigte.

Zumindest war Juliana zu alt, um Coles Tochter zu sein. (Ja, ich gebe es zu. Ein heimliches Kind war mein erster Gedanke gewesen.)

Die beiden fingen an, miteinander zu flüstern, und ich zögerte, mich dazuzustellen. Ich wollte sie nicht unterbrechen, andererseits hatte ich auch keine Lust, abseits danebenzustehen.

Cole strich mit den Fingerknöcheln über Julianas Narbenwange. Sie grinste und wirkte in seiner Gegenwart kein bisschen unsicher. Sie wusste, dass sie geliebt und akzeptiert wurde, so wie sie war.

Ich wollte zur Matratze hinübergehen und mich neben Jaclyn setzen, aber Cole musste mich im Auge behalten haben, obwohl er ziemlich vertieft in das Gespräch mit Juliana zu sein schien, denn er zog mich an sich, legte einen Arm um meine Taille und drückte mich fest. Seine Wärme umfing mich stärker als je zuvor und hielt mich regelrecht gefangen, spann ein Netz um mich. Ich war ein williges Opfer. Zufrieden atmete ich seinen süßen Duft ein – von den Fruchtgummis, die er immer aß, wenn niemand hinsah – und kuschelte mich an ihn. Dieser Junge war mein Schild gegen den Rest der Welt, mein Unterschlupf im Sturm und mein Anker. Er sorgte dafür, dass ich Bodenhaftung behielt.

„Hast du schon meine Freundin Ali kennengelernt?", fragte er Juliana.

Von einer Sekunde zur nächsten verwandelte sie sich von süß in sauer.

„Ja, ich hatte leider das Vergnügen. Ich brauche dich wohl nicht daran zu erinnern, dass du normalerweise nicht auf Blondinen stehst. Ich meine, haben du und Gavin nicht den gesamten Bestand an Brünetten flachgelegt? Was ist daraus geworden? Jeder braucht doch ein Ziel im Leben, oder?"

O-kay. Wow.

„Mundwerk", sagte Cole seufzend.

„Ja, habe ich", entgegnete Juliana.

Er wedelte mit einem Finger vor ihrem Gesicht. „Du solltest nicht vom *Flachlegen* reden. Eigentlich solltest du nicht mal daran denken."

„Ich bin vierzehn und kein Baby mehr." Sie stemmte die Hände in die Hüften. „Hättest du es lieber, wenn ich vom F…"

„Nein!" Cole ließ mich los, um ihr den Mund zuzuhalten. „Niemals."

Sie blinzelte mit Unschuldsmiene zu ihm hoch.

„Nur damit du Bescheid weißt. Ich steh jetzt voll auf blond." Er zwickte sie in die Nase und ließ den Arm sinken. „Ganz besonders auf diese Blonde hier."

Juliana verzog das Gesicht. „Wie auch immer. Ihr Typen seid echt widerlich." Sie verließ das Zimmer, aber nicht, bevor sie sich noch einmal umgedreht und mir die Zunge herausgestreckt hatte.

„Wirklich sehr erwachsen." Das Mädchen war eindeutig in Cole verknallt. Genauso klar war, dass er keine Ahnung von ihrer romantischen Schwärmerei hatte. „Sie gibt mir das Gefühl, als hätte ich in Sonnenlicht und Regenbogen gebadet."

„Mach dir keine Sorgen. Sie wird schon an dir wachsen."

„Wie ein Pilz?"

Grinsend strich er mir mit den Fingerknöcheln über den Kopf. „Nein, nicht wie ein Pilz."

„Wie Schimmel?", sagte ich und schaffte es, nicht dabei zu kichern.

Er legte seine Hände an mein Gesicht und sah mir in die Augen. Bei der Intensität seines Blickes verging mir jede Heiterkeit und mein Inneres begann zu prickeln. Ich hatte ihn so vermisst. Das hier vermisst. Uns.

„Danke, Ali."
Ich blinzelte, verwirrt über die neue Richtung, die unser Gespräch nahm. „Wofür?"
„Dafür, dass du meine Freunde gefunden hast. Sie hergebracht hast."
„Es sind auch meine Freunde."
„Ich weiß. Aber du hättest hierher zurückkommen und dich in Sicherheit bringen können, so wie ein Teil von mir das am liebsten gehabt hätte. Doch das hast du nicht getan. Du hast dich um das gekümmert, was wichtig für mich ist, was für dich wichtig ist, und hast unsere Wünsche hintenangestellt. Selbst deine eigene Sicherheit, dafür werde ich dir ewig dankbar sein."
Ich legte meine Hände auf seine Schultern. Ach, welche Lasten diese Schultern immer zu schleppen hatten. Aber er war nicht allein, nicht mehr. „Das macht die Liebe aus. Sie gibt."
Sein Blick glitt zu meinen Lippen. „Also, ich will dir auch was geben", sagte er. Seine Stimme klang tief und heiser. „Grund Nummer vierzehn. Du bist eine umwerfende Blondine. All das Haar … ich würde es mir am liebsten um meine Fäuste wickeln."
„Ja?", fragte ich atemlos.
„Oh ja. Ich liebe es, wenn ich dich in der Hand habe." Er wickelte sich eine Strähne meines Haars um die Hand und zog meinen Kopf zu sich heran. „Anders kann ich dich nicht dazu bringen, das zu tun, was ich sage."
Diese dominante Handlung erregte mich. „Ich könnte dasselbe sagen."
Auf dem Schlachtfeld waren wir hart wie Panzer. Im Kampf zogen wir uns nie zurück. Aber wenn wir uns in den Armen hielten, gaben wir und nahmen, forderten … bettelten … und das versüßte den Moment zusätzlich.
Jaclyn stöhnte und lenkte unsere Aufmerksamkeit auf sich, zerstörte die aufgeladene Stimmung. Ich riss mich von der Versuchung los, die Cole darstellte, und ging zu ihrem Lager hinüber. Jaclyn war immer noch nicht aufgewacht. Träume mussten sie plagen.
„Sie braucht das Feuer", sagte ich.
„Das habe ich gerade gemacht, als ihr angekommen seid."
Jetzt verstand ich, wieso er nicht gleich da gewesen war. „Wie habt ihr sie gefunden?"

„Das haben wir nicht. Sie ist zu uns gekommen. Sie meinte, zwei Typen wären bei ihnen eingebrochen und hätten Justin betäubt. Als sie versucht hatte, sie daran zu hindern, mit ihm das Haus zu verlassen, wurde sie von ihnen geschlagen und zu Boden geschleudert. Sie hat so getan, als wäre sie ohnmächtig, als sie Justin zu einem Lieferwagen schleppten. Dann hat sie das Auto der Nachbarn kurzgeschlossen und ist ihnen gefolgt."

„Und?", wollte ich wissen.

„Sie ist weggetreten, bevor sie den Rest erzählen konnte."

Verdammt. „Wenn wir wissen, wohin die Anima-Leute Justin gebracht haben, können wir hingehen und ihn rausholen."

„Und Anima ein für alle Mal zerstören."

Er kam zu mir herüber und wickelte sich wieder eine meiner Haarsträhnen um die Hand.

„Ich bin abgelenkt worden, als alle außer dir die Treppe hochkamen."

„Das war der Moment, wo du beschlossen hast, ‚Animal Planet' zu spielen und dich auf die Suche nach mir zu machen, richtig?"

Seine Mundwinkel zogen sich nach oben. „Stimmt genau. Der hungrige Löwe und die kleine angeschlagene Gazelle."

„Aber bitte doch. Du bist hier derjenige, der verletzt ist."

„Nicht mehr."

„Willst du sagen, es ist vollständig verheilt?" Aufgeregt schob ich den Ausschnitt seines T-Shirts beiseite. Um seine Schulter wand sich ein schmaler Verband. Er war blütenweiß ohne den kleinsten Fleck Blut. Ich hob ihn vorsichtig an, um einen Blick auf seine Verletzung zu werfen – oder besser gesagt auf den lächerlichen Kratzer, der sich dort noch befand. Im Zentrum war die Wunde bereits wieder zugewachsen, ohne genäht worden zu sein, die Ränder zart rosa, nur leicht gereizt, nicht wund.

„Das ist einfach … ich kann gar nicht … Das Feuer wirkt so schnell."

Was wäre gewesen, wenn wir Lucas, Trina und Cruz rechtzeitig gefunden hätten? Hätten wir sie retten können, sie am Leben erhalten?"

Oh mein Gott. Die Antwort war so erfreulich wie beängstigend. Ja. Wir hätten ihr Leben retten können.

Schuldgefühle … so quälende Schuldgefühle. Die dunkle Seite des „Was wäre wenn?" Es erschütterte mich, gab mir das Gefühl, selbst diejenige zu sein, die den Abzug betätigt hatte, diejenige, die sie auf dem Gewissen hatte.

„Wir können nicht zurückgehen. So kommen wir nirgends hin“, sagte Cole, ein leichtes Beben lag in seiner Stimme. Seine Gedanken mussten den gleichen Weg gegangen sein wie meine. „Wir können uns nur vorwärts bewegen und aus unseren Fehlern lernen.“

Wieder stöhnte Jaclyn auf, ihre Augäpfel bewegten sich wild hinter den geschlossenen Lidern. Dornröschen war kurz davor aufzuwachen.

Ich gab Cole schnell einen heftigen Kuss. „Ich möchte mit Jaclyn allein sprechen.“ Sie war von Männern angegriffen worden, deshalb könnte Cole sie womöglich einschüchtern.

Er hätte sich weigern können oder Hunderte Fragen stellen. Stattdessen sagte er nur: „In Ordnung.“ Dann gab er mir seinerseits einen leidenschaftlichen, aber kurzen Kuss, verließ das Zimmer und schloss die Tür hinter sich – und ich stand zitternd da.

Würde er immer dermaßen intensiv auf mich wirken?

Ich setzte mich zu Jaclyn auf die Matratze und tätschelte sanft ihre Hand. Ihre Haut fühlte sich kühl und klamm an. „Du bist jetzt in Sicherheit. Ich werde aufpassen, dass dir nichts passiert.“

Mit einem Aufkeuchen schoss sie hoch. Das nicht zugeschwollene Auge hatte sie weit aufgerissen, und sie atmete heftig.

„Du bist in Sicherheit“, wiederholte ich. „Du hast es zu Mr Ankhs Haus geschafft.“

„Ankh.“ Sie ließ sich auf die Matratze zurücksinken und verzog das Gesicht. „Justin.“

„Wo ist er, Jaclyn? Weißt du, wohin die Männer ihn verschleppt haben?“

„Justin“, sagte sie noch einmal, dann rollte sie sich zur Seite und schluchzte. „Ich konnte ihm nicht helfen. Ich hab’s versucht, aber ich kam nicht gegen die beiden an. Ich habe gewartet, bis sie mit ihm raus sind, und bin ihnen gefolgt. Sie werden ihm wehtun. Ihm so fürchterlich wehtun. Ich will ihn in Sicherheit bringen. Ali, ich muss ihn befreien.“

„Ja, ich weiß.“ Ich strich ihr das Haar von der schweißnassen Stirn. „Ich weiß. Deshalb musst du dich beruhigen und nachdenken. Rede mit mir. Erzähl mir den Rest.“

Sie griff nach meiner Hand. „Ich habe das Auto vom Nachbarn gestohlen. Unseres haben sie kaputt gemacht. Ich habe den Lieferwagen ziemlich schnell gefunden und ihn bis zu einem Lagerhaus etwa eine Stunde außerhalb verfolgt.“ Sie ratterte die Adresse herunter. „Davor war keiner, drinnen hielten sich dagegen eine Menge Männer auf, alle bis an die Zähne bewaffnet. Ich bin durchs Gebäude geschlichen, konnte Justin aber nicht finden. Mir war klar, dass ich Verstärkung brauchte, deshalb fuhr ich zu Cole. Als ich sah, in welchem Zustand die Halle war, bin ich weiter zu Ankh.“ Sie sah mich flehend an. „Wer sucht nach Justin?“

„Niemand“, sagte ich. Lügen war noch nie mein Ding.

„Was? Warum …“

„Du bist ohnmächtig geworden. Wir wussten nicht, wo wir anfangen sollten.“

„Wie lange bin ich schon hier?“, krächzte sie.

Nach der Zeit zu urteilen, die ich weg gewesen war … „Vielleicht sechs Stunden.“

„Nein!“ Sie schob ihre Beine von der Matratze, um aufzustehen. „Je länger er dort ist, desto mehr Gelegenheit haben sie …“ Tränen strömten ihr übers Gesicht, mit wackligen Knien rappelte sie sich auf. „Ich muss ihm helfen.“

Ich stand schnell auf und stützte sie. Ich brachte sie aber nicht zur Tür, sondern zurück zur Matratze. „Hör zu. Du bist nicht in der Verfassung, um jetzt aufzubrechen. Ich werde die anderen Zombiejäger zusammentrommeln, diejenigen, die keine Schuss- oder Schnittwunden haben, und wir fahren zum Lagerhaus. Wir finden Justin. Ich gebe dir mein Wort.“

Ich gab nie leichtfertig ein Versprechen. Das hier musste ich erfüllen, und wenn ich dabei mein Leben ließe.

„Ich will mitkommen“, sagte sie und versuchte erneut aufzustehen.

Wieder drückte ich sie auf die Matratze zurück. Sanft, aber bestimmt. „Du würdest uns nur im Weg sein, das weißt du genau.“

„Nein. Ich fühle mich von Minute zu Minute besser“, widersprach sie.

Stimmte das oder war das übertrieben? Ihre Gesichtsfarbe wurde tatsächlich besser, und die Schwellung an ihrem Auge war bereits etwas zurückgegangen.

„Alice.“

Diese süße Stimme kam von der Tür, die aber noch immer verschlossen war. Ich drehte mich um, und mein Herz hüpfte vor Freude.

Endlich! Meine achtjährige Schwester Emma – oder besser ihr Geist – war zu mir gekommen. Sie trat aus einem fast blendenden Lichtstrahl heraus, ihr dunkles glattes Haar zu zwei Rattenschwänzen gebunden. Sie trug ein pinkfarbenes Trikot, ein pinkfarbenes Tutu und pinkfarbene Ballettschuhe. Die Kleidung, in der sie gestorben war.

Ich wollte nichts lieber, als zu ihr stürzen und sie umarmen, und das dringender, als meinen nächsten Atemzug zu tun. Doch sie war ein Geist und ich konnte sie im Normalzustand ebenso wenig berühren wie die Zombies.

Stattdessen zwinkerte ich ihr zu.

Mit ihren dunklen Augen, die sie von unserer Mutter hatte, sah sie mich flehend an. „Alice“, sagte sie noch einmal. Es klang fast wie ein Stöhnen.

Etwas stimmte nicht.

Mein Lächeln erlosch.

„Ali?“ Jaclyn war nicht in der Lage, Emma zu sehen. Nur Cole und ich konnten das. Ich nahm an, es hing damit zusammen, dass ich so stark mit meiner Schwester verbunden war und Cole so sehr mit mir.

„Ich bin draußen auf dem Flur“, flüsterte Emma und verschwand.

Sofort spürte ich das dringende Bedürfnis, ihr zu folgen. „Warte einen Augenblick“, sagte ich zu Jaclyn. „Das meine ich ernst. Ich kann mich um Justin kümmern oder um dich. Du hast die Wahl.“

Sie seufzte. „Kümmere dich um Justin.“

„Ich halte dich auf dem Laufenden.“ Dann sprintete ich förmlich aus dem Zimmer in den Flur. Glücklicherweise war außer Emma niemand in Sicht und alle Schlafzimmertüren waren geschlossen.

„Ich bin so glücklich, dich zu sehen.“ Obwohl sie offensichtlich gekommen war, um mir schlechte Nachrichten zu überbringen.

Sie knetete die Finger. „Ich habe gehört, was passiert ist. Vier von deinen Freunden sind getötet worden und …“

„Vier?“, unterbrach ich sie. „Es waren nur drei.“

Sie senkte den Blick auf ihre Ballettschuhe. „Nein. Es sind vier.“

„Bist du sicher?“ Natürlich war sie das. Wann hatte sie sich jemals geirrt? Ich schloss die Augen und versuchte, diese Neuigkeit zu verarbeiten. Noch ein Leben zerstört. Ein weiterer Freund, der uns genommen worden war.

Nur zwei Zombiejäger wurden noch vermisst. Justin und Collins. Welcher von beiden war es?

Ich verspürte den Drang, auf die Knie zu fallen und zu schreien: *Das reicht! Ich habe genug! Schluss jetzt!* Aber irgendwie fand ich die Kraft, einfach stehen zu bleiben, ruhig und gefasst, und einen weiteren Strom von Tränen zu verdrängen. Es gab zu viel zu tun. Angefangen bei dem Versprechen, das ich Jaclyn gegeben hatte.

In die hintere Kammer.

„Anima plant noch was anderes", sagte Emma. „Was ganz Großes."

Das dachte ich mir schon, aber es nun bestätigt zu bekommen, brachte mich fast um. „Weißt du, was?"

Sie biss sich auf ihre Unterlippe und schüttelte den Kopf. „Das Einzige, was ich weiß, ist … das gestern war nur der Anfang."

9. *KAPITEL*

Bete für mich

Ich berichtete Cole, was Jaclyn mir erzählt hatte und was ich von Emma wusste. Seine Reaktion war ähnlich wie meine. Schock, Wut … Schmerz. Es war kaum auszuhalten, ihn so leiden zu sehen. Fast schlimmer, als mit meinen eigenen aufgewühlten Gefühlen klarzukommen.

Während er in meinem Zimmer hin und her lief, fuhr er sich mit den Händen durchs Haar und zog an einzelnen Strähnen, als wollte er sie sich ausreißen. Seine Stiefelsohlen hämmerten aufs Holz, wurden vom Teppich gedämpft, landeten dann wieder auf dem Holzboden. Vor einer der Wände blieb er stehen und rammte animalisch knurrend eine Faust in den Putz.

Das hatte er schon einmal getan, an dem Tag, als er sich von mir getrennt hatte. Er war von seinen Gefühlen überwältigt worden und konnte sie nicht mehr im Zaum halten.

„Wir können nicht noch einen von uns verlieren, Ali. Das geht einfach nicht!"

Ich hatte den gleichen Gedanken, tatsächlich mussten wir jedoch mit dem klarkommen, was kam. So war das im Leben.

„Es bestehen gute Chancen, dass wir sie wiedersehen", sagte ich in der Hoffnung, ihn damit zu trösten … und mich selbst. „Sie sind jetzt Zeugen, so wie Emma." Tot, aber nicht verschwunden.

Er schlug noch einmal gegen die Wand und stand heftig atmend da, während der Putz auf ihn rieselte.

„Cole", sagte ich leise. „Komm her."

Er kam zu mir ans Bett und setzte sich neben mich. Auf mich wirkte er wie ein wütender Löwe, der einen Dorn in der Pfote hatte, mit dem ich vorsichtig umgehen musste. Er blickte mich mit seinen violetten Augen dumpf an.

„Erinnere mich daran, dass ich am Leben bin."

Ohne zu zögern, setzte ich mich rittlings auf seinen Schoß, presste die Knie an seine Hüften und drückte meinen Mund auf seine Lippen. „Du bist hier", sagte ich. „Du gehörst mir. Und ich gehöre dir."

Unsere Zungen stießen gegeneinander. Das war kein zärtlicher Kuss, er war intensiv und heftig. Trost musste nicht sanft sein. Es war noch nicht mal das Vorspiel für mehr. Es war hart und rau, wie eine Feuersbrunst.

Cole klammerte sich an mich, als wäre ich eine Rettungsleine.

Nein, stimmt nicht. Wir klammerten uns aneinander, schwelgten in diesem Moment, den Gefühlen … dem Genuss. Verloren den Blick auf die Welt mit all ihren Schmerzen.

Er drehte sich um, zog mich mit sich und drückte mich auf die Matratze. Mit seinem muskulösen Körper hielt er mich dort fest, aber er küsste mich nicht, sondern hob den Kopf. Sein Atem ging heftig, bei jedem Luftholen bebten seine Nasenflügel. Ein feiner Schweißfilm hatte sich über seinen Augenbrauen gebildet. Dann wich die Anspannung von ihm.

„Ali. Ich habe ein Geschenk für dich."

Am liebsten hätte ich vor Frust laut aufgeschrien – ich wusste, dass er nicht das meinte, was ich mir wirklich wünschte. *Ihn*. Mir war klar, wie sein Kopf arbeitete. Er zwang sich, unsere Knutschsession zu beenden, bevor wir einen Punkt erreichten, an dem es kein Zurück mehr gab. Aber ich beschwerte mich nicht. Es ging nicht um mich, es ging um uns.

„Zeig es mir", brachte ich heraus.

Er lehnte sich vor und schob die Hände unter das Kopfkissen. Mir wurde fast schwindlig von dem Gefühl, das er dabei in mir hervorrief.

Vielleicht würde ich doch schreien.

Er richtete sich auf und sah mir in die Augen.

Ich schwieg. *Gute Ali.* Aber ich leckte mir einladend die Lippen. *Schlecht. Schlecht!*

Cole beobachtete mich, spannte sich an, lehnte sich vor … und zog sich schnell wieder zurück. Er stöhnte leise. „Du bist eine zu große Versuchung für mich."

Offensichtlich doch nicht ausreichend. *Jammer, schmoll.*

„Die sind für dich", sagte er fast schroff.

In jeder Hand hielt er eine kleine Axt. Das dunkle Metall glänzte im Licht, und ich bemerkte, dass in die Griffe etwas eingeritzt war.

Ich setzte mich auf, nahm die Waffen und sah sie mir genauer an.

Auf der einen stand: *Es gibt keinen Ort, den die Dunkelheit verbergen kann, wenn das Licht kommt.*

Okay. Das war wirklich schön.

Auf dem anderen stand: *Cole gehört zu Ali, jetzt und immer.*

Und das war mehr als schön!

„Ach, Cole." Ich sah ihm in die Augen, sein Blick wirkte unsicher und mein Herz schmolz endgültig dahin.

„Ich habe sie extra für dich machen lassen. Sie sind vor einer Woche angekommen, und ich habe immer auf den richtigen Moment gewartet, um sie dir zu geben."

„Aber … wie … in deinem Haus …"

„Ich hatte sie im Rucksack."

Der hundert Kilo schwere Rucksack, den er auf keinen Fall hatte zurücklassen wollen. Tränen stiegen mir in die Augen.

„Danke", flüsterte ich und presste die Waffen an meine Brust, bevor ich sie beiseitelegte. Ich umarmte ihn und drückte ihn fest an mich.

Die Umarmung führte zu einem weiteren Kuss – jawohl! – und ich nahm an, dass aus dem Kuss mehr geworden wäre, wenn nicht jemand an die Tür geklopft hätte. Diesmal wäre er sicher nicht noch einmal in der Lage gewesen, mir zu widerstehen … ganz sicher nicht.

„Versammlung! In Ankhs Büro. In fünf Minuten!", rief Frosty.

Seufzend ergriff Cole meine Hände und zog mich vom Bett. „Wahrscheinlich ist das nur zu unserem Besten."

„Nicht zu meinem", beschwerte ich mich.

Er zog die Mundwinkel leicht nach oben.

Als wir zur Tür gingen, piepte mein Handy und kündigte eine SMS an. Unterwegs sah ich nach, von wem sie stammte.

Nana: *Ich bin in Sicherheit.*

Gott sei Dank!

Ich: *Tut mir leid, was ich getan habe, aber ich bin so froh, dass du in Sicherheit bist. Ich liebe dich.*

Nana: *Es sei dir vergeben. Ich hätte mit dir das Gleiche getan, betäuben und wegschicken, aber du warst schneller. Gib es den Zombies ordentlich. Alles Banane!*

Ich lachte. Nana mit ihrer „hippen" Teeniesprache machte mir immer wieder Spaß.

Eine weitere SMS folgte: *Übrigens, ich habe deine Tattoos bemerkt. Sie sind wunderschön. Aber ich dachte, du wolltest warten, bis ich mitkomme?*

Uh-oh.

Ich: *Tut mir leid. Mein Fehler. War eine spontane Gelegenheit.*

Ich war so abgelenkt, dass ich fast gegen eine Wand gelaufen wäre.

Noch eine Höchstleistung.

Cole nahm mich bei den Schultern und steuerte mich in die richtige Richtung.

„Danke."

„Nichts zu danken." Sein Telefon klingelte. Er checkte das Display, seine Miene hellte sich auf, dann runzelte er die Stirn. „Mein Vater meint, er und deine Großmutter sind in Sicherheit. Außerdem will er seine Verbindungen spielen lassen, um herauszufinden, ob jemand Animas Pläne kennt. Er schreibt, nur weil er nicht da ist, soll ich nicht glauben, ich könnte jetzt mit meiner Freundin *der Fleischeslust frönen*."

Ich schnappte nach Luft. „Das hat er nicht geschrieben."

Cole zeigte mir den Text.

Meine Wangen erhitzten sich.

Wir betraten Mr Ankhs Arbeitszimmer, alle anderen saßen bereits versammelt. Mr Ankh hielt einen kurzen Vortrag darüber, wie wichtig es war, gut zu essen und sich auszuruhen. Wir mussten bei Kräften bleiben. Am kommenden Morgen wollten wir eine Strategie erarbeiten. Er sprach davon, dass wir Zeit für unsere Heimstudien einplanen müssten und immer unsere Hausaufgaben abliefern sollten. Dieser Krieg bedeutete nicht, dass alle anderen Verbindlichkeiten nichtig waren.

Cole berichtete, was Jaclyn erlebt hatte, ließ aber die Nachricht vom vierten Opfer weg. Ich wusste auch, warum. Ablenkung war die häufigste Ursache dafür, dass ein Z-Jäger umkam. Okay, das und das Z-Gift, Anima-Anschläge und die Angewohnheit, nicht um Hilfe zu bitten, obwohl sie benötigt wurde. Doch das gehörte nicht zur Sache.

Nach einer kurzen Diskussion beschlossen wir – in der nettesten Form –, Mr Ankhs Auf-morgen-warten-Plan zu verwerfen und sofort zum Lagerhaus zu fahren. Die Zeit arbeitete gegen uns, und eine Verzögerung könnte Justins – oder Collins – größter Feind sein.

Cole, Frosty, Bronx, Veronica und ich bewaffneten uns. Ich packte meine neuen, wahnsinnigen Äxte ein. Fertig und zu allem bereit setzten wir uns in Mr Ankhs SUV. (Der gestohlene Wagen … ich meine, der an eine andere Stelle überführte … war inzwischen von Spuren befreit und woanders abgestellt worden.)

Als Frosty den Motor anließ, kam Jaclyn aus dem Haus gerannt.

Ich seufzte.

„Ich komme mit“, sagte sie und quetschte sich auf den letzten verbliebenen Platz auf dem hinteren Sitz. Dabei warf sie mir einen warnenden Blick zu: *Versuch nur, mich aufzuhalten.*

Warum mache ich mir überhaupt Gedanken?

Großartig. Jetzt klang ich schon wie Mr Ankh.

Kat, Reeve und Juliana blickten uns hinterher, als wir die Auffahrt hinunterschossen, jede mit unterschiedlichen Gefühlen. Kat: Besorgnis. Reeve: Entschlossenheit. Juliana, eine Z-Jägerin in Ausbildung: Frust.

Sie blieben zu Hause, um Mr Ankh bei der Versorgung von Mackenzie und Gavin zu helfen. Zumindest war das die Geschichte, die wir ihnen aufgetischt hatten. Lediglich Juliana hatte sich beschwert.

„Ich kann mithelfen. Ich bin schon so weit!“, hatte sie gebrüllt.

Wie konnte sie so weit sein, wenn ich mir ziemlich sicher war, dass wir es nicht waren?

Frosty parkte in einer ruhigen schmalen Gasse mehrere Blocks von unserem Ziel entfernt. Als wir ausstiegen, registrierten wir kaum die eisige Kälte, die uns empfing. Wir sahen aus wie sechs normale Teenager, auf die niemand besonders achtete. Mit Kapuzen verdeckten wir unser Gesicht, unter den Jacken verbargen wir die Waffen.

„Wir teilen uns auf und nähern uns dem Lagerhaus von drei Seiten“, sagte Cole, der das Kommando übernahm. Das konnte er am besten. „Bleibt immer zu zweit zusammen. Jaclyn und Bronx, ihr kommt von Norden. Frosty und Veronica, ihr von Süden. Ali und ich werden von Westen kommen.“

Alle nickten zustimmend und verteilten sich.

Cole und ich bogen um die Ecke und mischten uns unter den Strom der Passanten. Er verschränkte seine Finger mit meinen und ging langsam und lässig, um keine Aufmerksamkeit zu erregen. Das Lagerhaus befand sich inmitten von Industriegebäuden, Kleiderboutiquen, Restaurants und Apartments. Einige der Häuser waren alt und heruntergekommen, dazwischen standen brandneue, deren Chromfassaden im Sonnenlicht blitzten.

Warum sollte Anima ein Lager in einer so belebten Gegend haben?

Was würde passieren, wenn wir das Gebäude erst mal betreten hatten?

Im besten Fall: Rache.

Im schlimmsten Fall: Noch mehr Zombiejäger würden sterben.

Aber nicht mit mir! „Mein Motor ist heute Abend auf A-Klasse getunt“, verkündete ich. Ich dachte an das „Geschenk“ von der Fremden. Was war das? Irgendetwas … gar nichts? Im Moment konnte ich jede Unterstützung gebrauchen.

„Da bist du nicht die Einzige.“

„Ja?“

„Oh ja.“

Ich lächelte. „Der Gedanke an die Zerstörung Animas ist ab jetzt mein neuer Lieblingsort.“

„Nicht mein Bett? Bin ich auf Platz zwei gerutscht?“

War das ein Schmollen in seiner Stimme? „Du bist nicht daran interessiert, bis zum Letzten zu gehen. Also, ja, du bist auf Platz zwei gerutscht.“

„Ali Bell.“ Er schlug sich die Hand aufs Herz. „Willst du mich erpressen, damit ich Sex mit dir habe?“

„Ja!“

Er schnalzte mit der Zunge. „Und ich dachte, du hättest auch so deinen Spaß. Womöglich müssen wir noch ein bisschen öfter üben.“

Ach, du süße Folter. Er sollte das besser nicht nur im Scherz sagen! Ich wollte schon erwidern: Damit fangen wir gleich heute Abend an, da riss er mich zur Seite und presste mich an die Hauswand.

Alarmiert flüsterte ich: „Was ist los?“

„Ich sehe das Lagerhaus da vorn, und ich brauche einen Moment, um mir alles genau einzuprägen, ohne dass es jemandem auffällt.“

Er beugte sich herunter und rieb seine Nase an meiner Wange, sein Blick war dabei auf unser Ziel gerichtet.

Die Anspannung ließ nach … doch ich konnte nicht verhindern, dass mich dieser Junge wieder vollkommen aus dem Konzept brachte. Meine Haut begann zu prickeln, ich brannte innerlich. *Ignoriere es! Konzentrier dich!*

„Ich kann keine Kameras entdecken“, sagte Cole, „oder irgendwelche Schatten hinter den Fenstern, die darauf hinweisen, dass jemand drinnen ist.“

Er schwieg kurz. Wie konnte er so ruhig bleiben?

„Da ist ein Zu-vermieten-Schild im Fenster.“

„Vielleicht haben sie die Räume für ihre Zwecke genutzt, aber sie gehören ihnen nicht?"

„Es gibt nur eine Möglichkeit, das herauszufinden." Er löste sich von mir und zog mich mit sich zur Westseite des Gebäudes.

Wir erreichten ein Garagentor, das mit einem Metallschloss gesichert war. Mit einem Blick zurück überzeugten wir uns, dass niemand auf der Straße auf uns achtete. Ich kramte in meiner Umhängetasche nach einem Bolzenschneider, um das Schloss zu knacken. Die Metallteile fielen scheppernd auf den schmutzigen Betonboden.

„Nett", sagte Cole.

„Einbruch ist nur eine meiner vielen neuen Fertigkeiten. Dank Frosty."

Ich nahm statt des Bolzenschneiders die Äxte und signalisierte Cole mit einem Nicken, dass ich bereit war. Er hielt seine Miniarmbrust in einer Hand und schob das Tor mit der anderen nach oben. Die Zahnräder quietschten, während es sich öffnete, und verrieten unsere Anwesenheit. Mein Herz hämmerte wild in meiner Brust, doch als das Tageslicht in die schmale staubige Einfahrt des Gebäudes fiel, beschwerte sich niemand oder verlangte zu wissen, was wir hier suchten. Uns begrüßte nur unheimliche, nervtötende Stille.

Ich ging weiter hinein, der Geruch von alten Kupfermünzen ließ mich erschauern.

Blut.

„Hier ist niemand." Cole streckte einen Arm aus und betätigte einen Schalter an der Wand. Licht durchflutete den Raum und beleuchtete … nichts. Es war keine Ausrüstung zu sehen. Kein Fahrzeug. Niemand. Nicht mal Blutflecken. Das Einzige in dieser Halle war ein Haufen Sand auf dem Boden.

Es war enttäuschend. Und gespenstisch.

„Das verstehe ich nicht", sagte ich.

Frosty kam mit einem Dolch in der Hand durch ein Fenster gesprungen, Veronica folgte ihm mit zwei gezückten Kurzschwertern. Bronx und Jaclyn stürzten zur Vordertür herein, er war mit einem Schlagstock bewaffnet, sie mit einer SIG Sauer.

„Nein!" Jaclyn schüttelte wild den Kopf. Sie wirbelte herum und ließ den Blick durch den Raum gleiten. „Da stimmt was nicht. Sie können nicht alles so schnell ausgeräumt haben. Es waren Fahrzeuge da, Regale und Kisten."

„Vielleicht hast du dich in der Adresse geirrt", sagte Frosty.

„Nein!" Sie stampfte mit dem Fuß auf, und der Boden hallte merkwürdig. „Nein."

„Du warst ohnmächtig", erinnerte Veronica sie. „Vielleicht ..."

„Nein, ich ..."

„Seid mal ruhig!" Ich ging zu Jaclyn hinüber und schob sie vorsichtig aus dem Weg. Einmal, zweimal stampfte ich mit dem Fuß auf, und jedes Mal ertönte dieses seltsame Klirren. Ich spürte auch eine leichte Vibration unter den Füßen.

Es war eine Bodenluke. Ganz eindeutig.

Ich ließ mich auf die Knie fallen und begann wie wild den Sand wegzuwischen, suchte nach einem Griff.

„Was machst du?", erkundigte sich Frosty und sah mir zu.

„Cole", sagte ich. *Etwas Unterstützung, bitte.*

„Uh. Ich weiß zufällig, dass du ihn nicht *machst*", entgegnete Frosty.

Cole hockte sich neben mich und schob einen Haufen Erde zur Seite. „Nimm einen größeren Radius."

Das tat ich. Alle halfen mit. Immer mehr Sand flog davon ... und dann sah ich es. Ein kleines fingerdickes Loch. Eine Mischung aus Aufregung, Furcht und Hoffnung überfiel mich.

Die anderen stellten sich hinter mir auf.

„Grund Nummer fünfzehn. Unerschrocken", sagte Cole und ich grinste ihn an. „Mach's auf und tritt zurück."

Fünf unterschiedliche Waffen waren plötzlich auf mich gerichtet. Na ja, auf die Luke gerichtet. Ich befand mich lediglich in der Schusslinie.

Was würden wir dort unten vorfinden? Zum zweiten Mal in dieser Woche fühlte ich mich wie Alice im Wunderland, kurz davor, in eine Grube zu fallen und einem neuen Abenteuer ins Auge zu blicken. Ich schluckte. Meine Hand zitterte leicht, als ich einen Finger in das Loch steckte und die Luke anzuheben versuchte. Fast hätte ich mir einen Muskel gezerrt, denn die Klappe blieb fest an ihrem Platz.

„Schieben", schlug Bronx vor.

Er klang angespannt, als müsste er sich das Lachen verkneifen. Ich blickte ihn finster an. Dann schob ich, und, klar, die Luke ließ sich bewegen. Ich sprang sofort zurück, aber nichts kam herausgeschossen und versuchte nach mir zu schnappen.

„Ich sehe Stufen“, sagte Bronx.

Der Kupfergeruch wurde intensiver. Viel intensiver. Und ich hörte unterschiedliche Geräusche. Das Klirren von Ketten, das Scharren von Füßen. Das Stöhnen unendlich hungriger Wesen.

Cole und ich wechselten einen Blick. Zombies.

Er hob die Armbrust, der leichte Geruch des Bogenwachses mischte sich mit dem aufsteigenden Gestank von Verwesendem. Cole übernahm die Führung und stieg die Stufen hinunter. Ich folgte dicht hinter ihm, die anderen blieben uns auf den Fersen. Kleine Lampen hingen von der Decke, aber es waren nur wenige, mit großem Abstand dazwischen angebracht. Sie gaben nicht viel Helligkeit ab, und wir bahnten uns den Weg durch das Dämmerlicht.

Dann stand Cole plötzlich still. Ich spürte seine Anspannung förmlich.

Vorsichtig blickte ich an ihm vorbei und sah …

Collins.

Ich unterdrückte einen entsetzten Aufschrei. Niemand musste mitbekommen, wie ich die Fassung verlor. Auf Collins rasiertem Schädel klaffte eine große Wunde. Er lag mit dem Rücken gegen die Wand gelehnt, die Augen weit aufgerissen, aber blicklos. Blut bedeckte sein Gesicht und die Brust – die sich nicht hob und senkte, als würde er atmen. Sie war reglos, völlig reglos. Seine Arme und Beine lagen in einem merkwürdigen Winkel verdreht, und ich fragte mich, ob sie ihn lebend in die Grube geworfen hatten, unbeachtet und vergessen und mit seinen Verletzungen allein gelassen.

Diesmal konnte ich einen Schluchzer nicht unterdrücken.

„Was ist los?“, ertönte es hinter uns.

Ich schob mich an Cole vorbei und hockte mich neben Collins. Tippte ihn auf die Wange. Er blinzelte nicht, zuckte nicht zusammen. Verzweifelt schlug ich etwas härter zu.

„Nein!“, schrie jemand. „Nein!“

„Nicht auch noch Collins!“

„Das halte ich … das halte ich nicht mehr aus …“

„Sag mir, dass er nicht tot ist!“

Ich legte die Stirn an seine und fühlte seinen Puls am Hals. Sekunden vergingen, während ich wartete, hoffte, betete. Das war die längste Minute meines Lebens. Aber … nein. Ich konnte keinen Pulsschlag ertasten.

„Er ist … tot." Da, ich hatte es ausgesprochen. Hatte es Realität werden lassen. Tränen brannten mir in den Augen. „Vielleicht braucht er nur ein bisschen Feuer, um aufzuwachen." Wir wussten ja nicht, was die Zombiejäger-Flammen wirklich fertigbrachten. „Lasst uns die Hände auf ihn legen."

„Ali", sagte Cole heiser.

Ich schaute hoch. Der Schmerz in seinem Blick … das Bedauern … die Wut, das alles spiegelte meine eigenen Gefühle. „Wir müssen es versuchen."

Und wir taten es. Jeder einzeln. Alle gleichzeitig. Aber es gab keine Reaktion.

Ich boxte ihm in die Brust, einmal, zweimal, meine Empfindungen gingen mit mir durch, ich wurde immer wütender, bis Cole mich an den Armen packte und mich festhielt.

„Genug, mein Schatz."

Das war nicht fair, das war nicht richtig. „Wir können nicht …"

Das Rasseln der Ketten wurde lauter, das hungrige Stöhnen hörte sich wilder an.

„Wir müssen uns mit den Zombies beschäftigen", sagte er.

Ich lachte bitter. Hatte Anima eine Liste mit all den Foltermethoden angefertigt, die sie bei uns anwendeten, bevor sie uns umbrachten? *Töte ihre Freunde einen nach dem anderen. Schicke ihnen die Zombies, während sie trauern.*

Was würden sie als Nächstes tun?

Nein, hier war die bessere Frage: Was würde *ich* als Nächstes tun? Ich war noch immer im Spiel, noch immer jemand, mit dem sie rechnen mussten – nach wie vor in der Lage, sie zu schwächen, ihnen Schaden zuzufügen. Ich richtete mich auf und griff nach meinen Äxten.

Cole stieg weiter die Stufen hinunter, eine 44er in der einen Hand, einen Dolch in der anderen. Wir folgten ihm, unsere Entschlossenheit war förmlich greifbar. Heute ging es nicht darum, zu töten und getötet zu werden. Diesmal hieß es einfach nur TÖTEN.

Wir erreichten die unterste Stufe und bogen um die Ecke. Dort waren sie, eine Horde unserer größten Feinde. Ich machte eine Bestandsaufnahme. Mindestens hundert roter Augenpaare glotzten uns an. Jeder Zombie hatte papierdünne, in Fetzen herabhängende Haut, die farbloser war, als ich es bisher je gesehen hatte. Keine dieser Kreaturen hatte noch alle Haare auf dem Schädel, bei den meisten hing eine Handvoll dünner Strähnen vom Kopf. Sie waren älter. Stärker.

Zeit, auf Schmetterlingsfang zu gehen.

Ich stemmte beide Beine fest auf den Boden und bereitete mich darauf vor, aus meiner Körperhülle zu steigen. Die Zombies schossen auf uns zu … blieben aber ein paar Meter vor uns stehen, als wären sie auf eine unsichtbare Wand gestoßen.

Die Gedanken wirbelten durch meinen Kopf, während ich mich im Raum umblickte. Warum sollte … ah. Das war es. Zombiejäger benutzten eine Chemikalie, genannt Blutlinien, die für Untote in Geistform zu einer undurchdringlichen Grenze wurde. Damit hinderten sie die Zombies daran, in Häuser oder andere Areale einzudringen. Anima verwendete dafür elektrische Impulse. Das hier war eine einfache Version, aber es funktionierte. An beiden Seitenwänden befand sich jeweils ein Apparat, in dessen Zentrum kleine rote Punkte leuchteten.

Wir hatten einen Moment Zeit, um Atem zu holen und zu beschließen, wie wir am besten vorgingen.

„Die Elektroimpulse kümmern mich nicht." Bronx schnaufte. „Ich töte jeden dieser Zombies."

„Wir haben nicht genug Zeit, dass du dich austoben kannst", entgegnete Jaclyn. „Justin ist da irgendwo und braucht unsere Hilfe."

„Wir können die Zombies nicht hierlassen." Cole rollte mit den Schultern. Seine Haltung zeigte pure Aggression, die sich jederzeit Bahn brechen konnte. „Das ist dir doch auch klar."

Das wussten wir alle. Anima würde sie ansonsten später gegen uns einsetzen. Oder … „Die Impulse könnten schwächer werden und die Zombies entkommen. Sie werden unschuldige Menschen umbringen und noch mehr Monster produzieren, die uns bekämpfen." Während die Zombies Z-Jäger vorzogen – sie schmeckten besser, nehme ich mal an –, verschmähten sie dennoch die normale Zivilbevölkerung nicht, vor allem, wenn sie kurz vorm Verhungern waren. Und diese Zombies waren zweifellos ausgehungert. „Wir könnten eine Blutlinie vor die Tür legen, aber womöglich wischt sie jemand wieder weg."

„Es wird passieren." Frosty starrte auf die Zombies und leckte sich die Lippen, als freute er sich jetzt schon auf deren endgültiges Ableben.

„Sei nicht dumm", sagte Veronica. „Hier gibt es nicht genug Platz, um richtig zu kämpfen."

„Wir können für Chancengleichheit sorgen." Cole entsicherte seine Pistole.

Die Zombies schlugen und traten gegen die unsichtbare Wand. Die Elektroimpulse schienen ihnen einen Schock zu versetzen, denn die in der ersten Reihe stürzten ... nur um Platz für die nächsten zu machen, die über sie hinwegkrochen und das Gleiche versuchten. Der Vorgang wiederholte sich immer und immer wieder. Schwarzer stinkender Speichel floss aus ihrem Rachen. Sie witterten eine Mahlzeit und würden nicht eher Ruhe geben, bis sie die bekamen.

Wumm, wumm, wumm. Cole feuerte auf die erste Reihe von Zombies, die umfielen wie die Fliegen.

„Genug gequatscht. Action bitte!"

Wir schossen auf die Monster, bis uns die Munition ausging, aber es gab immer noch zu viele rote Augen, die gierig auf uns gerichtet waren. Jaclyn schüttelte den Kopf, ihr Blick starr vor Entsetzen, als stiegen all die fürchterlichen Erinnerungen wieder in ihr auf.

„Ich kann nicht ... die Schmerzen ..."

Ich war mir nicht sicher, was die Anima-Leute in all den Monaten während ihrer Gefangenschaft mit ihr angestellt hatten. Nach dem zu urteilen, was ich dort durchgemacht hatte, musste es der Horror gewesen sein. Seit unserer Befreiung hatte sie sich ängstlich in ihr Haus zurückgezogen.

„Du musst nicht kämpfen", sagte ich zu ihr. „Geh doch nach oben und warte."

Sie war so weggetreten, dass sie meine Worte überhaupt nicht wahrnahm.

Ich sah zu Frosty. „Sie darf hier nicht bleiben. Kannst du sie raustragen? Vielleicht eine Blutlinie vor die Tür legen?"

Auf diese Weise wären die Zombies nicht in der Lage, den Raum zu verlassen und nach oben zu gelangen. Allerdings könnten wir dann ebenso wenig in Geistform hinausgelangen.

„Gemacht und getan." Er setzte sich in Aktion.

Als er kurze Zeit später zurückkam, sagte ich: „Ich werde mein Feuer entzünden. Ihr konzentriert euch darauf, mir die Zs zuzuwerfen." Wir konnten die Monster erschießen, erstechen und sogar köpfen, um sie zu schwächen, doch nichts davon würde sie töten, wie unsere Schüsse eben gezeigt hatten. Wir mussten sie einäschern.

Cole sah mich an. „Ich bleibe in deiner Nähe."

„Ich weiß."

„Wenn deine Flammen erlöschen ..."

Was bereits vorgekommen war. Mehrere Male. „Keine Sorge. Ich weiß immer noch, wie gekämpft wird."

„Na logisch weißt du das, ich hab's dir ja beigebracht."

Arrogantes sexy Biest.

„Fangen wir an." Frosty stieg aus seiner Körperhülle.

Die anderen taten dasselbe. Wie durch Magie entstanden zwei Seinsformen – die Körperhülle und die Geistform. Eine Version meiner Freunde schimmerte, die andere blieb erstarrt zurück und konnte sich nicht bewegen.

Ich stellte mich auf die Zehenspitzen und gab Cole einen Kuss. „Ich liebe dich, und du siehst besser zu, dass du das hier überlebst."

„Das werde ich. Das werden wir alle."

Ich vertraute ihm. Dann stieß ich einen der Elektrokästen um.

10. KAPITEL

Krieg und Fetzen

Die Zombies stürzten in Gruppen vorwärts, ein grausiger, beängstigender Anblick.

Mein Geist stieg aus der Körperhülle, die die Zombies nicht beachten würden. Ihnen ging es nicht um Fleisch und Blut und das physische Gehirn. Sie wollten das Wahre. Meine Essenz. Die Quelle meines Lebens. Meinen Atem, meinen Geist und meine Seele.

Okay, aber sie würden nichts davon bekommen.

Der Geist trägt das mit sich, was auch der Körper trägt. Ich besaß in Geistform also noch alle meine Waffen. Ohne auf die Kälte zu achten, die ich nun stärker empfand, oder auf die Geräusche, die lauter wurden, das heller wirkende Licht oder die intensiveren Gerüche, hackte ich meine Axt in die Brust eines Zombies.

Wirbelte herum. Spaltete einen Z-Schädel. Drehte mich. Stieß in eine Z-Kehle. Wirbelte herum. Mit dem Dolch zerschnitt ich den Mund eines Zombies. Schwarzer Speichel floss und spritzte über meine Hand, ätzend. Ich achtete nicht auf den Schmerz. Ich musste ständig in Bewegung bleiben, während die Kreaturen mich umringten und näher vordrangen, ansonsten …

Ich schwang die Äxte und wich zurück, um gebleckten Zähnen auszuweichen, dann machte ich eine halbe Drehung nach vorn, um einem Angreifer eine Klinge in den Hals zu rammen. Er stürzte zu Boden, sein Kopf rollte weg. Hände griffen nach mir – ich trennte sie von den Armen. Wieder schnappten Zähne nach mir – ich verpasste dem Monster einen solchen Kinnhaken, dass sein Kiefer zu Staub zerfiel. Dann beendete ich den Angriff eines Zs mit Metallklingen in dessen Hirn.

Ich verfluchte meine Unfähigkeit, mich auf zwei Aufgaben gleichzeitig zu konzentrieren. Ich musste das Feuer entfachen. Jetzt, jetzt, jetzt. Meine Flammen waren unsere einzige Chance, diesen Kampf zu gewinnen, doch eins war klar, die Feinde würden mich keinen Moment in Frieden lassen.

Arbeite mit dem, was du hast.

Entzünde dich, befahl ich, obwohl ich gerade nach einem weiteren Z ausholte. *Feuer …*

Eins der Monster packte mich am Haar und riss daran. Scharfer Schmerz durchfuhr mich, aber auch das ignorierte ich und ließ mich blitzschnell nach unten fallen, drehte mich dabei und schlug dem Gegner meine Klinge in den Bauch. Verweste Gedärme ergossen sich auf den Fußboden und machten ihn glitschig.

Stabilisieren.

Da uns die Zombieherde getrennt hatte, musste Cole sich zu mir durcharbeiten. Seine Miene war angespannt, und ich befürchtete, dass ihm seine Verletzung zu schaffen machte. Obwohl sie äußerlich verheilt war, dürfte sie im Inneren sehr empfindlich sein. Er kämpfte entschlossen weiter, schützte mich hier und da, im nächsten Moment wieder jemand anderen.

Frosty schlug sich seinen Weg zu Cole durch, und die beiden bildeten eine Wand von Muskelpaketen vor mir. Dann kam Bronx, noch ein Wall. Später Veronica. Plötzlich war ich von den anderen umgeben. Diese Z-Jäger, meine Freunde, sorgten dafür, dass ich einen Augenblick Ruhe bekam.

Ich konzentrierte mich, schloss die Augen. Atmete tief ein. Sagte mir, dass ich es konnte, baute mich selbst auf, stärkte meine Zuversicht.

Ich streckte meine Finger aus, krümmte sie. *Ich kann meine Flammen … entzünden … und zwar jetzt!*

Doch es passierte nichts. Kein Feuer.

Komm, entzünde dich!

Wieder nichts.

Besorgnis schlich sich in meine Gedanken und verunsicherte mich. Dies könnte eine der Gelegenheiten sein, bei denen ich versagte. Meine Freunde würden sterben, und es wäre meine Schuld.

Halt den Mund, Pessimisten-Ali!

Ich klammerte mich an meine Zuversicht, wusste, ich musste fest daran glauben, dass ich es schaffte, trotz meiner aufgewühlten Gefühle, trotz der Situation, trotz allem, was zurzeit geschah – oder nicht geschehen würde! Bis ich es endlich fertigbrachte. Denn so funktionierte das mit dem Glauben. Wenn mir alles leichtfiele, würde ich nie gefordert werden, würde ich mich nie weiterentwickeln, nie stärker werden.

So wie es in der Trainingshalle passierte. Am Anfang hatte ich mit meinen schlaffen Muskeln nur leichte Gewichte heben können. Je mehr ich übte, desto stärker wurde ich. Je länger ich jetzt durchhielt, desto heißer und heller würde mein Feuer werden, wenn ich es endlich hervorbrachte.

Und es würde mir gelingen.

„Du schaffst es", sagte Cole drängend.

Ich öffnete die Augen und sah, wie er einem Zombie den Hals durchtrennte.

„Du kannst es, Ali", rief Frosty, während er ein Monster mit dem Schwert zerteilte.

Ja, ja, dachte ich, erinnerte mich daran, dass Worte in der Geistform wie Waffen waren. Was immer ein Zombiejäger in Geistform sagte, das passierte auch.

Nun … vorausgesetzt, er glaubte daran.

Glücklicherweise glaubten die anderen, was sie sagten. Kraft schoss wie eine Lanze in mich.

Ich schloss die Augen, konzentrierte mich. *Entzünde dich …*

„Du kannst es", wiederholte Veronica.

„Das ist doch gar nichts für Alice Bell!", rief Bronx.

Ihre Zuversicht übertrug sich auf mich, unterstützte mich, bewahrte mich davor, weiter zu zweifeln. *Du wirst das Feuer entwickeln, Ali Bell!* Genau … jetzt!

An meinen Fingerspitzen erwachten die Flammen zum Leben, breiteten sich bis zu den Handgelenken aus, bis zu den Ellbogen und den Schultern.

Zeit, um jemanden auf gute altmodische Art fertigzumachen.

Ich genoss das Gefühl der sich ausbreitenden Hitze, die weiter in mir aufstieg … weiter … überall war. Konzentrierte mich auf den Kampf …

Innerhalb weniger Sekunden hatte sich die Situation vollkommen verändert. Ein Zombie hatte Veronica hinuntergezerrt und wollte gerade in ihren Hals beißen. Bronx riss das Monster von ihr weg, aber es hatte sich wie ein Bullterrier an ihr verkrallt, grub die Zähne in sein Opfer und schüttelte es. Endlich schaffte Bronx es … während drei weitere Gegner den Platz des ersten einnahmen. Bronx kämpfte, doch vier Zombies sprangen ihn von hinten an, warfen ihn zu Boden, wo nur noch ein Gewirr von Armen und Beinen zu sehen war.

Ich rannte hinüber und berührte die Monster mit den Fingerspitzen. Sofort wurden sie zu Asche. Der kleine Sieg schmeckte nicht so süß, wie er sollte. Veronica und Bronx waren außer Gefecht gesetzt, bereits vergiftet von den Zombies, und krümmten sich vor Schmerz.

Ich berührte sie ebenfalls mit meinen Flammen. Beide schrien auf. Es tat mehr weh, das Böse auszubrennen, als eine Wunde zu heilen, trotzdem musste es sein.

Frosty lief zu ihnen, um zu helfen, doch eine Horde Zombies erschien wie aus dem Nichts, stürzte sich auf ihn, und er sprang zur Seite. Ein Paar griff ihn an, während er noch die Balance zu finden versuchte, und pinnte ihn auf den Boden, wo sie sofort die Zähne in ihn schlugen.

Ich rannte zu ihm, wischte mit den Flammen über die Kreaturen, bis sie zu Asche zerfielen. Wieder lag einer meiner Freunde am Boden und krümmte sich vor Schmerzen, voller Z-Gift.

Ich berührte ihn, und genauso wie Veronica und Bronx schrie er auf. Nur dass er mich außerdem noch verfluchte.

Später würde er mir danken.

„Da!“ Bronx zeigte auf eine Gruppe Zombies, die in der Ecke zu einem Haufen aufgetürmt lagen.

Ich sprintete hinüber. Wischte mit der Flamme, wischte. Asche, Asche. Wisch, wisch. Asche, Asche … Jaclyn! Sie war zurückgekommen, um uns zu helfen, und wurde vom Gegner überwältigt. Sie bewegte sich nicht. Als ich meine Handfläche auf ihre Brust presste, ertönte hinter mir ein Grunzen. Ich wirbelte herum. Eine Zombiebraut stürzte sich auf mich, bereit fürs Dinner. Ich versetzte ihr einen Schlag, und sie zerfiel zu Asche.

Wo war Cole? Ich sah mich im Raum um … dort! Auf der gegenüberliegenden Seite. Er hatte keine Bisswunden und stand fest auf beiden Beinen. Gut, gut. Doch seine Bewegungen waren langsam, fast schwerfällig.

Ein Zombie krallte sich in seine Wange. Schnell rannte ich hinüber, um zu helfen. Oder zumindest versuchte ich es. Andere Zombies verstellten mir den Weg.

Eine zweite Kreatur schlich sich an Cole heran.

„Cole!“, rief ich.

Ein Fehler.

Er sah zu mir herüber und achtete nicht darauf, was hinter ihm passierte.

Ich würde nicht rechtzeitig zu ihm gelangen. Das Monster packte ihn am Arm, neigte den Kopf und bleckte die Zähne, um sich an seinem Geist zu laben.

„Nein!“ Ich streckte einen Arm aus, entschlossen, den Biss abzuwehren und ihn selbst einzustecken. Verdammt, ich war immer noch nicht nah genug, um das zu schaffen.

Plötzlich war die Entfernung nicht mehr von Belang. Ein elektrischer Kraftstoß schoss aus meinem Arm, so stark, dass die Luft förmlich von kleinen Blitzen knisterte.

Alle im Raum befindlichen Zombies wurden hochgeschleudert … und blieben oben hängen.

Was zum Teufel war jetzt passiert? Wie kam das? Ich stolperte über meine eigenen Füße und fiel auf die Knie. Heftig atmend und schockiert sprang ich auf und wirbelte herum. Die Zombiejäger waren auf dem Boden, die Zombies schwebten immer noch über uns.

Unmöglich.

Taumelnd erreichte ich Cole endlich und packte ihn am Arm. Meine Flammen durchdrangen seine Kleidung, seine Haut und heilten ihn im Inneren. Er holte zischend Luft und stürzte zu Boden, blieb aber nicht liegen. Er sprang sofort auf. Schweiß tropfte von seinen Schläfen. Er sah auf die Zombies, sah mich an, dann wieder zu den Zombies und versuchte wahrscheinlich zu verstehen, was er da gerade beobachtete.

Viel Glück. Ich hatte es bisher noch nicht herausgefunden.

„Heile die Z-Jäger, die es brauchen, mit deinem Feuer!“ Ich wusste nicht, wie lange die Monster da oben in der Luft festgenagelt sein würden. „Ich töte die Zs.“ Bloß wie? Ich kam nicht an sie heran.

Als er zu unseren Freunden hinüberlief, versuchten die Zombies nach ihm zu treten, trafen ihn jedoch nicht. Sie hingen zu hoch. Cole nahm Jaclyns Hand mit seinen von Flammen erhitzten Fingern und half ihr auf die Beine. Sie fauchte ihn an, schaffte es aber, aufrecht zu stehen.

Ich atmete erleichtert aus. Sie würde sich wieder erholen.

Weil ich wusste, Cole kümmerte sich um die anderen, konzentrierte ich mich auf unsere Gegner. Ich streckte meine glühenden Hände nach dem Monster aus, das mir am nächsten war … und keuchte auf, als die restlichen anfingen herumzuwirbeln.

Ich riss erstaunt die Augen auf … sämtliche Zombies krachten auf den Boden und landete auf den Z-Jägern. Flüche hallten durch den Raum. Ich warf die Arme in die Höhe, und die Zombies flogen zurück nach oben.

Jetzt mal ernst! Was zum …

Die Monster folgten den Bewegungen meiner Hände? Als würde die Kraft aus meinen Armen eine Art Verbindung zu ihnen aufbauen?

Ich überprüfte meine Vermutung, ließ mein Handgelenk rotieren. Die Zombies drehten sich in die gleiche Richtung. Ich wiederholte die Drehung andersherum. Wieder bewegten sich die Kreaturen synchron dazu.

Es gab tatsächlich eine Verbindung.

Sollte das eine weitere Fähigkeit sein? Vielleicht. Wahrscheinlich. Wem versuchte ich was vorzumachen? Definitiv. Von so etwas hatte ich noch nie gehört, aber das tat nun wirklich nichts zur Sache.

Ich überschlug in Gedanken den Inhalt des Tagebuchs, das bei mir zu Hause lag. Geschrieben in einer Art geistigem Code von einem meiner Vorfahren, einem Zombiejäger. Aufgrund seiner eigenen Fähigkeiten hatte er von den Talenten und Kräften, die Menschen wie ich besaßen, erfahren.

Erschöpfung sammelte sich in meinen Schultern, wie Bäche floss sie ineinander, wurde breiter und stärker, bis sie in meine Fingerspitzen strömte. Plötzlich fühlten sich meine Arme an, als würden sie jeweils fünfzig Kilo wiegen. Meine Hände sanken langsam … und Zentimeter … für Zentimeter … schwebten die Zombies in Richtung Boden.

„Noch nicht!“, rief Cole, der Veronica gerade auf die Füße half.

Ich biss die Zähne zusammen, konzentrierte mich auf eine der Kreaturen besonders und winkte sie mit dem gekrümmten Finger zu mir heran. Wenn ich diese Monster tatsächlich steuern konnte, würde ich jetzt ihre Leiden beenden – und meine damit auch. Der Zombie wedelte wild mit den Armen, kämpfte dagegen an … bewegte sich aber in meine Richtung. Aufgeregt sprang ich auf und berührte ihn mit den Fingerspitzen.

Er verpuffte zu Asche – weiße Asche wie Schnee. Himmel noch mal, es sah wahnsinnig aus und glitzerte, als es zu Boden rieselte.

Warum war es so ganz anders als sonst?

War das wirklich wichtig? Ich bin Super-Ali.

Grinsend sprang ich von einem Monster zum anderen, berührte, äscherte ein, berührte, äscherte ein. Es machte direkt Spaß!

Irgendwann waren keine Zombies mehr da.

Kein Grund zum Schmollen!

Das Feuer an meinen Händen erlosch, und ich ließ meine ermüdeten Arme sinken.

„Mit dieser besonderen Fähigkeit musst du sehr vorsichtig umgehen.“

Ich erschrak beim Klang der Stimme. Sie konnte unmöglich in diesem Raum sein. Entgeistert wirbelte ich herum und stand direkt vor der geheimnisvollen blonden Frau.

„Wie sind Sie hereingekommen? Sind Sie uns gefolgt?“

„Ali“, sagte Cole verwirrt. „Mit wem redest du da?“

Ich zeigte auf die Frau. „Mit ihr. Sami.“

„Ali“, entgegnete er leise. „Ich sehe niemanden.“

Moment mal. Er konnte sie nicht sehen? Aber ... sie stand dort. Natürlich war sie hier.

Ich erinnerte mich daran, dass er Zombie-Ali auch nicht hatte sehen können, wenn sie sich von mir gelöst hatte. Das hier war jedoch nicht Zombie-Ali, ein Geist, der in der Lage war, sich unsichtbar zu machen.

War diese Frau denn ein Geist? Eine Zeugin, so wie Emma? Das würde erklären, wieso Mr Ankhs Sicherheitskameras sie nicht aufgezeichnet hatten.

Cole konnte Emma sehen, warum dann nicht diese Frau?

„Ich habe dir meine Fähigkeit, Kraftströme zu senden, gegeben“, sagte sie.

Sie hatte sie mir gegeben? Ich durchforstete mein Gehirn, konnte aber keinen Fund vermelden. „Das verstehe ich nicht.“

„Du hast Visionen mit diesem Jungen, Cole. Du kannst das Feuer von Kopf bis Fuß entzünden. Ein Biss von deinem Geist und den Zombies geht es schlecht.“

Stimmte. Stimmte. Und stimmte. „Und?“

„Ein Geist verliert seine übernatürlichen Kräfte nicht durch den Tod – diese Kräfte entspringen schließlich aus dem Geist. Sie können aber auf andere übertragen werden. Das heißt, du kannst jemandem deine Fähigkeit schenken, und andere Zombiejäger können dir ihre geben. Doch was du weitergibst, kannst du nicht mehr nutzen.“

Also ... sie hatte mir ihre Fähigkeit übertragen und wusste, dass sie selbst diese jetzt nicht mehr anwenden konnte? Warum das?

„Fähigkeiten können auch gestohlen werden. Aber das ist eine Lektion für ein andermal.“ Sie zog die Augenbrauen zusammen. „Bei Anima ist das alles bekannt, wieso hast du davon noch nichts gehört?“

Gute Frage. „Wie haben Sie das gemacht, Sami? Ich meine, es auf mich übertragen. *Warum* haben Sie das getan?“

Sie schüttelte nur den Kopf, Tränen schimmerten in ihren Augen. „Ich heiße nicht Sami. Ich bin …“ Sie richtete den Blick ihrer hellblauen Augen kurz auf Cole. „Helen.“

„Helen“, wiederholte ich, und ein entsetztes Aufkeuchen ertönte im Raum.

Sie schluckte. „Was sie dir über mich erzählen werden …“

„Das ist egal. Sie reden mit mir. Wer ist Sami?“, wollte ich wissen.

Bevor ich wusste, was geschah, packte mich jemand an der Schulter und zerrte mich mit sich. Als sich mein Geist und meine Körperhülle berührten, schnappten sie sofort zusammen. Ich holte Luft und sah mich suchend um – die Frau, Helen, war verschwunden.

Wer war sie? Warum half sie mir?

Denn das tat sie zweifellos. Ohne Frage. Für mich war das inzwischen klar.

Die Zombiejäger stellten sich vor mir auf und verlangten meine volle Aufmerksamkeit. Trotz ihrer blutenden Kratzer und Wunden starrten sie mich an, alle rasend vor Wut.

„Was ist?“, fragte ich.

Cole beugte sich zu mir herunter, bis sich unsere Nasenspitzen berührten. „Rede nie wieder mit dieser Frau! Ich weiß nicht, warum du eine Tote sehen kannst, zu der du keine Verbindung hast und die ich nicht sehen kann. Aber wenn sie dich noch mal besucht, geh weg. Höre nicht auf sie. Du darfst sie nicht mal ansehen.“

Moment mal. „Dann kennst du sie?“, wollte ich wissen, erstaunt darüber, wie wütend er reagierte.

„Ich habe von ihr gehört“, bellte er. „Und nun ist dieses Thema beendet.“

Wow. So hatte ich ihn noch nie erlebt. Jedenfalls hatte er bisher nie so mit mir gesprochen. „Warum?“

„Thema erledigt“, sagte er nur.

Na gut. Fürs Erste. Aber wenn ich mit ihm allein war …

Frosty rieb sich das Gesicht. „Als Ali das letzte Mal eine neue Fähigkeit vorgeführt hat, hätte sie uns fast alle umgebracht.“

Vielen Dank, dass du mich daran erinnerst. Idiot. Ich warf ihm einen ironischen Luftkuss zu.

„Heute hat sie uns alle gerettet“, verkündete Jaclyn. „Also warum zum Teufel lässt du sie nicht in Ruhe!“

Ich schenkte ihr ein kleines dankbares Lächeln.

Frosty hob kapitulierend die Hände. „Ich habe mich nicht beschwert. Sondern nur etwas festgestellt."

Sicher. „Ist jemand gebissen worden und noch nicht mit dem Feuer behandelt?" Jahrelang waren Zombiejäger darauf angewiesen gewesen, sich mit einem Antiserum zu schützen, wenn sie durch einen Biss mit Zombiegift infiziert worden waren. Doch dieses Gegenmittel hatte einen entscheidenden Nachteil. Bei häufiger Anwendung entwickelte sich eine Immunität und es wirkte nicht mehr. Und wenn es nicht mehr wirkte, mussten wir aufhören zu kämpfen. Für immer.

Bei mir hatte es nicht mehr gewirkt.

Das Feuer hatte mich vor dem Tod bewahrt.

Auf meine Frage schüttelten alle verneinend den Kopf.

„Okay, lasst uns von hier verschwinden", rief Cole.

Er wirkte auf mich immer noch wie ein Stromkabel unter Spannung.

„Die Leute von Anima könnten zurückkommen, und wir sind jetzt nicht in der Verfassung zu kämpfen. Wir sollten …"

„Moment!", unterbrach ihn Jaclyn. „Was ist mit Justin?

„Er ist nicht hier", entgegnete Bronx in schmerzhaft rücksichtsvollem Tonfall. „Sie müssen ihn woanders hingebracht haben."

„Nein." Sie schüttelte, schüttelte, schüttelte den Kopf, sodass ihr Haar gegen die Wangen klatschte. „Er muss hier sein. Ich habe ihn gesehen."

Ich stellte mich vor sie und sah ihr in die Augen. „Vergiss nicht, was ich dir gesagt habe. Wir werden ihn finden. Bevor er nicht wieder bei uns ist, hören wir nicht auf zu suchen." So oder so. „Aber wir brauchen einen Moment, um uns zu erholen, sonst nutzen wir ihm gar nichts."

Tränen rannen ihr über die Wangen, doch sie nickte.

Wir verließen das Lagerhaus, ohne Collins mitzunehmen. Es war unmöglich, ihn aus dem Gebäude zu tragen, ohne Aufmerksamkeit zu erregen. Wir planten, den SUV in die Halle zu fahren, ihn damit zu transportieren und ihn richtig zu bestatten.

Ich weiß, ich weiß. Es war nicht ideal. Seine Familie sollte es wissen.

Die Sache war, sie mussten es auf einem anderen Weg erfahren. Wir konnten nicht die Polizei rufen. Vielleicht würden sie uns glauben, dass wir ihn zufällig gefunden hatten, vielleicht auch nicht. Mit unseren Fingerabdrücken überall in diesem Gebäude durften wir das Risiko nicht eingehen.

Als wir die kleine versteckte Gasse erreichten, fluchte Bronx. Frosty kickte mit voller Wucht gegen einen Abfallcontainer. Der Müll flog in alle Richtungen.

Mr Ankhs SUV war verschwunden. Gestohlen … oder von einem „Logistik-Service" woanders hingebracht.

Karma konnte gemein sein.

Frosty versetzte dem Container einen weiteren heftigen Fußtritt. „Wenn ich dieses kleine Stück Sch…"

„Wir haben wirklich größere Sorgen", unterbrach ihn Veronica und deutete zum Himmel. Die Sonne ging bereits unter, am Horizont zeigte sich ein Kaleidoskop stetig dunkler werdender Farben.

Würden heute Nacht Zombies unterwegs sein?

Wenn wir nicht in der Verfassung für einen Kampf gegen Anima waren, dann ganz bestimmt auch nicht, um gegen Zombies zu kämpfen. Nicht mal, wenn ich meine coole neue Fähigkeit zur Verstärkung benutzte. Die Fähigkeit, die ich von der geheimnisvollen und offensichtlich verhassten Helen bekommen hatte. Ich war mir nicht sicher, ob ich die Kraft hatte, sie zu benutzen. Es war mir sowieso nicht klar, wie ich sie überhaupt hervorgerufen hatte.

Ich suchte nach einer Kaninchenwolke … entspannte mich, als ich nur formlose weiße Umrisse am Himmel entdeckte.

„Ich rufe Ankh an", sagte Cole. „Er wird uns einen Wagen schicken. Bis dahin laufen wir herum wie nette kleine Touristen, um nicht zur perfekten Zielscheibe zu werden. Dann holen wir Collins ab."

Eine ernüchternde Erinnerung.

Hallo, Grillen.

Immerhin übertönte ihr Gezirpe das Geräusch meines brechenden Herzens.

„Also okay dann." Cole verschränkte seine Finger mit meinen. „Gehen wir."

Unsere Gruppe bewegte sich die Straße hinunter, alle in Gedanken versunken … in Trauer über Collins Tod. Inzwischen waren noch mehr Autos unterwegs als bei unserer Ankunft, und es liefen auch mehr Fußgänger auf der Straße herum. Aber wenigstens konnten wir im Abendverkehr besser untertauchen.

In meinem verzweifelten Wunsch nach etwas Glück stellte ich mir vor, dass Cole und ich einfach nur ein Date hatten. Ein normales Date – unser erstes.

In der ganzen Zeit, seit wir beide ein Paar waren, hatten wir uns nie verabredet, um mal in einem Restaurant zu essen.

So würde ich weitermachen. Mit allen unseren Freunden, als ob sie noch am Leben wären. Wir waren glücklich. Cole war ein ganz normaler Junge und ich ein ganz normales Mädchen. Er mochte mich, ich mochte ihn, und das Einzige, was uns Sorgen bereitete, war die Frage, wie weit wir gehen würden, wenn wir vor der Tür zu meinem Zimmer standen.

Antwort: So weit, wie er es zuließ!

Hey. Das war meine Fantasie. Wir würden weiter gehen.

Cole zog meine Hand an seinen Mund und küsste meine Fingerknöchel. Damit brachte er mich in die Gegenwart zurück ... zur Trauer. Ich würde es nicht mehr schaffen mir vorzustellen, dass Lucas, Trina, Cruz und Collins noch lebten.

„Tut mir leid, dass ich dich so angefahren habe. Das hat mich wirklich ziemlich umgehauen."

Ich wäre die größte Idiotin, wenn ich ihn um Vergebung betteln lassen würde, nachdem Nana und Kat mir so großzügig verziehen hatten. „Du kannst es mit einer Gewinnermassage wiedergutmachen. Aber wo ist ..."

Ein wütender Blick aus seinen violetten Augen traf mich, dann wandte er sich ab. „Erwähne nicht ihren Namen. Bitte."

„Okay." Jetzt war meine Neugierde erst recht geweckt.

„Ich bin mir noch nicht mal sicher, ob die Frau, die du gesehen hast, wirklich die ist, an die ich denke. Es gibt Tausende, die Helen heißen. Aber wenn sie es ist, kannst du ihr nicht trauen, glaub mir. Sie ist durch und durch hinterhältig. Die Schlimmste von den Schlimmen. Eine Lügnerin und Betrügerin."

O-kay. Hatte das zu bedeuten, dass sie mal eine Zombiejägerin gewesen war?

Hatte Cole mit ihr zusammengearbeitet?

Wahrscheinlich nicht. Er hatte nur von ihr gehört, nichts weiter.

„Was da hinten auch passiert sein mag, wir werden es herausfinden", sagte er. „Das haben wir bisher immer geschafft."

Seine Sorge war ansteckend. „Was, wenn es irgendwas Schlechtes ist?" Ich konnte nicht verhindern, dass meine Stimme leicht zitterte. „So was wie mein Zombie-Zwilling, der sich bei mir eingenistet hatte."

Er umklammerte meine Hand fester. „Fragst du mich jetzt, ob ich dann mit dir Schluss machen würde?"

„Ja." Immerhin war das schon einmal passiert. Ein Mädchen konnte eine solche Verzweiflung nicht so leicht vergessen.

„Das habe ich wohl verdient", murmelte er. „Die Antwort ist nein. Niemals wieder. Aus welchem Grund auch. Du bist mein Mädchen, Ali. Das wird sich nie ändern. Es gibt keine, die ich jemals mehr wollte, niemanden, den ich jemals mehr will. Du bist es, das werde ich dir beweisen, und wenn es mein ganzes Leben dauern sollte."

Die Heftigkeit, mit der er das sagte …

Ich glaubte ihm und schmolz regelrecht dahin. „Darauf freue ich mich schon."

„Das kannst du auch. Ich habe meine Pläne."

Eine Gänsehaut lief mir über den Rücken. „Pläne …?"

„Oh ja. Mach dich bereit, die Gründe sechzehn bis neunzehn zu erfahren."

Bevor ich sagen konnte, verrate sie mir jetzt, tauchte Frosty auf und ging neben uns her.

„Es tut mir ja leid, dass ich euer Vorspielgeplänkel unterbrechen muss, aber ich glaube, wir werden verfolgt."

Cole versteifte sich. „Wie viele?"

„Nur vier. Drei Typen, ein Mädchen."

Anima?

„Wir teilen uns auf." Cole holte tief Luft, der Atemnebel tanzte vor seinem Gesicht. „Dann haben sie mehr Arbeit mit uns."

Eine weitere Verfolgung, großartig!

„Wo sollen wir uns treffen?", erkundigte Frosty sich.

Cole dachte einen Augenblick nach. „Bei Ankh. Sie wissen bereits, dass wir da wohnen, und wenn sie es bis dahin schaffen, werden sie von den Kameras aufgenommen. So können wir die Leute identifizieren."

Ich wollte protestieren, schloss den Mund aber wieder. Er hatte recht. Wir mussten erfahren, mit wem wir es zu tun hatten. „Es gefällt mir, wie dein Hirn funktioniert", sagte ich. Das war so sexy wie alles an ihm.

„Mir auch", bemerkte Frosty. „Wird gemacht. Bis bald." Frosty fiel zurück und nahm Veronica bei der Hand. „Veronica, du kommst mit mir. Und weißt du was? Das Team Fronica wird jetzt …"

Den Rest hörte ich nicht mehr, sie waren bereits ein Stück die Straße hinuntergegangen.

Cole nickte Bronx zu, der Jaclyns Hand nahm. Die beiden trennten sich ebenfalls von uns.

Mein Adrenalinspiegel schoss in die Höhe, überraschenderweise war ich in totaler Kampfbereitschaft. Dies könnten die Leute sein, die unsere Freunde umgebracht hatten. Wenn sie mich jagen wollten, okay. Dann sollte es so sein. Doch das würde nicht gut enden – für sie.

„Bist du bereit?“, erkundigte Cole sich.

„Das bin ich. Aber ich kann dir versprechen, die anderen werden es nicht sein!“

11. KAPITEL

Du bist es, nicht ich

So lässig wie möglich dirigierte Cole mich in einen der Läden. Eine Glocke bimmelte. Hallo Regale voller Klamotten. Hallo ihr Reihen von Schaufensterpuppen. Wir liefen schneller und schossen am Ladentresen vorbei.

Als wir in eine Nische, die nur fürs Personal bestimmt war, rannten, rief eine Verkäuferin: „He da!"

Von einem schmalen Flur gingen drei Türen ab. Wir beschlossen, die rechts zu versuchen. Ein Pausenraum, den wir durchquerten, um auf den hinteren Ausgang zuzusteuern, der von einem Leuchtkasten darüber gekennzeichnet war. Zwei Angestellte saßen am Tisch. Einer sprang auf und runzelte die Stirn.

„Für Kunden ist hier der Zutritt verboten!"

„Wie gut, dass wir keine Kunden sind", erwiderte ich, während wir an ihnen vorbeirauschten.

Wir schlüpften hinaus und ließen die Tür hinter uns zuknallen. Als wir die Straße entlangrannten, hörten wir, wie die Tür ein zweites Mal zuschlug. Wir wurden verfolgt. Gut. Ich warf einen Blick über die Schulter, um die Gegner einzuschätzen. Ein Typ in unserem Alter. Aus dem Bund seiner Lederhose schaute der Griff eines Messers heraus. Eine Frau, etwas älter als er, die ihre Waffe bereits in der Hand hielt. Beide waren in Schwarz gekleidet.

Anima musste sie geschickt haben und wollte es so aussehen lassen, als hätten Bandenmitglieder die restliche Arbeit erledigt.

Meine Wut nahm zu. Eine weitere düstere Gasse. Wir bogen in Höchsttempo um die Ecke, immer im Schatten der Häuserwände. Mein Herz hämmerte gegen die Rippen wie eine Kriegstrommel. *Töten … töten … töten …*

„Vielleicht kann ich sie aufhalten", sagte ich. Ich hatte zwar Vorbehalte gegen meine neuen Fähigkeiten, aber ich wollte unsere Verfolger in meine Gewalt bekommen, egal mit welchen Mitteln. Sie sollten tun, was ich verlangte.

Mit dieser besonderen Fähigkeit musst du sehr vorsichtig umgehen, hatte Helen gesagt.

Warum? Im Moment konnte ich keinen Nachteil daran erkennen.

„So, wie du es bei den Zombies getan hast?“, wollte Cole wissen.
„Vielleicht, vielleicht auch nicht. Du hast keine Z-Jäger bewegen können, deshalb bin ich mir nicht sicher, ob du es bei irgendwelchen anderen Leuten schaffst. Außerdem sind wir hier in der Öffentlichkeit.“

Okay, verdammt. Er musste mal wieder die Stimme der Vernunft sein.

Ich konnte mir gut vorstellen, wie die Menschen auf der Straße reagieren würden, wenn zwei Teenager durch nichts als Luft in die Höhe gehoben wurden. Sie würden in Panik geraten, Chaos wäre vorprogrammiert. Schlimmer noch, Anima würde herausfinden, wozu ich in der Lage war, damit ginge uns ein Vorteil verloren.

Ich verstaute die Gedanken an meine neuen Fähigkeiten im hintersten Winkel unter der Überschrift „Lieblingsspielzeug“. Anmerkung: Zombies fliegen wumm, wumm. Menschen? Keine Ahnung.

Aus dem Handgelenk hob Cole den Deckel eines Abfallcontainers, und für einen kurzen Augenblick dachte ich, er erwartete tatsächlich, dass ich dort hineinkroch. Aber er schob mich um eine weitere Ecke und blieb plötzlich stehen, drückte mich gegen die Wand und schirmte mich mit seinem Körper ab. Wie immer. Ich hörte, wie der Deckel zufiel, und mir wurde klar, was Cole vorhatte.

Hier war die Hoffnung, dass es funktionierte.

Während ich seinen warmen Atem an meinem Gesicht spürte, griff ich in meine Tasche und zog den Judge, einen kleinen Revolver heraus, der mit der gleichen Munition geladen wurde wie ein Gewehr. Dieses Ding konnte ernsthaften Schaden anrichten.

Ich war in der Stimmung, Schaden anzurichten.

Schritte ertönten … die langsamer wurden, je näher sie dem Müllcontainer kamen.

Cole und ich wechselten einen erwartungsvollen Blick. Er spannte sich an und wartete.

Dann keine Schritte mehr. Das Paar hatte uns nicht entdeckt, sie mussten also vor dem Müllbehälter stehen geblieben sein. Dachten womöglich, wir wären dumm genug, uns dort drinnen zu verstecken. In dem Moment, als die Scharniere des Deckels quietschten, stürzte Cole um die Ecke und zielte mit seiner 44er.

„Waffen fallen lassen“, befahl er.

Ein Fluch folgte. Kleidung raschelte, etwas fiel zu Boden.

„Ich weiß, wer ihr seid“, sagte die Frau. „Ihr würdet uns nicht töten.“

„Lass es mal drauf ankommen“, entgegnete Cole.

„Du kannst uns nicht beide erschießen“, höhnte sie. „Falls du einen von uns triffst, bist du tot, bevor du auf den anderen zielst. Dann werde ich deine Freundin verfolgen. Sie ist Zivilistin, was? Ach, was könnte ich mit ihr anstellen. Vielleicht knöpfe ich mir deine Partnerin vor, wenn ich fertig bin. Ich habe gehört, sie ist ein riesiges Mannweib … ich wollte mir schon immer mal eine von der Sorte vornehmen.“

Zeit für das Spiel guter Cop, böser Cop. Ich trat mit schussbereiter Waffe um die Ecke. „So bin ich noch nie beschrieben worden, aber das ist schon okay. Ach, und wenn du dich an ihn ranmachst, dann mache *ich dich* fertig!“

Cole hatte den Typ auf die Knie gezwungen, den Lauf seiner Pistole gegen dessen Schläfe gedrückt. Die Frau stand neben ihm und hatte die Waffe auf Coles Brust gerichtet.

Sie blickte mich finster an. Eine Sekunde verstrich. Zwei. Drei. Die Spannung zwischen uns nahm zu.

„*Du* bist das Mannweib?“, fragte sie.

„Ganz genau.“

Sie war sichtlich verwirrt und sagte schließlich: „Nun, du wirst nicht auf den Abzug drücken.“

Ich lächelte sie kalt an. „Lass es doch drauf ankommen“, zitierte ich Cole. „Ach bitte. Alles, was ich brauche, ist ein Grund.“

Wieder verging eine Sekunde. Endlich ließ sie die Waffe fallen und stieß sie mit dem Fuß in meine Richtung. Sehr schlau.

„Auf die Knie“, befahl ich. „Leg die Hände in den Nacken.“

„Du hast wohl zu viele Fernsehkrimis gesehen, was?“, lästerte sie.

„Auf der Stelle!“

Sie zögerte zwar, befolgte meine Anweisung aber letztendlich. Wäre es vermessen, wenn ich mir selbst auf die Schulter klopfte?

Ich sah mir unsere Verfolger ein bisschen genauer an. Die Frau trug ihr gebleichtes Haar kurz. Zwei Silberringe steckten in einer ihrer Augenbrauen, ein Stecker in der Oberlippe. Ihre schwarze Lederjacke stand offen und ließ den Blick auf ein Shirt frei, dessen Ausschnitt v-förmig bis zu ihrem Nabel führte. Jeder Zentimeter ihrer entblößten Haut war mit schwarz-weißen Tattoos bedeckt.

Der Typ war eher klein und stämmig. Sein Bartschatten gab ihm ein wölfisches Aussehen. Er war so mit Muskeln bepackt, dass er wahrscheinlich einen Mack-Truck stemmen konnte, ohne eine Schweißperle zu verlieren.

„Glaubt mir, Kiddies", sagte Wolfi und erwiderte mein kaltes Grinsen. „Ihr wollt das hier gar nicht tun."

„Falsch", widersprach ich. „Ich tu es sehr gern, es macht Spaß."

„Ihr spielt mit dem Feuer und habt ja keine Ahnung." Tattoo bedachte mich mit einem abschätzenden Blick. „Aber woher sollte so ein kleines schmales Ding wie du auch Bescheid wissen?", schnarrte sie. „Du denkst, du wärst gern mal ein bisschen auf der dunklen Seite unterwegs, doch ein Schritt zu viel und du bist ein Häufchen Elend."

Okay, ich gebe es zu. Meine Wangen begannen zu brennen. In meiner Welt war die Beschreibung „kleines schmales Ding" wie ein Schlag ins Gesicht.

Sie musterte Cole eingehend. „Du bist so ein richtiges sexy Prachtstück, was?"

Ich presste meine Zunge an den Gaumen. Es war ganz egal, wo wir uns befanden oder was wir taten. Auf Cole fuhren alle Frauen ab. Er war der Honig, die weibliche Bevölkerung die Fliegen.

Ich schätze, das machte mich zu einer Fliegenklatsche.

„Wenn ich du wäre, würde ich den Mund nicht zu voll nehmen." Ich lächelte sie zuckersüß an und hielt meine Pistole fest in der Hand, den Abzug im Anschlag. „Mein Finger fängt an, so komisch zu zucken."

Cole spannte den Abzugshahn und drückte Wolfi den Lauf härter an die Schläfe. „Das reicht jetzt. Wer seid ihr?"

Ich liebte es, ihn in Aktion zu sehen. Er war furchtlos. Standfest. Wie ein unverrückbarer Felsen. „Gebt schon zu, dass ihr zu Anima gehört."

Wolfi spuckte auf den Boden. „Zum Teufel, nein, wir sind nicht von Anima. Wir haben erfahren, was sie mit eurem Team angestellt haben und dass sie uns das anhängen wollen."

Klang glaubwürdig.

„Wer seid ihr?", fragte ich erneut.

„Rivers Elite", sagte er mit stolzgeschwellter Brust.

Vielleicht. Das machte ihn jedoch noch lange nicht zu unserem Verbündeten. Cole nahm die Waffe nicht von Wolfis Schläfe.

„Anima spielt uns gegeneinander aus", fuhr Wolfi fort. „Wahrscheinlich hoffen sie, dass wir uns gegenseitig umbringen und ihnen so die Arbeit abnehmen."

„Wenn mir deine nächsten Antworten nicht gefallen, wird ihr Wunsch womöglich in Erfüllung gehen", sagte ich. „Warum habt ihr uns verfolgt? Und was ist mit den anderen beiden? Falls sie unseren Freunden was angetan haben ..."

„Wir haben nicht die Anweisung bekommen, euch was zu tun", erwiderte Tattoo. „Lediglich, Schlimmeres zu verhindern. Wir haben es in den Nachrichten gesehen. Die haben uns für den Tod einiger eurer Leute verantwortlich gemacht. Wir dachten, ihr seid hier, um euch zu rächen. Aber ich nehme an, das ist nicht der Fall, denn ihr habt uns keine Kugel in den Kopf gejagt. Ihr wisst genau, dass die Typen von Anima die Schuldigen sind, oder?"

Cole löste schließlich den Finger vom Abzug und steckte sich die Pistole hinter den Bund seiner Hose. Jetzt kommt das Erstaunliche. Er wirkte nach wie vor bedrohlich.

Ich vertraute den beiden nicht ganz. Während ich meine Waffe in die Tasche schob, nahm ich meinen Dolch in die Hand.

„Habt ihr Leute von Anima in der Nacht, in der meine Freunde getötet wurden, in Aktion gesehen?" Cole half Wolfi auf die Füße. „Sie haben immer noch einen unserer Jungs."

„Wir haben gar nichts gesehen." Tattoo stand ohne Hilfe auf. „Aber River."

„Okay, dann will ich mit River reden."

Falls der scharfe Ton in seiner Stimme sie nicht einschüchterte, zeigte zumindest sein entschlossener Blick Wirkung.

„Er will sich auch mit euch unterhalten. Vielleicht sogar eine Zusammenarbeit vorschlagen. Ihr leistet gute Arbeit." Sie musterte ihn erneut mit Raubvogelblick von oben bis unten und leckte sich die Lippen. „Wirklich gute Arbeit."

Ich trat einen Schritt auf sie zu, bereit einzugreifen. Cole streckte einen Arm aus und stoppte mich. Tattoo grinste, dann sammelten sie und Wolfi ihre Waffen vom Boden auf.

„Hier lang." Wolfi machte uns ein Zeichen, dass wir ihnen folgen sollten.

Taten wir aber nicht, zumindest nicht sofort. Ich blickte mich um, als würde ich die wunderschöne Umgebung bewundern. Der Mond, inzwischen hoch am Himmel, war nur eine schmale Sichel. Sterne glitzerten wie Diamanten auf einem Meer von schwarzem Samt. Der perfekte Background für einen Hinterhalt.

Okay. Genug davon.

Als die beiden ein Stück von uns entfernt waren, flüsterte ich Cole zu: „Das kann eine Falle sein."

Er strich mir mit den Fingerknöcheln über die Wange. „Vertrau mir, mein Schatz. Ist es nicht. Ich weiß ein bisschen was über River. Er ist nicht gerade der Z-Jäger mit den höchsten Moralvorstellungen und folgt nur seinen eigenen Gesetzen, manchmal nicht mal denen. Er hasst Zombies allerdings genauso wie wir. Er hat kein Interesse daran, uns an unserer Arbeit zu hindern."

Ich schmiegte meine Wange an seine Hand und genoss die zärtliche Anrede und seine Berührung. „Okay. Aber wenn er dich bedroht, kann ich für nichts garantieren."

„Kommt ihr nun oder nicht?", keifte Tattoo aus der Entfernung.

Cole drückte mir einen Kuss auf die Lippen. „Wenn er dich bedroht, ist er tot, bevor diese Nacht vorbei ist."

Ich musste wohl eine blutdürstige Verrückte sein, denn ich grinste.

Wir setzten uns in Bewegung, immer im Schatten der Häuser und ständig einen Blick über die Schulter zurück. Ich erwartete weitere Verfolger. Oder ein Nest von Zombies. Es war einfach eine dieser Nächte.

Unterwegs bekam ich eine SMS von Frosty, dann eine von Bronx. Beide berichteten, dass sie ihre Verfolger abgehängt hatten und dass alles in Ordnung war. Ich schilderte ihnen kurz unsere Situation und versprach, dass wir uns bei ihnen so bald wie möglich melden würden.

Schließlich erreichten wir ein großes verfallenes Backsteingebäude – ein Wohnhaus. Das Highlight in der Eingangshalle war ein fadenscheiniger Teppich. Hinter dem Empfangstresen stand auf unsicheren Beinen schwankend ein Mädchen. In die Unterarme hatte sie Tic-Tac-Toe-Spiele tätowiert.

Als wir an ihr vorbeigingen, warfen ihr Wolfi und Tattoo ihre Jacken zu. Sie fing sie auf, ohne sich zu beschweren. Als wäre es ihre Aufgabe, wie ein Kleiderhaken behandelt zu werden. Ich hätte wohl anders reagiert. Nicht dass ich mich direkt beschwert hätte, aber ich hätte diese Jacken ein bisschen unter Feuer gesetzt.

Wir bogen um eine Ecke, und sofort wechselte die Ausstattung von schäbig in schick. Die Wände waren frisch gestrichen und mit Profifotoporträts dekoriert. Da waren Wolfi, Tattoo und ungefähr zwanzig weitere, die ich nicht kannte. Die Teppiche waren flauschig, die Möbel offensichtlich antik. Dekorative Engel und Vögelchen waren ins Holz geschnitzt.

Wir durchquerten eine nach dem neuesten Stand mit Stahlgeräten ausgestattete Küche, in der mindestens zehn Kids an Herden mit dampfenden Töpfen herumhantierten. Der Duft von gewürztem Huhn erfüllte die Luft, gefolgt vom köstlichen Aroma eines Kirschkuchens. Mir lief das Wasser im Mund zusammen. Ich war versucht, mir eine Handvoll Kuchenstücke aus dem eins fünfzig hohen Warmhalteschrank an der Hintertür zu nehmen. Sie standen da einfach so herum und bettelten mich förmlich an, sie mitzunehmen.

Aber ich tat es nicht, sondern nahm nur eins.

Ich schlang das Stück hinunter, während wir in einen Hof hinaustraten. Ausgelassene, laute Beifallsrufe bestürmten meine Ohren. Nachdem mein Zuckerspiegel in die Höhe geschossen war, ließ ich den Blick über die Horde schweifen. Weitere fünfzig Kids waren hier, Jungen und Mädchen etwa im Alter von zwölf bis fünfundzwanzig.

Wo waren wir reingeraten?

Es wurde augenblicklich still, als sie uns bemerkten. Die Gruppe teilte sich, sodass eine Schneise in ihrer Mitte entstand, und ich fühlte mich wie Moses vor dem Roten Meer. Mehr als ein Typ musterte mich von oben bis unten, und um ehrlich zu sein, es war mir ziemlich unheimlich. Ich hatte sicher nichts gegen etwas Bewunderung – wer mochte nicht das Gefühl, begehrt zu werden –, aber diese Kerle taxierten mich nicht wie eine eventuell infrage kommende Partnerin, sondern eher wie ein mögliches Dinnerbüfett.

Ein Typ machte tatsächlich eine obszöne Geste mit der Zunge und zwei Fingern.

Ich denke, Cole hatte das mitbekommen, denn er drehte sich zu ihm um und rammte ihm den Oberkörper gegen die Brust. Eine Geste, die ich als „meine einzige Warnung" bezeichnen würde.

„Wenn du deine Zunge behalten willst, machst du das nicht noch mal", zischte er leise. Drohend.

Der Typ straffte die Schultern und sah ihm in die Augen, versuchte ihn wie eine Mauer aus Stein niederzustarren. Cole war niemand, der nachgab – niemals. Bald verlor der Junge die Nerven und senkte den Blick.

Cole starrte die anderen Typen einen Moment an, er vibrierte förmlich.

„Noch jemand hier, der meine Freundin beleidigen will?“

Ich weiß, die Situation war aufgeheizt und es war nicht gerade schlau, sich auf so was zu konzentrieren, aber … eine Überdosis Testosteron war einfach köstlich.

„So, so“, ertönte eine männliche Stimme, die amüsiert und sarkastisch klang. „Tatsächlich bewahrheiten sich mal Gerüchte. Cole Holland ist doch wirklich ein Tier in Menschenhaut.“

Ich wirbelte herum und sah einen griechischen Gott, der durch die Schneise von Menschen auf uns zukam. *Wow.* Er war so groß wie Cole, sein Haar so weiß wie reiner, frisch gefallener Schnee. Seine Augen waren so dunkel, dass sie fast schwarz aussahen, und er trug kein Hemd. Seine Haut war genauso mit schwarz-weißen Tätowierungen übersät wie Tattoos.

Er konnte nicht viel älter als wir sein. Neunzehn. Vielleicht zwanzig.

Ein Junge, den ich wiedererkannte, stand neben ihm. Narbenknöchel aus dem Choco Loco. Ich hätte es ahnen müssen.

Grieche breitete die Arme aus. „Willkommen in meinem Heim“, sagte er grinsend.

Cole sagte kein Wort.

Peinlich.

„Vielen Dank für die Einladung“, erwiderte ich. „Das nächste Mal wäre es vielleicht besser, sich vorher zu überlegen, ob du die vier apokalyptischen Reiter als Eskorte schickst. Das war nicht unbedingt die netteste Begrüßung.“

Er betrachtete mich von oben bis unten und achtete offensichtlich darauf, einen neutralen Gesichtsausdruck beizubehalten.

„Mir wurde gesagt, du wärst Ali Bell, aber …“ Er runzelte die Stirn. „Versteh mich bitte nicht falsch, Pop-Tart, ich hatte wirklich was anderes erwartet.“

Pop-Tart? Weil ich voller Früchte und superlecker bin? Danke. „Und was?“

„Jemand …“ Er dachte einen Moment nach und zuckte mit den Schultern. „Jedenfalls niemanden aus einem Märchenbuch.“

Und das, meine Damen und Herren, nennen wir eine Verbrennung dritten Grades!

Warum verglichen mich die Leute ständig mit einer schwachen Prinzessin, die sich nicht selbst retten kann? Brächte es sie um, würden sie mich als bösen, zerstörerischen Drachen bezeichnen? Ich hatte Biss, verdammt noch mal!

Cole versteifte sich. „Entschuldige dich!“, sagte er wütend. „Sofort.“

„Ich habe nichts getan“, erwiderte ich.

Er verdrehte die Augen. „Nicht du. Er.“

„Weil ich die Wahrheit gesagt habe?“, fragte Grieche und sah richtig neugierig aus.

„Es gibt die Wahrheit und es gibt eine Art, wie man etwas ausdrückt. Die Art, wie du das gesagt hast, hat mir nicht gefallen.“

Jetzt war es an Grieche, die Augen zu verdrehen. „Nun sag mir bloß nicht, du gehörst zu den Leuten, die die Philosophie vertreten, sag was Nettes oder schweig.“

„Ich gehöre zu den Leuten, die in friedlicher Absicht kommen … bis mich jemand auffordert, alles in Scherben zurückzulassen.“

Grieche presste die Lippen zu einer schmalen Linie zusammen. Er war gerade in seinem eigenen Haus bedroht worden. In Frostys Gefängnis-Regeln, die wohl alle Jungen instinktiv kannten, gab es sicher eine korrekte Antwort darauf – und ich wurde das Gefühl nicht los, als würde ich sie gleich aus nächster Nähe erfahren.

„Willst du kämpfen?“, sagte Grieche. „Geht klar. Aber das wirst du nicht unbeschadet überstehen.“

Genau. So.

„Ich will eine Entschuldigung“, sagte Cole, „um mal anzufangen.“

Grieche sah von Cole zu mir, von mir zu Cole. Unterschiedliche Gefühle strahlten von ihm aus. Mein Geist erfasste sie und brachte sie mir ins Bewusstsein. Wut, Belustigung, verletztes Ehrgefühl, Bedauern, Neid.

Warum Neid? Hatte er jemanden verloren, den er liebte? Eine Person, die er mal verteidigt hatte?

Überraschenderweise gewann die Belustigung. „Sehr gut. Hier meine Entschuldigung, Miss Ali. Nächstes Mal wird es keine Vergleiche mit Prinzessinnen mehr geben. Nur mit gemeinen Hexen.“

„Das weiß ich zu schätzen.“ Nun. Ich brachte uns auf den richtigen Weg zurück. „Du musst River sein. Ich habe sehr wenig von dir gehört. Und um ehrlich zu sein, selbst das wird langsam zu viel."

Er grinste. „Na ja, da ist wohl ein kleines Feuer in dir. Das ist gut."

Ein kleines Feuer? „Baby, du hast ja keine Ahnung."

Sein Grinsen wurde breiter. „Ihr habt Fragen an mich, da bin ich sicher. Ich habe auch ein paar Antworten für euch. Aber zuerst werdet ihr beweisen, dass ihr die seid, die ihr zu sein behauptet."

Großer Schocker. „Ich bin sicher, du redest nicht von einem Führerschein."

„Ganz richtig."

„Du hast mich beim Namen genannt. Du weißt, wer wir sind", erinnerte ich ihn. „Sonst wären wir wohl nicht hier."

Er zuckte die Achseln. „Ihr müsst es trotzdem beweisen."

„Das können wir", flüsterte Cole mir zu.

„Eins steht fest." River rieb sich die Hände. „Ihr werdet jetzt etwas kennenlernen, das wir Schreckensnacht nennen."

12. KAPITEL

Mein Zombie verschlang deinen Lieblingsschüler

Das Meer von Schaulustigen teilte sich erneut und ein runder Metallzaun mit Kuppeldach war zu sehen. Neugier und Angst konkurrierten bei mir, als ich darauf zuging, Cole an meiner Seite. Wir blieben am Gitterzaun stehen, blickten hinunter … hinunter … in eine Grube.

Da unten war niemand, doch an den Wänden klebte Blut …

Ich runzelte die Stirn. „Lässt du deine Leute gegeneinander kämpfen?"

River stellte sich neben mich auf die andere Seite. „Ab und zu. Als Strafmaßnahme. Aber meist kämpfen Z-Jäger gegen Zombies."

Dann fanden einige dieser Z-Jäger-gegen-Zombie-Kämpfe körperlich, nicht geistig, statt. Was durchaus möglich war. Für Anima. „Du arbeitest mit unserem Gegner zusammen."

Die Anima-Leute waren die Einzigen, die es geschafft hatten, die Untoten in einen soliden körperlichen Zustand zu versetzen, indem sie Halsbänder benutzten, die spezielle elektrische Impulse aussandten.

Um mich herum ertönte ein Pfeifkonzert.

„Nein", entgegnete River, und zum ersten Mal lag gefährliche Schärfe in seinem Ton. „Wir würden diese Firma mitsamt all ihren Mitarbeitern gern bis auf die Grundmauern abbrennen. Mit denen zusammenarbeiten? Lieber werfe ich meine Organe den Krähen zum Fraß vor."

Nett. „Du hasst die Anima-Leute dermaßen, aber es macht dir nichts aus, ihre Technologie zu benutzen?"

Er tätschelte mir den Kopf. „Ihre Technologie zu benutzen ist äußerst schlau, du Engelskeks. Auf diese Weise können wir verstehen, was sie tun, und sie so besser bekämpfen."

Okay, das war einzusehen.

„Sie ist nicht dein Engelskeks oder dein Pop-Tart", zischte Cole ihn an. „Vergiss nicht, dass sie zu mir gehört."

Nicht lachen, oje. Auch nicht kichern.

„Ja", sagte ich, „ich gehöre zu ihm." Okay, ich kicherte doch. Jedoch nur ganz leise!

Cole warf mir einen wütenden Blick zu. Ich sah ihn mit Unschuldsmiene an, nach dem Motto: Was habe ich denn nun angestellt?

„Ich könnte sie haben, wenn ich es wollte", behauptete River, der sein Ego nicht gerade in Bescheidenheit badete. „Aber ich will es nicht, also ist die Diskussion völlig sinnlos."

Könnte er womöglich mit Gavin verwandt sein?

Und, ernsthaft, er konnte mich mal.

„Nur ein Idiot würde sie nicht wollen."

Uh-oh. Cole steigerte sich schon wieder in Wut.

„Willst du behaupten, du bist ein Idiot?"

River verzog die Augenbrauen. „Versuchst du mich zu provozieren?"

Jungen!

Ich klatschte in die Hände, um ihre Aufmerksamkeit zu bekommen. „Okay, Leute. Die Kennenlernphase ist vorüber. Wie geht es jetzt weiter?"

River steckte zwei Finger in den Mund und pfiff laut. Unten in der Grube wurden Türen geöffnet, die ich vorher gar nicht bemerkt hatte. Zehn Zombies mit Halsband taumelten ins Rondell. Die Z-Jäger buhten und machten höhnische Bemerkungen.

„Hey, Baby, willst du mich zum Dinner haben?"

„Du bist so ein süßes kleines Madenbeutelchen. Oh, ja, das bist du, ja, ja!"

„Brauchst du eine Hand? Oder was hältst du von einem Finger, hä?"

Nachdem sie die Menschen oben gewittert hatten, streckten die Kreaturen gierig ihre Arme aus, rissen die Münder mit fauligen Zähnen und schwarzem tropfenden Speichel auf und malmten mit den Kiefern.

Gegen so viele Zombies zur Unterhaltung der anderen zu kämpfen wäre nicht unbedingt das Schlimmste. Im Grunde genoss ich es, ein paar Untote zu vernichten, aber ich war im Moment nicht in bester Kondition. Seit wir nicht mehr in Gefahr schwebten, hatten sich meine Kräfte ziemlich schnell abgebaut, mit ihnen meine Kampfeslust. Ich war nur noch müde und schlaff.

Das war nachvollziehbar. Ich war seit über achtundvierzig Stunden auf den Beinen. Geschlafen hatte ich das letzte Mal nur mithilfe eines Betäubungsmittels. Meine einzige Mahlzeit war das Stück Kuchen, das ich als Logistik-Serviceunternehmen aus der Küche befördert hatte. Ich hatte vier Freunde verloren und genug Adrenalin verbraucht, um damit ein Rhinozeros zu töten (wahrscheinlich), und war zu guter Letzt durch die Straßen gejagt worden.

Trotzdem sagte ich: „Ich mach's. Ich werde kämpfen." Es gab wohl keine andere Möglichkeit. Cole und ich hätten uns sonst einen Weg durch die Masse von Z-Jägern kämpfen und abhauen müssen. Doch dann bekämen wir nicht die Antworten auf unsere Fragen.

„Ach wie süß." Rivers Stimme troff geradezu vor Sarkasmus. „Die Sache ist nur, meine Kleine. Ich kann mich gar nicht daran erinnern, dich gefragt zu haben. Du gehst in diesen Käfig da unten, ob du's willst oder nicht."

Wut stieg in mir hoch. Oh nein, gefragt hatte er nicht.

„Du hast recht", sagte Cole, und sein Einlenken erstaunte mich. „Aber wir tun es nicht, weil du's anordnest. Wir machen es, damit ihr zusehen könnt und erfahrt, mit wem ihr es zu tun habt."

Stimmgemurmel erhob sich. Wetten wurden abgeschlossen.

River lächelte kühl und überheblich. „Holland, ich mag dich jede Sekunde mehr, wirklich." Er nickte zwei Typen aus seiner Crew zu, und die beiden öffneten einen Teil des Dachgewölbes.

Draufgänger-Ali war sofort Feuer und Flamme. *Los geht's, Mädchen. Das schaffst du mit links.*

Aber ... Negativ-Ali kam mit Einwänden. *Es hängt so viel davon ab. Du könntest alles ruinieren.*

Eines Tages würde ich einen Weg finden, um Negativ-Ali mit bloßen Händen zu erwürgen.

Ich straffte die Schultern und begegnete Coles erwartungsvollem Blick. Erwartungsvoll. Gut. Er hatte seinen Drang zu kämpfen nicht verloren. Er könnte das erledigen, selbst wenn er beide Händen auf den Rücken gefesselt hätte. Während ich zusah.

„Erinnerst du dich an Grund Nummer sieben?", fragte er.

Großer Gott. Nicht das! Nicht jetzt. „Ja", entgegnete ich und versuchte meine Angst zu verbergen.

„Genau das."

Auf keinen Fall. Auf keinen Fall sollte er sich zurückziehen und mich die ganze Arbeit machen lassen – bitte!

Er wickelte sich eine meiner Locken um den Finger. „Das wird ein großer Spaß."

Oh, verdammt. Er wollte es tatsächlich. Aber … aber … wieso? Ich wusste, es war nicht wegen seiner Wunde. Er hatte bereits bewiesen, dass er selbst mit lebensgefährlichen Verletzungen noch als mein Schutzschild eintrat. Also bedeutete das … Was? River sollte nicht erfahren, wozu er fähig war, damit er später einen Vorteil hatte? Vielleicht. Oder hatte er die höhnischen Bemerkungen über mich satt und wollte, dass ich den Leuten zeigte, womit sie bei mir rechnen mussten?

Lerne das Biest kennen, das du reizt …

Ja. Das war es.

Und okay. Das rüttelte mich auf.

Kann ihn nicht enttäuschen. Ich stellte mich auf die Zehenspitzen und küsste ihn, ohne auf unsere Zuschauer zu achten. „Ich hoffe, du bist auf das beeindruckende Spektakel, das gleich stattfindet, vorbereitet."

„Bin ich."

Er umfasste meinen Nacken, zog mich näher an sich und küsste mich noch einmal, diesmal heftiger.

Als wir uns voneinander lösten und uns angrinsten, waren die anderen im Raum merkwürdig still. Ich fragte mich, warum – schockiert? Angewidert? Aber ehrlich mal, das war mir völlig egal. Als Cole mich zur Öffnung im Dach des Käfigs führte, hörte ich, dass immer noch Wetten abgeschlossen wurden.

„Zehn auf den Z mit der Fliege."

„Zwanzig darauf, dass Ali Bell in den ersten fünf Sekunden gebissen wird."

Cole zwinkerte mir zu und zeigte auf die Zombies. „Nach dir."

„Vielen Dank, der Herr." Ich suchte nach einer Leiter, fand aber keine. Großartig. Ich würde springen müssen. Was auch immer.

Ich ließ mir keine Zeit zum Nachdenken oder Zögern, sondern stellte mich auf die Kante und sprang hinunter. Ich kam unsanft unten an, schaffte es jedoch, mich gleich aufzurichten und aus meiner Körperhülle zu steigen. Zombies umschwärmten mich. Ich verpasste dem ersten Angreifer einen Kinnhaken, dann dem nächsten. Ich atmete tief durch, hielt die Luft an und sammelte die Kraft in mir, um das Feuer zu entwickeln, das ich zum Töten der Zombies benötigte … Obwohl meine Kondition geschwächt war, entzündete es sich sofort. Meine Zuversicht hatte ich schon vorher aufgebaut, und diese Sicherheit behielt ich trotz aller Müdigkeit. Die Flammen züngelten hell und heiß.

Ich entwickelte mehr Hitze … und noch mehr, bis ich eine einzige lebende Fackel war, jeder Zentimeter tödliches Feuer. Ich brauchte nur stehen zu bleiben und darauf zu warten, dass diese Kreaturen mich berührten. Eine eingeäschert. Dann eine weitere. Berührung, Asche, Berührung, Asche, Berührung, Asche, bis keines der Monster mehr übrig blieb.

So. Einfach.

Besser, als ich es je zu hoffen gewagt hatte.

Ich richtete mich auf und blickte nach oben. Z-Jäger konnten andere Z-Jäger sehen, die in Geistform auftraten, auch wenn sie selbst es nicht taten, und umgekehrt. Alle in der Gruppe starrten mich fassungslos an.

Grinsend vereinigte ich mich wieder mit meiner Körperhülle. Aber meine Flammen waren noch nicht erloschen und flackerten über meinem Körper. Es machte mir nichts aus, aber mit meiner Kleidung war es etwas anderes. Der Stoff zerfiel zu Asche.

Verdammt! Das war mir schon einmal passiert, als Zombie-Ali mich zum letzten Mal angegriffen hatte. Mein Geist hatte damals alle Mühe gehabt, am Leben zu bleiben. Ich musste ziemlich fertig sein, hatte mich wohl zu sehr angetrieben.

Wenigstens war Cole mit mir hier unten. Er stand an die Wand gelehnt da und polierte einen seiner Dolche, als wäre überhaupt nichts vorgefallen.

„Äh, kleines Problem“, sagte ich.

Er sah mich stirnrunzelnd an und winkte mich zu sich. „Komm her. Sieh zu, dass die Flammen nicht verlöschen.“

Darauf konnte er zählen! Im Moment waren die Flammen das Einzige, was mich davor bewahrte, eine Peepshow zu veranstalten. Peinlich berührt ging ich zu Cole hinüber. Er keuchte kurz auf, als er mein brennendes Handgelenk packte, ließ mich jedoch nicht los und schob mich an die Wand, wobei er mich vor den neugierigen Augen der anderen abschirmte.

„Ich gebe dir mein Feuer“, sagte er.

„He! Das macht es ja noch schlimmer!“

„Oder besser. Meine Flammen geben dir vielleicht die Kraft, um deine zu kontrollieren.“

Riskant, aber in Ordnung. Mir fiel nichts Besseres ein.

Er löste sich gerade lange genug aus seiner Hülle, um mir seine brennende Hand auf den Oberkörper zu pressen. Ich spürte das, trotz meiner Kondition, was mich schockierte. Und so lernte ich einen neuen Teil von mir kennen. Matrosen-Ali. Sie hatte ein paar Bemerkungen zu dem Schmerz zu machen, den das verursachte.

Meine Flammen verloschen tatsächlich nach und nach.

„Halte sie noch einen kleinen Moment", sagte Cole, als er wieder in seine Körperhülle zurückschlüpfte. „Ich ziehe schnell mein Jackett und mein Hemd aus. Wenn ich so weit bin, kannst du dein Feuer löschen und die Sachen überstreifen."

Ich wünschte mir fast, dass ich im Kampf gegen die Zombies umgekommen wäre.

„Fertig?" Er wartete auf mein Nicken, ließ das Jackett fallen und zog sich blitzschnell sein Hemd aus. „Jetzt."

Ich schloss die Augen und konzentrierte mich darauf, das Feuer loszuwerden – erlösche, erlösche, verdammt noch mal. Erfolgreich! Cole zog mir das Hemd über den Kopf und schob meine Arme durch die Ärmel. Es reichte mir knapp über die Knie. Dann band er mir seine Jacke um die Taille, sodass sie wie ein Rock funktionierte.

„Alles bedeckt", sagte er und gab mir einen Kuss auf die Nasenspitze. Kurz und sanft. Ein kleiner Trost. „Das hast du gut gemacht, Ali-Gator. Wirklich gut."

„Danke ... danke." Mir wurde plötzlich eiskalt.

Er schloss mich in seine Arme und hielt mich fest. „Und jetzt", sagte er laut und hob den Kopf, um zu River hochzublicken, „unterhalten wir uns."

Ein verblüffter River verschränkte die Arme vor der Brust. „Wie hat sie das gemacht?"

„Ich habe eine bessere Frage", entgegnete ich herausfordernd. „Warum könnt ihr das nicht?"

Er fuhr sich mit der Zunge über die Schneidezähne, und einen kurzen Moment war ich sicher, dass er damit drohen würde, uns in dieser Grube zu lassen, bis seine Neugier befriedigt war. Aber er nickte einem der Jungen zu, und sofort ließ der eine Leiter herunter. Cole kletterte zuerst hoch, dann half er mir über den Rand des Käfigs und achtete darauf, dass meine *Mädchen-Körperstellen* bedeckt blieben.

„Sie braucht ein paar Klamotten", sagte Cole in Kommandoton.

„Kein Problem." River streckte die Hand aus und nahm eine Strähne meines Haars. „Wirklich beeindruckende Show da unten."

Ich wich zurück, im gleichen Moment schob Cole ihn weg.

„Nicht anfassen."

River grinste unbeeindruckt. „Hier entlang." Er drehte sich auf dem Absatz um und ging aufs Haus zu.

Tattoo und Narbenknöchel liefen zu beiden Seiten neben ihm und warfen mir neugierige Blicke zu. Wie wundervoll. Jetzt war ich eine Zirkusattraktion.

Wäre ja nicht das erste Mal.

Drinnen umfing mich warme Luft, die auf meiner entblößten Haut kribbelte, und ich bekam eine Gänsehaut. Cole hielt mich fest umarmt, das half. Allerdings zerstörte die Geste gleichzeitig mein Image als kaltblütige Z-Killerin.

Ach, was interessierte mich das?

Unser Weg endete in einem geräumigen Wohnzimmer. Dort standen mehrere Sofas und Sessel in unterschiedlichen Farben. Auf dem Kaffeetisch lagen Waffen und Einzelteile auf einen Haufen getürmt. Ich sah eine auseinandergenommene 44er, eine 22er und eine Art Nagelschwert.

Tattoo verschwand und kehrte kurz darauf mit einem Arm voller Klamotten zurück. „Hier", sagte sie und drückte mir das Bündel in die Hand.

„Sei höflich zu unserem Gast", ermahnte River sie. An mich gewandt sagte er: „Bitte vergib meiner Schwester. Milla schließt nicht so schnell neue Freundschaften."

Ich schnaufte. „Tatsächlich? War mir gar nicht aufgefallen." Aber dann wurde mir etwas Wichtiges klar. River war schlau. Der Zombie-Kampf im Käfig hatte nicht dazu dienen sollen, unsere Loyalität zu beweisen, beziehungsweise unsere Abneigung gegen Zombies oder Anima. Er wollte sehen, wozu wir in der Lage waren – ob wir es wert waren, dass er sich mit uns verbündete, oder anders ausgedrückt, ob wir auserlesen genug waren. Offensichtlich war dies der Fall, denn inzwischen war er die Freundlichkeit in Person.

„Bring sie in dein Zimmer", sagte er zu Tattoo – oder besser Milla. Ein zierlicher Name für so ein Hardcore-Mädchen. „Da kann sie sich umziehen."

Milla schüttelte den Kopf und wollte protestieren, nickte aber dann, als River sie verärgert anblickte.

Cole drückte meine Hand, bevor er mich losließ. Unentschlossen drehte ich mich um. Jetzt gehen und die interessante Unterhaltung versäumen oder hierbleiben und womöglich eine Peepshow für alle im Zimmer veranstalten.

Schließlich folgte ich Milla.

„Wie hast du das angestellt?“, fragte sie mich. „Können das alle Zombiejäger aus Coles Team? Was kannst du noch?“

„Ich kenne dich nicht und ich traue dir nicht. Kannst zusehen, wie ich auf deine Fragen schweige.“

„Na gut.“ Sie öffnete die Tür zu ihrem Zimmer und warf mir einen wütenden Blick zu. „Wenn du irgendwas von meinen Sachen anfasst, bringe ich dich um.“

Kannst es ja mal versuchen. „Das Gleiche gilt für dich, Milla.“ Wenn sie schlau war, wusste sie genau, was ich damit meinte. Cole gehörte mir.

Sie hob die Nase. „Milla nennen mich nur meine Freunde. Und wie du schon sagtest, du gehörst nicht dazu. Deshalb nennst du mich Camilla. Oder noch besser Miss Marks.“ Sie drehte sich um und ließ mich mit einem lauten Türknallen in ihrem Zimmer allein.

Meinetwegen. Ich zog schnell die Jogginghose an und sah mich dabei um. Der Raum war ziemlich klein, aber ordentlich. Alles schien auf seinem Platz zu liegen, das Doppelbett war gemacht. Die Kommode daneben war in Prinzessinnenrosa gestrichen. *Ich bin nicht die einzige Märchenfigur hier in der Stadt*.

„Hallo“, hörte ich ein Flüstern.

Ich versteifte mich, als ich die Stimme erkannte.

Helen.

Furcht und Aufregung befielen mich. Sie stand neben dem Schreibtisch, wie üblich in ihrem schwarzen Tanktop und der Jeans. Sie sah blass aus und rang nervös die Hände.

Befürchtete sie, dass ich sie wegschickte?

„Warum erscheinst du immer wieder?“, fragte ich sie leise. „Nein, nicht antworten. Weißt du was? Ich würde dir doch nicht glauben.“ Vielleicht. Wahrscheinlich.

Uff. Ich würde es, oder nicht? Und Cole würde deshalb ausrasten.

Ohne auf meine Bemerkung einzugehen, zeigte Helen auf einen Stapel Papiere. „Lies das“, sagte sie. Dann verschwand sie.

Ich ging einen Schritt auf den Schreibtisch zu, noch einen Schritt und blieb stehen. Sollte ich in Millas Privatsachen schnüffeln oder nicht?

Wenn Helen eine Lügnerin war, so wie Cole behauptete, wollte sie mir womöglich eine Falle stellen. Aber … wenn nicht …

Mein Herz galoppierte. Ich hüpfte zum Schreibtisch, während ich die Socken anzog. Als ich einen Blick auf das oberste Blatt warf, sah ich, dass es in Geheimschrift beschrieben war. Linien, Zahlen und Symbole durcheinander. Der gleiche Code, in dem mein Großvater mit fünf Urs mütterlicherseits sein Tagebuch geschrieben hatte. Das Papier war glatt und neu, offensichtlich eine Kopie. Aber es konnte keine Kopie des Tagebuchs sein – das war seit Jahren in einer Kiste verborgen gewesen, in der Sachen meiner Mutter aus ihrer Kindheit verstaut waren.

Woher hatte Camilla diese Seiten?

Tausende Antworten wirbelten mir gleichzeitig durch den Kopf. Die eine, die sich nicht ausblenden ließ: Mein Großvater mit fünf Urs hatte vielleicht einem Z-Jäger diese Schrift beigebracht. Das Wissen war womöglich von einer Generation auf die andere übertragen worden.

Dieses Papier konnte von allen möglichen Leuten stammen.

Warum wollte Helen, dass ich es sah?

Als jemand an die Tür klopfte, war ich gerade dabei, Fotos davon mit meinem Smartphone zu machen.

„Beeil dich", rief Camilla.

„Ja doch!" Ich machte noch eine letzte Aufnahme, hechtete an die Tür und öffnete, bevor sie hereinstürzen und mich erwischen konnte. Ich versuchte, so ruhig wie möglich zu wirken.

Sie musterte mich von oben bis unten, während ich die Stiefel anzog, und runzelte die Stirn. Warum das? Die Klamotten gehörten nicht ihr, so viel stand fest. Sie war viel kleiner, und diese Sachen waren für mich ein bisschen zu groß.

„Die gehören River", informierte sie mich. „Du musst sie ihm zurückgeben. Nachdem du sie in die chemische Reinigung gebracht hast."

So ein zauberhaftes Mädchen. „Was für ein Problem hast du eigentlich mit mir?"

Sie starrte mich eine Weile an, dann seufzte sie. „Hör zu. Es ist so, wie du sagtest. Ich kenne dich nicht und traue dir nicht. Das heißt, ich bin vorsichtig. Das ist nicht persönlich gemeint."

Dagegen konnte ich schlecht etwas einwenden – vor allem, da sie mich gerade zitiert hatte! „Nun, eins wirst du über mich erfahren, und zwar sage ich immer die Wahrheit. Egal was es mich kostet, ich lüge nie."

Sie hob das Kinn. „Leicht gesagt, aber kaum möglich."

„Ich stimme dir zu, dass das leicht zu behaupten ist. Es stimmt jedoch nicht, dass es nicht möglich ist. Es ist eine Herausforderung, und ich liebe nun mal Herausforderungen. Davor bin ich noch nie zurückgeschreckt, werde ich auch nie."

Wieder musterte sie mich eingehend, ihr feindlicher Gesichtsausdruck wurde etwas nachsichtiger. Dann nickte sie, als hätte sie einen Entschluss gefasst.

„River hat seine Fehler, aber er ist ein guter Typ. Du hütest dich am besten davor, ihm irgendwie Schaden zuzufügen."

„Das habe ich auch nicht vor – es sei denn, er tut mir oder meinen Freunden was an."

„Klingt fair." Sie winkte mich weiter. „Gehen wir zurück ins Wohnzimmer und sehen, ob unsere Jungs sich gegenseitig umgebracht haben."

13. KAPITEL

Große Geister schmecken ähnlich

Wir gingen ins Wohnzimmer zurück, wo Cole auf der Couch saß und River ihm gegenüber in einem Sessel. Narbenknöchel war verschwunden.

„... dein Problem. Du spielst nach ihren Regeln", sagte River gerade.

„Du willst wohl eher sagen, ich bringe meine Leute nicht unnötig in Gefahr", konterte Cole.

„Manchmal ist es die Sache wert, ein Risiko einzugehen."

„Keine Sache ist es wert, ein Leben aufs Spiel zu setzen."

„Dann hast du nicht die richtigen Leute kennengelernt", sagte River sarkastisch.

Camilla räusperte sich. Keiner der beiden Jungen sah überrascht aus, als sie zu uns herüberblickten. Sie hatten ihre Umgebung die ganze Zeit über im Blick gehabt.

Ich lächelte Cole zu, er erwiderte mein Lächeln. Die Luft zwischen uns schien zu knistern. Es gab bei uns schon immer diese unbestreitbare Aufmerksamkeit dem anderen gegenüber, wie ein ständiges sich gegenseitiges Versichern.

„Also, das ist ja überhaupt nicht peinlich", spottete River.

Cole winkte mich zu sich. Ich ging hinüber und hätte ihm am liebsten sofort von den kopierten Seiten erzählt. Sobald wir allein waren, würde ich das tun, aber ich war mir nicht sicher, ob ich Helen erwähnen sollte. Wenn sie mir tatsächlich helfen wollte, konnte ich nicht das Risiko eingehen, dass er die Texte nicht ernst nahm, nur weil sie mich darauf hingewiesen hatte.

Was für ein Dilemma.

Cole zog mich an sich und legte mir einen Arm um die Schultern. Wieder umfing mich seine Wärme, diesmal wirkte sie wie eine Droge auf mich. Ich musste gegen den Drang ankämpfen, mich näher an ihn zu kuscheln ... noch näher ... verdammt, warum nicht auf seinen Schoß klettern?

Camilla ignorierte den freien Sessel und stellte sich hinter River. Offensichtlich wollte sie die Gelegenheit nutzen, auf uns herabblicken zu können. Was sich bei ihrer Größe sicher eher selten anbot.

„Also“, sagte ich, „was wisst ihr über unseren Freund Justin?“ Camilla und Wolfi hatten erwähnt, dass River an einige interne Informationen gekommen war.

„Ganz die Geschäftsfrau.“ River grinste Cole an. „Das gefällt mir.“

„Was ist mit Justin?“, fragte Cole nur.

River lehnte sich in seinen Sessel zurück und nippte an der bernsteingelben Flüssigkeit in seinem Glas. Irgendwas Alkoholisches, jedenfalls roch es ziemlich streng.

„Ich habe ein paar Spione bei Anima. Sie können nicht genau sagen, was die da oben planen, sondern wissen nur, dass etwas Großes in Vorbereitung ist. Wir haben ihre Lagerhäuser beobachtet.“

Mehrzahl. Nicht Einzahl. „Wir wollen die Adressen aller Lager, von denen ihr wisst.“

Er nickte. „Natürlich. Aber die sind schon wieder geräumt worden. Alle, nicht nur das eine, in dem ihr wart.“

So liebenswürdig inzwischen. Er erwartete garantiert eine Gegenleistung.

„Ihr hättet uns warnen sollen“, sagte Cole.

„Hättest du mich denn gewarnt?“, fragte River und zog die Augenbrauen hoch.

„Nein“, gab Cole zu. „Doch das sollten wir ändern, denke ich.“ Eine Feststellung, keine Frage. „Wir stehen in diesem Kampf auf derselben Seite.“

River blinzelte erstaunt. Offensichtlich hatte er angenommen, Cole sei nicht so einsichtig.

„In den vergangenen Wochen hatten die Aktivitäten in den vier Lagerhäusern zugenommen, aber wir konnten nichts Außergewöhnliches beobachten. Bis zu dem Abend vor zwei Tagen.“

Ich versteifte mich. Eigentlich wollte ich die fürchterlichen Einzelheiten über Collins Tod nicht hören, doch es ging wohl nicht anders. Wir mussten alles erfahren.

Cole war genauso angespannt wie ich.

„Sie haben den Typ mit dem rasierten Kopf zuerst reingebracht“, berichtete River.

„Collins“, sagte ich leise.

„Von wo aus hast du das beobachtet?“, wollte Cole wissen.

Ich blinzelte die Tränen weg.

„Ich war in den Dachsparren“, sagte River.

Ich versuchte, mich an die Räumlichkeiten im Lagerhaus zu erinnern. Das Dach … hatte wuchtige hölzerne Trägerbalken.

„Sie haben ihn in die Mitte der Halle gebracht und zwangen ihn, sich hinzuknien“, fuhr der Z-Jäger fort, mit jedem Satz wurde sein Tonfall grimmiger. „Der andere, der Dunkelhaarige, wurde ein paar Minuten später reingeschleppt. Er war so stark betäubt, dass er nicht mehr stehen konnte, deshalb ließen sie ihn neben – Collins habt ihr ihn genannt? – einfach fallen.“

Immer stark bleiben.

„Die Anima-Leute berieten sich untereinander. Sie beschlossen, dass sie nur einen Zombiejäger brauchten.“

Es war, als hätte River irgendeinen Schalter bei sich gedrückt. Im ersten Moment war er lebhaft, im nächsten merkwürdig gefühllos.

„Einer hat die Pistole gezogen und euren Jungen einfach erschossen, dann warfen sie ihn durch die Luke im Boden. Es tut mir leid.“

Cole atmete tief ein.

Mir war klar, dass er sich gerade vorstellte, was Collins durchgemacht hatte. Das wusste ich, weil ich genau das Gleiche tat. In unseren Gedanken würde wohl ewig ein Video ablaufen. Wie Collins von der Wucht der Kugel getroffen wurde. Wie sein Hirn als graue Flüssigkeit vermischt mit Blut aus der Wunde in seinem Kopf spritzte. Wie er auf den Boden sackte.

Kein Wunder, dass sie dort Sand gestreut hatten. Der sollte das alles aufsaugen. Was für ein grausamer, entsetzlicher Tod. In jeder Beziehung falsch. Ich krallte die Fingernägel in meine Oberschenkel. Jetzt hätte ich Cole gern getröstet, war jedoch selbst vollkommen erschüttert. Es kostete mich einige Kraft, mich nicht einfach zusammenzurollen und zu heulen.

„Sie haben den Dunkelhaarigen in einen Wagen verfrachtet und sind weggefahren“, berichtete River weiter. „Einer meiner Leute stand an der Straße bereit und folgte ihnen. Bisher habe ich aber noch nichts von ihm gehört. Ein paar von den Jungs suchen gerade nach ihm.“

Sosehr mir dieser Gedanke auch missfiel … Rivers Mann war höchstwahrscheinlich nicht mehr am Leben, sonst hätte er sich längst gemeldet.

„Wir möchten sofort erfahren, wenn er gefunden wird“, sagte Cole.

„Natürlich.“ River zögerte kurz, bevor er sagte: „Ich erwarte allerdings eine Gegenleistung.“

Cole nickte. Inzwischen wirkte auch er emotionslos, als hätte er den gleichen Schalter betätigt wie River. Jemand, der ihn nicht so gut kannte, hätte ihn für herzlos halten können. Aber ich kannte ihn und wusste, dass er sich genauso wie ich zusammenreißen musste, um nicht die Fassung zu verlieren. Ich lehnte den Kopf an seine Schulter. Meine Augenlider wurden von Sekunde zu Sekunde schwerer, und ich blinzelte angestrengt, um sie offen zu halten.

„Normalerweise fordere ich einen hohen Preis für derartige Informationen", sagte River. „Aber das Einzige, was ich von dir will, ist ein gleichwertiger Austausch. Ich möchte wissen, was immer ihr in Erfahrung bringt."

Bitte! Er würde mehr verlangen, und das sehr bald, keine Frage. Auf seiner Stirn stand in großen Lettern: Her damit!

„Ist in Ordnung", erwiderte Cole. „Was ist mit euren Spionen in der Firma? Haben die keine Informationen?"

„Nicht direkt. Sie sind noch nicht in die höheren Etagen aufgestiegen. Doch sie hören sich um, und sie werden nicht eher aufgeben, bis sie was erfahren haben. Anima hat dein Team schwer geschädigt, aber sie tun so, als wäre unsere Truppe dafür verantwortlich. Was bedeutet, dass sie entschlossen sind, uns alle außer Gefecht zu setzen, und zwar schnell."

„Und wenn sie es nicht selbst schaffen, wären sie sehr zufrieden, uns die Arbeit erledigen zu lassen, indem wir uns gegenseitig umbringen." Cole rieb sich sein stoppeliges Kinn.

River nickte. „Genau. Übrigens, nachdem ihr das Lagerhaus verlassen habt, habe ich ein Team durchgeschickt, genauso durch die Straßen. Wir haben eure Spuren verwischt. Sie bringen euren Jungen weg und begraben ihn mit unseren Z-Jägern. Falls ihr einverstanden seid."

Waren die beiden aufgestanden und weggegangen? Sie klangen mit einem Mal so weit entfernt, als wären sie auf der gegenüberliegenden Seite des Raums. Ich versuchte die Augen zu öffnen, ohne Erfolg. Und dann hörte ich überhaupt keine Stimmen mehr. Ich schwebte … driftete weg …

Oh mein Gott, da waren Helen und das kleine Mädchen in einem Schlafzimmer. Das Mädchen, jetzt ungefähr fünf Jahre alt, saß auf einem ungemachten Bett, während Helen Spielsachen und Kleidungsstücke in eine Tasche packte.

„Ich will nicht von dir weg, Mommy. Bitte."

„Es tut mir so leid, mein Schatz, aber es geht nicht anders."

Tränen strömten dem Mädchen über die Wangen.

„Mommy hat so viele Fehler gemacht. Das ist die einzige Möglichkeit, um alles wieder in Ordnung zu bringen. Damit du so leben kannst, wie du es verdient hast."

„Ich will nicht so leben, wie ich es verdient habe. Ich will bei dir bleiben."

Helen erstarrte. Sie hatte dem Mädchen den Rücken zugewandt, aber ich sah ihr Gesicht. Sie unterdrückte einen Schluchzer und blinzelte die Tränen fort. Es brach mir das Herz. Ihr Schmerz war so greifbar, ich verstand nicht, wie sie das aushielt.

Irgendwie riss sie sich zusammen, wischte sich über die Augen und drehte sich mit einem aufgesetzten Lächeln zu ihrer Tochter um. „Du musst es einfach sehen wie ein Abenteuer."

„Nein", widersprach das Mädchen verzweifelt.

„Du wirst endlich deinen Vater kennenlernen. Ich habe ihm viel von dir erzählt, und er freut sich schon so, dich zu sehen."

„Mir egal."

Helen hockte sich vor die Kleine. „Hör mir zu. Ich weiß, dass du es überhaupt nicht magst, wenn wir zu den Leuten mit den weißen Kitteln gehen. Sie stechen dich mit Nadeln. Sie schnallen dich auf einen Tisch, und egal, wie sehr du dich wehrst, du kannst dich nicht losmachen."

Das Mädchen schauderte.

Ich musste wegsehen. Meine Aufmerksamkeit wurde auf einen Kalender an der Wand gelenkt. Demnach hatte dieses Ereignis vor elf Jahren stattgefunden. Das Mädchen war vielleicht ein Jahr älter als ich derzeit.

„Nun, sie wollen dich ganz bei sich behalten. Sie wollen dich mir für immer wegnehmen."

Die Kleine schüttelte heftig den weißblonden Lockenkopf.

„Das will ich aber nicht. Und deshalb musst du weggehen. Dein Daddy wird dafür sorgen, dass dir niemand etwas tut."

„Komm mit. Komm mit mir zu meinem Daddy. Bitte, Momma, bitte."

Schmerz … Verzweiflung … so stark, dass selbst ich es fühlte. Schick sie nicht weg, dachte ich. Sie braucht dich, so wie du sie brauchst.

Helen ließ sich nicht beirren und packte weiter. „Ich habe schon alles vorbereitet. Deine Reise ist bis in alle Einzelheiten geplant. Sie werden denken, dass du … Nun, für dich ist es am wichtigsten zu wissen, dass du vor denen keine Angst mehr zu haben brauchst.“

Die Szene verblasste und verschwand aus meinem Blick. Ich wollte dortbleiben, versuchte, mich an den Wänden festzuhalten, krallte meine Nägel hinein.

„Ali, mein Liebling, wach auf.“

Coles Stimme erschreckte mich, und ich richtete mich keuchend auf.

Starke Arme umfassten mich und drückten mich hinunter. Ich lag an einer warmen, festen Brust. Sehr vertraut. Ich entspannte mich.

„Du hast um dich geschlagen. Ist alles in Ordnung?“, wollte er wissen und strich mit den Fingerspitzen meinen Rücken entlang.

Ich erschauerte. „Ein Albtraum.“ Für Helen und das kleine Mädchen.

Warum sah ich sie in meinen Träumen?

„Ich bin ein wirklich guter Albtraum-Jäger“, sagte Cole lächelnd. „Willst du mir davon erzählen?“

Auf keinen Fall. „Wo sind wir?“ Mondlicht schien in den Raum, der mir unbekannt war. Außer dem Bett sah ich einen Schreibtisch und eine Kommode. Die Tapete war teilweise von den Wänden gefallen, und der dunkle Teppich war an einigen Stellen durchgewetzt.

„Wir sind bei River“, sagte er leise. „Erinnerst du dich nicht? Er hat uns für heute Nacht ein Zimmer zur Verfügung gestellt.“

Das war ja alles schön und gut, aber … „Können wir ihm denn genug vertrauen, um hier zu schlafen?“

„Im Moment haben wir gar keine andere Wahl. Wir brauchen seine Hilfe.“

„Und er braucht unsere“, erinnerte ich ihn.

„Ja. Morgen früh werden er und Milla uns zu Ankh begleiten. Wir haben ihre Zentralstelle gesehen, jetzt wollen sie unsere besuchen.“

Zuerst mal: Cole durfte Rivers Schwester bei ihrem Spitznamen nennen, ich aber nicht?

Ich hätte kotzen können!

Dann: Rivers Wunsch, das Haus von Mr Ankh zu sehen, war ziemlich verdächtig, doch nachvollziehbar. Das konnte ich ihm nicht vorhalten.

„Ich kann es nicht glauben, dass ich eingeschlafen bin und den Rest eurer Unterhaltung nicht mitbekommen habe“, grummelte ich.

„Ich schon. Dein Akku ist leer. Du brauchtest Erholung.“ Er strich mir über die Wange, mein Kinn … meinen Hals … Immer tiefer, bis er mit dem Finger eine Linie zwischen meinen Brüsten zog. „Aber jetzt bist du wach“, flüsterte er heiser. „Und brauchst offensichtlich Ablenkung.“

Wieder erschauerte ich, diesmal war die Ursache eine süße, heißere Emotion. „Wirst du womöglich etwas dafür tun?“

„Auf jeden Fall.“ Er senkte den Kopf und presste den Mund auf meine Lippen.

Ich öffnete sie für ihn, hieß ihn willkommen, und er ließ mich seine Zunge spüren, schmiegte sie an meine, langsam, als wollte er sie kosten und den Geschmack genießen. Instinktiv schlang ich die Arme um ihn und zog ihn noch enger an mich. Er drehte mich auf den Rücken und legte sich mit seinem ganzen Gewicht auf mich. Er war schwer, aber das Gefühl, als er sich an mich drückte, war einfach unglaublich. Er war mein Schutzschild. Schützte mich vor Furcht, Reue, Trauer und Schmerz. Hier waren nur ich und die Lust.

Cole hob den Kopf, um mir in die Augen zu sehen. Seine Lippen waren vom Küssen gerötet und angeschwollen.

„Nicht aufhören!“, drängte ich.

Mit den Daumen zeichnete er die Linie meiner Wangenknochen nach. „Du bist so schön.“

So, wie er mich gerade ansah, fühlte ich mich auch schön. Ich strich ihm mit den Fingern durchs Haar und zog ihn mit leichtem Druck wieder zu mir herunter. „Ich will mehr.“

Vielleicht spürte er meine Verzweiflung. Vielleicht hatte ihn mein Flehen auf Touren gebracht, vom Sieden zum Kochen. Sein Kuss veränderte sich jedenfalls. Da war nichts Vorsichtiges mehr. Er stieß mit plötzlicher Entschlossenheit die Zunge in meinen Mund, forderte eine Reaktion. Die gab ich ihm, ohne mich zurückzuhalten. Als wenn ich das gekonnt hätte. Mein Blut war erhitzt, jeder Zentimeter meiner Haut prickelte.

Er zog mir mein Hemd nicht aus, sondern schob es nur so weit wie möglich nach oben. Camilla hatte mir keinen BH geliehen, also trug ich nichts darunter.

Cole löste sich von meinen Lippen, sofort stöhnte ich enttäuscht. Dann senkte er den Kopf und küsste meine entblößte Haut. Das war … es war … sooo gut. Wunderbare Empfindungen schossen wie Pfeile durch meinen Körper. Cole berührte mich mit den Lippen, den Zähnen, der Zunge, und bald wand ich mich vor Lust auf der Matratze.

„Cole", stöhnte ich. „Du musst … alles …" Oh ja!

„Ja …"

Endlich!

Ich krallte meine Finger in seine Schultern. „Gibst du mir … alles?" Hatte ich ihn wirklich gerade mit atemloser Stimme angefleht?

„Nicht alles …"

Unter schweren Lidern sah er mich fast gequält an. Wenn er mich genauso inbrünstig wollte wie ich ihn, dann hing seine Beherrschung nur noch an einem seidenen Faden.

„Das erste Mal wird nicht hier stattfinden. Aber ich gebe dir mehr."

Mehr. Ja. „Tu's!"

Er senkte den Kopf wieder, um mich auf den Mund zu küssen. Es war ein heftiger, heißer Kuss, wollüstig und schamlos, und ich genoss jede Sekunde davon. Coles Hände waren überall auf meinem Körper … überall. Da, wo ich ihn am dringendsten brauchte. So hatte er mich noch nie berührt.

In diesem Augenblick spürte ich, dass sich die Verbindung zwischen uns vertiefte. Ich keuchte unzusammenhängende Sätze und bog mich ihm entgegen. Es war, als wäre ich nicht mehr nur einfach Ali Bell, sondern von Cole Holland als sein Eigentum markiert. Als wenn ich nicht allein wäre und nie wieder allein sein würde. Als wenn ein Teil von Cole von nun an immer bei mir sein würde, auch wenn wir uns beide auf entgegengesetzten Kontinenten befänden.

„Sag mir, wenn ich die richtige …", begann er.

Ich keuchte auf und schob ihm meine Hüften entgegen.

„… Stelle finde", beendete er den Satz.

Ich wurde vollkommen vom Glückstaumel mitgerissen, jeder Gedanke, der sich formen wollte, löste sich in der Hitze auf. Ich atmete heftig, Schweißperlen bildeten sich auf meiner Haut. Was er mich fühlen ließ … es war zu viel … was er tat … es war kaum auszuhalten und doch nicht genug … und … und dieser Druck, der sich aufbaute … und weiter aufbaute …

Dann …

Etwas in meinem Inneren brach in Stücke. Nein, es brach nicht, es explodierte. Es war wundervoll, umwerfend, fast beängstigend. Als wäre jeder Zentimeter von mir bloßgelegt. Ich fühlte mich auf eine Art verletzlich, die ich bisher nicht gekannt hatte. Es gab keine Geheimnisse mehr. Keine Barriere. Nichts, das mir Schutz bot.

Nur Cole.

Das Gefühl der Verbundenheit war noch stärker als vorher. Wir hatten uns auf ein neues Level katapultiert. Von dem ich nicht gewusst hatte, dass es existierte. Ich stellte fest, dass ich Cole nicht nur mein Leben anvertraute, sondern meine Zukunft. Wusste, dass er mich schätzte und mich nicht im Stich ließ. Immer offen zu mir war. Dass meine Gefühle und mein Wohlergehen für jede seiner zukünftigen Entscheidungen wichtig waren.

Ich lag außer Atem und verschwitzt da, aber das war mir egal. Ich hätte am liebsten laut gelacht. „Das war phänomenal."

„Ja", erwiderte Cole heiser.

Er war ganz klar nicht so zufrieden wie ich. Seine Pupillen waren geweitet und sein Gesicht wirkte angespannt. Ich musste nicht Einstein sein, um zu ahnen, wo das Problem lag. Er musste das fühlen, was ich gerade gefühlt hatte. Brauchte diese … Explosion.

„Sag mir, was ich machen soll", bat ich ihn.

Seine Pupillen wurden noch größer. „Willst du das wirklich?"

„Ja." Oh ja!

Mit rauer Stimme sagte er mir, was ich tun sollte. Ich folgte seinen Wünschen und fügte hier und da eigene Kunstgriffe hinzu.

Er schob seine Finger in mein Haar, dann krallte er sie in die Laken.

„Ali …"

Mein Name kam wie ein köstlicher Hauch über seine Lippen.

Obwohl ich jetzt nur für ihn da sein wollte, machte es mich genauso an. Zu wissen, dass er das fühlte, was ich gefühlt hatte, dass ich ihn so weit brachte, ihm dieses Gefühl vermitteln konnte, dass er nun meinen Stempel trug, Eigentum von Ali Bell, überall, das war berauschend.

„Ali!"

Diesmal schrie er meinen Namen heraus.

Es war perfekt.

Danach kuschelten wir uns auf dem Bett zusammen, mein Kopf lag an seiner Schulter. Sein Herz raste.

„Ist das immer so?“, fragte ich ihn. Wir waren nicht bis zum Ende gegangen, dennoch. Dieses Erlebnis würde ich als *sehr dicht dran* einordnen.

„So ist es nur, wenn man sich liebt.“

Das glaubte ich auch. Ich wusste, dass er die anderen Mädchen nicht geliebt hatte – es nie gewollt hatte, und doch war ich auf eine Art eifersüchtig, die ich nicht verstand.

„Ich weiß, dass du es weißt, aber ich wiederhole es trotzdem“, sagte Cole, der wohl gemerkt hatte, wie ich mich verkrampfte. „Wenn wir zusammen im Bett liegen, dann ist niemand sonst dabei. Nur du und ich. Ich vergleiche dich mit niemandem. Wie könnte ich auch? Du bist einmalig.“

Er schaffte es, mir mit seinen Worten die Eifersucht zu nehmen, und ich wusste nicht, ob ich nun begeistert oder berührt sein sollte. Warum nicht beides? Ich schnappte mit den Zähnen nach seinem Brustpiercing.

„Für einen großen, harten Jungen kriechst du ganz schön zu Kreuze“, lästerte ich.

„Willst du dich beschweren?“ Er wickelte sich eine meiner Haarsträhnen um den Finger. Eine Angewohnheit. „Ich habe nämlich nicht vergessen, dass ich dich noch übers Knie legen muss.“

Ich schnaufte und lachte gleichzeitig, nicht gerade ein hübsches Geräusch.

Cole grinste. „Ich wünschte, meine Mutter würde noch leben. Sie hätte dich angebetet.“

Ein Mädchen konnte ja hoffen. „Sie war eine Zombiejägerin“, sagte ich und erinnerte mich an das, was er mir von ihr erzählt hatte. Sie war von einer Horde Zombies überfallen und gebissen worden. Das Antiserum hatte bei ihr nicht gewirkt. Später war sie als Untote aus ihrem Grab gestiegen.

Um Cole anzugreifen.

Mr Holland war gezwungen gewesen, sie zu töten – endgültig.

„Ja, und zwar eine gute. Aber sie war sogar noch besser, wenn es darum ging, neue Mitglieder für das Team zu rekrutieren. Sie war diejenige, die Veronicas Mutter zur Crew brachte, eine ehemalige Angestellte von Anima.“

Er hatte eine längere Vorgeschichte mit Veronica, als mir klar gewesen war. Kein Wunder, dass er und Juliana so eng befreundet waren. Sie waren praktisch zusammen aufgewachsen.

Oh, hallo. Die Eifersucht meldete sich zurück.

Nach all dem, was er und ich gerade getan hatten, was uns verband, sollte mich das eigentlich nicht stören. Schlüsselwort: *sollte*.

„Wie geht denn das? Einer ehemaligen Anima-Mitarbeiterin vertrauen?“, fragte ich. „Haben deine Eltern nicht befürchtet, dass sie für Anima spionieren würde?“

„Zuerst schon. Aber sie litt unter einer Art Dämmerzustand, das ist nicht so einfach zu simulieren. Als sie davon geheilt war, hatte sie ihr Gedächtnis verloren. Sie gewann das Vertrauen meiner Eltern, als sie meiner Mutter das Leben rettete.“

Ja, doch selbst das konnte ein Trick gewesen sein. Um genau das zu erreichen. Nicht dass es der Fall gewesen wäre, trotzdem ... „Wie haben deine Eltern reagiert, als du mit Veronica gegangen bist?“

„Zu der Zeit war meine Mutter bereits tot.“

Oje. Das hätte ich wissen müssen. Er war bei ihrem Tod noch zu jung, um mit einem Mädchen zu gehen. „Das tut mir leid.“

„Es hätte ihr bestimmt gefallen“, sagte er leise, und wieder verkrampfte ich mich. „Veronicas Mutter hat nicht allzu viel Interesse an ihren Kids gezeigt, also hat meine Mutter sich um die beiden gekümmert. Mom hat Veronica geliebt.“

Arme Veronica, arme Juliana. Ich hatte gewusst, dass ihre Kindheit nicht leicht gewesen war, aber je mehr ich darüber hörte, desto schlimmer stellte ich es mir vor. Trotzdem drängte sich mir die Frage auf, ob vielleicht die Freundschaft ihrer Mütter Veronicas „Trumpfkarte“ war, mit der sie sich gebrüstet hatte.

Cole gab mir einen Kuss auf die Stirn. „Schlaf jetzt, mein Schatz. Wir haben morgen eine Menge zu erledigen.“

„Noch nicht. Ich muss dir was zeigen.“ Ich gähnte, dann schnappte ich mir mein Smartphone – und entdeckte Hunderte von Textnachrichten von Kat und eine von meiner Großmutter. Ich nahm mir vor, sie später anzurufen, und öffnete die Fotos. „Das habe ich in Camillas Zimmer gefunden.“ Ich beschloss, erst mal nichts von Helen zu sagen. „Kannst du das entziffern?“

Je stärker unser Geist wurde, desto leichter erschloss sich der Code für uns. Im Augenblick war Cole stärker als ich.

Er lehnte sich an das Kopfteil des Bettes und studierte die Aufnahmen eingehend. Ich setzte mich ebenfalls auf und er legte mir einen Arm um die Schultern. Er war das Musterbeispiel von Konzentration.

Dann … oh, du lieber Himmel … bekamen seine violetten Augen plötzlich einen silbernen Schimmer.

Augen waren mehr als Fenster. Spiegel. Es war unheimlich.

Gleichzeitig auch wahnsinnig beeindruckend.

„Zur rechten Zeit am rechten Ort wird das Opfer einer Person zur Befreiung von vielen führen“, las Cole. „Seid bereit. Ihr müsst bereit sein. Bald schon. Sie kommt bald. Seid bereit.“ Cole sah auf. „Das wiederholt sich jetzt immer wieder.“

Ich spürte plötzlich tausend Stecknadeln auf meiner Haut, Furcht überfiel mich. Das Tagebuch, das ich gelesen hatte, war in der Vergangenheit geschrieben. Hier war von der Zukunft die Rede. Wer hatte diesen Text verfasst? Und woher wollte der Autor wissen, was passieren würde? Eine Zombiejäger-Fähigkeit? So etwas wie unsere Visionen?

„Wer ist sie?“, sagte ich mehr zu mir selbst. „Diejenige, die geopfert werden wird?“

„Keine Ahnung.“

„Vielleicht …“ Als ich erneut gähnen musste, strich mir Cole mit den Fingerspitzen über die Augenlider und drückte sie zu.

„Schlaf jetzt“, sagte er wieder und zog mich aufs Kissen hinunter. „Wir sprechen morgen früh, Ali-Gator.“

„Aber ich muss noch die SMS …“ Dann war ich schon abgetaucht.

Sonnenlicht fiel auf unser Bett und weckte mich. Ich öffnete die Augen, bemerkte, dass ich in Coles Arme gekuschelt lag, und lächelte. Er hatte mich die ganze Nacht nicht losgelassen, hatte mich an sich gezogen, als könnte er den Gedanken nicht ertragen, auch nur eine Sekunde von mir getrennt zu sein.

Ich gab ihm einen Kuss und setzte mich auf, das Haar hing mir wirr auf die Schultern.

„Schlaf noch ein bisschen“, murmelte er und versuchte mich zurückzuziehen.

Lachend sah ich ihn an. Seine Augen waren halb geschlossen, doch das änderte nichts. Unsere Blicke trafen sich, und das Zimmer um uns herum verschwand …

… wir befanden uns im Wald, der Mond stand voll und golden hoch am Himmel. Das Eis war größtenteils verschwunden, aber es konnte

erst vor Kurzem geschmolzen sein, da der Boden nass und matschig war. Cole kniete vor einem dicken Baumstamm. Blut floss über seine Wangen und sein Hemd, beide Hände waren rot davon. Darauf starrte er, als könnte er nicht fassen, was er da sah.

Ich lief an ihm vorbei, als würde ich ihn gar nicht richtig wahrnehmen.

Er blickte zu mir hoch, eine einzelne Träne rollte ihm über die Wange. „Ich habe es versucht", krächzte er. „So sehr versucht ..."

Lautes Klopfen an der Tür riss uns aus unserer Vision.

Verdammt! Verflixte Unterbrechung! Was hatte Cole in diese Situation gebracht? War er ernsthaft verletzt gewesen? Was war mit mir passiert, warum hatte ich diesen glasigen Blick?

Darf mir jetzt nicht den Kopf darüber zerbrechen.

Aber mir lief eine Träne über das Gesicht.

„Es wird alles gut", sagte Cole und strich mir über die Wange.

Wieder das laute Klopfen.

„Wir sind wach!", rief Cole demjenigen zu, der dort hinter der Tür stand.

„Wir brechen in zwanzig Minuten auf. Seid dann fertig, oder ihr bleibt hier zurück!"

Milla. Offensichtlich ein Morgenmuffel. „Viel Glück dabei, ohne uns in Mr Ankhs Haus zu kommen!", rief ich.

Cole gab mir einen Kuss auf die Stirn und stand auf. Er war nackt und es störte ihn überhaupt nicht, dass ich einen ungetrübten Blick auf seinen Hintern hatte.

„Nimm eine Dusche und mach dich fertig", sagte er, während er seine Boxershorts überzog.

Buh, zisch ...

„Mach, was du machen musst", fügte er hinzu. „Ich bin dran, wenn du durch bist."

Wir würden also nicht über die Vision sprechen.

Die Vision.

Als mir wieder einfiel, was wir gerade gesehen hatten, rannte ich ins Bad und schloss mich ein. Nicht dass es mir helfen würde. Wenn Cole hereinkommen wollte, würde er auch hereinkommen. Geschlossene Türen hatten ihn bisher noch nie aufgehalten. Ich wollte nur nicht, dass er ... mich beim Heulen erwischte.

In die hintere Kammer damit.

Ich versuchte es. Ich versuchte es wirklich. Aber die Türen zu dieser Kammer drohten aus den Angeln zu reißen. Tränen rannen mir übers Gesicht. Wir hatten in letzter Zeit so viel durchgemacht. Und zu wissen, dass uns noch so viel bevorstand …

Ich drehte das Wasser der Dusche voll auf, um meine Schluchzer damit zu übertönen.

Wenn das Sprichwort zutraf, das besagte, was uns nicht umbringt, macht uns stärker, würde ich das stärkste Mädchen auf dieser verdammten Welt werden.

Im Augenblick hing so viel von jeder Entscheidung ab, die ich fällte. Was ich tat, was ich sagte, wem ich vertraute, würde mir entweder helfen oder mir schaden – würde Cole entweder helfen oder ihm schaden. Es würde uns aus dem Gewitter hinausführen oder uns weiter hineinziehen. Ich weiß, manchmal waren Gewitter notwendig. Auch die Blumen mussten Wasser haben. Aber … nun.

Während die Tränen weiterflossen, stieg ich in die Duschkabine und wusch mich. Als ich mich abtrocknete, hatte ich mich endlich beruhigt. Ich zog die Sachen an, die ich mit ins Bad genommen hatte – urgh, die schmutzigen Sachen. T-Shirt, kein BH. Shorts, kein Slip.

Eine Dampfwolke quoll aus der Kabine, als ich herauskam. Cole wusste oft, was ich brauchte, bevor ich ein Wort sagte. Diesmal war es wieder der Fall. Er hatte mir eine saubere Jogginghose und eine Jacke aufs Bett gelegt.

Jedes Mädchen sollte einen Cole Holland für sich haben. Aber nicht meinen!

„Mein Vater hat eine SMS geschickt“, sagte er. „Er hat einen Mann ausfindig gemacht, der für Anima gearbeitet hat. Einer auf den höheren Etagen. Der Typ meinte, Anima wäre eine von vielen Geschäftsstellen, die zu einer Dachfirma gehören. Sie machen eine Menge Geld mit medizinischen Patenten, die Chefin ist eine gewisse Rebecca Smith.“

Smith. „Wie geheimnisvoll“, murmelte ich.

„Ja, der Name ist sicher falsch, aber es ist schon mal was. Dad ist weiter dran und meldet sich, sobald er mehr herausgefunden hat.“

Cole hielt ein Bündel Klamotten in der einen Hand und strich mir mit den Fingerspitzen der anderen über die Wange, als er an mir vorbeiging. Mir war klar, dass er meine Tränenspuren sah.

„Es wird alles gut", sagte er noch einmal und schloss die Badezimmertür hinter sich.

Ich zog die frischen Sachen an, trocknete mein Haar mit dem Handtuch und lud Optimisten-Ali zu mir ein. *In der Vision ist er voller Blut, ja, aber er ist nicht tot. Das ist doch schon mal was, oder?*

Richtig.

Da ich wusste, Pessimisten-Ali war nicht weit, sang ich in Gedanken „La, la, la", während ich Socken und Stiefel anzog, die ebenfalls für mich bereitstanden. *La, la, la, la, heute wird ein guter Tag. Ich werde Cole beschützen. Ich werde herausfinden, wo Justin steckt.*

Ich nahm mein Smartphone vom Nachttisch und checkte die Textnachrichten, die Kat und Nana mir geschickt hatten.

Kat: *Habe gehört, ihr seid mit einem anderen Team zusammen. Schmetterlinge fangen? Oder muss ich schnell mit Stemmeisen und Alibi rüberkommen? Vorbereitet sein schadet nie!!!*

Kat: *Übrigens: Du schuldest mir noch einen Mädelstag. Lass uns einen Termin machen, wenn du nach Hause kommst!*

Nana: *Ich vermisse mein kleines Mädchen. Hoffe, alles ist gut. Ich liebe dich!*

Kat: *Nur diesen einen: Was sagt der Zombie zu seiner Verabredung?*

Kat: *Ich lieeebe Frauen mit Gehirrrrrn!*

Ich grinste und feuerte eine Salve von Antworten ab. Zuerst textete ich Kat, dass weder Stemmeisen noch Alibi benötigt wurden, aber dass der Mädelstag so gut wie klar war. Nana schrieb ich, wie sehr ich sie liebte und vermisste und dass alles in Ordnung war.

Cole kam aus dem Badezimmer. Er trug dieselben Klamotten wie am Tag zuvor. Sein Haar war feucht und schimmerte fast bläulich. Ein paar Tropfen Wasser rannen von seinen Schläfen die Wange hinunter und fielen zu Boden. Ich stellte mich vor ihn und rubbelte sein Haar mit dem Handtuch trocken.

Er schloss die Arme um mich und hielt mich fest, atmete einen Moment nur meinen Geruch ein. „Willst du Grund Nummer sechzehn hören?"

„So dringend, dass ich deine Innereien umsortiere, wenn du ihn mir nicht verrätst." Die Gründe, warum er mich liebte, waren für mich genauso wichtig wie das Atmen.

Lächelnd sagte er: „Selbst wenn du weißt, das Ende kommt, willst du mich nicht loslassen."

Das Ende? Nein, nein, nein, das stand nicht zur Diskussion. „Wir fangen gerade erst an", sagte ich und schlug mit dem Handtuch nach ihm. „Es gibt kein Ende." Nicht in den nächsten Jahren. „Du hast gesagt, es würde alles in Ordnung kommen."

„Ich weiß, mein Schatz, ich weiß. Ich rede nicht von der Vision."

Ich entspannte mich, aber nur ein bisschen. „Was dann?"

„Als wir die Vision von dir und Gavin beim Knutschen hatten …"

„Hey! Wir haben nicht geknutscht! Zombie-Ali hat versucht, an ihm zu knabbern."

Cole drückte mir einen Kuss auf den Kopf. „Ich weiß. Der Punkt ist, ich habe dir nicht mehr vertraut, statt an das zu glauben, was ich sah und wusste und fühlte. Du dagegen hast mich geliebt, und du warst bereit, für mich zu kämpfen. Nun, ich möchte, dass du mir wieder vertraust. Dass du weißt, ich werde nirgendwohin gehen."

Vertrauen. Er hatte recht.

Vergangene Nacht hatte ich ihm meinen Körper anvertraut. Heute würde ich dem trauen, was er mir versprach.

„Wie ich schon mal sagte, ich habe dich gerade zurückgewonnen. Nichts und niemand wird in der Lage sein, mich von dir zu trennen, Ali. Nie wieder."

14. KAPITEL

Nichts schöner als Knochen

Während der stundenlangen Fahrt zu Mr Ankhs Haus versuchte ich mein weiteres Vorgehen zu sortieren.

Kernfrage war: Wo hatten Camilla und River diesen verschlüsselten Text her?

Möglichkeiten der Vorgehensweise: Fragen oder nicht nachfragen.

Konsequenzen: Wenn ich fragte, würden sie wissen, dass ich ihn entdeckt hatte. Wenn ich nicht fragte, bekäme ich keine Antwort.

Wäre es so schlimm, wenn sie es wüssten?

Eigentlich nicht. Was könnte im Extremfall passieren? Dass sie mich beschuldigten, geschnüffelt zu haben?

Also tat ich es. Ich fragte.

„Was erlaubst du dir!“, fauchte Camilla mich an. „Du hast in meinen Sachen herumgewühlt!“

„Habe ich nicht.“ Vielleicht hätte ich den Plan noch ein bisschen weiter ausarbeiten und einen besseren Ort für diese Unterhaltung wählen sollen. Ein voll besetztes Auto – schlechte Entscheidung. „Ist es meine Schuld, dass du die Papiere so offen und für jeden sichtbar auf den Schreibtisch gelegt hast? Halt, warte. Lass mich die Frage selbst beantworten, da ich auf jeden Fall ehrlich bin: *Nein*. Nun, wer hat diesen verschlüsselten Text geschrieben, und hast du eine Ahnung, was er bedeutet?“

Die eigentliche Frage lautete: Weißt du, wer „sie“ ist?

River warf mir verärgert einen Blick zu. „Einer unserer Spione hat das Dokument bei Anima gefunden und kopiert. Und nein, wir konnten es bisher nicht entschlüsseln.“

Wahrheit oder Lüge? Ihm vertrauen oder nicht? Beides ging nicht.

„Kannst du’s denn?“, wollte Camilla wissen. „Ich meine, den Text entschlüsseln?“

Verdammt. Egal, was es mich kostete, ich könnte – und würde – nicht lügen. Hatte ich das nicht zu ihr gesagt? „Ja“, erwiderte ich. „Es ist die Rede davon, dass eine Person sich opfert, um viele zu retten, und dass eine *Sie* kommen würde. Was nicht drin steht, ist, wer diese Sie ist oder was sie tun wird.“

„Wie kommt es, dass du den Text lesen kannst?“, fragte River.

Ich presste die Lippen zusammen, weil ich auf keinen Fall das Tagebuch erwähnen wollte.

„Es hat was mit dem Geist zu tun." Cole trommelte mit den Fingern aufs Lenkrad von Mr Ankhs SUV. Rivers Leute hatten den Wagen mitgenommen, ihn aber als Geste des guten Willens zurückgegeben. „Du musst diesen Text mit dem Blick des Geistes lesen, nicht mit dem Verstand."

Mein Handy klingelte. Das Geräusch klang fast wie eine Trompete in der plötzlich im Wagen eingetretenen Stille.

Ich blickte auf das Display. Noch eine Nachricht von Kat.

Alarmstufe Rot. Die Cops sind hier und stellen Fragen wegen Trina & Lucas & Cruz. Was wir gestern Nacht getan haben. Ankh hat nicht gelogen, nur Coles Verletzung nicht erwähnt oder die Zs oder Anima. Hat ihnen sogar gesagt, ihr seid unterwegs hierher und dass Coles Dad auf Geschäftsreise ist und Nana als Assistentin dabeihat. Jetzt zurück in den Löwenkäfig, habe behauptet, ich müsste mal. Will nicht, dass sie denken, ich türme. Bis gleich, viel Glück!

„Leute", sagte ich seufzend. Als könnten wir noch mehr Schwierigkeiten gebrauchen. Diesmal mit der Polizei. „Wir haben ein kleines Problem." Ich las die SMS laut vor. Na ja, das Wesentliche.

River und Camilla fluchten.

„Bei mir standen sie auch schon vor der Tür", sagte River.

Cole hörte auf, mit den Fingern aufs Lenkrad zu trommeln. „Was hast du ihnen erzählt?"

„Dass ich nichts mit dem zu tun habe, was vorgefallen ist. Dann lieferte ich ein hieb- und stichfestes Alibi."

Ich hätte wetten können, dass sein Alibi aus den Reihen seiner Leute gekommen war. Was bedeutete, die Polizei hatte es ihm sicher nicht abgenommen. Und falls sie jemals Collins finden sollten … „Wird es positiv für uns sein, wenn wir zusammen auftreten, oder eher negativ?"

„Positiv", sagte Cole, und gleichzeitig erwiderte River: „Negativ."

Großartig.

„Warum sollten wir sie nicht wissen lassen, dass wir zusammenarbeiten, um die Leute zu finden, die uns fertig machen wollen?", fragte Cole. „Wenn sie uns nämlich verfolgen, und ich bin sicher, dass sie das tun, sehen sie uns sowieso zusammen und fragen sich, wieso wir nichts von unserer Connection erwähnt haben."

River dachte einen Moment darüber nach und nickte. „Okay. Aber wenn du mich an die verkaufst, bringe ich dich um."

Oje, bloß nicht. Todesdrohungen waren nicht erlaubt. „Sag so was noch mal und ich sortiere dir deine Eingeweide neu."

River schauderte theatralisch.

Cole streckte eine Hand aus und tippte mir auf die Nase – ich hatte auf dem Beifahrersitz bestanden.

„Das ist süß von dir, Schatz. Ich könnte mir glatt wünschen, dass er den Satz wiederholt. Später. Aber erst mal wollen wir alle ein ganz freundliches Gesicht machen. Wir sind nämlich da."

Das Eisentor, das Mr Ankhs Grundstück vom Rest der Welt abschirmte, öffnete sich mittels eines Sensors am Wagen automatisch. Weder River noch Camilla zeigten sich angesichts der ausladenden Villa mit den Alabastersäulen und den Rundumbalkonen besonders beeindruckt. Ich fragte mich, ob das etwas mit ihrem Stolz zu tun hatte. Davon schienen sie mehr als die meisten anderen zu haben.

In der Einfahrt stand eine Zivil-Limousine. Cole parkte dahinter. Wir legten alle unsere Waffen ab und versteckten sie unter den Sitzen und in Nischen, in denen sie niemand finden konnte.

Ich war zuerst fertig, stieg in die kalte Morgenluft hinaus und atmete tief durch. Nebel bildete sich vor meinem Gesicht. Ich hatte das Gefühl, mein feuchtes Haar würde zu Eiszapfen gefrieren, während ich den Himmel nach einer Kaninchenwolke absuchte. Als ich eine entdeckte, tanzte mein Herz Tango. Also würden wir heute Nacht außerdem noch gegen Zombies kämpfen müssen.

Großartig! Wir hatten überhaupt keine Zeit dafür.

Äh ... Eine Zombiejägerin, die keine Zeit für Zombies hatte? Ich sollte mir wirklich den Hintern versohlen lassen, ich war ja so verdammt blöd.

Cole tauchte an meiner Seite auf. Wir gingen Hand in Hand hinein, River und Camilla folgten uns.

„Eine Kaninchenwolke", flüsterte ich.

Cole verspannte sich, sagte aber: „Wir werden bereit sein, keine Sorge."

Kaum waren wir im schützenden Haus, umfing uns Wärme, doch wir konnten uns nicht entspannen. Was für eine Befragung erwartete uns?

„Cole?", rief Mr Ankh.

„Ja“, antwortete der, als erwarte er nichts Ungewöhnliches.

„Komm bitte in mein Arbeitszimmer. Und bring Miss Bell mit.“

Okay. Das war's.

Das Spiel begann.

Zu viert gingen wir ins Arbeitszimmer, unsere Stiefelabsätze hämmerten auf den Fliesenboden. Die Flügeltür war geöffnet und gab den Blick auf das frei, was uns erwartete. Zwei Detectives saßen dort. Eine Frau und ein Mann. Er war schätzungsweise Anfang, Mitte dreißig, sie etwa zehn Jahre älter. Keiner von beiden lächelte zur Begrüßung, als sie sich in ihrem Stuhl umdrehten und uns musterten.

Mr Ankh stellte Cole und mich vor, ignorierte aber River und Camilla. Ich nickte Detective Gautier, dem Mann, zu, dann Detective Verra.

„Sie haben ein paar Fragen zur Schießerei neulich Abend“, sagte Coles Vater. „Eure Freunde sollten vielleicht besser draußen …“

„Nein“, unterbrach ihn Gautier. „Sie haben auch damit zu tun, sie können bleiben.“

Bis auf Mackenzie, Veronica und Juliana waren inzwischen alle anwesend. Kat und Reeve saßen zusammen auf der Couch und winkten mir kurz zu. Frosty und Bronx standen neben Mr Ankh, der hinter dem Schreibtisch Platz genommen hatte. Jaclyn hockte mit Gavin auf der Schreibtischkante. Es war wahnsinnig gut, ihn wieder auf den Beinen zu sehen.

Gavin bemerkte, dass ich ihn anstarrte, und zwinkerte mir zu. Ich musste mich zusammenreißen, um nicht zu ihm hinüberzustürmen und ihn zu umarmen. Er sah wirklich nicht wie ein Typ aus, der gerade eine lebensgefährliche Verletzung gehabt hatte. Er wirkte gesund und munter … und Gott sei Dank schien er dieselbe Nervensäge zu sein wie immer.

Cole nahm den letzten freien Platz auf der Couch und zog mich auf seinen Schoß. River setzte sich auf die Lehne. Ich erwartete, dass Camilla die andere Seite nehmen würde, aber sie richtete sich zu seinen Füßen auf dem Boden ein.

„Berichten Sie uns bitte, was an dem Abend passierte, als der Überfall stattfand“, begann Verra und sah Cole an. Mit ihrem Blick schien sie zu sagen: Kein Scheiß! „Und dann wüsste ich gern, wie es kommt, dass Sie hier mit Ihrem größten Rivalen auftauchen.“

Cole sah sie erstaunt an. „Rivale?“

Gautier klopfte sich mit seinem Kugelschreiber auf den Schenkel. „Sie beide befinden sich doch in einer Fehde, oder nicht?"

„Glauben Sie ernsthaft, was die im Fernsehen berichten? Dass wir rivalisierende Banden sind?", entgegnete Cole schroff. „Tut mir leid, aber das ist wahrscheinlich das Blödeste, was ich je gehört habe."

Beide Polizisten sahen ihn verärgert an.

„Wir sind Freunde und hängen zusammen rum. Das ist alles."

„Das hatten wir doch schon", sagte Mr Ankh.

„Nach dem zu urteilen, was wir gehört haben", sagte Verra, ohne Cole aus den Augen zu lassen, „erscheinen Sie und Ihre Freunde in der Schule ständig mit Schnittwunden und Blutergüssen."

„Und das ist ein Vergehen?", fragte ich.

Jetzt wandten sich beide Polizisten mir zu. Ich glaube, sie erwarteten, dass ich eingeschüchtert reagieren würde, aber ich hatte schon viel Schlimmeres erlebt, ohne klein beizugeben.

Bevor einer von ihnen etwas sagen konnte, meldete sich Cole: „Hören Sie. Ich habe gerade Fernsehen geguckt, als Ali mir eine SMS schickte. Sie fragte mich, ob sie vorbeikommen könnte, und ich sagte Ja."

„Wann war das?", wollte Gautier wissen und machte sich auf einem kleinen Block Notizen. „Und was haben Sie sich angesehen?"

„Es war so etwa drei Uhr. Ich habe die Duck Dynasty gesehen."

„Obwohl es gar nicht im Programm lief?", fragte Verra, die zweifellos glaubte, ihn beim Lügen erwischt zu haben.

„Netflix", sagte Cole mit einem Schulterzucken.

Ein kaum wahrnehmbarer Anflug von Ärger erschien auf ihrem Gesicht, sie wandte sich an mich: „Und Sie? Was haben Sie getan? Warum haben Sie ihm so spät in der Nacht noch eine SMS geschickt?"

Wenn sie unsere Textnachrichten nachverfolgen konnten – und laut Castle aus der gleichnamigen Fernsehserie konnten sie so was – hätten wir ein Problem. Ich musste den Schaden am besten gleich jetzt abwenden.

„Ich habe Zombies gejagt", sagte ich und erntete sofort schockierte Blicke von meinen Freunden. „Wir Kids spielen gern Videogames, wie Sie vielleicht wissen." Stimmte doch.

Ich hörte förmlich das allgemeine erleichterte Ausatmen.

„Warum haben Sie Mr Holland so spät in der Nacht noch eine SMS geschickt?", wiederholte die Polizeibeamtin.

Ich hob die Schultern. „Ich war auf und konnte nicht schlafen." Das war die Wahrheit, nur mit ein paar Auslassungen.

„Sie hat mich besucht", sagte Cole. „Wir …" Er ließ den Blick durchs Zimmer schweifen. Ich wusste, dass er es hasste, mit anderen Leuten über so persönliche Angelegenheiten zu reden. Vor allem mit Fremden. „Wir waren abgelenkt. Jemand hat von draußen geschossen. Die Fensterscheibe zersplitterte."

Gautier tippte wieder mit dem Kuli auf seinen Schenkel. „Wir waren bei Ihnen zu Hause. Jemand hat versucht, in Ihrem Zimmer alle Spuren zu verwischen. Doch nur, weil man etwas nicht sieht, heißt das nicht, dass es nicht da ist. Wir haben Blut auf dem Fußboden gefunden."

„Die Kugel hat meine Schulter gestreift. Ich habe mich schon davon erholt."

Wie nett. Die Kugel hatte seine Schulter gestreift … aber sicher, nachdem sie durch seine Muskeln gefetzt und auf der anderen Seite wieder ausgetreten war.

„Das Blut stammt von mir", fuhr Cole fort. „Sie können mir gern eine Probe abnehmen und sie mit dem, was Sie gefunden haben, vergleichen. Und klar, mein Vater hat versucht, alles sauber zu machen. Er wollte nicht, dass ich zwischen Scherbenhaufen und Blutflecken schlafen muss. Ich wusste nicht, dass so was ein Verbrechen ist."

„Behinderung der polizeilichen Untersuchung ist immer ein Verbrechen." Verra machte sich ebenfalls Notizen. „Sie sind angeschossen worden, warum sind Sie nicht zur Polizei gegangen? Oder haben zumindest angerufen? Wieso waren Sie nicht im Krankenhaus?", wollte sie wissen.

Cole legte das Kinn auf meine Schulter. „Wie Sie sehen, geht es mir gut. Ich musste nicht ins Krankenhaus gehen und Hunderte von Dollar für einen Verband und ein paar Ibuprofen ausgeben. Und die Polizei habe ich nicht angerufen, weil ich gar nicht wusste, was los war. Als mir das dann klar wurde und ich von den anderen erfahren habe, da, na ja, ich hatte keine Ahnung, wem ich trauen konnte."

Ehrlich und überzeugend.

„Wo ist Ihr Vater jetzt?", fragte Gautier.

„Er ist Reiseautor, meistens weiß ich nicht genau, wo er sich gerade aufhält. Wenn er unterwegs ist, wohne ich bei Ankhs."

Mr Holland war Reiseautor? Stimmte das?

„Es erscheint schon merkwürdig, dass er seinen Sohn allein lässt, nachdem der am Tag vorher angeschossen wurde", sagte Detective Verra.

Cole lächelte sie mitleidig an. „Ich bin bereits erwachsen und sehr gut in der Lage, selbst auf mich aufzupassen. Das weiß er."

Detective Gautier stieß noch ein bisschen nach: „Haben Sie seine Flugdaten? Wir würden ihm gern ein paar Fragen stellen."

„Habe ich nicht", entgegnete Cole. „Das Letzte, was ich hörte, war, dass er mit dem Auto fahren will."

„Verstehe." Verra wandte sich wieder an mich. „Und Ihre Großmutter ist ebenfalls weggefahren?"

„Ja", sagte ich. „Ich wohne auch bei Mr Ankh."

Jetzt warf sie Mr Ankh einen Blick zu. „Sie müssen sich ja um eine Menge Kids kümmern."

„Es sind ja nicht alles Kinder. Wie dem auch sei, hier sind sie sicher", sagte er und formte auf der Schreibtischablage ein Dach mit beiden Händen. „Ich habe ein Sicherheitssystem, von dem andere nur träumen können."

„Und dieses System brauchen Sie, weil …?"

Sie wollte nicht lockerlassen.

„Mir ist klar, dass Sie nur Ihren Job machen", sagte Cole, bevor Mr Ankh darauf antworten konnte. „Dass Sie die Leute finden wollen, die meine Freunde getötet und mich angeschossen haben. Darüber bin ich echt froh. Ich will die Verantwortlichen genauso finden. Ich will, dass sie zahlen. Aber mein Vater hatte damit nichts zu tun und Mr Ankh auch nicht. Natürlich braucht er eine Alarmanlage. Sehen Sie sich doch um, was hier im Haus an Werten steht und hängt."

Ohne Ihnen Zeit zu lassen, darauf etwas zu erwidern, fuhr er fort: „River ist genauso wenig dafür verantwortlich. Ja, ich habe die Nachrichten gehört. Deshalb wollte ich unbedingt mit ihm reden. Er hat mich davon überzeugt, dass er es nicht getan hat, dass man ihn reinlegen will. Also hoffe ich, dass Sie für Ihre Nachforschungen bessere Möglichkeiten haben als wir und herausfinden, was passiert ist."

Gautier richtete sich im Stuhl auf, als hätte ihn jemand an einem unsichtbaren Faden hochgezogen. „Denken Sie nicht einmal daran, sich zu rächen, mein Junge. Wenn Sie unsere Untersuchungen stören, werden Sie sich hinter Schloss und Riegel wiederfinden."

Niemand von uns machte irgendwelche Versprechen.

Wie auf ein Zeichen erhoben sich beide Detectives von ihren Plätzen.

„Ich denke, fürs Erste ist es genug. Vielen Dank für Ihre Zeit", sagte Verra. „Wir bleiben in Verbindung."

Ich war mir sicher, dass sie das vorhatten.

Ihre Schritte hallten, als sie zur Tür gingen. Eine Minute später schnurrte der Automotor. Erst da seufzten alle im Zimmer erleichtert auf.

Cole zog mich in seine Arme. „Tu mir einen großen Gefallen", flüsterte er, „und sorge dafür, dass die Mädchen rausgehen. Ich will, dass River den anderen Z-Jägern von Justin und Collins berichtet."

Der arme Cole. Er musste den ganzen Horror noch einmal durchleben. Dafür würde ich ihn später entschädigen. Ich gab ihm einen Kuss und stand auf. „Kat, Reeve, kommt ihr mit? Ich bin am Verhungern. Ihr könnt mir einen aktuellen Lagebericht geben, während ich die halbe Vorratskammer leer esse. Oder ihr fragt mir Löcher in den Bauch, was bei mir so alles los war."

Die beiden sprangen begierig auf.

„Zuerst stellt mich mal bitte vor", sagte River, der Kat nicht aus den Augen ließ.

Uh-oh. Da war jemand dabei, den großen Bären aufzuschrecken.

„Alles, was du über sie wissen musst", meldete sich Frosty – der große Bär war also bereits aufgeschreckt – und ging zu Kat hinüber. Er umfasste ihren Nacken und gab ihr einen kurzen heftigen Kuss. „Sie gehört zu mir und ich teile nicht."

Zu Kat sagte er: „Bitte vermisse mich, wenn du weg bist."

„Niemals."

„Wie grausam. Du wirst mir aber fehlen."

„Weil du mich mehr liebst als ich dich."

Er lachte laut auf und gab ihr einen Klaps auf den Po. „Jeder weiß doch, dass du mich mehr liebst als ich dich. Und jetzt mach, dass du hier rauskommst, bevor ich dafür sorge, dass du es beweist."

Sie grinste, als sie das Büro verließ.

„Komm nicht auf die Idee, mit der anderen zu sprechen oder sie auch nur anzusehen", warnte Bronx den Z-Jäger und deutete mit dem Daumen in Reeves Richtung. „Sie gehört nämlich zu mir."

Reeve winkte ihm zu.

Mr Ankh ließ den Kopf in die Hände sinken.

„Besitzergreifende Scheißkerle, was?“, sagte River zu Camilla. „Heißt es nicht immer, dass man mit Freunden teilt?“

Camilla war zu sehr damit beschäftigt, Cole anzustarren, um antworten zu können.

Ich verdrehte die Augen, hakte mich bei Reeve unter und zog sie aus dem Zimmer. Kat war bereits in der Küche und schmierte mir ein Erdnussbutter-Marmeladen-Sandwich. Sie hatte was bei mir gut! Ich nahm mir einen Stuhl und setzte mich an den Tisch.

„Vielen Dank!“, sagte ich mehr als dankbar, als sie den Teller vor mich stellte. „Wie geht's dir?“

„Besser.“

Den Eindruck machte sie auch.

„Und wo sind Veronica und Juliana?“

„Haben sich in ihrem Zimmer verkrochen“, erwiderte Reeve und setzte sich auf den Stuhl zu meiner Linken. „Mein Dad wollte nicht, dass sie jemand sieht. Er hat uns gesagt, wir sollen sie vor den Polizisten nicht erwähnen.“

Dann waren sie tatsächlich aus dem Raster entfernt. Ich fragte mich, warum.

„Äh, Ali“, begann Kat und setzte sich zu meiner Rechten.

Oh-oh. „Was ist?“ Der letzte Bissen fühlte sich plötzlich wie ein Klumpen Blei an. „Was ist passiert?“

Die beiden wechselten ängstlich einen Blick.

„Die Jungen haben von ein paar neuen Fähigkeiten gesprochen, die du haben sollst.“ Kat verschränkte ihre Finger ineinander. „Sie meinten, es wäre so dermaßen Un-Torte.“

Für die Zombies, sicher. „Und?“, fragte ich erleichtert.

„Na ja“, sprang jetzt Reeve ein. „Als mein Vater davon erfahren hat, ist er ziemlich blass geworden. Er hat sich in seinen Sessel fallen lassen und sah aus, als würde ihm gleich das Abendessen wieder aus dem Gesicht purzeln, an dem ich eine ganze Stunde lang gearbeitet hatte.“

„Und?“, wiederholte ich. Von den beiden eine Antwort zu bekommen war schlimmer als Zähne ziehen.

Kat knabberte an ihrer Unterlippe. „Er meinte, er kennt nur eine einzige Person, die genau das Gleiche kann wie du. Und die heißt Helen Conway.“

Helen.

Meine Helen.

Das … nun, das bewies, was Helen an dem Tag im Wald gesagt hatte. War das wirklich erst gestern gewesen? Es fühlte sich wie eine Ewigkeit an. Ihre Hand hatte sie über meiner ausgestreckt, und Wärme war durch mich geströmt, während sie mir ihre Fähigkeiten übertragen hatte. Als Geschenk.

„Ali", sagte Kat mit zittriger Stimme. „Helen ist vor zehn Jahren gestorben, als sie für … Anima gearbeitet hat."

15. KAPITEL

Hast du Hirn?

Helen hatte bei Anima gearbeitet.

Die Worte schwirrten durch meinen Kopf, Bestürzung und Enttäuschung überfielen mich, und mir wurde ganz schwindlig. Wenn sie auf der Seite des Feindes gewesen war, warum half sie mir dann jetzt? Um mich zu ködern? Damit sie es nachher leichter hatte, mich zu überlisten?

Wäre schlau, ja. Aber das glaubte ich nicht.

Zuerst einmal war sie eine Zeugin, so wie Emma, und aus irgendeinem Grund war ich als Einzige in der Lage, sie zu sehen. Zweitens konnte ich einfach nicht vergessen, wie schwer es ihr gefallen war, ihre kleine Tochter wegzugeben.

Ein Traum, nichts weiter.

Nein. Das glaubte ich nicht. Inzwischen nicht mehr. Diese Gefühle waren echt gewesen, die Szene zu real. Es war wirklich so passiert, daran zweifelte ich nicht. Mein Herz hatte das schon längst akzeptiert, obwohl ich es nach wie vor nicht verstand. Irgendwie hatte ich die Vergangenheit einer anderen Person sehen können.

Doch es gab noch ein weiteres Rätsel. Helen war vor zehn Jahren gestorben, etwa elf Monate, nachdem sie ihre kleine Tochter weggegeben hatte. Wo war das kleine Mädchen jetzt? Okay, inzwischen nicht mehr klein. Ich dachte an den Kalender und rechnete mir aus, dass sie ungefähr siebzehn sein müsste … vielleicht achtzehn.

Welche verwandtschaftliche Beziehung bestand zwischen uns? Irgendeine existierte. Ich hatte sonst niemanden mit dieser Augenfarbe gesehen. Bisher hatte ich immer geglaubt, dass ich sie von meinem Vater geerbt hatte, obwohl dessen Augen dunkelblau gewesen waren. Äpfel verglichen mit Orangen, musste ich jetzt einräumen.

Wie würde Cole darauf reagieren?

Ich sah Kat an. „Würdest du mich hassen, wenn ich den Mädelstag noch mal verschieben müsste?“

„Nur für eine Minute. Schon hätte ich's überwunden.“

Ich lächelte. „Wenn ich auf Mädchen stehen würde …“

„Ich weiß! Dann wärst du hinter mir her. Du könntest gar nicht anders. Aber das trifft ja auf jeden Menschen hier auf dem Planeten zu.“

Check: Gesundes Selbstwertgefühl? Funktionierte. Ich gab ihr einen Kuss auf die Wange und umarmte Reeve. „Ich danke euch, Mädels."

„Mir ist aufgefallen, dass du mich nicht nach meinen Hassgefühlen gefragt hast", sagte Reeve schnippisch.

„Es sieht dir eher nicht ähnlich, mir aus Ärger die Augen auszukratzen."

Sie nickte. „Da hast du recht."

Ich lief etwa zehn, fünfzehn Minuten vor Mr Ankhs Büro auf und ab, weil ich die Unterhaltung nicht stören wollte. Schließlich gab ich es auf und verkroch mich in mein Zimmer, um das Tagebuch durchzusehen und den Text mit den Aufnahmen in meinem Handy zu vergleichen.

Die Mühe zahlte sich aus. Ich bemerkte, dass eine Seite fehlte, die dicht an der Gummierung herausgerissen worden war. Meine Gedanken überschlugen sich. Die Kopien kamen von Anima. Helen hatte für sie gearbeitet. Wenn sie zur Verwandtschaft meiner Mutter gehörte, könnte sie Zugang zu diesem Tagebuch gehabt haben. Sie hätte das Blatt herausreißen und es an Anima weitergeben können.

Das würde sie zu der Verräterin machen, die Cole in ihr sah.

Keine Zeit, um weiter darüber nachzudenken. Cole kam in mein Zimmer und schloss die Tür hinter sich. Fast schuldbewusst klappte ich das Tagebuch zu und sprang auf.

„Ach, du", sagte ich und schluckte.

Er runzelte die Stirn. „Willst du mich jetzt nicht sehen?"

Doch. Nein. Vielleicht. „Kannst du mir …" Verdammt. „… erzählen, was du über Helen Conway weißt?" Ich konnte dieses Thema nicht länger vermeiden, wollte es auch nicht. „Bitte."

„Was willst du denn wissen?"

Alles. „Irgendwas."

„Warum?"

„Erzähl mir was und ich beschreibe dir meine Gründe."

Er rieb sich das Gesicht. „Sie hat zusammen mit Veronicas Mutter für Anima gearbeitet. Sie waren Zimmergenossinnen, Freundinnen. Dann hat Veronicas Mutter das Schiff verlassen. Sie ist geblieben."

„Wie ist sie gestorben?"

„Mein Vater hat sie getötet."

Okay. Das hatte ich nicht ahnen können. „Weil sie für Anima gearbeitet hat?"

Cole kniff die Augen zusammen, in seinem Blick lag blanker Hass. „Die Zombies waren vielleicht die Waffe, durch die meine Mutter getötet wurde, aber Helen hat den Abzug gedrückt. Sie hat die Zs geschickt. Dann hat sie den Geist meiner Mutter mit einem Halsband gefesselt und ihn hinter mir und meinem Vater herjagen lassen."

Und ich war höchstwahrscheinlich mit ihr verwandt? Ich hätte kotzen können. „Cole, es tut mir so leid."

Er winkte ab, wollte mein Mitleid nicht, war zu verärgert, um es anzunehmen.

„Woher weißt du, dass sie dafür verantwortlich ist?", fragte ich.

„Sie hat meinem Vater eine Woche davor aufgelauert, um damit zu prahlen, was sie tun würde."

Moment mal. Ich schüttelte verunsichert den Kopf. Hatte sie geprahlt oder … ihn gewarnt?

Ich will einfach nicht das Schlechteste von ihr denken, was? Egal wie, die Fakten sprachen gegen sie.

„Danach … kurz danach war ihr mein Dad gefolgt", berichtete Cole und biss die Zähne zusammen. „Er hat sie erschossen. Und wenn du noch mehr wissen willst, müsste ich ihn fragen."

Darüber zu reden musste ein Albtraum für ihn sein, wie ein Messer, das in einer alten Wunde stocherte. Doch sosehr es mich auch fertigmachte, ich musste alles erfahren. „Ja, bitte mach das." Ich musste die Wahrheit herausfinden. „Frag ihn."

Er ging nach draußen, um anzurufen. Ich wählte Nanas Nummer.

„Ali!"

Ihre Stimme zu hören erwärmte mein Inneres, wo sich inzwischen Eiseskälte ausgebreitet hatte.

„Wie geht es dir?", fragte sie.

„Mir … es geht mir ganz gut."

„Ganz gut? Na ja, das ist nicht gerade der Knaller, was?"

Der Knaller? Ach, Nana. Bloß nicht dieses Wort. Bitte nicht. „Was machst du so?" Ich glaubte, das Anrollen von Wellen im Hintergrund zu hören.

„Merkwürdig, aber wahr, ich bin am Auschillen. Ich gebe es nicht gern zu, doch … es ist wundervoll. Seit dein Pops gestorben ist, war ich … na ja, du weißt schon. Mir war gar nicht klar, wie sehr mir das fehlte. Und dabei habe ich so ein schlechtes Gewissen! Vor allem, weil du da bist und was weiß ich machst, von dem ich wohl lieber nichts wissen möchte."

Stimmte. „Du brauchst dir keine Sorgen um mich zu machen. Ich schlage mich gut durch."

„Ach, meine Liebe, das ist beruhigend. Aber isst du denn auch richtig? Schläfst du genug? Und wie sieht es aus, machst du den horizontalen Hokuspokus mit Cole?"

Ich hätte mich fast an meiner Zunge verschluckt. „Nana!"

„Das ist doch eine berechtigte Frage, meine Liebe. Und darauf kann ich eine Antwort erwarten."

„Nein", platzte ich heraus, überzeugt, dass mein Gesicht krebsrot angelaufen war. „Das tu ich nicht." Nicht wirklich. Ich räusperte mich. „Bist du in Sicherheit?", erkundigte ich mich, um das Thema zu wechseln.

„So sicher wie nie."

„Gut, das ist gut." Ich zögerte. „Nana", begann ich und ging dabei nervös in meinem Zimmer hin und her. „Bin ich mit einer Helen Conway verwandt?"

Schweigen.

Bedrückendes Schweigen.

„Nana?"

„Ali", sagte sie und räusperte sich. „Sie ist meine Nichte. Die Cousine deiner Mutter. Warum?" Die Fröhlichkeit war augenblicklich aus ihrer Stimme verschwunden.

Also ja. Es gab eine familiäre Verbindung. Was bedeutete, ich war mit einer Frau verwandt, die erstens für Anima gearbeitet und zweitens Coles Mutter getötet hatte. Schrecklich.

„Wieso habe ich nie vorher von ihr gehört? Du hast nie von ihr gesprochen. Mom hat sie nie erwähnt. Warum?"

Erneutes Schweigen, ich wusste wirklich nicht, was ich davon halten sollte.

„Sie ist gleich nach ihrem Highschoolabschluss von zu Hause weg", sagte Nana schließlich. „Ich habe nie wieder von ihr gehört."

„Was ist mit ihren Eltern?"

„Die sind tot. Genauso wie Helen."

„Was ist mit …"

„Ali. Lass uns bitte nicht mehr darüber reden, ja? Bitte."

Die Verzweiflung in ihrer Stimme zerriss mir das Herz. Wenn ich aus anderem Stoff gemacht wäre, hätte ich nachgegeben, aber das war ich nicht. „Ich kann nicht, ich muss es wissen." Niemand aus ihrer Familie – aus meiner Familie – hatte gewusst, dass Helen für Anima gearbeitet hatte. Ansonsten hätten sie von den Zombies erfahren, doch das war nicht der Fall gewesen. „Ich muss alles darüber hören. Es ist mein Recht, Bescheid zu wissen."

Cole war zurück und stellte sich vor mich. Sein Gesicht war unbewegt wie Stein oder so kalt wie Eis. Darunter brodelte das Feuer der Wut, irgendwie machte mir das Angst. So hatte er mich noch nie angesehen.

„Nana", sagte ich. „Du hast Glück, du bekommst den Aufschub, den du haben willst. Aber ich rufe dich morgen an, und ich will meine Fragen beantwortet haben."

„Okay", erwiderte sie und seufzte. „Morgen. Vergiss nicht, egal was, ich liebe dich. So sehr. Das darfst du nie vergessen."

Was verheimlichte sie mir denn? Was immer es war, es beängstigte sie. Ziemlich stark. Als befürchtete sie, dass ich ... was? Sie hassen würde? Konnte nicht passieren. „Ich liebe dich auch, und ich werde dich immer lieben." Zitternd legte ich mein Handy weg. Gerade wollte ich Cole fragen, was nicht stimmte, da drückte er mir sein Smartphone in die Hand.

„Mr Holland?"

Sein Vater vergeudete keine Zeit mit Höflichkeitsfloskeln. „Ich habe meinen Highschoolabschluss ein Jahr vor deinen Eltern gemacht."

Äh, okay. „Das ist ... nett ...?"

„Hör mir einfach zu", schnauzte er mich an und ich schwieg schockiert. „Ich habe die Studenten der jüngeren Semester beobachtet, weil ich ständig nach neuen Z-Jägern Ausschau hielt. Dein Vater hat mich besonders interessiert, aber das weißt du ja schon. Genauso wie du weißt, dass er nichts davon wissen wollte."

„Ich habe nicht ..."

„Im letzten Schuljahr war er mit Helen zusammen."

Moment mal.

Wie bitte? Mein Vater und Helen?

„Ich habe tatsächlich versucht, beide zu rekrutieren. Anders als dein Vater war sie interessiert. Dann, soweit ich mich richtig erinnere, lernte dein Vater auf einer Familienfeier deine Mutter kennen und trennte sich noch am selben Abend von Helen. Von da an gingen dein Vater und Miranda zusammen. Nach ein paar Monaten haben alle ihren Abschluss gemacht. Kurz danach haben die zwei geheiratet und Helen zog weg. Ich bin mir nicht sicher, wann sie anfing, für Anima zu arbeiten. Ich weiß nur, dass sie sechs Jahre später nach Birmingham zurückkehrte. Es gab Gerüchte, dass sie eine Tochter hätte, die Kleine, Samantha, war aber gestorben."

Moment, Moment, Moment. Dieses kleine Mädchen lebte nicht mehr?

Mir wurde schwindlig. „Wie ist ihre Tochter gestorben?"

„Zombiegift."

Das gefiel mir nicht, und ich würde es nicht glauben, bevor ich keine Beweise dafür erhielt. An Gerüchten war selten etwas dran. Wenn es so wäre, hätte Cole Hörner und Fangzähne und ich würde offensichtlich aussehen wie ein Mannweib. Was, wenn das Mädchen Samantha noch irgendwo da draußen existierte?

Könnte sie vielleicht … meine Schwester sein?

Was wusste ich von ihr?

Helen hatte eine Tasche für sie gepackt, hatte geplant, sie zu ihrem Vater zu schicken.

Ihr Vater! „Wer war der Vater dieses Mädchens?", wollte ich wissen, dann erstarrte ich, hatte das Gefühl, in meinen Venen würde sich Eis bilden. Die Frage hallte in meinem Kopf wider, eine dunkle Ahnung stieg in mir auf.

„Das weiß ich nicht", erwiderte Mr Holland.

Nanas Reaktion auf meine Frage …

Helen, die zu dem kleinen Mädchen sagte: „Sie denken, du wärst …"

… tot, dachte ich den Satz zu Ende, ich war mir sicher, dass ich recht hatte.

Mr Holland hatte das kleine Mädchen Samantha genannt. Sami. Der Name, den Helen nannte, als sie mir das erste Mal erschien. Damals nahm ich an, sie würde mir ihren Namen nennen. Aber sie hatte ganz eindeutig den Namen ihrer Tochter ausgesprochen … als sie mich ansah. Und mich …

Nein!

Ich erinnerte mich genau daran, wie meine Mutter – meine richtige Mutter – zu mir sagte, sie hätte mich nach der Mutter meines Vaters benannt, nach der Geburt. Warum gingen meine Gedanken dann überhaupt in diese Richtung? Es war unmöglich. Ich konnte mich nicht an Helen erinnern.

Nun, bis auf die Träume.

Ich rang nach Luft. Tatsache war, dass ich mich an die ersten fünf Jahre meines Lebens nicht erinnerte.

Fünf Jahre, nicht sechs.

Dieser Unterschied war wesentlich. Ich konnte nicht Sami sein. Sie musste so etwas wie eine Halbschwester sein. Irgend so etwas.

Aber … zwei Dinge nagten an mir. Erstens gab es kaum Fotos aus meiner frühen Kindheit, und wenn, dann nur von mir. Ich allein. Mir war niemals vorher in den Sinn gekommen, das könnte merkwürdig sein.

Jetzt fand ich es sehr merkwürdig.

Zweitens, ich hatte mich bei meinen Großeltern zu Hause immer irgendwie als Außenseiterin gefühlt. So als hätten sie in Emma etwas gesehen, das ich für sie nicht besaß.

Ich atmete heftig aus.

Zeit, die Fakten aufzuzählen. Helen war mit meinem Vater befreundet gewesen. Wahrscheinlich schliefen sie miteinander. Kurz nach dem Schulabschluss verschwand sie. Um dem Schmerz zu entkommen, den sie empfand, wenn sie meine Mutter und meinen Vater zusammen sah? Oder um ihre Schwangerschaft zu verheimlichen?

Dann, nach ihrem Tod, kam sie zurück, um einer lange verlorenen Nichte zu helfen, der Tochter des Mannes, der sie betrogen hatte? Und nicht der Firma, in der sie einmal angestellt gewesen war? Nein. Aber jemandem, der eine engere verwandtschaftliche Beziehung zu ihr hatte? Sehr viel wahrscheinlicher.

Und außerdem, Geburtsdaten ließen sich genauso einfach verändern wie Namen.

Wenn sie … wenn das stimmte … Das konnte nicht wahr sein. Wieso hatte sie so lange gewartet, bis sie sich zeigte? Warum kam sie jetzt und nicht, sagen wir mal, als ich meine Eltern verloren hatte? Oder gegen Zombie-Ali hatte ankämpfen müssen?

Fragen, Fragen, so viele Fragen.

„So, das war's", sagte Mr Holland und holte mich wieder in die Gegenwart zurück. „Das ist alles, was ich weiß. Und nun möchte ich gern wissen, weshalb diese Geschichte für dich so wichtig ist."

Hatte er einen Verdacht?

Ich schüttelte den Kopf, ohne daran zu denken, dass er es nicht sah. Mein Blick fiel auf Cole. Er sah an mir vorbei, über meine Schulter, die Augen zusammengekniffen, die Lippen zu einer schmalen Linie gepresst. Wenn Helen meine … Mutter war – nein, das war unmöglich. Ich weigerte mich, das zu glauben. Dann hatte die Frau, die meine leibliche Mutter war, dabei geholfen, Coles Mutter umzubringen. Und Coles Vater hatte sie aus Rache getötet.

Das war eine furchtbare, verdrehte Geschichte. Wie konnten zwei Menschen, die sich liebten, darauf hoffen, dass ihre Liebe so etwas überstand?

Ich ging ans Fenster und blickte in das schwindende Tageslicht. Die Sonne war hinter grauen Wolken verschwunden. Die Kaninchenwolke stand immer noch am Himmel, hatte sich nur dunkel verfärbt. Bedrohlich und düster wie meine Stimmung.

„Ich lege jetzt auf, Mr Holland", sagte ich leise. Es gab eine Menge zum Nachdenken – eine Menge Dinge, die ich lieber vergessen hätte.

Mr Holland seufzte. „Ich verstehe. Aber wir reden demnächst miteinander. Bald."

„Okay, bis bald." Ich unterbrach die Verbindung.

Jetzt sehnte ich mich nach Emma. Sie hätte mir gesagt, wie dumm ich doch war, mir Sorgen zu machen. Denn genau das tat ich. Obwohl ich mir geschworen hatte, es nicht zu tun. Noch schlimmer, diese Sorgen waren sicher vollkommen unnötig.

„Du bist mit der Mörderin meiner Mutter verwandt", sagte Cole. „Und ich bin verwandt mit der Frau, die die Nichte deiner Mutter umgebracht hat, aber wir werden darüber hinwegkommen."

Er hatte es nicht begriffen. Wusste nicht, welchen Verdacht ich hatte. Würde er seine Meinung ändern?

Mein Blick fiel auf das Tor an der Grenze zu Mr Ankhs Grundstück, und ich riss die Augen auf. „Nein." Aber es war kein Trugbild. Draußen waren Zombies, und zwar hier vor diesem Haus.

„Wir werden daran arbeiten", sagte er.

Hunderte von den Kreaturen klammerten sich an die Eisengitter und rüttelten an ihnen. Sie waren mit Blutlinien gesichert und deshalb für sie undurchdringlich, obwohl sie sich in Geistform befanden. Sie konnten nicht eindringen, aber sie würden irgendwann ungeduldig werden und sich anderen Häusern zuwenden, Unschuldige töten.

Wie hatten sie unbemerkt an Mr Ankhs Sicherheitssystem vorbeikommen können? Er hatte Monitore, die Zombies sichtbar machten – auf dem Bildschirm glühten sie so rot wie ihre Augen. So wurde er gewarnt, wann immer sich eine Zombiehorde näherte, doch jetzt hatte er keine Ahnung davon. Ansonsten wäre schon längst der Alarm losgegangen.

„Cole", flüsterte ich. „Zombies. Sie sind hier."

Er kam zu mir ans Fenster, sah nach draußen und erstarrte. „Wir müssen die anderen warnen."

Wir rannten den Flur entlang und Cole hämmerte an jede Tür. „Wir haben Besuch!", rief er. „Mehr Zs, als wir jemals vorher bekämpft haben!"

In den Zimmern hörten wir Schritte. Türen wurden aufgerissen, und unsere Freunde kamen herausgestürmt und zogen sich im Laufen fertig an. River und Camilla waren ebenfalls dabei.

Wir versammelten uns im Kerker, wo Mr Ankh ein Waffenlager hatte.

„Ich dachte schon, bei euch wär's langweilig, Leute", erklärte River vergnügt. „Aber ihr wisst, wie man auf den Putz haut!"

„Ja", entgegnete Gavin. „Darin sind wir Spitze. Nichts für ungut."

Ohne auf sie zu achten, sagte Kat zu Frosty, der sich ein Paar Kurzschwerter auf den Rücken schnallte: „Geh nicht zum Schmetterlingefangen. Du kannst doch aufs Dach steigen und ihnen die Flügel mit dem Gewehr oder so wegschießen."

„Wenn wir sie mit Kugeln töten könnten, wäre das ein super Plan, Kitty", erwiderte er. „Aber dazu ist das Feuer meiner Hände nötig."

„Es gibt ja nicht nur deins. Die anderen Z-Jäger haben selbst welches."

„Ja, und diese anderen Z-Jäger brauchen jemanden, der ihnen den Rücken freihält."

„Warum bist du bloß so logisch?" Kat boxte ihn auf den Arm, dann hielt sie inne und seufzte. „Ich weiß, ich weiß. Du hast recht. Es gefällt mir nicht, doch ich verstehe schon." Sie kaute an ihrer Unterlippe. „Es gefällt mir nicht, dass ich sie nicht sehen kann. Dass ich euch überhaupt keine Hilfe bin."

„Für mich ist es eine große Hilfe zu wissen, dass du hier bist und auf mich wartest." Er gab ihr einen Kuss auf die Nase, so wie Cole es auch öfter bei mir tat. „Vertrau mir. Ich lasse es nicht zu, dass mich jemand daran hindert, zu dir zurückzukommen.“

Reeve schwieg, während sie die Munition in eine SIG schob und Bronx die Pistole in die Hand drückte. Jaclyn starrte bewegungslos auf ein Schwert. Alle anderen murmelten vor sich hin und stellten sich die gleiche Frage wie ich: Wie war das möglich?

Mr Ankh saß an einem breiten Schreibtisch mit vielen Computern, die Wand vor ihm bedeckt von Monitoren. Er hämmerte wie verrückt auf eine Tastatur ein. Die Tatsache, dass so viele Zombies gleichzeitig hier erschienen, konnte nur bedeuten, dass Anima sie geschickt hatte und sie wahrscheinlich mit Halsbändern kontrollierte.

Aber … ich erinnerte mich nicht, Halsbänder gesehen zu haben.

„Was machst du denn?“, wollte Cole wissen und versetzte mir einen Stoß. „Bewaffne dich.“

„Ja, Sir, ja, Sir.“

Er blickte mich verärgert an, dann stampfte er zu Frosty hinüber, um einen Plan abzusprechen.

„Du bist so ein verdammter Sonnenschein, weißt du das?“, rief ich ihm hinterher.

Er drehte sich nicht mal zu mir um.

Ich schnappte mir meine Äxte, ein Schwert und zwei Pistolen. River kam grinsend auf mich zu.

„Ich habe gehört, du wärst etwas Besonderes auf dem Schlachtfeld“, sagte er. „Besser als das, was du bei uns in der Kampfarena gezeigt hast.“

„Ich habe so meine Momente“, entgegnete ich und war froh über die Ablenkung.

„Nun, du kannst dich auf was gefasst machen. Ich habe auch meine Momente. Praktisch in jedem Moment meines Lebens. Also dann, gönnen wir uns doch den Spaß und machen es so spannend wie möglich.“

„Forderst du mich zu einem Zombie-Massaker heraus?“

„Wer mehr böse Geister vernichtet, gewinnt?“ Er nickte. „Abgemacht.“

„Nicht abgemacht. Es gibt keine Möglichkeit mitzuzählen, wenn ich eine ganze Horde auf einmal in Asche lege.“

Sein Grinsen wurde breiter. „Da brüstet sich jemand im Voraus.“

„Reine Feststellung.“

„Wenn du nicht in der Lage bist, deine Treffer zu zählen, hast du schon verloren. Versuch wenigstens, selbst heil zu bleiben." Er klopfte mir auf die Schulter, bevor er zu Camilla hinüberging.

„Ich habe nicht zugestimmt!", rief ich ihm hinterher.

„Habe ich das richtig gehört, dass wir ein Massaker veranstalten?", erkundigte sich Gavin, der neben mir aufgetaucht war.

Ernsthaft?

Unverbesserliche Adrenalinjunkies.

Als die Zombiejäger aus dem Kerker strömten und nach draußen liefen, kam Cole zu mir herüber und hielt mich zurück.

„Ich liebe dich mehr, als die Zombies in den Romanen Gehirne lieben", sagte er. „Sag mir, dass du das weißt."

Ich strich mir mit der Zunge über die Lippen. „Das weiß ich", flüsterte ich. „Das weiß ich."

„Egal, was passiert."

Das hoffte ich wirklich. „Egal, was", stimmte ich zu.

Er nickte. „Gut." Zu Mr Ankh sagte er: „Ich nehme an, Sie werden uns auf den Monitoren sehen. Das Problem liegt nicht bei Ihrer Anlage, Anima hat die Zombies präpariert. Wenn Sie uns sehen, schalten Sie die Halogenlampen ein." Mit einem letzten Blick zu mir zurück verließ er den Kellerraum.

„Bleibt hier", sagte ich zu Kat und Reeve, bevor ich Cole folgte. Ich sah ihn nicht mehr, stieß jedoch an der Tür mit Mackenzie zusammen. Sie stand fest auf beiden Beinen und wollte gerade in den Kerker. Ihr Teint war gesund und frisch. „Willst du kämpfen?"

„Diesmal nicht. Mir geht es schon viel besser, ich bin aber noch nicht voll funktionsfähig." Sie hob ihr T-Shirt an und zeigte mir ein Flickwerk schwarzer Schnittwunden. „Nur ein paar Tage, dann Vorsicht, Zombies!"

Unsere Welt ging vielleicht den Bach runter, doch zumindest konnten wir uns gegenseitig heilen. „Tu mir einen großen Gefallen und pass auf die beiden Mädchen auf. Sie haben womöglich irgendwelchen Unsinn vor."

Sie schob sich an mir vorbei und deutete mit dem Kinn nach drinnen. „Deshalb bin ich hergekommen. Als Babysitter."

Mr Ankh musste ihre Stimme erkannt haben, denn er rief sie zu sich. „Ich hatte geschrieben, jetzt gleich, Miss Love, nicht in fünf Minuten!"

„Mund halten", murmelte sie.

„Das habe ich gehört, Miss Love."
„Das hatte ich so vorgesehen, Mr Ankh."
Als ich weiterging, rief Kat: „Ali!"
Ich blieb stehen und drehte mich um.
„Wie dem auch sei, pass auf meinen Jungen auf!"
Mit anderen Worten: Tu, was immer erforderlich ist, um die neuen Fähigkeiten einzusetzen. Die Fähigkeiten, mit denen ich laut Helen vorsichtig umgehen musste. Die ich, wenn es nach Cole ginge, gar nicht einsetzen sollte. Nicht, weil wir noch nicht genug darüber wussten, wie mir jetzt klar war, sondern weil sie womöglich von der Frau kamen, die seine Mutter getötet hatte.
Was für ein Schlamassel.
Ich lief weiter, ohne etwas zu erwidern. Das alles hatte nichts mehr mit unserem normalen Kampf zu tun. Es war was Persönliches, und ich hatte keine Ahnung, was ich deshalb unternehmen sollte.

16. KAPITEL

Zombies haben meine Hausarbeit verspeist

Statt im Tunnel weiterzugehen, der aus dem Radius der Blutlinien hinausführte, blieben die Zombiejäger ein paar Meter vor dem Tor stehen. Ich stellte mich zu ihnen, Cole zu meiner Rechten, River links. In der Luft hing der schwere Geruch von Verwesung. Das hungrige Stöhnen und Grunzen tönte zu uns herüber wie ein gruseliger Song – so weit entfernt von einem Schlaflied, wie man es sich nur vorstellen konnte.

Ich ließ den Blick über die grausamen Kreaturen schweifen, die geifernd auf eine Gelegenheit gierten, uns endlich zu fressen. Ein paar von ihnen trugen Halsbänder, die meisten aber nicht. Alle waren so hässlich wie …

„Trina?“, rief ich entsetzt.

Wie alle Untoten trug die einst so schöne Trina die Kleidung, in der sie gestorben war. Ihr Outfit für die Ewigkeit, in dem sie normalerweise die Zombies bekämpft hatte, war ein schwarzes Tanktop und eine dunkle Jogginghose. Ihr kurzes Haar war meist nach hinten gegelt gewesen, nun stand es zu allen Seiten ab. Bald würde es ihr ausfallen und den kahlen Schädel freigeben. Ihre Haut hatte einen grauen Farbton, die einstmals wunderschönen Augen waren rot und wässrig.

Ich … ich …

Ich hatte dieses Mädchen geliebt. Liebte es immer noch. Als Cole und ich uns getrennt hatten und ich an einem Tiefpunkt angelangt war, hatte Trina alles in ihrer Macht Stehende getan, um mich aufzubauen. Ich hatte mit ihr trainiert. Sie hatte mir das Autofahren beigebracht. Und jetzt …

Das war ihr Dasein. Ihr Un-Leben. Endloser Hunger. Bis sie den zweiten Tod erlebte – herbeigeführt von ihren besten Freunden. Von uns.

Wir mussten sie töten.

Dazu fiel mir nichts mehr ein.

Nein, das stimmte nicht. Mir ging einiges durch den Kopf: Schmerz, Schuldgefühl, Bedauern, Gewissensbisse, Traurigkeit, Qual.

Ja, das war es. Qual. Ich fühlte mich innerlich zerrissen. War mir nicht sicher, ob ich es diesmal schaffen würde, darüber hinwegzukommen.

„Sie ist nicht die Einzige." Cole zeigte auf zwei weitere Kreaturen.

Als Trina – nein, nicht Trina, nicht mehr, nur ihre Hülle – einen Arm durch die Gitterstäbe schob und verzweifelt nach uns griff, schubsten andere Monster sie aus dem Weg, und wieder stockte mir der Atem, als ich sie erkannte. Lucas und Collins waren ebenfalls zu Zombies geworden.

Ich schlug mir die zitternden Hände vor den Mund. Anima hatte nicht einfach nur irgendeine Horde auf uns gehetzt. Sie schickten unsere Kampfgenossen. Sie wussten, wie sehr es uns wehtun würde, sie für immer vernichten zu müssen. Vielleicht dachten sie auch, wir würden zögern, es nicht wagen, ihnen den Todesstoß zu versetzen. Dass sie uns ablenkten, sodass andere Zombies hier eindringen und uns fertigmachen konnten.

Diesen Gefallen würde ich ihnen nicht tun. „Weiter", drängte ich. Je länger wir herumstanden und sie anstarrten, desto schwerer würde es uns fallen zu handeln. Trauer würde uns übermannen und uns kampfunfähig machen. „Jetzt!"

Wir liefen los und erreichten den Eingang des Tunnels, der hinter der Wand der Villa verborgen war. Wie disziplinierte Soldaten durchquerten wir den engen feuchten Gang einzeln hintereinander.

Am Ausgang befand sich ein Monitor, auf dem das Umfeld des Gartens zu sehen war. Keine Zombies schienen sich in Reichweite zu befinden, doch die Monitore im Inneren des Hauses hatten ebenfalls keine Zombies aufgezeichnet.

„Wir werden Folgendes tun", kündigte Cole an. „Jaclyn, du bleibst hier und achtest auf die anderen. Wenn jemand eine lebensgefährliche Verletzung erlitten hat, rufst du Ankh. Ich gehe als Erster raus. Frosty, du kommst als Letzter nach. Du wirst die Tür schließen und sie bewachen. Der Rest von euch nähert sich von hinten und versucht, so viele Zombies wie möglich zu verletzen. Werft sie Ali zu, sobald sie ihre Flammen entzündet hat." Er drehte sich zu mir um. „Deine einzige Aufgabe ist es, sie einzuäschern."

Ich nickte und kämpfte gegen Nervosität an. *Kein Stress, okay?*

Alle pressten sich an die Wand, bevor sie aus ihrer Körperhülle stiegen. Sie wollten den Durchgang freilassen, damit Mr Ankh Bewegungsspielraum hatte, falls er medizinische Hilfe leisten musste.

Ich schloss die Augen und teilte mich, kalte Luft stach wie tausend Nadeln in die unbedeckte Haut.

Cole stieg auf die Leiter und schob die Luke beiseite, beides mit Blutlinien getränkt und so für uns auch in Geistform feste Körper. Er schleuderte eine Minigranate hinaus. *Wumm!* Lautes Grunzen ertönte. Ein abgerissenes Zombiebein flog durch die Luke, der nackte Fuß zuckte. Die Zombies mit Halsbändern würden von der Z-Bombe nicht verletzt sein. Sie befanden sich nicht in Geistform, sondern in Körperform. Wir mussten sie anders bekämpfen.

Während Frosty sich hinunterbeugte, um das zuckende Ding mit seiner inzwischen flammenden Hand zu vernichten, kletterten wir anderen die Leiter hinauf.

Wir betraten einen regelrechten Kriegsschauplatz.

Im Wald, der Mr Ankhs Villa umgab, wimmelte es von Zombies. Die Bombe hatte die Monster in der näheren Umgebung kampfunfähig gemacht, aber Rudel weiterer Kreaturen waren nicht weit entfernt. Sie witterten uns und kamen in Massen angerannt.

Meine Freunde liefen ihnen entgegen.

Ich blieb an meinem Platz. Eine Aufgabe wartete auf mich, und die würde ich erledigen. *Entzünde dich!*

Ein kleines Aufflackern … dann nichts.

Komm schon, komm schon. Du schaffst das. Ich schüttelte meine Arme aus. *Entzünden!*

Wieder ein Aufflackern, danach nichts.

Ich musste nicht lange in meinem Hirn graben, um die Ursache zu finden. Im tiefsten Inneren wollte ich das eigentlich überhaupt nicht tun. Trina, Lucas und Collins waren da draußen. Sollte ich sie wirklich zu Asche verbrennen?

Du musst es tun. Sie sind bereits tot.

Uh-oh. Angreifer! Ich zog eine Pistole und feuerte, erwischte einen Zombie in die Kehle. Die Kreatur fiel zu Boden und erhob sich gleich darauf wieder. Ich schoss erneut, traf das Monster in die Knie, um es bewegungsunfähig zu machen. Der Zombie stand zwar nicht auf, kroch aber weiter auf mich zu.

Noch mehr Zombies wurden auf mich aufmerksam. Ich erledigte drei von ihnen, bevor meine Pistole blockierte. *Kann mir keine Panik leisten*. Ich zog den Riegel zurück und versuchte es erneut. *Klick, klick*. Ich fluchte. So etwas passierte selten. Wir benutzten keine billigen

Waffen. Warum jetzt und hier? Ich warf das nutzlose Ding weg und zog die Äxte heraus. Dann spurtete ich vorwärts und schlug einem bereits auf dem Boden liegenden Zombie im Vorbeilaufen den Kopf ab.

Wumm. Ein Kopf rollte.

Hack. Ein weiterer Kopf war abgetrennt.

Zisch. Die Klinge der Axt durchschnitt eine Zombiebrust und blieb dort stecken.

Ich schwang die Axt in meiner Linken, um sie dem Monster hinter ihm in die Gedärme zu rammen, aber es wehrte mich ab. Dabei bemühte ich mich, die feststeckende Axt zu befreien, und durchtrennte das Rückgrat des Monsters. Für einen Menschen wäre das ein tödlicher Schlag gewesen. Der Zombie versuchte dagegen, noch im Fallen zuzubeißen. Ich wich aus, wirbelte herum und hackte auf zwei Angreifer gleichzeitig ein. Einer verlor den Kopf, der andere einen Teil des Kinns und ein Stück Zunge.

Ich sprang auf die Brust des Zombies, in dem meine erste Axt steckte, und brach ihm Brustbein und Rippen, um die Waffe zu befreien.

Entzünde dich. Jetzt!

Wieder verschwand die winzige Flamme, kaum dass sie aufgetaucht war. Wut … Ärger – es war meine Schuld, dass die Zombies die Oberhand gewannen.

Ich brauchte Zeit. Zeit, die ich dank Helens Fähigkeit gewinnen könnte.

Du darfst keine kostbaren Sekunden wegen deiner Unentschlossenheit vergeuden. Benutze sie!

Du bekommst deinen Wunsch erfüllt, Kat.

Ich streckte einen Arm aus … wartete … nichts geschah. Wie genau sollte ich denn die Energie aus meinem Geist fließen lassen?

Ich schüttelte die Hände. Versuchte es erneut, aber ohne Erfolg. Wie hatte ich es letztes Mal gemacht?

Finde es heraus! Und zwar schnell! Weiter entfernt schwärmten immer mehr Zombies auf Cole zu. Er schoss mit der Armbrust Pfeile ab und schwang gleichzeitig sein Samurai-Schwert, während er ständig in Bewegung blieb und dabei hier und da ein Stück von seinen Angreifern mit der Klinge abhackte. Einzelne zappelnde Gliedmaßen türmten sich um ihn herum. Eine falsche Geste, und …

Ein paar Meter weiter packte Camilla einen Zombie beim Arm und schleuderte ihn zu River, schnappte sich den nächsten und den nächsten und den nächsten wie am Fließband und warf sie in die Luft. River enthauptete sie grinsend. Ein nettes Team.

Ich sah Bronx nirgends. Gavin arbeitete sich einen Weg durch eine Horde Zombies und stach einem von ihnen mit seinem Dolch ins Auge ... dann in die Genitalien. Daneben schaffte es eins der Monster, Veronica an den Haaren zu packen und zu Boden zu schleudern, Gavin war zu beschäftigt, um es zu bemerken.

Ich flitzte hinüber. Da ich mich in Geistform befand, konnte ich mich in einer Geschwindigkeit bewegen, die ich im Normalzustand nie schaffen würde. Zwischen zwei Herzschlägen erreichte ich mein Ziel. Aber meine Hilfe wurde nicht mehr benötigt. Veronica verpasste dem Angreifer einen Tritt ins Gesicht, rollte sich blitzschnell herum, boxte einen anderen Zombie, der sich über sie beugte, und sprang auf die Füße. Im Sprung zog sie ein Schwert aus einem Futteral, das auf ihren Rücken geschnallt war, und hackte um sich.

Warmer Atem strich über meinen Nacken, und ein hungriges Grunzen drang in mein Ohr. Mit schwingenden Äxten wirbelte ich herum. Ich durchschlug den geöffneten Mund eines Zombies, ehe er mich beißen konnte. Schwarzer Speichel tropfte aus dem zerrissenen Schlund, als er fiel. Dampf stieg aus der Wunde auf.

Camilla sprang mir mit erhobenem Schwert entgegen, als wollte sie mich umbringen. Ich duckte mich, instinktiv auf Angriff vorbereitet. Kurz bevor ich zuschlagen konnte, schlitzte sie einen Zombie auf, der hinter mir aufgetaucht war. Ich wurde mit brennendem Schleim bespritzt.

„Entzünde deine Flamme", forderte sie mich auf.

„Ich versuche es!" Ich schwang herum, um einen weiteren Zombie zu enthaupten, der rechts von mir angestürmt kam.

„Gib dir mehr Mühe!"

„Du verstehst nicht ..."

„Oh, ich verstehe schon", erwiderte sie. „Du bist relativ neu und brauchst ein bisschen Aufmunterung, damit du deine Fähigkeiten abrufen kannst. Okay, dann erlaube mir, dir dabei zu helfen." Sie kämpfte sich einen Weg zu Cole vor.

Während ich die Zombies um mich herum aufschlitzte und zerhackte, ließ ich sie nicht aus den Augen. Es war ziemlich dumm, meine

Aufmerksamkeit so zu teilen, doch was sollte ich tun? Camilla zog zwei Pistolen heraus und erschoss geradewegs alle Zombies, die Cole umringten. Die Getroffenen stolperten und rotierten, konnten nichts sehen, nicht zubeißen, ihr Gesicht zerfleddert.

Cole drehte sich zu ihr um, wahrscheinlich, um sich bei ihr zu bedanken, aber sie richtete die Pistole – auf ihn. Auf seine Brust. Dann warf sie mir einen Blick zu, als wollte sie sagen: „Was wirst du nun machen, he?"

Er riss die Augen auf und hob seine Waffe. Um Camilla zu töten, bevor sie ihn umbrachte? Vielleicht, doch das würde er nicht mehr schaffen.

„Nein!", schrie ich. Die aufwallende Verzweiflung schaffte das, was ich vorher nicht hatte erreichen können. Mit riesiger Wucht schoss Energie aus mir heraus. Kurze Blitze jagten in die Luft. Um mich herum wurden plötzlich alle Zombies in die Höhe katapultiert.

Camilla ließ ihre Pistole sinken und starrte nach oben. Sie hatte noch nie gesehen, wie ich diese besondere Fähigkeit einsetzte.

Cole stand ebenfalls bewegungslos da.

Ich blieb heftig atmend an meinem Platz, die Hände zu Fäusten geballt. Endlich hatte es funktioniert. Aber das war unwichtig. Camilla hatte die Liebe meines Lebens in Gefahr gebracht. Das war nicht zu akzeptieren! Sie hatte zwar nicht vorgehabt abzudrücken, das wusste ich, aber Unfälle passierten.

Wut durchströmte mich und aus mir hinaus ... als hätte diese intensive Kraft Leere bei mir hinterlassen. Einer nach dem anderen explodierten die Zombies mit den Halsbändern, ihr Körper riss auseinander und mehr schwarzer Schleim spritzte in alle Richtungen. Ich hatte sie noch nicht mal berührt.

Ich sah Trina, die mit den Armen wedelte, als würde sie Halt suchen. Plötzlich wurde meine Wut von unendlicher Trauer überschattet. Ich versuchte, die aus mir fließende Power aufzuhalten. Vielleicht konnten wir Trina fangen und sie einsperren. Und eines Tages fanden wir womöglich eine Art Z-Kur. Dann könnte sie als Zeugin weiterexistieren, so wie Emma und Helen. Allerdings ...

Trina explodierte.

Ich schrie vor Entsetzen auf. Die Knie drohten unter mir nachzugeben. *Aufhören, ich musste damit aufhören.*

Da passierte das Gleiche mit Lucas.

Nein, nein, nein! Ich warf einen Blick auf die übrig gebliebenen Zombies … sie alle explodierten einer nach dem anderen … *Stell es ab, verdammt, stell es ab …*

Da erwischte es Collins genauso.

Innerhalb von Sekunden waren auch die Zombies zerstört, die keine Halsbänder trugen, hinterließen nichts weiter als weiße Asche. Meine Knie gaben schließlich tatsächlich nach, und ich stürzte zu Boden. Dabei hatte ich das Gefühl, als würde mein Hirn an die Schädeldecke schlagen. Es war mir unmöglich, den Sturz aufzuhalten, ich hatte keine Kraft mehr.

Kann mich nicht bewegen … stimmt was nicht … was ist passiert?

„Ali!“ Schritte näherten sich. Cole hockte sich neben mich.

Ich wollte den Kopf heben, ihn ansehen, aber ich schaffte es nicht. Hatte Helen mich deshalb gewarnt, sollte ich deshalb vorsichtig sein? Je mehr Energie ich verbrauchte, desto schwächer wurde ich danach?

Eine Sekunde später hatte ich den Eindruck zu schweben. Nein, jemand trug mich. Starke Arme hielten mich, wilder Herzschlag tönte direkt an meinem Ohr. Erdbeeraroma stieg mir in die Nase. Ich wurde noch fester an ihn gedrückt, als … Cole die Leiter hinunterstieg? Wahrscheinlich. Ich hatte nicht mal genug Kraft, um die Augen zu öffnen.

Ein Schieben und Schubsen … ich weiß nicht, was geschah.

„Ihr Geist vereinigt sich nicht mit dem Körper“, sagte Cole besorgt.

Aha. Er musste sich irren. Es reichte eine Berührung, dann kehrte der Geist in seine Hülle zurück. In sein Zuhause.

Jemand zog mich am Arm, stieß mich vor, schüttelte mich, aber nichts passierte.

„Dichter ran, damit sie sich von Kopf bis Fuß berühren“, hörte ich Rivers Stimme.

Sie legten mich auf den Boden, viele Hände hoben mich an und hielten mich. Einer von ihnen musste noch immer sein Feuer brennen haben – nein, zwei sogar, einer in der Nähe meines Kopfes, der andere bei meinen Füßen –, denn eine heiße Welle überrollte mich, füllte mich mit Hitze, schmolz mich, und plötzlich war alles wieder in Ordnung. Ich konnte atmen. Ich konnte mich bewegen.

„Alles wird gut“, flüsterte jemand sanft.

Helen?

Als ich die Augen öffnete, lag ich ausgestreckt auf dem Boden im Tunnel, die Z-Jäger standen um mich herum.

Jaclyn sagte gerade: „… meldet, da ist ein Typ im südlichen Teil des Grundstücks, kein Zombie.“

„Ein Spion?“, fragten Bronx und Frosty gleichzeitig.

„Lasst uns nachsehen.“ Coles Stimme klang eiskalt und entschlossen.

Er schien sich nicht mehr um mich zu sorgen, hockte nicht mehr neben mir. Das musste wohl bedeuten, dass es mir besser ging.

„Ich komme mit.“ River drängte sich an mir vorbei, schob Frosty praktisch aus dem Weg und stieg die Leiter hoch.

Ich schaffte es, mich aufzurichten, und sah tatsächlich Helen. Sie saß neben mir, ihr Gesicht wächsern, dann verblasste ihre Erscheinung nach und nach.

„Es wird alles gut“, wiederholte sie. „Ich habe es wieder in Ordnung gebracht.“

Sie hatte das Loch in meinem Geist gestopft und mir Kraft gegeben, so wie sie mir ihre Fähigkeit übertragen hatte? Indem sie sich selbst schwächte.

Helen schenkte mir ein schwaches Lächeln, bevor sie verschwand.

17. KAPITEL

Ich verdaue immer noch deine Freunde

Ali. Gut. Du bist auf." Bronx winkte mich herüber. „Gavin könnte etwas Hilfe gebrauchen."

Ja, das konnte er ganz sicher. Er war gebissen worden, sein Hals eine offene Fleischwunde voller Blut, vermischt mit schwarzem Zombieschleim.

Ich rappelte mich ohne Probleme auf und rannte zu ihm hinüber. Im Laufen stieg ich aus meiner Körperhülle. Als ich vor ihm stand, presste ich sofort beide Hände in Gavins Wunden. Diesmal hatte ich mich überhaupt nicht anstrengen müssen, um die Flammen zu entwickeln, das Feuer entzündete sich wie von selbst. Hatte ich das ebenfalls Helen zu verdanken?

Mir zog sich das Herz zusammen. Ich verspürte den verzweifelten Wunsch, mit ihr zu sprechen.

Gavin schnellte hoch und hätte mir sicher einen Boxhieb verpasst – er war noch nicht ganz bei Sinnen –, wenn Bronx ihn nicht gepackt und wieder nach unten gedrückt hätte. Als die Flammen durch ihn hindurchfuhren, fluchte er wie ein Verrückter. Ein paar Ausdrücke waren ganz schön erfindungsreich, zum Beispiel der Vorschlag, ich solle besser Sex mit einigen meiner Waffen haben. In jeder anderen Situation hätte ich gelacht.

Camilla stand im Hintergrund und beobachtete mich mit weit aufgerissenen Augen. „Was du da machst … das verstehe ich nicht."

Ich würde es ihr auch nicht erklären.

Ich konzentrierte mich weiter auf Gavin. Die Wunde begann sich umgehend zu schließen. Als ich mich wieder mit meiner Körperhülle vereinte, waren seine Wundränder bereits zusammengewachsen. So schnell?

Warum war das plötzlich so anders?

Jaclyn wollte Gavin beim Aufstehen behilflich sein. Er blickte sie finster an und schlug sogar ihre Hand zur Seite. „Du solltest im Tunnel bleiben und bist trotzdem rausgekommen!"

„Weil du Hilfe brauchtest!"

„Du hast dich von Zombies umzingeln lassen", fuhr er fort, ohne sich von ihrem Einwand beeindruckt zu zeigen. „Ich bin zu dir gekommen, um dir zu helfen, und du hast beschlossen, mich als menschlichen Schutzschild zu benutzen. Was noch schlimmer ist, du hättest mich da glatt liegen und sterben lassen, wenn sie dich nicht aufgehalten hätten. Also jetzt deine Hilfe annehmen? Nein danke, Bambi." Er stand ohne Unterstützung auf.

Bambi. Süß und beleidigend gleichzeitig.

„Ich hatte nicht vor … es war ein Unfall … und als ich gesehen habe, dass du auf dem Boden liegst, habe ich mich zu dir vorgekämpft."

Er winkte ab und trat in seine Körperhülle.

„Bitte", sagte sie und streckte ihm die Hand hin. „Du musst mir glauben."

Er musterte sie von oben bis unten, nicht vorwurfsvoll, eher abschätzend. Sie ließ den Arm sinken.

„Ich muss gar nichts. Ich muss dich noch nicht mal mögen. Tatsächlich habe ich mir kein einziges Mal vorgestellt, es mit dir zu tun, und ich hab's mir bisher mit jeder vorgestellt. Du bist zu flachbrüstig für mich."

Okay. Das reichte. „Gavin!", rief ich.

„Was denn?" Er sah mich an, als wüsste er überhaupt nicht, was ich wollte.

War ihm nicht aufgefallen, wie empfindlich Jaclyn war? Seit Monaten umgab sie diese Verlorenes-kleines-Mädchen-Aura wie eine zweite Haut.

„Zumindest sind meine Eier größer als deine", konterte sie zu meiner Überraschung.

O-kay. Also doch nicht so klein und verloren.

„Woher willst du das so genau wissen?", höhnte Gavin. „Zieh die Hosen aus und beweise es mir."

Ich war mir nicht sicher, aber konnte es sein, dass er versuchte, sich ein Grinsen zu verkneifen?

„Der einzige Grund, warum ich in deiner Gegenwart meine Hose ausziehen würde, wäre, um dich damit zu knebeln!"

„Kinderchen, bitte!" Bronx klatschte in die Hände. „Euer verbales Vorspiel ist nicht gerade amüsant für uns."

Jaclyn zeigte ihm den Stinkefinger.

Gavin zuckte mit den Schultern, ohne den Blick vom Objekt seiner Wut zu nehmen … oder seiner Lust?

„Vielleicht sollten wir ins Haus zurückgehen“, schlug ich vor. Alle waren viel zu aufgedreht, um geduldig auf Cole, River und Frosty zu warten. Außerdem mussten wir uns von Mr Ankh untersuchen lassen.

„Gute Idee. Auf geht’s“, befahl Bronx.

Als wir uns auf den Rückweg durch den Tunnel machten, drehte ich mich zu Coles Körperhülle um. Es gefiel mir nicht, seinen bewegungslosen, angreifbaren Körper hier zurückzulassen. *Sieh zu, dass du alle versorgst, dann geh zurück.*

Kaum dass ich durch die Tür trat, fiel mir Kat in die Arme. „Du lebst! Na ja, als hätte es da irgendwelche Zweifel gegeben. Die Schmetterlinge haben keine Chance gegen Ali-Gator. Aber wo ist Frosty? Es geht ihm doch gut, oder?“ Sie lehnte sich zurück und schüttelte mich. „Sag mir, dass es ihm gut geht!“

„Es geht ihm sehr gut. Er muss nur noch was in Ordnung bringen.“ Das stimmte, nur erwähnte ich nicht, dass er möglicherweise hinter einem Spion herjagte.

Kat strahlte. „Das ist mein Junge.“

„Ali. Hier lang.“ Mr Ankh führte mich zu einer Liege, um meine Werte zu überprüfen.

Währenddessen warf sich Reeve in Bronx’ ausgebreitete Arme. Juliana zog Veronica beiseite und flüsterte ihr etwas ins Ohr.

„Was wurde mir da berichtet? Dein Geist konnte sich nicht mit deiner Körperhülle vereinen?“, erkundigte Mr Ankh sich.

„Das könnte von meiner Erschöpfung gekommen sein.“ Ich wollte nicht über Helen diskutieren.

Er zog die Augenbrauen hoch und sah mich fragend an.

„Jemand hat sein Feuer gezündet, und das hat mir wieder Kraft gegeben“, fügte ich hinzu und hoffte, ihn mit dieser Auskunft zufriedenzustellen. Es funktionierte. Er ging zu den anderen hinüber, um sie zu untersuchen. Ich nutzte die Gelegenheit, mich ohne ein Wort hinauszuschleichen, da alle abgelenkt waren. Nun ja, *fast* alle.

„Warte mal!“, rief mir Veronica hinterher.

Ich war im Moment wirklich nicht in der Stimmung, mich mit ihr zu beschäftigen. Sie und ihre Schwester meinten, die Welt wäre ohne mich ein besserer Ort. Hatte ich schon kapiert, musste ich nicht noch mal unter die Nase gerieben bekommen.

„Wo willst du hin?“, fragte sie, als sie mich eingeholt hatte.

„Zurück in den Tunnel.“ Ich würde dort Wache stehen, und wehe demjenigen, der Cole etwas antun wollte!

„Ich komme mit.“

Ein neues Dilemma: Andeuten, dass ich lieber allein wäre, oder es geradeheraus sagen?

Ich war noch nie eine Verfechterin dezenter Hinweise. „Hör zu, ich will nicht …“

„Dass ich dich begleite? Ja, ich weiß. Das ist wirklich zu dumm. Denn ich tu's trotzdem. Es gibt nämlich etwas, das wir besprechen müssen.“

„Vergiss es.“

Sie warf mir verärgert einen Blick zu. „Ich würde dir im Moment bis zur Hölle folgen.“

Okay, verdammt. Es war wohl nicht möglich, gegen diese Entschlossenheit anzugehen. Na gut. „Mach doch, was du willst.“

„Das habe ich auch vor.“

„Das habe ich auch vor“, äffte ich sie nach.

Wir liefen los und erreichten das Ende des Tunnels. Ich setzte mich Cole zu Füßen und lehnte den Kopf an die Wand hinter mir. Veronica ging vor mir auf und ab.

„Jetzt sag es schon, was auch immer es ist“, drängte ich sie. „Ich werde es überstehen.“ Vielleicht. Wahrscheinlich. „Dann kannst du abziehen.“

Sie strich sich über ihren Pferdeschwanz. „Erinnerst du dich daran, als ich sagte, ich hätte etwas in der Hand, um dich und Cole auseinanderzubringen?“

Nein. Hatte ich vollkommen vergessen. „Veronica, ich hoffe, du verstehst das jetzt genauso, wie es gemeint ist, nämlich als Beleidigung. Das war die blödeste Frage, die ich jemals gehört habe.“

„Wie auch immer. Meine Trumpfkarte war Helen.“

Ich erstarrte, setzte mich kerzengerade auf. „Was weißt du über sie?“

„Ich weiß, dass sie … hör zu, das ist ein harter Schlag. Aber es gibt keine Möglichkeit, die Bombe vorsichtig platzen zu lassen. Ich muss es geradeheraus sagen. Helen ist … Ali, sie ist deine leibliche Mutter.“

Meine leibliche Mutter. Die Worte hallten in meinem Kopf wider.

Ich wollte Veronica ins Gesicht lachen.

Ich konnte es nicht.

Ich hatte den Gedanken selbst bereits gehabt, ja. Aber dass Veronica das jetzt so überzeugt aussprach, so unumstößlich …

Eine Bombe aus Wut platzte in meinem Inneren. „Du hast ja keine Ahnung!“

Sie sah mich grimmig entschlossen an, ihre smaragdgrünen Augen blitzten. „Ich habe mehr Ahnung als du.“

„Offensichtlich nicht. Ihre Tochter ist tot.“

„Genau das sollten die Leute von Anima ja denken.“

Ein Schlag in den Magen. „Da stimme ich dir zu. Aber ich bin es nicht.“ Das konnte nicht sein. „Das Alter haut nicht hin.“

Ich klammere mich an diesen Strohhalm.

„Doch, du bist es.“ Sie schenkte mir ein mitleidiges Lächeln. „Und das Alter stimmt. Dein Geburtstag ist nicht dein tatsächlicher Geburtstag. Du bist Samantha.“

Samantha. Sami. Noch ein Schlag, diesmal so hart, dass er mir den Atem nahm. „Nein, das bin ich nicht. Ich würde mich doch daran erinnern.“

„Tust du das nicht?“

Tat ich das? Ich war mir überhaupt nicht mehr sicher.

„Nachdem Cole mir seine berühmte Abfuhr erteilt hat und dann wieder mit dir zusammen war, fing ich an, in deiner Vergangenheit zu graben“, sagte sie. „Ich habe irgendwas gesucht, um dich fertigzumachen. Ich setzte die Puzzleteile zusammen und hätte es ihm fast verraten. Das hätte ich zu gern gemacht. Helen hat nicht nur seine Mutter betrogen, sondern auch meine. Sie haben zur selben Zeit für Anima gearbeitet und sich vorgenommen, die Firma zu verlassen. Nur dass Helen sich dann gegen Erin, meine Mutter, gewendet hat. Sie haben sich gestritten. Es endete damit, dass Erin eine Gehirnerschütterung hatte und sich an nichts mehr erinnern konnte.“

Keine Erinnerung …

Der Gedanke verfolgte mich.

Veronica lief hektisch auf und ab. „Ich weiß nicht genau, wie das gekommen ist, aber wir landeten schließlich vor Coles Haustür. Seine Familie hat uns aufgenommen, aber meine Mutter war nie wieder dieselbe. Sie konnte sich an Jules und mich nicht mehr erinnern. Und sie hat sich auch nicht mehr um uns gekümmert.“

„Hör auf“, sagte ich. Das war zu viel. Ich musste das alles erst mal verarbeiten.

Sie ignorierte mich und redete einfach weiter: „Für mich war klar, dass du genauso sein musstest wie Helen, eine Verräterin. Ich hatte fest vor, dich dabei zu erwischen, wie du irgendwas Schreckliches anstellst. Aber je besser ich dich kennenlernte, desto klarer wurde mir, dass du überhaupt keine Ahnung von Helen hattest. Und dass du dem Team nicht schaden wolltest, sondern geholfen hast."

Ich stand auf, mir war schwindlig. „Hör auf, Veronica, bitte."

„Du willst die Wahrheit nicht hören? Wo du doch immer davon redest, dass du Lügen verabscheust? Willst du nicht wahrhaben, dass dein ganzes Leben eine einzige Lüge ist?"

„Soweit ich weiß, behauptest du das nur, um Cole und mich auseinanderzubringen, so wie du es geplant hast. Du gehst davon aus, dass er auf keinen Fall mit der Tochter der Frau gehen will, die seine Mutter umgebracht hat."

Ich klammere mich wieder an einen Strohhalm.

Sie senkte den Blick, als könnte sie es nicht ertragen, mir in die Augen zu schauen – könnte nicht mit dem klarkommen, was sie womöglich darin sehen würde.

„Ich habe heute Abend mitbekommen, wie er zu dir steht. Er weiß es, oder zumindest hat er einen Verdacht. Aber er hält nach wie vor zu dir und beschützt dich. Eigentlich mehr als das. Er betet dich geradezu an." Eine kurze Pause entstand. „Ich habe ihn wohl nie richtig gekannt, was? Er würde dich nie verlassen. Meine Trumpfkarte ist völlig wertlos."

Ich erschauerte. „Was macht dich so sicher, dass Helen … dass ich womöglich …?"

„Erin und Helen haben nicht nur zusammen bei Anima gearbeitet. Sie haben auch zusammengewohnt. Zwei alleinstehende Frauen mit Töchtern fast im gleichen Alter. Ich erinnere mich daran, dass ich mit Sami gespielt habe. Wir haben unsere Spielzeugtrucks mit Erde gefüllt und sie dann zusammenkrachen lassen. Sami war weißblond und wunderschön … mit unvergesslichen Augen. Mit deinen Augen. Aber sie war ständig traurig, hat kaum gelächelt. Nie gelacht. Wir haben uns immer Geschichten über unsere Väter ausgedacht."

Ein Klumpen bildete sich in meiner Kehle. Ich schluckte angestrengt.

„Erin und Helen haben öfter über sie geredet. Erin hat Horrorgeschichten über ihren gewalttätigen Mann Todd erzählt. Helen schwärmte dagegen in den höchsten Tönen von ihrem Freund, der sich irgendwann von ihr getrennt hatte. Phillip."

Phillip.

Phillip Bell.

Mein Vater.

Ich setzte mich auf den Boden, bevor ich fallen konnte. Energisch schüttelte ich den Kopf. „Ich würde mich doch daran erinnern." Nicht nur in meinen Träumen.

Veronica zeigte kein Erbarmen. „Ich habe Fotos von uns beiden. Helen dachte, sie hätte alle vernichtet, aber das stimmt nicht."

Unmöglich zu beweisen, dass ich das auf den Fotos bin.

Wenn Helen jedoch Samis Tod inszeniert und ihre Tochter zum Vater gegeben hatte, ergaben die einzelnen Puzzleteile aus meiner Vergangenheit einen Sinn.

Zum Beispiel mein Dad, der jeden Abend mit dem Gewehr durchs Haus streifte. Ich nahm an, dass er nach Monstern Ausschau hielt, obwohl er mit dieser Waffe gar nichts gegen sie hätte ausrichten können, aber vielleicht hatte er tatsächlich nach Menschen Ausschau gehalten. Leute, die hinter seinem kleinen Mädchen her waren.

Widerspruch: Er hatte gar nichts über Anima, Z-Jäger und Zombies gewusst. Außerdem hätte Helen ihn im Falle eines Falles gewarnt, ihm davon erzählt.

Natürlich war es auch möglich, dass sie ihm davon erzählt, er es jedoch nicht geglaubt hatte.

Und warum war sie wieder zu Anima zurückgekehrt? Wieso hatte sie die Firma nicht wie geplant verlassen? Weshalb hatte sie Erin angegriffen?

Nur eine Antwort ergab einen Sinn, und das war das Glied, das alles zusammenhielt. Um ihre geliebte Tochter zu schützen.

Um … mich zu beschützen?

Ein Teil von mir wollte das akzeptieren. Wollte sich in dem Wissen aalen, dass meine Mutter da draußen war, um mir zu helfen. Der andere Teil wehrte sich noch immer mit Händen und Füßen dagegen.

„Zeig mir die Fotos", sagte ich.

Veronica nickte. „Während wir gekämpft haben, hat Jules sie in dein Zimmer gelegt, damit Cole sie findet. Sie möchte, dass ihr euch trennt und er und ich wieder zusammenkommen." Verbitterung und Zerknirschung zeigten sich auf ihrem Gesicht. „Ihr ist nicht klar, dass so was nie passieren wird. Aber sie liebt ihn. Er hat ihr das Leben gerettet, nachdem Todd ihr diese Verbrennungen zugefügt hat und sie sterben lassen wollte. Todd ist nun mal unser Vater, und als Erin beschloss, sich nicht mehr um uns zu kümmern, hatte er das gesetzliche Sorgerecht. Das hat er immer noch, was Jules betrifft. Aus diesem Grund sind wir untergetaucht."

Die Luke des Tunnelausgangs flog auf, und etwas fiel herunter. Mein Herz raste und ich wischte mir über die Augen.

Dieses „Etwas" stöhnte.

Ich rappelte mich auf, rannte hinüber ... und atmete erleichtert auf, als ich feststellte, dass es nicht Cole, Frosty oder River war. Es handelte sich um einen von Animas besten Killern. Der Typ, der vor meinen Augen einen Unschuldigen erschossen hatte.

Der Typ, der versucht hatte, mich zu erschießen.

Instinktiv griff ich nach meinem Dolch. Der Mann war bewusstlos, oder er täuschte es vor. Dieser Typ war gerissen, ich konnte ihm nicht trauen.

River sprang in den Tunnel, landete auf dem Boden und richtete sich in einer fließenden Bewegung auf. Er drückte dem Mann seine Stiefelsohle in den Hals und grinste mich an.

„Ich habe gewonnen."

Cole kam als Nächster herein und musterte mich. „Alles in Ordnung?"

Seine erste Sorge galt mir, immer mir. Ich hätte am liebsten geheult. Nein! Ich wollte ihn umarmen und ihn nie wieder loslassen, doch ich könnte ihn wegen dieser Geschichte verlieren. „Alle haben überlebt", brachte ich heraus.

Er sah Veronica mit zusammengekniffenen Augen an. „Wenn du irgendwas gesagt hast, um ihr wehzutun, Ronnie, dann ..." Ein Muskel zuckte in seiner Wange. „Veronica, wenn du was gesagt hast, um ihr wehzutun, dann werde ich ..."

„Es ist nicht das, was du denkst", unterbrach ich ihn. Ich klammerte mich hoffnungsvoll an die Tatsache, dass er sie nicht mehr mit Ronnie ansprechen wollte, nur weil ich ihm mal gesagt hatte, wie sehr mich das verletzte. „Wir reden später darüber, wenn wir allein sind." Oder nie. Ich stimmte für nie.

Er ließ den Blick von Veronica zu mir schweifen, dann dämmerte es ihm, und er versteifte sich. „Helen."

Kluge Jungs waren manchmal eine Plage.

Ich biss mir auf die Zunge und nickte.

Cole wandte sich ab, und ich glaubte, mir bliebe das Herz stehen.

„Du hättest uns sehen sollen", prahlte River, dem die plötzliche Spannung in der Luft vollkommen entging – oder völlig egal war. „Der Typ war schnell, aber nicht schnell genug. Er hat nette Bekanntschaft mit unseren Fäusten gemacht."

„Und deinen Ellbogen", sagte Cole.

„Und deinen Knien und Stiefeln", fügte River hinzu. „Er hatte keine Chance."

„Wie ist er am Sicherheitssystem vorbeigekommen?", wollte Veronica wissen.

Cole rieb sich den Nacken. „Das ist eine gute Frage. Eine, der ich unbedingt nachgehen werde."

„Okay, schließen wir ihn erst mal ein", sagte ich. Ich musste in mein Zimmer, wo ich mich über diese Fotos hermachen konnte.

„Danach lass uns mal darüber reden, was du da draußen gemacht hast", sagte River zu mir. Sein Blick fiel auf Veronica, blieb an ihr haften, und sein Grinsen kehrte zurück. „Wie wäre es, wenn du an der Unterhaltung teilnehmen würdest, Schätzchen?"

Die raue, abgebrühte Veronica Lane, die mehr über mich zu wissen schien als ich selbst, wirkte mit einem Mal angesichts der Anmache ziemlich hilflos und errötete. Unglaublich.

„Sicher, klar."

Uuuuh. Was für ein Tag!

Cole und River packten den Anima-Killer jeweils an einem Arm und schleiften ihn mit sich. Veronica und ich folgten ihnen.

„Wenn er aufwacht, wird es richtig lustig", bemerkte River.

„Ich habe dir gesagt, dass wir ihn nicht töten werden", erklärte Cole seufzend.

„Ans Töten habe ich auch gar nicht gedacht. Ich finde nur, wir sollten ihm auf besondere Art ein paar Informationen entlocken."

„So arbeiten wir nicht."

River warf Veronica über die Schulter einen Blick zu und zwinkerte. „Du darfst als Erste."

18. KAPITEL

Hier lang. Nein, da lang. Ups, Einbahnstraße

Hier das, was wir bereits wussten: Bei dem Killer handelte es sich um den zwanzigjährigen Benjamin Ostrander junior. Wir hatten ihn vor einigen Wochen gefangen genommen und ihn laufen lassen. Unser Fehler. Bevor wir ihn freigelassen hatten, hatten Mr Ankh und Mr Holland seine Fingerabdrücke in verschiedene Datenbanken eingegeben. Offensichtlich war der gute alte Benji mit dreizehn von zu Hause weggelaufen und ein paar Mal wegen Einbruchs und Diebstahls sowie für Überfalle und Körperverletzung im Gefängnis gewesen. Kurz nach seinem fünfzehnten Geburtstag war er von der Bildfläche verschwunden.

Das muss die Zeit gewesen sein, als Anima ihn rekrutiert hatte.

Jetzt hofften wir herauszufinden, was seine Arbeitgeber planten und wo sie Justin versteckt hielten. Es vergingen jedoch Stunden und Benjamin wachte nicht auf, auch nicht, als man ihn anstieß.

Ich verließ den Kerker, weil ich unter anderem zu müde war, um noch länger zu warten.

Cole folgte mir.

„Können wir das nicht heute Abend machen?“, fragte ich, bereit darum zu betteln.

„Tut mir leid, Ali-Gator, wir erledigen das jetzt.“

Dickköpfiger Typ.

Er hielt mich oben an der Treppe zurück und schob die Finger in mein Haar, sodass ich seinem brennenden Blick begegnen musste.

„Du bist sauer, ich bin sauer, also lass uns darüber reden. Es ist nicht gut, so schlafen zu gehen. Am Morgen ist es nur noch schlimmer.“

Ich wollte den Kopf wegdrehen, doch er hielt mich fest und zwang mich, mich weiter auf ihn zu konzentrieren. Ich seufzte. „Okay. Na gut. Komm mit in mein Zimmer. Aber ich will nur darauf aufmerksam machen, dass du dich wie ein Mädchen aufführst, indem du immer über alles reden willst und so einen Mist.“

Das war ihm überhaupt nicht peinlich. „Registriert“, sagte er nur. Er legte mir einen Arm um die Schultern und zog mich an sich. Eine beschützende Geste, ein fester Halt.

Ich hätte mich von diesem Griff regelrecht befreien müssen. Aber ehrlich mal, das fand ich sowohl sexy wie auch ... na ja, hauptsächlich sexy.

Cole umfasste den Knauf an meiner Zimmertür und runzelte die Stirn. Hinter der Tür war ein Kichern zu hören. „Erwartest du Besuch?"

„Nein." Ich ging hinein und entdeckte Kat und Reeve, die auf meinem Bett saßen.

Sie sprangen auf, als sie mich sahen.

„Ali!"

Kat stürzte auf mich zu und umarmte mich. Ihr Griff war schwächer als in den vergangenen Tagen, und wieder verfluchte ich ihre Krankheit.

„Reeve und ich haben uns wegen eines Witzes in den Haaren. Ich finde ihn wunderbar und sie sagt, er sei lahm. Wir brauchen unbedingt die Meinung eines unabhängigen Dritten."

Das war kein Problem. „Lasst hören."

„Was sagte der Zombie während eines Ringkampfes?"

Uuh ... „Was denn?"

„Willst du ein Stück von mir?", erwiderte sie und brach in Gelächter aus.

Cole schnaufte.

„Siehst du!" Kat streckte Reeve die Zunge heraus. „Selbst unserem Muffel gefällt er."

Das Urteil? „Ich denke, der Witz ist wunderbar und lahm."

„Ich werde das als Sieg verbuchen." Kat wedelte mit einem Finger vor Coles Gesicht. „Übrigens, das ist eine Pyjamaparty nur für Mädchen. Jungen sind nicht eingeladen. Du musst leider gehen."

Cole ließ sich nicht beeindrucken. „Eigentlich müsst ihr gehen. Ali und ich wollen uns unterhalten."

„Cole", sagte sie und klimperte mit den Wimpern. „Ich bin kurz davor, deinen Schwanz in diese Unterhaltung einzubringen. Bist du sicher, dass du so lange bleiben willst?"

Er seufzte. „Willst du ihm drohen oder was?"

Wieder Gelächter von den Mädchen.

„Drohen?" Kat schüttelte den Kopf. „Nein, mein lieber Cole. Abschneiden? Ja."

Reeve kam herüber und schob ihn in den Flur zurück. „Du kannst morgen mit deinem Ali-Gator reden, King Cole. Heute Abend ist

Perle vor Kerle, und wenn du dich nicht verziehst, werden wir dir im wahrsten Sinne des Wortes dein Liebstes nehmen und es den Zombies vorwerfen."

„Ich bin sicher, Bronx wäre sehr daran interessiert zu hören, dass du mir an mein Wertvollstes willst", entgegnete Cole und blieb vor der Tür stehen. „Ich bleibe hier und werde außerdem mein privates Eigentum verteidigen. Ali mag mich nämlich am liebsten im Ganzen."

Ich zuckte die Achseln. Was konnte ich dazu noch sagen? Er hatte ja so recht.

„Sieh es ein, wenn du einen Kampf verloren hast, Cole", sagte Kat. „Es waren zwei harte Tage, und wir brauchen eine Pause. Lass uns diese eine Nacht. Wir sind auch sehr generös und geben dir dein Mädchen morgen zurück. Vielleicht." Sie machte ihm die Tür vor seiner Nase zu.

Ich erwartete, dass er ins Zimmer zurückgestürmt käme, aber das war nicht der Fall. Ich musste fast lachen, als ich in die Mitte des Bettes kletterte. Immerhin hatte ich einen Aufschub bekommen.

„Ich dachte, ihr beide wärt mit Frosty und Bronx zusammen", sagte ich.

Auf meinem Nachttisch entdeckte ich einen großen Umschlag. Die Fotos! Schnell stopfte ich das Kuvert in die oberste Schublade. Ich wollte mir die angeblichen Beweisstücke nicht in Gegenwart anderer ansehen, denn ich war mir nicht sicher, wie ich reagieren würde.

„Frosty ist ja schon süchtig nach mir." Kat warf sich das Haar über die Schulter zurück. „Wenn ich zu viel Zeit mit ihm verbringe, wird er noch zu einem brabbelnden Idioten. Und wirklich mal, es gefällt mir, wenn er sich nach mir sehnt. Übrigens habe ich Cole nicht angelogen. Ich brauche jetzt einen One-Night-Stand mit euch, um … ich weiß nicht, einfach um zu atmen. Ganz normal zu sein."

Ja. Das klang in jeder Beziehung fantastisch.

Reeve warf sich neben mir auf die Matratze, sodass wir beide hin und her schaukelten. „Ich wünschte, ich könnte von Bronx das Gleiche sagen. Er hat eine seiner Launen. Ist in einer schrecklichen, fürchterlichen Stimmung, und ich weiß nicht, was ich dagegen tun kann. Er ist so kühl. So kurz angebunden. Glaubt ihr, dass er sich vielleicht von mir trennen will?"

„Natürlich nicht." Bronx war nicht der Typ, der mit einer Frau ins Bett ging und dann war es das. Er gehörte eher zu den Sie-gehörtmir-und-so-bleibt-es-Typen. „Aber du darfst nicht vergessen, dass er gerade vier Freunde verloren hat. In einer Nacht.“ Und er hatte vor ein paar Stunden zusehen müssen, wie ich sie zu Asche hatte explodieren lassen. Oh, Himmel. Die Erinnerung daran würde mich ein Leben lang verfolgen. „Einer wird immer noch vermisst. Bronx geht es wirklich schlecht.“

„Ich bin außerdem sicher, dass er sich wegen deiner Sicherheit Sorgen macht“, sagte Kat, setzte sich auf die andere Seite des Betts und schlug die Beine übereinander. „Von Frosty weiß ich jedenfalls, dass es ihn fast verrückt macht, wenn das Haus angegriffen wird. Und seien wir mal ehrlich, die Gefahr war noch nie größer als jetzt.“

„Ist schon klar, aber trotzdem!“ Reeve boxte ins Kopfkissen. „Ich wünschte einfach, dass Bronx mehr mit mir reden würde. Wir sollten uns doch gegenseitig unterstützen. Und ich will ihm helfen, wirklich, er gibt mir jedoch gar keine Gelegenheit dazu.“

Das schlechte Gewissen meldete sich bei mir, brannte heiß in meinem Inneren. Ich hatte dasselbe mit Cole getan. Nun, das wäre bald zu Ende. Morgen würde ich ihm alles erzählen. Was auch immer danach passieren sollte, passierte eben. Ich war ein großes Mädchen und würde damit klarkommen.

„Nimm dir Bronx vor und erkläre ihm, wie du dich fühlst“, sagte ich. „Sonst funktioniert das nicht. Etwas stimmt nicht und ihr müsst es in Ordnung bringen. Sofort. Wenn du wartest, wird bald wieder irgendwas anderes nicht stimmen und dann noch was anderes. Bis zu viel anfällt und ihr beide frustriert und am Ende seid.“

„Ja, okay“, sagte sie, klang jedoch unglücklich.

Sie würde meinen Rat befolgen oder nicht. Ich konnte sie nicht dazu zwingen.

„Lasst uns mal die Diskussion über unsere Jungs beenden.“ Kat hielt ihr Smartphone hoch und machte ein Foto von Reeve. „Jetzt ist Selfie-Time!“

Ich schnitt ihr eine Grimasse, und sie knipste mich.

„Das ist es“, schwärmte sie und knipste weiter. „Die Kamera lieben.“

Sie drehte das Objektiv zu sich herum und grinste so breit, dass ihre perlweißen Zähne blitzten. *Klick, klick*. „Himmel noch mal, ich glaube, mein Fotoapparat und ich haben gerade ein Kind gemacht!“

Ich prustete los und wusste wieder genau, warum ich sie so verdammt liebte.

„Das reicht!“ Reeve riss ihr lachend das Handy aus der Hand.

„Na gut“, sagte Kat. „Hört euch das an, Leute. Vor ein paar Stunden hat mich Wren angerufen.“

„Was? Das hätte die heutige Schlagzeile sein müssen.“ Wren war jahrelang mit Kat befreundet gewesen und hatte sie dann einfach fallen lassen – und gleichzeitig mich ebenfalls. Begründung: Damit wir sie nicht in unseren Sumpf ziehen und ihre Zukunftschancen verderben. Nicht dass sie irgendeine Ahnung davon gehabt hatte, worum es sich nun genau bei unserem Sumpf handelte. Schließlich freundete sie sich mit Justin an, ohne zu wissen, dass er genauso tief drinsteckte wie wir. „Was hat sie gesagt?“

„Hört es euch selbst an, sie hat eine Nachricht hinterlassen.“ Kat schnappte sich ihr Smartphone und drückte ein paar Tasten.

„Kat, hier ist Wren.“ Das Telefon vibrierte wegen der Lautstärke. „Hör zu, ich weiß, dass du nicht gerade besonders viel von mir hältst, das ist schon okay. Doch Justin wird vermisst. Jaclyn auch. Ihre Eltern sind so was von total ausgerastet. Die Cops waren da und haben mir alle möglichen Fragen gestellt, aber ich habe keinen Ton gesagt, ich schwöre es. Ich mache mir nur Sorgen, dass was passiert ist. Hast du sie gesehen? Von ihnen gehört? Ruf mich zurück. *Bitte*.“

Kat seufzte. „Ich habe sie nicht angerufen. Weil ich nicht weiß, was ich sagen soll.“

Ich dachte einen Moment nach. „Lass mich mit Cole darüber reden, bevor du dich bei ihr meldest. Wir wissen nicht, ob sie die Wahrheit sagt oder ob die Polizei sie dazu überredet hat, uns in eine Falle zu locken, damit wir irgendwas verraten, was sie nicht hören sollten. Vielleicht überwacht sogar Anima ihre Telefonverbindung.“

Kat zwängte sich zwischen Reeve und mich. „Das ist ein cleverer Gedanke, eigentlich könnte er direkt von mir stammen. Ich will nicht vom Thema ablenken, aber … ich werde mal das Thema wechseln. Zu mir! Ich habe beschlossen, nicht darauf zu warten, dass ich abkratze, und mir so mein restliches Leben zu ruinieren. Ich muss und werde jetzt meine Zukunft planen.“

Ich legte meinen Kopf auf ihre Schulter. „Solange du weiterhin deine Dialyse durchziehst, bin ich froh über deinen Entschluss.“

„Hey, in der Beziehung brauchst du dir keine Sorgen zu machen.“

„Dann erzähl mir alles. Bis ins kleinste Detail."

„Also", begann sie und setzte sich bequemer hin, „hier ist erst mal das, was ich bisher so habe: Ich gehe aufs College und mache meinen Doktor in Großartigkeit. Das ist doch was, oder? Alle werden mich Dr. Kitten nennen und bezahlen mir das große Geld dafür, dass ich ihnen eine Problem-Diagnose stelle, denn ich werde natürlich den absoluten Durchblick haben."

Der ganze Stress des Tages machte sich jetzt bei mir bemerkbar. Meine Lider wurden immer schwerer. Ich musste mich anstrengen, die Augen offen zu halten, Kats Stimme wirkte wie ein süßes Schlaflied auf mich.

„Ich werde mit Frosty zusammenziehen, und er wird sich um alle meine Launen kümmern. Wenn ich beschlossen habe, dass er es wert ist, Mr Kat Parker zu werden, werde ich ihn heiraten. Ihr beide seid dann selbstverständlich meine Brautjungfern. Ich werde euch dazu zwingen, die allerschrecklichsten Kleider zu tragen, die jemals entworfen wurden. Ich kann ja nicht zulassen, dass jemand auf die Idee kommt, ihr seid hübscher als die Braut."

Das war in einem Wort einfach perfekt.

Ich fragte mich, wie meine eigenen Pläne aussehen könnten, und versuchte, mir meine Zukunft vorzustellen. Vorerst konnte ich an nichts weiter denken als an den Kampf gegen Anima. Mir war so … hmmm, so warm …

Während Kat von ihren Flitterwochen fantasierte, driftete ich weg …

Es war der traurigste Tag meines Lebens.

Ein Flüstern drang in mein Bewusstsein. Ich wusste nicht, von wem es kam. Es war nicht die Stimme von Kat oder Reeve …

Das Nächste, was ich mitbekam, war, dass ich mich irgendwo draußen befand. Helen und Sami standen Hand in Hand an einer ungepflasterten Straße, eine dunkle Limousine parkte hinter ihnen. Es schien niemand darin zu sitzen. Eine weitere Limousine kam angefahren und hielt daneben. Die Autotür wurde geöffnet, und – ich erstarrte vor Schreck – mein Vater stieg aus.

Er war so jung. Da waren überhaupt keine Falten in den Augenwinkeln. Seine Haut war nicht fahl von den vielen Jahren des Trinkens und seine Augen nicht blutunterlaufen. Er sah richtig gut aus, kerngesund und … wütend.

Er stampfte zu Helen hinüber, den Blick die ganze Zeit auf das kleine Mädchen gerichtet. „Wie konntest du sie vor mir verheimlichen?"

Helen hob das Kinn. „Hättest du irgendwas anders gemacht, wenn du Bescheid gewusst hättest? Nein. Du hättest Miranda geheiratet, das wissen wir doch beide."

Er zuckte zusammen, und das kleine Mädchen versteckte sich hinter Helens Beinen.

Die Miene meines Vaters wurde weicher. Er ging in die Hocke, um dem Blick des Mädchens auf gleicher Höhe zu begegnen. „Hallo", sagte er. „Ich bin Phi… dein Vater."

Sami blieb stehen, wo sie war.

„Sie wird nicht wissen, wer ich bin", sagte Helen. „Du wirst nie von mir sprechen. Für alle anderen ist sie Mirandas Tochter, es ist alles schriftlich belegt. Verstehst du?"

„Nein. Das verstehe ich nicht. Gar nichts verstehe ich. Sie braucht uns beide. Sie …"

„Wenn du den Bedingungen nicht zustimmst, kann ich sie nicht bei dir lassen." Helen drehte sich um und nahm Samis Hand, um mit ihr zum Auto zurückzugehen.

„Ich bin einverstanden", versprach er schnell, und Helen blieb stehen. „Was soll ich ihr sagen, wenn sie nach dir fragt?"

„Das wird sie nicht. Sie wird sich nicht an mich erinnern."

Er runzelte die Stirn, stellte aber keine weiteren Fragen.

„Sie ist in Gefahr. Jemand ist hinter ihr her. Skrupellose Leute. Wenn sie sie erwischen, werden sie ihr wehtun." Tränen rollten über Helens Wangen. „Nur eine einzige Person weiß, dass du ihr Vater bist, und ich werde … Na ja, es ist egal. Sie wird keine Bedrohung darstellen. Du musst Samis Namen ändern. Gib ihr einen, der zu deiner Familie passt. Du musst ihr eine neue Vergangenheit geben und dich so verhalten, als wäre alles tatsächlich so gewesen. Erzähle ihr davon."

Mein Vater richtete sich auf und nickte. „Ich werde mich danach richten, versprochen. Miranda auch. Ich werde dafür sorgen, dass ihr nichts passiert."

Helen blieb ein paar Sekunden bewegungslos stehen, so als kämpfe sie mit sich. Schließlich sagte sie: „Steig schon ein. Ich bringe sie in einer Minute zum Wagen."

Sie wartete, bis er die Autotür hinter sich geschlossen hatte, dann ging sie vor Sami in die Hocke und umfasste ihre Schultern. „Ich liebe dich. So sehr. Daran wird sich niemals etwas ändern."

„Geh nicht", flüsterte Sami verzweifelt. „Bitte."

„Es muss sein. Du kannst dir nicht vorstellen, wie sehr mir das wehtut." Wieder hob Helen das Kinn. Sie legte dem kleinen Mädchen die Hände an die Schläfen. Es sah nicht so aus, als würde sie irgendetwas tun. Sie berührte ganz einfach ihre Tochter. Doch Sekunden später waren Verzweiflung und Angst aus dem Blick des Mädchens verschwunden, ihre Züge entspannten sich.

„Weißt du, wo du bist?", fragte Helen die Kleine und ließ die Arme sinken. „Weißt du, wer ich bin?"

Sami blickte sie nachdenklich an und wurde blass. „Nein …" Plötzlich waren Angst und Schrecken wieder da. Sie wirbelte herum und suchte nach etwas Vertrautem. „Wo bin ich? Wer bist du?"

Tränen strömten. Helen nahm ihre Hand. „Komm mal mit. Dein Vater wartet auf dich und deine … Mutter auch."

Am nächsten Tag versuchte ich den Traum zu verdrängen – oder besser, die Erinnerung. Ohne Erfolg. Es war dieser eine Gedanke, der mir einfach nicht mehr aus dem Kopf ging: Ich bin Sami. Ich. Jetzt am helllichten Tag gab es keine Möglichkeit, das zu leugnen.

Helen, die Z-Jäger-Mörderin, war meine Mutter. Und ich mochte sie.

War das falsch? Hieß es, dass ich Cole hinterging?

Während Kat und Reeve noch im Bett lagen und schliefen, duschte ich, zog mich an und suchte nach Cole. Ich war bereit für unsere Unterhaltung. In seinem Zimmer fand ich ihn nicht. Der nächste denkbare Ort war der Kerker, doch auch dort hielt er sich nicht auf. River hatte inzwischen endlich seinen Spaß mit Benjamin, wobei ihm, erstaunlicherweise, Frosty half. Die beiden hatten den Killer an einen Stuhl gefesselt und wechselten sich damit ab, sein Gesicht mit den Fäusten zu bearbeiten.

„Hey, Jungs", sagte ich. „Das ist nicht unsere Methode."

River musterte mich mit gerunzelter Stirn.

„Wenn du einen Vorschlag für eine bessere Methode hast, dann können wir uns noch mal unterhalten." Frosty kam zu mir herüber und machte die Tür vor meiner Nase zu.

Ich hätte protestieren können. Aber er hatte recht. Eine bessere Methode, ihn zum Sprechen zu bringen, fiel mir nicht ein.

Ich würde mit Cole darüber reden – doch zuerst musste ich ihn finden. Ich versuchte es in der Trainingshalle. Bronx und Gavin trainierten, mein Freund war jedoch nirgends zu sehen. Niemand wusste, wohin er gegangen war.

Großartig!

Ich beschloss, meine Energie auf Nana zu konzentrieren. Bereits im Flur schrieb ich ihr eine SMS: *Ich weiß über Helen Bescheid. Ich weiß, wer sie ist. Du hättest es mir sagen sollen.*

Ich wartete eine Minute … zwei …

Schließlich klingelte mein Handy. Nana rief an. Aber natürlich musste es eine Sekunde später auch noch an der Tür klingeln. Von meinem Standort aus konnte ich direkt durch die Rauchglasfenster nach draußen blicken.

Die Polizisten waren wieder da.

Mr Ankh kam aus seinem Arbeitszimmer und verzog das Gesicht. „Das wird eine Freude."

Ich stellte mein Handy auf Voicemail.

Mr Ankh bat die beiden Polizisten nicht herein und blieb einfach seelenruhig an der Tür stehen. „Alle weiteren Fragen sollten Sie bitte direkt an meinen Anwalt richten."

„Wir sind nicht hier, um Fragen zu stellen", sagte Detective Verra in ihrer wichtigtuerischen Art. „Wir kommen wegen Jaclyn Silverstone. Sie ist sechzehn, also minderjährig. Jemand hat ihre Eltern angerufen und ihnen gesagt, dass sie hier ist."

Jemand von Anima?

Mr Ankh stand ein paar lange Sekunden schweigend da. „Ich hole sie." Er schloss die Tür und sah mich ausdruckslos an. „Wir müssen es tun."

„Ich weiß." Genauso war mir auch klar, dass ich nicht diejenige sein konnte, die es ihr sagte. Sie würde sich gegen mich wehren, und womöglich half ich ihr noch zu fliehen. Das Herz brach mir bereits ihretwegen.

Mr Ankh stampfte die Treppe hoch und erschien fünf Minuten später mit der heulenden Jaclyn an seiner Seite. Gavin folgte ihnen mit verärgertem Gesicht.

Am liebsten hätte ich die Tür verbarrikadiert. Vielleicht wollte

Gavin das auch tun. Er blieb mit zu Fäusten geballten Händen neben mir stehen. War er tatsächlich sauer, weil sie gegen ihren Willen zu ihren Eltern gebracht wurde?

Wir gingen auf die Terrasse. Jaclyn schluchzte noch lauter, als die Polizeibeamten sie in die Limousine verfrachteten.

Der Motor begann zu schnurren.

Sie blickte aus dem Fenster und sah mich an.

„Denk an mein Versprechen!“, rief ich.

Ein gequältes Nicken war die Antwort. Der Wagen fuhr los und war bald außer Sichtweite.

Kann nichts tun.

„Sie und ich hatten eine Vision“, sagte Gavin, als wir im Haus wieder die Tür hinter uns schlossen. „Da waren wir zusammen im Bett.“

„Was? Tatsächlich? Wie das? Wann?“

Er rieb sich über das Gesicht. „Ja, tatsächlich. Und ich weiß nicht, wie. Bisher hatte ich nur eine Vision mit dir und Cole. Ich dachte, das käme daher, weil unsere Eltern Z-Jäger waren und wir deshalb bestimmte Fähigkeiten haben. Nun, keiner von ihren Eltern war Z-Jäger, und trotzdem, als ich ihr heute Morgen begegnet bin, blieb die Zeit stehen, und plötzlich … sagen wir mal, sie war Nutznießerin meiner besten Fähigkeiten.“

Merkwürdig war nicht mal ansatzweise die Beschreibung dieser Entwicklung. „Findest du sie scharf? War das der Grund, weshalb du ihr gegenüber die ganze Zeit so hart warst?“

Er zwinkerte amüsiert. „Aber ja, Cupcake. Deshalb war ich ihr gegenüber die ganze Zeit so *hart*.“

Verdorbene Gossenratte. „Bist du sicher, dass es eine Vision war und nicht nur eine Fantasie deinerseits? Obwohl du ja behauptet hast, bei ihr keine Fantasien zu haben.“

Er tippte mir auf die Nase. „Ich bin sicher. Glaub mir. Dieser *Schlamp-perte* hier kennt den Unterschied sehr gut.“

Na, war das nicht einfach wundervoll. Nun hatten wir noch ein Rätsel zu lösen. „Darüber muss ich erst mal nachdenken.“

„Tu das. In der Zwischenzeit gehe ich nach oben und mach mir ein neues Tattoo. Und zwar ritze ich mir den Spruch: *Frauen schaffen mich, aber nicht so, wie ich's wünsche*. Das könnte mir helfen, mich ein bisschen zurückzuhalten.“

„Alice."

Ich stieg gerade die Treppe hoch, entschlossen, in allen Zimmern nach Cole zu suchen – von dem nach wie vor jede Spur fehlte –, um mit ihm das letzte Wunder zu besprechen. Oben am Treppenabsatz leuchtete ein glühendes Licht. Und in der Mitte stand Emma.

Wie jedes Mal ging mir das Herz vor Liebe auf. Alles andere war sofort vergessen, und ich grinste. Mit einem kurzen Blick zu beiden Seiten vergewisserte ich mich, dass niemand in der Nähe war. „Ich bin so froh, dass du hier bist."

Sie stand da in ihren Ballerinas und trippelte von einem Fuß auf den anderen. „Obwohl ich immer schlechte Nachrichten für dich habe?"

„Trotzdem."

Sie lächelte breit. „Na gut, heute habe ich sogar gute Neuigkeiten … na ja, schlechte allerdings auch."

Ich unterdrückte ein Stöhnen. Schließlich wollte ich mich nicht beschweren. „Schieß los, kleine Schwester. Die schlechten Nachrichten zuerst."

Sie biss sich auf ihre Unterlippe. „Justin ist verletzt. Wirklich ziemlich schlimm verletzt. Seine Schmerzensschreie schallen bis in die Welt der Ewigkeit."

War zu befürchten gewesen. Der arme Justin. „Wie lautet die gute Nachricht?"

„Er ist noch am Leben."

Noch. Dass uns offensichtlich nur wenig Zeit blieb, trübte diese gute Nachricht gewaltig. „Weißt du, wo Anima ihn versteckt hält?"

„Nein. Er ist von einer Art Mauer umgeben."

Natürlich.

Wäre ich abergläubisch, hätte ich gesagt, wir waren vom Pech verfolgt.

„Komm mit in mein Zimmer", bat ich sie. „Ich möchte, dass du bei mir bist, wenn ich mir die Fotos ansehe, die wahrscheinlich mein Leben ändern werden."

Glücklicherweise waren Reeve und Kat bereits gegangen und es blieb mir erspart, sie wegzuschicken. Ich setzte mich an den Bettrand und legte den Umschlag von Juliana mit den Fotos auf meinen Schoß. Emma nahm auf dem Fensterbrett Platz.

Sie legte den Kopf schief und runzelte die Stirn. „Nana macht sich Sorgen um dich. Du solltest sie anrufen."

„Spürst du, was sie fühlt?"

„Nicht so stark wie am Anfang, aber ja, ich fühle es."

„Dann weißt du sicher, dass ich sauer bin. Sie hat mir etwas Wichtiges verschwiegen."

„Das haben Mom und Dad auch. Doch sie leben nicht mehr, sodass du es ihnen nicht vorwerfen kannst. Deshalb konzentrierst du dich jetzt auf Nana."

Das stimmte wohl. „Seit wann bist du denn so weise?"

„Die Tatsache, dass dir das nie aufgefallen ist, spricht nicht unbedingt für deine Intelligenz."

Ich warf ein Kissen nach ihr, aber natürlich flog es durch sie hindurch. Dann schnappte ich mir mein Smartphone und tippte Nanas neue Nummer ein.

Als sie sich meldete, kam ich gleich zur Sache. „Ich habe zwei Fragen an dich, und du musst diesmal absolut und vollkommen ehrlich antworten."

„Das mache ich", sagte sie entschlossen.

„Ist Helen Conway meine leibliche Mutter? Hat Miranda mich adoptiert?"

Schweigen.

„Ali", sagte sie schließlich.

Ich stellte mir vor, wie sie irgendwo allein im Dunkeln saß, die Augen geschlossen und gegen Tränen ankämpfend.

Stark bleiben. „Das ist keine Antwort."

„Ja", flüsterte sie. „Helen ist … deine Mutter. Aber Miranda konnte dich nicht gesetzlich adoptieren. Dein Vater wollte niemanden auf dich aufmerksam machen, also hat er es irgendwie arrangiert, dass du eine neue Identität bekommen hast. Ein neuer Name, anderes Geburtsdatum, andere Mutter."

Okay. Da war es. Unbestreitbarer Beweis. Helen war meine Mutter. Mein Name war Samantha. Ich hatte die ersten Jahre meines Lebens als Animas beliebtestes Nadelkissen verbracht.

Betrug – abgehakt.

Angst – abgehakt.

Die Menschen, die meinten, sie würden mich lieben, hatten mich mehr verletzt, als es jemals möglich gewesen wäre. Sie waren jedoch tot. Ich konnte sie nicht anschreien. Konnte keine Erklärungen fordern. Doch ich kannte ihre Beweggründe bereits. Ich konnte ihnen nicht sagen, wie sehr mich ihre Taten getroffen hatten.

„Aber das heißt nicht, dass ich dich weniger liebe", fügte Nana hinzu.

„Nein, es heißt, dass du mich fast mein ganzes Leben lang angelogen hast. Es heißt, dass meine Eltern mich angelogen haben."

„Ali, meine Liebe, es tut mir leid, wirklich, es war jedoch die Entscheidung deiner Eltern. Um dich überhaupt sehen zu dürfen, musste ich versprechen, niemals ein Sterbenswörtchen zu verraten."

„Ich wohne seit zehn Monaten bei dir", sagte ich. „In dieser Zeit war es deine Entscheidung."

„Du, meine Ehrliche, weißt, was es bedeutet, ein Versprechen zu geben."

Schlag unter die Gürtellinie.

Aber es stimmte.

„Es tut mir wirklich leid", wiederholte sie. „Ich hatte beschlossen, es dir nicht zu sagen, weil du sowieso schon so viel durchgemacht hast. Ich wollte dich nicht auch noch damit belasten. Und ehrlich, ich denke nicht oft daran. Du bist meine Enkelin. Das warst du immer und wirst es immer sein."

Ich fühlte mich, als würde ich in ein Säurebad eintauchen. „Ich muss auflegen. Ich …"

„Nein!" Sie schrie fast. „Wage es nicht, mich jetzt einfach wegzudrücken! Wenn du das tust, steige ich in das nächste Flugzeug zurück nach Alabama. Vielleicht sollte ich das sowieso tun. Ich möchte dich umarmen und dir jede Frage beantworten, die du mir stellst. Ist weiß nicht sehr viel, deine Eltern weigerten sich, mit mir darüber zu sprechen, aber ich sage dir alles, was ich weiß."

Ich seufzte. „Nein. Bleib bei Mr Holland. Ich bin nicht böse auf dich, nicht wirklich. Ich brauche einfach nur Zeit, um mit allem klarzukommen. Ich rufe dich an, wenn ich so weit bin, ja? Okay?"

„Okay. Ist in Ordnung. Sag mir nur, dass du weißt, wie sehr ich dich liebe."

„Das weiß ich. Und ich liebe dich auch."

Wir verabschiedeten uns und beendeten das Gespräch. Ich stand auf, und der Briefumschlag mit den Fotos fiel auf den Boden. Wie benommen ging ich auf meine kleine Schwester zu und fiel ihr förmlich vor die Füße. Sie war für mich kein fester Körper und ich für sie ebenfalls nicht. Trotzdem strich sie mit den Fingern durch mein Haar.

„Du bist nur meine Halbschwester“, sagte ich leise.

„Und deshalb betest du mich jetzt weniger an?“, fragte sie.

„Niemals!“

„Nun, für mich gilt das Gleiche.“

„Aber die Frau, die mich zur Welt gebracht hat, war böse. Hinterhältig.“ Außer mir gegenüber. „Sie hat ihre beste Freundin bekämpft. Sie hat geholfen, Coles Mutter zu töten.“

„Na gut, ich habe noch eine gute Nachricht für dich. Du bist nicht sie. Du bist die eine und einzige Alice, in jeder Beziehung vollkommen.“

Wohl kaum. „Ich habe ihre Schub-Begabung. Ich bin ihr sehr ähnlich.“

„Na gut, die anderen Z-Jäger sind ihr dann auch sehr ähnlich.“

Äh … wie bitte? „Erklär mir das mal.“

Seufzend sagte sie: „Als Helen dir deine Fähigkeit übertragen hat, ist sie durch eine Art Schutzschild gestoßen und hat dich verändert.“

„Das weiß ich.“

„Hat dich mehr verändert, als dir klar ist. Mehr, als ihr klar ist. Wann immer du jetzt dein Feuer mit einem anderen Z-Jäger teilst, gibst du ihm von deinen Fähigkeiten etwas ab.“

Das wollte ich sofort abstreiten, doch ich hatte bereits einen Beweis dafür, dass es stimmte. Ich hatte mein Feuer sowohl bei Gavin als auch an Jaclyn angewendet, und sie hatten zum ersten Mal eine Vision gehabt. „Helen meint, wenn jemand seine Fähigkeit weitergibt, kann er sie nicht mehr nutzen. Ich habe meine Fähigkeiten aber noch.“

„Vielleicht hat das was mit den Tests zu tun, die sie mit dir als Kind gemacht haben, oder mit den Medikamenten, dem ganzen Gift, das sie dir gespritzt haben, mit dem sie dich gequält haben. Was für einen Grund es auch gibt, du bist anders.“

Wen hatte ich noch geheilt? Würden alle diese Personen neue Fähigkeiten entwickeln? Wenn das der Fall wäre, würden sie mir dafür dankbar sein – oder mich verfluchen?

Emma deutete auf das Päckchen mit den Fotos. „Warum siehst du sie dir nicht mal an? Ich glaube, du wirst überrascht sein.“

19. KAPITEL

Runter mit deinem verwirrten Kopf

Ich blätterte mit zitternden Fingern die Fotos von Helen, Sami, Erin und Veronica durch. Es war merkwürdig, die starke, entschlossene Frau aus meinen Träumen, die mir ein paar Mal erschienen war, so entspannt, fast glücklich zu sehen.

Veronica hatte recht. Sami – *ich* – lächelte dagegen nie.

Mit einer Ausnahme wirkte ich auf allen Aufnahmen traurig und klammerte mich an Helen, aber auf einem war ich mit der etwas älteren Veronica im Sandkasten abgebildet. Ich war mir sicher, dass es Veronica sein musste. Diese dunklen Locken waren unverwechselbar.

Eine Träne rollte mir über die Wange, brennend und heiß, und plötzlich brach der Damm und ich war dem Ansturm nicht mehr gewachsen. Ein Schluchzer, dann noch einer … und noch einer. Alles, was ich in die hintere Kammer verbannt hatte, um mich später damit auseinanderzusetzen, kämpfte sich ins Freie.

„Ach, Alice“, sagte Emma nur.

Trauer.

Trina, Lucas, Collins und Cruz – tot, zu Asche verbrannt.

Kummer. Ich, das Mädchen, dem Ehrlichkeit das Wichtigste von allem war, lebte in einem Lügengespinst.

Schock. Meine Mutter war nicht meine Mutter.

Noch mehr Kummer. Was würde passieren, wenn Cole verletzt im Wald lag, so wie es unsere Vision gezeigt hatte? Würde ich ihn verlieren?

Schuldgefühl. Ich verheimlichte ihm etwas.

Obwohl ich all die heftigen Gefühle wieder in die Kammer zurückschieben wollte, war mir klar, dass ich sie zulassen musste. Endlich. Ein für alle Mal. Sie gehörten zu meiner Vergangenheit, und ich konnte nicht weitergehen, wenn ich ständig zurückblicken musste.

Noch nie war es so wichtig gewesen, sich vorwärts zu bewegen, wie jetzt.

Trotzdem hätte ich all diese Empfindungen am liebsten tief unten in meinem Unterbewusstsein verstaut. Es wäre mir vielleicht auch gelungen, wenn nicht bereits die Mauern nachgegeben hätten. Alle schmerzenden Wunden lagen offen. Falls ich sie feige zudeckte, ummauerte, fände ich mich eines Tages erneut an diesem schrecklichen Ort wieder.

„Ali? Emma sagt, dir geht es nicht gut.“ Plötzlich saß Cole neben mir und zog mich in seine starken, warmen Arme.

Ich sank an ihn, schmiegte mein Gesicht in seine Halsgrube und heulte. Ich heulte so heftig, dass ich am ganzen Körper bebte. Er ließ mich nicht los, hielt mich noch fester und strich mir durchs Haar, während er mir leise tröstende Worte ins Ohr flüsterte.

Sätze wie: „Ich liebe dich, Ali-Gator.“ Und: „Wir werden das durchstehen.“ Oder: „Das kann uns nicht auseinanderbringen.“ Und: „Wir sind stärker als das hier.“

Als ich mich schließlich mehr oder weniger beruhigt hatte, hob er mich hoch und trug mich aus dem Zimmer. Weg von den Fotos und dem Schmerz. Meine Lider waren geschwollen, mir brannten die Augen wie Feuer. Meine Nase lief, ich bekam kaum richtig Luft und meine Energie war verpufft. Ich war nur noch ein Häufchen Elend. Wie peinlich. Wahrscheinlich hatte Cole zu allem Überfluss Rotz von mir an seinem Hemd.

Er betrat ein Schlafzimmer, beleuchtet von Kerzenlicht. Es war ein großer Raum, in zwei Bereiche geteilt. Auf der einen Seite stand ein Bett mit Kommode, auf der anderen eine Musik- und TV-Anlage mit einem Polstersofa und einem Kaffeetisch, vollgestellt mit verschiedenen Gerichten. Ein paar meiner Lieblingsspeisen. Fettuccine Alfredo. Gefüllte Champignons. Überbackener Camembert. Schokosplitterkekse und Vanilleeis.

„Ich habe uns ein kleines Versteck eingerichtet“, sagte Cole und setzte mich auf dem Bett ab. Leise Musik spielte im Hintergrund. „Ich dachte, wir sollten endlich unser erstes Date haben.“

Ein Speerstoß durch meine säuregetränkte Brust. „Das hättest du nicht machen sollen. Nicht für mich. Cole, Helen ist …“

„Ich weiß, mein Schatz. Ich weiß.“

Er wusste es? Wirklich? Ich musste die Worte laut aussprechen. „Sie ist meine Mutter.“

Er nickte langsam und bedächtig. „Veronica hat mir das bestätigt, was ich bereits vermutet hatte.“

Wut stieg in mir auf. *Es ist nicht ihre Aufgabe, ihm das zu sagen.* „Mein Geburtsdatum wurde verändert. Ich bin älter, als wir dachten.“

„Gut zu wissen.“

„Ich träume von Helen. Sie erscheint mir."

Er hockte sich vor mich und strich mir über die Beine. „Denk nicht mehr an diese Träume, vergiss diese Frau."

Aber ... Das wollte ich nicht. „Sie hilft mir."

„Sie ist eine Lügnerin. Sie wird dich betrügen, dich verletzen."

„Nein, sie ..."

„... ist eine Lügnerin. Sie wird dir wehtun." Seine Gesichtszüge verhärteten sich. „Doch wer sie ist und was sie tut, ändert nichts daran, dass du zu mir gehörst."

Seine Versicherung bewirkte genau das, was sie sollte. Sie gab mir Sicherheit. Trotzdem lagen meine Nerven blank. Er sah die eine Seite der Medaille. Ich sah die andere. Für ihn war Helen böse, für mich war sie gut. Er wollte, dass ich sie vergaß. Ich sehnte mich nach einer Verbindung zu ihr – wollte von ihr haben, was immer möglich war.

Würde er damit klarkommen? „Ich habe es satt, dass Anima ständig die Richtung bestimmt", sagte ich, um das Thema zu wechseln. „Sie schlagen zu, und wir mühen uns ab, um uns wieder davon zu erholen. So geht das nicht weiter. Morgen früh werde ich Justin suchen. Das habe ich Jaclyn versprochen."

„Dein Enthusiasmus in allen Ehren, aber du weißt ja überhaupt nicht, wo du anfangen sollst."

„Doch, das weiß ich. Wir wissen, dass Justin aus diesem Lagerhaus gebracht wurde. Auf der anderen Straßenseite steht ein Wohnhaus. Vielleicht hat jemand was beobachtet. Ich gehe von Tür zu Tür und frage jeden, wenn das nötig ist. Außerdem werde ich Ethan anrufen. Er hat für Anima gearbeitet und weiß, wie sie vorgehen."

„Er könnte sogar immer noch für sie arbeiten."

„Es gibt nur einen Weg, um das herauszufinden."

Schweigen gefolgt von einem Seufzer. „Gut", sagte Cole. „Ich helfe dir."

Bei diesen Worten schloss sich der Kreis und ich war wieder am Anfang unseres Gesprächs angelangt – das eigentliche Problem. „Wenn ich mit Helen rede und von ihr erfahre, was sie weiß, denkst du dann, dass *ich* für Anima arbeite?"

Er sah mich streng an. „Okay, das reicht. Es ist Zeit für eine Tracht Prügel." Er setzte sich neben mich und zog mich über seinen Schoß.

Ich schrie auf, als seine große Hand auf meinen Po klatschte, obwohl es eher ein Streicheln war.

„Habe ich jetzt deine Aufmerksamkeit?“, fragte er. „Gut. Ich möchte gern, dass du mir zuhörst, und zwar genau. Wurde ich schon mal von Anima betrogen? Ja. Aber ich habe aus meinen Fehlern gelernt und ich wiederhole sie nicht. Ein bisschen solltest du mir schon zutrauen. Und dir selbst auch. Deine Freunde sind dir wichtig. Du bist fair und ehrlich und so vollkommen wie nur menschenmöglich. Du hasst Anima genauso wie wir. Du würdest ihnen niemals helfen, nicht mal *ihr* zuliebe.“ Die letzten Worte sagte er voller Verachtung. „Wenn du dich eines Tages an die Tatsache gewöhnt hast, in welcher Verbindung du zu ihr stehst, wirst du feststellen, dass sie ein Teufel mit Engelsgesicht ist. Das ist alles.“

Das war es, was er sich wünschte. Was er vielleicht brauchte.

Aber ich war mir nicht sicher, ob es auch der Tatsache entsprach, und das machte mir Angst.

Blöde Angst!

Cole half mir hoch.

„Du versprichst mir ständig eine Tracht Prügel, und dann kommt nichts“, beschwerte ich mich.

„Es sind deine Augen. Dein Blick kann mir alles sofort wieder ausreden.“

„Was genau sagt denn mein Blick?“

„Normalerweise: Du bist so umwerfend, Cole. Ich möchte deine Sklavin sein.“

Ha!

„Also was ist jetzt mit unserem Date?“, fragte er.

„Bitte.“

Wir aßen. Wir redeten und lachten und sahen uns sogar einen Film an. Die ganze Zeit waren wir vollkommen in unsere kleine Welt eingetaucht. Aber dieses intime Zusammensein machte mich … scharf. Ich wollte mehr.

Ich wollte *ihn*. Endlich.

Vielleicht sollte ich ihn mithilfe meines Blicks davon überzeugen, dass er sich von seiner Kleidung trennen musste.

Nachdem ich mich rittlings auf seinen Schoß gesetzt hatte, legte ich ihm die Arme um den Nacken und umschloss seine Taille mit den Beinen. „Ich bin es so gewohnt, dich ohne Hemd zu sehen. Falls es dir nicht bequem genug ist, kannst du es gern ausziehen. Ich meine, ich denke natürlich nur an dein Wohlbefinden.“

Er schnaufte und stand auf, wobei er mich festhielt. Ich umklammerte ihn weiterhin wie eine Boa Constrictor, während er ins Bad ging. Nachdem er mich auf die Marmorablage gesetzt hatte, streifte er sein Hemd ab – ja, Beifall! – und holte einen Waschlappen aus dem Schränkchen. Er drehte den Wasserhahn auf, machte den Lappen nass und begann, mein Gesicht sauber zu wischen.

Oh, verdammt! „Ich sehe bestimmt schrecklich aus“, murmelte ich. Kein Wunder, dass er mich gestoppt hatte, bevor es überhaupt richtig losgegangen war. „Mit meiner Heulerei hab ich unser Date versaut.“

„Hey, hey. Deine Heulerei war ein echtes Highlight für mich.“

Ich lachte leise. „Hat dich eigentlich jemals jemand als süß bezeichnet? Nein? Gut so.“

„Du hast behauptet, ich würde süß schmecken.“ Er warf den Waschlappen beiseite. „Bist du bereit für Phase zwei dieses Dates?“

„Das hängt davon ab, was genau Phase zwei ist.“

„Der Kuss an der Tür. Oder, in unserem Fall, vor der Duschkabinentür.“ Er betrachtete mich unter schweren Lidern hervor. „Ich wäre eigentlich nicht so weit gegangen, nicht heute Abend. Aber du bist schmutzig. Also richtig, richtig schmutzig. Man könnte sogar sagen, schweinisch. Ich muss meine Kavalierspflicht erfüllen und den Rest von dir auch noch säubern.“

Mein Herz überschlug sich fast, als es hektisch an Tempo zulegte. „So richtig mit gegenseitig waschen?“

„Damenwahl.“

„Dann soll es so sein.“

Er stöhnte leise auf und drehte die Duschhähne auf. „Du willst mich wohl umbringen, was?“

„Deinen Widerstand töten, ja. Dafür wirst du mir später dankbar sein.“

„Da bin ich ganz sicher.“

Das Wasser prasselte in die Dusche und Dampf füllte die Kabine. Cole zog seine Stiefel und die Jeans aus und legte sein Waffenarsenal ab. Viele, viele Waffen. Dolche. Wurfsterne. Noch mehr Messer. Eine Pistole. Noch eine Pistole. Munition. Die berühmte Miniarmbrust. Noch mehr Dolche. Metall schlug gegen Metall und ich sah fasziniert zu.

„Du bist dran.“ Seine Stimme klang nach einer Mischung aus Befehl und Flehen.

Ich spielte mit meinen Haaren. „Kann ich dir vorher eine Frage stellen?“

„Hast du gerade getan. Ausziehen.“

Komischer Typ. Ich rutschte von der Ablage und stellte mich hin. „Hättest du bei einer deiner anderen Freundinnen ein Jahr und drei Monate gewartet?“

Er verschränkte die Arme vor der Brust. „Egal, wie ich jetzt darauf antworte, ich werde auf jeden Fall wie ein Kotzbrocken klingen.“

„Dann mach es nicht noch schlimmer und antworte ehrlich.“

„Na gut. Nein. Nein, hätte ich nicht. Eher hätte ich mir jemand anders gesucht. Und bevor du eine weitere Salve Fragen auf mich abschießt – nein, ich habe nicht genug davon, auf dich zu warten, und nein, ich würde mir niemand anders suchen.“

Grund Nummer siebzehn kam nun ins Spiel. „Warum wartest du bei mir?“ Ich betrachtete ihn von oben bis unten und Hitze schoss mir in die Wangen. „Es ist unübersehbar, dass dir nicht nach Abwarten zumute ist.“

„Weil du zu mir gehörst. Nicht nur jetzt, sondern für immer. Ich will das Richtige für dich tun. Ich *werde* das tun, was richtig ist.“

„Die anderen gehörten ebenfalls zu dir“, sagte ich. Aus der Duschkabine stiegen Dampfwolken auf, die eine unwirkliche Atmosphäre verbreiteten. „Irgendwann mal.“

„Sie gehörten nicht zu mir. Sie waren für mich ... eine Übung.“

Nett gesagt. Ich schmolz fast dahin. Fast. „Woher willst du wissen, dass ich nicht auch eine Übung für irgendein anderes Mädchen bin?“

Er kam auf mich zu und drängte mich gegen die Ablage, so dicht, dass ich seinen besagten harten Körperteil an der dahinschmelzenden Weichheit zwischen meinen Beinen spürte. Er zog mir das Hemd über den Kopf.

„Du musst mir einfach vertrauen“, sagte er, nestelte am Bund meiner Hosen herum und öffnete die Knöpfe. „Tust du das?“

„Ja.“

„Gut.“ Er hob mich wieder auf die Marmorplatte und zog mir die Stiefel aus.

Ich lehnte mich zurück, stützte mich auf die Ellbogen und hob die Hüften, damit er mir die Hose ausziehen konnte. So nett war ich.

Nachdem er mir die Jeans von den Füßen abgestreift hatte, saß ich in Slip, BH und noch vollständig bewaffnet da. Stück für Stück befreite er mich von meinem Arsenal. Ich trug genauso viele Messer wie er, aber keine Schusswaffe. Cole betrachtete mich von oben bis unten, dann ließ er den Blick erneut über mich gleiten, als könnte er ihn nicht losreißen.

„Stört es dich, dass ich keine großen Brüste habe?“ Die Frage war mir herausgerutscht, bevor mein Hirn sein Einverständnis gegeben hatte.

Er sah mich erstaunt an. „Du bist perfekt. Warum sollte ich irgendwas in der Art denken?“

„Mir fiel gerade ein, was Gavin gesagt hat …“

„Gavin hat eine Bemerkung über deine Brüste gemacht?“ Cole schnappte sich einen der Dolche. „Ich bringe ihn um. Er wird dafür büßen!“

Ich umfasste sein Handgelenk, nahm ihm das Messer mit einem Kung-Fu-Griff ab und lachte. „Er hat es nicht zu mir gesagt und auch nicht mich damit gemeint.“

Mein sehr besitzergreifender Freund mit seinem Beschützerinstinkt entspannte sich, aber nur ein bisschen.

„Okay. Dann darf er am Leben bleiben.“

Ich zog meine restlichen Sachen aus, und Cole schob mich in die Dusche. Er folgte mir und schloss die Kabinentür, sodass wir beide in eine dicke Dampfwolke eingehüllt waren.

„Ich würde wahnsinnig wütend werden, falls du eines Tages mit einem Implantat nach Hause kämst“, sagte er und bugsierte mich unter den Wasserstrahl. „Ich weiß, ich wiederhole mich, aber du bist einfach perfekt.“

„Danke.“

Er war noch nicht fertig. „Jeder Typ, der seinem Mädchen das Gefühl gibt, sie braucht einen größeren Vorbau, ist es nicht wert zu … verdammt.“

„Nicht wert zu verdammt?“, fragte ich lachend und liebte ihn mit jeder Sekunde, die verging, mehr. Er war einfach zu süß.

„Wie auch immer“, grummelte Cole. „Jemand sollte Gavin raten, sich den Penis verlängern zu lassen.“

„Jaclyn ist dir da bereits einen Schritt voraus. Sie hat ihm gesagt, er soll sich größere Eier anschaffen.“

„Okay, das ist schon mal ein guter Anfang."

Cole stand hinter mir und seifte mich ein ... langsam und bedächtig ... seine Hände blieben öfter länger als notwendig an einer Stelle. Dann wusch er mir das Haar, dabei presste er sich dicht an mich. Es dauerte nicht lange, da dampfte ich mit dem Wasser um die Wette.

„Dein Tattoo ist vollständig verheilt", sagte er und küsste meinen Nacken.

Ein Schauer überlief mich. „Gefällt es dir immer noch?"

„Auf jeden Fall." Er strich mit dem Daumen sanft über die Konturen der Zeichnung. „Du hast mir bisher nicht verraten, was der Phönix bedeutet."

„Kannst du dir das nicht denken?"

„Kann ich schon." Er knabberte an einem meiner Ohrläppchen. „Aber ich will es von dir hören."

Es war nicht so einfach, mich darauf zu konzentrieren, doch irgendwie schaffte ich es, ihm meinen Gedankengang zu erklären – dass er mit mir im Feuer gestanden, meine Hand gehalten und mir geholfen hatte, aus der Asche in ein neues Leben aufzusteigen. Als ich schließlich schwieg, drehte er mich zu sich um und drückte mir zärtlich einen Kuss auf die Lippen.

„Du machst mich glücklich", sagte er.

„Mal sehen, ob ich dich noch glücklicher machen kann." Ich nahm ihm die Seife ab und begann, ihn so langsam und gründlich zu waschen wie er mich vorher, und genoss jeden Zentimeter seines Körpers unter meinen Händen.

Nachdem ich ihn abgeduscht hatte, massierte ich seine verspannten Schultern. Dann beschäftigte ich mich mit seiner Brust, strich mit den Fingern die Umrisse seiner Tattoos entlang ... ließ sie tiefer gleiten über seinen Bauch. Cole erschauerte und ich hielt den Atem an, mein Herz klopfte immer heftiger.

„Das war keine gute Idee." Er drängte mich gegen die Kabinenwand, seine Augen funkelten. „Die schlechteste Idee, die wir seit Langem hatten."

Ich schnappte nach Luft, als ich die kühlen Wandfliesen am Rücken spürte. „Oder eine der besten."

„Vielleicht habe ich meine Widerstandskraft getestet. Dafür gibt es übrigens eine Sechs."

Er neigte den Kopf und presste seine Lippen auf meinen Mund. Es war ein heißer, gieriger Kuss. Ein Kuss, der mir durch und durch ging. Das auf uns niederprasselnde Wasser versüßte alles noch.

Als ich ihm die Arme um den Nacken legte, rieb er sich an mir. „Immer wenn ich so mit dir zusammen bin“, sagte er heiser, „habe ich das Gefühl, endlich den Weg nach Hause gefunden zu haben.“

Ich stöhnte auf. Was dieser Typ zu mir sagte ... das machte mich genauso scharf wie seine Berührungen, heizte meine innere Glut an, sodass ich zu zerfließen glaubte. „Cole ...“

„Ich will mehr ... sollte es besser nicht.“

„Doch! Solltest du! Ich bin älter, schon vergessen?“

„Nein, aber ich brauche Zeit, um das in mein Hirn zu kriegen ...“ Plötzlich hob er den Kopf und runzelte die Stirn. Kurz darauf richtete er sich auf und ließ mich los. „Da stimmt was nicht.“

Ja, irgendwas war da überhaupt nicht in Ordnung, er konzentrierte sich nicht mehr auf mich. „Was soll nicht stimmen?“

„Ich habe das Gefühl, als hätte ich eine Vision. Nur dass ich nichts sehe. Ich fühle es nur.“

Ich stellte keine weiteren Fragen. Gefahr zu spüren gehörte zu seinen besonderen Fähigkeiten. Blitzschnell stieg ich aus der Duschkabine, trocknete mich in Windeseile ab und zog mich an. Cole tat dasselbe. Wir schnappten uns eine Waffe. Armbrust für ihn, eine 44er für mich. Ich schraubte den Schalldämpfer auf die Pistole.

„Zombies?“, fragte ich.

Seine violetten Augen blitzten. „Nein, schlimmer.“

20. KAPITEL

Zum Sterben schön

Wir ließen den intimen Augenblick hinter uns, die Qualen des Verlangens, und verließen das Badezimmer, ohne den Wasserhahn auszustellen. Ich lehnte die Tür an, schloss sie nicht vollständig. Die Kerzen brannten weiterhin und verbreiteten gedämpftes Licht im Zimmer. Cole löschte die auf der Kommode, hockte sich daneben und winkte mich zu sich.

Die alte Standuhr neben uns schlug zwölf, angespannt horchte ich auf die Gongs. Ein neuer Tag. Wenn ich Cole jetzt in die Augen sähe, hätten wir womöglich eine Vision.

In einer solchen Situation war Ablenkung gefährlich.

Nicht dass ich eine Ahnung hatte, was gerade vor sich ging.

Alles war still, nachdem die Uhr ihr Werk getan hatte. Mein Herz klopfte wild, das Blut rauschte mir in den Ohren. Kein Wunder, dass mir entgangen war, wie jemand die Tür geöffnet hatte. Schockiert beobachtete ich den Mann in Schwarz, der zur Badezimmertür schlich.

Benjamin, mit einer 44er in der Hand. Wie ich hatte er einen Schalldämpfer auf die Waffe geschraubt.

Cole verschwendete keine Zeit mit großen Reden. Er hob die Armbrust und schoss.

Der Pfeil traf Benjamin in die Schulter. Von der Wucht des Schusses wurde er gegen die Badezimmertür geschleudert. Die Tür schwang ins Bad auf und riss ihn mit sich. Er stolperte über die Waffen, die wir dort zurückgelassen hatten, doch noch im Fallen wirbelte er herum und zielte mit der Pistole auf uns.

Sein Pech, dass ich bereits seine Brust im Visier und den Finger am Abzug hatte. Ich drückte ab.

Der Rückstoß vibrierte in meiner Schulter, der Geruch von Schießpulver stieg mir in die Nase, während der Eindringling zurücktaumelte und auf den Boden fiel. Vergeblich versuchte er, sich aufzurichten. Schließlich sank er schlaff auf die Fliesen und rührte sich nicht mehr.

„Vorsicht", sagte ich, als Cole mit gezückter Armbrust zu ihm hinüberstürzte.

Er hockte sich vor Benjamin, um ihn herumzurollen und ihm die Hände auf den Rücken zu fesseln. Da kickte der Typ ihm die Beine weg. Im Fallen schoss Cole einen weiteren Pfeil ab, der Benjamin in die Brust traf, doch beim Sturz stieß er sich den Kopf am Waschbecken und blieb wie betäubt liegen. Das gab dem Angreifer Zeit, sich aufzurappeln und seine Waffe auf Cole zu richten.

Instinkt. Wut. Panik. Ich bin mir nicht sicher, was mir die Energie gab. Ich feuerte ein weiteres Mal, traf Benjamins Hand und er ließ die Pistole fallen. Mit zusammengekniffenen Augen sah er mich an. Ich drückte den Abzug. Ein tödlicher Treffer diesmal … aber ich hörte nur ein dumpfes Klicken.

Ein leeres Magazin, obwohl Cole regelmäßig die Waffen nachlud? Oder erneut eine Fehlfunktion? Wie groß war die Chance, dass es sich um einen Zufall handelte … oder dass jemand die Waffen manipuliert hatte? Wie auch immer. Jetzt war keine Zeit, darüber nachzugrübeln. Ich sprang auf die Füße. Benjamin und ich waren schon einmal aufeinandergetroffen. Ich hatte ihn bezwungen. Ich konnte es wieder schaffen.

Außerdem musste jemand im Haus hören, dass hier oben ein Kampf stattfand. Doch der- oder diejenige würde nicht wissen können, woher genau die Geräusche kamen. Oder in welchem Zimmer Cole und ich uns befanden. Sie müssten erst auf die Suche gehen. Benjamin hatte also Zeit, allerdings nicht viel.

„Offensichtlich bist du aus deinem Käfig entkommen“, sagte ich. „Wo sind Frosty und River?“

Er wischte sich über den Mund und verschmierte das Blut, das ihm aus den Mundwinkeln tropfte. „War nicht so schwierig, sich einen Schlüssel zu schnappen. Als sie mich allein ließen …“ Er grinste und sein Blick sagte: Hier bin ich nun.

„Hast du jemanden erschossen?“, erkundigte ich mich so lässig wie möglich.

„Und riskieren, dass ich entdeckt werde? Nein, ich bin direkt auf mein Ziel zu.“

Das war ich. Zweifellos.

Ich fragte ihn nicht, warum, er erklärte es trotzdem.

„Vor einem Monat bin ich beauftragt worden, dich zu schnappen oder zu töten. Du bist mir entwischt, jetzt gleiche ich diesen Fehler aus. Hab ja einen Ruf zu verlieren. Ist nicht persönlich gemeint, meine Süße. Aber diese Schlappe muss ich wiedergutmachen.“

„Viel Glück dabei.“

Obwohl er von zwei Armbrustpfeilen und einer Kugel getroffen war, entwickelte er erstaunliche Energie und schnappte sich zwei Messer und ein Kurzschwert vom Fliesenboden.

Er grinste eiskalt. „Dafür brauche ich kein Glück. Nur mein Können." Mit wahnsinniger Schnelligkeit, sodass ich fast nicht rechtzeitig ausgewichen wäre, warf er ein Messer nach mir. Die Klinge streifte mein inneres Handgelenk und schnitt in eine Vene. Instinktiv zuckte ich zusammen und die nutzlose Pistole rutschte mir aus der Hand.

Vorteil – für Benjamin.

So. Einfach.

Er kam auf mich zu, bedrohliche Entschlossenheit in seinem Blick. Ich wich zur rechten Seite zurück, Richtung Zimmertür. Sie war geschlossen, wahrscheinlich abgeschlossen. Ich wollte sie offen. Wollte Benjamin auf den Flur locken, weg von Cole – bitte mach, dass er nur ohnmächtig ist! –, wo die anderen uns besser finden konnten. Er schnitt mir jedoch mit erhobenem Messer den Weg ab. Ich ging rückwärts, bis ich das Bett in den Kniekehlen spürte.

Benjamin blieb vor mir stehen und grinste. „Arme Ali", sagte er und schnalzte mit der Zunge. „Kann nirgends mehr hin."

Ich wusste, der Versuch, ihm das Schwert aus der Hand zu schlagen, wäre selbstmörderisch. Das war zu sehr Hollywood und ziemlich blöd. Mein Vater hatte mir mal beigebracht, als Waffe das zu benutzen, was am besten greifbar war. Irgendetwas.

„Das macht mir richtig Spaß", sagte Benjamin und schwang das Kurzschwert.

Ich wich der Klinge mit einer blitzschnellen Drehung aus und packte sein Handgelenk. Mit der freien Hand boxte ich ihm gegen die Kehle.

Er rang nach Luft und stolperte zurück.

Ich nahm das, was greifbar war, eine brennende Kerze, und schleuderte sie ihm mit dem heißen Wachsende ins Gesicht. Er stöhnte vor Schmerz und wischte sich über die Augen. Als er für den Bruchteil einer Sekunde blind war, schlug ich ihm das Schwert mit einem heftigen Tritt aus der Hand. Da er den Arm gerade gesenkt hatte, musste ich mit dem Fuß nicht so hoch stoßen und hatte bessere Chancen, mein Gleichgewicht zu halten, falls er auswich.

Tat er nicht.

Die Klinge schlidderte scheppernd über den Boden. Ich holte zum nächsten Schlag aus und trat ihm mit voller Wucht in die Eier. Er gab ein tiefes Grunzen von sich, wie ein verletztes, rasendes Tier, hielt sich jedoch weiter aufrecht. Ohne sich vom Schmerz bremsen zu lassen, schob er mich aufs Bett. Ich fiel auf die Matratze, und er landete schwer auf mir.

Ich hätte in Panik ausbrechen können, aber ich hatte gelernt, dass Gefühle in solchen Augenblicken mein schlimmster Feind waren. Also versuchte ich die Nerven zu behalten und steckte den Kinnhaken ein, den er mir versetzte.

Schmerz schoss mir durch die Schläfen. Ich sah Sterne. Mit unermesslichem Kraftaufwand bäumte ich mich auf, sodass er sich am Kopfende festhalten musste, um nicht herunterzurutschen. Diesen Moment nutzte ich, um ihn blitzschnell bei den Hüften zu packen, mich unter ihm durchzuschieben und hinter ihm aufzurichten. Mit voller Wucht schlug ich seinen Kopf gegen den Bettpfosten, das Bett vibrierte, so hart prallte er auf, doch wieder steckte er die Verletzung erstaunlich schnell weg. Eine Z-Jäger-Fähigkeit?

Er schnappte sich einen meiner Arme und schleuderte mich zu Boden. Beim Aufprall entwich sämtliche Luft aus meiner Lunge.

Benjamin sprang auf die Füße.

„Ali!“

Ich drehte mich um. Mein Instinkt, auf Cole zu reagieren, war zu stark, ich konnte es nicht verhindern. Unsere Blicke trafen sich, als er aus dem Bad gestürzt kam, und die Welt um uns herum verblasste …

… Cole lief durch einen schmalen Flur. Ich hing über seiner Schulter, schlug und trat nach ihm.

„Lass mich los!“, rief ich.

„Nie wieder“, entgegnete er.

„Was soll das heißen! Was hast du mit mir vor, was willst du von mir?“

„Das, was ich schon immer wollte. Alles.“

„Das bekommst du aber nicht. Ich kenne dich nicht, ich will dich auch gar nicht kennenlernen …“

Dann veränderte sich die Szene plötzlich, eine zweite Vision.

Wir standen dicht voreinander, Nase an Nase, und brüllten uns an.

„Ja! Verdammt noch mal, ja!“ Ich stampfte mit dem Fuß auf. „Du erinnerst dich, was im Tagebuch stand. Eine Person wird ihr Leben opfern, um andere zu retten.“

„Diese Person wirst aber nicht du sein!“

„Doch!“

„Nein!“, entgegnete er energisch …

Die zweite Vision verschwand, und ich hätte am liebsten geschrien, denn ich könnte diese eine Person sein, diese *Sie*.

Wir hatten nicht auf den Angreifer reagieren können, vermutlich hatte ich überall Schnittwunden.

Ich blinzelte und sah an mir herunter. Von meinem Hals tropfte Blut, ich stand aber aufrecht. Dann sah ich zu Cole. Er hatte eine Hand in die Seite gepresst, sein Gesichtsausdruck war mörderisch. Bronx hielt ihn fest. An seiner Schläfe befand sich ein roter verschmierter Streifen.

„Cole.“

„Es geht ihm gut.“ Frosty kam zu mir und musterte mich.

„Benjamin …“

„Tot“, erklärte er zufrieden. „Er war kurz davor, dir die Gurgel durchzuschneiden. Ich bin kein Risiko eingegangen und habe ihm einen Schuss zwischen die Augen verpasst.“

Eine Aufgabe … vorbei … fast gestorben … hätte keine Chance gehabt … mich zu verabschieden. Etwas stimmte nicht mit mir – alles drehte sich, es wurde immer schlimmer. Ich rang nach Atem, konnte keinen klaren Gedanken mehr fassen. Der Schmerz jedes Hiebs, den ich im Kampf gespürt hatte, kehrte plötzlich mit voller Wucht zurück und zwang mich in die Knie.

„Ich glaube … Cole … Gehirnerschütterung“, konnte ich noch sagen. Meine Lider wurden schwer, viel zu schwer.

„Das ist mir völlig egal“, sagte Cole.

Ich spürte, er stand jetzt neben mir. Wahrscheinlich hatte er Bronx und Frosty aus dem Weg geschoben.

Scharfer Schmerz schoss mir durch den Kopf. „Da … stimmt … was nicht.“ Zu mehr reichte die Kraft nicht.

„Ali?“

Cole klang so weit entfernt.

„Rede mit mir. Sag mir, was los ist.“

Ich schwebte von ihm fort, höher und höher, konnte ihn nicht mehr hören, ihn nicht mehr spüren. Das tat so weh, doch es tat auch wieder nicht weh. Hier oben spürte ich nichts.

„Alice.“

Eine vertraute, geliebte Stimme rief mich. Meine Lider waren nicht mehr schwer, ich öffnete die Augen. Ein paar Meter entfernt stand meine kleine Schwester, weißer Nebel umgab sie wie ein magischer Schleier.

„Ist das ein Traum?“, fragte ich.

„Nein.“

Sie sah besorgt aus und gleichzeitig so anbetungswürdig.

„Du schwebst zwischen Leben und Tod.“

Tod? „Ich bin noch nicht bereit zu sterben“, sagte ich schockiert. „Es gibt noch so viel zu tun!“ Ich musste Justin befreien, wie ich es versprochen hatte. Anima musste zerstört werden. Ich wollte Zeit mit Helen verbringen.

Ich musste dafür sorgen, dass Cole, Kat und Nana in Sicherheit waren.

„Dann kämpfe“, sagte sie.

Ich hätte sie am liebsten geschüttelt. „Das tue ich doch.“

„Kämpfe“, wiederholte sie. „Alice, kämpfe!“, schrie sie jetzt.

Nein. Nicht Emma schrie. Ich war es, die schrie. Schmerz überfiel mich, und ich bäumte mich auf, der Boden hart unter mir. Der Boden. Ja. Da war ich, nicht in den Wolken. Ich lag auf dem Rücken, Feuer brannte in mir, der Schweiß brach mir aus allen Poren. Etwas Hartes rammte meinen Oberkörper, zerquetschte mir fast die Rippen.

Endlich verlosch das Feuer und ich sank auf die Holzdielen, fühlte mich wie Gummi, aber die Schläge gingen weiter.

„… muss sie irgendwie vergiftet haben“, sagte Frosty gerade.

Ich zwang mich, die Augen zu öffnen. Cole saß rittlings auf mir, seine Hände flach auf meinen Brustkorb gepresst.

Herzmassage? Wiederbelebungsmaßnahmen?

„Cole!“ Bronx kniete sich neben uns.

Sein Geist, nicht seine Hülle. Er schimmerte so wunderbar und hob die Hände, das Feuer an seinen Fingern erlosch.

„Cole! Sie lebt! Du kannst aufhören.“

Cole stoppte und sah mir in die Augen. Qual lag in seinem Blick. Er presste mir zwei Finger an die Halsschlagader und spürte wie ich ein langsames, aber regelmäßiges Pochen.

„Dein Herz ist stehen geblieben“, flüsterte er schockiert. „Es hat nicht mehr geschlagen.“

Trotzdem verspürte ich keine Schmerzen. Im Moment nicht. Nicht mal mein Kiefer tat mir vom Kinnhaken weh.

Benommen, wie ich war, wurde mir dennoch eins klar: Wir wurden stärker. Wir alle. Inzwischen überstanden wir Schläge, die jeden anderen umgehauen hätten. Wir konnten Dinge tun, die uns vorher nicht möglich gewesen waren.

Und wir *würden* Dinge tun, die uns vorher nicht möglich gewesen waren.

Ein Leben für viele.

Was noch besser war: Wir besaßen Fähigkeiten, mit denen Anima wahrscheinlich nicht fertig werden würde.

„Ali“, sagte Cole. „Rede mit mir.“

„Danke.“ Ich seufzte und schloss die Augen. Als ich in den Schlaf driftete, lag ein Lächeln auf meinen Lippen.

Langsam, nach und nach, wachte ich auf, genoss die Wärme, die mich umgab … und die warme Brust unter mir. Ich hob den Kopf, meine Wangen wurden heiß, als ich merkte, dass ich Coles nackte Brust besabbert hatte. So unauffällig wie möglich wischte ich die nassen Stellen weg und stieß dabei gegen seinen Nippelring.

Er öffnete die von dunklen Wimpern umrahmten violetten Augen. Als er mich angrinste, erschienen kleine Lachfältchen in den Augenwinkeln.

„Guten Morgen, Sonnenschein.“

Ah, wir spielten das Namensspielchen. „Guten Morgen, Zuckerhauch.“

Sein Grinsen wurde breiter. „Jetzt bin ich Zuckerhauch?“

„Na, das ist doch besser als Arschkeks, oder?“

„Und eigentlich würdest du mich lieber Arschkeks nennen?“

„Vielleicht.“ Ich strich mir das Haar aus der Stirn, wartete auf eine Vision, die aber nicht kam. Ich warf einen Blick auf die Uhr: 11:13. Nachts? Das bedeutete, dass wir heute bereits eine Vision hatten und erst morgen die nächste zu erwarten war.

Dann kam die Flut der Erinnerungen. Der Killer. Die Schüsse. Unser Kampf. Die Vision. Emma.

„Ich war tot“, sagte ich und blinzelte erschrocken. „So gut wie.“

Cole wurde blass. „Dein Herz ist stehen geblieben. Das war das Schlimmste, was ich je erlebt habe. Bronx hat Flammen entwickelt wie eine Leuchtrakete am vierten Juli und dich mit dem Feuer berührt, während ich dein Herz massiert habe. Du bist zu mir zurückgekommen.“

Ich ließ mich auf ihn sinken und umarmte ihn ganz fest. „Das tue ich immer.“

Er legte die Arme um mich. „Ankh hat dich untersucht, als du geschlafen hast. Er meint, du wärst so gut wie neu."

Nun musste es nur so bleiben. „He, was mir gerade wieder einfällt: Emma behauptet, ich gebe meine Fähigkeiten jedes Mal an andere Z-Jäger weiter, wenn ich sie mit meinen Flammen heile. Als würde ich geistige Läuse übertragen, schätze ich."

Cole dachte einen Augenblick nach, dann nickte er. „Das würde erklären, wieso Bronx und Frosty eine Vision hatten."

„Das hatten sie?" Wirklich? „Wenn du damit sagen willst, dass Frosty sich mit Bronx im Bett gesehen hat, so wie Gavin sich mit Jaclyn, will ich aber auf jeden Fall hundertprozentig in der ersten Reihe sitzen, wenn das passiert!"

Er lachte, so, wie er nur in meiner Gegenwart lachte, völlig gelöst und frei.

„Tut mir leid, Ali-Gator, sie haben sich im Kampf gesehen. Bronx hat versucht, Frosty von irgendwas wegzuziehen, und Frosty versuchte ständig, dahin zurückzukommen, was auch immer das war."

Kniffliges Rätsel: Was konnte wohl dazu führen, dass die beiden besten Freunde sich bekämpften, obwohl das noch nie passiert war? „Warum zeigen uns die Visionen nicht mehr?", murrte ich. „Warum bekommen wir nur diese kurzen Einblicke?"

„Vielleicht sehen wir nur so viel, wie wir ertragen können. Vielleicht sind sie nicht dazu da, unseren Weg zu ändern, sondern uns auf das vorzubereiten, was auf uns zukommt."

Ja. Vielleicht. Ich setzte mich auf, das Haar fiel mir über die Schultern. „Wir haben heute eine Menge zu tun."

Cole spielte mit einer meiner Locken, als wollte er mich nicht ganz loslassen, und sagte: „Ja, das stimmt." Dann zog er kurz an der Strähne, sodass ich wieder zurückfiel. Ich landete auf seiner Brust, er rollte sich mit mir herum und drückte mich auf die Matratze.

Ich warf ihm einen bösen Blick zu. „Wir werden jetzt nicht das tun, was die Leute in den Büchern und Filmen machen."

„Und das wäre?"

„Sich vor dem Zähneputzen küssen. Ich will nicht mit meiner Morgenfahne in deine Nähe kommen."

„Versuchst du dich vor meiner Belohnung zu drücken? Ich habe dir das Leben gerettet. Jetzt habe ich was verdient."

„Nun, der Preis muss erst mal poliert werden."

„Ich will ihn aber vor dem Polieren."

Nicht in tausend Jahren. „Wenn du so argumentierst, schulde ich Bronx auch einen Preis. Wir sollten ihn rufen, damit er ihn sich abholen kann."

„Er hätte lieber einen Obstkorb", entgegnete Cole mit ausdruckslosem Gesicht. „Ali?"

„Ja, Cole", erwiderte ich verträumt.

„Ich mach jetzt was, von dem du behauptest, dass es dir nicht gefällt. Aber wir beide wissen, dass du es eigentlich doch willst, oder?"

Im nächsten Augenblick presste er mir die Lippen fest auf den Mund und ich quietschte.

Lachend ließ er mich los und warf mir mein Handy zu. „Kat schickt schon die ganze Nacht durch Textnachrichten. Du kannst dich um sie kümmern, während ich dusche. Und nein, du bist nicht eingeladen. Das gestern Abend war mir zu gefährlich, und im Moment haben wir nicht viel Zeit."

Sollte das bedeuten, er hätte der Versuchung nachgegeben, wenn wir genug Zeit gehabt hätten?

Gütiger Himmel!

Er warf mir einen langen Blick zu, heiß und voller Sehnsucht, bevor er die Badezimmertür hinter sich schloss. Der Riegel klickte.

Seufzend setzte ich mich auf und konzentrierte mich auf die Massen von SMS. Es waren dreiundzwanzig. Um nicht durchzudrehen, antwortete ich nur auf die Top Five.

Erstens: *Was höre ich da, du wärst fast gestorben? Du musst mir so was sofort sagen. Eine gute Freundin muss ihre guten Freundinnen immer auf dem Laufenden halten. Auch nach dem Tod.*

Meine Antwort: *Ich bin lebendig und munter – versprochen!*

Zweitens: *Ali Bell. Du hast fünf Sekunden, um dich zu melden. Sonst stürme ich dein Zimmer und bringe dich wirklich um! Kleiner Planwechsel. Frosty hat mich mit einer Hand ans Bett gefesselt. Neuigkeit: Das hindert mich daran, mein Zimmer zu verlassen, aber nicht, mein Handy zu benutzen. Jetzt sieht er mich so unanständig an. Ich glaube, er ist ein Bondage-Fetischist.*

Antwort: *Nachdem ich alle SMS gelesen habe, weiß ich, was jetzt kommt, du Glückliche.*

Drittens: *Was hat zwei Daumen, ist gerade gestorben und im Himmel? Ich! Frosty hat gute Argumente. Er benutzt seine Hände!*

Antwort: *Richtig so!*

Viertens: *Aber ernst – geht es dir gut? Ich habe mich nämlich gerade von Frosty getrennt. Strafmaßnahme, weil er mich von dir ferngehalten hat.*

Antwort: *Mir geht es wirklich gut. Versprochen!*

Fünftens: *Du bist die ärgerlichste Freundin überhaupt. Nicht ganz so schlimm wie Frosty. Er ist schlimmer. Er versucht dauernd, mir das Handy wegzunehmen. Meint, ich soll dich in Ruhe lassen. Als ob! Er weiß nicht, dass du ohne mich verloren bist!*

Antwort: *Tut mir echt leid wegen der späten Reaktion! Ich habe das Todesding überschlafen müssen. Doch jetzt musst du Frosty in gute Laune versetzen. Er muss uns nachher gegen den Feind helfen und er ist immer schlecht drauf, wenn du mit ihm Schluss machst.*

Mein Smartphone meldete den Eingang einer Nachricht.

Kat: *Okay. Aber nur, weil du's willst. Du kannst dich glücklich schätzen, ich hab dich so gern!*

Ich: *Ich weiß!*

Kat: *Du kannst auch froh sein, dass ich eine so gute Freundin bin. Was ich für dich alles tue! Ich glaube, ich gebe Frosty doch nicht das Gedicht für ihn. Höre: Rosen sind rot, Veilchen sind blau. Zehn Finger hab ich und die mittleren für dich.*

Ich kicherte. Dann las ich Cole das geniale Gedicht vor, da er aus dem Bad kam. Er trug ein sauberes schwarzes T-Shirt und Flickenjeans. Um jedes Handgelenk lagen Pulsbänder aus Leder, eine Kette baumelte um seine Taille. Er sah zum Anbeißen aus.

Setz ihn auf die To-do-Liste.

Grinsend rubbelte er sich die nassen Haare mit dem Handtuch trocken. „Das Mädchen ist wirklich durchgedreht."

„Ja, aber sie hält zu ihren Freunden, ist süß und witzig", entgegnete ich. „Und wenn ich nicht schon in dich verliebt wäre und auf Mädchen stehen würde, wäre ich hinter ihr her. Frosty hätte garantiert keine Chance. Sie hat mir bereits versichert, dass ich unwiderstehlich bin."

Er hörte auf, seine Haare zu frottieren, und sah mich interessiert an. „Lass uns doch so tun als ob. Nur für einen Tag. Als würdest du auf Mädchen stehen."

„Himmel noch mal. Du würdest mich niemals zurückgewinnen." Ich sammelte meine Sachen zusammen und drängte mich an ihm vorbei.

„Aber es würde bestimmt Spaß machen, es zu versuchen!", rief er durch die geschlossene Tür.

21. KAPITEL

Süße wilde Liebe

Ich duschte, putzte mir die Zähne und bürstete mein Haar. Dann zog ich ein enges schwarzes Hemd mit langen Ärmeln an und Hüftjeans. Cole hatte meine Waffen in eine Ecke gelegt, sogar die Messer poliert und die Pistole geladen. Vielleicht könnte er mich doch zurückgewinnen.

Als ich aus dem Bad kam, lag eine Nachricht auf dem Nachttisch:

Ich muss mit Ankh reden, bevor wir uns das Wohnhaus vornehmen – er hat überall im Land Grundstücke gekauft. Neue sichere Unterkünfte. Warum frühstückst du nicht und hängst mit deinen Mädchen herum? Ich hole dich ab, sobald wir fertig zum Aufbruch sind.
In Liebe,
Cole
PS: Du solltest wohl Kat einen Kuss geben, wenn du sie siehst. Sozusagen als Entschuldigung, weil sie sich solche Sorgen machen musste. Mit Zunge. Würde ich jedenfalls machen.

Ha! In Cole-Holland-Ville gehörte meine Zunge nur ihm, und zwar ihm allein.

Ich machte mich auf den Weg in die Küche. Juliana und Camilla waren da und unterhielten sich, während Camilla eine Toastscheibe mit Butter bestrich.

„… nicht fair“, sagte Juliana gerade. „Sie ist doch nichts Besonderes.“

Großartig. Mit „sie“ war garantiert ich gemeint.

„Das hast du nicht zu beurteilen“, entgegnete Camilla, ihre demonstrierte Unterstützung warf mich um. „Außerdem sind Typen wie Cole Holland nicht mit Mädchen in deinem Alter befreundet.“

„Ich bin nur zwei Jahre jünger als Ali!“

„Stimmt. Aber bei Teenagern zählt das wie Hundejahre. Für Cole bist du praktisch noch ein Baby.“

Ziemlich hart.

Das schien Juliana nicht so zu sehen. „Bin ich nicht!“, rief sie. „Das nimmst du zurück!“

„Hörst du nicht selbst, wie kindisch du klingst?“

Das junge Mädchen schmollte.

„Egal, du brauchst ja nur abzuwarten“, fuhr Camilla fröhlich fort. „Es ist ja nicht so, dass die zwei heiraten oder so was. Highschool-Romanzen dauern nie lange.“

Das klang wieder nach der Camilla, die ich kannte.

Ich räusperte mich, und beide wirbelten zu mir herum. Juliana bekam vor Scham und Wut ein rotes Gesicht, während Camilla vollkommen ungerührt dastand.

„Lasst alles draußen, wenn ihr gegessen habt“, sagte ich.

„Mir ist plötzlich der Appetit vergangen.“ Juliana warf das Haar zurück und stolzierte aus der Küche.

Satansbraten.

„Ich bin gerade voll in Frühstückmachlaune“, sagte Camilla. „Soll ich dir auch einen Toast schmieren?“

Ein Friedensangebot? „Danke, gern.“

„Erdbeer- oder Traubengelee?“

VC – vor Cole – hätte ich Traubengelee gesagt. Jetzt? „Erdbeere.“ Er hatte mich süchtig danach gemacht.

Während sie meine Scheibe Brot bestrich, sagte sie: „Ich habe versucht, die restlichen Seiten zu entziffern. Aber selbst als ich in Geistform gelesen habe, erkannte ich nur einzelne Wörter.“ Bevor ich irgendetwas dazu sagen konnte, fuhr sie fort: „Also dachte ich, vielleicht könntest du mich mit deinem Feuer behandeln und mir deine Fähigkeiten übertragen?“

„Woher weißt du von der Feuerübertragung?“

„Es wird so einiges geredet.“

Jetzt schon?

Für mich war sie immer noch eine unbekannte Größe, und ich würde meine Fähigkeiten nicht gern an sie weitergeben … oder meine Geheimnisse. „Ich denke mal darüber nach“, sagte ich und nahm das Brot von ihr entgegen.

Ärger blitzte kurz in ihrem Gesicht auf. „Tu das. Inzwischen werde ich eine Runde ums Grundstück machen.“

Sie ging zum Hinterausgang. Ich aß meinen Toast und machte mich dann in die entgegengesetzte Richtung auf. Ziel: Reeves Zimmer. Da würde ich Kat antreffen. Ich war erst auf halbem Wege, als ich Helen sah. Sie wartete oben am Treppenabsatz auf mich.

Erschrocken stolperte ich. *Gute Leistung, Ali-Gator.*

Großartig. Jetzt gab ich mir schon selbst diesen albernen Spitznamen. Das musste wohl eine Fehlzündung in meinem Hirn sein. Was auch verständlich war. Das war das erste Mal, dass ich Helen wiedersah, nachdem ich erfahren hatte, wer sie war.

Cole hätte darauf bestanden, dass ich sie wegschickte, aber das konnte ich nicht. Es … ging einfach nicht.

„Du weißt, wer ich bin", sagte sie zögernd.

„Ja", flüsterte ich, weil ich nicht wollte, dass mich jemand anders hörte. Ich blickte nach links und rechts. Keine Anzeichen für Z-Jäger. Trotzdem. Vorsicht war die Mutter der Porzellankiste.

Ich machte ihr ein Zeichen, mir in mein Zimmer zu folgen. Wie sollte ich sie nennen? Helen? Oder Momma wie früher?

Ich schloss die Augen und wappnete mich gegen den Schmerz. Wäre es Betrug an der Frau, die mich aufgezogen hatte, die mich geliebt hatte wie ihr eigenes Kind, wenn ich Helen als Mutter bezeichnete?

Reiß dich zusammen.

„Ich habe gehofft, dass du dich erinnerst", sagte sie, nachdem ich die Tür geschlossen hatte.

Bei ihren Worten dachte ich an meinen letzten Traum. „Hast du meine Erinnerung ausgelöscht, als ich klein war?"

Jeder andere wäre wohl über meine Wut erschrocken gewesen, sie aber nicht. Ohne den Blick abzuwenden, sagte sie: „Ja und nein. Ich besitze genauso wie du von Geburt an besondere Fähigkeiten. Eine davon erlaubt mir, die Erinnerungen einer anderen Person mithilfe meines Geistes zu verdecken. Als würde ich ein Tuch darüberlegen. Es ist ein Verteidigungsmechanismus, denke ich. Für den Fall, dass Zivilpersonen etwas sehen, das sie nicht sehen sollen."

„Du hast meine Erinnerungen verdeckt." Dieser Blick, den ich hatte … Ich war als unbeschriebenes Blatt zu meinem Vater gekommen.

Sie nickte, wirkte dabei zwar beschämt, aber auch entschlossen.

„Decke sie wieder auf. Jetzt." Die Erinnerungen gehörten mir. Ich wollte jede einzelne davon zurückhaben. Das stand mir zu.

„Ali …"

„Du hattest kein Recht dazu“, sagte ich wütend. „Kein Recht.“ Diese Erinnerungen hätten mir geholfen. Dann und wann.

„Es tut mir leid, aber das geht nicht. Ich kann das nicht rückgängig machen.“

Ich versuchte, meine zunehmende Wut zu unterdrücken. „Woher kommt es dann, dass ich mich erinnern kann? Kommen die Erinnerungen von selbst zurück?“

„Ebenfalls ja und nein. Ich habe an deinem Bett gesessen und dir Geschichten erzählt. Meine Erinnerungen mit dir geteilt. Das scheint die Decke durchlässiger zu machen, um bei dem Vergleich zu bleiben.“

Das war besser als nichts, nahm ich an. Sie versuchte es immerhin.

Da, es passierte wieder, ich sah erneut das Beste in ihr.

Ich setzte mich auf die Bettkante. „Was willst du von mir? Warum bist du hergekommen?“

„Ich habe über dich gewacht. Das tue ich immer noch.“

„Ich habe dich früher nie gesehen, Emma schon.“

„Kannst du dich erinnern, wie Zombie-Ali es geschafft hat, sich vor den anderen unsichtbar zu machen? Nun, diese Fähigkeit hat sie von mir geerbt.“

Warum ich nicht? „Wie viele Fähigkeiten hast du denn?“

„Noch ein paar. Und nein, die habe ich nicht alle von Geburt an. Ich habe … von Z-Jägern gestohlen.“

Mit anderen Worten, sie hatte Leute gefoltert und getötet, um das zu bekommen, was sie wollte.

„Stehlen ist erlernbar.“ Sie streckte eine Hand aus. „Ich würde dir erlauben, von mir zu lernen, aber du hast nicht mehr viel Zeit. Ich gebe dir die Fähigkeit, Erinnerungen zu verdecken. Auf diese Weise kannst du sicher sein, dass ich diese Gabe nie wieder nutze.“

Vertrau ihr nicht, hatte Cole gesagt.

Nach allem, was Helen mir eben erzählt hatte, sollte ich ihr wirklich nicht trauen.

Trotzdem streckte ich die Hand aus und ließ sie unter ihrer schweben. Ich wünschte, ich könnte mir einreden, dass ich das nur tat, weil wir uns mit Anima bekriegten und alle Waffen benötigten, die wir bekommen konnten, doch das wäre eine Lüge gewesen. Letztendlich war ich vom Verlangen getrieben, mich auf irgendeine Weise mit dieser Frau zu verbinden.

„Ich könnte dir alles gleichzeitig geben, aber ich fürchte, das würde dich überwältigen." Sie schloss die Augen. Ein warmer Strom traf meinen Handballen, durchdrang meine Haut und schoss in meinen Körper.

Die Übertragung war einfach, kein brennender Schmerz, kein Drang, wie verrückt zu schreien. Innerhalb von Sekunden war es vorbei. Wir ließen beide den Arm wieder sinken.

„So", sagte sie. „Du musst nur mit deiner Geisthand durch die Gedanken der anderen Person wischen. Der einzige Nachteil ist, dass du alle Erinnerungen verdeckst. Es ist nicht möglich, eine Auswahl zu treffen, eine zu verdecken, die andere nicht. Es wird alles verschwunden sein."

Ich konnte mir nicht vorstellen, diese Fähigkeit jemals zu benötigen. Oder es mir überhaupt zu erlauben, sie zu benutzen.

„Ich wollte dein Leben nicht noch einmal durcheinanderbringen", sagte sie. „Wenn Anima nicht deine Freunde getötet hätte, wäre ich weiterhin im Schatten geblieben. Aber mir wurde klar, dass sie dich gnadenlos jagen werden und ich etwas tun muss. Für dich. Ich würde alles für dich tun, Sami."

„Das ist nicht mein Name!", brauste ich auf.

„Ali", verbesserte sie sich leise.

Tief einatmen … ausatmen. „Warum hast du Anima dabei geholfen, Coles Mutter zu töten? Zu der Zeit hast du bereits gewusst, wie skrupellos sie sind, und hattest vorgehabt, die Firma zu verlassen."

Sie wandte sich um und drehte mir den Rücken zu. „Ich musste eine Entscheidung treffen. Das habe ich getan."

Als sie nichts weiter sagte, fragte ich: „Was für eine Entscheidung?"

„Nachdem ich dich zu deinem Vater gegeben hatte, war ich ein wenig ausgerastet. Die Leute von Anima nahmen an, dass ich wegen deines Todes in Trauer war, und gaben mir etwas Zeit. Ich hätte gehen können. Ich hätte gehen müssen. Aber aus zwei Gründen habe ich mich dazu entschlossen zu bleiben. Ich dachte, ich könnte die Firma zerstören. Als sich das als unmöglich erwies, wollte ich Bescheid wissen, falls irgendein Verdacht in Bezug auf dich entsteht. Weil ich blieb, musste ich Anordnungen befolgen, um nicht selbst in Verdacht zu geraten. So einfach war das."

Etwas, das Veronica gesagt hatte, nagte an meinem Unterbewusstsein. „Was ist mit Veronicas Mutter? Hast du ihre Erinnerungen verdeckt?"

„Ja."

Keine Reue. Nur kalte, harte Fakten.

War es schlecht, dass mir durch den Kopf ging, zumindest hatte sie die Frau nicht getötet?

Die Tür wurde geöffnet, und Cole kam herein. Mich überfiel Panik. Er würde sie entdecken, würde sofort wissen, was ich tat.

Er blieb jedoch stehen und sagte: „Ich habe gerade was von meinem Vater erfahren. Er hat ein bisschen im Leben dieser mysteriösen Ms Smith geforscht und herausgefunden, dass sie hauptsächlich für ihre ganz besonderen Befragungstechniken bekannt ist. Alle, die auf ihren Tisch geschnallt wurden, haben es nicht überlebt. Wenn sie ihr sagen, was sie wissen will, sterben sie schnell. Wenn nicht, dauert es länger."

Ich sah zu Helen hinüber – sie war verschwunden. Die Panik legte sich, dafür stieg Frust in mir auf. Ich wollte Cole so dringend berichten, was ich wusste, was gerade passiert war.

Das konnte ich nicht.

„Erzähl mir was von den sicheren Häusern", sagte ich stattdessen.

„Wir haben jetzt eins direkt neben Rivers Standort."

„Das ist gut." Meine Frustration wollte sich nicht legen. „Wir beide hatten schon lange keinen Zweikampf mehr", sagte ich und boxte ihn in die Schulter. Die Seite, in der die Schusswunde gewesen war. Wenn wir boxten, dann boxten wir. Es gab keine Regeln. Niemand hielt sich zurück oder schonte sich.

„Brauchst du Training, Ali-Gator?"

Er steckte bei unseren Kämpfen gern ein und zögerte nicht lange. Als ich wieder ausholte, schnappte er sich meinen Arm, drehte mich herum und zwang mich auf die Knie.

Tatsache war, dass ich ein Ventil brauchte.

Ich ließ ein Bein vorschießen und kickte seine Füße zusammen. Sein Griff lockerte sich kurz und ich wirbelte herum, um mit meinem freien Arm zum Schlag auszuholen, aber er kannte mich und erwartete diesen hinterhältigen Zug. Er konnte mich abblocken.

„Du hast mehr drauf als das, mein Schatz", sagte er grinsend.

Ja, das hatte ich. Ich hängte mich an seinen Arm und wirbelte herum, um ihn von mir wegzudrehen, doch er hielt mich weiter fest und riss mich mit sich. Wir drehten uns beide im Kreis, bis er mir ein Bein stellte. Wir fielen. Auf dem Boden rollten wir herum. Dann lag er auf mir.

Ich schlang ihm die Arme um den Nacken, hob die Hüften an und rieb mich an ihm. Sofort besserte sich meine Laune.

Er atmete scharf aus. „Jetzt kämpfst du aber schmutzig."

„Das ist die einzige Art zu kämpfen, Cole-Gesetz."

Er klemmte meine Hüften mit den Knien ein und setzte sich rittlings auf mich. Wollte er die Kontrolle übernehmen und den Ringkampf in eine Rummach-Session umwandeln? Ich packte ihn am Hals und schob ihn nach hinten, bis er auf dem Rücken lag und *ich* rittlings auf *ihm* saß. „Ich muss schon sagen, dass ich diesen Anblick wirklich liebe, wenn du mir so total ausgeliefert bist."

Sein Blick wurde weich. „Ich bin dir immer ausgeliefert, egal, in welcher Position ich mich befinde."

Mein Triumphgefühl verschwand, dafür spürte ich Schuld und Verlangen ... großes Verlangen. Wie konnte ich nur ein Geheimnis vor ihm haben?

Ich sprang auf.

„Wo willst du hin?"

Er schnappte sich einen meiner Knöchel und ich schaffte es, mich gerade noch rechtzeitig abzustützen, um nicht mit dem Gesicht zuerst auf dem Boden zu landen. Ratte! Wieder setzte er sich auf mich.

„Wir sind längst nicht fertig. Es gibt da noch was zu sagen ... und zu machen ..."

„Ups, störe ich bei irgendwas?" Jaclyn stand an der offenen Tür und zwinkerte uns zu.

Ja, dachte ich. Nein! Oje! Ruhig Blut.

Cole stieg von mir herunter, half mir auf die Füße und warf dem Eindringling einen mörderischen Blick zu.

„Haben deine Eltern dich wieder zu uns gelassen?", fragte ich.

Sie schüttelte den Kopf. „Nein. Sie denken, ich liege in meinem Bett."

„Dein Timing ist ... tja. Wir wollten gerade aufbrechen und nach Justin suchen."

Cole atmete einmal tief durch und sah mich an. Was ging nur hinter diesen wundervollen Augen vor sich?

„Übrigens, Kat kommt mit."

„Was?" Das würde Frosty auf keinen Fall zulassen.

„Offensichtlich hat sie sich eine Lebe-das-Leben-in-vollen-Zügen-Liste geschrieben und Frosty kann entweder mitmachen oder sie verlieren. Er hat beschlossen mitzumachen, aber es bringt ihn um. Also sprich ihn nicht darauf an. Du wirst es sonst bereuen. Glaub mir."

Na gut, okay dann.

Als unsere Gruppe sich in zwei bereitstehende Limousinen quetschen wollte, kam Juliana herausmarschiert. An ihr hingen mehr Waffen, als Cole und ich zusammen bei uns trugen.

Veronica zeigte mit dem Finger auf die Haustür. „Zurück ins Haus."

„Die Nieren-Schlampe ist eine verdammte Zivilistin und sie darf mit", zeterte das junge Mädchen. „Ich kann euch wirklich helfen!"

Ich ballte die Fäuste und wollte mich auf sie stürzen, doch Cole hielt mich auf.

„Ich rede mit ihr." Er ging zu ihr hinüber und flüsterte ihr was ins Ohr.

Ihr Gesichtsausdruck wurde versöhnlicher. „Na gut", murmelte sie und stapfte ins Haus zurück.

„Was hast du zu ihr gesagt?", fragte ich, nachdem ich mich auf den Rücksitz unseres SUV gesetzt hatte.

Er klemmte sich neben mich und nahm meine Hand. „Sie wird jeden Tag ein paar Stunden mit Mackenzie trainieren."

Mackenzie gehörte nicht zu denjenigen, die sich um das Alter ihrer Schützlinge kümmerten. Sie würde das Mädchen gnadenlos zur Schnecke machen.

„Sobald Mackenzie meint, sie ist fit genug für den Kampf, kann sie mitkommen", fügte er hinzu.

„Mackenzie wird sie vermutlich erst mal für … wie viel? Zwei Jahre? Als untauglich betrachten?"

„Mindestens."

River saß hinter dem Steuer, Jaclyn in der Mitte und Camilla vorn an der Tür. Gavin folgte und schob dabei Bronx praktisch aus dem Weg. Oh, nicht doch. Das konnte nur eines bedeuten …

Ich ließ mein Fenster herunter, steckte den Kopf hinaus und sagte: „Kat, tausch mal den Platz mit Gavin. Schnell!"

„Hatte ich schon geplant." Sie kam herüber, wurde aber unterwegs von Frosty abgefangen, der sie zum anderen Wagen zurückbrachte – nachdem er mir den Stinkefinger gezeigt hatte.

Die fünfzehn Minuten Fahrt waren schrecklich, reine, echte Folter. Cole hatte einen Arm um mich gelegt und spielte mit meinen Haarspitzen, während sich Gavin und Jaclyn den ganzen Weg über angifteten.

„Wirst du wieder versuchen, mich umzubringen, meine Süße?", begann Gavin.

„Warum hältst du nicht die Luft an?", zischte sie. „Du wirst sie später brauchen, um dein Date aufzublasen."

„Das stimmt, das werde ich. Willst du wissen, was das Traurige an der Sache ist?" Ohne ihr Zeit für eine Antwort zu geben, sagte er: „Sie wird sogar noch amüsanter sein als du."

Jaclyn drohte ihm mit der Faust. „Wenn du nicht deinen Mund hältst, werde ich dir helfen, deine eigenen Zähen zu verschlucken."

„Selbst dann wirst du scharf auf mich sein. Denn das ist schließlich der Grund für deine Streitlust, oder?" Er zwinkerte ihr zu. „Warum tust du uns nicht allen einen Gefallen und gibst es zu? Letztendlich wissen wir doch, dass du dich irgendwann an mich ranwirfst. Das ist die einzige Möglichkeit, in meinem Bett zu landen."

Sie schnaufte spöttisch. „Ich? Mich an dich ranwerfen? Mein Süßer, du könntest dich ja nicht mal flachlegen lassen, wenn du mit einer Handvoll Zwanziger im Puff wärst."

„Und ob ich das könnte. Wenn ich nachher zu deiner Mutter ins Schlafzimmer schleiche, werde ich's dir beweisen."

Nein. Das ging jetzt zu weit. „Es reicht!", sagte ich.

Gavin ignorierte mich. „Träumst du davon, wie ich dich im Bett auf jede mögliche Art befriedige?", fragte er Jaclyn.

Sie warf ihm einen wütenden Blick zu. „Die einzige Möglichkeit, mich im Bett zu befriedigen, wäre, wenn du mich allein in meinem schlafen lässt!"

„Jetzt mal ernsthaft. Es reicht!", sagte River um einiges lauter als ich. „Normalerweise kann ich sexuelle Spannung wirklich genießen, aber ihr hört euch an wie zwei kleine verliebte Arschlöcher im Kindergarten. Beide zu blöd, um es zuzugeben."

Gesegnete Stille.

Bis Jaclyn sich meldete. „Ich bin *nicht* in ihn verliebt oder scharf auf ihn. Für ihn sind Mädchen Süßigkeiten. Und wisst ihr was? Dieser Süßwarenladen ist geschlossen. Ein für alle Mal!"

Gavin gähnte und blickte wie gelangweilt aus dem Fenster. „Eigentlich finde ich eher, dass Mädchen wie Krankheiten sind. Und du bist Ebola. Davon muss man kotzen, stimmt's?"

„Und dazu gibt's innere Blutungen", bemerkte Jaclyn wütend und wartete offensichtlich auf eine Reaktion von Gavin. Trotz allem war ich froh zu sehen, wie sie auflebte.

„Schweigen ist ganz einfach", sagte River. „Ihr solltet das mal versuchen."

„Wenn es so einfach wäre", meldete sich jetzt Camilla, „dann wäre ich deine Mom."

„Meine Mom ist deine Mom."

„Ach so? Ich hab sie nie gemocht."

„Wenn wir zurückkommen", flüsterte Cole mir zu, „will ich dich zu unserem zweiten Date ausführen."

„Wie romantisch du bist." Ich grinste.

„Romantisch ... und verzweifelt darauf aus, mit dir allein zu sein. Beides das Gleiche."

„Und was werden wir an diesem zweiten Date machen? Dieses Nahtoderlebnis wird schwer zu toppen sein."

Er warf mir einen finsteren Blick zu. „Du stehst wohl auf unreife Scherzankündigungen, was?"

„Was soll ich dazu sagen? Das ist eine meiner liebenswerten Eigenschaften."

„Na, heute Nacht wirst du jedenfalls eine *meiner* liebenswerten Eigenschaften kennenlernen."

Ich fühlte mich, als hätte er eine Leuchtrakete in meinem Inneren gezündet. Plötzlich breitete sich köstlicher Schmerz in meinem Bauch aus und mir wurde heiß. Hatte er mir gerade versprochen, dass er ... dass wir endlich bis zum Letzten gehen würden?

Konzentrier dich! „Immer machst du solche Andeutungen zu deinen Plänen mit mir. Sag doch mal ..."

„Nein, zu spät", unterbrach er mich und lächelte teuflisch. „Du wirst schon warten müssen, um herauszufinden, was ich meinte. Wir sind am Ziel."

Verdammt! Er hatte recht.

River stellte den Wagen auf dem östlichen Parkplatz ab. Wir hatten vor, im Erdgeschoss des Wohnhauses anzufangen und uns nach oben zu arbeiten, indem wir an jede Tür klopften.

„Wir übernehmen Parterre und erste Etage", sagte Cole zu Gavin und mir. Und zu Jaclyn und River: „Ihr geht in den zweiten und dritten Stock."

„Was ist mit dem Rest unserer Gruppe?", wollte ich wissen.

„Die anderen werden draußen Wache stehen und aufpassen, dass uns keiner auflauert."

Mit anderen Worten, er stellte sicher, dass Kat nicht mit ins Haus kam, damit Frosty nicht in Gegenwart irgendeines unschuldigen Zeugen ausflippte.

Das Gebäude war ein bisschen heruntergekommen, die Farbe blätterte von den Wänden und der Teppichboden war abgewetzt. Außerdem hing ein muffiger Geruch in der Luft. Lange angesammelter Staub, als gehörte Saubermachen hier nicht zur Hitliste.

Im Erdgeschoss ergab sich nichts. Im ersten Stock klopften wir an eine Tür am Ende des Gangs, wo ein Fenster in Richtung des Lagerhauses zeigte. Ein schlecht gelaunter Mann öffnete. Er war ein bisschen kleiner als ich, sein sandblondes Haar fettig und ungekämmt. Die Augen waren blutunterlaufen und seine Lippen rissig. Er trug ein fleckiges zerknittertes T-Shirt mit dem Aufdruck „Gib immer 100 % oder dein Blut". Aus seiner zu engen Jeans quollen Fettpolster.

Wir hatten ihn noch gar nicht auf den Abend angesprochen, an dem unsere Leute ermordet worden waren, trotzdem warf er ein Handy in meine Richtung und zischte: „Hier, das ist für dich." Dann knallte er die Tür wieder zu und wir blieben mit erstaunten Gesichtern draußen stehen.

Ich war vollkommen baff. Versuchte zu verstehen, was da gerade abgelaufen war.

Cole war sofort alarmiert.

Gavin zog eine Pistole heraus, als erwartete er, dass jede Sekunde etwas passierte.

Zögernd hielt ich das Telefon an mein Ohr. „Hallo?"

„Ali Bell. Wie nett, wieder mal deine Stimme zu hören."

„Ethan?", sagte ich schockiert.

„Der und kein anderer."

Mehr brauchte Cole nicht zu wissen. Er rammte die Wohnungstür, bis das Holz splitterte und das Ding aus den Angeln fiel. Er und Gavin stürzten in die Wohnung.

Ich musste mich an die Wand lehnen, um nicht das Gleichgewicht zu verlieren. „Was willst du?" Und woher hatte er gewusst, dass ich hier auftauchen würde?

„Meine Schwester."

Isabell, ein an Krebs erkranktes fünfzehnjähriges Mädchen, das nicht mehr lange zu leben hatte. „Sie ist nicht bei uns."

Er lachte bitter. „Ich weiß. Aber Anima sagt, sie können sie wieder zurückholen ... wenn ich dich zu ihnen bringe."

Moment mal. „Sie zurückholen. Meinst du ..."

„Sie ist gestorben, Ali", sagte er mit brüchiger Stimme. „Es war so schrecklich. Hat so wehgetan."

Ich ließ die Schultern sinken. Wieder jemanden verloren. „Es tut mir leid, wirklich."

„Aber es war nicht der Krebs", sagte er, als hätte er mich überhaupt nicht gehört. „Sie zu töten war die einzige Möglichkeit, sie zu retten. Wir haben ihr Zombiegift injiziert. Ihr Geist ist aufgestiegen, so wie wir es erwartet hatten. Wir haben jedoch verhindert, dass er entflieht. Nun halten wir ihn gefangen und ihren Körper konserviert."

Wir sagte er, als würde er noch zu Anima gehören. Wie sollte ich darauf reagieren?

„Also ..." Ethan räusperte sich. „Das ist jetzt der Moment, dir zu sagen, dass ich Justin habe und einen Z-Jäger, der versucht hat, ihn zu befreien."

Das Erste war mir klar gewesen, das Zweite nicht. Mir sank das Herz.

Cole und Gavin kamen aus der Wohnung gestürzt, beide mit finsterem Gesicht. Cole schüttelte den Kopf und ich wusste, was er meinte. Der Typ hatte sich irgendwie aus dem Staub machen können.

„Ich möchte einen Handel abschließen", sagte Ethan. „Du gegen die zwei Jungen."

Aber bitte. Innerhalb von Sekunden hatte er mich am Haken. „Es ist unmöglich, dass ..."

„Denk darüber nach. Behalte das Handy, ich werde dir einen Beweis schicken, dass sie leben. Wir reden morgen noch mal."

Klick.

22. KAPITEL

Folge der blutgetränkten Straße

Während wir die Wohnung des Anima-Typs durchsuchten, berichtete ich den anderen von Ethans Tauschangebot. Ihre Reaktion?

Cole: „Na klar tauschen wir dich ein. Zeitpunkt: Nie."

Gavin: „Ich werde diesen Typen umbringen."

Jetzt, nachdem ich Gelegenheit gehabt hatte, darüber nachzudenken, war ich mir nicht mehr so sicher. Für mich war das Leben meiner Freunde wertvoller als mein eigenes. Wenn es in meiner Macht stand, einen von ihnen zu retten, dann musste ich das tun.

Ja, Ethan würde mich hintergehen wollen, aber ich war mir dessen bewusst und könnte ihn überlisten. Selbst falls er es schaffte, mich festzuhalten, wäre das immer noch ein Gewinn für mein Team. Wenn ich in einem Institut von Anima landete, könnte ich die Jungen befreien und einen Teil der Firma vernichten.

Natürlich drohten mir Folter und Tod, doch das hatte ich jeden Tag zu befürchten, egal, wo ich mich aufhielt.

Bis auf einige Möbelstücke und einen Fernseher war die Wohnung so gut wie leer. Wir fanden keine geheimen Fächer oder Verstecke – nur einen Sessel und ein paar zerknüllte Chipstüten sowie eine Büchse Limonade. Es sah aus, als hätte der Typ sich hier nur verkrochen, um auf uns zu warten.

Wir arbeiteten uns weiter durch das Haus, und es dauerte nicht lange, bis wir einen Hinweis bekamen, auf den wir gehofft hatten. Eine Frau in den Vierzigern war in der Nacht der Überfälle zum Rauchen rausgegangen. Sie erinnerte sich daran, dass ein Junge um die siebzehn in eine dunkle Limousine verfrachtet worden war. Zwei Männer in Schwarz unterhielten sich darüber, wo sie ihn hinbringen wollten, zu Dr. Hog oder Dr. Rangarajan. Die beiden hatten gelacht und sich für Hog entschieden.

Wenn wir Glück hatten, stand er im Telefonverzeichnis.

Aber wann war es im Leben jemals so einfach?

Als wir fertig waren, wurde es bereits dunkel, und Ethan hatte immer noch keine Beweise dafür geschickt, dass die beiden Z-Jäger lebten.

„Was passiert als Nächstes?“, fragte ich.

River sah angespannt und erschöpft aus. „Ihr seid bei uns herzlich willkommen.“

Ich warf Cole einen Blick zu. Wir könnten stattdessen zu unserem neuen sicheren Haus fahren.

Er schüttelte jedoch den Kopf und sagte zu River: „Klingt gut.“

Nun, auch okay.

„Meine Jungs werden mal ein bisschen ihre Computerkünste zeigen und alles aus dem Netz holen, was es über diesen Dr. Hog zu finden gibt.“ River lächelte humorlos. „Je mehr wir über ihn wissen, desto besser sind wir in der Lage, ihn da zu treffen, wo es ihm richtig wehtut. So bekommen wir das meiste aus ihm heraus.“

Einverstanden.

Wir trafen mit den anderen zusammen. Cole zog Frosty beiseite, und die beiden begannen eine hitzige Unterhaltung.

Ich konnte nicht hören, worüber sie redeten.

„Ich habe Frosty gesagt, wir würden keine Probleme bekommen, und ich hatte recht“, sagte Kat neben mir. „Jetzt ist er noch mehr ausgerastet und denkt, ich würde ihn immer begleiten wollen.“

„Und, stimmt das?“, fragte ich.

„Wohl kaum. Das macht keinen Spaß.“

Gut so.

Die beiden Jungen kamen zurück, aber Cole vermied es, mich anzusehen.

Okay. Er hatte irgendein Problem. Vielleicht mein Angebot, mich für Justin auszutauschen?

Ja. Ganz bestimmt. Mit anderen Worten: Das Date heute Abend würde wohl eher eine Standpauke werden. Wunderbar!

Alle stiegen in die Autos ein. Unser Wagen stand vorn und Frostys hinter uns. Wir konzentrierten uns auf das Geschehen auf der Straße, suchten nach Anzeichen von Zombies. Und, was noch unangenehmer war, nach Polizisten.

„Ihr könnt euch ruhig im Hof breitmachen“, bot River an, als wir sein Haus betraten. „Ich muss meinen Computerfreaks nur mal eben erklären, was wir brauchen. Bin gleich wieder da.“ Er ging zur Tür, blieb dann jedoch stehen. „Veronica, warum begleitest du mich nicht?“

„Mach ich gern“, erwiderte sie lächelnd und folgte ihm.

„Ich gehe mit den beiden mit“, sagte Cole und strich mir mit einem Finger über die Wange.

„Aber …“

Weg war er.

Tschüs dann.

„Scheiß auf den Hof“, beschwerte sich Frosty, der einen Arm um Kat gelegt hatte. „Wir wollen ein Zimmer.“

Kat warf mir einen Luftkuss zu. Ich zwinkerte.

„Toni!“, rief Camilla, und ein junges Mädchen kam zu uns gerannt. „Bring die beiden in ein Gästezimmer.“

„Ein gutes Gästezimmer!“, sagte Kat. „Am besten das beste.“

Die drei gingen auf die Treppe zu.

Camilla sah mich an, seufzte und führte uns zum Hof, wo an einem Ende gerade ein weiteres Todesmatch stattfand und eine Tanzparty am anderen. Etwa fünfzig Z-Jäger hielten sich hier auf, alle zwischen achtzehn und Anfang zwanzig.

Für ein Mädchen auf der Suche musste das wie ein Stück Himmel sein.

Meine Freunde wussten noch nicht, was die anfeuernden und verächtlichen Rufe zu bedeuten hatten, die von der Zombi-Arena kamen, aber sie gingen interessiert auf die Action zu.

„Macht uns doch mal bekannt.“ Ein Typ stellte sich vor uns und deutete mit dem Kopf auf Mackenzie. Er war so groß wie ich und sehr schlank, von asiatischer Abstammung mit grün gefärbten Haaren. Unter sein rechtes Auge hatte er sich drei Tränen tätowieren lassen.

„Das ist Hiroaki und das sind Coles und Alis Freunde“, sagte Camilla und ratterte alle Namen herunter. Die Jungen nickten steif, die Mädchen lächelten.

Hiroaki behielt weiterhin Mackenzie im Blick. „Freut mich, dich kennenzulernen.“

„Ganz meinerseits“, erwiderte sie förmlich.

Ich wartete fast darauf, dass sie einen Knicks machte.

Zwei weitere Jungen erschienen neben Hiroaki. Einer von ihnen war Narbenknöchel, sein Interesse konzentrierte sich ebenfalls auf Mackenzie. Er musterte sie, als hätte er gerade seine nächste – und letzte – Mahlzeit entdeckt.

„Wen haben wir denn da?“, sagte der andere. Ein Afroamerikaner mit rauem, purem Sex-Appeal. Mädchen schienen ihn offenbar am allerwenigsten zu interessieren. Er starrte Gavin ziemlich anzüglich an. „Ich hätte nicht übel Lust, dich mit einem Bissen zu vernaschen."

Gavin plusterte sich auf wie ein Pfau. Ich glaube, er ging ganz selbstverständlich davon aus, dass jeder auf ihn scharf sein musste, egal, ob männlich oder weiblich. Das hier war für ihn nur die Bestätigung.

„Es tut mir wirklich leid, dir diese schlechte Nachricht zu überbringen", sagte er. „Doch ich bin das Büfett für die Mädchen, und die möchten mich ungern mit dem anderen Team teilen."

„Alles klar." Der Typ zuckte die Schultern, als wollte er sagen: Einen Versuch war es wert. „Ich heiße Joshua. Für meine Freunde Josh, aber du darfst mich nennen, wie du willst", fügte er mit einem Zwinkern hinzu.

„Ich bin Chance", stellte sich Narbenknöchel vor, und, wow, diese Stimme! Wahrscheinlich konnte er Engel zum Weinen bringen.

Er nahm Mackenzies Hand, während die stocksteif dastand. „Wir haben uns schon mal gesehen", sagte sie.

„Ich weiß."

Als Chance einen Blick auf Jaclyn warf, stellte sich Gavin mit verschränkten Armen hinter sie und starrte ihn so herausfordernd an, wie ich es von ihm überhaupt nicht kannte. Das war schon fast komisch.

Der gut durchtrainierte Chance ließ sich davon nicht beeindrucken und wagte es, nach Jaclyns Hand zu greifen.

Sie errötete, was sie nur noch hübscher aussehen ließ.

Ein leises Knurren drang aus Gavins Kehle. Jaclyn holte erschrocken Luft und wirbelte herum. Als sie bemerkte, wie dicht er hinter ihr stand und wie angriffslustig er aussah, wich sie zurück.

„War das notwendig?", fragte Mackenzie an Chance gerichtet.

„Nein. Spaß? Ja."

„Für uns sieht Spaß ein bisschen anders aus."

Er schenkte uns ein kurzes, aber spektakuläres Lächeln. „Ich habe dir meins gezeigt, wieso zeigst du mir jetzt nicht deins?"

„Ernsthaft?", sagte sie. „Du hast die ersten Male, die wir uns gesehen haben, kein Wort mit mir gewechselt, und das ist dein Einführungstext?"

Er zuckte ungerührt mit den Schultern.

„Warum kämpft ihr beiden nicht in der Arena?", schlug Camilla an Gavin und Chance gerichtet vor. „Wir anderen können dann unsere Wetten abgeben."

„Arena?“, fragte Gavin ganz offensichtlich interessiert.

„Hier lang.“ Camilla ging los und wir folgten ihr vorbehaltlos und blind.

Ein paar Minuten beobachteten wir den gerade stattfindenden Kampf.

„Zwanzig Dollar auf das Mädchen in der Jogginghose“, rief Gavin, und Josh klopfte ihm auf die Schulter, als hätte er den einfallsreichsten Satz überhaupt von sich gegeben.

Jaclyn hielt sich den Magen und zog sich zurück.

Chance bemerkte es und ging zu ihr. „Komm, ich bringe dich an ein ruhiges Plätzchen.“

Sie nickte, und die beiden verschwanden ins Haus. Gavin beobachtete aus zusammengekniffenen Augen, wie Jaclyn und Chance weggingen. „Sie sollte bei mir bleiben“, zischte er.

Wow. Er fuhr tatsächlich auf sie ab. „Bist du dir sicher? Die Visionen bedeuten nicht immer das, was wir darin sehen. Wir hatten gedacht, dass wir uns küssen würden, doch das war überhaupt nicht der Fall.“

„Ein bisschen Action hatten wir schon, oder?“

Ich verdrehte die Augen. „Du solltest wirklich freundlicher zu Jaclyn sein.“

„Mädchen stehen nicht auf freundlich“, murmelte er.

„Wer hat dir das erzählt?“

„Niemand. Aber ich habe Augen im Kopf. Ich weiß, dass die Mädchen das haben wollen, was sie nicht bekommen können. Sie wünschen sich, diejenige zu sein, die als Einzige in der Lage ist, den Jungen zu zähmen, mit dem sonst keine fertig wird, auch wenn das aussichtslos ist.“

Er hatte … irgendwie recht. „Jaclyn ist nicht wie die anderen Mädchen. Sie ist ziemlich empfindlich und …“

Er lachte spöttisch. „Sie ist nicht empfindlich, Ali-Cat. Sie ist zäh wie Leder.“

„Nein, ist sie nicht.“

„Doch, Ali, ist sie.“ Er sah mich an. „So wie in den Visionen ist nicht alles, was wir sehen, das, wonach es aussieht. Du konzentrierst dich auf die zarte Außenhülle und blickst nicht unter die Oberfläche. Da tief drinnen brodelt die Wut und wartet nur darauf, dass sich das Ventil öffnet.“

„Nein …“

„Du bemutterst sie“, fuhr er fort, „und das ist das Letzte, was sie braucht.“

Ich stampfte mit dem Fuß auf. „Du hast sie nicht während unserer Gefangenschaft erlebt oder nach dem Überfall auf uns.“

„Das macht nichts. Ich sehe sie jetzt.“

Mackenzie klopfte ihm auf die Schulter. „Willst du hier einfach rumstehen, Gavin, oder kümmerst du dich um dein Mädchen?“

Gemeint war eigentlich, er sollte Chance von Jaclyn fernhalten.

Was für ein Abend.

Während unten in der Arena Zombies kämpften, bemerkte ich, wie Camilla sich etwas von den anderen absonderte und für sich allein ein Glas Bier trank.

Ich ging zu ihr hinüber. „Wie fangt ihr sie ein?“

Sie presste die Lippen zusammen und tat so, als wäre ich nicht anwesend. Ich blieb neben ihr stehen, bis sie schließlich seufzte.

„Wir patrouillieren jede Nacht, und wenn sich Zombies blicken lassen, legen wir so vielen wie möglich Halsbänder um und töten die anderen. Und falls du es wagst, mir vorzuwerfen, dass so was den Zombies gegenüber grausam ist, muss ich dir leider das Gesicht zerschmettern.“

„Mit emotionslosen Hüllen des Bösen habe ich kein Mitleid.“

„Dann ist es ja okay.“ Sie blickte über meine Schulter und nickte. „Du musst mich mal entschuldigen. Ich werde woanders gebraucht.“ Sie machte sich aus dem Staub … wohin auch immer.

Ich stand nicht lange allein da. Eine Mischung aus Junge und Mann kam zu mir herübergeschlendert und drückte mir einen Becher Bier in die Hand. Ich bedankte mich, obwohl ich wusste, dass ich den Inhalt niemals trinken würde. Mein Dad war Alkoholiker gewesen und es hatte mich fertiggemacht, seinen Verfall zu beobachten. Ich machte normalerweise (meistens) einen großen Bogen um Alkohol.

„Ich kann doch nicht zulassen, dass du dich vernachlässigt fühlst“, sagte er grinsend. Sein ansonsten glattes Gesicht zierten mindestens zehn lange, breite Narben, die ihm ein beunruhigend dramatisches Aussehen verliehen.

„Danke“, sagte ich noch mal.

„Keine Ursache. Hey, ich hab dich beim letzten Mal, als du hier warst, kämpfen gesehen. Nicht dass es ein richtiger Kampf war. Du warst ja eher hardcore als fair. Aber, Mann, das hat mich echt weggehauen. So was habe ich noch nie gesehen." Er blickte mich unter seinen auffallend dichten Wimpern an. „Also ... wie hast du das gemacht?"

„Es ist eben eine Fähigkeit von mir."

„Nun, du solltest jedenfalls daran denken, heute in die Arena zu steigen. Wir haben über dich gesprochen, und die Jungs, die letztes Mal nicht da waren, würden wer weiß was darum geben, wenn sie die Gelegenheit bekämen, dir bei der Arbeit zuzusehen."

„Vielleicht ein andermal." Für mich war das Vernichten der Zombies eine Aufgabe – ein Privileg – kein Sport.

Cole erschien an meiner Seite und blickte den anderen Typen finster an – der hob abwehrend die Hände.

„Wir haben herausgefunden, was Hog bedeutet", sagte Cole, als wir allein waren.

Die Beschwerde, die ich gerade hatte loswerden wollen, erstarb mir in der Kehle. „Und? Sag's mir."

Er nahm den Becher Bier aus meiner Hand und stellte ihn beiseite. „Hände ohne Gnade."

Oh, verdammt.

„Rivers Jungs haben auch Dr. Rangarajan gefunden", fuhr er fort. „Wir schicken ein Team los, das ihn herbringen soll. Er könnte uns verraten, wo unsere Leute festgehalten werden."

Ich blickte über seine Schulter und beobachtete, wie River mit Gavin und Bronx redete, sie wahrscheinlich auf den neuesten Stand brachte. Nun, nicht nur wahrscheinlich. Die drei verließen mit zwei anderen Jungen den Hof.

„Du gehst nicht mit?", fragte ich.

„Ich habe es delegiert. Komm mit." Er führte mich über den Hof durchs Gebäude und hinaus auf die dunkle Straße.

„Wohin gehen wir?"

„Zum sicheren Haus."

Allein? Wir beide zusammen? Für eine Standpauke ... oder etwas anderes?

Das Gebäude war kleiner als Rivers Haus, noch heruntergekommener, aber mit einem Top-Sicherheitssystem versehen. Cole musste einen Code eintippen, um die Haustür zu öffnen. Wir landeten in einem Raum, der mal eine Hotellobby gewesen sein musste und nun in ein hammermäßiges Wohnzimmer umgebaut worden war – mit

Großbildschirmfernseher, zwei Sofas und mehreren Sesseln. Vor einem gesprungenen Marmorkamin lag ein wunderschöner handgeknüpfter Läufer.

„Hier sind ja schon Möbel drin“, sagte ich überrascht.

„Nur in diesem Raum.“ Cole machte Feuer. „Hör zu. Ich kenne dich und weiß, du findest es vollkommen in Ordnung, wenn du dich gegen Justin austauschen lässt.“

Also Standpauke. Großartig. Ich machte es mir auf dem Teppich bequem.

„Aber es ist nicht in Ordnung. Nicht zum jetzigen Zeitpunkt und auch nicht später. Und denke nicht einmal daran, darüber zu diskutieren. Ich führe die Z-Jägergruppe an, daher bin ich dein Boss. Ich treffe die Entscheidungen und du richtest dich danach.“

Okay, er kannte mich. „Der einzige Grund, warum ich dich nicht auf die Knie zwinge und dich um Erbarmen flehen lasse, ist, dass ich weiß, du machst dir große Sorgen um mich. Aber, Cole … Ganz ernsthaft, du machst mich fuchsteufelswild.“

Er setzte sich vor mich. Ich zerrte am Ausschnitt seines T-Shirts und ließ den Stoff zurückschnappen. „Du bist entweder mein Freund oder mein Boss. Beides geht nicht. Such dir was aus.“

Er rückte noch näher an mich heran, so dicht, dass ich praktisch rittlings auf seinem Schoß sitzen musste, um nicht das Gleichgewicht zu verlieren. Was für ein Elend. Seine Brust berührte meine, und egal, ob von ihm beabsichtigt oder nicht, es ging mir durch und durch.

„Wenn das bedeutet, dass ich so für deine Sicherheit sorge, wähle ich den Boss“, sagte er.

Der Duft von Erdbeeren betörte meine Nase, während die unterschiedlichsten Gefühle mit meinem Herzen Tango tanzten. „Im besten Fall brauche ich mich nicht austauschen zu lassen, Ethan soll das nur denken, und dann schlage ich zu. Und klar, er wird mich genauso zu linken versuchen, aber du tust gerade so, als hätten wir überhaupt keine Chance.“ Ich versuchte ihm nicht zu zeigen, dass mir der Atem stockte, als er die Finger über mein Rückgrat gleiten ließ. „Es gibt uns die Möglichkeit, die Jungen zu retten und Anima ernsten Schaden zuzufügen.“

„Und die Möglichkeit, dass du gefoltert und umgebracht wirst.“

Den gleichen Gedanken hatte ich auch gehabt. Na und. „Wenigstens habe ich dann was unternommen.“ Ich musste etwas tun. „Was, wenn ich diejenige bin, um die es im Text geht?" Das Mädchen, das sich für andere opferte. „Was ist, wenn ich sterben muss?"

„Das ist aber nicht der Fall. Der Text kann genauso gut eine Fälschung sein."

„Nein, ist er nicht. Es ist eine Seite aus meinem Tagebuch."

Er senkte den Kopf und legte seine Nase an meine. „Was ist, wenn du nicht diejenige bist? Du würdest dich für nichts und wieder nichts in Gefahr bringen."

Er hatte immer ein Gegenargument parat. „Nicht für nichts und wieder nichts." Okay, gut, ich verstand, was er meinte. „Egal wie, wir müssen diese Jungen zurückholen. Das hat erste Priorität."

Ein Augenblick verging, die Anspannung erhitzte mich innerlich.

„Du hast recht", sagte er. „Aber wir machen es auf meine Art."

„Einverstanden. Wenn deine Art für mich akzeptabel ist."

Er schnaufte. „Vergiss es – ich bestimme, wo es langgeht."

„Schon vergessen. Und jetzt genug geredet. Ich habe eine bessere Idee, was du mit deinem Mund anstellen kannst." Ich gab ihm einen heißen Kuss auf die Lippen und schob ihn dabei zurück auf den Teppich.

Cole rollte sich schnell mit mir zusammen herum, seine Bewegungen waren geschmeidig wie die eines Panthers. Mit seinem Gewicht drückte er mich auf den Boden.

„Ist das deine Art, mich abzulenken?"

Er küsste mich auf den Hals, und ich hatte das Gefühl, als würde das Blut in meinen Adern vor Hitze brodeln.

„Es funktioniert jedenfalls."

„Du hast mir doch ein zweites Date versprochen, oder?"

„Habe ich."

„Also, das hier wäre mein Vorschlag."

„Herumliegen und … reden?" Er verzog die Lippen zu einem trägen, unanständigen Lächeln.

Mein Herz schlug noch schneller. „Küssen … berühren. Und so weiter. Alles."

„Ali …" Sein Gesicht bekam einen gequälten Ausdruck.

„Gestern wäre ich fast gestorben", argumentierte ich. „Ich könnte morgen tot sein oder vielleicht sogar in der nächsten Stunde. Ich möchte mit dir zusammen sein, Cole."

„Ali …", wiederholte er.

„Nein. Du bildest dir ein, dass es deine Entscheidung ist oder die deines Vaters. Nun, hier eine Neuigkeit. Das ist nicht der Fall. Es ist *unsere* Entscheidung. Ich bin bereit. Schon lange. Und du auch."

Er schien einen inneren Kampf mit sich auszufechten.

„Ich bin den ganzen Tag dabei, es mir aus- und wieder einzureden."

Also hatte er tatsächlich darüber nachgedacht. „Was sagen meine Augen?"

Er legte seine Stirn an meine. „Zu viel."

„Und garantiert ist jedes Wort davon wichtig. Hör zu."

Ich strich ihm mit den Fingern durchs Haar und drückte Küsse auf sein Kinn. Es dauerte nicht lange, da senkte er den Kopf, presste seinen Mund auf meinen und nahm mir den Atem.

„Bist du dir sicher?", flüsterte er rau, während seine Hände überall zu sein schienen.

Er bekam seine Antwort, als ich ihn wieder auf den Rücken rollte … und in Aktion trat.

23. KAPITEL

Verstand sollte niemals vergeudet werden

Ich hätte mich am liebsten aufs Dach gestellt und gebrüllt: Hallo, Welt! Cole und ich haben ES endlich getan!

Das große Ereignis war vor einer Stunde zu Ende gewesen, doch wir hatten uns nicht vom Teppich bewegt. Nun, ich nicht. Cole ja, aber nur einen kurzen Augenblick, um das Kondom loszuwerden. Dann war er wieder zurückgekommen und hatte mich in die Arme genommen. Ich war glücklich. Ich war immer noch regelrecht überwältigt. Ich und Cole. Cole und ich. Wir beide. Zusammen.

War es übertrieben und besitzergreifend, zu denken, unsere Seelen waren nun miteinander verbunden?

Wahrscheinlich. Aber das konnte mir egal sein! Wir hatten ES getan!

So wie ich zu ihm gehörte, gehörte er jetzt zu mir. Nicht nur theoretisch, sondern wirklich, tatsächlich. Da war Verantwortungsgefühl. Zuverlässigkeit. Ja, das war bereits vorher Bestandteil unserer Beziehung gewesen, doch alles fühlte sich nun anders an. Intensiver.

Er hielt mich in seinen Armen wie einen wertvollen Schatz. Wenn ich darüber nachdachte, was wir gerade getan hatten – verbundene Seelen! –, dann sollte ich das auch besser sein. Ich hörte das *Poch, Poch* seines Herzschlages, ein heftiges Klopfen im Gleichklang mit meinem.

„Geht es dir gut?“, fragte er.

Ich stützte mein Kinn auf die Hände und blickte auf ihn hinunter. Sein dunkles Haar war so sexy zerzaust, die Lider hatte er halb geschlossen. Die Lippen waren von meinen gierigen Küssen ein bisschen geschwollen. Ehrlich, er hatte nie besser ausgesehen.

„Ich glaube schon.“ Plötzlich befiel mich merkwürdige Verletzlichkeit – das passierte nicht zum ersten Mal. „Was ist mit dir? Wünschst du dir, dass wir lieber noch zwei Jahre gewartet hätten wie geplant?“

„Ich schätze, wir wissen beide, dass der Vorsatz von vornherein zum Scheitern verurteilt war. Und dumm. Ein Verbrechen gegen die Natur.“

Ich küsste die Stelle über seinem Brustwarzenpiercing. „Du hast wirklich alles gegeben.“

„Mehr kann ein Junge eben nicht tun", sagte er und spielte mit meinem Haar.

„Also eine Eins für deinen Einsatz."

„Oh, geben wir uns jetzt Zensuren?"

„Nein!", rief ich … dann biss ich mir auf die Unterlippe. „Oder doch?"

Er lächelte. „Du bist über alle Hitlisten erhaben, mein Schatz. Meine Beste. Meine Favoritin. Keine ist mit dir zu vergleichen."

„Offensichtlich", erwiderte ich in aufgesetzt gebieterischem Tonfall.

Er lachte und schnaubte verächtlich.

Wieder fühlte ich mich mit einem Mal so verletzlich. „Du liebst mich doch, oder? Jetzt und ewig."

„Natürlich liebe ich dich. Das musst du mir glauben, du weißt, dass ich immer ehrlich zu dir bin."

Genauso wie ich immer ehrlich zu …

Oh, verdammt. Ich war nicht ehrlich gewesen. Ich hatte ihm das mit Helen verschwiegen. Wir hatten Sex miteinander gehabt, aber ich hatte ihm verdammt noch mal nicht von Helen erzählt.

Ich wusste, wie verheerend sich eine einzige Lüge auswirken konnte. Wie leicht sie ein lebenslanges Vertrauensverhältnis zerstörte. Und etwas zu verschweigen *war* eine Lüge. Trotzdem war dies der falsche Zeitpunkt, um es ihm zu sagen, nicht während wir zusammengekuschelt vor dem warmen Feuer lagen und unsere Klamotten um uns herum verstreut waren.

Also … wann?

Morgen. Ja. Und er würde mir vergeben und Verständnis haben. Nach dem, was wir miteinander erlebt hatten, konnten wir die Dinge einfacher lösen, waren zu mehr Nachsicht mit dem anderen bereit.

In dem verzweifelten Bemühen, das Thema zu wechseln, sagte ich das Erste, was mir gerade in den Sinn kam: „Warst du jemals vorher mit einem Mädchen wie mir zusammen?" Kaum hatte ich es ausgesprochen, wäre ich am liebsten im Erdboden versunken.

Der Gedanke an ihn und ein anderes Mädchen – selbst ein Vor-Ali-Mädchen – gefiel mir überhaupt nicht. Ich fühlte dabei etwas, das ich bisher nie gefühlt hatte. Ich hätte sie gern krankenhausreif geprügelt. Nicht zu schlimm. Nur für ein paar Tage.

„Einem Mädchen wie dir? Es gibt kein Mädchen wie dich."

„Ich meine unerfahren.“

Er seufzte. „Einmal“, gab er zu.

„Hast du sie geliebt? Wie hat sie sich anschließend verhalten?“

Cole seufzte erneut. „Willst du wirklich darüber reden?“

„Ja.“

Er strich mit den Fingern zärtlich über meinen Rücken. „Nein, ich habe sie nicht geliebt. Das war in meiner Nimm-alles-was-du-kriegen-kannst-Phase. Und ich weiß nicht, wie sie sich nachher verhalten hat. Ihre Eltern sind nach Hause gekommen und ich musste mich durchs Fenster davonschleichen.“

Trotzdem hätte ich sie gern verprügelt, vielleicht hätte ich ihr auch Blumen gebracht. Es tat mir leid, wenn ich daran dachte, wie allein sie gewesen war, verletzlich, so wie ich im Moment. „Wie hast du dich gefühlt?“

„Interessiert dich das? Oder willst du eigentlich fragen, wie ich jetzt über uns denke?“

Ich schluckte. „Ja, wie denkst du über uns?“

Er hielt mich noch fester. „Ich will alles von dir, für immer, dich und mich, jeden Tag.“

Uh. „Hast du gerade Nicholas Sparks zitiert? Oder besser Ryan Gosling aus ‚Wie ein einziger Tag‘?“

Kurzes Schweigen, dann Lachen. „Ich habe gehofft, es würde dir nicht auffallen.“

Zu dumm. „Und es ist dir überhaupt nicht peinlich, dir so was aus einer Kinoschnulze zu merken?“

„Hey, Baby, das ist keine Schnulze. Das ist der beste Frauenaufreißer aller Zeiten. Danach kann jeder Mann flachgelegt werden. Nebenbei gesagt bist du bei dem Gedanken an Ryan Gosling total verträumt und so was von albern geworden.“

Das war ich, sogar gewaltig. Guter Zug, Cole Holland. Guter Zug. „Hattest du jemals einen One-Night-Stand?“ Ich war wieder auf dem alten Gleis gelandet.

Er drückte mir einen Kuss auf die Schläfe. „Woher kommt das denn jetzt?“

„Keine Ahnung“, gestand ich. „Ich fühle mich im Moment so völlig außer Kontrolle. Ich könnte mir die Haare ausrupfen, dann deine, dann dich umarmen und küssen und vielleicht einen großen Haufen Schokosplitterkekse essen.“

„Das ist … okay, wow. Du bist wirklich im besten Sinne merkwürdig."

„Das beantwortet aber nicht meine Frage."

Schweigen. Ein Seufzer. „Ja. Ich hatte schon einen One-Night-Stand."

„Mit wem?", fragte ich und war auf das unbekannte Mädchen eifersüchtig. Oder die unbekannten Mädchen?

„Um ehrlich zu sein, ich weiß nicht mal, wie sie hießen."

Wie sie hießen. Plural. Wie viele Mädchen musste ich denn nun krankenhausreif schlagen?

„Also … was möchtest du gern werden, wenn du erwachsen bist?", fragte er mich. „Vorausgesetzt, dass bis dahin alle Zombies vernichtet sind."

Ich ließ mich diesmal auf die Ablenkung ein. Es war mein Rettungsring. „Ehrlich? So nennst du das?"

„Warum nicht?"

„Wenn *ich älter werde*", sagte ich betont, „dann will ich … wage es nicht zu lachen! Ich will Beraterin oder so was werden."

„Wieso sollte ich darüber lachen? Du würdest bestimmt eine wunderbare Beraterin sein, die den Leuten dabei hilft, über ihre Probleme zu plappern, die …"

Ich drehte seinen Nippelring um.

„Au!" Er packte meinen Finger und löste ihn von seinem Piercing. „Du hast so viel durchgemacht", sagte er ernst. „Du kannst die Sorgen der Leute besser verstehen als mancher andere."

„Was ist mit dir? Was willst du machen?"

„Ich habe mir das schon ganz genau überlegt. In meiner Auszeit werde ich als Überlebenskünstler Leute mit in den Wald nehmen und ihnen zeigen, wie sie sich durchschlagen können."

„Und ihnen sagen, was sie tun müssen."

„Das ist ein Bonus."

„Gut. Hört sich perfekt für dich an. Und was ist mit deiner Ein-Zeit?"

„Polizei."

Noch perfekter. „Dann wirst du viel mit aufrührerischen Kids zu tun haben, die nicht mit dir reden."

Er grinste. „Karma."

„Zwanghaft." Ich gähnte, von plötzlicher Müdigkeit überfallen.

„Schlaf ein bisschen.“

„Nein. Unterhalten.“ Die einlullende Wärme zog mich jedoch tiefer und tiefer in dieses dunkle Meer der Träume, und bald driftete ich vollkommen weg …

Ich weiß nicht, wie viel Zeit vergangen war, als Cole mich mit einem Kuss weckte.

„Wir müssen zu River zurück, mein Schatz. Ich will hören, ob sie irgendwas Neues erfahren haben.“

„Hmmm, okay“, sagte ich und rollte mich auf die Seite, um weiterzuschlafen.

Lachend klopfte Cole mir auf den Hintern. „Aufstehen, sonst fange ich an, dich zu kitzeln.“

„Dann gibt es Schläge.“

„Lass uns mit dem Vorspiel noch ein bisschen warten, bis wir da angekommen sind, wo wir hinmüssen.“

Cole setzte sich mit River zusammen und ich ging wieder ins Bett. Als ich aufwachte, wie viel später es auch war, saß Cole auf der Bettkante und beobachtete mich. Sein Gesichtsausdruck war sanft und zärtlich.

„Guten Morgen“, sagte er lächelnd.

Ich setzte mich auf. „Ja, ja“, murmelte ich. Gewisse Körperstellen fühlten sich leicht wund an, und in meinem Kopf kreiste nur ein Wort: *Sex, Sex, Sex*.

„Ich hoffe, du hast Hunger.“ Cole stellte mir ein Tablett mit einem Haufen Pfannkuchen auf den Schoß. „Das sind zwar keine Schokosplitterkekse, aber ich dachte, die könnten dir trotzdem schmecken.“

Wie er ins Bett hatte hereinkommen und wieder aufstehen können, ohne mich zu wecken, war mir schleierhaft. Doch so war es. Nun saß er im hellen Tageslicht hier und sah so sexy aus wie nie, während ich wahrscheinlich einen ernsten Fall von morgendlichem Chaos darstellte.

„Du wirst ja rot“, sagte er.

Weil wir gerade Sex gehabt hatten! „Na ja, du machst mich wütend“, schimpfte ich.

Er schenkte mir dieses Lachen, das allein für mich reserviert war. „Anmerkung für mich selbst: Ali-Gator wird zum Ali-Tiger, wenn sie nicht genug Schlaf bekommen hat.“

„Und dich werden gleich die Kratzer zieren, die den Beweis dafür liefern."

„Oh nein." Er hob beschwichtigend die Hände. „Keine Fingernägel irgendwo auf meinem Körper – im Moment."

Ich streckte ihm die Zunge heraus.

Er strich mir mit den Fingern übers Haar.

„Nicht!"

„Iss."

„Na gut." Ich aß, duschte – allein – und zog mir saubere Sachen an, die tatsächlich passten – wem auch immer ich dafür danken musste. Dabei strengte ich mich an, nicht an all das zu denken, was wir miteinander gemacht hatten. Erst als ich mir die Haare mit einem Handtuch trocken rubbelte, fiel mir ein, dass Cole und ich gar keine Vision gehabt hatten. Ich versuchte, nicht in Panik zu geraten. Das letzte Mal, als die Visionen ausgeblieben waren, hatten wir uns getrennt.

„Cole!", sagte ich aufgeregt und stellte mich vor ihn, während ich die Lederbänder um meine Handgelenke befestigte. Alles, was es den Zombies schwerer machte zuzubeißen, gehörte inzwischen zum festen Bestandteil meiner Garderobe. „Wir hatten keine Vision."

Er runzelte die Stirn. „Es wird schon okay sein." Dann beugte er sich herunter und gab mir einen sanften Kuss auf die Lippen. „Wir haben sicher eine, wenn ..."

... und plötzlich befanden wir uns in einem schmalen Gang.

Ich hing über seiner Schulter, und diesmal konnte ich sogar den Knochen spüren, der mir in den Magen drückte und mir fast die Luft abschnürte. Ich roch Desinfektionsmittel und etwas Kupfriges, außerdem Rauch.

Von Weitem kamen Schüsse, Schmerzensschreie und Stöhnen.

„Lass mich los!", zeterte ich.

„Niemals", erwiderte er.

Während ich ihm in den Rücken boxte und die Knie in die Brust rammte, hob er seine Pistole und schoss auf jeden, der es wagte, sich uns zu nähern. Womm, womm, womm. Sie fielen zu Boden.

Menschen. Keine Zombies.

„Ich meine es ernst. Lass mich los!"

„Nie wieder."

„Was soll das heißen! Was hast du mit mir vor? Was willst du von mir?"

„Ich will das, was ich schon immer wollte. Alles."

„Das bekommst du aber nicht."

Am Ende des Flurs ging es nach links oder rechts. Auf der einen Seite schoss sich Frosty einen Weg durch eine Gruppe von Männern frei. Seine Arme bewegten sich blitzschnell, von einem Gegner zum anderen, ich konnte es kaum mitverfolgen. Um ihn herum lagen die Getroffenen. Womm, womm, womm. Blut spritzte an die Wände.

Ich hatte ihn noch nie so wütend gesehen. Seine Augen blitzten wild und hasserfüllt.

Rechts lagen jede Menge Zombie-Halsbänder am Boden – ohne Zombies.

Zu beiden Seiten knisterten Flammen.

Cole lief nach rechts, weg von Frosty, was mich überraschte. Er …

… ein Klopfen an der Tür riss uns aus der Vision.

Ich blinzelte und fand mich im Schlafzimmer wieder, die Luft klar und frisch, Sonnenschein fiel durchs Fenster.

„Rangarajan ist hier", verkündete Camilla. „Wenn ihr die Action miterleben wollt, müsst ihr auf den Hof kommen."

Cole und ich sahen uns an, schweigend. Angespannt.

„Das war realistischer als jemals zuvor", sagte ich, als Camilla gegangen war.

„Ich weiß. Unsere stärkere Verbindung muss die Vision beeinflusst haben."

„Aber warum kam sie verzögert?"

„Weil wir jetzt mehr Kontrolle über uns haben, und weil wir wollten, dass es passiert? Ich hab keine Ahnung." Er fuhr sich mit den Fingern durchs Haar. „Wir denken später noch mal darüber nach."

Okay. In Ordnung. Es ging ja nicht um Leben und Tod.

Oder?

„Hey." Er strich mir übers Kinn. „Das ist nichts Schlechtes. Die Visionen sind unsere Freunde, keine Feinde. Sie haben uns schon so oft geholfen."

Das stimmte. „Sie haben uns aber auch viel Unglück gebracht."

„Nur weil wir nicht wussten, wie wir sie interpretieren sollten."

„Die letzte schien jedenfalls ziemlich eindeutig."

„Da ist heute jemand etwas negativ, was?", sagte er grinsend.

Ich tätschelte ihm die Wange. „Allerdings. Und vergiss das nicht, sonst schneidet dir dieser Jemand noch was Wertvolles ab."

„Falls du von meinem besten Stück reden solltest, gehe ich davon aus, dass es für dich auch wertvoll ist."

Du meine Güte.

Cole lachte, als er mir aus dem Zimmer und zum Hof hinaus folgte. Dort hielten sich nur noch wenige Kids auf. River, Camilla, Narbenknöchel – ich meine natürlich Chance – und dazu alle aus unserem Team. Die Sonne stand hoch, und die Wärmestrahlen waren eine angenehme Liebkosung in der kalten Luft.

Jemand hatte ein großes rundes Holzgatter in die Mitte des Hofes geschoben. Der Mann darin musste Dr. Rangarajan sein. Seine Arme waren nach oben gestreckt und über ihm festgebunden, die gespreizten Beine am Boden. Er war klein und schmal, schätzungsweise Mitte sechzig, mit grau meliertem Haar und gebräunter, faltiger Haut. Neben ihm sahen die Z-Jäger wie Wikinger aus.

Der Arzt war bis auf die Unterwäsche ausgezogen, er musste ziemlich frieren in dieser Kälte. In seinen Wimpern und an seinen Wangen hingen Tränen, Rotz lief ihm aus der Nase.

Kat kam angerannt und stellte sich vor mich. Sie sagte kein einziges Wort und blickte mich nur an. Ich wusste, was sie dachte. Wir sollten dagegen protestieren. Ich war ebenfalls gefoltert worden, und sie hatte die Folgen hautnah mitbekommen. Wenn wir so etwas taten, begaben wir uns auf die Ebene von Anima, bekämpften das Böse mit Bösem.

Genauso wie bei Benjamin hatte ich jedoch keine Ahnung, was wir sonst tun könnten. Für den Fall, dass der Arzt wusste, wo Justin war, mussten wir etwas unternehmen.

„Bitte", sagte Dr. Rangarajan. „Lasst mich gehen. Ich habe Familie."

„Das hatten die Kids, die ihr umgebracht habt, auch." River lief vor ihm auf und ab und wedelte mit einem Dolch herum. Blut tropfte aus einem Schnitt in seinem Zeigefinger, den er sich dabei zufügte, aber er schien es gar nicht zu bemerken. „Ich bin kurz davor, meine Geduld mit dir zu verlieren. Du arbeitest für Anima, und ich möchte, dass du es zugibst. Jedes Mal, wenn du es abstreitest oder lügst, werde ich dir ein X in die Haut ritzen. Und wenn ich keinen Platz mehr finde, dann schneide ich es dir direkt ins Herz."

Dr. Rangarajan fuhr sich nervös mit der Zungenspitze über die Lippen und beobachtete die Zuschauer. Eins seiner Augen war angeschwollen und blau verfärbt, an seinem Kinn sah ich Schorf. Er war bereits geschlagen worden, hatte aber offensichtlich kein Geheimnis preisgegeben.

„Wo ist mein Bruder?“ Jaclyn kam vorgestürzt und boxte ihm in den Magen.

Gavin packte sie an der Taille und zog sie zurück. Sie wehrte sich und versuchte sich freizukämpfen, landete sogar einen Treffer bei ihm, doch er lockerte den Griff nicht. Schließlich erlahmte ihr Widerstand, sie legte den Kopf an seine Schulter und schluchzte. Gavin strich ihr übers Haar und war so sanft zu ihr wie zu einem verwirrten Kind.

River grinste den Arzt grimmig an. „Also …“ Er wedelte mit dem Messer vor Rangarajans Gesicht. „Gib zu, dass du für Anima arbeitest.“

Eine Träne rollte Kat über die Wange.

Wie ferngesteuert lief ich los. Cole legte mir eine Hand auf die Schulter, um mich zurückzuhalten, aber Kat schlug sie weg. Ich ging weiter, schob River vorsichtig beiseite und stellte mich vor den Arzt.

Er sah mich flehend an.

Was zum Teufel sollte ich tun?

„Ali?“, sagte Camilla.

„Ich …“

Helen erschien plötzlich direkt vor mir. Ich schnappte erschrocken nach Luft, und die anderen wollten wissen, was los war.

Cole kam angerannt und schob mich hinter sich.

„Bleib cool mit deinem Beschützerinstinkt“, sagte ich und stellte mich wieder vor den Arzt. „Es ist nichts passiert, alles in Ordnung.“

Zerknirscht ging Cole zu Kat und Frosty zurück, und ich ließ den Blick über die Gruppe von Z-Jägern schweifen. Niemand schien zu bemerken, dass Helen neben Rangarajan stand. Sie war unsichtbar.

Ich sah Helen an, was auf die anderen so wirken musste, als wendete ich mich an den Gefangenen. „Kannst du uns helfen?“

„Ich habe in den vergangenen Jahren nicht mehr viel mitbekommen“, sagte sie, „aber seit der Nacht des Überfalls habe ich nachgeforscht. Dabei habe ich erfahren, dass Dr. Rangarajans direkte Vorgesetzte Rebecca Smith ist. Ich kenne sie, habe mit ihr gearbeitet. Sie ist inzwischen diejenige, die das Sagen hat, diejenige, an die ihr euch wenden müsst. Ihr Vater hat Anima gegründet. Als er starb, hat Rebecca die Firma übernommen. Solltest du ihr jemals begegnen, darfst du ihr nie trauen. Dr. Rangarajans Kollege, Dr. Wyatt Andrews, ist der Arzt, den alle Dr. Hog nennen."

„Dr. Wyatt Andrews", sagte ich laut. „Den müssen wir als Nächsten finden."

Dr. Rangarajan riss die Augen auf. „Woher ... kennst du ihn?"

Hinter mir entstand Bewegung. Offensichtlich hatten einige beschlossen, auf der Stelle mit der Suche zu beginnen.

„Justin ist noch am Leben", fuhr Helen fort. „Aber der andere Junge nicht. Er ist gestern Abend gestorben."

Ich wiederholte ihre Worte schweren Herzens.

Flüche. Weinen. Jaclyn schluchzte erleichtert.

Dr. Rangarajan zerrte an seinen Fesseln. Glaubte er etwa, dass ich seine Gedanken lesen konnte? Fürchtete er das mehr als Rivers Messer?

„Anima will dich, Ali", sagte Helen. „Sie haben dir Blut abgenommen, als du vergangenen Monat in ihrer Gefangenschaft warst. Und sie haben Tests gemacht. Du hast vielleicht den Verantwortlichen getötet, aber du hast die Proben nicht zerstört. Anima weiß, wer du bist. Sie wissen, dass du meine Tochter bist, das Mädchen mit dem besonderen Geist, der Zombies zerstören kann. Sie wollen dich zurückhaben, und sie werden nicht eher Ruhe geben."

Ich wiederholte das meiste von dem, was sie mir an Informationen gab, laut. Dann verschwand Helen so plötzlich, wie sie aufgetaucht war.

Ich wollte mich schon wegdrehen, als mir etwas einfiel. In dem Moment, in dem ich ging, würden sie Dr. Rangarajan töten. Wir konnten es uns nicht erlauben, ihn zu Anima laufen zu lassen, denn das würde er zweifellos tun, wenn wir ihn am Leben ließen.

Könnte ich das mit meinem Gewissen vereinbaren? Vor allem, da ich in der Lage war, ihn davor zu bewahren und gleichzeitig zu verhindern, dass er uns verriet?

Mit meiner neuen Fähigkeit.

Der Fähigkeit, bei der ich Helen vorgeworfen hatte, sie benutzt zu haben.

Hatte ich tatsächlich eine Wahl? Ich war in die Ecke gedrängt worden, das wusste ich. Genauso wie es ihr ergangen sein musste.

Ich strich mir mit der Zungenspitze über die Lippen und legte dem Doktor die Hände an die Schläfen. Er versuchte mich abzuwehren, aber ich ließ ihn nicht los.

„Was soll das?“, fragte er.

Helen hatte gesagt, ich müsste nur meine Geisthand durch seine Gedanken führen. Also tat ich es. Und es war … merkwürdig. Nicht kalt, nicht heiß, sondern warm. Ich spürte ein leichtes Prickeln an den Fingern – elektrische Energie?

Rangarajan beruhigte sich, sein intelligenter Blick wurde leer.

Ich wich zurück. Hatte es funktioniert?

„Wie heißen Sie?“, fragte ich ihn.

Er runzelte die Stirn. „Ich … ich weiß nicht.“

Es hatte funktioniert. Tatsächlich.

Hinter mir herrschte angespanntes Schweigen. Ich drehte mich zu den anderen um und schob die Hände in die Taschen.

„Wo hast du das gelernt?“, wollte River wissen. „Was hast du mit ihm gemacht?“

Ich sah zu Cole. In seinem Blick erkannte ich Neugierde – vielleicht auch ein bisschen Wut. Ob er ahnte, was passiert war?

Ich trat von einem Bein aufs andere, leichte Schuldgefühle überfielen mich. „Eine Zeugin hat es mir erklärt. Und ich habe eine meiner Fähigkeiten benutzt.“

Unterschiedliche Reaktionen. Einige waren schockiert, verwirrt, aber Cole war als Einziger wichtig. Seine Wut steigerte sich.

Oh ja. Er hatte einen Verdacht.

Ein Junge kam auf den Hof gerannt und bahnte sich einen Weg durch die Gruppe. „Zwei Polizisten sind hier, sie wollen mit dir und Cole reden!“, sagte er zu River.

„Schon wieder?“ River stöhnte. „Das wird langsam ermüdend.“

Cole massierte sich den Nacken. „Woher wissen sie, dass ich hier bin?“

Allen war klar, wie die Antwort lautete. Sie hatten uns vergangenen Abend verfolgt.

Ich verspannte mich, wir hatten sie überhaupt nicht bemerkt. Also … was hatten sie mitbekommen?

„Seht zu, dass ihr Rangarajan loswerdet“, kommandierte River. „Und sagt den Leuten, die nicht volljährig sind, sie sollen sich verstecken. Die anderen werden sich wohl mit den Detectives unterhalten müssen.“

24. KAPITEL

Zombies waren auch mal Menschen

Konnte es heute noch schlimmer kommen?

Moment. Diesen Satz schnellstens streichen. Immer wenn ich mir diese Frage gestellt hatte, war prompt irgendwas passiert.

Die Polizisten hatten uns beschattet – was sie sofort zugaben –, doch falls sie uns bei etwas Illegalem beobachtet haben sollten, so machten sie jedenfalls keine Bemerkung darüber und sagten nichts in diese Richtung. Tatsächlich schienen sie uns fast vorsichtig zu betrachten. Als hätten sie endlich begriffen, was los war, als wüssten sie, dass wir Z-Jäger waren, die als Einzige zwischen ihnen und einer Zombie-Apokalypse standen.

Sie waren hier, weil sie eine Leiche gefunden hatten. Einen Teenager.

Die beiden zeigten River und Cole ein paar Fotografien und hofften, den Jungen mit ihrer Hilfe identifizieren zu können. River sagte schließlich tonlos: „Das ist Cary. Er gehörte zu mir. Keine Familienangehörigen."

Die Detectives gaben uns keine weiteren Informationen über den Mord und verabschiedeten sich bald darauf mit einem rätselhaften „Seid vorsichtig".

Was wussten sie? Und betraf das auch uns?

„Lasst uns zu Ankh zurückfahren." Cole legte mir einen Arm um die Schultern, und zum ersten Mal fühlte es sich nicht an wie eine zärtliche oder tröstliche Geste, sondern wie ein fester Griff, der mich an der Flucht hindern sollte.

Zu River sagte er: „Ich rufe dich morgen früh an und sage dir, wie wir weiter vorgehen."

Die Trauer verschwand aus Rivers Gesicht und er blickte Cole verärgert an. „Du *sagst* es mir?"

„Wir werden das gemeinsam beschließen", lenkte ich ein. Wir mussten alle Beteiligten auf ein Ziel vorbereiten: Angriff. Dabei ging es darum, schlau vorzugehen und ohne störende Emotionen zu kalkulieren. Justins Leben hing davon ab.

Cole führte mich vom Hof. „Helen", sagte er leise.

Am liebsten hätte ich es abgestritten. „Ja." Ich konnte es nicht.

„Und die Sache mit dem Gedächtnis?“

„Helen“, flüsterte ich.

Seine Finger krallten sich in meine Schulter. „Ich dachte, du wüsstest es besser. Ali, sie ist eine Lügnerin. Eine Betrügerin.“

„Sie ist meine Mutter.“

Er holte scharf Luft. „Ist das Zuneigung, die ich da aus deinem Tonfall heraushöre?“

Nein. Ja. „Vielleicht.“

„Ich kann es nicht fassen. Sie hat dich verlassen. Sie hat uns betrogen. Hat meine Mutter getötet! Dafür gesorgt, dass sie zum Zombie wurde. Wegen Helen musste ich miterleben, wie mein Vater meine Mutter einäscherte – nachdem sie mich, ihren eigenen Sohn, angegriffen hat!“

Voller Schmerz über das, was er als Junge hatte erleben müssen, sagte ich leise: „Das streite ich nicht ab. Was Helen getan hat, war falsch, egal, aus welchen Gründen es geschehen ist.“

„Genau. Es gibt keinen Grund, der das entschuldigen könnte.“

Trotzdem sagte ich: „Was du nicht weißt, ist, wie verzweifelt sie war, weil sie sich entscheiden musste.“ Die Worte klangen ziemlich lahm, selbst in meinen Ohren. „Aber sie ist jetzt anders.“

„Menschen ändern sich nicht, Ali.“

„Doch.“

„Ihretwegen wirst du noch sterben. Sie wird uns alle umbringen.“

„Cole …“

„Nein. Wage es nicht, Argumente für sie vorzubringen.“

„Das will ich gar nicht.“ Ich setzte erneut an. „Cole …“

Wieder unterbrach er mich: „Hat dir die gestrige Nacht *irgendetwas* bedeutet?“ Leise vor sich hin fluchend ließ er mich los und ging ohne mich voraus.

Schockiert begriff ich. Der Junge, dem ich alles gegeben hatte, mein Herz und meinen Körper, hatte mich gerade abgeschmettert. Es war nicht möglich gewesen, darüber zu reden. Keine Kompromisse.

Es lief keineswegs einfacher nach dem Sex, musste ich feststellen. Eigentlich wurde alles sogar noch viel komplizierter.

„Ob es *mir* irgendwas bedeutet hat?“, rief ich ihm nach. „Was ist denn mit dir?“

Er reagierte nicht.

Ich hatte ihn verletzt. Das wusste ich. Aber er hatte mir genauso wehgetan. Und jetzt ... jetzt war ich allein. Verwirrt und verletzlicher als jemals zuvor.

Mit dem Rest unseres Teams stapfte ich ihm hinterher. Das war nicht mein Fehler. Cole hatte kein Recht, von mir zu verlangen, dass ich mich zwischen ihm und meiner Mutter entschied. Oder? War es falsch von mir zu erwarten, dass er sie akzeptierte?

Kat tauchte neben mir auf und verschränkte ihre Finger mit meinen. „Ich habe so das Gefühl, als wäre dein Junge genauso unfähig wie meiner."

„Ich weiß gar nicht, was ich fühlen soll." Mein Blick ging nach oben zu den Wolken – ich entdeckte ein Kaninchen und seufzte.

Es war definitiv noch schlimmer gekommen.

„Der Junge hat immer schuld", sagte Kat. „Das ist jetzt mein Motto. Und ich schmiede schon Rachepläne. Das sieht in etwa so aus: Wir beide rennen davon und heiraten – und ich weiß genau, dass du dir das wünschst. Und dann, einfach nur aus Spaß und guter Laune, schicken wir den Jungs eine Postkarte mit folgendem Text, ich zitiere: ‚Hast du vor, deinen Briefträger zu ermorden?'"

Dieses Mädchen ... ein echter Lichtblick. In. Meinem. Leben. „Ich bin dabei!"

Auf halbem Weg zum Wagen blieb Cole stehen und hob schnüffelnd die Nase.

„Verwesung", sagte er.

Das doch sicher nicht ... ich atmete tief durch, und tatsächlich, ich roch den typischen fauligen Gestank. „Aber es ist noch hell."

„Könnte ein totes Tier sein." Trotzdem zog er seine Armbrust heraus. „Jaclyn, sag River Bescheid. Frosty, bring Kat rein."

Während Jaclyn zu Rivers Haus zurückrannte, warf sich Frosty seine Freundin wie einen Sack Kartoffeln über die Schulter. Der Rest der Z-Jäger zückte die Waffen und bereitete sich auf einen Kampf vor. Ich ließ den Blick umherschweifen, erwartete irgendwo ... vielleicht eine getötete Waschbärenfamilie vorzufinden. Mögen sie in Frieden ruhen. Ich konnte mir gut vorstellen, was passiert war. Sie hatten den Fahrdamm überqueren wollen, in der Hoffnung, ein neues Leben in Rivers Vorgarten beginnen zu können, doch ein rücksichtsloser Autofahrer hatte sie niedergemäht, ohne sich weiter darum zu kümmern. Womit ich wirklich nicht gerechnet hatte, waren ...

Zombies.

Mindestens zwanzig von ihnen kamen aus einem der Lagerhäuser herausgestürmt. Nicht etwa langsam geschlendert, sondern im Dauerlauf, die Arme gierig nach uns ausgestreckt. Dampf stieg von ihren zerfallenden Körpern auf, die hellen Sonnenstrahlen wirkten bei ihnen wie ein Grill.

Ich entdeckte Halsbänder. Sie wurden von jemandem überwacht.

Die Z-Jäger traten aus ihren Körperhüllen und warfen sich in die Schlacht. Ich? Blickte mich in der Umgebung um. Ich wollte wissen, wer dafür verantwortlich war. Die Straße – unbefahren. Ein parkender Wagen – leer. Noch ein parkendes Auto – leer. Zwei Leute kamen den Fußweg entlang, jeder von ihnen trug eine Aktentasche. Nichts ahnend. Ein parkendes Auto – zwei Leute auf den vorderen Sitzen … mit Blick in unsere Richtung.

Mein Ziel.

Ich rannte zu dem Wagen hinüber, die Dolche unter meinem Ärmel verborgen. Die beiden wirkten nicht besonders überrascht, als ich auf sie zukam. Sie zogen auch keine Waffen. Stattdessen ließen sie eine Fernbedienung fallen und schossen mit dem Wagen davon, bevor ich sie erreicht hatte.

Feiglinge!

Innerhalb von zwei Minuten sackten die Zombies zu Boden – die Fernbedienung schien nur aus unmittelbarer Nähe zu funktionieren. Die Geistformen wanden sich, sie brutzelten in der Sonne wie ein Weihnachtsbraten. Die Dunkelheit war noch nie in der Lage gewesen, sich gegen das Licht zu behaupten.

Während die Z-Jäger Zombies einäscherten und dann wieder in ihre Körperhülle zurückschlüpften, fragte ich mich, was Anima sich von dieser Aktion erhofft hatte. Wenn sie tatsächlich auf einen Kampf aus gewesen wären, hätten sie ihre Leute geschickt.

„Ist jemand verletzt?“, erkundigte ich mich.

„Nein.“ Cole verstaute seine Armbrust im Futteral. „Die Zombies waren nicht in der Lage, sich auf ein Ziel zu konzentrieren. Sie haben nur mit den Armen herumgefuchtelt.“

Jaclyn und River kamen aus dem Haus gerannt, gefolgt von zehn weiteren Z-Jägern. Sie bemerkten die durch die Luft wehende Asche und blieben abrupt stehen.

„Was war los?“, wollte River wissen.

„Wir haben gewonnen", sagte Cole.

Ich berichtete ihnen von den zwei Typen im Wagen, und drückendes Schweigen breitete sich aus.

„Die Angelegenheit ist komplizierter, als wir dachten", sagte Cole zu River, und der nickte.

Vor Mr Ankhs Haus stieg Cole aus dem Wagen, ohne zu irgendjemandem ein Wort zu sagen. Auch nicht zu mir. Oder besser ausgedrückt, vor allem nicht zu mir. Immer noch sauer. Hab's verstanden.

Frosty folgte ihm und legte denselben Modus Operandi an den Tag – immer noch sauer.

„Ich dachte, ich wäre mit einem Typen zusammen, nicht mit einem Baby", schimpfte Kat, als wir ins Haus gingen. „Da habe ich mich wohl geirrt."

„Frosty macht sich Sorgen um dich, das ist alles."

„Und welches Problem hat Cole? Denn eins ist klar, Gator, die Launen dieses Jungen lassen die der anderen wirklich blass aussehen."

„Es läuft nicht so, wie er möchte." Und das war tatsächlich der Kern der ganzen Angelegenheit.

„Keine Frage."

An der Treppe erreichte mich eine SMS von Nana. Ich ging etwas langsamer, um sie zu lesen.

Nana: *Bist du in Sicherheit? Egal, wie du über mich denkst, ich verdiene eine Antwort.*

Ich: *Ja, alles gut. Keine Sorge.*

Nana: *Gut. Das höre ich gern.*

Ich: *Wie ich über dich denke? Nana, ich liebe dich!*

Ich dachte an meine Verletzlichkeit Cole gegenüber, wie sehr ich ständig eine Bestätigung brauchte. Mir wurde klar, dass Nana sich ähnlich fühlen musste.

Nana: *Immer noch?*

Ich sah förmlich vor mir, wie sie zitterte.

Ich: *Immer noch und für immer.*

Ich hatte es jetzt verstanden. Wirklich. Wieso sie mir nichts erzählt hatte. Aus dem gleichen Grund, weshalb ich Cole die Begegnungen mit Helen verschwiegen hatte. Angst vor den Konsequenzen. Wie konnte ich ihr das also vorwerfen?

„Ali! Kat! So was von Torte.“ Reeve beugte sich über das Treppengeländer. „Ich hab eure Stimmen gehört. Ist Bronx mit euch zurückgekommen?“

„Jawohl“, erwiderte Kat. „Aber erwarte nicht, ihn in nächster Zeit zu Gesicht zu bekommen. Er ist mit Cole und Frosty zusammen, um in ihrer schlechten Laune zu baden.“

Einen kurzen Moment machte sich Enttäuschung in Reeves Mimik breit, dann lächelte sie. „Warum kommt ihr nicht zu mir hoch? Wir werden uns gegenseitig vor ihrer negativen Ausstrahlung schützen.“

Sie ging voraus. Im Wohnzimmer waren die Couch und der Kaffeetisch mit Planen bedeckt, alles andere war herausgeräumt. Die Kanten der Wände hatte jemand mit Tape abgeklebt.

„Malerst du?“, fragte ich.

„Ja. Ich habe beschlossen zu renovieren. Um mich von meinen Horrorgedanken abzulenken, während ich darauf warte, dass ihr von eurer Mission zurückkommt.“

Wir durchquerten die kleine Küche und betraten ihr Wohnzimmer, wo auf einem Computerbildschirm ein Bild von Frosty leuchtete. Ich musste zweimal hinsehen. Er trug ein Abendkleid im gleichen Pink, in dem die Wände gestrichen waren, mit Rüschen und Schleifen.

„Gefällt es dir?“, fragte Kat, die meinen Blick bemerkte. „Das ist eine kleine Überraschung, die ich für Frosty zusammengebastelt habe. Ich hab's vergrößern und rahmen lassen. Das beste Weihnachtsgeschenk, das er jemals bekommen hat, und das geschmackvollste dazu. An so viel Schönheit musste ich einfach auch Reeve teilhaben lassen – und die Hälfte der Kids in unserer Schule –, deshalb kann sie es jetzt als Bildschirmschoner benutzen.“

Köstlich. „Ich hätte gern eins von Cole in demselben Outfit. Aber ärmellos.“

„Ist schon so gut wie gemacht!“

Reeve kicherte.

Mein Handy piepte, und ich dachte, Nana hätte mir wieder eine SMS geschickt. Doch als ich auf das Display sah, zeigte es nichts dergleichen an. Ich runzelte die Stirn, dann fiel mir ein, dass ich immer noch Ethans Handy hatte. Mit zittrigen Fingern zog ich es aus der anderen Tasche. Justins Gesicht starrte mir entgegen, er hielt die Zeitung vom Morgen in der Hand. Er war am Leben, so wie Helen gesagt hatte. Eins seiner Augen war zugeschwollen, seine Unterlippe an zwei Stellen aufgeplatzt und an seinem Kinn klaffte eine Wunde. Er musste medizinisch versorgt werden, so schnell wie möglich. Nein, er brauchte unser Feuer.

Unter dem Foto hatte Ethan notiert: *Entschuldige die Verspätung. Wir haben den anderen Jungen verloren. Sind immer noch am Handel interessiert. Du auch?*

Ich umklammerte das Handy so fest, dass die Ummantelung knackte, leitete die Nachricht an meine eigene Nummer weiter und von dort aus an Cole.

Cole: *Sag ihm, du gibst ihm morgen Antwort. Wir brauchen Zeit für einen Plan.*

Ich tat, was er vorschlug.

Ethan: *Bis dann.*

Ich an Cole: *Ist geschehen. Wo bist du? Ich will beim Planen helfen.*

Cole: *Ich komme später zu dir.*

Ich biss die Zähne zusammen. Glaubte er, dass ich Helen von unseren Plänen erzählte? Vertraute er mir nicht mehr? Ich schickte ihm eine weitere Nachricht: *Wir müssen die neue Entwicklung der Visionen testen.*

Cole: *Später.*

„Was ist denn?", erkundigte Kat sich besorgt.

Energisch schob ich die beiden Handys wieder in die Tasche. Auf keinen Fall würde irgendjemand zulassen, dass Miss Mad Dog sich an dem, was wir vorhatten, beteiligte. Deshalb gab es keinen Grund, jetzt darüber zu diskutieren oder sie wegen Justins Zustand zu alarmieren.

„Cole und ich hatten Sex", verkündete ich. „Und außerdem möchte ich ihn grün und blau prügeln!"

Innerhalb von Sekunden war alles andere vergessen.

„Was?", riefen die beiden im Chor.

„Wie war es?", wollte Kat wissen. „Richtig Torte?"

„Ja, mit Sahne und Zuckerguss."

„Die letzte Nachricht war, dass du noch nicht bereit bist", sagte Reeve. „Was hat sich geändert?"

Alles!

Ich ließ mich aufs Bett fallen und verbarg mein Gesicht unter der Überdecke. „Ich wäre fast gestorben, als Zombie-Ali auftauchte, das prägt einen", sagte ich. „Ich wollte leben und habe Cole im Grunde angefleht, den nächsten Schritt zu machen. Er weigerte sich, bis ich beinah noch einmal gestorben wäre. Nun hat sich alles zwischen uns verändert, es hat mich verändert. Ich fühle mich ihm näher als je zuvor, deshalb macht mich seine Wut so fertig. Ich meine, es hat mich vorher auch schon fertiggemacht, aber jetzt ist sie mir ein richtiger Dorn im Auge. Ich komme nicht drüber hinweg, kann an gar nichts anderes mehr denken. Ich bin durcheinander und frustriert und, okay, garantiert wütender auf ihn als er auf mich. Wie kann er es wagen, sauer auf mich zu sein! Klar, er hat einen triftigen Grund, doch ich bin seine Freundin. Sollte er sich nicht mehr auf mich konzentrieren als auf das, was war?“

Schweigen.

„Ich glaube, ich habe dich noch nie so viele zusammenhängende Sätze auf einmal sagen hören“, meldete sich Kat. „Aber lass mich mal sehen, ob ich den Kern deiner Aussage herausfiltern kann. Cole muss kastriert werden?“

Sie kannte mich so gut. „Genau.“

Die nächste Zeit verbrachten wir damit, über die Jungs herzuziehen, und stellten uns vor, wie die Welt ohne sie wäre, einfach wunderbar. Wir müssten uns nie wieder die Beine rasieren oder auf unsere Frisur achten. Wenn wir Lust hätten, fünfzig Kilo zuzunehmen, großartig. Niemand würde uns vorwerfen, wir wären unvernünftig, denn all die dummen Menschen wären nicht mehr da!

Reeve tätschelte mir die Hand. „Weshalb ist Cole sauer? Was wirft er dir denn vor?“

„Ich ...“ Wie konnte ich das erklären? „Meine Mutter ... war nicht meine richtige Mutter. Meine leibliche Mutter hat für Anima gearbeitet und sogar dabei geholfen, seine Mutter umzubringen. Deshalb freaken die Jungs so wegen meiner Fähigkeiten aus. Die kommen von meiner Mom. Und ich ... ich habe mit ihr gesprochen, so wie ich mit meiner kleinen Schwester rede. Ich vertraue ihr. Cole will, dass ich damit aufhöre.“

„Oh“, sagte sie, und in diesem einen Wort lagen tausend verschiedene Gefühle. Zweifellos stimmte sie Cole zu.

„Keine große Hilfe.“ Ich seufzte.

Sollte ich mich bei Cole entschuldigen?

Die Antwort gab ich mir sofort. Nein! Helen war meine Mutter, die einzige, die mir blieb. Ich wollte sie nicht verlieren, so wie ich alle anderen auch schon verloren hatte. Ich würde mit ihr reden – und ihr vertrauen –, wenn ich es wollte.

Kat tippte sich ans Kinn und sagte: „Lass uns diese Situation mal wie einen Mathetest betrachten. Es gibt vier mögliche Antworten. A: Cole hat unrecht und du recht. B: Cole hat recht und du unrecht. C: Ihr habt beide unrecht. Und D: Ihr habt beide recht. Du hast A gewählt und Cole B. Was bedeutet, ihr habt's beide vergeigt. Die korrekte Antwort ist D, und wenn ihr beide zu dickköpfig seid, um das einzusehen, dann werdet ihr eure Beziehung zerstören."

Ich rollte mich auf die Seite und seufzte. „Ich muss nachdenken."

„Diesen Effekt hat mein Genie immer auf andere. Nimm dir all die Zeit, die du brauchst."

Kat und Reeve wechselten das Thema, und ich hätte mich ins Gespräch gemischt … wenn nicht Helen plötzlich neben dem Bett gekniet hätte. Die Quelle meines Problems.

Oder, nein, Korrektur. Das war Cole.

Unsere Blicke trafen sich – die Farbe unserer Augen war so ähnlich – und ich konnte ihr einfach nicht widerstehen. Konnte nicht mal sauer auf sie sein. Sie war hier. Meinetwegen. Und ein Teil von mir liebte sie dafür.

Sie streckte den Arm aus, als wollte sie mir das Haar aus der Stirn streichen. Dann lächelte sie traurig und ließ die Hand sinken, bevor sie nahe genug gewesen wäre, um mich zu berühren, was sie ja nicht gekonnt hätte.

„Schließ die Augen", sagte sie.

„Warum?", fragte ich.

„Warum was?", sagte Reeve.

Anmerkung an mich selbst: Halte deine Zunge im Zaum.

„Ich werde meine Augen ein bisschen zumachen", sagte ich und sah Helen dabei an. „Ihr redet mal eine Weile ohne mich weiter."

Kat tätschelte mir die Schulter. „Wenn du darauf bestehst."

„Als du fünf warst, habe ich Abdrücke von deinen Händen genommen …" Während sie sprach, nahm die Szene in meiner Erinnerung Form an.

Ich saß am Rand eines rot-schwarzen Läufers und beschäftigte mich mit einem Spielzeugauto, das ich immer wieder über Puppen rollen ließ. Schüsseln mit Puder und Wasser standen um mich herum. Helen hockte vor mir, neben ihr lagen ein schwarzes Tintenkissen und mehrere Handtücher.

„Ich habe eine Form aus deinen Händen gegossen", sagte die Helen aus meiner Vision. „Und jetzt werden wir deine Fingerabdrücke auf die Nachbildungen setzen. Damit kann ich dann deine Fingerabdrücke in das Sicherheitssystem von Anima geben." Sie lächelte mich an. „Ihr größter Schwachpunkt ist die Geheimhaltung. Die medizinische Abteilung weiß nicht, was die Sicherheitsabteilung tut. Und so weiter und so fort. Sodass niemand jemals ihr System durchschaut. Ich werde einen Decknamen für dich erfinden und dich als Bevollmächtigte eintragen. Und du bekommst denselben Zugang zum Sicherheitssystem wie ich. Sie werden es nie erfahren, es nie löschen, weil du niemals als vermisst oder tot gemeldet werden wirst."

Sie säuberte meine Hände und lächelte triumphierend, fast schon euphorisch. „Wenn sie dich jemals gefangen nehmen sollten, wirst du dich selbst befreien können. Halte einfach deine Handfläche auf ihre Scanner. Ich hoffe, dass ich Anima zerstören kann, damit so etwas nicht passiert. Aber wenn nicht ..." Sie drückte jeden meiner Finger auf das Tintenkissen. „Ich möchte, dass du sicher bist."

Die Gedanken rasten mir durch den Kopf. Helen hatte mich geliebt. Liebte mich. Cole täuschte sich in ihr. Sie war nicht hier, um mir etwas anzutun oder um mich zu betrügen. Eher würde sie selbst sterben – wie sie bereits bewiesen hatte.

Dank ihr konnte ich den Firmensitz von Anima betreten und verlassen. Ich konnte Justin befreien und mein Versprechen an Jaclyn einlösen.

Nur musste ich ihn erst mal finden. Dabei würde mir Ethan helfen.

Danke, formte ich mit den Lippen.

„Es tut mir leid, dass ich nicht früher erschienen bin, um dir das zu sagen", sagte Helen. „Es tut mir leid, dass du gefangen genommen und gefoltert wurdest, und dabei hättest du die ganze Zeit fliehen können. Aber du hast es nicht gewusst. Sie sind in der Lage, das Gebäude gegen Zeugen wie mich abzusichern, deshalb war es mir unmöglich, zu dir zu gelangen. Ich wusste außerdem, dass du mir sowieso nicht geglaubt hättest, auch wenn ich hineingekommen wäre. Die Menschen hören nicht auf das, was sie nicht ertragen können. Jetzt weißt du alles. Wenn du möchtest, dass ich gehe und nie wiederkomme ... Für dich würde ich das tun. Für dich würde ich alles tun."

Sie nie wiedersehen?

Das war es, was Cole wollte.

„Bleib", sagte ich.

25. KAPITEL

Zombie schau, Zombie iss

Die ganze Nacht über dachte ich an Helen – meine Mutter … meine geliebte Mutter. Allein in meinem Bett. Cole kam nicht in mein Zimmer geschlichen.

Zu seiner Verteidigung: Ich schlich mich auch nicht zu ihm.

Jedenfalls hämmerte er am nächsten Morgen an meine Zimmertür. „In Ankhs Büro. Jetzt sofort!"

Das war's? Das war alles, was ich von ihm zu erwarten hatte? Wo war der zärtliche Typ geblieben, mit dem ich bei River im Gästezimmerbett gelegen hatte?

Ich beeilte mich beim Duschen, putzte mir die Zähne, zog mich an. Cole, River, Frosty und Bronx hatten sich bereits im Büro versammelt.

Cole sah mich nicht an. „Ruf Ethan an. Mach den Austausch klar."

Mir blutete das Herz. Aber ich hatte meine Entscheidung gefällt, oder nicht? Ich würde die Beziehung zu Helen nicht abbrechen, egal was. Ich schluckte und tippte die Nummer ein. Das Telefon klingelte und klingelte, doch Ethan meldete sich nicht.

Ich schrieb ihm eine SMS, und obwohl wir fünf Minuten warteten … zwanzig … vierzig … er antwortete nicht.

Das machte mich nervös. Ging es Justin gut, oder war er …

Nein, gar nicht an so was denken.

Den Rest des Tages verbrachten wir damit, nach Dr. Wyatt Andrews zu suchen. Der laut Helen unter dem Namen Dr. Hog bekannt war. Wir fanden absolut keinen Hinweis auf ihn.

Erst als wir in Mr Ankhs Villa zurückkehrten, sah Cole mich endlich an – und ich wünschte, er hätte es nicht getan. Der Blick aus seinen violetten Augen signalisierte: Hab ich's dir doch gesagt.

Er war also sicher, dass Helen bezüglich der Identität Hogs gelogen hatte.

Das blutende Herz tat nicht mehr weh. Stattdessen erfasste mich rasende Wut.

Ein Tag verging, dann ein weiterer und noch einer. Immer noch keine Nachricht von Ethan.

Cole und ich wechselten kaum ein Wort, die Spannung zwischen uns fühlte sich wie Nadeln auf meiner Haut an. Er war der Meinung, ich hätte ihn betrogen, und in gewisser Weise hatte er recht. Aber er hatte mich genauso betrogen. Wir sollten uns doch eigentlich gegenseitig an erster Stelle sehen. Im Moment schien es genau umgekehrt zu sein.

Jeden Abend stieg ich allein in mein Bett und heulte. Wir hatten nicht einmal mehr eine Vision.

Beabsichtigt?

Wenn ja, dann war das nicht mein Wunsch gewesen.

Helen kam nur ein einziges Mal, um mich zu sehen. Sie schien sich absichtlich zurückzuhalten, obwohl ich ihr gesagt hatte, dass sie bleiben sollte. Vielleicht wollte sie mir nicht noch mehr Probleme mit Cole bereiten. Ich war erleichtert – und wütend.

Ich fragte sie, warum sie in der Lage war, mich zu besuchen, während Emma immer größere Schwierigkeiten damit hatte und unsere Verbindung langsam schwächer wurde. Sie meinte, es läge an ihren Zombiejäger-Fähigkeiten. Sie war es gewohnt, in Geistform zu agieren, und konnte mehr erreichen als ein normales totes Mädchen.

Sie verriet mir ebenfalls, wo sich eins von Animas Laboren befand. Ich sagte es Cole. Er wusste, woher ich meine Information hatte, und ging darüber hinweg. Also tat ich das Einzige, was mir übrig blieb. Ich rief River an und plante mit ihm einen Angriff auf dieses Institut.

Als Cole davon erfuhr, rastete er aus.

Er kam in mein Zimmer gestampft und schlug die Tür hinter sich zu. „Du wirst River nicht noch einmal wegen irgendwas ansprechen!" Er war fuchsteufelswild. „Du sprichst mit *mir*."

Ich war gerade dabei, meine Sachen zusammenzustellen, und erwartete, dass River demnächst auftauchte. Einen Moment ließ ich alles liegen und sah ihn wütend an. „Das habe ich getan. Du hast mich ignoriert."

„Ich habe dich niemals ignoriert. Ich habe dir nur nicht gesagt, dass ich es an meinen Vater weitergegeben habe und dass für heute Abend eine Observierung des Gebäudes geplant war."

Augenblick mal. „Du wolltest das Institut auschecken, ohne mir was davon zu erzählen? Warum das?" Musste ich dafür wirklich mein Hirn martern? „Ist schon gut. Du wolltest verhindern, dass ich Helen warne."

Ein Muskel zuckte unter seinem Auge.

Bingo.

Mein Blut kochte, ich zeigte auf die Tür. „Raus hier. Auf der Stelle!"

Er blieb stehen, wo er war, ohne mit der Wimper zu zucken. „Wirf mich doch raus."

Ich schubste ihn.

Er rührte sich nicht.

Ich schob noch einmal, diesmal richtig, und endlich bewegte er sich. Er stolperte einen Schritt rückwärts. Ich spürte sein wild klopfendes Herz unter meinen Händen. Das hielt mich davor zurück, vollkommen auszurasten. Es ließ ihn nicht kalt. Er mochte vielleicht ein Pokerface zeigen, aber es berührte ihn.

„Ich versuche nur, dich zu beschützen", stieß er zwischen zusammengebissenen Zähnen hervor. „Helen wird dich betrügen, und wenn du dabei nicht umkommst, dann wird sie dir das Herz brechen."

„Ich brauche deinen Schutz nicht, Cole, sondern deine Unterstützung." Warum konnte er das nicht einsehen?

„Die kannst du nicht bekommen. Nicht in diesem Fall. Aber ich gebe dir das, was du brauchst, selbst wenn du es nicht willst."

„Was *du* glaubst, das ich brauche."

„Du bist nicht objektiv."

„Du auch nicht!"

Er umklammerte mein Handgelenk und hielt mich fest. Zuerst dachte ich, er würde meine Fingerknöchel küssen, wie sonst immer. Frommer Wunsch. Er ließ mich wieder los.

„Ich komme mit dir zum Lagerhaus", sagte er.

Ruhig bleiben. „Wunderbar. Ich kann dich nicht davon abhalten." Das wollte ich auch nicht. „Zieh dich schwarz an. Wir belassen es nicht beim Auskundschaften."

Es sah aus, als wollte er etwas darauf erwidern, ließ es dann aber. Schließlich sagte er: „Versuchen wir, eine Vision zu provozieren. Mal sehen, was passiert."

Jetzt sollten wir das versuchen? „Nein." Ich wandte mich ab. Unsere Zukunft wollte ich nicht sehen. Nicht mehr.

Ohne ein weiteres Wort verließ er mein Zimmer. *Er* war derjenige, der mir das Herz brach.

Ab damit in die hintere Kammer.

Nein. Lieber nicht. So wollte ich nicht wieder anfangen. Das war im besten Fall eine vorübergehende Lösung. Ich würde die Energie meiner Wut und meiner Verletztheit bündeln, um Anima zu zerstören.

Ich bewaffnete mich und ging in die Eingangshalle. River, Camilla und Chance warteten bereits dort. Ebenso Cole, Frosty, Bronx, Veronica, Gavin und Mackenzie. Wie hatte Cole die Truppe so schnell zusammenbekommen?

Ich schaffe das. Ich konzentrierte mich auf River. „Habt ihr alles dabei, was wir brauchen?"

„Mehr als das."

Gut.

Wir verließen das Haus.

Frosty warf mir einen Arm um die Schultern und flüsterte: „Das ist sehr schwierig für Cole. Die Situation jagt ihm Angst ein, das ist alles."

„Da ist er aber nicht der Einzige", murmelte ich.

„Stimmt. Doch du bist ein Mädchen. Die mutigere Spezies."

„Da hast du recht."

Das Labor befand sich außerhalb von Birmingham. Wir parkten am Ende der Straße, beobachteten die Eingänge, machten Fotos von den Angestellten, die ein und aus gingen. River erklärte Cole unseren Plan, und obwohl wieder ein zuckender Muskel unter seinem Auge verriet, wie ihn das aufregte, nickte er zustimmend.

Schließlich wurde es dunkel. Zeit, aktiv zu werden. Mein Adrenalinspiegel schnellte in die Höhe, als wir uns um das Gebäude herum postierten. Am Empfangstresen befanden sich nur zwei Wachen.

„Es geht los", hörte ich Rivers leise Stimme durch den winzigen Kopfhörer in meinem Ohr. „Bei … fünf … vier … drei … zwei … eins."

Camilla lief zur Eingangstür und hämmerte wild gegen die Glasscheibe. Ihr Hemd war mit Kunstblut durchtränkt, und sie presste eine Hand auf ihre „Wunde", als hätte sie fürchterliche Schmerzen. Dann taumelte sie sogar, als würde sie jeden Moment ohnmächtig werden.

Wache Nummer eins stand auf. Wache Nummer zwei packte ihn am Arm und zog ihn zurück auf den Stuhl. Von meinem Versteck draußen beobachtete ich, wie Eins und Zwei aufgeregt diskutierten. Schließlich nahm Zwei den Telefonhörer auf … um die Polizei zu rufen? Seinen Boss?

Um die Sache voranzutreiben, fiel Camilla auf die Knie und stürzte zu Boden, wo sie bewegungslos liegen blieb. Eins ignorierte seinen Kumpel und rannte zur Tür. Kaum hatte er sie geöffnet und sich zu

Camilla hinuntergebeugt, schoss sie mit der Betäubungspistole auf ihn.

Cole flitzte wie verrückt auf die Tür zu, sprang über Camilla und Wache zwei, um mit der Betäubungspistole auf Wache eins zu schießen. Eins fiel zu Boden, und Cole nahm den Hörer.

„Er hat nicht zu Ende gewählt", sagte er.

Frosty und Bronx schleppten Eins nach drinnen. Die anderen folgten ihnen ins Gebäude. Ich sorgte dafür, dass die Türen hinter uns geschlossen wurden. Als wir durch einen schmalen Flur schlichen, erwartete ich fast, dass Hundertschaften von Wachen aus ihren Verstecken gestürmt kämen und dass Frosty wie wild alle erschoss. Wann würde unsere Vision sich erfüllen?

Wir kamen ohne Zwischenfälle bis zu einer robusten roten Tür. Der ID-Scanner an der linken Seite schien wie in Neonlichtbuchstaben zu signalisieren: DU WIRST HIER NIEMALS DURCHKOMMEN. BASTA.

Ob ich es könnte? Auch wenn Helen behauptet hatte, meine Fingerabdrücke würden nicht aus Animas System gelöscht werden, elf Jahre waren eine lange Zeit, in der sonst was hätte passieren können.

Chance holte eine Ausrüstung hervor, die ich noch nie gesehen hatte. Er verband dies mit jenem und jenes mit diesem, drückte ein paar Tasten, stellte eine neue Vernetzung her und wumm, Sesam öffne dich. Keine Fingerabdrücke notwendig.

Was sicher so am besten war. Cole wäre ausgerastet und die anderen hätten behauptet, Helen wollte mich auf diese Art in eine Falle locken. *Uns alle* in eine Falle locken.

Wir betraten Büros, und unter Camillas Anleitung wurden Daten kopiert. Wir kamen in Räume mit medizinischer Ausrüstung und einer Anzahl von Medikamenten, und wieder nahmen wir unter Camillas Anleitung Proben. „Wir brauchen das. Und das. Und das", sagte sie und erwartete von uns, dass wir in Aktion traten.

Als die Schwester von River war sie es sicher gewohnt, das Kommando zu übernehmen. Das hatte ich kapiert, doch ich war nicht ihr Lakai und sie nicht meine Chefin. Ihr Befehlston ging mir gehörig auf die Nerven.

Im hinteren Teil des Raumes befand sich eine unverschlossene Tür. Ich sah mich um. Niemand achtete auf mich. Schnell schlüpfte ich hinaus und gelangte auf einen Flur. Allein. An dessen Ende sah ich eine weitere Tür, die aber abgeschlossen war. Ich strich mir mit der Zunge über die Lippen und sah mich noch einmal um, bevor ich meine Hand auf den ID-Scanner legte. Licht glomm unter meinen gespreizten Fingern auf. Ich wartete mit angehaltenem Atem …

Das Schloss öffnete sich.

Ich konnte nicht … es war … wow. Einfach wow. Es hatte funktioniert!

„Ali!", rief Cole.

Ich zuckte schuldbewusst zusammen.

Schnell rannte ich in die Richtung, aus der seine Stimme kam. Alle hatten sich vor einer Wand versammelt, an der sich mindestens fünfzig Käfige mit grunzenden Zombies aneinanderreihten, alle mit Halsbändern versehen. Wir äscherten die Kreaturen ein und stahlen die Halsbänder.

Anschließend durchsuchten wir das restliche Gebäude, fanden aber nichts und niemanden. Dann schleppten wir die bewusstlosen Wachen aus dem Haus, bevor wir endlich das taten, worauf wir uns vorbereitet hatten. Zerstören. Alles.

River erklärte sich zu so etwas wie einem Sprengmeister und traf die entsprechenden Vorbereitungen. Der ganze Bau brach in sich zusammen, eine Staubwolke stieg auf, doch keine Steine flogen herum, die jemanden hätten verletzen können. Triumphgefühl.

Bei Mr Ankh im Haus strömten wir in den Aufenthaltsraum, um zu feiern.

Mir war nicht danach zumute, ich hatte schlechte Laune.

Cole stand abseits und redete mit Camilla.

Eifersucht nagte an mir, als ich zu ihm hinüberging. Ich legte ihm eine Hand auf die Schulter. Dann flüsterte ich ihm ins Ohr: „Helen hat wohl doch nicht gelogen."

Er versteifte sich, drehte sich um und sah mich wütend an. „Diesmal nicht."

„Sonst auch nicht."

„Warum willst du die Wahrheit nicht sehen? Sie ist die Spinne und du die Fliege. Gerade hat sie dich in ihr Netz gelockt."

Ich ballte die Hände zu Fäusten und warf einen finsteren Blick auf Camilla. „Das Gleiche könnte ich von dir sagen. Dann wünsche ich euch noch viel Spaß."

Ich ging. Hasste ihn … und hasste mich selbst.

In den nächsten Tagen entwickelte sich eine Routine. Mr Ankh untersuchte die Proben, die wir gestohlen hatten, und wurde wegen der Resultate immer frustrierter. Alles war völlig nutzlos. Die technisch versierten Leute analysierten jedes Wort aus jeder Computerdatei, die wir kopiert hatten, aber auch da fand sich nichts von Belang.

Es war, als hätte Anima gewusst, dass wir kommen würden, und alles belastende Material entfernt, um uns das Labor zu überlassen. Damit wir wertvolle Zeit verschwendeten, um nach Beweisen zu suchen, wo es keine gab, sodass wir ruhigstellt und abgelenkt waren.

Wenn das so war, gab es ein Leck in unserer Gruppe – was erklären würde, wie der Killer Benjamin sich tatsächlich befreit hatte. Der Gedanke machte mich fertig. Ich vertraute allen aus meinem Team. Wir hatten zusammen gekämpft, zusammen gelitten. Und ich wollte River und seinen Leuten ebenfalls vertrauen. Aber konnte ich das? Ich meine, sie hatten angeblich Spione bei Anima, trotzdem gab es nie irgendwelche neuen Informationen.

Cole würde sicher behaupten, es wäre Helens Schuld, ganz allein Helens.

Mir drehte sich der Magen um und die Galle stieg in mir hoch. Oh, Himmel. Was, wenn er recht hatte?

Darf jetzt nicht an meinem Instinkt zweifeln. Stecke zu tief drin.

Morgens trainierten die Z-Jäger regelmäßig in der Halle. Wir mussten körperlich arbeiten und deshalb in Form bleiben. Mehr als einmal ertappte ich Camilla dabei, wie sie Cole anstarrte und deutlich machte, dass sie gern mal abbeißen würde. An diesem Tag war sie ihm sogar hinterhergelaufen, als er vom Laufband gestiegen war. Es hatte meine ganze Willenskraft gekostet, ihnen nicht zu folgen.

Blöde Konkurrenz. Und blöder Cole!

Blöde Camilla!

Wenigstens warf er einen Blick über die Schulter zurück und sah mich an. Jede Zelle in meinem Körper erwachte zum Leben. Ich hätte fast seinen Namen gerufen. Fast. Ich würde nicht als Erste zusammenbrechen.

Er sah wieder weg und ging weiter. Keine Visionen bisher.

Ich war mir nicht sicher, wie viel ich noch aushalten konnte.

Obwohl ich ihm am liebsten nachgelaufen wäre, sprang ich aufs Laufband, von dem er gerade gestiegen war, und dachte über die

Visionen nach, die andere Z-Jäger gehabt hatten. Erst heute Morgen hatte Frosty gesehen, wie er sich durch einen Haufen Schutt grub, und Bronx hatte gesehen, wie er die weinende Reeve in den Armen hielt.

Gavin hatte eine Vision, in der er sich vorkämpfte, um zur verletzten Jaclyn und dem bewusstlosen Justin durchzudringen, und Jaclyn hatte sich mit einer Schusswunde im Bein gesehen.

Schlimm. Aber zumindest wussten wir, dass Justin lebte, auch wenn Ethan sich nicht meldete.

Noch etwas Gutes: Keine Zombies mehr bei Tageslicht. Allerdings erschienen sie jede Nacht und versammelten sich um Mr Ankhs Grundstück. Jede Nacht bis auf gestern. Ich war mir nicht im Klaren darüber, warum. Trotzdem ... Die ständigen Angriffe hatten mir die Gelegenheit gegeben, meine Schub-Fähigkeit zu trainieren. Inzwischen beherrschte ich sie gut. Ich konzentrierte mich, sammelte die Energie in meinem Zentrum und stellte mir vor, wie ich sie hinauskatapultierte. Und es funktionierte! Ich erlaubte mir, den Schub immer nur einmal anzuwenden, nicht öfter. Bisher hatte ich danach keinen weiteren Schwächeanfall gehabt.

Die ständigen Angriffe waren ebenfalls ein Grund, weshalb mehr und mehr Z-Jäger von River in Mr Ankhs Villa zogen. Wir brauchten Verstärkung.

Die neuen Mädchen standen alle auf Cole. Nicht nur Camilla, sondern die meisten ihrer Freundinnen ebenso. Eine kleine Berührung hier. Eine Andeutung dort. Ich war mir nicht mehr sicher, welche Position ich in seinem Leben einnahm, also hielt ich mich zurück, aber im tiefsten Inneren brodelte der Zorn.

Ich würde ihnen nicht nur eine Tracht Prügel verabreichen. Sie müssten bleibenden Schaden erleiden.

Nicht notwendig zu sagen, dass die Spannung nur so knisterte. Nicht nur bei mir. Alle Z-Jäger waren erschöpft. Unser momentaner Zeitplan war mörderisch. Zu viel. Wenn wir noch eine Weile so weitermachten, würden wir zusammenbrechen.

Genau das hatte Anima vielleicht geplant. Dafür sorgen, dass wir uns verausgabten und zusammenbrachen, und sich dann einen nach dem anderen schnappen.

Es ging mir auf die Nerven, dass die Unterhaltungen sofort verstummten, sobald ich in der Nähe war.

Ich konzentrierte mich. Cole war gerade mit finsterem Gesichtsausdruck in die Trainingshalle zurückgekommen. Mein Herz begann zu rasen, und das nicht wegen der Anstrengung auf dem Laufband.

Er stellte sich neben mich. „Du hast einen Anruf."

Ich wischte mir den Schweiß von der Stirn und strich mir das feuchte Haar nach hinten. „Wer ist dran?"

„Ethan."

Endlich! Ich presste den Finger auf die Schaltung, und das Band blieb stehen. Sofort sprang ich hinunter und lief los, als mir plötzlich einfiel, dass ich gar nicht wusste, wohin ich musste.

„Das Handy ist in Ankhs Büro", rief mir Cole hinterher.

Mr Ankh hatte das Smartphone mit einem Computer verbunden, um den Anruf zurückzuverfolgen. Ich ging schneller. Mr Ankh saß an seinem Schreibtisch und sah nicht sehr glücklich aus.

„Ethan will nur mit dir reden", sagte er.

Wir hatten alle darum gebetet, dass dieser Moment kommen würde. Gerade erst am Morgen hatte Kat mir auf den Rücken geklopft und mich mit ihrem gerissenen Grinsen angesehen und gesagt: „Tu so, als würden wir alles so machen, wie sie es wollen, während wir es in Wirklichkeit so machen, wie wir es wollen … so, wie es am besten ist!"

Jetzt wurde ich nervös. Ich musste mich zusammenreißen, als ich das Handy entgegennahm.

Mr Ankh setzte sich Kopfhörer auf, um die Unterhaltung mitzuhören. Er nickte mir zu.

„Hallo Ethan", sagte ich und war stolz darauf, dass ich so ruhig klang.

„Hallo Ali." Er gab sich genauso gelassen.

„Was hast du gemacht? Warum meldest du dich jetzt erst?"

„Ein paar Dinge sind dazwischengekommen. Nichts, was dich beunruhigen sollte. Justin ist nicht abgekratzt oder irgend so was."

Wie nett. Ich sah mich im Raum um. Cole war hinter mir hereingekommen, und Juliana und Veronica waren ihm gefolgt. River kam als Nächster mit Frosty und Bronx auf den Fersen.

Jaclyn kam hereingestürzt, die Augen hoffnungsvoll aufgerissen. Es hatte sich herumgesprochen.

Ich zeigte allen den erhobenen Daumen.

„… da?", fragte Ethan.

„Ja, ich bin noch dran." Ruhig bleiben. „Ich will den Austausch machen", sagte ich. „Ich brauche natürlich einen Beweis, dass er lebt."

„Wirst du bekommen. Doch erst mal möchte hier jemand mit dir reden."

Knistern. Dann: „Hallo Ali Bell."

Eine Frauenstimme. Unbekannt. „Sie sind leider im Vorteil. Offenbar kennen Sie mich, aber ich habe keine Ahnung, wer Sie sind."

„Ich heiße Rebecca Smith. Du darfst mich ruhig Rebecca nennen."

Der Kopf von Anima persönlich. Warum sollte ich sie nicht Becky nennen?

Oder Satan.

„Du hast mir so viel Ärger bereitet", sagte sie. „Ich habe beschlossen, mich selbst um dich zu kümmern."

„Sie werden sicher verstehen, wenn ich Ihnen nicht Glück dabei wünsche, Ms Smith." Mein Blick fiel auf Cole – seine Miene wurde immer finsterer. Das war die Frau, vor der sein Vater und Helen uns gewarnt hatten. Die für ihre besondere „Befragungstechnik" bekannt war.

Sie lachte, als hätte sie keine andere Bemerkung erwartet. „Eine geborene Rebellin. Genauso wie deine Mutter."

Als würde sie mich kennen.

„Wir haben ja ein paar Mal zusammengearbeitet, weißt du", erzählte sie weiter. „Allerdings nicht, als es um die Mutter deines Freundes ging. Das hat Helen allein erledigt. Aber wir hatten andere, ähnliche Jobs gemeinsam, die ebenso erfolgreich waren. Ich wäre noch im Feldeinsatz, wenn ich nicht inzwischen gegen das Antiserum resistent wäre."

Galle brannte mir in der Kehle, doch ich bemühte mich um einen gelassenen Gesichtsausdruck. Ich würde den anderen nichts von meinen Gefühlen preisgeben. „Warum kommen wir nicht zum Thema, hm?"

„Sehr gern." Ich hörte, wie jemand auf eine Tastatur tippte. „Wie du dir sicher denken kannst, bist du für uns der Schlüssel zum Erfolg. Mit deiner Hilfe können wir von den guten Zombie-Eigenschaften profitieren und die schlechten eliminieren."

„Wie das?"

Sie ging nicht auf meine Frage ein. „Ich sende Mr Ankh eine E-Mail. Im Anhang findet ihr ein Video, das euch interessieren könnte. Es ist der gewünschte Beweis, dass euer Junge noch lebt."

Okay, gut, wir kamen weiter. „Und wie haben Sie sich das vorgestellt?"

Sie zögerte nicht lange. „Ich würde Ethan zu euch schicken und dort den Austausch vornehmen lassen, das wäre die einfachste Lösung. Doch wir beide wissen, dass ihr ihn nur töten und den Jungen nehmen würdet. Stattdessen möchte ich, dass du ..."

„Wissen Sie was?", unterbrach ich sie wie geplant. „Sie arrangieren das nicht. Sie werden zum Hearts kommen, dem Nachtklub in der Innenstadt. Und zwar in zwei Stunden, zusammen mit Justin. Denn er ist Ihr Eintrittsticket. Wenn nicht, wird es meine Aufgabe sein, alles, was Ihnen lieb und teuer ist, zu zerstören." Tatsächlich war das bereits meine Aufgabe.

Klick.

Am liebsten hätte ich mich gekrümmt und gekotzt. Hatte ich gerade einen großen Fehler begangen, indem ich darauf bestand, Ms Smith im Hearts zu treffen, statt nach ihren Regeln zu spielen? Ich hoffte nicht. Der Nachtklub gehörte Mr Ankh. Unsere Z-Jäger kannten das Gebäude. Wir hätten einen Vorteil.

Wir brauchten jeden nur erdenklichen Bonus.

„Haben Sie ihn gefunden?", wollte Cole von Mr Ankh wissen.

„Nein." Er fluchte. „Sie haben die Signale auf Hunderten von verschiedenen Wegen umgeleitet. Ich fürchte, wir werden die E-Mail auch nicht zurückverfolgen können, egal, wie viele Leute ich darauf ansetze."

Großartig.

Wir warteten mit angehaltenem Atem auf den Signalton, der die eingegangene E-Mail ankündigte. Als er ertönte, drängten wir uns alle hinter Mr Ankhs Schreibtisch zusammen, während er das Video abspielen ließ.

Justin erschien auf dem Bildschirm – und Jaclyn wäre umgekippt, wenn Gavin sie nicht festgehalten hätte.

Justin kauerte in einem Käfig. Er trug eine Unterhose, weiter nichts. Neben ihm befanden sich eine Toilette, ein Waschbecken und zwei Liegen. Er hatte so viel Gewicht verloren, dass seine Rippen sich abzeichneten. Unter den Augen hatte er Blutergüsse und in den Armen Einstiche.

Pumpten sie ihn bei Anima mit Drogen voll, um ihn ruhigzustellen, oder nahmen sie ihm Blut ab?

Himmel. Wahrscheinlich beides.

Neben seinem Käfig standen zwei weitere, in denen sich unzählige Zombies mit Halsbändern befanden. Die Kamera bewegte sich von ihm weg, er verschwand vom Bildschirm.

„Nein!“, schrie Jaclyn.

Ich musste Tränen wegblinzeln.

„Es ist zu bezweifeln, dass sie wirklich einen Austausch vorhaben“, meldete sich Cole und überprüfte das Magazin seiner Pistole. „Es steht fünfzig zu fünfzig. Sie werden entweder versuchen, uns alle gefangen zu nehmen, oder uns zu töten. Werft eine Münze.“

Er hatte recht. Ich hatte es die ganze Zeit gewusst. Trotzdem, jetzt, hier im Kreis all der Zombiejäger, die ich immer nur beschützen wollte, erschien es mir falsch. „Ich mache es. Ich lasse mich austauschen.“ Kein doppeltes Spiel.

„Nein!“

Er wirbelte herum und sah mich grimmig an, doch es war keine Wut, die ich in seinem Blick entdeckte. Es war Angst.

„Nein.“

„Ja! Verdammt noch mal, ja!“ Ich stampfte mit dem Fuß auf. „Wie oft muss ich dich daran erinnern? Eine Person wird ihr Leben geben, um andere zu retten. Das ist es, was ich machen muss.“

Er baute sich vor mir auf und schrie mich an: „Und wie oft muss ich dich daran erinnern, dass du das gar nicht sicher wissen kannst? Dass ich mich weigere, dich zu verlieren?“

„Du hast wirklich eine merkwürdige Art, mir das zu zeigen!“

Er trat einen Schritt zurück und holte tief Luft.

Ich straffte die Schultern. „Ich mache den Tausch, Cole.“

„Nein.“ Er schüttelte den Kopf. „Selbst wenn du diejenige wärst, ich lasse das nicht zu. Keiner von uns wird das zulassen. So. Kein weiteres Wort von dir. Bewaffne dich. Das werden wir alle machen. In zehn Minuten treffen wir uns in der Eingangshalle.“

„Cole …“

„Kein Wort mehr! Wir verhalten uns so, als würden wir davon ausgehen, dass sie den Austausch vornehmen. Wir kämpfen, töten so viele wie möglich und schwächen ihre Kampfstärke.“

Mit einem letzten finsteren Blick auf mich und offensichtlich am Ende seiner Beherrschung, verließ Cole das Arbeitszimmer.

26. KAPITEL

Rundherum Mord und Chaos

Der Countdown lief.

Fünf Minuten, und ich war bewaffnet und fertig.

Sechs Minuten, und ich traf mich mit den anderen Z-Jägern in der Eingangshalle und umarmte Reeve und Kat zum Abschied.

„Du wirst zu mir zurückkommen, Ali-Cat", flüsterte Kat. „Ohne mich bist du gar nichts."

„Äh, ich glaube, normalerweise heißt das: Ohne dich bin ich gar nichts."

„Was ich gerade sagte."

Ich musste trotz der angespannten Situation grinsen. „Ich liebe dich."

„Ich dich auch. Und du bist besser vorsichtig, Frosty!", rief sie. „Ansonsten …"

„Aber klar doch, Baby."

Sie hatten sich wieder vertragen. Gut. Das Herz wurde mir schwer und ich warf Cole einen Blick zu. Zu meinem Schrecken schien er mich schon die ganze Zeit anzustarren. Intensiv. Aus zusammengekniffenen Augen. Wie immer jagte mir der Blick einen Schauer über den Rücken. Es gab Hunderte von Dingen, die ich ihm gern gesagt hätte, Hunderte mehr, die ich gern mit ihm getan hätte.

Lieber wegsehen.

Irgendwie gelang es mir auch.

Acht Minuten, und die Z-Jäger waren auf dem Weg zu den zwei SUVs, die draußen bereitstanden.

Ich ging auf den ersten Wagen zu und streckte die Hand nach dem Griff der hinteren Tür aus. Jemand umklammerte mein Handgelenk und zog mich herum. Ich keuchte auf, als ich gegen das kühle Metall der Karosserie gedrückt wurde.

Cole!

Mein Herz war wie eingeschnürt.

Er legte mir seine warmen Hände auf die Wangen. In den violetten Augen blitzte pures Feuer.

„Es tut mir leid. Mir geht es so schlecht ohne dich. Konnte weder essen noch schlafen. Hab mich nur nach dir gesehnt. Ich muss dir das jetzt unbedingt sagen, bevor du dich in eine so gefährliche Situation begibst."

Ich zitterte, war überwältigt. Endlich durchbrach einer von uns die trennende Mauer. Der Stärkere, stellte ich fest. „Wir ..."

„Warte, ich bin noch nicht fertig. Ich liebe dich, ich habe dich vermisst. Es gefällt mir nicht, dass du mit Helen sprichst, daran hat sich nichts geändert. Ich traue ihr nicht, und ich habe solche Angst davor, dass es böse endet. Aber ich vertraue dir und deinem Instinkt, deshalb überlasse ich dir die Entscheidung. Ich halte mich zurück."

Ich packte ihn am Kragen seiner Jacke. „Mir tut es auch leid. Mein Verhalten war nicht in Ordnung und ..."

Er schüttelte den Kopf. „Bin immer noch nicht fertig, mein Schatz. Es ist allerdings ein kleiner Themenwechsel, also versuch dranzubleiben. Okay? Camilla hat mich angemacht. Du musst mir vertrauen und glauben, dass ich mich nicht darauf eingelassen habe und nichts zwischen uns passiert ist."

„Was!" Ich explodierte.

Er presste mir die Lippen auf den Mund. Ich schmolz in seinen Armen dahin. Der Kuss war wie Balsam. Der Schmerz, der mich in den vergangenen Tagen begleitet hatte, war wie weggewischt. Das Gefühl, abgewiesen zu werden. Die Wut, die Verbitterung ebenfalls. Ich spürte nur noch unsere Berührung, seine Hitze katapultierte mich in einen anderen, wundervollen Zustand.

Ein Pfeifkonzert ertönte. Genervtes Gestöhne. Wir wurden aufgefordert, uns zu beeilen. Das erreichte mein Bewusstsein, als Cole den Kopf hob. Ich war viel zu benommen, um mich zu bewegen. Cole drehte mich herum, gab mir einen Klaps und half mir beim Einsteigen. Er kletterte neben mir auf die Rückbank. Die ganze Fahrt über hielten wir uns an den Händen.

Camilla hatte Glück, dass sie im anderen Auto saß. Später würde ich ein Wörtchen mit ihr zu reden haben. Vielleicht auch mithilfe von Messern. Ich würde es nicht zulassen, dass sie wegstolzierte – sie würde kriechen müssen.

Als wir auf den Parkplatz des Klubs einbogen, begann meine innere Uhr zu ticken. Wir hatten weniger als anderthalb Stunden, bevor der Austausch stattfinden sollte.

Ich war mir nicht sicher, wie Mr Ankh das geschafft hatte, aber der Parkplatz war leer geräumt. Wir betraten das Gebäude, die Schritte unserer Stiefel hallten von den Wänden wider. Ich hatte den Klub schon ein paar Mal besucht, doch da war der Laden immer überfüllt gewesen. Jetzt waren wir die Einzigen hier.

Frosty und River postierten sich an der Eingangstür, der Rest von uns marschierte zur Tanzfläche in der Mitte. Chance und Mackenzie gingen bis zu den Hintertüren weiter, und ich fragte mich, ob zwischen ihnen was gewesen war. Alle anderen stellten sich im Kreis um mich auf, jeder behielt einen Teil des Raumes im Blick. Mr Ankh hatte drinnen wie draußen Kameras installiert. Cole, Frosty und River trugen Kopfhörer und standen in ständigem Funkkontakt miteinander.

Zwanzig Minuten vergingen, doch nichts geschah. Dreißig. Vierzig. Diese Sache konnte auf so viele Arten schiefgehen, in meinem Kopf drehte sich alles. Anima erschien vielleicht mit Justin oder auch ohne ihn. Sie kamen entweder durch den Vordereingang oder versuchten sich durch die hinteren Türen zu schleichen. Oder beides! Womöglich kamen sie überhaupt nicht, schickten eine einzige Person oder hundert.

Wenn der schlimmste Fall eintrat und sie ohne Justin hereingestürmt kamen, würden wir kämpfen, so wie Cole es gesagt hatte. Wir konnten ihre Kampfeinheit schwächen und eventuell sogar Gefangene machen. Sie ein bisschen befragen. Da würde ich River freie Hand lassen. Über Rücksichtnahme war ich inzwischen hinaus.

Plötzlich versteifte sich Cole. „Zwei Mädchen kommen auf den Eingang zu."

Mädchen? Ohne Justin?

Ich wartete mit angehaltenem Atem, mein Magen zog sich zusammen. Dann kam Frosty um die Ecke gestampft und schleifte Wren und Poppy hinter sich her.

Das muss ein Scherz sein. Ich schob mich durch den Kreis von Leuten. „Was macht ihr denn hier?"

„Ein Typ hat mich angerufen", erwiderte Wren und stemmte die Hände in die Hüften. Sie war ein cleveres, schönes afroamerikanisches Mädchen, das noch störrischer sein konnte als ich. „Er meinte, ich sollte besser so schnell wie möglich hierherkommen, sonst würde ich Justin verpassen."

„Und du hast ihm geglaubt?"

Poppy, eine rothaarige Schönheit, blickte sich um. „Was ist denn hier los?"

Wir mussten zusehen, dass wir diese Mädchen rausbrachten. Wir konnten sie jedoch nicht allein losschicken. Draußen lauerten womöglich Leute von Anima und fingen sie ab. Wir konnten aber auch niemanden für ihre Begleitung entbehren, brauchten für den Kampf jeden, den wir hatten. Das wusste Anima natürlich, wahrscheinlich spekulierten sie darauf, so unser Team auszudünnen.

„Bring sie in das Büro hinten", sagte ich. „Schließt sie ein."

Die beiden Mädchen starrten mich mit aufgerissenen Augen an.

„Das ist für eure eigene Sicherheit."

„Jetzt ehrlich mal, was ist hier los?", wollte Poppy wissen.

„Ihr seid mitten in einen Krieg geraten." Ich winkte Jaclyn zu mir. „Egal, was ihr hört, verlasst nicht das Büro. Und falls jemand, den ihr nicht kennt, zu euch eindringt, schießt ihr." Ich drückte Wren eine 38er in die Hand. Die hatte einen Rückstoß, mit dem selbst Anfänger klarkommen konnten. „Hast du so ein Ding jemals benutzt?"

„N… nein", stotterte sie. „Und das will ich auch nicht."

Pech gehabt. „Es gibt keine Sicherung, also wenn du den Abzug drückst, geht der Schuss los. Aber die Pistole hat einen Double-Action-Abzug. Du musst bis ganz unten durchdrücken, sonst passiert gar nichts. Richte die Mündung niemals auf dich selbst oder auf Poppy, verstanden?"

Jaclyn nahm beide Mädchen am Arm. „Kommt mit."

„Pistolen? Ein Krieg?", rief Poppy und sträubte sich mitzugehen. Sie sah aus, als würde sie jeden Moment eine Panikattacke bekommen. „Was für ein Krieg?"

„Dafür haben wir jetzt keine Zeit", sagte Camilla, die dazugekommen war. Sie legte einen Arm um Poppy und schob sie in den Gang.

Wumm!

Das gesamte Gebäude vibrierte. Ich wurde von einem Schwall heißer Luft hochgerissen und durch den Raum geschleudert. Etwas Hartes rammte mich.

Mir tat der ganze Körper weh, doch ich setzte mich auf. In meinen Ohren dröhnte es. Um mich herum stieg weißer pulvriger Rauch auf, und ich bekam keine Luft mehr. Ich hustete und versuchte zu verstehen, was ich sah. Überall züngelten kleine Flammen. Eine Wand des Hauses war eingerissen. Meine Freunde lagen verteilt in den Trümmern auf dem Tanzboden.

Gavin kroch auf Jaclyn zu, die unverletzt schien und Wren und Poppy auf die Füße half. Die beiden hatten ebenfalls nichts abbekommen. Gott sei Dank!

River und Frosty hievten ein großes Stück Gipswand hoch, unter dem Veronica eingeklemmt war.

Camilla wollte River mit sich ziehen ... zur vorderen Eingangstür? Er schüttelte sie ab, entschlossen, Chance zu Hilfe zu eilen, der die bewusstlose Mackenzie auf den Armen trug.

Bronx lag auf dem Boden und versuchte sich aufzurappeln.

Cole ... wo war Cole?

Ich wirbelte herum, suchte verzweifelt nach ihm. „Cole!“

Der Staub legte sich langsam, und ich erwartete, dass ich ihn gleich sehen würde. Stattdessen entdeckte ich Zombies, die durch den Qualm auf uns zukamen.

Mehr, als ich zählen konnte. Ohne Halsbänder.

„Zombies!“, rief ich und schlüpfte aus meiner Körperhülle. Ich zog meine Äxte heraus und zerhackte das Rückgrat eines Monsters, dann ein weiteres und noch eins, blieb ständig in Bewegung. Die Untoten kamen aus allen Ecken und Winkeln auf mich zu. Ich kämpfte, kämpfte mit aller Kraft und landete mehr Treffer, als ich einstecken musste. Tatsache war jedoch, dass ich welche einsteckte. Ziemlich viele. In meiner momentanen angeschlagenen Verfassung schmerzte jeder Schlag stärker als sonst.

Wuuuusch. Ein Pfeil flog an mir vorbei und traf ins Auge des Zombies, der mich gerade beißen wollte.

Eine Sekunde später war Cole da, vollkommen mit Ruß bedeckt. Er packte den Pfeil und stieß ihn noch tiefer in das Hirn des Monsters. Dann zog er ein Kurzschwert und trennte den Kopf des Zombies ab.

„Du bist nicht verletzt“, rief ich.

„Nein. Ich wurde rausgeschleudert.“

Zwei der Kreaturen kamen von hinten auf ihn zugestürzt. Ich schmetterte den Angreifern meine Äxte zwischen die Augen. Sie taumelten zurück, und als sie auf dem Boden landeten, köpfte Cole sie ebenfalls. Doch auch ohne Körper schnappten sie nach uns.

Jemand packte mich an den Haaren und riss mich herunter. Ich fiel, rollte mich im selben Moment herum und versetzte dem Angreifer einen Tritt. Er schwankte und ich sprang auf, schwang mein Messer und durchschnitt ihm die Kehle. Schwarzer Schleim troff aus ihm heraus.

Ich wollte meine Äxte zurückholen, stolperte aber über eine ausgestreckte Hand. Mit dem Gesicht zuerst landete ich auf dem Boden. Ich sah Sterne. Bevor ich mich vom Aufprall erholen konnte, warf sich jemand schwer auf mich und presste mir die Luft aus der Lunge. Doch gleich darauf wurde das Gewicht von meinem Rücken gerissen und Cole half mir auf die Füße.

Er versetzte dem Zombie, der nach mir schnappte, einen Fußtritt und zerschmetterte dessen Handknochen. Ohne Schmerz zu spüren, beugte sich der Untote vor und biss in Coles Stiefel. Der stach dem Monster ein Messer ins Hirn und schleuderte die Kreatur mit der Klinge im Schädel durch den Raum.

Ich holte tief Luft – ein Fehler. Sofort musste ich husten. Meine Augen tränten. Noch immer war alles voller Qualm und Staub.

Ich rollte die Schultern und schüttelte die Hände, um mich zu lockern. Wenn wir diesen Kampf gewinnen wollten, musste ich meine Schub-Fähigkeit einsetzen. Ich vertraute darauf, dass ich es schaffte, spürte bereits die Energie, die sich in meinem Inneren sammelte, und bereitete mich vor. Ich konnte es. Ich würde es tun. Ich würde die Zombies nach oben schleudern, sie einäschern, und das war es dann.

Jetzt! Ich hob die Arme … und alle Zombies flogen in die Luft.

Ein Gefühl von Triumph überkam mich und gab mir noch mehr Kraft.

Bronx und Mackenzie lagen am Boden und wanden sich vor Schmerzen. Frosty rannte auf Bronx zu, fiel auf die Knie und robbte die restlichen Meter zu ihm weiter. Mit flammenden Händen stieß er in Bronx' Brust. Der Junge bäumte sich auf.

Chance hockte sich neben Mackenzie, nachdem er kurz gezögert hatte, tat er das Gleiche mit ihr.

Aus dem Augenwinkel bemerkte ich eine Bewegung. Ich drehte mich um und entdeckte zwei Typen in Schutzanzug, die meinen Körper durch das riesige Loch in der Wand nach draußen trugen. Himmel noch mal. *Das* war die ganze Zeit Animas Plan gewesen. Uns mit Zombies ablenken und meine Körperhülle stehlen. Wo auch immer sie sie hinschleppten, ich war gezwungen, ihnen zu folgen.

„Cole!", rief ich und rannte ihnen hinterher. Die Zombies fielen herunter, als sie auf den Boden krachten, folgte Stöhnen und Ächzen, das nicht nur von den Monstern kam.

In der einen Sekunde war ich weit von meinem Körper entfernt, in der anderen bereits hineingeschlüpft. Eine Berührung, und ich war wieder eins.

Ich packte die überraschten Anima-Leute in den Schutzanzügen, die wir immer Overalls genannt hatten, im Nacken und schlug ihre Köpfe gegeneinander. Sie ließen mich los, ich stolperte zurück und fiel.

Einer der beiden hatte sich schnell gefangen und holte zum Schlag aus. Ich wappnete mich dafür, während ich eine Miniarmbrust aus meinem Stiefel zog und den Pfeil auf ihn richtete. Bevor einer von uns zuschlagen konnte, erschien Poppy wie aus dem Nichts und schleuderte ihm eine Holzlatte ins Gesicht. Blut spritzte unter seiner Maske hervor. Trotzdem blieb er aufrecht stehen und knurrte sie wütend an.

Ich drückte den Abzug und schoss ihm durch den Schutzanzug in den Hals. Die Augen aufgerissen fiel er nach vorn, zerrte mich mit sich und begrub mich unter sich. Cole war eine Sekunde später da und half mir beim Aufstehen. Er war ebenfalls wieder in seiner Körperhülle und wir konnten uns berühren.

„Danke!"

Es blieb keine Zeit, mehr zu sagen. Zwei weitere Overalls kamen aus der Dunkelheit auf uns zugerannt. Ich schob Poppy zu Cole hinüber.

„Bring sie rein." Wenn ich es täte, würden mir die Anima-Leute hinterherjagen und sie dabei womöglich verletzen. Ich war ihr Ziel. Ich würde gegen sie kämpfen.

Cole nahm Poppy am Arm und war innerhalb von Sekunden mit ihr verschwunden.

Beide Männer holten zum Schlag aus. Ich blockte sie mit den Unterarmen ab, doch von der Wucht der Schläge fiel mir die Armbrust aus der Hand. Ich wirbelte herum und versetzte dem einen Angreifer einen Hieb an die Kehle.

Sieg … noch nicht ganz. Jemand packte mich von hinten an den Haaren und riss mich zu Boden. Ich verlor das Gleichgewicht und stürzte. Verdammt! Bevor der Angreifer zuschlagen konnte, sah ich Camilla, die …

Nein, Camilla *war* die Angreiferin!

Überraschung! Sie verpasste mir einen Kinnhaken und einen Schlag in den Magen, dann rief sie: „Los, holt sie euch, eh es zu spät ist!"

Ein weiterer Overall kam auf mich zugestürzt.

Was zum …

Bevor ich mich vom Schock erholt hatte und zuschlagen konnte, hatte er mir eine Spritze in den Hals gejagt. Der Stich … eine eiskalte Flut raste durch meine Adern und ich krümmte mich, stöhnte und zitterte, unfähig, mich zu wehren. Meine Muskeln erstarrten zu Eisblöcken, während die beiden mich mit sich schleiften.

Camilla blickte mir zufrieden grinsend hinterher. „Bye-bye."

Betrogen … Spionin … ich konnte keinen klaren Gedanken fassen … alles verschwamm um mich herum zu einem schwarzen …

„Es ist okay, alles in Ordnung. Ich lasse nicht zu, dass sie dich mitnehmen."

Die sanfte Stimme drang in mein Bewusstsein. Helens Stimme.

„Ich kann mehr als nur geben, Ali. Erinnerst du dich, was ich dir übers Stehlen gesagt habe?"

Das Eis schmolz nach und nach, meine Gedanken festigten sich, ich sah die Welt vor mir wieder farbig. Noch während ich fortgetragen wurde, schwebte die Erscheinung meiner Mutter durch mich hindurch, einmal, zweimal … ein drittes Mal … immer wieder. So wie Emma das einmal getan hatte. Mit jedem Mal wirkten ihre Gesichtszüge gequälter, ihre Lippen verfärbten sich bläulich … als würde sie die Kälte aus meinem Körper ziehen und sie selbst aufnehmen.

Ich versuchte meine Finger zu bewegen – ja! Es klappte! Meine Zehen. Ja, es funktionierte.

Helen fiel vollkommen ausgelaugt zu Boden. Unsere Blicke trafen sich, und ich glaubte, dass sie mir aufmunternd zulächelte. Ich sollte es nicht mehr erfahren, denn ihr Bild verblasste und sie verschwand.

Enttäuschung? Ja, die fühlte ich. Wut? Ja, die auch. Und die war ganz direkt gegen jemand Bestimmtes gerichtet. Camilla. Dafür würde sie bezahlen!

Der Overall ließ mich auf seinen Oberschenkel sinken, als er die Tür eines Lieferwagens öffnete.

Ich drehte mich blitzschnell und boxte ihn in den Unterleib. Er krümmte sich stöhnend, und ich nutzte den Moment, schoss hoch und rammte ihm den Ellbogen in den Hinterkopf. Mit dem Gesicht zuerst fiel er zu Boden. Als ich zum Klub zurückrennen wollte, packte er mich jedoch am Fußgelenk, sodass ich ebenfalls stürzte. Innerhalb eines Augenblicks war er auf mir und drückte mir den Hals so fest zu, dass mir die Luft wegblieb.

Statt zu versuchen, seinen Griff zu lösen, tastete ich an seinem Rücken nach einer Waffe und fand ein Messer in seinem Gürtel. Ich zog es heraus und rammte es ihm in den Schenkel.

Sofort ließ er mich los und wand sich vor Schmerzen am Boden.

Endlich bekam ich wieder Luft. Ich rappelte mich schnell auf. Er folgte mir nicht.

Mit wild klopfendem Herzen rannte ich zum ramponierten Klubgebäude zurück.

Camilla half ihrem Bruder gerade dabei, ein Zombie-Trio fertigzumachen, als hätte sie nicht vor ein paar Minuten mein Todesurteil unterschrieben.

Mein Zorn steigerte sich. Ich hob die Arme und schleuderte einen weiteren Energiestrom aus mir heraus, der die Zombies in die Luft katapultierte. Camilla blickte sich um und erblasste, als sie mich entdeckte.

Ich stürzte auf sie zu. Über mir explodierten die Zombies, an denen ich vorbeirannte. Asche regnete auf uns herunter. Alle Untoten waren schließlich verschwunden, der Kampf zu Ende.

Aber nicht der Krieg.

„Du!“ Ich schlug ihr die Pistole aus der Hand – *pfeif auf die Vernunft* – und verpasste ihr einen Schlag gegen die Brust. Sie stolperte rückwärts.

„Was soll das?“, zischte River und stellte sich schützend vor seine Schwester. Er hob die Faust, als wollte er auf mich losgehen. „Hör auf!“

Cole stellte sich vor mich. „Das würde ich an deiner Stelle sein lassen!“

„Sie ist eine Verräterin!“, rief ich. „Sie hat mich an Anima ausgeliefert!“

Camilla schüttelte den Kopf. „Nein. Nein, du irrst dich. Du warst doch betäubt und konntest gar nicht sehen, was um dich herum passiert.“

„Woher willst du wissen, dass ich betäubt war? Es sei denn, du warst ebenfalls da draußen, oder?“

Wieder wurde sie blass. „Ich habe gesehen, wie einer im Overall dir eine Spritze gegeben hat.“

„Und zwar der Mann, dem du zugerufen hast, er soll mich holen!“, schrie ich. „Du bist der Grund, wieso Zombies in Mr Ankhs Anwesen eindringen konnten. Du bist der Grund, weshalb wir nichts als nutzloses Zeug im Labor gefunden haben. Du hast dafür gesorgt, dass der Killer sich befreien kann." Plötzlich dämmerte es mir. „Und du hast meine Waffen manipuliert."

Sie schüttelte immer heftiger den Kopf.

River sah mich schockiert an, dann wurde er wütend. „Du weißt ja nicht, was du da sagst, Ali Bell. Meine Schwester ist keine Verräterin. Sie hat recht, du irrst dich."

„Nein, ich irre mich nicht!", schrie ich. Eine Welle von Müdigkeit überkam mich, doch ich kämpfte dagegen an. Es war ein Fehler gewesen, die Schub-Energie ein zweites Mal zu benutzen, aber ich bereute es nicht.

„Du siehst noch nicht mal aus, als hättest du eine Betäubungsspritze bekommen", stellte River fest.

„Das tut nichts zur Sache", mischte Cole sich ein. „Wenn Ali das sagt, wird es so gewesen sein."

„Du hast es doch nicht gesehen", widersprach River.

„Das ist auch nicht notwendig. Ich glaube ihr. Basta."

Es dauerte keine Minute, da hatte sich die Gruppe von Z-Jägern im Klub in zwei Parteien geteilt. Ihre … und unsere. River, Camilla und Chance waren auf einer Seite. Meine Freunde und ich auf der anderen. Dieser Rückhalt aus meinem Team hätte mich fast umgehauen, denn das war nicht immer so gewesen.

„Wir sind hier fertig", sagte Cole. „Von jetzt an ist unser Bündnis nicht mehr gültig. Wir wollen keine Informationen von euch und ihr bekommt keine von uns."

River ballte die Hände zu Fäusten. „Das ist doch albern. Dein Mädchen beschuldigt jemanden, und plötzlich gibt es nur diese eine Version der Geschichte? Bist du vielleicht jemals auf die Idee gekommen, dass Miss Bell womöglich meine kleine Schwester aus dem Weg haben will? Aus *deinem* Weg?"

Ich deutete mit zittrigem Finger auf Camilla. „Du lässt es zu, dass dein Bruder sich vor allen lächerlich macht, das wissen wir beide. Du solltest ihn wenigstens genug lieben, um ehrlich zu ihm zu sein."

Schmerz und Reue zeigten sich auf ihrem Gesicht. Unentschlossenheit.

Mehr war nicht notwendig. River sah sie an, dann noch einmal genauer.

Er schüttelte den Kopf: „Nein. Das kann nicht wahr sein. Sag mir, dass es nicht wahr ist.“

Ihr Widerstand bröckelte. „Ich hab's für dich getan. Du weißt doch, wie sie uns vor einem Jahr auf den Fersen waren, und du warst ihr Ziel. Sie wollten dich umbringen und hätten es fast geschafft. Deshalb bin ich zu ihnen gegangen. Habe ihnen gesagt, ich würde ihnen Informationen geben, wenn sie dich dafür am Leben lassen. Sie waren einverstanden. Und sie haben ihr Versprechen gehalten, Riv.“

Sie sah ihn hoffnungsvoll an. Schien darum zu flehen, dass er ihr versicherte, die richtige Entscheidung getroffen zu haben.

„Du bist in der ganzen Zeit nicht von ihnen angegriffen worden.“

„Nein. Nein!“ River wich zurück, als hätte sie ihm einen Schlag verpasst. „Das ist unmöglich. Du kennst unsere Regeln. Du weißt, was mit Verrätern passiert.“

Was machten sie mit ihnen?

Camilla klammerte sich an sein Hemd. „Ich hab es für dich getan!“, wiederholte sie. „Für uns. Du bist alles, was ich noch habe!“

„Wir haben Freunde“, zischte er. „Kids, die wir beschützen müssen, die auf uns angewiesen sind. Anima zu helfen bringt uns alle in Gefahr.“

„Aber du warst sicher!“, kreischte sie. „Warum verstehst du das denn nicht?“

River rieb sich das Gesicht. Seine dunklen Augen wurden glasig, sein Atem ging stoßweise. „Wusstest du, was heute Abend passieren würde?“

Sie schluckte und fuhr sich mit der Zunge über die Lippen. „Nicht so genau.“

Er lachte humorlos. „Und statt uns zu warnen und zu helfen, einen Gegenangriff zu organisieren, führst du uns geradewegs auf die Schlachtbank.“

„Sie wollten nur *sie*. Sobald sie sie gehabt hätten, sollten die Angriffe aufhören.“

Er schüttelte den Kopf. „Ali hat recht. Du hast mich vor allen lächerlich gemacht. Sie haben mit dir gespielt und jetzt wirst du dafür zahlen.“ Er zog seine SIG und richtete die Mündung auf ihr Herz.

Entsetzt schnappten die anderen nach Luft.

Camilla sah ihn schockiert an. „Riv, das kann nicht dein Ernst sein. Du willst mich doch nicht wirklich umbringen. Ich bin deine Schwester.“

Sie wich zurück, Chance verstellte ihr aber den Weg. Er packte sie an den Armen und hielt sie fest. Sodass sie eine perfekte Zielscheibe bot.

Sie würden das Mädchen töten, das war allerdings nicht notwendig. Trotz meiner Wut auf Camilla wollte ich nicht ihren Tod auf dem Gewissen haben. River sicher ebenfalls nicht. Das sah er vielleicht im Moment nicht so, eines Tages wäre es jedoch der Fall. „Warte", sagte ich. „Ich kann ihr die Erinnerungen nehmen."

Alle Aufmerksamkeit war jetzt auf mich gerichtet.

Ich achtete nicht auf die anderen und sah River an. „Das kann ich. So wie ich es mit dem Arzt getan habe. Sie wird sich nicht daran erinnern, wer sie ist oder wer du bist, aber sie wird sich auch nicht mehr an Anima erinnern."

Hoffnung zeigte sich auf seinem Gesicht, dann Wut. Ich sah, wie River Pro und Contra erwog. Tod oder Gedächtnisverlust.

Schließlich nickte er. „Mach es."

„Was?", rief Camilla. Sie wehrte sich, als ich auf sie zuging. Wenn Chance sie nicht festgehalten hätte, wäre sie womöglich entkommen. „Riv, das kannst du nicht zulassen, bitte!"

Er wandte sich ab, doch ich sah eine Träne, die ihm über die Wange lief.

Ich legte Camilla die Hände an die Schläfen, mein Herz klopfte wie wild. Die heutige Lektion meines Lebens? Eine falsche Entscheidung konnte lebenslange Konsequenzen nach sich ziehen. „Es hätte nicht so kommen müssen", sagte ich und schloss die Augen.

27. KAPITEL

Ewigkeit ist eine einzige Sekunde

Den Rest der Nacht war ich wie benommen und bekam nur die Highlights mit – und das auch nur, weil Cole mir sein Feuer gab und verlorene Energie auffüllte, mir neue Kraft schenkte.

Es war anstrengend für ihn, er gab mir von seiner Stärke. Dafür schuldete ich ihm was. Und nicht zu wenig.

Wir brachten Wren und Poppy nach Hause. Sie hatten Kratzer und blaue Flecken, waren aber nicht ernsthaft verletzt. Die ganze Zeit redeten sie darüber, dass alle plötzlich wie erstarrt dagestanden hatten.

Sie hatten die Zombies nicht gesehen, unsere Geistformen ebenso wenig. Als Cole versuchte, es ihnen zu erklären, hörten sie gar nicht richtig zu. Ihre Vorstellungskraft war damit überfordert.

Morgen, nachdem sie ausgeschlafen hatten, würden sie entweder davon überzeugt sein, dass wir verrückt waren, oder die Fakten akzeptieren. Andere Möglichkeiten gab es nicht.

Ein deprimierter River kehrte mit Camilla und dem scheinbar ungerührten Chance in sein Haus zurück. Das Auslöschen von Camillas Erinnerung war offensichtlich erfolgreich gewesen, sie war ein unbeschriebenes Blatt. Es war traurig. Sie hatte alles getan, um ihren Bruder zu retten, doch sie hatte den falschen Weg gewählt und ihn so erst recht verloren.

Während wir unterwegs zu Ankhs Villa waren, empfing Cole eine SMS von seinem Vater, der ihm einen möglichen Aufenthaltsort von Justin mitteilte.

Obwohl wir müde, abgerissen und völlig zerschlagen waren, kehrten wir wieder um. Wir fuhren so schnell, dass ich sicher war, wir würden die Schallmauer durchbrechen. Im Stillen betete ich dafür, dass nichts passierte.

Als ich bei „Amen“ angelangt war, flackerten hinter uns rote und blaue Lichter.

Angespannt lenkte Cole den Wagen an den Straßenrand und bremste. Die Sonne stieg gerade auf und färbte den Himmel blassgolden. Es überraschte mich nicht, als Detective Verra neben dem Fahrerfenster erschien.

„Wohin wollt ihr denn so eilig?“, fragte sie.

„Wir haben vielleicht Justin gefunden“, verriet Cole ihr.

Im ersten Augenblick war ich schockiert. Aber eigentlich – welche bessere Möglichkeit gab es, den Jungen aus Animas Fängen zu befreien, als mit einer Polizeieskorte?

Verra stellte nur eine Frage: „Wo?“

„Okay dann“, sagte sie, als Cole es ihr erklärte. „Folgt mir. Unterwegs fordere ich über Funk Verstärkung.“ Sie kehrte zu ihrem Wagen zurück, ließ das Blinklicht eingeschaltet und raste vor uns her zu besagtem Gebäude.

Leider war es inzwischen leer geräumt worden.

Papiere und Teströhrchen brannten in einem Ofen, die Türen der leeren Käfige standen offen.

„Ich weiß nicht, wo ihr hier reingeraten seid“, sagte Detective Verra und strich mit dem Zeigefinger über einen mit Schutt bedeckten Arbeitstisch. „Aber ich kann euch sagen, dass ich euch beobachtet habe und Dinge sah, die ich mir nicht erklären kann. Die ich auch gar nicht erklären will. Also nehmt, was ihr braucht, und fahrt nach Hause.“

Was hatte sie gesehen? Hatte sie Z-Jäger-Fähigkeiten?

Ich war zu müde, um mir darüber weitere Gedanken zu machen.

Wir retteten so viele Unterlagen wie möglich und kehrten nach Hause zurück. Mr Ankh war noch wach und kurz vor einem Nervenzusammenbruch. Das Sicherheitssystem hatte seinen Geist aufgegeben. Er vermutete, dass Anima dahintersteckte, konnte sich aber nicht erklären, wie sie das fertiggebracht hatten. Wenn er es bis zum Einbruch der Dunkelheit nicht schaffen sollte, alles zu reparieren, wollte er mit uns in eine der neuen sicheren Unterkünfte umziehen.

Kat kam die Treppe heruntergeflattert und warf sich in Frostys Arme. Reeve war dicht auf ihren Fersen und tat dasselbe mit Bronx. Juliana, die ihnen gefolgt war, rannte auf Cole zu. Dann blieb sie ruckartig stehen und bedachte mich mit einem finsteren Blick.

Ich fragte mich, warum …

Das Nächste, was ich mitbekam, war, dass Cole mich plötzlich hochhob und ich vor Überraschung aufschrie.

„Ganz ruhig, Ali-Gator.“

Ich legte den Kopf an seine Schulter.

Veronica nahm ihre Schwester bei der Hand und zog sie mit sich, während Cole mich die Treppe hoch in mein Zimmer trug. Er setzte mich auf dem Bett ab.

„Bist du wach genug, um es mit einer Vision zu probieren?", fragte er.

Nein, war ich nicht, aber ich würde ihn nicht bremsen. „Versuchen wir's."

„Wie sollen wir anfangen?"

„Das letzte Mal dachten wir daran, eine Vision zu haben, und sahen uns an."

„Klingt einfach."

Er blickte mir in die Augen. Ich erwiderte seinen Blick und verlor mich in den violetten Tiefen. Ein paar Minuten vergingen.

Er lächelte. „Das scheint nicht zu funktionieren."

„Was wollen wir denn sehen?"

„Vielleicht den anderen nackt?"

Ganz sicher. „Abgesehen davon."

„Wie wäre es mit dem nächsten Kampf gegen Anima?"

„Genau. Lass uns daran denken und an nichts anderes."

Er nickte und ein weiteres Mal sahen wir uns in die Augen. Ein Moment verging … und nichts passierte … aber gerade, als wir enttäuscht aufgeben wollten, begann die Welt um uns herum zu verblassen.

Es funktionierte …

… Wir waren im Wald.

Cole kniete vor einem mächtigen Baumstamm. Blut floss über seine Wangen und sein Hemd. Ich lief an ihm vorbei, als würde ich ihn gar nicht sehen. Rauch lag in der Luft, so dick, dass ich fast zu ersticken glaubte. Ich hörte ein Aufschluchzen hinter mir. Von einem Jungen, was ich selten zu hören bekam, als hätte er etwas sehr Kostbares verloren.

Daraufhin ging ich noch schneller. Ich ließ Cole weiter und weiter hinter mir zurück.

Um mich herum brannten mehrere Feuer. Weiße und schwarze Asche wirbelte durch die Luft, vermischte sich und tanzte im Licht des Mondes und der Flammen. Da waren Autos, die gegen Bäume gekracht waren. Merkwürdig. Tote lagen am Boden, die Haut voller schwarzer Blasen. Zombiegift.

Unbeirrt lief ich weiter.

Die Szene verblasste …

… verblasste immer mehr, bis der Wald verschwunden war und ich mich wieder in meinem Schlafzimmer befand.

Warum hatte sich die Vision aufgelöst?

Ich musste die Frage wohl laut gestellt haben, denn Cole antwortete: „Es könnte ein Wendepunkt sein. Ein Moment, in dem du eine Entscheidung treffen musst."

„Dann ist die Zukunft nicht festgelegt." Aber was war mit all dem anderen vorher?

„Die gute Nachricht ist, dass wir endlich unsere Visionen kontrollieren können. Wir können entscheiden, wann und wo."

„Die schlechte Nachricht ist, das findet als Nächstes statt", entgegnete ich und kämpfte gegen aufkommende Panik an. „Wie kann es dazu kommen?"

„Keine Ahnung."

Könnten wir die Visionen nutzen, um das herauszufinden?

„Denk daran, wie wir in diese Situation geraten." Ich musste gähnen, als ich ihm die Hände in den Nacken legte und ihm in die Augen sah … ihn so intensiv ansah … aber nur kurz Julianas Gesicht erkannte, was ich nicht verstand.

Es sei denn, sie wäre nicht Teil dieser Vision und ich erinnerte mich nur daran, wie wir nach Hause kamen.

Oder hatte sie ebenfalls eine Entscheidung zu fällen?

„Was auch passiert", sagte Cole. „Wir kommen damit klar, so wie wir immer mit allem klargekommen sind."

„Warum bist du dir da so sicher?"

„Weil ich dich zurückgewonnen habe. Ich komme mit allem zurecht. Und jetzt geh schlafen."

Er schob mich sanft aufs Bett, und ich leistete keinen Widerstand. „Was ist mit dir?", fragte ich, nachdem mir eine weitere Gähnattacke fast den Kiefer ausgerenkt hatte. Meine Augen hatte ich bereits geschlossen.

„Ich werde Ankh helfen, dann komme ich wieder hoch."

„Und wir kuscheln", musste ich wohl gesagt haben.

Er lachte leise. „Ich wüsste nichts, was ich lieber täte."

Ich schon. Das sagte ich auch, bevor ich in tiefen Schlaf driftete, ein erwartungsvolles Lächeln lag auf meinen Lippen.

Im Schwebezustand zwischen Wachen und Träumen ging mir das Tagebuch meines Urgroßvaters nicht aus dem Kopf. Er hatte den Text in der Vergangenheitsform geschrieben, bis auf die eine Passage, in der von „ihr“ die Rede war. Sie, die für das Wohl vieler sterben musste. Diese Sie sollte also nach ihm erscheinen.

In der Aufzeichnung war es so formuliert, als würde dieses Ereignis kurz bevorstehen. Wenn das der Fall war, ging es nicht um mich, dann müsste es vor meiner Geburt stattgefunden haben oder als ich ein Kind war.

Andererseits konnte es bisher nicht geschehen sein, denn die Gefahr war noch immer nicht vorüber.

Oder?

Gab es irgendein Puzzleteil in dem Ganzen, das ich übersah?

Plötzlich wurde ich hart an den Schultern gepackt und geschüttelt. Mit geballten Fäusten fuhr ich hoch.

„Boah!“

Die Person wich zurück, um dem Schlag auszuweichen. Dann richtete sie sich gerade auf, runzelte die Stirn und sah mich an.

„Juliana?“ Ich rieb mir die Augen. Ein unbehagliches Gefühl überkam mich. „Was machst du denn hier?“

„Es gibt ein Problem“, sagte sie, klang aber überhaupt nicht beunruhigt dabei. „Cole braucht dich draußen.“

Cole? Ich warf einen Blick auf die andere Bettseite. Kein Anzeichen dafür, dass er zurückgekommen war. „Was für ein Problem?“

Sie kniff die Augen zu schmalen Schlitzen zusammen. „Als würde er mir das sagen. Ich bin ja ein Baby, wie du dich vielleicht erinnerst.“

Gutes Argument. Hatte das irgendwie mit unserer letzten Vision zu tun?

Juliana zog sich zur Tür zurück. „Ich habe meinen Job erledigt und die Nachricht weitergegeben. Cole will, dass du rauskommst, und zwar schnell. Das war vor fünf Minuten, es ist eilig. Aber mach, was du willst, lass dir ruhig Zeit. Dann kommt er hoffentlich endlich zu Verstand und gibt dir einen Tritt in deinen platten Arsch.“ Sie stampfte aus dem Zimmer und schlug die Tür hinter sich zu.

Satansbraten.

„Du bist noch süßer als Honig. Wird wohl keiner sagen. Niemals“, murmelte ich. Als ich die Beine aus dem Bett schwang, klingelte mein Handy. Falls Cole mich jetzt hetzen wollte …

Ich ging ran und bellte: „Was ist?"

„Alle müssen das Haus verlassen!", rief River. „Sofort! Verschwende keine Zeit damit, mir nicht zu glauben! Was könnte im schlimmsten Fall passieren, wenn ich lüge? Bring sie alle raus! Ich habe Camillas Papiere durchgesehen. Sie haben Bomben installiert, Ali. Die sollen heute losgehen. Ich bin unterwegs. Wir helfen euch, sie zu finden und zu entschärfen. Okay? Alles verstanden? Du musst mir vertrauen. Bitte."

Bomben? Mein Herz raste. Wollte Cole deshalb, dass ich rauskomme?

Nein. Unmöglich. Er hätte Juliana unter diesen Umständen niemals ins Haus geschickt. Ich stürzte ans Fenster. Die Sonne stand bereits hoch. Ich überblickte den riesigen hinteren Garten, sah aber kein Anzeichen von Cole.

„Hast du mich verstanden?", rief River durchs Telefon.

„Ja. Du wolltest wissen, was im schlimmsten Fall passieren kann, wenn du lügst. Okay, du könntest da draußen Leute von Anima postiert haben, die nur auf mich warten."

Dachte ich wirklich, dass er so was tun würde? Dass er genauso wie seine Schwester mit Anima zusammenarbeitete?

Nein. Nein, das glaubte ich nicht.

„Ali", sagte er, und aus seiner Stimme hörte ich den Schmerz.

„Okay, ich werde …" Der Rest des Satzes erstarb mir in der Kehle. Ich sah Helen, die aus dem Haus kam, und zwei Männer in Schutzanzügen sprangen aus dem Gebüsch und wollten sich ganz offensichtlich auf sie stürzen. Sie sahen nicht, dass sie ein Geist war.

Wenn sie Helen sehen konnten, waren es Z-Jäger, und Helen hatte ihren Schutz abgelegt. Aber warum sollte sie so etwas tun?

Ich trommelte gegen die Fensterscheibe, doch natürlich achtete niemand auf mich. Schnell wandte ich mich um und flitzte zur Tür.

„Was ist los?", wollte River wissen.

Wumm! Das gesamte Gebäude vibrierte. Die Wände bröckelten. Staub und Rauch erfüllte die Luft. Hustend rannte ich in den Flur entlang.

Wumm!

Wumm!

Himmel noch mal. Die Bomben!

„Ali!", rief River.

„Es geht los!“ Ich versuchte nicht in Panik auszubrechen, lief zur Treppe und sah hinunter. Massen von Zombies schwebten durch die Wände in die Villa herein. Irgendwie hatten sie die Blutlinien durchbrochen.

Oder Camilla hatte sie entfernt, bevor wir in den Klub aufgebrochen waren.

Meine Kehle war wie ausgedörrt. Die Zombies trugen Halsbänder, aber heute war an jedem Monster noch eine kleine Ladung Sprengstoff befestigt.

Himmel, hilf mir. Jetzt bekamen die Aktionen von Anima in den vergangenen Wochen einen Sinn für mich. Sie hatten anfangs Zombies ins Tageslicht geschickt, um zu testen, wie lange die Kreaturen den Sonnenstrahlen standhielten. Uns hatten sie ebenfalls getestet, sie wollten sehen, wie wir reagierten. Dann hatten sie den Zeitpunkt abgewartet, an dem wir zu ausgepowert zum Kämpfen waren, um uns zu überfallen.

Wir waren ausgetrickst worden.

Wumm!

Wieder vibrierte das Haus von der Wucht einer Explosion.

Entweder war es den Leuten von Anima inzwischen egal, ob sie mich lebendig bekamen, und sie hatten beschlossen, uns alle zu eliminieren, oder …

Oh nein. Nicht *oder*. Bitte nicht! Oder Juliana hatte mit ihnen zusammengearbeitet. Hatte versucht, mich hinauszulocken, sodass die Overalls mich entführen konnten, während meine Freunde durch die Bomben umkamen. Helen musste sie entdeckt haben und war hinausgegangen, um die Lage zu überprüfen und mich zu warnen.

Ich ließ das Handy fallen und rannte über den Flur. „Cole!“ Hier waren die Staubwolken noch dicker, ein Hustenreiz schüttelte mich. „Kat!“ Ich musste sie finden. Sofort.

Jemand schrie vor Schmerzen, stöhnte. Als ich die Treppe hinuntersteigen wollte … brachen die Stufen unter mir ein. Ich wedelte wild mit den Armen und fiel … fiel … fiel …

Der harte Aufprall raubte mir den letzten verbliebenen Atem. Ich hatte das Gefühl, in meinem Hirn würde sich ein Spinnennetz ausbreiten. Heftiger Schmerz durchzuckte mich, raste vom Kopf bis in die Zehen.

So viele Fähigkeiten ich auch besaß, für einen Augenblick war ich hilflos.

Nein! Niemals hilflos! „Cole! Kat!" Meine Augen brannten und tränten so stark, dass ich kaum etwas erkennen konnte. Überall Staub und Trümmer, spitze und harte Gegenstände drückten schmerzhaft an allen möglichen Stellen. Ich blutete. Wo waren sie? „Cole! Kat!" Panik ... überfiel mich ... „Meldet euch doch! Bitte!"

Eine Bewegung zur Linken. Ich rappelte mich auf. „Hier!"

Rote Augen richteten sich auf mich, und ich erstarrte. Ein Zombie. Er zappelte unter den Gipsbrocken und streckte die Arme nach mir aus, bleckte die Zähne. Mit all der mir verbliebenen Energie befreite ich mich aus den Trümmern und wich zurück. Schrilles Pfeifen ertönte, und ich warf mich auf den Boden und hielt mir die Ohren zu.

Wumm!

Schwarze, triefende Innereien und zersplitterte Knochenteile flogen umher, trafen mich, schnitten mir in die Haut.

Der Zombie war gerade explodiert.

Wenigstens war dieser eindringliche Pfeifton verschwunden. Mit wackligen Knien stand ich auf. „Cole! Wo bist du?" Ich stolperte vorwärts. Vor Entsetzen bekam ich kaum Luft. Zerstörung, Chaos überall. „Kat! Bitte. Melde dich!" Ich konnte die Möbel unter dem Geröll nicht erkennen, nicht mehr die einzelnen Zimmer auseinanderhalten. Es waren nur noch Haufen über Haufen Schutt und ...

Eine Hand!

Das Herz hämmerte mir gegen die Rippen. Ich ließ mich auf die Knie fallen und rollte ein paar schwere Steinbrocken zur Seite. *Bitte sei nicht tot, bitte, bitte, sei nicht tot.* Schließlich kam helles Haar zum Vorschein. Ein geliebtes Gesicht.

Gavin! Seine Augenlider waren so geschwollen, dass er sie nicht öffnen konnte. Er stöhnte. Aber er lebte!

Beim Anblick seines bedauernswerten Zustands wuchs mein Zorn erneut, und ein neuer Schub Energie durchfuhr mich. Das würde Anima bezahlen!

Ich stieg aus meiner Körperhülle und entzündete mein Feuer. So geschwächt, wie ich durch meine Verletzungen war, kamen nur kleine Flämmchen, doch es reichte. Ich presste sie auf Gavins Wange, und aus seinem leisen Stöhnen wurde ein lauter Schrei. Innerhalb von Sekunden war die Schwellung um seine Augen verschwunden, und er sah mich an.

„Was ist passiert?“

„Zombies sind hier drinnen, alle mit Sprengstoff beladen.“ Ich schlüpfte wieder in meine Körperhülle und half ihm auf die Füße.

„Die anderen?“

„Du bist der Erste, den ich gefunden habe.“

Ein leiser Hilferuf erweckte meine Aufmerksamkeit.

Ich wandte mich um, in die Richtung, aus der er kam. Stolperte über Geröll. „Kat? Kat, bist du das?“

Wumm!

Wumm!

Wieder vibrierte alles.

Noch mehr Staubwolken stiegen auf.

Wie viele Explosionen würde ich überleben müssen, bis ich meine Freunde fand?

Wumm!

Ein heißer Luftzug warf mich von den Füßen. Ich stürzte nach hinten, der Aufprall nahm mir den Atem. Gavin und River kamen zu mir herübergerannt, um mir wieder aufzuhelfen.

Das konnte nicht wahr sein. Es konnte einfach nicht wahr sein.

„Geht's dir gut?“, erkundigte sich River.

Nicht ansatzweise. „Du hast es geschafft“, sagte ich.

„Habe meine fünf Besten mitgebracht. Hätte mehr versammelt, wusste aber nicht, wem ich noch trauen kann. Wir haben Reeve gefunden. Chance bringt sie zum Transporter. Komm, ich bring dich auch hin.“

„Vergiss es. Ich bleibe hier. Ich suche weiter.“ *Ich muss sie beschützen.* „Übrigens waren zwei Typen von Anima im Garten hinterm Haus. Die Zombies sind nicht die einzige Bedrohung.“

„Registriert.“

Als meine Fingernägel mir in die Handflächen stachen, fiel mir erst auf, dass ich die Hände zu Fäusten geballt hatte. „Hast du Cole oder Kat gesehen?“

„Nein, tut mir leid.“

Okay, okay. Keine Zeit zu verlieren. „Hilf uns suchen.“

River ging voran. Gavin und ich stolperten hinterher, immer den Schreien nach. Nur … alles wurde still.

„Kat! Kat, wo bist du …“ Ein weiterer Zombie kam auf uns zu. „Vorsicht!“, rief ich und zog die beiden mit mir herunter.

Wumm!

Die Erschütterung war noch nicht vorüber, da rannten wir über die Trümmer. Zu viel Staub. Wir hatten Atemprobleme, konnten kaum etwas erkennen. Ich bemerkte eine Bewegung, einen schwarzen Haarschopf … Mackenzie. Mein Herz setzte einen Schlag aus, als sie sich aus dem Schutt hochkämpfte und nach vorn sackte.

Ich beeilte mich, um zu ihr hinüberzuklettern, aber die Jungen waren vor mir dort.

Gavin fühlte ihren Puls, dann hob er sie hoch. Ihr Kopf fiel gegen seine Schulter. „Sie lebt.“

Wie lange noch? Sie blutete überall und war bereits mit schwarzen und bläulichen Verfärbungen übersät. „Bring sie zu Rivers Auto“, sagte ich, „und heile sie mit deinem Feuer. Ich suche nach den anderen.“ Ich würde nicht eher aufhören, bis ich alle gefunden hatte.

Wir trennten uns. „Cole! Kat!“ Ich bahnte mir einen Weg in Richtung von Mr Ankhs Büro. Kämpfte mich durch die Rauchwolken …

Und endlich, Gott sei Dank, sah ich Cole!

Er trug eine brabbelnde Juliana im Arm, Veronica humpelte neben ihm her.

„Ali!“

Fast hätten die Knie unter mir nachgegeben, so erleichtert war ich.

„Es tut mir … so leid …“, stotterte Juliana. „Ca…milla sagte, sie würden nur Ali mitnehmen. Nur Ali. Wollte nur Zeit haben, um … um Cole zu zei… zu zeigen, dass er ohne … ohne sie leben … kann.“

Ich zuckte zusammen. Genau das hatte ich befürchtet, aber es jetzt laut zu hören tat weh. Sie hatte Camilla geholfen, gemeinsam hatten sie Anima dabei unterstützt, das hier zu tun. Nur um mich loszuwerden. War ich wirklich so schlecht?

„Du hast was?“ Cole hätte sie fast fallen gelassen.

Sie presste die Augen zu, schaffte es nicht, ihm ins Gesicht zu sehen. Tränen quollen unter ihren Lidern hervor.

Cole wollte sie anschreien, doch ich ging dazwischen. „Lass es“, sagte ich. Dafür wäre später noch Zeit. „Wir müssen Kat und die anderen suchen. Vorsicht vor den Zombies. Die explodieren.“

Frosty musste unsere Stimmen gehört haben. Er kam um die Ecke geschossen. Blut strömte von seinen Schläfen und tropfte auf sein

Hemd. Mit wildem Blick starrte er in den Nebel, bis er uns erkannt hatte. „Habt ihr Kat gesehen?"

„Nein." *Himmel, hilf uns.* Von allen war sie die Schwächste. „Kat!", rief ich erneut.

Wumm!

Als der Boden vibrierte, schob Cole die heulende Juliana zu Veronica hinüber. „Bring sie hier raus. Sofort. Ich kann ihren Anblick nicht mehr ertragen."

Juliana schluchzte. Veronica nickte unsicher.

„Am Ende der Auffahrt steht ein Transporter", sagte River. „Gavin und Mackenzie sind schon da."

„Reeve?"

Die verzweifelte Stimme kam von hinten.

Ich wirbelte herum. Bronx stolperte auf uns zu, sein Gesicht war mit schwarzem Schleim und Blut besudelt.

Ich zeigte zum vorderen Ausgang, dort wo mal eine Tür gewesen war. „Rivers Leute haben sie gefunden. Und bevor du ausflippst, sie sind auf unserer Seite und helfen uns. Am Ende der Auffahrt steht ein Wagen. Sie ist da."

Bronx hielt sich nicht mit weiteren Fragen auf und stürzte los.

Während wir den sprengstoffgespickten Zombies auswichen, halfen mir Cole und Frosty, die Trümmer zu durchsuchen. Ich weiß nicht, wie viel Zeit verging, bis wir in der Ferne Sirenen hörten.

Wumm!

Ich arbeitete weiter, heiße Tränen liefen mir über die Wangen. Außer Kat vermissten wir Jaclyn und Mr Ankh. Sicher ging es ihnen gut. Es musste ihnen einfach gut gehen.

Aber wie groß waren die Chancen, dass wir alle dieses Gemetzel überstanden?

Ich war nicht so gut im Rechnen, doch selbst ich kannte die Antwort auf diese Frage.

28. KAPITEL

Zu spät! Zu spät! Sehr wichtiges Date!

Anima musste etwas unternommen haben, um die Polizei von uns abzulenken. Denn obwohl wir die Sirenen gehört hatten, tauchte bis auf River und seine Leute niemand auf, der uns helfen wollte. Wir waren ganz auf uns allein gestellt und wurden mit jeder Minute verzweifelter.

Der Van, unser schnellstes Transportmittel für die Flucht, war gerade zerbombt worden. Gott sei Dank hatten alle rechtzeitig den Wagen verlassen können.

„Ich kenne mich mit Erster Hilfe aus." River machte Bronx und Veronica ein Zeichen, die Verletzten auf eine freie Fläche zu legen. „Haltet die Zombies fern und ich kümmere mich um die Mädchen."

Die beiden und zwei aus Rivers Team bildeten einen schützenden Kreis um ihn. Der Rest von uns wühlte weiter in den Trümmern, kämpfte, brachte sich in Deckung und grub erneut. Ich schrie Kats Namen immer wieder, bis ich heiser wurde. Nach einer Stunde zitterte ich so stark, dass ich wahrscheinlich aussah, als hätte ich einen Anfall.

„Ali, geh da rüber und lass dich von River behandeln", sagte Cole.

„Nein!" Ich schleuderte einen Betonblock beiseite. Ich musste Kat finden.

„Du musst dich ausruhen. Wenn du so weitermachst, wirst du dich nicht mehr lange auf den Beinen halten können, und wir brauchen dich noch."

„Ich kippe nicht um." Mein Blick fiel auf etwas zwischen den Steintrümmern. Ich grub schneller, sah … Mr Ankhs Hand! „Helft mir, ihn zu befreien!"

Alle kamen an meine Seite. Zusammen schafften wir es, ihn unter den schweren Steinen freizuschaufeln. Seine Augen waren offen und …

… starrten geradeaus. Ins Nichts. Meine Freude, weil wir ihn gefunden hatten, legte sich sofort wieder. Seine Lippen waren leicht geöffnet, als hätte er vor Schmerz gestöhnt, ohne dass dieser Laut jemals aus ihm herausgedrungen wäre. Sein Brustkorb war zerschmettert und vollkommen eingedrückt.

Er war tot, und es gab keine Möglichkeit, ihm zu helfen.

Es fühlte sich an wie Messer in meiner Brust. Reeve hatte gerade alles verloren. Ihren Vater, ihre einzige Familie. Ihr Zuhause und ihren Zufluchtsort. Alles, was sie besessen hatte.

Nein, nicht alles. Sie hatte immer noch Bronx. Aber ich wusste, wie sehr sie leiden würde. Wie sehr es wehtun würde. Wahrscheinlich gab sie sich selbst die Schuld, hasste sich und durchlebte ständig, was geschehen war.

Kann jetzt nicht die Nerven verlieren. Nicht jetzt.

Kat brauchte mich.

Ich warf Holzdielen, Geröll und Glasstücke hinter mich und schrie immer wieder: „Kat! Kat! Wir sind hier! Wir gehen nicht ohne dich! Halte durch! Halte bitte noch durch!"

Popp. Popp. Popp.

„Das sind Schüsse", rief River, der einen Lappen auf Julianas Wunde presste. „Anima hat ihre Truppen geschickt. Wir sind geliefert, wenn wir hierbleiben."

Das war mir egal.

Popp. Popp. Popp.

„Waffen?", wollte Cole wissen.

Als die Z-Jäger ihm Bericht erstatteten, was sie zur Verfügung hatten, erregte ein leises Stöhnen meine Aufmerksamkeit.

„Ich bleibe hier, um …", begann Frosty.

„Ruhe!", schrie ich. Wie erstarrt lauschte ich. Noch mehr Schüsse. Das Zischeln von Flammen, das Knistern von brennendem Holz. Ich ignorierte diese Geräusche und konzentrierte mich …

Ein Stöhnen, leise, aber es war zu hören.

Ich rannte in die Richtung, aus der ich es gehört zu haben glaubte. Hievte Holzbalken und Glasscherben aus dem Weg, achtete nicht auf die schmerzenden Schnitte in meinen Händen. Und dann sah ich sie. Meine süße, süße Kat.

Ihr Schlüsselbein war gebrochen, eine Knochenspitze ragte aus ihrer Haut. Über ihrem Becken entdeckte ich eine klaffende Wunde, und eins ihrer Beine war merkwürdig verdreht. Aber ihre Augen waren geöffnet, und anders als Mr Ankhs blickten sie nicht ins Leere. Sie lebte! Erleichterung und ein Glücksgefühl überfluteten mich.

Sie hatte die Arme um die bewusstlose Jaclyn gelegt, um sie zu verteidigen und zu beschützen. Selbst jetzt noch. Sie lächelte schwach, Blut rann aus ihrem Mundwinkel.

„Sie ist hier!", rief ich.

„Endlich", hauchte sie. „Bin wohl … die Letzte … die zur Party kommt. Groß…artiger Auftritt … wie immer."

„Psst, Kitten." Frosty schob mich beiseite und kniete sich neben sie. „Spar deine Energie."

Ich kletterte auf die andere Seite und sagte zu Frosty und allen, die es hören konnten: „Wir müssen sie in das nächste Krankenhaus bringen. Und jemand soll Detective Verra anrufen. Sie … Nein!"

Kat hatte Bisswunden an den Armen. Die Haut war geschwärzt von dunklem Schleim.

Zombiegift.

Frosty musste es ebenfalls gesehen haben, er holte scharf Luft.

Du kannst hier hocken und in Panik verfallen oder endlich handeln.

„Hat jemand das Antiserum?" Sobald ich herausgefunden hatte, was das Z-Jäger-Feuer bewirkte, hatte ich keins mehr dabei. Aber Zivilpersonen wie Kat vertrugen das Feuer nicht. Sie würden zu Asche zerfallen wie die Zombies.

Frosty und ich warteten angespannt. Verzweifelt.

Niemand sagte etwas.

„Irgendjemand!", rief er. „Bitte!"

Dann hörten wir die süßesten Worte diesseits des Himmels. „Ich habe was hier." Chance kam vom Notlager herüber, eine kleine Phiole in der Hand. „Das ist aber nur die halbe Dosis. Wir haben nicht genug für jeden mitgebracht, deshalb habe ich es sparsam verteilt. Das wird die Symptome verhindern, bis sie eine richtige Injektion bekommen kann."

Frosty nahm die Phiole und flößte Kat das Serum ein.

„Kat", sagte ich und versuchte so gut wie möglich meine Sorge zu verbergen. Die Zeit arbeitete gegen uns. Jetzt war sie Feind Nummer eins.

Jetzt?

Kat sah mich an und verzog die Lippen zu einem schwachen Lächeln. „Meine Ali. Hat mir geholfen … zu leben."

„Und daran wird sich nichts ändern. Hörst du mich? Du wirst weiterleben. Das verspreche ich dir. Und du weißt ja, ich lüge nie." Frosty und ich wechselten einen besorgten Blick. „Los jetzt."

Vorsichtig hob er sie auf die Arme. Der Schmerz hätte sie quälen müssen, aber sie zuckte nicht einmal zusammen. Das war kein gutes Zeichen, ich wusste, das war nicht gut.

Chance befreite Jaclyn aus den Trümmern und trug sie zu River hinüber.

„Lass uns ins Krankenhaus fahren, Kitten", sagte Frosty.

„Auf dem Weg kommen wir an Coles Haus vorbei", sprudelte es aus mir heraus. „Da können wir noch mehr Antiserum besorgen."

Er ging langsam und vorsichtig, um Kat nicht zu sehr zu schütteln. „Es wird alles wieder gut, Kitten. Ich werde nicht zulassen, dass dir was passiert."

„Liebe dich", flüsterte sie. „Wollte dir … einfach … Lunch bringen … und leben … du und Ali … für euch lohnte es sich … zu kämpfen … danke."

Das brachte mich um. „Bedank dich nicht. Lebe! Kämpfe weiter."

Popp. Popp. Popp. Die Schüsse kamen näher.

Wumm!

Wumm!

Und noch mehr Zombies.

„Frosty." Ich zwang mich, langsam zu gehen. „Wir müssen uns beeilen."

„Mund halten, Ali." Frostys Tonfall war trotz der harschen Rüge sanft. „Ich darf sie nicht zu sehr schütteln."

„Ich weiß." *Aber ich darf sie nicht verlieren.*

Popp. Popp. Popp. Der Boden vibrierte. Überall brannten Laubhäufchen, dunkler Qualm stieg zu den Baumkronen hinauf.

„Bronx, bring alle in das nächste sichere Haus", meldete sich Cole. „Chance, gib mir zwei von deinen Pistolen."

Dann kam er an meine Seite und drückte mir eine der beiden Waffen in die Hand.

„Ich bewache den vorderen Bereich, du den hinteren."

Ganz geschäftig. Gut. Genau das, was ich brauchte.

Je weiter wir in den Wald kamen, desto dichter wurden die Rauchwolken, und der Gestank von Verwesendem verstärkte sich. Es dauerte nicht lange, bis uns klar wurde, warum Feuerwehr und Polizei nicht bis zu unserem Haus gekommen waren. Zombies hatten die Fahrzeuge angegriffen, die Polizisten und Brandschützer herausgeschleift und sie zu ihrem Festmahl gemacht.

Bald würden sie auferstehen.

Streich das. Nicht bald. Einige von ihnen krochen bereits aus ihren Körperhüllen.

Rote Augenpaare waren auf uns gerichtet. Und plötzlich, als hätten sie einen Startschuss gehört, sprangen die Zombies los und kamen auf uns zugerannt. Einige trugen Halsbänder … und Sprengkörper, die neuen nicht.

„Lauf, Frosty! Ich kümmere mich darum." Ich verließ meine Körperhülle und schoss auf die Monster. Wumm, zwischen die Augen. Wumm, direkt in den Rachen. Wumm, geradewegs ins Herz. Ich drückte den Abzug, bis das Magazin leer geschossen war. Dann benutzte ich den Griff der Pistole, um einigen Zombies den Kopf einzuschlagen. Mein Versuch, Flammen zu entwickeln, blieb erfolglos.

Ich landete einen Treffer, musste ausweichen, um nicht gebissen zu werden, und kickte Beine zusammen. Beim Kämpfen dachte ich: Pfeif auf das Feuer. Ich versuchte einen Strom von Energie auszuwerfen, aber auch das funktionierte nicht.

Knochige Finger packten mich von hinten und zerrten mich hinunter. Zähne schnappten nach mir. Ich rollte mich herum und kickte zwei Zombies ins Gesicht, drehte mich, stützte mich mit einer Hand auf und schlug mit der anderen nach einem Angreifer.

Goldstar Ali. Die Kreaturen gingen zu Boden.

Ich sprang wieder auf die Füße, da hörte ich einen hohen Pfeifton und zuckte zusammen. Ein Geräusch, das ich zu gut kannte.

„Bombe!", rief ich und ließ mich fallen.

Wumm!

Ein Schwall heiße Luft zischte über mich hinweg. Stücke und Schleim von Zombies regneten auf mich herunter. Hustend kickte ich die abgetrennten Körperteile fort, dann rannte ich. Ich rannte und horchte. Grunzen. Schnappende Zähne. Dort. Ich folgte den Geräuschen, rannte nach links, wurde noch schneller, raste durch ein Bett aus trockenen Blättern. Frostys Gesicht zeigte Panik, als er auf mich zugelaufen kam. Kat wurde in seinen Armen hin und her geschüttelt. Anima-Leute kamen aus allen Winkeln auf ihn zu.

Zwei der Kämpfer hoben die Pistolen. Zielten.

„Nein!", rief ich und stürmte vorwärts, doch ich konnte die Schüsse nicht verhindern.

Einer traf Frosty in den Schenkel, der andere Kats Schulter.

Frosty stürzte und drehte sich im Fallen, um den Aufschlag abzufangen. Kat rollte aus seinen Armen. Sie blieb ein paar Meter von mir entfernt liegen. Frosty rappelte sich auf, versuchte verzweifelt, zu ihr zu gelangen, aber ein weiterer Schuss schleuderte ihn zu Boden.

Auf Händen und Knien kroch ich zu meiner besten Freundin. Sie hatte die Augen geschlossen. Ihre Wangen waren voller Schmutz und Staub. „Komm schon. Na komm schon! Mad Dog, du musst mir zuhören." Ich riss mir mein T-Shirt vom Leib, kümmerte mich nicht darum, dass ich nur noch im BH war, und wickelte es um ihre blutende Schulter. Ich zitterte, als ich nach ihrem Puls fühlte.

Nichts.

Nein. Ich hatte es nur nicht richtig gemacht, das war alles. Er musste da sein. Musste einfach da sein. Vielleicht, wenn ich fester zudrückte. „Du wirst wieder aufwachen. Hörst du mich?"

Blut floss aus ihrem Mund. Immer noch war kein Anzeichen von einem Herzschlag zu spüren.

Ich musste ein Schluchzen unterdrücken.

Popp. Popp.

Ein Typ im Schutzanzug stürzte links von mir zu Boden, ein anderer rechts. Was interessierte es mich. „Kat. Mad Dog. Ich bin es, Ali. Jetzt wird es Zeit aufzuwachen. Okay? Verstanden?"

Stille.

Antworte mir! „Hör mal zu!", schrie ich. Fürchterliche Verzweiflung erfüllte mich, etwas anderes konnte ich nicht fühlen. „Das ist gar nicht Torte. Du musst wirklich aufwachen. Du musst doch deine Hochzeit vorbereiten und das scheußlichste Brautjungfernkleid, das je entworfen wurde, für mich besorgen. Kotzgrün. Mit pinkfarbenen Schleifen."

Stille, so schreckliche Stille.

Sie …

Sie war …

Ich fiel zurück, landete auf meinem Hintern und rang nach Atem. Das hatte Anima getan. Sie hatten ein unschuldiges Mädchen auf dem Gewissen. Hatten einem unschuldigen Mädchen wehgetan. Kat war so ein kluges, schönes Mädchen gewesen … *nein! Ich weigere mich, es zu glauben!* Sie war immer noch ein kluges, schönes Mädchen. Witzig und süß. So freundlich und liebevoll. Sie würde nicht einfach … hier im Wald sterben, mit Zombies und Feuer und den Feinden um uns herum. Nein, wenn sie starb, dann zu ihren Bedingungen. Mit glanzvollem Szenarium.

Cole hockte sich neben Frosty und versuchte ihm aufzuhelfen. Der schlug seine Hände weg und kroch zu Kat hinüber. Meine Kat, die immer noch mit geschlossenen Augen dalag. Er hob sie sanft auf seine Arme und legte sie sich auf den Schoß.

„Kitten, rede mit mir", krächzte er. Als er ihre Stirn küsste, tropften seine Tränen auf ihr Gesicht. Wenn das hier ein Märchen gewesen wäre, dann wäre sie jetzt davon geheilt worden und die wahre Liebe hätte sie auferweckt. Aber das war es nicht, und sie wachte nicht auf. Sie lächelte nicht, und sie machte sich auch nicht über uns lustig, weil wir uns wie kleine Kinder verhielten.

Und … das würde sie auch nie wieder tun, oder?

Ich spürte doch noch etwas anderes. Wut, Trauer und Zorn. Unglaublichen Zorn.

„Sag mir, dass es dir gut geht", drängte Frosty.

Aber das konnte sie nicht. Sie war … gegangen. Sie war von uns gegangen und ich war eine Lügnerin. Ich hatte sie nicht ins Krankenhaus gebracht, und es würde ihr nicht gut gehen.

Heiße Tränen brannten mir auf den Wangen. Ich hob den Kopf und schrie meinen Schmerz hinaus. Ich schrie so laut und schrill, dass ich damit Glas zum Bersten hätte bringen können. Trotzdem übertönte mein Schrei Frostys nicht. Er schluchzte laut. Ein Krieger in Trauer, die große Liebe seines Lebens war ihm entrissen worden.

Ich musste gehen. Ich musste jetzt sofort gehen.

Merkwürdige Ruhe kam über mich. Mit zittrigen Beinen stand ich auf, schlang die Arme um meinen Oberkörper und stolperte vorwärts. Da war Cole. Vielleicht hatte er eine Schussverletzung. Er hockte auf den Knien, die Hände auf die Schenkel gestützt. Sein Gesicht und sein Hemd waren voller Blut.

Die Szene kam mir bekannt vor. Letztendlich hatte sich unsere Vision erfüllt. Es war mir egal, ich würde nicht stehen bleiben.

Cole sah mich an. „Ich habe es versucht." Er presste die Lider zusammen, Tränen rannen zwischen seinen dichten Wimpern hervor. „Ich habe wirklich versucht, sie zu erwischen, bevor sie Kat und Frosty treffen konnten."

Ich ging weiter, kein direktes Ziel vor Augen. Nur fort von hier. Irgendwie spürte ich, dass ich an einen Scheideweg gelangt war. Ich musste eine Entscheidung fällen. Mir Zeit geben, um mich zu erholen, falls das überhaupt möglich war, oder mich in Animas Hände begeben, damit dieser Irrsinn endete.

Ich wusste, was ich zu tun hatte, auch wenn es nicht das war, was ich wollte.

Ich erreichte die Straße. Einige Meter entfernt parkte ein Auto. Zwei Männer standen daneben und hielten eine Fernbedienung in der Hand. Sie erblickten mich und erstarrten. Als wären sie schockiert, weil ihre Beute direkt auf sie zukam – und nicht versuchte zu fliehen.

Ich hätte schreien können. Cole und Frosty wären mir womöglich zu Hilfe gekommen. Ich hätte weglaufen und mich verstecken können. Ich tat nichts dergleichen. Anima wollte mich haben. Na gut. Dann sollten sie mich bekommen.

Entscheidung gefallen.

Sie hatten gewonnen. Sie hatten ein weiteres Stück aus meinem Herzen gerissen, eins meiner besten, und konnten ihren Preis entgegennehmen.

Wut brannte in mir. Ich würde sie zerstören – auch wenn ich mich dabei selbst umbringen musste.

Ich ging geradewegs auf sie zu … hatte sie schon fast erreicht. „Ich gehe kampflos mit, aber ihr müsst das hier stoppen, und zwar sofort."

Einer der beiden packte mich am Arm. Der andere stülpte mir eine schwarze Kapuze über den Kopf. Die Hände wurden mir auf dem Rücken gefesselt, und sie tasteten mich nach Waffen ab. Diesmal hatte ich keine dabei.

Sie hoben mich hoch und schoben mich in den Wagen.

29. KAPITEL

Lang lebe die Königin!

Als der Wagen die Straße entlangfuhr, flüsterte meine Mutter: „Es tut mir so leid, Ali. Ich habe gehört, wie Juliana mit jemandem telefoniert hat. Sie sagte, sie würde dafür sorgen, dass du in fünf Minuten draußen erscheinst, wo die Truppe schon wartete. Ich hatte gehofft, sie weglocken zu können, wusste nicht, dass die Zombies kommen … oder dass die Bomben losgehen und du im Haus feststeckst. Es tut mir so leid."

Es war schön zu wissen, dass sie bei mir war.

„Emma ist verzweifelt, sie versucht zu dir zu gelangen, will dich unbedingt sehen. Aber ich habe im Laufe der Jahre Freunde gewonnen und habe sie gebeten, sie davon abzuhalten. Sanft."

„Danke." Ich wollte nicht, dass meine kleine Schwester mich so sah.

„Ruhe!", rief einer der Overalls.

„Ich habe mich Cole gezeigt", berichtete Helen weiter. „Habe ihn wissen lassen, wo du bist, was passiert ist und wo sie dich hinbringen. Aber er wollte nicht auf mich hören."

Nein, das war klar.

Vielleicht war es auch gut so. Ich wollte nicht gefunden werden.

„Ich überlege mir etwas. Denk nur daran … was ich dir gesagt habe." Dann war sie verschwunden.

Woran sollte ich denken?

Ich musste nicht viel grübeln, bis mir die Antwort einfiel. Meine Fingerabdrücke als Zugangscode, dass sie mich beschützt hatte und dabei umgekommen war, dass sie Vorbereitungen für mich getroffen hatte. Ich durfte sie nicht enttäuschen.

So wie ich Kat enttäuscht hatte.

Ich bin mir nicht sicher, wie lange wir unterwegs waren. Irgendwann hielt der Wagen und ich wurde hinausgezerrt. Die beiden Männer schleppten mich in ein warmes Gebäude, wo sie mich wahrscheinlich in einen Käfig schoben und allein ließen. So war der gewöhnliche Vorgang bei Anima. Ich stolperte und schlug gegen kaltes Metall. Eine Eisenstange. Also tatsächlich. Ein Käfig.

Wieder Schritte. Ärgerliches Schimpfen.

Jemand zerrte an meinen Handfesseln, und plötzlich war ich frei. Ich zog die Kapuze vom Kopf und blinzelte. Mein Gefängnis war nur wenige Quadratmeter groß mit Gitterstäben auf allen Seiten. Der Boden bestand aus Schmutz und Erde und noch mehr Schmutz. Es gab eine Pritsche und eine Toilette, weiter nichts. *Hatte ich schon mal, kenne ich.* Anima brauchte neues Material.

Außerhalb des Käfigs stand nur ein einziges Möbelstück, ein länglicher Metalltisch. Papiere lagen verstreut auf der Tischplatte und ein Kugelschreiber.

Waffe.

Jemand schnipste neben meinem Ohr mit den Fingern.

Wenigstens liefen nicht Scharen von Laborkitteln vor dem Käfig herum und taten so, als würden sie nicht jede meiner Bewegungen verfolgen.

Wieder das Fingerschnipsen.

„Ali."

Langsam wandte ich den Kopf, blinzelte und entdeckte Justin im Käfig nebenan. Gut, gut. Endlich hatte ich ihn gefunden. Im Video, das sie uns als Beweis geschickt hatten, dass er noch lebte, trug er nur Unterwäsche. Nun war er vollständig bekleidet.

Er zog sein Hemd aus und reichte es mir. Ich nahm es, streifte es mir über und umklammerte die Gitterstäbe, die uns trennten. Die Schwellung seiner Augen hatte nachgelassen. In seinem Blick lag Verzweiflung.

„Sag mir, was vorgefallen ist", bat er mich. „Die Typen kommen hier rein und wollen mich fertigmachen, prahlen mit den Z-Jägern, die sie umgebracht haben. Ich weiß nicht, was stimmt und was gelogen ist. Was macht Jaclyn? Geht es ihr gut?"

„Sie …" Ich zögerte. Als ich sie das letzte Mal gesehen hatte, war sie bewusstlos gewesen. „Sie lebt noch." Was Besseres konnte ich ihm nicht anbieten. „Trina, Lucas, Cruz und Collins sind tot. Schon seit der Nacht, in der sie dich gekidnappt haben. Heute hat Anima Mr Ankhs Haus in die Luft gejagt. Wir waren alle da. Mr Ankh hat es nicht überlebt." Mein Kinn zitterte. „Kat …" Mehr brachte ich nicht heraus.

War das Antiserum früh genug verabreicht worden, um das Zombiegift zu neutralisieren? War es ausreichend gewesen?

Oder würde sich ihr Geist erheben, düster und hungrig?

Nicht zu wissen, was da noch kommen mochte …

So weit von ihr entfernt zu sein …

In mancher Hinsicht fühlte ich mich, als würde ich in eine dunkle, endlos tiefe Grube aus Verzweiflung stürzen. In ein Grab. Ich fiel immer schneller und schneller, ohne eine Möglichkeit, mich zu retten. Die Wahrheit war, ich war schon längst auf dem Boden aufgeschlagen.

Kat hatte leben wollen, hatte beschlossen zu kämpfen, sich mehr Zeit zu verschaffen. So kostbare Zeit. Jede Sekunde war wichtig. Und jetzt hatte sie keine einzige Sekunde mehr. Die waren ihr genommen worden. Jede. Einzelne.

Ich würde ihr niemals sagen können, wie leid es mir tat. Oder dass ich sie liebte. Dass sie mir mehr bedeutete als die Luft zum Atmen.

Ich würde sie niemals mehr umarmen können. Sie nie mehr sehen. Die Fotos, die wir neulich Abend bei mir im Zimmer aufgenommen hatten. Als sie es so mit der Kamera getrieben hatte, dass sie behauptete, mit ihrem Smartphone ein Kind gemacht zu haben. Auch diese Fotos waren nicht mehr da. Zerstört inmitten der Trümmer von Mr Ankhs Haus.

Wut … rasende Wut …

Justin sackte an die Gitterstäbe. „Ich hasse mich so. Ich habe mit diesen Leuten zusammengearbeitet. Habe ihnen damals geholfen, gegen Cole zu arbeiten." Er lachte bitter. „Wie dumm war ich bloß!"

„Spar dir deine Mitleidsarie für später." Guter Rat. Wäre schön, wenn ich ihn selbst befolgen könnte. „Wie oft lassen sie dich hier allein?"

„Sehr oft, fast ständig."

„Haben die Männer, die mich hergebracht haben, irgendwas gesagt, wann sie wiederkommen? Wann wir Besuch erwarten können?"

„Nein. Sie haben sich nur beschwert, weil sie wieder rausmussten, um das ganze Chaos zu beseitigen, das da draußen entstanden ist."

Gut. Ich rappelte mich auf, stolperte zur Käfigtür und betete, dass es funktionierte. Ich streckte den Arm durch das Gitter und presste meine Handfläche auf den ID-Scanner. Da sie es mit Z-Jägern zu tun hatten, benutzten sie hier keine Schlösser. Zu viele von uns konnten sie knacken.

Das Schloss öffnete sich. So einfach. So schnell. Es war fast komisch.

Justin sprang auf und stürzte an seine Tür. „Wie hast du das gemacht?"

„Meine Mutter", sagte ich nur.

„Ich dachte, sie wäre eine Zivilistin gewesen."

Ich würde es ihm nicht erklären. Stattdessen ging ich zu seiner Käfigtür und presste meine Hand auf den Scanner. Die Tür öffnete sich und er kam heraus.

„Los, gehen wir!" Er war schon fast am Ausgang, als ihm auffiel, dass ich zum Tisch hinüberging. „Ali! Komm, lass uns gehen!" Er winkte mich herüber.

Ich steckte den Kuli in meine Tasche. *Irgendwas Greifbares als Waffe benutzen, Daddy? Sieh mal her!* Dann kehrte ich in meinen Käfig zurück und verschloss die Tür wieder.

Er kam zu mir und sah mich verwirrt aus seinen dunklen Augen an. „Du kommst nicht mit?"

„Nein." Ich war dort, wo ich sein musste.

„Aber …"

„Kein Aber. Mach, dass du verschwindest. Sag Cole, dass ich am Leben bin und dass ich einen Plan habe."

Er starrte mich an. „Ali, tu das nicht. Komm mit. Sie werden dir wehtun. Und dein Plan, egal, wie der auch aussieht, wird dich umbringen."

Ich schenkte ihm ein trauriges Lächeln. „Das ist schon passiert. Jetzt geh. Bevor es zu spät für dich ist."

Er machte einen Schritt vor, blieb dann stehen. Machte noch einen Schritt, blieb stehen. Immer wieder sah er sich um. Ich wusste, welchen inneren Kampf er gerade ausfocht. Der Kämpfer schrie danach, die Frau in Not nicht allein zu lassen. Wollte mich beschützen. Doch die logische Seite wusste, dass er nicht weit kommen würde, wenn ich nicht freiwillig mitkäme.

„Ich werde die anderen zusammentrommeln. Wir kommen zurück und holen dich."

„Okay." Ich war mir ziemlich sicher, dass ich bereits an einen anderen Ort verfrachtet worden wäre, wenn er bei Cole angelangt war. Aber ich wusste, er brauchte einen Ansporn, um zu gehen.

Justin verschwand hinter der Tür.

Ich seufzte erleichtert. Und wartete.

Die Zeit verging. Ich bin mir nicht sicher, wie lange ich gewartet hatte. Irgendwann kamen drei Anima-Leute. Einer trank aus einem

Kaffeebecher. Sie wirkten alle ziemlich entspannt. Niemand trug einen Schutzanzug. Alle waren in T-Shirt und Jeans. Als sie bemerkten, dass Justins Käfigtür offen stand und der Gefangene verschwunden war, blieben sie ruckartig stehen.

Fluchend setzten sie sich in Bewegung und suchten in dem provisorischen Gefängnis nach irgendwelchen Erklärungen. Fanden aber keine.

Sie sahen zu mir herüber.

„Wo ist er?", wollte einer der drei wissen.

Ein weiterer Typ kam hereingeschlendert, ebenfalls mit einem Kaffeebecher. Er trug einen Kittel. Der Typ war klein und dünn mit schütterem grauem Haar. War da ein Stück Muffin in seinem Bart?

Irgendwie kam er mir bekannt vor, obwohl ich sicher war, ihn nie getroffen zu haben. Daran hätte ich mich … erinnert …

Erinnert. Mir ging durch den Kopf, dass Helen meine Erinnerungen verdeckt hatte. Dass ich die ersten fünf – nein sechs – Jahre meines Lebens in Animas Laboren getestet worden war. Dieser Mann musste dabei gewesen sein.

„Dr. Andrews", sagte eine der Wachen. „Der Junge ist verschwunden."

Wie nett. Der Mann aus meiner Vergangenheit war der mysteriöse Wyatt Andrews – Dr. Hog. Der Mann, der Justin wehgetan hatte. Perfekt. Das würde mir meinen Job etwas erleichtern.

Dr. Andrews blieb vor dem Metalltisch stehen und sah mich an. Er stellte seinen Kaffeebecher ab und fuhr sich mit der Zunge über die Zähne. Während er den Blick auf mich gerichtet hielt, sagte er: „Wir wollten euch beiden einen Gefallen tun und in ein Gebäude umziehen, das sauberer ist und besser ausgerüstet. Nun müssen wir dir erst mal ein bisschen wehtun." Er sah zu den Männern. „Fesseln Sie Miss Bells Hände auf dem Rücken und bringen Sie sie zu mir herüber." Er zog einen kleinen Samtbeutel aus der Kitteltasche und öffnete ihn. Etwas silbrig Glänzendes kam zum Vorschein. Waffen, da war ich sicher.

Die drei stampften auf meinen Käfig zu.

„Wie viele von Animas Kotzbrocken sind nötig, um eine Käfigtür zu öffnen?", fragte ich, und ich glaube, mein gelangweilter Tonfall erstaunte sie. „Drei. Denn alle haben Angst vor dem kleinen Mädchen, das darin eingesperrt ist."

Einer von ihnen grunzte. Ein anderer lächelte kühl, wahrscheinlich stellte er sich bereits vor, wie er mich mit bloßen Händen erwürgte, der dritte öffnete das Schloss und riss die Tür auf.

„Kanntet ihr den schon?“ Ich stand auf. Der Kuli, den ich vom Tisch gestohlen hatte, lag einsatzbereit in meiner Hand, verborgen hinter meinem Unterarm.

Der erste Typ blieb vor mir stehen und wollte mich packen. Blitzschnell stach ich ihm das spitze Ende des Kulis in die Halsschlagader und Blut spritzte aus der Wunde. Ohne lange zu zögern, wirbelte ich zum zweiten herum und verpasste ihm die gleiche Behandlung. Beide stürzten zu Boden, wo sie in ihrer Blutlache liegen blieben. Der letzte der drei Wachmänner wollte durch die offene Käfigtür flüchten, aber ich sprang ihm hinterher und stach noch einmal zu.

Die drei Männer waren erledigt, verbluteten, einfach so. Ich verspürte nicht das kleinste bisschen Reue.

Ich trat aus dem Käfig, den Blick auf Hog gerichtet. Er wurde blass und wich vor mir zurück, rempelte an den Metalltisch und stieß ihn um. Hog hastete um das umgestürzte Möbelstück, griff nach dem Handy in seiner Tasche und tippte eine Nummer ein.

Ms Smith?

Oh ja, bitte, bring sie mir. Verziert mit einer Kirsche.

Ich schnalzte mit der Zunge. „Sieh doch nur, wozu du mich treibst, Hog. Benutze meine eigenen Hände für Mord und Totschlag. Aber so hardcore war ich nicht immer, wie du weißt. Hab sogar geheult nach meinem ersten toten Gegner. Habe wegen eines Typen geweint, der meine Freunde und mich gequält hat. Ahnst du, was ich jetzt gerade fühle?“

Ängstlich schüttelte er den Kopf.

„Ein solches Verlangen nach mehr.“

Er hob die Hände, um mich abzuwehren. „Rühr mich nicht an.“

Ich streckte die Arme aus und ließ den blutigen Kugelschreiber fallen. Ich wollte, dass er starb – und ich würde ihn töten –, aber vorher musste er etwas für mich tun.

„Keine Sorge. Ich bin noch nicht fertig mit dir. Bring mich zu Ms Smith“, verlangte ich.

30. KAPITEL

Meine Seele im Angebot

Hog musste die Nummer von Ms Smith gewählt haben und die ganze Zeit über mit ihr in Verbindung geblieben sein. Als wir zweieinhalb Stunden später mit seiner dunklen Limousine vor dem Sicherheitstor des eindrucksvollen Chrom- und Glasgebäudes im Herzen Atlantas, Georgia, hielten, wartete eine Armee von Wachleuten auf uns.

Die Tür auf meiner Seite wurde aufgerissen und ich hinausgezerrt. Sie fesselten mir die Hände auf dem Rücken mit Handschellen. Kein Seil mehr.

Ich wehrte mich nicht, sondern ließ es einfach geschehen.

Sie schoben mich in einen anderen Wagen, in dem bereits vier bullige schwarz gekleidete Männer saßen. Niemand sagte ein Wort, als wir in eine unterirdische Garage rasten. Ich drehte mich um, erleichtert, dass Hog hinter uns fuhr.

Nachdem wir geparkt hatten und ausgestiegen waren, drängten mich die Riesen in einen Fahrstuhl. Die ganze Zeit über hatten sie ihre Pistolen auf mich gerichtet. Und das alles nur für mich. „Ihr wisst wirklich, wie man einem Mädchen das Gefühl gibt, was Besonderes zu sein, Jungs. Welche Ehre."

Eine Glocke ertönte, und die Fahrstuhltür öffnete sich. Ich wurde in ein Foyer geschoben, vor mir eine Glaswand – durch die ich direkt in ein Labor blicken konnte, in dem geschäftiges Treiben herrschte.

„Willkommen."

Eine schöne Frau in perfekt geschnittenem Kostüm stand vor der Scheibe, die Hände sittsam gefaltet. Ich brauchte mich nicht zu fragen, wer sie war. Dunkles zurückgekämmtes Haar. Blasser Teint. Blutroter Lippenstift. Kühl und professionell. Das war niemand anders als Ms Smith.

„Endlich lernen wir uns kennen. Ich bin Rebecca."

Sofort war die mörderische Wut wieder da, und ich schaffte es kaum, mich zu beherrschen. „Sie haben meine beste Freundin umgebracht."

„Ich?" Sie schlug sich eine Hand vor die Brust. „Das habe ich gewiss nicht getan. Ich war hier in Atlanta."

„Sie haben es angeordnet. Also egal, wer den Finger am Abzug hatte, der Schuss kam von Ihnen."

Sie zuckte ungerührt die Achseln. „Du nennst es so, ich sage, wir haben gewonnen." Ihre Lippen verzogen sich zu einem perfekten Lächeln. „Wir haben alles für dich vorbereitet. Lasst uns anfangen, ja?"

Zwei der Wachmänner schoben mich durch eine Glastür ins Labor. Am hinteren Ende stand eine Liege mit Lederschlaufen für Hände und Füße. Endlich kam Leben in mich. Ich wehrte mich mit aller Kraft. Trat nach ihnen. Kaum waren meine Handschellen gelöst, schlug ich zu. Ich biss dem einen Typen ins Ohr.

Er stöhnte vor Schmerz und verpasste mir einen Schlag aufs Kinn, aber ich ließ nicht los und riss sogar ein Stück von seinem Ohrläppchen ab. Aus seinem Stöhnen wurde ein Aufheulen.

Ich spuckte ihm den blutigen Knorpel ins Gesicht.

Wie wild ich auch kämpfte, schließlich landete ich flach und angeschnallt auf der Liege. Wie ich es befürchtet hatte. Selbst mit all meinen erstaunlichen Fähigkeiten, ich hatte meine Grenzen. Aber das war okay. Der Spruch stimmte tatsächlich, fand ich. Was mich nicht umbrachte, würde mich nur noch stärker machen.

Ich wollte stärker werden.

Die Wachen gingen, und Ms Smith trat an die Liege.

Ich starrte sie wütend an. „Fesseln Sie mich, schnallen Sie mich an. Das wird nichts an dem ändern, was ich mit Ihnen vorhabe. Ich werde Ihnen wehtun, und ich werde Sie töten – und dabei jeden Moment genießen."

Sie tat so, als hätte ich gar nichts gesagt. „Soll ich dich Ali oder lieber Sami nennen? Oder wie wär's mit Alammi? Samali?" Sie lachte, zog ein Paar Latexhandschuhe über und nahm eine Spritze, die mit einer klaren Flüssigkeit gefüllt war. „Es wird jetzt Folgendes passieren. In den nächsten Tagen werde ich dir allerhand Nettes injizieren, und du wirst schön leiden. Sobald dein Geist und damit auch dein Blut die Inhaltsstoffe enthält, die wir brauchen, wirst du eine lebendige Kur gegen Zombietum sein. Wenn nicht … Nun, lass dich nicht davon irritieren, dass die anderen alle während der Tests verstorben sind. Bei dir sind unsere Erwartungen höher."

Ich verzog den Mund zu einem humorlosen Grinsen. „Tun Sie's.

Tun Sie, was Sie nicht lassen können. Ich werde nicht sterben, bevor ich nicht auf Ihr Grab gespuckt habe."

So langsam drang meine Unerschrockenheit zu ihr durch. Sie wurde blass.

„Vielleicht möchtest du lieber deinen Tonfall ändern. Immerhin bin ich diejenige, die deiner Freundin Kat helfen kann."

„Nehmen Sie ihren Namen nicht in den Mund! Wagen Sie es nicht mal, an ihren Namen zu denken!"

Unbeeindruckt sagte sie: „Wir haben es geschafft, ihren Körper in Sicherheit zu bringen und ihn zu konservieren, und wir halten ihren Geist in Schach. Ihren Zombie-Geist. Ja, sie ist infiziert worden. Wenn diese Behandlung erfolgreich ist, werden wir sie wieder zum Leben erwecken. Also tu dir … nein, tu deiner Freundin einen Gefallen, und kämpf nicht gegen mich an."

Ich …

Verstummte. Gedanken rasten mir durch den Kopf. Hoffnung flackerte auf.

Kat wieder zum Leben erwecken? Ja bitte. Dafür würde ich alles geben. Wirklich alles, wenn das wahr werden könnte.

Dann trat die Ernüchterung ein. Durfte ich das tun? Durfte ich Anima freiwillig helfen? Ich hatte Ethan verflucht, weil er es getan hatte. Hatte Justin und Jaclyn dafür gehasst. Hatte deshalb Camillas Erinnerungen vernichtet. Und doch, hier war ich und hoffte verzweifelt, dass Ms Smith die Wahrheit sagte. Dass Kat zurückgeholt werden könnte. Dass tot nicht wirklich tot bedeutete.

Das war jedoch nicht die natürliche Ordnung.

Und wenn es funktionierte – ein großes Wenn –, wäre Kat dann noch Kat? Das Mädchen, das ich kannte und liebte? Oder wäre sie etwas ganz anderes?

Ich begann erneut, mich zu wehren, und Ms Smith seufzte.

„Na gut, machen wir es auf die harte Tour." Sie jagte mir die Spritze in den Hals.

Scharfer Schmerz. Feuerregen brachte mein Blut sofort zum Kochen.

Ich bäumte mich auf und schrie. Es war ein Gefühl, als hätte sie mich in die Flammen der Hölle geworfen, mein Inneres schmolz, meine Organe verflüssigten sich. Jede Sekunde würde ich zu Asche zerfallen. Würde zerstäuben wie die Zombies.

Eine Ewigkeit später erloschen die Feuer in mir und die Glut kühlte ab. Ich sackte schlaff auf die Liege. Schweiß brach mir aus allen Poren, mein Haar und meine Klamotten waren nass geschwitzt. Ich atmete stoßweise, bekam kaum Luft.

Ms Smith konnte ihre Freude nicht verbergen. „Du hast die erste Runde überlebt, so wie ich gehofft hatte." Sie strich mir über die Stirn und ich riss den Kopf herum. Unbeeindruckt sagte sie: „Dann wollen wir es dir mal gemütlich machen. Du wirst ja eine Weile bei uns bleiben, und ich vertraue dir nicht, wenn du hier allein bist. Ich werde kein Risiko mit meiner Prämie eingehen."

Sie trat aus dem Weg und drei Typen in Laborkitteln kamen und schnitten mir die Kleider vom Leib. Alles, BH, Slip. Futsch. Ich wehrte mich, aber sie schafften es trotzdem, mir einen Katheter einzuführen und eine Infusionsnadel in die Vene zu stoßen. Es war so entwürdigend, total erniedrigend.

Wenige Sekunden später war ich zu sehr mit Beruhigungsmitteln vollgepumpt, um mir darüber Gedanken zu machen. Meine Augenlider wurden schwer, zu schwer, um sie offen zu halten. Meine Glieder zu schlaff, um mich zu bewegen.

Wenn ich das überstanden habe, werde ich so stark sein ... wehtun ... töten ...

Mein Kopf sank zur Seite, ich konnte nicht mehr klar denken ... alles wurde dunkel ... Ich driftete weg ...

„Sie hat jetzt zwei Injektionen überlebt", sagte Ms Smith. „Zwei noch und wir sind so weit und können sie testen."

„Sie ist sogar stärker, als wir angenommen haben." Hog. „So nah waren wir dem Erfolg noch nie. Stell dir nur vor, was wir schon erreicht haben könnten, wenn Helen sie uns nicht weggenommen hätte."

„Helen", schimpfte Ms Smith. „Sie hat fast die gesamte Firma ruiniert. Was für eine Ironie des Schicksals, dass ihre Tochter uns jetzt dabei hilft, sie wieder aufzubauen."

Die Stimmen wurden leiser ...

Dann wurden sie nach und nach lauter ...

„Wen schicken wir als Erstes, um sie zu beißen?", fragte Hog.

„Die kleine Kat", erwiderte Ms Smith. „Wenn alles so verläuft wie angenommen, wird Ali auf unsere Seite überwechseln. Dann wird sie sich nicht wehren, wenn mein Vater an der Reihe ist."

Kat … ein Zombie … Sie würden mich an sie verfüttern. Lassen sie meinen Geist verspeisen, mein Leben auf schmerzliche Weise Stück für Stück verschlingen.

„Hasse dich …“, flüsterte ich und driftete wieder weg.

„Ali Bell.“ Jemand tätschelte meine Wange. „Ali Bell. Wir brauchen dich im Wachzustand. Zombies können zwar einen schlafenden Geist essen, aber der hat dann nicht so viel Kraft. Das ist wie eine Glühbirne, die nicht leuchtet.“

Ich blinzelte und öffnete die Augen.

„Braves Mädchen.“

Grelles Licht fiel in das Labor … nein, es war ein Käfig. Ich war nicht mehr auf eine Liege geschnallt. Sie hatten mich an die Rückwand gekettet, mit einem Metallring um den Hals, und ich trug ein Krankenhausnachthemd, doch immer noch keinen BH oder Slip. Ich ruckte hoch, Schwindel überfiel mich.

Hog wich vor mir zurück und schlug die Käfigtür hinter sich zu. Ich war wieder eingesperrt – mit einem Zombie.

Nicht einfach einem Zombie. Kat.

Das Spiel hatte sich gewandelt. Mein schlimmster Albtraum – meine größte Hoffnung.

Ein Overall draußen vor dem Käfig. Er hielt eine Fernbedienung, und Kat trug ein Halsband. Ihre Haut hatte einen grauen Farbton angenommen. Ihr Haar war zerzaust, die Augen mehr rosa als rot, mit dunklen Ringen. Ihr Schlüsselbein war gebrochen und die Knochenspitze ragte heraus. Eins ihrer Beine war wie vorher in diesem merkwürdigen Winkel verdreht.

War noch irgendwas von meiner Freundin übrig?

Grunzend und ächzend streckte sie die Arme nach mir aus. Ich sprang auf die Füße, schwankte.

„Jetzt“, sagte Ms Smith.

Kat schlurfte vorwärts.

Ich brachte es nicht über mich, gegen sie zu kämpfen. Ich konnte … es einfach nicht.

Als sie die Zähne in meinen Hals schlug, stolperte ich zurück und stieß an die Wand. Scharfer Schmerz durchfuhr mich, Feuer brannte in meinen Venen, doch statt Kat von mir zu schieben, schlang ich die Arme um sie und hielt sie fest.

„Nimm, was du brauchst“, flüsterte ich. Tränen strömten mir über die Wangen.

„Das reicht“, sagte Ms Smith ungeduldig. „Die kleinste Menge ist mehr als genug.“

Kat wurde weggezogen. Zwischen ihren Zähnen hing ein Stück Haut von mir.

Ich fiel auf die Knie, betete, wartete. Hoffte.

„Es wirkt“, rief Ms Smith. „Es wirkt tatsächlich. Die Infektion geht bei beiden zurück!“

Der graue Ton verschwand von Kats Haut, das Pink aus ihren Augen, bis sie wieder dieses Haselnussbraun zeigten, das ich so liebte.

„Das Gift ist eliminiert“, sagte Hog.

„Sie ist jetzt eine Zeugin“, stellte Ms Smith fest.

Die Aufregung der beiden war ansteckend. Gift … verschwunden. Eine Zeugin … wie Emma und Helen.

Es war ein Wunder. Das war mehr, als ich je für möglich gehalten, mir je erträumt hätte.

Wenn ich diese Fähigkeit schon vorher gehabt hätte, hätte ich Trina, Lucas und Collins ebenfalls retten können.

Freude und Verzweiflung … eine schmerzhafte Kombination. Ich biss die Zähne zusammen. Ms Smith war schuld an dem, was passiert war. Ihr war es egal, ob sie das Leben unschuldiger Menschen aufs Spiel setzte. Sie zeigte keine Skrupel. *Sie*. Nur sie war schuld. Sie war noch schlimmer als die Zombies, die ich bekämpfte. Diese Kreaturen reagierten instinktiv ohne jeden Verstand. Ms Smith jedoch handelte nach bewussten Entscheidungen.

Sie musste aufgehalten werden.

Kats Schlüsselbein richtete sich wieder. Ihr Bein streckte sich. Verwirrt blickte sie sich im Labor um. „Wo bin ich hier? Was ist passiert?“ Ihr Blick fiel auf mich und sie riss die Augen auf. „Ali! Du bist verletzt.“

„Gehen wir zu Phase zwei über“, sagte Ms Smith.

Mithilfe der Fernbedienung, die mit Kats Halsband verbunden war, dirigierte Overall sie aus dem Käfig.

„Was ist hier los?“, fragte Kat und stemmte die Absätze in den Boden. „Warum kann ich nicht stehen bleiben?“

„Aufhören!“ Meine Ketten schepperten, als ich versuchte, mich loszureißen. „Lasst sie los!“

Kat ging zu einer Liege auf der anderen Seite. Ein Körper lag dort angeschnallt – ihr Körper. Sie streckte eine Hand aus, berührte ihn. Als nichts passierte, legte sie die Finger ein weiteres Mal auf ihren Körper … und noch einmal.

„Madam? Sir?“, fragte Overall.

„Es funktioniert nicht“, sagte Hog.

„Ali!“, rief Kat. „Hilf mir!“

„Lasst sie frei!“, schrie ich.

Ms Smith seufzte und achtete nicht auf mich. „Das ist enttäuschend, aber nicht so schlimm. Wir werden uns die Zeugen ein bisschen näher ansehen und überlegen, wozu wir sie gebrauchen können.“

Kat war so wild entschlossen, dass sie es fertigbrachte, gegen die Impulse aus dem Halsband anzukämpfen, sich gegen Overall zu wehren. Sie trat und boxte, nutzte die Tricks, die ich ihr beigebracht hatte, bis er die Fernbedienung fallen ließ. Sie zerbrach auf dem Boden, und das Halsband öffnete sich. Kat riss es sich herunter und warf es beiseite. Plötzlich schwebte meine beste Freundin nach oben … zur Decke. Sie streckte die Arme nach mir aus.

„Ali!“

Ein letztes Mal trafen sich unsere Blicke – dann war sie verschwunden.

Wilde Trauer überfiel mich. Ich sackte auf die Knie. Ich hatte sie verloren. Noch einmal. Aber wenigstens war sie jetzt sicher. Anima konnte ihr nie mehr wehtun.

„Idiot!“, zischte Ms Smith.

„Tut mir leid“, flüsterte Overall mit gesenktem Kopf.

„Sparen Sie sich die Entschuldigungen. Davon bekommen wir das Mädchen nicht wieder.“ Sie presste sich eine Hand an die Stirn, als hätte sie Fieber. „Holen Sie einfach den nächsten Zombie, aber seien Sie gefälligst vorsichtiger jetzt.“

Er machte, dass er wegkam, und kehrte kurz darauf mit einem älteren Zombie zurück. Ein Mann. Die Käfigtür wurde geöffnet, und der Untote mit dem Halsband betrat mein Gefängnis.

Er stürzte auf mich zu, und ohne große Bedenken verpasste ich ihm einen Faustschlag. Noch während er zurücktaumelte, trat ich ihm in die Brust. Wieder stolperte er. Ich versuchte, meine Körperhülle zu verlassen, versuchte, die Flammen zu entzünden, aber nichts von beidem gelang mir.

„Du bist zu schwach, Ali Bell!“, rief Ms Smith. „Vergeude nicht unsere Zeit, indem du versuchst, deine anderen Fähigkeiten einzusetzen. Die habe ich dir genommen. Helen ist nicht die Einzige, die das beherrscht.“

Nein. Nein!

Als der Zombie mich erneut angriff, schob ich ihm meine Handfläche gegen die Nase und drückte zu, aber das stoppte ihn nicht. Er schnappte nach mir. Ich drehte mich und rammte ihm mit voller Wucht den Ellbogen an die Schläfe, sodass er auf Händen und Knien landete.

„Halte ihn zurück“, sagte Ms Smith, und Overall schob einen Metallhaken in den Käfig, um den Zombie am Kragen festzuhalten.

Er musste schon vor langer Zeit gestorben sein. Sein Haar war vollständig ausgefallen. Auch die Augenbrauen und Wimpern waren verschwunden. Seine Augen glühten in einem intensiveren Rot als die der meisten anderen Zombies, als wäre er sehr gut und sehr oft gefüttert worden. Und er war groß. Zumindest glaubte ich das, aber er ging gebeugt und mit eingefallenen Schultern. Er trug einen altmodischen Anzug, der an den Manschetten und Ellbogen ausgefranst war. Ich hatte ihm den Kiefer gebrochen, der jetzt in einem merkwürdigen Winkel nach unten hing.

„Gib ihr ein Beruhigungsmittel“, ordnete Ms Smith an. „Nicht so viel, dass sie einschläft, aber genug, um sie am Kämpfen zu hindern.“

Feiner Nebel wurde in den Käfig gesprüht. Ich hielt den Atem so lange wie möglich an … meine Lunge brannte … *komm schon, komm schon* … nicht lange genug. Ich musste Luft holen und atmete ein. Es kitzelte im Rachen, und ich hustete. Was auch immer sie reingemischt hatten, es wirkte sofort. Meine Knie gaben nach und ich sackte zu Boden.

Der Zombie wurde wieder losgelassen. Ich versuchte ihn von mir zu schieben, sah aber alles nur noch verschwommen und bekam ihn nicht zu packen. Er senkte die Zähne in meine Schulter und biss zu. Der Biss von Kat hatte wehgetan, doch das hier war kaum auszuhalten. Seine Zähne fühlten sich an wie Rasierklingen, die vorher in Salz getaucht worden waren. Ich schlug nach seinem Kopf, bis ich endlich traf und er mich losließ.

Er lag zuckend auf dem Betonboden … eine Minute … zwei … blieb reglos liegen. Der Grauton verschwand von seiner Haut, die eine normale Farbe annahm – währenddessen verlor ich meinen natürlichen rosigen Teint und meine Haut färbte sich grau. Feuer kam aus all meinen Poren, verbrannte mich von innen, dann verschwand auch bei mir das Grau wieder.

Feuer, aber ich konnte keine Flammen sehen.

Ich blieb, wo ich war, rührte mich nicht von der Stelle, beobachtete unauffällig jeden im Raum. Ein Wachmann war dazugekommen. Er trug eine 44er an seinem Gürtel. In Hogs Tasche steckte ein Kugelschreiber. Ms Smith trug eine Halskette. Wenn ich es schaffte, an eines der Dinge zu kommen … der Rest wäre Geschichte.

Ich stöhnte, rollte mich herum und täuschte eine Ohnmacht vor.

„Führen Sie den Geist meines Vaters in den speziellen Käfig, den ich vorbereitet habe, und bringen Sie seinen Körper in die Kühlhalle", ordnete Ms Smith an, nachdem sie auf einen Knopf gedrückt hatte. „Ich möchte, dass das Mädchen sediert wird."

Sie und Hog kehrten zu ihrer Unterhaltung zurück. Ich achtete nicht auf das, was sie sagten, sondern konzentrierte mich auf das besagte Klicken des Schlosses, die sich nähernden Schritte …

Da. Mein Startzeichen.

Auf die Plätze …

Der Wachmann drehte mich herum. *Fertig …*

Er hob mich auf seine Arme, um mich wegzutragen. *Los!*

Ich griff nach seiner Pistole, entsicherte sie und drückte ihm die Mündung an die Brust. Einmal abgedrückt, und sein Herz war zerfetzt. Keuchend fiel er zu Boden und nahm mich mit sich.

Hog reagierte ziemlich schnell, flitzte zur Käfigtür und schlug sie zu, um mich einzusperren.

Fehler.

Ich hob die Pistole und drückte ab. *Klick.* Die Patrone klemmte. Sofort spannte ich und hörte, wie die defekte Hülse zu Boden fiel. Hog rannte zum Ausgang. Ms Smith stand am Counter rechts und fegte Papiere und Schreibutensilien von der Tischplatte. Was suchte sie? Eine Waffe?

Ich feuerte einen Schuss auf sie ab, aber sie duckte sich rechtzeitig. Daneben!

Die Zähne zusammengebissen, zielte ich auf Hog, der gerade die Tür öffnete.

Wumm! Eine Kugel ins Hirn. Er sackte gegen die Tür, die wieder zuschnappte.

Triumphgefühl. Einer getroffen, eine fehlt noch.

Ms Smith hatte sich hinter den Counter geduckt und richtete eine Halbautomatik auf mich. Ihre Hand zitterte nicht, was mich daran erinnerte, dass sie mal eine Z-Jägerin gewesen war. Kämpfen bis zum Letzten gehörte zu ihrem Programm.

„Tu's doch", sagte ich und lächelte kalt, während ich meine Waffe auf sie gerichtet hielt. War der Raum hier schallgedämpft? Gab es Überwachungskameras? Höchstwahrscheinlich nicht. Niemand kam angerannt, um ihr zu helfen.

„Leg die Pistole weg", forderte sie mich auf.

„Wie wäre es mit … nein?"

„Ich würde es aber an deiner Stelle tun", schrie sie. „Ich töte dich, das schwöre ich dir, ich tu's."

„Nein, tust du nicht. Wir beide wissen doch, dass ihr viel zu viel Geld ausgegeben und viel zu großen Aufwand betrieben habt, um mich hierherzubekommen."

Ich steckte meinen Arm durch das Gitter der Käfigtür und öffnete das Schloss.

Sie linste hinter dem Counter hervor und riss die Augen auf, als ich aus dem Käfig trat. „Wie hast du das gemacht?"

„Mit Zauberhänden. Willst du einen Beweis?" Ich schoss ihr die Pistole aus der Hand.

Sie schrie auf, als die Waffe durch den Raum flog. Ich feuerte einen weiteren Schuss ab, diesmal auf ihren Kopf gerichtet. Sie rollte sich zur Seite.

Klick. Das Magazin war leer.

Okay. Dann eben auf die altmodische Art.

Bei dem Gedanken spürte ich fast so etwas wie Vorfreude.

Ich ging auf den Counter zu. Ms Smith wich zurück. Ihre Schusshand blutete. Als sie in Reichweite war, holte ich mit dem Kolben meiner Waffe aus. Sie blockte meinen Angriff mit dem Unterarm ab und versetzte mir einen Schlag ans Brustbein, als wollte sie meinen Herzschlag blockieren. Vielleicht hatte es funktioniert. Ich schnappte nach Luft und krümmte mich, und sie kickte mir ein Knie gegen das Kinn. Ich sah Sterne, als ich rückwärts taumelte.

Sie stürzte sich auf mich, um mich auf den Boden zu pinnen, doch ich hatte die Pistole in der Hand und schlug damit zu. Der Kolben traf ihre Schläfe. Sie stöhnte und sackte zusammen. Ich drückte sie auf den Rücken und nagelte sie fest. Schlug noch einmal mit dem Griff der Pistole zu, aber sie blockte mich ab. Ich versuchte es erneut, sie wehrte ein weiteres Mal ab, bäumte sich auf und schob mich von sich herunter. Ich musste mich mit den Händen aufstützen und verlor dabei die Waffe.

Ms Smith landete wieder einen Treffer auf mein Brustbein. Ohne auf den Schmerz zu achten, schnappte ich mir einen der heruntergefallenen Kugelschreiber und wollte die Spitze in ihre Halsschlagader stoßen, aber sie blockte mich erneut ab. Ich traf ihren Unterarm, stach tief in den Muskel bis zum Knochen. Ihr Schrei hallte von den Wänden wider. Ich setzte mich auf die Hacken, umfasste ihren verletzten Arm und drückte den Kuli noch tiefer in die Wunde, bis er am anderen Ende herauskam.

Sie schrie und bäumte sich auf.

Die perfekte Haltung, dachte ich. *Nun sieh, wie Ali zuschlägt*. Einmal, zweimal, dreimal. Mit den Knien fixierte ich ihren unverletzten Arm und landete die Schläge in ihrem Gesicht, ohne dass sie sie abwehren konnte. Als ich die Faust erneut hob, wurde ich von hinten am Handgelenk gepackt und hochgerissen.

Die Kavallerie war eingetroffen.

Ich wehrte mich mit allen Kräften, aber zu dem Wachmann gesellte sich ein zweiter und noch ein weiterer. Sie hielten mich an beiden Armen und an den Beinen fest. Jemand half Ms Smith auf die Füße. Eines ihrer Augen war vollkommen zugeschwollen, ihre Unterlippe war aufgesprungen. Sie humpelte auf mich zu.

„Das wirst du bereuen", zischte sie und legte mir die unverletzte Hand auf die Schläfe.

Ich runzelte verwirrt die Stirn. Was sollte das? Wehtun? Dann fühlte es sich plötzlich an, als würden fünf kleine Spinnen in meinem Hirn herumkriechen, und ich wusste, was es bedeutete. Es waren ihre Finger. Sie war dabei, meine Erinnerungen zuzudecken.

„Aufhören! Nicht! Wir können …"

Ich … ich hatte keine Ahnung, wo ich war. Ich blinzelte. Was wollte diese übel zugerichtete Frau von mir? Warum wurde ich von zwei Typen festgehalten?

„So, das ist besser", sagte die Frau.

Wer war das? Ich konnte mich nicht erinnern. Konnte mich an gar nichts erinnern. Irgendwas stimmte da nicht. Stimmte ganz und gar nicht. „Wo bin ich? Was ist passiert?"

Sie lächelte bitter. „Keine Sorge. Ich werde dir alles erklären."

31. KAPITEL

Wenn zwei Gedächtnisse kollidieren

Mein Name ist Samantha Conway, und ich bin seit achtzehn Tagen am Leben. Na ja, ich erinnere mich jedenfalls nur an die vergangenen achtzehn Tage. Meine Freundin Rebecca meint, ich habe mir beim Kampf gegen einen Z-Jäger den Kopf gestoßen. Dabei hätten sich ein paar Schrauben gelockert, was eine Amnesie zur Folge hatte. Sie hat vorgeschlagen, dass ich dieses Tagebuch führe, die Empfindungen und Gedanken aufschreibe, die ich so habe. Bisher fühle ich nur Frustration. Ich erinnere mich an nichts! Das Einzige, was ich genau weiß, ist, dass ich dieses hohle Gefühl in meinem Herzen habe. Es ist immer da – in jedem einzelnen Moment spüre ich es. Es ist wie eine bodenlose Grube von Verzweiflung, und das ist überhaupt nicht Torte.

Uff. Habe ich wirklich gerade geschrieben: „Überhaupt nicht Torte"? Offensichtlich stimmt noch mehr bei mir nicht ganz, abgesehen von der Erinnerungslücke.

Wahrscheinlich bin ich nicht gerade die Hellste. Ich jagte und tötete die Leute, die meine Zombies ausrotten wollten, doch seit dem besagten Ereignis bin ich nicht wieder draußen auf dem Feld gewesen, denn das Entgiften der Zombies hat mir die Kraft genommen. Aber Rebecca sagt, heute ist meine letzte Sitzung. Jedenfalls erst mal für eine Weile.

Offensichtlich werde ich von Z-Jägern verfolgt, die mich umbringen wollen. Ich sollte sehen, dass ich sie zuerst erwische. Mir wurde gesagt, morgen soll ich losziehen. Das Problem ist nur, ich kann mich nicht daran erinnern, wie man kämpft! Wie soll ich sie dann bremsen?

Genug! Ich schleuderte den Kuli und das Tagebuch durchs Zimmer und stand auf. Das Schreiben reichte mir jetzt. Dieses Mich-nicht-erinnern. Hauptsächlich nervte mich die Hilflosigkeit. Ich müsste …

Ich wusste nicht, was ich musste. Irgendwas.

Jemand klopfte an die Tür. Rebecca kam herein, ohne eine Antwort abzuwarten, wie immer. Und wie immer ärgerte mich das total.

„Wunderbar", sagte sie. „Du bist wach. Deine Anwesenheit wird im Labor gewünscht."

Ihr Tonfall war schneidend, eigentlich sprach sie dauernd so mit mir. Ich war mir nicht sicher, ob sie mich überhaupt besonders mochte, obwohl sie mir ständig versicherte, wir würden uns bereits seit einer Ewigkeit kennen. Und, um ehrlich zu sein, ich war mir auch nicht sicher, ob ich sie mochte. Sobald sie in der Nähe war, begann die Grube in meinem Herzen zu pochen.

Genauso wie irgendwas mit mir passierte, wenn ich mir meine Tattoos ansah, die an den Handgelenken und das in meinem Nacken.

„Komm schon."

Sie winkte mir mit ihrem gesunden Arm zu. Um den anderen hatte sie in der ersten Woche meines Aufenthalts hier einen dicken Verband getragen. Der war jetzt nicht mehr da und ich konnte eine schwarz verschorfte Wunde sehen.

Wut überkam mich – nicht auf sie, sondern auf die Z-Jäger. Sie hatten Rebecca verletzt, genauso wie mich auch. Eine Gruppe von ihnen soll das Gebäude gestürmt haben, unser Zuhause, um mich zu erwischen. Rebecca hatte mir das Leben gerettet und war dabei selbst verwundet worden.

Ich konnte nur ahnen, wieso diese Leute mich daran hindern wollten, die Zombies reinzuwaschen und damit die Welt zu verbessern. Sie waren nur auf ihren eigenen Gewinn aus.

Rebecca führte mich zu den Fahrstühlen am Ende des Flurs. Das Gebäude hatte zweiunddreißig Etagen, auf jeder ein Labyrinth von Gängen, Büros und Laboren. Meine Wachmänner und ich hatten ein ganzes Stockwerk für uns. Über uns befand sich eine Etage voller Räume mit Käfigen für Zombies.

Zombies, die ich entgiften und retten würde.

Das war das Einzige, was mir an meinem jetzigen Leben gefiel. Die Verlorenen zu retten.

„Das ist Ethan", sagte Rebecca, als wir einen Raum mit medizinischen Apparaten betraten. „Du hast ihn vor deinem Unfall gekannt. Du bewunderst ihn."

Ethan schien ein bisschen älter als ich zu sein, also schätzungsweise zwanzig. Er war nur ein kleines Stück größer als ich, schlank und hatte dunkles Haar. Seinen Gesichtsausdruck fand ich etwas merkwürdig. So als wollte er sich für irgendwas entschuldigen. Hatten wir einen Streit gehabt? Das musste wohl der Fall sein, denn die Grube in meinem Herzen pochte erneut.

Ich wünschte mir so sehr, ich könnte mich erinnern.

„Ali." Er nickte mir zu.

Ali? Ein Bild tauchte vor meinem inneren Auge auf, doch schon war es wieder verschwunden. Trotzdem ging es mir nicht aus dem Sinn.

Das Pochen in meiner Herzgrube wurde so heftig, dass es mich fast umriss.

„Sie heißt Sami", zischte Ms Smith. „Sami, du musst dich in den Sessel setzen. Bitte lass mich das nicht noch einmal sagen."

„Sonst passiert was?", sagte ich trotzig. Ich mochte es nicht, wie sie mich herumkommandierte. Trotzdem gehorchte ich. Ich setzte mich, denn obwohl ihr Ton mir nicht gefiel, liebte ich das, was ich erreichte. Zwei Männer in Schutzanzügen schnallten mich an den Handgelenken und Knöcheln an den Stuhl.

Rebecca und Ethan betraten eine geschützte Kabine. Die Wände waren aus Glas, sodass sie alles beobachten konnten, was vor sich ging.

Die beiden Schutzanzüge verließen den Raum und kehrten mit einem Zombiemädchen zurück. Sie war vor nicht allzu langer Zeit gestorben, glaubte ich. Ihre Haut war grau, aber sie hatte noch fast ihr ganzes Haar auf dem Kopf. Um den Hals trug sie ein Metallband.

Je näher sie kamen, desto unruhiger wurde das Mädchen und versuchte nach mir zu greifen. Dann grub sie ihre Fingernägel in meine Beine und ich zuckte zusammen.

Sie beugte sich herunter und nagte an meinem Arm. Ich sog den Atem ein, der Schmerz kam schnell und heiß. Aber kaum, dass sie angefangen hatte, wurde sie wieder von mir weggerissen. Sie sackte zu Boden und begann sich zu verändern. Ihre Haut verlor den grauen Ton, und das rote Glühen verschwand aus ihren Augen. Sie hob einen Arm, betrachtete ihn, drehte ihn, und ein Lächeln erschien auf ihren Lippen.

Rebecca und Ethan kamen aus der Kabine heraus.

Überaus zufrieden klatschte Rebecca in die Hände. „Ich hab's dir gesagt."

Ethan starrte wie gebannt auf das Mädchen. „Izzy", sagte er und eilte zu ihr.

Das Mädchen schnappte aufgeregt nach Luft. „Ethan!", rief es glücklich.

Einer der Schutzanzüge stellte sich zwischen sie und verhinderte, dass sie sich näherkamen.

„Aus dem Weg", befahl Ethan.

Der Schutzanzug blieb stehen.

Ethan drehte sich mit finsterem Gesichtsausdruck zu Rebecca um. „Sag ihm, er soll mir aus dem Weg gehen, sofort."

„Deine Schwester wurde entgiftet, so wie ich es versprochen habe", entgegnete Rebecca. „Jetzt ist sie das, was wir als Zeugen bezeichnen. Und wir können eine Zeugin nicht einfach so herumlaufen lassen, oder? Nein, können wir nicht. Wir müssen sie untersuchen und herausfinden, wozu sie in der Lage ist und wie sie das zustande bringt."

Das hatte Rebecca über jeden anderen gesagt, den ich gerettet hatte. Mehr als einmal hatte ich deshalb protestiert, aber ohne Erfolg.

Ethan schüttelte den Kopf. „Ich werde nicht zulassen, dass ihr Tests mit ihr macht. Davon hatte sie in ihrem ersten Leben genug ertragen müssen."

Nicht die Spur eingeschüchtert erwiderte Rebecca: „Und wie willst du das verhindern?"

Er erstarrte.

Ich rüttelte an meinen Fesseln. Sie würden kämpfen, und ich … was? Was würde ich tun?

Plötzlich heulte eine Alarmsirene los. Ich schrak zusammen und blickte mich um.

Rebecca erblasste und rief den Wachmännern Kommandos zu. „Bringt die Zeugin in den Raum, den ich vorbereitet habe. Und du schließt Ali in den Sicherheitsraum."

Wieder *Ali.* Warum?

„Und du", sagte sie zu Ethan, „wenn du dieses Gebäude lebend verlassen willst, dann hältst du den Mund und kommst mit mir. Ich erwarte von dir, dass du mir den Rücken freihältst – ansonsten muss ich dir eine Kugel in deinen jagen."

Moment mal. „Lasst mich nicht allein!", rief ich, aber sie waren bereits draußen. Einer der Schutzanzüge führte die Zeugin zu einer anderen Tür, während der zweite mich vom Stuhl befreite. Ich wollte aufstehen, doch er packte mich sofort am Handgelenk, zerrte mich hoch und führte mich zur selben Tür, durch die sein Kollege verschwunden war.

Eine Computerstimme tönte aus den Lautsprechern: „Eindringlinge im Erdgeschoss. Eindringlinge im ersten Stock. Eindringlinge im zweiten Stock. Feuer im dritten Stock." Und so setzten die Meldungen sich fort.

Mein Herz schlug wie wild, doch nicht aus Furcht, das glaubte ich nicht. War das … Aufregung? Vorfreude? Aber warum das?

„Was ist los?“, fragte ich.

Er riss sich die Maske vom Gesicht. „Halte den Mund und lauf weiter.“

Ich biss die Zähne zusammen und verspürte den Drang, ihn mit einem Tritt zu Fall zu bringen – dieser Impuls erstaunte mich. Schließlich waren wir auf derselben Seite.

Wir eilten den Flur entlang, bogen erneut um eine Ecke. Da sahen wir eine Gruppe von Jungen etwa in meinem Alter, die gegen Wachmänner und Zombies gleichzeitig kämpften, und wir blieben ruckartig stehen.

Ich beobachtete sie beeindruckt. *Poch, poch, poch*. Ich war mir nicht sicher, ob ich jemals vorher so etwas Wahnsinniges gesehen hatte. Der größte der Jungen hatte pechschwarzes Haar, und seine Augen – sah ich da etwas Violettes aufblitzen? Himmel noch mal. Er war furchterregend. Eine Miniarmbrust in der einen Hand, einen Dolch in der anderen. Er schlüpfte aus seinem Körper, brachte einen Zombie zu Fall, wirbelte herum, vereinte sich wieder mit seiner Hülle und erschoss einen Wachmann mit einem seiner Pfeile. Seine Bewegungen waren fließend und schnell, wie Luftwellen, natürlich wie atmen.

Er wandte sich um und blickte mich an – ja! Er hatte violette Augen! Dann blieb er bewegungslos stehen. Einfach stehen …

… die Welt um mich herum verblasste. Und plötzlich lag ich in einem Bett, auf dem Rücken. Der dunkelhaarige Junge auf mir, drückte mich mit seinem Gewicht auf die Matratze. Aber er wollte mir nicht wehtun. Zärtlich umfasste er mein Gesicht und ich lächelte ihn an. Er senkte den Kopf, um mich zu küssen. Ich …

… verlor ihn mit einem Mal aus dem Blickfeld und schrie auf. Schutzanzug musste wohl beschlossen haben, dass es unklug wäre, seinen Kollegen zu Hilfe zu eilen, denn er riss mich herum und zerrte mich zurück um die Ecke, weg vom Geschehen. Ich drehte mich um, wollte den Jungen mit den violetten Augen sehen.

„Das sind Zombiejäger“, sagte Schutzanzug.

Das bedeutete … oh, verdammt. Sie waren gekommen, um ihren Job zu beenden – um mich zu erledigen.

Schutzanzug stolperte und fiel, zog mich mit sich. Der Aufprall tat weh. Als ich auf Händen und Knien von ihm wegkroch, wurde mir klar, dass er nicht gestolpert war. Jemand hatte nachgeholfen. Mit einem Pfeil, der nun in seinem Nacken steckte. Eine Blutlache bildete sich um ihn herum. Aber dieser grausame Anblick … schockierte mich nicht.

Mein Herz klopfte wild, ich rappelte mich auf und sah den Jungen mit den violetten Augen, der uns gefolgt war. Mein Körper prickelte. Vor Angst. Es musste Angst sein.

„Tu mir nichts!", rief ich. Warnglocken ertönten in meinem Kopf. Oder vielleicht waren das immer noch die Sirenen im Gebäude. Ich wich zurück, bis ich an die Wand stieß. „Ich werde mich wehren. Ich kämpfe gegen dich, wirklich. Ich soll eine ganz gute Kämpferin sein."

Er blieb kurz vor mir stehen. In diesen wahnsinnigen Augen entdeckte ich Erleichterung, Freude, aber auch Verwunderung. Er trat einen Schritt auf mich zu.

Ich hob die Hände, um ihn abzuwehren. „Komm nicht näher!"

Nun sah er nur noch verwundert aus. „Weißt du nicht, wer ich bin?"

„Natürlich. Du bist ein Zombiejäger. Ich habe deine Leute getötet, und jetzt willst du dich an mir rächen. Okay, doch ich werde es dir nicht leicht machen." Ich hob die Fäuste. Vielleicht erinnerte ich mich nicht an die Kampftechniken, aber ich würde nicht ohne Gegenwehr untergehen.

Zwei Jungen erschienen hinter ihm. Der eine strahlte mich an. Der andere, ein blonder Typ mit traurigen blauen Augen, hatte die Stirn gerunzelt.

„Geht wieder", sagte Violettauge. „Ich kümmere mich um sie."

Weg waren sie, kurz darauf hörte ich Schüsse.

„Hör zu", sagte Violettauge.

Ich schnappte nach Luft, er stand jetzt dicht vor mir. Ich spürte die Hitze, die von ihm ausging, er roch nach Seife und Erdbeeren. Ich hätte schwören können, dass mein Herz einen Schlag aussetzte.

„Ich heiße Cole, und ich bin deinetwegen hier. Um dich mitzunehmen. Ich will dir nicht wehtun. Das würde ich nie machen."

Ich hätte ihm gern geglaubt, aber Rebeccas Warnung ging mir durch den Kopf. „Du bist ein Lügner!", rief ich.

„Ali-Gator", sagte er zärtlich. „Ali."

Wieder dieser Name. Ich runzelte die Stirn. Es hatte mich mit einer solchen Wucht getroffen, als hätte er einen Pfeil auf mich abgeschossen. Mein Herz pochte, pochte so wild. „Ich heiße Samantha.“ Oder nicht?

„Du bist gekidnappt worden und sie haben dich hier eingesperrt. Wir haben eine ganze Weile gebraucht, um dich zu finden, doch endlich haben wir es geschafft. Ich weiß nicht, was sie mit dir angestellt haben, aber ich kann dir versichern, dass sie nicht deine Freunde sind. *Wir* sind deine Freunde. Niemand von uns würde dir jemals wehtun.“

Ich tastete mich an der Wand weiter, wich vor ihm zurück.

„Eine Menge Leute machen sich Sorgen um dich.“ Während er sprach, kam er näher. „Nana, mein Vater, Reeve. Erinnerst du dich an Reeve?“

Ich dachte angestrengt nach, aber nichts. Ich schüttelte den Kopf. *Mein Herz … klopfte immer wilder …*

„Emma, deine kleine Schwester, hat uns dabei geholfen, dich zu finden, Anima hat das Gebäude jedoch mit elektrischen Frequenzen umgeben, sodass sie nicht in der Lage ist, es zu betreten. Wir haben es geschafft, die Impulse auszuschalten, doch wir wollten trotzdem nicht, dass sie hereinkommt. Ich weiß, dass du sehr traurig wärst, wenn ihr irgendwas zustieße.“

Emma … Emma … bei diesem Namen geriet das Herzpochen außer Rand und Band.

Konnte ich diesem kriegerischen Jungen trauen?

„Na gut. Du lässt mir leider keine andere Wahl.“

Bevor ich einen Entschluss fasste, hatte er mich über die Schulter geworfen.

„Es wird Zeit, die Vision wahr werden zu lassen. Wenigstens verstehe ich sie jetzt.“

Antwort: Nein, ich konnte ihm nicht trauen.

„Lass mich los!“ Ich boxte ihm in den Rücken und stieß ihm die Knie gegen die Brust.

„Niemals“, erwiderte er, zog eine Pistole und marschierte weiter.

„Ich meine es ernst. Lass mich los!“

„Nie wieder.“

„Was soll das heißen? Was hast du mit mir vor? Was willst du von mir?“

„Ich will das, was ich schon immer wollte. Alles.“

„Das bekommst du aber nicht.“

Irgendwas kam mir an dieser Situation bekannt vor …

Wieder erschien mir ein Bild von diesem Jungen, wie er mich küsste.

Ein Bild, wie er mich auszog, mich berührte.

Ich sah ihn vor mir, wie er mich anlächelte, seine violetten Augen blitzten.

Das Bild des Jungen, wie er seine Messer putzte, während ich Zombies tötete.

Zombies *tötete*, nicht rettete?

Es musste wohl stimmen, wenn diese kurz aufflackernden Bilder Erinnerungen waren. Aber das würde bedeuten, dass Rebecca mich angelogen hatte.

Warum sollte sie das tun?

Cole blieb am Ende des Flurs stehen. Überall Rauch, dazwischen der Gestank nach Verwesung, Schießpulver und Blut. Zur Linken kämpfte der blonde Junge mit den traurigen Augen gegen eine Handvoll Wachmänner – allein. Er hatte in beiden Händen eine Pistole, zielte, schoss, zielte, schoss. Die Leichen sammelten sich um ihn herum.

„Die Z-Jäger haben sich aufs ganze Gebäude verteilt", sagte Cole. „Rivers Team ist dabei, wir haben jede Etage unter Kontrolle. Wenn wir fertig sind, wird von Anima nichts mehr übrig sein."

Ich drehte mich um. Zwei Männer in Laborkittel kamen um die Ecke gelaufen. Sie erblickten Cole und wichen zurück. Cole schoss beiden in die Beine. Dann ging er weiter, als wäre nichts geschehen.

„Weißt du, wo Smith ist?"

Smith. Rebecca. Meine Freundin – die eigentlich keine Freundin war.

Ich schluckte. Ich konnte es ihm nicht verraten. Er würde sie töten. Und obwohl ich mir nicht sicher war, ob ich sie mochte und ob sie Freundin oder Feindin war, das wollte ich nicht. Oder?

Wieder das Pochen …

Ich war noch nie so verwirrt gewesen.

Ein anderer Blonder kam aus der entgegengesetzten Richtung angerannt. „Ich kann Smith nicht finden, aber dafür hast du meinen Cupcake."

„Nicht deinen, meinen", verbesserte Cole.

Ups, sollte ich etwa dieser Cupcake sein? Das wäre ja ein merkwürdiger Spitzname für eine Feindin.

„Ali“, sagte Cole. „Ich lasse dich jetzt herunter. Bitte lauf nicht weg. Wenn du fliehst, werde ich dich verfolgen, und wenn ich dich eingeholt habe, bekommst du den Hintern versohlt.“

„Wie bitte?“ Die Vorstellung, dass er mir den Hintern versohlte, gefiel mir überhaupt nicht. Wirklich!

„Warum sollte sie denn weglaufen?“, fragte Blondie.

Cole ließ mich hinunter, und ich dachte einen Augenblick daran, loszulaufen. Das war meine Gelegenheit. Die Neugier siegte jedoch und ich rührte mich nicht von der Stelle. Die Jungen hätten mir wehtun können. Das hatten sie aber nicht getan. Sie redeten sehr liebevoll mit mir.

„Ich kann dir helfen“, sagte eine Frau, die plötzlich aus dem Nichts erschien. Sie war groß, schlank, blond und hatte so auffallend hellblaue Augen wie ich.

Poch …

Cole erstarrte. „Wir brauchen deine Hilfe nicht, Helen.“ Er stellte sich vor mich … um mich zu beschützen?

Poch, poch …

Es … gefiel mir nicht, dass er wütend wurde. Warum?

„Von wem glaubst du, hatte Emma die ganzen Informationen“, zischte diese Helen verärgert. „Von mir. Willst du wirklich das Gebäude verlassen, ohne dich vorher um Rebecca zu kümmern? Du hast nämlich die Wahl. Wenn es nach mir ginge, solltest du besser was unternehmen. Ich liebe meine Tochter und möchte nicht, dass sie so etwas noch einmal durchmachen muss.“

Tochter? *Poch, poch, poch …*

Cole nickte schließlich. „Na gut. Geh voraus, zeig mir den Weg. Aber wenn das eine Falle sein soll …“

„Dann was?“

Er schnappte mit den Zähnen. Tat so, als wollte er sie wie ein Zombie beißen.

Sie betrat einen Gang, den ich vorher noch nie gesehen hatte. Cole hielt meine Hand fest. Aufwärts ging es mit einem Lift, den sie kurzschließen mussten, da mit dem Feueralarm der Strom für alle elektrischen Beförderungsmittel abgeschaltet worden war. Eine Treppe hinunter. Dann wieder in einen Fahrstuhl.

Schließlich blieb Helen am Ende eines matt beleuchteten Flurs stehen. „Ali. Deine Hand.“

Was …

Cole schob mich vor und legte meine Handfläche auf den ID-Scanner. Ein Klicken. Die Tür öffnete sich, und kurz darauf befanden wir uns in einem Raum, den ich ebenfalls noch nie gesehen hatte. Hier waren etwa zwanzig oder mehr Zeugen, die ich gereinigt hatte, in einem speziellen Käfig gefangen, dessen Gitterstäbe mit elektrischen Impulsen gesichert waren.

Die Z-Jäger blieben ruckartig stehen und starrten die Wesen entgeistert an.

„Was. Zum. Teufel?“, rief Blondie.

„Das waren Zombies. So wie diese.“ Ich zeigte auf den anderen Käfig. „Ich habe sie entgiftet.“

„Entgiftet?“, wiederholte Cole.

Ich riss mich von ihm los und trat zum Käfig mit den Zeugen. Die Hand auf einen weiteren ID-Scanner gelegt, einfach so, und sie waren frei. Sie schwebten heraus, erleichtert, aufgeregt vor Freude … immer höher … und verschwanden bald durch die Decke.

Ich ging zu dem Käfig mit den Zombies.

„Nicht, Ali!“, rief Cole und kam hinter mir her. „Tu das nicht.“

„Aber ich kann sie auch entgiften“, sagte ich und drehte mich zu ihm um.

In diesem Moment streckte ein Zombie eine Hand aus dem Käfig und griff nach mir. Er trug ein Halsband und war deshalb körperlich für mich. Blitzschnell hatte er mir in den Arm gebissen. Es tat weh und ich schrie auf.

Sofort war Cole da und zog mich vom Käfig weg in Sicherheit.

Er sah mich an, umfasste zärtlich mein Gesicht. So wie in meiner Erinnerung. „In einer Minute werde ich zwei sein. Aus meiner Hand wird eine Flamme kommen. Mit der kann ich deine Bisswunde heilen. Es wird ein bisschen wehtun, aber …“

„Das ist nicht notwendig“, sagte ich. Der Biss heilte bereits, das Brennen in meinen Adern ließ schon wieder nach. „Das Gift macht mir nichts aus.“

„Unmöglich.“

„Cole“, sagte Blondie. „Sieh dir mal den Zombie an.“

Cole drehte sich um und konnte sehen, wie das Grau von der Haut der Kreatur verschwand und das Rote aus dessen Augen.

„Das kapiere ich nicht.“

„Hallo! Denkt vielleicht noch jemand an Rebecca?" Helen klatschte in die Hände, um sich Aufmerksamkeit bei den anderen zu verschaffen. „Die Zombies können warten."

Aber …

Cole zog mich mit sich in einen Flur. Wir näherten uns einer Metalltür. Davor lag Ethan auf dem Boden ausgestreckt in einer Blutlache, bewegungslos.

Ich stellte fest, dass mich der Anblick überhaupt nicht traurig machte, und das verwirrte mich.

Helen deutete zur Tür. „Als ihr die Impulse um das Gebäude herum beseitigt habt, bin ich geradewegs zu Ali gegangen. Sobald mir klar wurde, dass ihre Erinnerungen verdeckt sind, wusste ich, dass Rebecca ihr ihre Z-Jäger-Fähigkeiten gestohlen hatte. Nun, Cole, jetzt musst du eine weitere Wahl treffen. Töte Rebecca und zerstöre ihr Horrorregiment mit der Konsequenz, dass Ali dann ihre Fähigkeiten nie mehr wiedererlangen wird. Oder nimm Rebecca als Gefangene mit. Wenn Ali sich an ihre Vergangenheit erinnert, wird sie in der Lage sein, sich ihre Fähigkeiten zurückzuholen."

Gestohlene Fähigkeiten? Verdeckte Erinnerungen?

„Der Code ist …" Helen ratterte eine lange Reihe von Zahlen herunter, die ich mir unmöglich merken konnte.

Cole blickte sie einen Moment wütend an, dann tippte er den Code in die Tastatur. Als sich die Tür langsam öffnete, zog er seine Armbrust.

Ich wartete so unsicher wie nie zuvor. Was würden wir auf der anderen Seite vorfinden? Rebecca, so wie Helen es versprochen hatte? Oder eine Falle?

Was hätte ich denn lieber gehabt?

Wenn Rebecca tatsächlich dort war, würden die Zombiejäger siegen. Wenn es sich um eine Falle handelte, könnte ich ihnen vielleicht entwischen.

Aber wollte ich das überhaupt?

Ein Lächeln erschien auf Coles Lippen. „Hallo Rebecca."

32. KAPITEL

Abgetrennte Köpfe und verwirrende Geschichten

Ich lief in meinem neuen Zimmer auf und ab, nun, nicht in meinem, in seinem. Coles. Es war sein Schlafzimmer. Er erlaubte mir, es zu benutzen, obwohl ich wusste, dass er gern hier mit mir zusammen gewesen wäre. Gestern Nacht, als wir hierhergekommen waren, hatte er es mir gesagt, ungefähr hundert Mal. Ich hatte abgelehnt. Natürlich.

Er war für mich immer noch ein Fremder.

Konnte ich ihm trauen?

Vorher hätte ich mir die Frage mit einem eindeutigen Nein beantwortet. Inzwischen? Ich war mir nicht sicher. Wenn er nicht gerade in einem Flur reihenweise Leute erschoss, war er eigentlich ganz süß. Und charmant. Und geistreich. Und so heiß, dass mir das Wasser im Mund zusammenlief.

Heute Morgen hatte er mir Frühstück gebracht. Er hatte mir einen Kleiderschrank gezeigt, in dem sich meine Sachen befanden. Ich sollte mich wie zu Hause fühlen. Er hatte auch gesagt, er würde unser „drittes Date" vorbereiten. Und zwar wollte er mit mir einen Strickkurs besuchen oder irgendwas anderes Harmloses, denn wir bräuchten ein bisschen weniger Aufregung in unserem Leben.

Und er machte sich wirklich große Sorgen um mein Wohlergehen. Es wirkte geradezu zwanghaft. Er und Helen hatten sich gestern Abend gestritten. Er hatte verlangt, dass sie mich heilte. Sie erwiderte, dass sie es versuchte und dass es nett wäre, wenn er das auch täte. Er meinte, er hätte alles getan, was sie ihm gesagt hatte, zum Beispiel mir Ereignisse aus meiner Vergangenheit erzählt.

Das stimmte, das hatte er gemacht, stundenlang, aber seine Geschichten hörten sich ziemlich unglaubwürdig an.

Jedenfalls anfangs. Als ich endlich eingeschlafen war, hatte ich so realistische Träume …

Ich hatte alles gesehen, was er mir beschrieben hatte. Wie ich in einem schwarz und golden gestrichenen Schulflur stand und ihm zum ersten Mal begegnete. Er lehnte an einer Wand mit Schließfächern und alberte mit seinen Freunden herum. Eine Schirmmütze bedeckte seine Augen. Aber als er aufsah und sich unsere Blicke trafen, hatten wir beide gleichzeitig eine Vision von uns, wie wir uns küssten.

Ich erschauerte.

Dann sah ich uns in einem Boxring trainieren. Wir verpassten einander Schläge und stritten im Spaß. Dabei berührten unsere Hände Stellen, an denen sie eigentlich nichts zu suchen hatten.

Wieder erschauerte ich.

Ich hatte uns gesehen, wie wir zusammen gegen Zombies kämpften, uns gegenseitig beschützten. Die Sorge auf seinem Gesicht, jedes Mal, wenn ich gebissen wurde …

Jaaa. Ein weiterer Schauer.

Ich konnte nicht leugnen, dass da wohl eine Geschichte zwischen uns lief. Oder dass mein Herz ihn erkannte, obwohl mein Hirn noch zögerte. Ich konnte nicht leugnen, dass der Drang, mich in seine Arme zu werfen, meine Lippen auf seine zu pressen und mich an ihn zu klammern, als ginge es um mein Leben – als wäre er der einzige Halt in einem Sturm –, mit jeder Sekunde stärker wurde. Aber Rebecca war in einem Untergrundbunker hinter seinem Haus gefangen … Sollte ich das einfach ignorieren?

Selbst wenn sie eine Lügnerin und meine Feindin war, fand ich Gewalt unverzeihlich. Oder nicht?

Die Tür wurde geöffnet und eine Frau, die ich Nana nennen sollte, kam herein. Ich mochte sie, sehr sogar, und es machte mir auch nichts aus, dass sie unaufgefordert in mein Zimmer kam – anders als bei Rebecca. Sie war schon hier gewesen und hatte auf mich gewartet, als Cole mich hergebracht hatte. Und ich hatte ihre viel zu feste Umarmung genossen.

„Ali“, sagte sie und lächelte strahlend, „wie geht es dir?“

„Danke, gut.“

Wieder umarmte sie mich, und ich tätschelte ihr unbeholfen den Rücken. Als sie sich von mir löste, sah sie ein bisschen traurig aus. Es nervte mich, dass ich der Grund für ihre Enttäuschung war.

„Ich bin gekommen, um dich zum Speiseraum zu begleiten.“

Zeit fürs Dinner also. *Er* würde auch dort sein.

Sie hakte sich bei mir unter und führte mich durchs Haus. Es waren jede Menge Besucher da, aber Cole konnte ich nirgends sehen. Große Enttäuschung. Angst machte sich breit. Ein Haus voller Zombiejäger – warum? Ich war bereits allen vorgestellt worden, und sie schienen mich gernzuhaben, deshalb waren sie nicht weniger einschüchternd. Nicht dass ich ihnen meine Beunruhigung jemals zeigen würde.

„Hallo“, grüßte ich. Dann bemerkte ich, dass gar kein Essen auf dem Tisch stand. Z-Jäger, aber kein Dinner?

Gavin zwinkerte mir zu.

Mackenzie warf mir einen Luftkuss herüber.

Reeve winkte.

Bronx begrüßte mich mit einem Nicken.

Frosty starrte aus dem Fenster.

Justin und Jaclyn lächelten mich an.

River klopfte sich auf die Schenkel, eine Einladung, mich auf seinen Schoß zu setzen.

Da gab es nur ein dickes, fettes NEIN DANKE.

Er zuckte mit den Schultern, offensichtlich nicht besonders getroffen von meiner Ablehnung.

Mr Holland, Coles Vater, zeigte auf einen leeren Stuhl. Nana führte mich dorthin, und ich setzte mich.

Außer Cole fehlten nur noch Veronica und ihre jüngere Schwester Juliana. Angeblich hatte Juliana etwas getan, das alle wütend gemacht hatte, vor allem Frosty. Deshalb waren die beiden zurück nach Georgia gefahren, wo sie bleiben würden.

Am anderen Ende des Raumes stand Emma, die Zeugin. Genauso wie Mackenzie warf sie mir einen Luftkuss zu – war sie wirklich meine Schwester?

Neben ihr erschien jetzt Helen, und alle konnten sie sehen. Sie hatte die Fähigkeit, sich unsichtbar zu machen, das tat sie hier jedoch nicht mehr.

Was zum Teufel war eigentlich los?

Einer nach dem anderen erzählten mir die Z-Jäger Geschichten aus der Zeit, die wir zusammen erlebt hatten. Irgendwie brachte ich die Storys trotzdem nicht mit mir in Verbindung. Ich hörte alles, sah aber keine Bilder vor mir. Dann sagte die kleine Emma etwas, und das Pochen in meiner Herzgrube setzte heftig ein. Zwei Schwestern, die sich sehr liebten. Getrennt durch einen Autounfall, und doch hatten sie es geschafft, wieder zusammenzukommen.

Das Pochen wurde immer stärker, als Helen redete. Eine Mutter, die ihr einziges Kind aufgegeben hatte, um es zu beschützen. Die jeden weiteren Tag ihres viel zu kurzen Lebens um den Verlust ihrer Tochter trauerte. Eine Mutter, die entschlossen war, eine zweite Chance zu ergreifen.

Als Frosty an der Reihe war zu sprechen, stand er auf und verließ den Raum, ohne dass er auch nur ein Wort gesagt hatte.

Das Pochen … war jetzt außer Kontrolle, breitete sich in mir aus, war ein einziger Schmerz. Ich beugte mich vor und rang nach Luft. Ein Bild entstand vor meinem inneren Auge. Ein Mädchen mit glatten braunen Haaren und haselnussbraunen Augen. Wie es mir half, Ballons mit der Aufschrift „Gute Besserung!" an überfahrenen toten Tieren auf der Straße zu befestigen. Wie es mich liebte, als alle anderen sich von mir abwandten. Und wie sie lachte, immer lachte. Voller Leben.

Wo war dieses Mädchen? Warum hatte ich noch nicht mit ihm reden können, denn die Erinnerung war so voller Freude, so voller Liebe, und ich wollte das Mädchen so gern …

Es so gern zurückbringen.

Ja. Zurückbringen. Aber ich konnte es nicht. Das Mädchen war tot. Von uns gegangen.

Die Augen geschlossen, unbeweglich. Überall Blut.

Kat!

Der Name schrillte durch meinen Kopf, der Schmerz folgte auf der Stelle … es war zu viel. Tränen rollten mir über die Wangen. „Kat", sagte ich. Musste es einfach aussprechen.

„Ihre Beerdigung ist morgen." Mackenzie schniefte. „Sie würde sich gewünscht haben, dass du dabei bist."

Es war ihr Name. Ich hatte mich richtig erinnert.

„Wir glauben, dass Frosty ihren Geist gesehen hat, dass sie eine Zeugin ist, genauso wie Emma und Helen, aber er will es weder bestätigen noch abstreiten", sagte Reeve und wischte sich eine Träne aus dem Gesicht.

Wo war Cole? Ich brauchte Cole jetzt. Auch wenn ich mir nicht sicher war, wieso.

Als hätte ich ihn hergerufen, betrat er den Raum. Vielleicht *hatte* ich ihn ja gerufen. Zwischen uns bestand eine besondere Verbindung. Er sah mich an. Ich streckte die Hand nach ihm aus, und er zog mich vom Stuhl, um mich in sein Zimmer zu bringen. Dort führte er mich zum Bett und ich setzte mich auf die Matratze. Als ich mich umsah, war mir klar, warum er nicht an der Geschichtenerzählversammlung teilgenommen hatte. Sämtliche Wände waren mit postergroßen Fotos von uns behängt.

Auf denen lächelten wir. Wir lachten. Wir küssten uns.

Meine bereits blank liegenden Nerven drohten zu zerreißen, als er sich vor mich hockte und mir das Haar aus der Stirn strich.

„Keine Geschichten mehr“, sagte ich. „Nicht jetzt.“

„Tut mir leid, mein Schatz, aber wir werden dich damit bombardieren, bis deine Erinnerungen wieder vollkommen aufgedeckt sind. Und wenn das nicht funktioniert, na gut, dann sorgen wir eben dafür, dass du neue bekommst. Und wir fangen sofort an.“ Er griff nach dem Saum seines T-Shirts und zog es sich über den Kopf.

Ich schnappte nach Luft, als ich dieses wundervolle leckere Büfett vor mir präsentiert sah. Stärke und Vitalität – Leben. Er war gut gebräunt und durchtrainiert. Und die Tattoos – Himmel noch mal! Das war mein Name, der auf seiner Brust prangte, sich von einem Nippel zum anderen erstreckte. Ali Bell. Nicht Sami. Und in einem Nippel steckte ein Piercingring!

Cole war so unglaublich sexy.

Ich streckte eine Hand aus, bevor mir bewusst wurde, was ich tat, und ließ einen Finger über den silbernen Ring gleiten. Das Metall fühlte sich kalt und glatt an. Seine Brustmuskeln spannten sich an, und er holte zischend Luft.

„Gavin nennt dich inzwischen die Königin der Zombieherzen“, sagte Cole. „Und weißt du was, er hat recht. Es passt zu dir. Vor dir habe ich nicht richtig gelebt. Ich existierte nur. Bin von einem Mädchen zum nächsten gezogen und habe Zombies getötet. Ich war selbst so gut wie tot, aber du hast mich wieder zum Leben erweckt. Und ganz sicher beherrschst du mein Herz.“

Ich schmolz dahin …

„Weißt du, was mir noch klar geworden ist? Du warst nie mit dieser *Sie* gemeint. Das war deine Mutter.“

Die *Sie*? „Ich weiß nicht, was du meinst.“

„Ihretwegen, wegen dem, was sie für dich getan hat, hatten wir anderen eine Chance.“ Er strich mir mit den Fingern durchs Haar. „Ich muss das Vergangene aber nicht bedauern, weil ich eine Zukunft mit dir habe.“

„Cole.“

Er zog mich an sich und küsste mich, presste seine Lippen auf meine, ertastete meinen Mund mit der Zunge, und ich schmeckte die Erdbeeren, die ich immer an ihm roch, jedes Mal, wenn er mir nahe kam.

Instinktiv schlang ich die Arme um seinen Nacken und legte den Kopf zurück, um den Kuss zu vertiefen. Ich öffnete sogar meine Beine, eine stille Aufforderung an ihn, noch näher zu kommen. Meine Bitte wurde erhört. Er zog mich an sich. Ich spürte seinen harten muskulösen Körper an meiner weichen Brust.

Mein Blut begann sich zu erhitzen ... wurde heißer ... und ich bewegte mich, ohne nachzudenken. Ich schob die Finger in sein Haar, dann über seinen Rücken, ertastete ihn überall. Schließlich strich ich spielerisch über den Reißverschluss seiner Hose und zog ihn auf, bevor mir klar wurde, was ich da tat.

Als ich mir dessen bewusst wurde, fand ich es nicht beängstigend. Ich war nur aufgeregt.

Cole zog mir das T-Shirt aus und öffnete meinen BH. Er küsste meine nackte Haut – und ich sah vor mir weitere Bilder. Von einem Moment, als er mich auf einem Teppich ausgezogen und ich mich ihm geöffnet hatte.

Es war mein erstes Mal gewesen, und er hatte mich für immer geprägt. Meinen Geist, meine Seele und meinen Körper. Keine Stelle hatte er unberührt gelassen. Damals wurde ich sein Mädchen und ich war es noch. Diese Erkenntnis vibrierte in meinem Inneren, und ich konnte mich nicht mehr davor verschließen.

„Cole", sagte ich, und er hielt mitten in der Bewegung inne. „Das haben wir schon einmal gemacht."

Einen Moment schien er den Atem anzuhalten. „Ja", sagte er schließlich leise.

Ich schloss die Augen, ohne auf den kühlen Luftzug auf meiner nackten Haut zu achten. Es war, als würde ein Stromkabel in mir verlaufen, das sich dank Coles Kuss durch eine Schicht dunkler Wolken in einen Ozean voller Erinnerungen schlängelte, gute, schlechte, böse. In meinem Kopf tobte ein Sturm. Die ersten sechs Jahre meines Lebens mit Helen. Die Liebe zu meinem Dad und Miranda. Emma. Der Autounfall. Das Zusammentreffen mit Cole, wie wir uns ineinander verliebten. Das erste Mal von Anima gekidnappt werden, Folter. Kat, ach diese glückliche Zeit mit Kat. Der Schmerz, sie zu verlieren. Das zweite Mal von den Anima-Leuten gefangen genommen werden.

Schließlich der Sieg.

Eine Welle von Emotionen überflutete mich. Glück, Reue, Traurigkeit, Kummer, Freude, Liebeskummer, Wut – Triumph. Der Sturm legte sich. Die dunklen Wolken wurden durchlässiger ... verschwanden.

„Wir haben gewonnen", sagte ich total erschüttert.

Cole erstarrte, als wagte er nicht zu hoffen. „Du erinnerst dich?"

„Ja. Ich erinnere mich vollkommen." Tränen rollten mir über die Wangen. „Ich erinnere mich an alles."

„Gott sei Dank!"

Er fiel mir in die Arme und wir landeten zusammen auf dem Bett. Er hielt mich umschlungen und drückte mich mit seinem Gewicht auf die Matratze, küsste meine Stirn, meine Nase, meine tränennassen Lider und schließlich, endlich meine Lippen. Küsste mich und küsste mich.

Zwischen den Küssen sagte er: „Rebecca hat deine ..."

„... Fähigkeiten. Das ist mir klar." Jetzt. „Ich werde sie mir zurückholen ... und dann nehme ich ihr die Erinnerungen." Während ich noch redete, verfestigte sich mein Entschluss. „Sie wird nie mehr in der Lage sein, jemandem wehzutun. Der Krieg ist vorbei." Ein für alle Mal.

Und wir würden leben, dessen war ich mir sicher. Richtig leben. Wir würden Zombies entgiften. Ich hatte eine neue Aufgabe. Eine bessere. Leben schenken, statt es mit Tod zu beenden.

Was konnte sich ein Mädchen mehr wünschen.

„Ich liebe dich, Cole Holland."

„Ich liebe dich auch, Ali Bell. Und jetzt ... glaube ich, dass es Zeit ist, mit dem Reden aufzuhören und unsere Lippen für was Besseres zu benutzen."

„He! Das habe ich mal zu dir gesagt!"

„Und das war ganz sicher das Klügste, was ich je gehört habe."

Ich lachte, und er küsste mich.

Hier war ich, auf Kats Feier des Lebens. Ich hatte sie bereits zweimal verloren und hätte auf diesen emotionalen Ansturm vorbereitet gewesen sein müssen. Aber das war ich nicht. Ich weinte wie ein kleines Kind, doch es war mir nicht peinlich.

Im tiefsten Inneren wusste ich, dass es nicht darum ging, wie lange wir lebten, sondern *wie* wir lebten. Und sie hatte intensiv gelebt. Hatte etwas Starkes hinterlassen. Sie hatte geliebt. Und mein Leben zum Positiven gewendet.

Detective Verra hatte ihre Leiche in Animas Gebäude gefunden, zusammen mit Hunderten anderer. Sie hatte eine amtliche Aussage gemacht, hatte erklärt, dass die Firma Leute gekidnappt hätte, um illegale Tests mit Medikamenten an ihnen durchzuführen, die sie unter der Hand verkaufen wollten.

Die Welt war erschüttert.

Und das zu Recht.

Kats Vater stand vor dem Sarg seiner Tochter. Er schluchzte und seine Schultern bebten. Seit ihrer Geburt hatte er gewusst, dass er sie früh verlieren würde. Genauso wie ich war er trotzdem nicht darauf vorbereitet gewesen. Ein heller Lichtstrahl in einer sehr dunklen Welt war erloschen. Wir brauchten mehr davon, nicht weniger.

Wren und Poppy waren da. Beide hatten mich umarmt, und obwohl sie kein Wort über Zombies verloren, wusste ich, dass sie inzwischen die Realität akzeptiert hatten. Sie waren nun vorsichtiger und sahen sich mit offenen Augen im Leben um.

Die Sonne schien zwar, trotzdem war es bitterkalt. Scharfer Wind wehte mir das Haar ins Gesicht. Mein Atem stieg wie eine Nebelwolke vor mir auf. Ich hörte vage, wie sich die anderen darüber unterhielten, wie Kat ihr Leben beeinflusst hatte, aber nichts davon drang zu mir vor. Ich war mit meinen eigenen Erinnerungen beschäftigt.

Wie wir beide zusammen gelacht und uns gegenseitig aufgezogen hatten. Wie wir zusammengehalten hatten. Niemand und nichts konnte dieses Band trennen, nicht einmal der Tod. Dazu war es zu stark. Und zu kostbar.

Trotzdem vermisste ich sie so sehr.

Ein Gedanke bewahrte mich davor, zusammenzubrechen. Wir würden das alles wieder haben. Ihr Körper war tot, ja, aber ihr Geist lebte weiter. Sie war da oben irgendwo. Und eines Tages würde ich bei ihr sein. Ich würde sie umarmen und sie nie mehr loslassen. Das würde so Torte werden.

Frosty hielt sich abseits von der Menge. Er trug eine Sonnenbrille, um seine Augen zu verbergen. Den Kopf hatte er gesenkt, die Hände zu Fäusten geballt. Mein Herz brach vor Mitleid mit ihm.

Das war jedoch schnell wieder vergessen, als ich die beiden Mädchen entdeckte, die Hand in Hand ein paar Meter von ihm entfernt standen. Emma und Kat. Sie waren hier!

Ich wäre gern zu ihnen gelaufen, tat es aber nicht. Es wäre so uncool gewesen, die Zeremonie zu stören. Also blieb ich an meinem Platz und wartete, drückte Coles Arm und hielt mich zurück. Er küsste mich auf die Stirn. Wie immer konnte ich mich auf seinen Trost und seine Unterstützung verlassen.

Schließlich machten sich alle auf den Weg.

Kat beobachtete Frosty mit besorgtem Gesicht.

„Bist du bereit, mein Schatz?“, fragte Cole.

„Lass uns mit den Mädchen reden.“

„Sind sie hier?“

„Ja.“ Ich ließ ihn los und ging hinüber. Kat und Emma lächelten mir zu, und ich hätte schwören können, die Sonne würde sofort heller scheinen.

„Hey, habt ihr gesehen, wie viele Leute da waren? Hundertschaften!“, rief Kat. „Ich finde echt Gefallen an Beerdigungen.“

Typisch Kat.

Sie hob die Augenbrauen und sagte etwas, das ich schon öfter zu Cole gesagt hatte: „Zu früh, um Witze darüber zu machen?“

„Es wird immer zu früh sein“, murmelte ich.

Cole kam zu mir herüber und legte mir einen Arm um die Taille. „Sind die Mädchen noch da?“

„Kannst du sie nicht sehen?“, fragte ich.

„Nein.“

„Warum seid ihr für ihn nicht sichtbar?“, wollte ich von den beiden wissen. „Er hat dich doch früher immer gesehen, Emma.“

„Helen hat uns beigebracht, wie wir uns unsichtbar machen können“, sagte meine Schwester, die sichtlich stolz auf sich war. Dann fügte sie leise hinzu: „Wir haben heute nur die Erlaubnis, mit dir zu sprechen.“

Ich küsste Cole auf die Wange. „Lass uns noch eine Minute Zeit, okay?“

Er drückte meine Hand und ging zum Auto voraus, aber er stieg nicht ein, sondern lehnte sich an die Karosserie und wartete. Immer der Beschützer.

Kat zwinkerte mir zu, doch dann wurde ihr Blick traurig. „Ich mache mir Sorgen um Frosty.“

Ehrlich? „Ich auch.“

„Pass auf ihn auf“, sagte sie.

„Das werde ich."

„Und auf dich selbst ebenfalls." Ihr Lächeln war traurig, aber hoffnungsvoll. „So gern ich eine Willkommensparty in der Ewigkeit für dich organisieren würde, ich wünsche mir, dass du noch lange, lange lebst. Ich möchte, dass du tust, wozu du bestimmt bist. Dass du deine Vergangenheit, die Trauer und den Schmerz hinter dir lässt, weil dich das nur zurückhält. Du, Miss Ali Bell, hast das Zeug, Großartiges zu leisten. Und ich rede nicht nur von deinen Zombiejäger-Fähigkeiten. Du wirst die Welt verändern und die Zombies zum Licht führen. Lass dir keine Steine in den Weg legen."

Tränen brannten mir in den Augen. „Ich werde es versuchen."

„Nicht versuchen", sagte Emma. „Sondern tun."

Ich nickte, denn plötzlich versagte mir die Stimme. Diese Mädchen wussten, wie man zum Kern einer Angelegenheit kam.

Sie lächelten mich ein letztes Mal an, wurden dabei immer durchscheinender und verschwanden.

Ich stand noch eine ganze Weile dort und vermisste die beiden bereits. Wieder. Mehr. Aber Kat hatte recht. Es war Zeit, die Vergangenheit hinter mir zu lassen und weiterzugehen. Ich hatte eine Menge zu tun – eine Menge Dinge, auf die ich mich freuen durfte. Mit Cole und den anderen Zombiejägern an meiner Seite konnte ich alles zustande bringen.

Und ich würde genau das tun, wozu ich bestimmt war. Ich glaubte nach wie vor nicht an Schicksal, daran, dass alles festgelegt war, doch ich war überzeugt, dass wir alle eine Aufgabe im Leben hatten. Es lag an uns, den Hintern hochzubekommen und alles Notwendige in Angriff zu nehmen, um sie zu erfüllen.

Ich war bereit.

Als ich auf Cole zuging, lächelte ich, und er erwiderte mein Lächeln. Das war nicht das Ende unserer Geschichte, das wusste ich, sondern lediglich der Anfang.

– ENDE –

ANMERKUNG VON COLE

Lasst mich mal raten. Ihr habt das Buch hinten aufgeschlagen. Ihr lest das hier, bevor ihr überhaupt ein einziges Wort von Alis Geschichte mitbekommen habt, weil ihr zu ungeduldig seid und wissen wollt, ob es für alle ein Happy End gibt.

Zu dumm aber auch.

Ich werde euch nämlich nichts dergleichen verraten. So gemein bin ich.

Oder vielmehr *war* ich. Hört ihr mich knurren? Ali hatte einen merkwürdigen Einfluss auf mich. Sie nahm ein Herz so hart wie Stein, umwickelt mit Stacheldraht, und arbeitete sich Stück für Stück ins Innere vor, bis sie einen weichen, zuckersüßen Kern fand.

Ich werde nie wieder derselbe sein.

Will auch nie wieder derselbe sein.

Also okay. Ist ja gut. Ihr wollt Antworten. Hier habt ihr sie.

Gab es für alle ein Happy End? Tut mir leid, aber nein.

Willkommen im wirklichen Leben.

Kats Feier des Lebens, wie Ali es nennt, war vor vier Wochen. Frosty geht es immer noch schlecht. Eigentlich ist es sogar schlimmer geworden. Seine Trauer ist … Ich kann es nicht beschreiben. Es macht mich jedes Mal fertig, wenn ich ihn ansehe. Er hat sich so verändert, ich kenne ihn überhaupt nicht wieder. Mit allem, was er tut, scheint er das Ziel zu verfolgen, sein Leben zu zerstören. Ich weiß nicht, wie ich ihm helfen soll, und ich bin mir nicht sicher, ob die Zeit seine Wunden heilen wird. Er braucht etwas, das ich ihm nicht geben kann.

Er braucht inneren Frieden.

Er glaubt, dass Ali ihm das geben könnte. Jeden Tag fleht er sie an, ihm seine Erinnerungen zu verdecken.

Jeden Tag lehnt sie es aufs Neue ab.

Inzwischen hat er angefangen, mich deswegen anzusprechen … und wenn nicht mich, dann die anderen. Zusammen mit ihrem Feuer hat Ali nämlich alle ihre Zombiejäger-Fähigkeiten an uns weitergegeben. Sogar die Fähigkeit, Zombies zu entgiften. Es ist merkwürdig, den Kreaturen zu helfen, die wir einmal bekämpft haben, die wir unbedingt zerstören wollten. Aber es ist irgendwie wunderbar. Sie haben eine Zukunft, genauso wie wir.

Hier mischt sich Ali ein: Ja, wir haben eine Zukunft, die beste überhaupt.

Cole hat Pläne gemacht. Er wird die Highschool abschließen und ich ein Jahr nach ihm. Wir werden zusammen aufs College gehen. Er wird sein Polizeiding durchziehen. Vielleicht wird er ein echt guter Verbrechensbekämpfer und sogar FBI-Agent. Ich werde dieses Beraterding machen. Wir werden heiraten – er sagt, wahrscheinlich wird er mich noch vor dem College festnageln müssen, damit seine Kommilitonen nicht auf die Idee kommen, irgendwas von seiner Ali-Gator zu wollen. Sonst müsste er womöglich seinen Traum als Verbrechensbekämpfer aufgeben und selbst zu einem Kriminellen werden. Denn dann müssten nämlich Knochen gebrochen werden. Blut vergossen. Das Gemetzel würde mir nichts ausmachen. Ich kenne das Biest, mit dem ich zusammen bin, und liebe es trotzdem.

Cole mischt sich ein. Ich will *meinen* Brief weiterschreiben.

Du hast doch eigentlich gar keine Lust dazu gehabt.

Bist du am Jammern? Das klingt sehr nach Jammern.

Na gut, nimm den Kugelschreiber. Ich zeige dir derweil meinen Lieblingsfinger.

Mir erklären, dass ich die Nummer eins in deinem Herzen bin? Schatz, das wusste ich bereits. Also weiter im Text. Smith hatte auch kein Happy End. Ali hat ihre Erinnerungen verdeckt und sie weggeschickt. Mein Mädchen hat zugegeben, dass sie diese Frau gern getötet hätte, die für so viel Tod und Leid verantwortlich ist. Aber sie weiß, dass sie den Hass überwinden muss, damit sie nicht zu einer Person wird, die sie nicht ist. Zum Beispiel so jemand wie Rebecca Smith. Kalt, abgebrüht. Keine Rücksicht auf Unschuldige, die verletzt, gequält oder getötet werden.

Ich bin stolz auf mein Mädchen. Hassen ist leicht.

Ich selbst versuche immer noch, meine Hassgefühle zu überwinden. Aber das ist okay. Ich habe festgestellt, dass Hass – und sogar Liebe – mehr als nur ein Gefühl ist. Es ist eine Entscheidung. Ich kann auswählen, was ich sage und was ich tue. Und ich habe beschlossen, auf die Liebe zu setzen. Auf Ali.

Sie war schon immer die moralische Instanz für mich und wird es immer bleiben.

Tut euer Bestes.

~~Cole und die zukünftige Mrs Cole Holland.~~

Ali und der zukünftige Mr Ali Bell.

PS: Dieser Brief zerstört sich in zehn Sekunden selbst.

DANKSAGUNG

Die Liebe siegt immer. Ich weiß, dass es so ist, jetzt noch mehr als zuvor.

Ich danke Gott, der mich gesegnet hat, mir Kraft gab und mir einen Weg wies, egal, was auch in meinem Leben passierte. Jeden Tag höre ich von Dir: Du bist mein. Und ich bin so dankbar, sagen zu dürfen: Und ich gehöre Dir. Immer.

Dank an Natashya Wilson, eine Herausgeberin, die ihresgleichen sucht und die unbeschreiblich ist – ich versuche es trotzdem: Hervorragend. Unglaublich. Großartig. Genial. Witzig. Geistreich. Fähig. Torte. (Das konnte ich natürlich nicht weglassen …) Du hast dafür gesorgt, dass diese Serie in jeder Beziehung erfreulich wurde, und ich werde für dein Verständnis und für deine Unterstützung immer dankbar sein!

Dank an Book Rock Betty, eine Bloggerin, die mich in vieler Hinsicht berührt und inspiriert hat. Es gibt nur eine Handvoll Menschen, von denen ich denke, dass sie eine Beziehung zu Gott haben, und du gehörst dazu. Du bringst mich zum Lächeln. Du bringst mich zum Lachen. Du machst mich glücklich. (Ahnst du, was ich meine? Haha.) Es ist ein Geschenk, dich zu kennen! PS: Cole + Betty = EWIGE LIEBE.

Dank an T. M. Pennington, ein Mann mit so vielen Fähigkeiten, ein Marketing Director und Autor, der sich trotz seines vollen Terminkalenders die Zeit nahm, um mir auf dem Hintergrund seiner Erfahrung eine Einschätzung zu geben. Danke, danke, tausend Mal danke!

Dank an Katie McGarry, eine erstaunliche Frau und Autorin, die ich bewundere und anbete. Du bist eine Inspiration, ein Schatz, eine weitere Person mit einer Verbindung zu Gott. Vielen Dank für deine Unterstützung!

Dank an Jill Monroe, die mich auf jedem Schritt begleitet hat. Wenn ich traurig bin, heiterst du mich auf. Wenn ich glücklich bin, lachst du mit mir. Und wenn ich arbeite, ermutigst du mich. Mein Leben ist reicher, weil es dich gibt!

Dank an Bo, Nikole, Isabella und Abrielle Pham und Brook LeFlore vom Café Bella in Oklahoma City. Eure Kaffees und Lunches sind so wahnsinnig lecker, dass sie eigentlich als Drogen eingestuft werden müssten – ich bin süchtig danach!

Und Dank an alle, die sich in Ali, Cole und den Rest der Gang verliebt haben. Vielen Dank! Danke, dass ihr meine Charaktere zu euch ins Haus gelassen habt, sie angefeuert habt und manchmal vielleicht auch gewünscht habt, ihnen einen ordentlichen Tritt zu verpassen. Dass ihr über sie gesprochen habt, als wären sie reale Menschen – denn das sind sie! –, und ihnen auf ihrem wilden Trip gefolgt seid.

Möge Licht immer euer Leben erleuchten und die Dunkelheit vertreiben!

ANMERKUNG VON GENA

Hallo alle! Ihr habt die Szene ausgewählt, die ihr am liebsten aus der Perspektive von Cole Holland noch einmal beschrieben haben wolltet – die große Trennung in Kapitel fünf von „Rückkehr ins Zombieland“ bekam die meisten Stimmen. (Knapp vor der Nummer zwei, die Szene, in der Cole und Ali sich zum ersten Mal sehen und eine Vision haben.)

Ihr werdet feststellen, dass diese Szene nicht in der Vergangenheit geschrieben ist, so wie „Alice im Zombieland“, „Rückkehr ins Zombieland“ und „The Queen of Zombie Hearts“. Als ich mich hinsetzte, um sie aufzuzeichnen, entstand sie unwillkürlich in der Gegenwart. Ich konnte mich nicht dazu überwinden, das zu ändern. Sehen wir es doch mal so. An dieser Stelle der Serie lebt Cole in der Gegenwart. Außerdem, er ist mein Roman-Freund, und ich gebe ihm, was immer er sich wünscht.

Wie ihr euch vielleicht vorstellen könnt, hat mir diese Szene beim ersten Mal die Tränen in die Augen getrieben. Aber ehrlich, dieses Mal war es sogar noch schlimmer. Cole hält seine Gefühle nicht zurück.

Ich hoffe, ihr genießt diesen Blick in seine Gedankenwelt so sehr, wie ich es getan habe!

*

Cole

Kampf ist alles, was ich je kennengelernt habe. Ich bin da hineingeboren, und ich werde in einem sterben. Das akzeptiere ich. Zum Teufel, ich würde es gar nicht anders haben wollen und werde massenweise Zombies mit mir nehmen.

Und ich werde mit einem Lächeln gehen.

Freunde sind gestorben. Viele Freunde. Nach einer Weile stumpft man ab. Ich habe gedacht: *Ein weiterer Verlust. Es macht mich fertig, das halte ich nicht aus.* Aber dann habe ich weitergemacht.

Was anderes konnte ich nicht. Der Krieg macht keine Pause, also muss ich weitermachen. Zombiejäger sind sowieso besser dran, wenn sie keine Gefühle haben. Das weiß ich. Habe ich schon immer gewusst.

Und hier bin ich nun, kurz davor, dieses Schlafzimmer mit meinen bloßen Händen auseinanderzunehmen. Den täglichen Stress, mit dem ich in letzter Zeit ständig bombardiert werde, stecke ich weg. Deshalb mache ich mir keine Sorgen mehr. Meine Freundin liegt hier im Bett und ringt mit dem Tod. Das geht schon seit Tagen. Jede Minute, jede Sekunde versuche ich, nicht die Hoffnung zu verlieren.

Was ich gelernt habe: Ich bin stark, doch meine Stärke nutzt mir angesichts dessen, was gerade geschieht, gar nichts.

Was zum Teufel soll ich bloß tun?

Ali reißt sich die Decke weg. Sie fängt an, vor Kälte mit den Zähnen zu klappern, und ich decke sie zu. Aber es dauert nicht lange, bis ihr wieder zu heiß ist und sie die Decke ein weiteres Mal von sich schiebt. Sie versucht sogar, sich die Klamotten vom Leib zu reißen.

„Ali." Ich nehme ihre Hände und halte sie fest. Meine Abgestumpftheit hat sich verabschiedet. Ich bin nur noch ein panisches, ängstliches Wrack.

Sie ist wie ein Tornado in mein Leben eingefallen. Jetzt bin ich von der Heftigkeit dieses Sturms abhängig. Meine Gefühle für sie leugnen? Unmöglich. Sie hat mich auseinandergenommen und wieder zusammengesetzt, und ich wäre verflucht, falls ich zuließe, dass sie mir genommen wird.

„Hunger!" Ihre Stimme ist ein heiseres Krächzen.

Wenn es helfen würde, sie zu füttern, würde ich es tun. Nichts wäre einfacher als das. Aber sie hungert nicht nach normaler Nahrung. Sie wurde mit Zombiegift infiziert, und was sie haben will, ist meine Seele.

Die Folgen eines Zombiebisses habe ich selbst schon erlebt, deshalb weiß ich, dass sie momentan in einem bodenlosen Meer von Schmerz und Horror gefangen ist, verzweifelt zu schwimmen versucht, doch immer tiefer sinkt. Ich würde mir die Arme abhacken, wenn ich ihr diese Tortur damit abnehmen und sie an ihrer Stelle durchstehen könnte.

Wieder erschauert sie vor Kälte. Ich lasse ihre Hände los, um sie erneut zuzudecken, streiche ihr über die Wange, um sie irgendwie zu beruhigen. Irgendwie.

Sie reißt ruckartig den Kopf zurück. „Nein. Nicht."

„Ali." Ich spreche ihren Namen fast wie ein Gebet aus. *Werde gesund. Du musst gesund werden.*

Sie dreht mir das Gesicht zu und versucht mich zu beißen. Ihre Augen sind geschlossen. Ihre Reaktion erfolgt instinktiv. Sie reagiert wie ein Zombie. Diese Seelenfresser verabscheue ich zutiefst, und trotzdem muss ich gegen den Drang ankämpfen, ihr zu geben, was sie braucht. Es ist ein Bedürfnis. Ihr das abzuschlagen ist Folter.

Mein Vater kommt herein und drückt Alis Kopf fluchend auf das Kissen zurück. Es ist kaum auszuhalten, dabei zuzusehen. Ein Mensch, den ich liebe, wird von einem anderen geliebten Menschen in Schach gehalten.

„Ich habe ihr vor Stunden eine doppelte Dosis Antiserum gegeben." Verzweifelt fahre ich mir mit den Fingern durchs Haar. „Warum geht es ihr nicht besser?"

Ein Muskel zuckt in seiner Wange. „Gib ihr noch eine."

Noch eine? Soviel ich weiß, hatte bisher nie ein Zombiejäger eine derart hohe Dosis innerhalb so kurzer Zeit bekommen. Wir haben keine Ahnung, welche Langzeitfolgen das haben könnte. „Kann sie das denn vertragen?"

Er sieht mich ausdruckslos an. „Haben wir eine Wahl?"

Nein. Nein, haben wir nicht. Wenn sie so weitermacht, wird sie sterben und ihr Geist wird von den Toten auferstehen, eine Hülle für das absolut Böse. Ali würde für immer von mir gehen, ich könnte sie nie wieder erreichen.

Ich stelle mir vor, wie ich einen Zombie bekämpfen muss, der ihr wunderschönes Gesicht trägt. Bevor ich das täte, würde ich lieber sterben. Ich nehme eine der Spritzen auf dem Nachttisch und stoße ihr die Nadel in den Nacken. Anfangs windet sie sich und schnappt nach mir. Schließlich, Gott sei Dank, sinkt sie schlaff auf die Matratze zurück, ihr Kopf fällt aufs Kissen.

„Gut. Sehr gut. Das Schlimmste ist überstanden", sagt mein Vater.

Die Erleichterung haut mich fast um. Ich habe Mühe, mich auf den Beinen zu halten.

Mein Vater stellt Alis iPod auf die Ladestation. Er zieht einen Stuhl hinter mich und ich lasse mich regelrecht drauffallen. Er sagt etwas zu mir, aber ich bin so in Gedanken versunken, dass seine Worte nur unverständliche Geräusche sind. Ich glaube, er verlässt das Zimmer. Ich bleibe hier sitzen. Es ist mir egal, wie lange Ali schläft, bis sie wieder ansprechbar ist. Ich werde hier sein, wenn sie die Augen öffnet. Ich werde sie in die Arme nehmen.

Ich muss sie in meinen Armen halten.

In letzter Zeit war die Beziehung zwischen uns ziemlich angespannt. Ich habe ihr Dinge verheimlicht – dass ich mich mit einem Zombiejäger getroffen habe, dem ich nicht hätte vertrauen dürfen. Ich habe ihm geglaubt, als er behauptete, dass es einen Spion in unseren Reihen gibt. Seine Beweise sind unwiderlegbar.

Ali kennt mich, sie weiß genau, dass etwas nicht stimmt. Ich weigere mich, mit ihr darüber zu reden, und das verletzt sie. Ich habe versucht, mich von ihr zurückzuziehen, weil mir klar ist, dass ich ihr wehtue, während ich weiterhin versuche, hinter die Wahrheit zu kommen. Wenn sie erfährt, welchen Verdacht ich habe, wird sie mir helfen wollen. Sie wird darauf bestehen. So ein Dickschädel ist sie. Doch falls man mit seinem Verdacht gegen eine Person falschliegt, lädt man sich deren Zorn oder sogar deren Hass auf. Das ist mir schon passiert, und ich will nicht, dass sie das Gleiche durchmacht. Ich werde die Konsequenzen allein auf mich nehmen.

„Ali, ich muss dich aufwecken, okay?“ Das hört sich fast an, als würde ich betteln.

Ich sehe, wie sie hinter ihren Lidern die Augäpfel bewegt. Sie bemüht sich mit aller Kraft.

„Gutes Mädchen, so ist es richtig“, sage ich. „Komm zu mir zurück, mein Schatz.“

Sie kämpft noch eine Weile gegen die Benommenheit an, doch die Anstrengung ermüdet sie und sie driftet wieder weg.

Jemand klopft mir auf die Schulter.

„Ich passe auf sie auf, wenn du mal duschen gehen willst … und ehrlich, Kumpel, das würde ich dir wirklich raten.“

Ich hebe den Kopf. Gavin steht neben mir. Ich kenne ihn schon lange. Jahre. Ich mochte ihn immer. Wir pflegten genauso eifrig gemeinsam hinter Brünetten herzujagen, wie wir Zombies bekämpften.

„Nein, ich …“

Die Welt um mich herum verblasst, und eine neue Szene erscheint vor mir.

Zum ersten Mal, seit wir uns kennen, haben wir eine Vision. Bisher habe ich diese Erfahrung nur mit Ali gemacht. Mir bleibt jedoch keine Zeit, mir darüber Gedanken zu machen …

… Gavin und ich betreten Ankhs Haus. Dieses Haus. Wir sind im Keller. Im Partyraum. Mehrere Situationen, die ich beobachte, treffen

mich wie ein Schlag. Es wird etwas gefeiert. Ali steht ein paar Meter von uns entfernt. Sie ist schöner denn je. Groß und schlank und mit diesem lockigen weißblonden Haar, das ihr Gesicht umrahmt, sieht sie aus wie aus einem Märchenbuch. Sie ist die Prinzessin, die das gesamte Königreich retten wird. Das Mädchen mit einer Aufgabe, die sie gerade erst zu erahnen beginnt.

Ali ist es wert, auf sie zu warten.

Ali ist alles, was ich mir erträumt habe. Alles, was ich brauche, ohne je gewusst zu haben, dass ich mich danach sehne. Nicht nur äußerlich. Sie ist geistreich. Ich könnte jedes Wort, das sie sagt, in mich aufsaugen. Sie ist clever, und sie ist stark. Stärker, als ihr bewusst ist. Stärker als ich. Sie ist loyal und mutig. Ehrlich. Sie weigert sich zu lügen. Weiß sie überhaupt, was für eine kostbare Gabe das ist? Sie ist Trost und sie ist Frieden.

In einem Leben voller Krieg lässt sie mich zum ersten Mal den Frieden kosten.

Sie sieht uns und lächelt erfreut. Sie glüht förmlich, und ich bleibe fasziniert stehen. Wie konnte ich jemals ohne sie leben? Doch dann wirft sie sich in seine Arme. In seine. Gavins. Nicht in meine.

Hat sie beschlossen, sich mit ihm zusammenzutun?

Will sie … will sie lieber mit ihm zusammen sein?

Ich fühle mich wie vor den Kopf geschlagen.

Er umarmt sie. Sie umfasst sein Gesicht, wie ich es so oft bei ihr getan habe, stellt sich auf die Zehenspitzen und drückt ihm einen Kuss auf die Lippen.

Alles in mir protestiert bei diesem Anblick. Ich will sie von ihm fortreißen, sie in meine Arme nehmen, wo sie hingehört, und sie küssen. Sie soll meine Lippen berühren, nur meine. Ich will sie schütteln. Will sie so lange schütteln, bis sie sich nicht mehr an Gavin erinnert. Ich will ihr befehlen, sich von diesem Typen fernzuhalten. Niemals mit ihm zu reden. Ihn nicht einmal anzusehen. Er ist nicht gut für sie. Er würde ihr das Herz brechen.

Aber das würde mir nicht weiterhelfen. Die Visionen treten immer ein.

… der Partyraum verschwindet vor meinen Augen. Ich blinzele, dann befinde ich mich wieder im Schlafzimmer. *Wir* befinden uns im Schlafzimmer. Gavin stolpert zurück. Er ist total blass, offensichtlich erschüttert. Ich weiß, dass er vor Kurzem eine Vision mit Ali hatte.

In dieser Vision küssten sie sich nicht einfach nur, sondern sie lagen zusammen auf dem Bett. Das habe ich von Gavin erfahren, nachdem Ali sich geweigert hat, darüber zu sprechen. Ich habe versucht, mir einzureden, dass sie die Vision falsch interpretiert haben.

Das kann ich jetzt nicht mehr.

„Hau ab“, zische ich und kralle meine Finger in die Sessellehne, um ihm nicht einen Faustschlag zu verpassen. Im Moment würde ich ihn am liebsten umbringen. Das könnte ich. Aber womöglich vermisst Ali ihn dann, trauert um ihn – dieser Gedanke macht mich fertig. „Mach, dass du rauskommst.“

Gavin verzieht sich. Das rettet ihm das Leben.

Ich bemühe mich, zu Atem zu kommen. In meinem Kopf sind Hunderte von Tretminen, und ich versuche jede einzelne zu umgehen. Ali wird mich verlassen. *Wumm!* Ali wird sich in Gavin verlieben. *Wumm!* Ali wird Gavin küssen und ihn berühren. *Wumm!* Gavin wird sie für sich gewinnen, und ich … ich werde sie verlieren. *Wumm, wumm!*

Ich bin es nicht gewohnt, mich so hilflos zu fühlen. Wenn es ein Problem gibt, trete ich in Aktion und löse es. Dann wird wieder alles besser. In diesem Fall kann ich gar nichts tun, das weiß ich. Ich kann niemanden zwingen, mich zu lieben.

Ali bewegt sich und öffnet die Augen. Sie haben die Farbe eines perfekten Morgenhimmels im Sommer, blau und klar, fast erschreckend hell.

„Hallo“, sage ich leise. Ich will nach ihrer Hand greifen, halte mich jedoch zurück, bevor ich sie berühre.

„Hallo.“ Ihre Stimme klingt anders. Heiser. „Ich bin froh, dass du wieder mit mir sprichst.“

Ich sollte ihr zulächeln, ihr versichern, dass alles in Ordnung ist, aber ich sehe sie nur an und runzele die Stirn. Im Moment freut sie sich, dass ich hier bin, doch wie lange noch? Wann wird sie sich mehr über Gavins Anwesenheit freuen?

„Ich habe immer mit dir gesprochen.“

„Dann bist du mir halt ausgewichen.“

Ich kann sie nicht anlügen, würde ich auch nie. „Ja.“

Sie sieht mich an, und genauso wie eben mit Gavin, erscheint eine Vision …

… wir sind in Ankhs Partyraum. Ich stehe ihr gegenüber. Ich lächle über eine Bemerkung, die Veronica gemacht hat. Höre ihr kaum zu,

bin wie gebannt vom Anblick, wie Ali vor Gavin steht und sein Gesicht umfasst.

Obwohl ich ein Stück von ihnen entfernt bin, höre ich, was sie zu ihm sagt.

„Du bist ein besserer Typ, als ich je gedacht hätte."

„Ich weiß", erwidert Gavin blasiert.

Am liebsten hätte ich ihm die Faust in die Nase gerammt.

„Und du bist vor allem so bescheiden!", sagt sie.

Er lacht. „Bist du nun froh darüber, wie sich alles entwickelt hat?"

Sie blickt zu mir herüber, es scheint sie nicht zu beunruhigen, dass Veronica neben mir steht.

Nicht beunruhigt. Als wenn es ihr egal wäre, ob ich mit meiner Ex zusammen bin. Als wenn ich ihr egal wäre.

„Ja. Ja, ich bin …"

… Die Vision endet, bevor sie noch mehr sagen kann, ist plötzlich innerhalb eines einzigen Herzschlags verschwunden.

Ich lasse den Kopf sinken und streiche mir durchs Haar, das schon ziemlich zerzaust ist. Das Ende ist nahe. Der Countdown unserer Beziehung läuft bereits.

Ärger steigt in mir auf. Nein, Ärger wäre eine zu harmlose Beschreibung. Rasende Wut. Dunkle, schwere, stechende Rage, die mich niederdrückt und von innen zerreißt. Warum Gavin? Warum er und nicht ich?

„Gavin ist nicht an einer Beziehung interessiert", sage ich kalt, um meinen Zorn zu verbergen. „Er war noch nie länger als eine Nacht mit einem Mädchen zusammen. Und er steht auch nicht auf blond. Er wird nicht lange bei dir bleiben."

„Ich habe kein Interesse an ihm", sagt sie. „Cole, du musst wissen …"

„Sag jetzt nichts. Bitte …" Ihre Beteuerungen würden es nur noch schlimmer machen. Eines Tages werde ich zusehen müssen, wie es ihr wegen einem meiner Freunde immer schlechter und schlechter geht. Das wird mich fertigmachen.

Ich fühle mich jetzt schon wie zerrieben.

Ich lege ihr zwei Kissen hinter den Rücken. Sobald sie bequem sitzt, nehme ich das Glas Wasser vom Nachttisch und schiebe ihr den Strohhalm zwischen die Lippen. „Trink."

Sie gehorcht, in ihre Wangen kommt Farbe.

„Danke."

Ich nicke nur und stelle das Glas zurück. „Lass uns darüber reden, was mit Justin passiert ist." Deshalb liegt sie hier. Das müssen wir jetzt klären. Darüber zu reden wird mir Zeit geben, mich etwas zu beruhigen.

„Hat er sich wieder erholt?", fragt sie.

„Ja, und zwar viel schneller als du." Ein Zombie hat Justin gebissen, und das Gift hat so schnell gewirkt, dass er daraufhin Ali biss. Er hat sie infiziert. Aber während er von einer Dosis Antiserum geheilt wurde, brauchten wir drei Spritzen für Ali. Warum?

„Hey, du brauchst mir nicht die Schuld dafür zu geben. Ich bin hier das Opfer."

„Ja, ich weiß." Ich massiere mir den Nacken. „Tut mir leid. Es war absolut stressig, zu sehen, wie du leidest, ohne dir helfen zu können." Unter anderem.

Sie entspannt sich etwas, und ich bringe es nicht über mich, ihr den Rest zu erzählen.

„Ist das schon mal passiert, dass ein Zombiejäger von einem anderen Zombiejäger gebissen wurde?", fragt sie.

„Nicht dass ich wüsste. Nicht, während beide noch Menschen waren."

„Habe ich versucht, jemanden zu beißen, als ich … nicht ich selbst war?"

„Nur mich", erwidere ich.

Sie wird blass. „Es tut mir so leid. Ich weiß, dass ich es nicht geschafft habe. Moment. Ich hab es doch nicht geschafft, oder?"

Eins, was ich an ihr immer bewundert habe, ist ihr Beschützerinstinkt mir gegenüber. „Nein, hast du nicht."

Sie ist sichtlich erleichtert. „Cole, es tut mir so leid. Ich weiß nicht, was über mich gekommen ist, aber ich weiß, dass ich das nie wieder machen werde. Das verspreche ich dir."

Es ist merkwürdig, dass sie es überhaupt versucht hat. Ich kann es mir nicht erklären und nicke nur.

„Ich meine es ernst, wirklich."

„Du hast mehr als einmal versucht, mich zu beißen."

„Das tut mir leid", sagt sie erneut, offensichtlich entsetzt. „Mir war nicht klar …"

Ja. „Ich weiß."

Sie schluckt und fühlt sich sichtlich unwohl.

„Meinst du, Anima hat Justin auf mich angesetzt? Damit wir uns gegenseitig zerstören?"

„Vielleicht. Aber ich glaube, Justin wusste genauso wenig wie du, was er tat."

„Wo ist er denn jetzt?"

„Ankh hat ihn ein paar Tage unten bei sich behalten, im Kerker, wie du es nennst. Um sicherzugehen, dass das Antiserum auch tatsächlich wirkt und er nicht noch jemanden angreift. Sie haben Tests mit ihm gemacht und ein unbekanntes Gift in seinem Blut gefunden. Kein Zombiegift, sondern etwas wie ein Antizombieserum, aber anders als das, was wir benutzen. Wir glauben, deshalb hat er sich übergeben."

Sie runzelt verwirrt die Stirn. „Ein paar Tage? Wie lange war ich denn ohne Bewusstsein? Habt ihr mein Blut auch untersucht?"

Ich bin es gewohnt, dass sie immer hundert Fragen auf einmal auf mich abfeuert. Ihre Neugier ist noch etwas, das ich an ihr liebe. Vielleicht, weil ich mich wie ein Held fühle, wenn ich ihr sagen kann, was sie wissen will.

Heute macht mich dieser Gedanke wütend. Bald wird sie die Antworten bei Gavin suchen.

Ich balle die Hände zu Fäusten. „Etwa eine Woche. Und ja. Du hattest – oder hast – dasselbe Antizombiegift im Blut, allerdings bei Weitem mehr. Deshalb denken wir, er hat es von dir aufgenommen, als er dich gebissen hat."

Ich bin mir nicht sicher, was das bedeutet. Für sie und … die anderen Zombiejäger.

„Wie bin ich denn zu diesem Gegengift gekommen, woher habe ich das? Und warum ist es in meinem Blut und nicht nur in meinem Geist?"

Wieder kann ich nur mit den Schultern zucken. „Könnte eine besondere Gabe sein, so wie die Visionen, und wenn es in deinem Geist ist, ist es auch in deinem Blut. Wir müssen so viele Tests wie möglich machen."

Ali beißt sich nachdenklich auf die Unterlippe. Ich will, dass sie aufhört. Ich will die Sorgen, die sie plagen, von ihr wegküssen. Aber ich tu's nicht. Ich werde es auch nicht tun. Wenn ich sie berühre, werde ich sie nicht mehr loslassen können. Ich werde mich an sie hängen, da bin ich mir ganz sicher.

„Nur, damit du Bescheid weißt. Wir haben allen erzählt, dass du es übertrieben hast und dass deine Wunde aufgerissen ist.“ Eine Wunde, die ich ihr zugefügt habe. Das kann ich mir nicht verzeihen. „Was ja tatsächlich der Fall war.“ Sie hätte protestiert, wenn wir uns eine Lüge ausgedacht hätten.

„Danke.“

Wieder nicke ich ihr zu. Ich zwinge mich, aufzustehen und zur Tür zu gehen. Ich muss von ihr weg. Jetzt. Es fällt mir von Sekunde zu Sekunde schwerer, mich zurückzuhalten und sie nicht zu umarmen.

„Cole!“, ruft sie mir hinterher. „Wir müssen reden.“

„Du musst dich ausruhen.“

„Cole!“

Wie ich sie kenne, würde sie mir hinterherlaufen, wenn ich jetzt das Zimmer verließe, also bleibe ich stehen und hole tief Luft. Langsam drehe ich mich um und sehe sie an. Ich versuche angestrengt, ihr nicht zu zeigen, wie aufgewühlt ich bin.

„Das muss aufhören“, sagt sie.

Sie wird mich zwingen, eine Entscheidung zu fällen. Hier und jetzt. Mich von ihr zu trennen oder auf das bittere Ende zu warten. Ich bin noch nicht so weit.

„Ich habe versucht, dich nicht zu drängen, aber du musst mit mir reden. Dieses Schweigen treibt mich in den Wahnsinn.“

Ich verschränke die Arme vor der Brust, und mir geht kurz durch den Kopf, dass es eine Schutzhaltung ist, als könnte ich mich vor dem Schlag schützen, der gleich kommt. „Es gibt Dinge, die man nicht diskutieren kann, Ali.“ *Lass mich jetzt gehen. Lass mich einfach gehen.*

„Im Hearts wolltest du nicht mit mir zusammen sein. Warum?“

An dem Abend hatte ich meine Freunde ausspioniert, und dafür hasse ich mich immer noch. Ich bin froh, dass ich sie zu der Zeit nicht in diesen Mist eingeweiht hatte. Und das würde ich jetzt auch nicht tun. „Ich sagte dir bereits alles, was ich zu diesem Thema zu sagen habe.“

Sie atmet frustriert aus. „Du hast mich gebeten, dir zu vertrauen. Nun bitte ich dich, mir zu vertrauen und die Wahrheit zu sagen. Warum?“

Der Drang, ihr alles zu erzählen, wird immer stärker. Aber ich widerstehe.

„Du hast mir gesagt, dass ich mich von Gavin fernhalten soll“, sagt sie, „doch du hältst dich von *mir* fern. Warum?“

Beim Klang seines Namens kehrt die rasende Wut zurück und siegt über alle anderen Gefühle. Gavin und Ali. Ali und Gavin. Ein Paar. Zwei, die sich lieben. Die sich umarmen. Sich küssen. Berühren. Ich muss unwillkürlich stöhnen.

Ali boxt in die Matratze. „Was wir gerade in der Vision gesehen haben …"

„… wird passieren", schreie ich. Ich kann nicht anders. „Du weißt, dass es so ist. So war es immer."

„Vielleicht bedeutet es nicht das, was wir denken."

Das würde ich so gern hoffen. „Was denkst du denn, was es bedeutet?"

„Ich … habe keine Ahnung. Was glaubst *du*, was es zu bedeuten hatte?"

Aber die Hoffnung ist mein Feind. Denn ich glaube nicht. Ich weiß es.

Trenne dich von ihr oder warte auf das bittere Ende. Heile die Wunde oder warte, bis sie eitert.

Wähle.

„Ich glaube, das bedeutet …" Unglaublicher Schmerz fährt mir durch die Brust. Eine Qual, die ich noch nie erlebt habe. Mein Herz hämmert gegen die Rippen, als wollte es aus seinem Gefängnis entfliehen. Ich möchte die Worte zurückhalten, die für unsere Beziehung das endgültige Aus bedeuten, aber ich kann es nicht. „… dass es aus ist."

Sie zuckt zusammen, als hätte ich sie geschlagen.

„Nein." Sie schüttelt den Kopf. „Nein."

Mein Instinkt drängt mich, ihr zuzustimmen. Nein! Fast wäre ich auf die Knie gesunken und hätte sie um Verzeihung gebeten, weil ich so etwas überhaupt in Betracht ziehe.

Der Schmerz in meiner Brust wird immer stärker.

Wer zum Teufel bin ich? Ich sollte unnachgiebig sein. Wenn ich eine Entscheidung treffe, ändert nichts meine Meinung. Ich sollte unerschütterlich sein. Zombies können mich nicht verletzen, aber dieses Mädchen bringt mich um.

Ich bin vollkommen hilflos. Ich hasse das, ich hasse mich. Hasse *sie* sogar ein bisschen. „Okay, lass es mich so ausdrücken. Ich weiß, es bedeutet, dass es aus ist. Es kann gar nicht anders sein. Ich hätte dich zweimal fast verloren, und ich werde dich für immer verlieren, wenn die Vision sich erfüllt. Ich werde nicht hierbleiben und darauf warten, Ali."

Panik zeigt sich auf ihrem Gesicht. „Du wirst mich nicht verlieren. Es ist nicht aus. Ich kann Gavin nicht leiden."

Ich möchte ihr so gern glauben. Sie bedeutet mir alles. Sie ist der Grund, wieso ich morgens aufwachen möchte. Der Grund, für eine bessere Welt zu kämpfen. Der Grund für mich, weiter zu atmen. Wenn ich das tue, wenn ich mich von ihr trenne, werde ich nicht mehr derselbe sein.

„Das wird sich ändern", sage ich.

„Tu das nicht. Bitte. Du musst mir vertrauen. Bitte. Es gibt ein paar Dinge, die man nicht rückgängig machen kann, und das ist eins davon."

Verdammt noch mal, das weiß ich! Denkt sie denn, das wäre einfach für mich? Dass ich aus Stein bin?

Bevor ich mir dessen bewusst bin, was ich tue, mache ich einen Schritt auf die Wand zu und ramme meine Faust hinein. Der Putz gibt nach, und weißer Staub rieselt durch die Luft, sodass ich fast husten muss. Die Haut an meinen Knöcheln ist aufgesprungen, an der Wand klebt Blut. Es tut weh.

Das ist gut so. Dieser Schmerz ist mir lieber als der andere.

„Ich werde ihn nicht plötzlich wollen, wenn ich ihn noch mal ansehe", sagt sie leise. „Du bist derjenige, der richtig für mich ist. Du machst nie einen Rückzieher. Du drückst dich nie vor einem Kampf."

Genau. Und im Augenblick kämpfe ich um mein Leben. Ich bin derjenige, der in einem bodenlosen Meer versinkt, und ich kann mich nicht freischwimmen.

Ich presse die Stirn an die eingeschlagene Wand.

„Cole", flüstert Ali. „Willst du denn was von Veronica?"

„Nein. Nicht mal ein bisschen."

„Siehst du!"

„Ali, ich …" *Will, dass es funktioniert. Ich will alles versuchen, damit es funktioniert.*

Ich richte mich auf und sehe sie an. Tief im Inneren weiß ich, dass „alles" nicht genug sein würde. Und das tut fast genauso weh wie dieses Ende. „Unser Gefühl füreinander ist im Moment nicht das Problem. Eines Tages, hoffe ich, wirst du mir vergeben. Ich bezweifle, dass ich mir selbst irgendwann verzeihen kann." Wenn ich die Zeit zurückspulen könnte, bis zu dem Zeitpunkt vor unserer Vision, dann würde ich es tun. Ich würde bei ihr bleiben, sie niemals gehen lassen. Wir beide gemeinsam in uns verloren. Ich wäre glücklich. Nun bin ich sicher, dass ich nie wieder glücklich sein werde. „Aber … es ist aus."

„Cole."

„Es ist aus." Ich muss mich zwingen, den Satz zu wiederholen. Ihretwegen. Meinetwegen. Wir beide müssen es hören. Ich gehe weiter auf die Tür zu, brauche Abstand zwischen uns, obwohl es mir unglaublich schwerfällt. „Es ist aus."

Ihre Augen wirken glasig, als würde sie gegen Tränen ankämpfen, und sie flüstert: „Ich werde dir nicht hinterhergekrochen kommen."

Aber ich will es. Kämpfe um mich, schreit ein Teil von mir. Lass mich niemals gehen. „Das will ich auch nicht." Der andere Teil, der Selbsterhaltungstrieb, ist nach all den Jahren des Kämpfens stärker.

„Ich werde dich nicht wieder zurücknehmen, selbst wenn *du* angekrochen kommst."

„Ich weiß", sage ich leise und spüre dabei, wie in meinem Inneren alles in Scherben zerbricht. „Und ich würde nicht … ich kann nicht …" Ich schüttle den Kopf, muss alle Kraft zusammennehmen, um dieses Zimmer zu verlassen. „Ich habe keine Ahnung, was ich sagen soll, um es uns beiden leichter zu machen, und es tut mir leid, wahrscheinlich ahnst du nicht mal, wie sehr, aber deshalb ändere ich meine Meinung trotzdem nicht. Es muss so sein."

Ich verlasse den Raum. Ich verlasse sie, bevor ich auf die Knie fallen und sie um Vergebung bitten kann. Sie anflehe, uns noch eine Chance zu geben. Ich habe mich gerade vom Kostbarsten in meinem Leben getrennt. Davon werde ich mich nie erholen. Das weiß ich.

„Cole."

Frosty. Er steht am Ende des Flurs und wartet auf mich.

Ich gehe an ihm vorbei, ohne auf ihn zu achten.

„Cole."

Ich reagiere nicht auf ihn. Meine Augen brennen. Das muss der Putz von der Wand sein. Irgendwie schaffe ich es, das Haus zu verlassen, ohne noch jemandem zu begegnen. Ich steige in meinen Jeep. Bevor ich den Schlüssel ins Zündschloss stecken kann, brechen Wut und Verzweiflung aus mir heraus und ich schlage mit den Fäusten auf das Steuerrad ein. Die Metallscheibe in der Mitte verbiegt sich unter meinen wütenden Schlägen, doch ich höre nicht auf. Ich kann nicht aufhören, auch nicht, als ich Blutflecken auf dem Steuerrad sehe. Ich bekomme keine Luft mehr, und ich bin mir nicht sicher, ob ich überhaupt noch atmen möchte.

Ich hätte mir das Herz aus der Brust reißen und es ihr vorwerfen sollen. Das wäre einfacher gewesen als das hier. Weniger schmerzlich.

Es ist aus. Es ist wirklich aus.

Die Erkenntnis kommt über mich wie eine fürchterliche Welle. Es ist aus. Sie ist mich los, sie ist frei, zu machen, was ihr gefällt … und ich werde ohne sie für immer verloren sein.

Lest auch:

Jennifer L. Armentrout

Dark Elements – Steinerne Schwingen

Aus dem amerikanischen Englisch von Ralph Sander

Ab September 2015 im Buchhandel

Band-Nr. 200002
16,90 € (D)
ISBN: 978-3-95967-003-6

Seit Mrs Cleo ins Klassenzimmer geschlendert war, den Projektor ein- und das Licht ausgeschaltet hatte, waren keine zwei Sekunden vergangen. Bambi hatte offenbar keine Lust, länger um meine Taille gewickelt zu sein.

Das äußerst aktive dämonische Schlangen-Tattoo, das über meinen Bauch glitt, war grundsätzlich nicht davon begeistert, längere Zeit bewegungslos an einer Stelle zu verharren – besonders nicht während eines öden Vortrags über die Nahrungskette. Ich rührte mich nicht und widerstand dem Drang, wie eine Hyäne zu kichern, während das Tattoo zwischen meinen Brüsten hindurchglitt und dann den diamantförmigen Kopf auf meine Schulter legte.

Weitere fünf Sekunden vergingen, in denen mich Stacey fragend ansah. Ich zwang mich zu lächeln, wusste aber, dass Bambi noch nicht liegen bleiben würde. Ihre Zunge zuckte hervor und strich über meinen Hals.

Ich hielt mir die Hand vor den Mund, um nicht laut zu lachen, und rutschte auf meinem Platz hin und her.

„Hast du irgendwas eingeworfen?", fragte Stacey leise, während sie sich die dichten Ponyspitzen aus den dunklen Augen strich. „Oder hängt meine linke Brust raus und winkt der Welt zu? Als meine beste Freundin wärst du verpflichtet, mir so etwas zu sagen."

Obwohl ich wusste, dass ihre linke Brust nicht raushing, oder es zumindest hoffte, denn der V-Ausschnitt ihres Sweaters war ziemlich tief, senkte ich den Blick und nahm die Hand vom Mund. „Mit deiner Brust ist alles in Ordnung. Ich bin nur … unruhig."

Sie zog die Nase kraus, dann konzentrierte sie sich wieder auf Mrs Cleo. Ich atmete tief ein und betete, dass Bambi sich für den Rest der Unterrichtsstunde nicht mehr bewegen möge. Mit der Schlange auf meiner Haut kam ich mir vor, als wäre ich ein verrückter Fall von Muskelzucken. Wenn ich alle fünf Sekunden zappelte, würde das meine Beliebtheit nicht erhöhen, beziehungsweise mich nicht beliebt machen. Zum Glück war es inzwischen schon deutlich kühler geworden und Thanksgiving stand fast schon vor der Tür. So konnte ich Bambi unter Rollkragenpullovern und langen Ärmeln verstecken.

Zumindest klappte das, solange die Schlange nicht auf die Idee kam, sich auf mein Gesicht zu schlängeln. Das machte sie besonders gern, wenn Zayne in meiner Nähe war. Er war ein absolut hinreißender Wächter – eins von jenen Geschöpfen, die wie Menschen aussehen konnte, wenn sie es wollten, deren wahre Gestalt allerdings dem entsprach, was Menschen als Gargoyles bezeichneten. Die Aufgabe der Wächter war es, die Menschheit vor allem zu beschützen, was nachts Angst macht … und tagsüber genauso. Ich war mit Zayne aufgewachsen und war jahrelang total in ihn verliebt gewesen.

Bambi bewegte sich, ihr Schwanz kitzelte mich seitlich am Bauch.

Ich konnte mir nicht erklären, wie Roth es ausgehalten hatte, wenn Bambi über seine Haut gekrochen war.

Mir stockte der Atem, als sich ein heftiger, unerbittlicher Stich durch meine Brust bohrte. Instinktiv griff ich nach dem Ring mit dem zerbrochenen Stein, den ich an einer Kette um den Hals trug – dem Stein, in dem sich bis vor Kurzem noch das Blut meiner Mutter befunden hatte, Liliths Blut. Das kalte Metall unter meinen Fingern fühlte sich beruhigend an. Das hatte nichts mit der familiären Verbindung zu tun, zumal ich kein Interesse an einer Beziehung zu meiner Mutter hatte, sondern damit, dass der Ring neben Bambi mein einziges Erinnerungsstück an Astaroth war, den Kronprinz der Hölle, der das Undämonischste gemacht hatte, was man sich nur vorstellen konnte.

Ich habe mich in dem Moment verloren, in dem ich dich gefunden habe.

Roth hatte sich geopfert, indem er Paimon in einer Teufelsfalle, die jeden in ihr Gefangenen in die Hölle schickte, festgehalten hatte. Paimon hatte eine besonders unangenehme Dämonenrasse auf die Menschheit loslassen wollen. Eigentlich war es Zaynes Ehre gewesen, Paimon an der Flucht zu hindern, doch Roth … Roth hatte Zaynes Platz eingenommen.

Und jetzt war Roth in den Feuergruben der Hölle gefangen.

Ich lehnte mich vor und stützte die Ellbogen auf die kühle Tischplatte, ohne ein Wort von dem mitzubekommen, was Mrs Cleo vor sich hin redete. Meine Kehle war wie zugeschnürt, als ich den leeren Stuhl in der Reihe vor mir betrachtete, auf dem Roth gesessen hatte. Ich schloss die Augen.

Zwei Wochen. Dreihundertsechsunddreißig plus/minus ein paar Stunden waren seit jenem Abend in der alten Turnhalle vergangen, und nicht für eine Sekunde war es erträglicher geworden. Es schmerzte immer noch, als wäre es erst eine Stunde her, und ich war nicht sicher, ob sich in einem Monat oder einem Jahr daran etwas ändern würde.

Mit das Schlimmste waren die vielen Lügen. Stacey und Sam hatten mich zuerst mit Hunderten von Fragen bestürmt, als Roth nach jener Nacht nicht zurückgekehrt war, in der wir den *Kleinen Salomon* (das uralte Buch mit Antworten auf all unsere Fragen über meine Mutter) ausfindig gemacht hatten und dann von Abbot ertappt worden waren (dem Anführer des Wächterclans in D. C., der mich als kleines Mädchen adoptiert hatte). Die beiden hatten schließlich aufgehört zu fragen, und es war noch immer eins von vielen Geheimnissen, die ich meinen besten Freunden nicht anvertrauen konnte.

Trotz unserer Freundschaft wusste keiner von ihnen, was ich wirklich war, nämlich halb Wächterin und halb Dämonin. Und ihnen war auch nicht klar, dass Roth nicht bloß fehlte, weil er womöglich die Schule gewechselt hatte. Trotzdem war es einfacher, sich das vorzustellen, mir einzureden, dass er einfach auf einer anderen Schule war, nicht in der Hölle.

Das Brennen bewegte sich in meiner Brust, wie ein leises Brodeln in den Adern, das man nicht vergessen kann. Es war das Verlangen, eine Seele zu nehmen, ein Fluch, den meine Mutter an mich weitergegeben hatte, und es war in den letzten zwei Wochen kein bisschen schwächer geworden. Wenn überhaupt, war es gestiegen. Die Fähigkeit, jedem Wesen mit nur einer Berührung die Seele zu entziehen, war der Grund, wieso ich nie etwas mit einem Jungen angefangen hatte.

Außer mit Roth.

Weil er ein Dämon gewesen war, hatte sich das lästige Problem mit der Seele gar nicht erst gestellt. Schließlich besaß Roth so etwas gar nicht. Und im Gegensatz zu Abbot und fast dem gesamten Clan einschließlich Zayne hatte sich Roth nie daran gestört, dass ich ein Mischling war. Er … er hatte mich so akzeptiert, wie ich war.

Ich rieb mir mit den Handballen die Augen und biss mir in die Wange, um die Tränen zurückzuhalten. Als Petre, der Wächter, der sich als mein Halbbruder entpuppt hatte, mich angegriffen hatte, war meine Halskette gerissen. Nachdem ich die Kette repariert und komplett gesäubert in Roths Apartment gefunden hatte, klammerte ich mich an die Hoffnung, dass Roth doch nicht in den Feuergruben war. Dass ihm irgendwie die Flucht gelungen war. Aber mit jedem Tag, der ereignislos verstrich, flackerte diese Hoffnung immer stärker, so wie eine Kerze im Zentrum eines Hurrikans.

Ich glaubte mehr als an alles andere auf der Welt: Wenn Roth einen Weg zurück zu mir finden könnte, dann wäre ihm das inzwischen gelungen. Was also nur bedeuten konnte ...

Als ein brutaler Stich durch meine Brust ging, schlug ich die Augen auf und stieß langsam den Atem aus, den ich angehalten hatte. Wegen der Tränen, die mir in die Augen gestiegen waren, war alles um mich herum leicht verschwommen. Ich zwinkerte ein paar Mal und ließ mich zurück gegen den Stuhl sinken. Was immer das an die Wand projizierte Bild zeigen sollte, ich hatte keine Ahnung. Irgendwas über den Kreis des Lebens? Nein, darum ging es im *König der Löwen*. Ich würde mit Sang und Klang durchfallen. Zumindest wollte ich versuchen, mir ein paar Notizen zu machen, griff ich nach meinem Stift und ...

In diesem Moment kratzten die metallenen Stuhlbeine in einer der vorderen Reihen kreischend über den Fußboden. Als hätte ihm jemand ein Feuerzeug unter den Hintern gehalten, sprang ein Junge von seinem Platz auf. Ein schwaches gelbliches Leuchten umgab ihn – seine Aura. Ich war die Einzige, die sie sehen konnte, aber seine Aura flackerte unablässig und erlosch immer wieder kurz. Es war für mich nichts Neues, die Aura eines Menschen zu sehen, die eine Art Spiegelung der Seele war. Es gab sie in allen Farben, und bei manchen Leuten wies sie sogar zwei oder mehr Farbtöne auf. Doch so ein Zucken und Flackern hatte ich noch nie beobachtet. Als ich mich umsah, fiel mir auf, dass die Mischung aus Auren ganz schwach flimmerte.

Was war nur los?

Mrs Cleo hielt ihre Hand wie erstarrt über den Projektor und sah den Jungen an. „Dean McDaniel, darf ich erfahren, was das ...“

Dean wirbelte herum zu den zwei Jungs, die hinter ihm saßen. Beide lehnten sich auf ihren Stühlen nach hinten, hatten die Arme vor der Brust verschränkt und grinsten gleichermaßen spöttisch. Dean hatte die Lippen zu einem schmalen Strich zusammengepresst, sein Gesicht war rot angelaufen. Mir stand der Mund offen, als er sich mit einer Hand auf dem Tisch abstützte und die andere zur Faust geballt dem einen Jungen ins Gesicht rammte. Das fleischige Klatschgeräusch hallte im Klassenzimmer wider, von allen Seiten folgte ungläubiges Keuchen.

Heiliger Müsliriegel!

Ich setzte mich kerzengerade hin, Stacey schlug mit beiden Händen auf die Tischplatte. „Heilige Scheiße am Sonntagmittag“, flüsterte sie, während sie mitansah, wie der Junge, auf den Dean eingeschlagen hatte, nach links von seinem Stuhl kippte und wie ein Sack Kartoffeln auf dem Boden landete.

Ich kannte Dean nicht besonders gut. Genau genommen hatte ich mit ihm in meinen vier Jahren an der Highschool höchstens drei- oder viermal kurz geredet. Er war ein ruhiger, durchschnittlicher Typ, so groß und schlaksig wie Sam.

Also keiner, von dem man erwarten würde, dass er einen viel größeren Mitschüler vorübergehend aus dem Verkehr zog.

„Dean!“, brüllte Mrs Cleo, deren üppige Oberweite in Bewegung geriet, als sie zur Tür lief und das Licht einschaltete. „Was ist denn hier …“

Der zweite Junge in der Reihe hinter Dean sprang auf und ballte die fleischigen Fäuste. „Was hast du für ein Problem?“ Er ging um den Tisch herum und zog sein Kapuzenshirt aus. „Willst du was?“

So richtig ernst wird es immer, wenn die Leute irgendwelche Kleidungsstücke ausziehen.

Kichernd stakste Dean in den Mittelgang. Stühle kratzten über den Boden, da Schüler sich hastig zurückzogen. „Gern, und ich komm's mir sogar abholen.“

„Eine Prügelei!“, rief Stacey, kramte in ihrer Tasche und holte ihr Handy heraus. Einige andere Schüler taten es ihr gleich. „Das muss ich unbedingt aufnehmen!“

„Jungs, sofort aufhören!“ Mrs Cleo schlug mit der flachen Hand auf die Sprechanlage, die sie direkt mit dem Sekretariat verband. Ein Pfeifton ertönte, und sie sprach hektisch ins Mikrofon: „Ich brauche sofort Wachleute in Raum zwei null vier!“

Dean ging auf seinen Widersacher los und stieß ihn zu Boden. Er stürzte sich auf ihn und wälzte sich mit ihm, bis sie gegen einen Tisch stießen. Wir waren auf unseren Plätzen hinten eigentlich in Sicherheit, trotzdem stand ich auf. Mir lief ein Schauer über den Rücken, da Bambi sich überraschend bewegte und ihren Schwanz über meinen Bauch zucken ließ.

Stacey stellte sich auf ihre Zehenspitzen, offenbar brauchte sie für ihre Kamera einen besseren Winkel. „Das ist ja …“

„Bizarr?“, ergänzte ich fragend und zuckte zusammen, als der zweite Junge einen so guten Treffer landete, dass Deans Kopf nach hinten geschleudert wurde.

Sie warf mir einen vielsagenden Blick zu. „Ich wollte eigentlich *irre* sagen."

„Aber die …" Ich zuckte zusammen, als die Klassentür aufschwang und gegen die Wand knallte.

Sicherheitsleute stürmten in das Klassenzimmer und gingen sofort auf die beiden los. Ein massiger Kerl legte die Arme um Dean und zog ihn von dem anderen Schüler weg, während Mrs Cleo wie ein nervöser Kolibri hin und her schwirrte und dabei mit beiden Händen ihre kitschige Perlenkette festhielt.

Ein Wachmann im mittleren Alter kniete sich neben den Jungen, den Dean niedergeschlagen hatte. Erst jetzt wurde mir bewusst, dass er sich seit dem Aufprall nicht mehr gerührt hatte. Mich beschlich ein ungutes Gefühl, das nichts damit zu tun hatte, dass Bambi sich in dem Moment wieder bewegte. Der Wachmann beugte sich tief über den Jungen und legte ein Ohr auf dessen Brust. Dann richtete er sich ruckartig wieder auf und griff nach dem Funksprechgerät auf seiner Schulter. Sein Gesicht war so weiß wie das Papier in meinem Notizbuch. „Ich brauche sofort ein Sanitäterteam. Ich habe hier einen Jungen, ungefähr siebzehn oder achtzehn Jahre alt. Sichtbare Prellung am Kopf. Keine Atmung."

„O mein Gott", wisperte ich und griff nach Staceys Arm.

Schweigen machte sich im Klassenzimmer breit, Mrs Cleo blieb an ihrem Pult stehen, ihr Kehllappen wackelte lautlos. Stacey schnappte erschrocken nach Luft und ließ ihr Handy sinken.

Die Stille nach dem Notruf war beendet, als Dean den Kopf in den Nacken warf und schallend zu lachen begann, während der andere Sicherheitsmann ihn aus dem Zimmer schleifte.

Stacey strich sich das schulterlange schwarze Haar hinters Ohr. Sie hatte weder das Stück Pizza auf ihrem Teller noch die Dose Limonade angerührt. Mir ging es nicht anders. Vermutlich dachte sie das Gleiche wie ich. Direktor Blunt und der Vertrauenslehrer, von dem ich noch nie richtig Notiz genommen hatte, waren sich einig gewesen und hatten der gesamten Klasse für den Rest des Tages freigegeben.

Ich hatte keine Mitfahrgelegenheit. Morris, der Chauffeur, Hausmeister des Clans und rundum fantastischer Typ, durfte mich nicht fahren, nachdem wir uns bei unserer letzten gemeinsamen Reise mit einem besessenen Taxifahrer gemessen hatten, der auf uns zugerast war. Zayne und Nicolai wollte ich nicht aufwecken – in erster Linie, weil reinrassige Wächter in ihren harten Schalen eingeschlossen den Tag über schlafen. Und da Stacey ihren kleinen Bruder nicht um sich haben wollte, saßen wir jetzt beide in der Cafeteria.

Aber keiner von uns hatte Appetit.

„Ich bin jetzt ganz offiziell traumatisiert", verkündete Stacey und atmete tief durch. „Das ist mein voller Ernst."

„Es ist ja nicht so, als wär der Typ tot", erwiderte Sam mit vollem Mund. Seine Nickelbrille war ihm bis auf die Nasenspitze gerutscht, die braunen Locken hingen ihm bis tief in die Stirn. Seine gelblich-blaue Seele flackerte so, wie ich es schon den ganzen Morgen bei allen anderen beobachtet hatte. „Ich habe gehört, dass er im Rettungswagen wiederbelebt wurde."

„Das ändert aber nichts an der Tatsache, dass wir mitansehen mussten, wie jemand einen so brutalen Schlag ins Gesicht gekriegt hat, dass der ihn erst mal getötet *hat*", betonte Stacey. „Begreifst du nicht, um was es hier eigentlich geht?"

Sam schluckte das Stück Pizza runter. „Woher willst du wissen, dass er wirklich tot war? Nur weil ein Hilfspolizist behauptet, dass jemand nicht mehr atmet, muss das noch lange nicht wahr sein." Er sah auf meinen Teller. „Isst du das noch?"

Verwundert schüttelte ich den Kopf. „Es gehört alles dir." Im nächsten Moment hatte er sich schon das Stück Salamipizza von meinem Teller genommen. Dabei sah er mich kurz an. „Ist mit dir alles in Ordnung?", fragte ich.

Kauend nickte er. „Tut mir leid, aber ich weiß, ich höre mich nicht sehr mitfühlend an."

„Findest du?", konterte Stacey ironisch.

Ein dumpfer Schmerz flammte hinter meinen Augen auf, gerade als ich nach meinem Wasser griff. Ich brauchte Koffein. Und dann musste ich unbedingt dahinterkommen, wieso aus allen Auren auf einmal hektische Blinklichter geworden waren. Das farbige Licht rund um einen Menschen zeigte an, um welche Art von Seele es sich handelte. Weiß stand für eine absolut reine Seele, am häufigsten waren Pastelltöne vertreten, die normalerweise eine gute Seele anzeigten. Je dunkler die Farben waren, umso fragwürdiger war der Status einer Seele. Und wenn ein Mensch von gar keinem Lichtschein umgeben war, hieß das, dass er für das Team der Seelenlosen spielte.

Anders gesagt: Derjenige war ein Dämon.

Ich war nicht mehr so oft unterwegs, um Dämonen zu markieren. Das war noch so eine nette Fähigkeit, die ich meiner gemischten Herkunft zu verdanken hatte: Wenn ich einen Dämon berührte, dann war das so, als hätte ich ihm einen Neon-Leuchtaufkleber aufgedrückt; es machte es den Wächtern leichter, die Seelenlosen aufzuspüren.

Nur bei Hohedämonen funktionierte das nicht, aber bei denen funktionierte sowieso so gut wie nichts.

Ich hatte nicht aufgehört zu markieren, weil es mir nach dem Zwischenfall mit Paimon verboten worden war. Schließlich hatte Abbot mich nach der Nacht in der Turnhalle auf Lebenszeit von jeglichem Stubenarrest befreit. Aber mir kam es falsch vor, willkürlich Dämonen zu markieren, seit ich wusste, dass viele von ihnen völlig harmlos waren. Wenn ich markierte, dann die Blender, weil sie eine Gefahr darstellten und weil sie die Angewohnheit hatten, Leute zu beißen. Die Chaos-Dämonen ließ ich dagegen in Ruhe.

Das hatten sie Roth zu verdanken.

„Wahrscheinlich sind diese beiden Idioten Dean auf die Nerven gegangen", meinte Sam, der innerhalb von Sekunden mein Stück Pizza vertilgt hatte. „Leute rasten schon mal aus."

„Normalerweise ist eine Faust keine tödliche Waffe", hielt Stacey dagegen.

Mein Handy klingelte kurz und lenkte meine Aufmerksamkeit auf sich. Ich bückte mich und holte es aus der Tasche. Als ich sah, dass die SMS von Zayne kam, musste ich unwillkürlich lächeln, auch wenn der Schmerz hinter meinen Augen immer stärker wurde.

Nic holt dich ab. Komm in den Trainingsraum, wenn du zu Hause bist.

Ah, Training. Mein Magen begann immer zu kribbeln, wenn es ums Trainieren mit Zayne ging. Während der Übungen mit Griff- und Ausweichtechniken war er jedes Mal irgendwann so verschwitzt, dass er sein T-Shirt auszog. Na ja, auch wenn mir Roths Verlust schreckliche Schmerzen bereitete, man konnte sich schon darauf freuen, Zayne ohne T-Shirt zu sehen.

Außerdem ... Zayne hatte mir schon immer sehr viel bedeutet. Daran hatte sich nichts geändert. Daran würde sich auch nichts ändern. Als ich in den Clan eingeführt worden war, hatte ich mich vor Panik in einem Schrank versteckt. Zayne war derjenige, der mich aus meinem Versteck gelockt hatte – mit einem Teddybär, dem ich den Namen Mr Snotty gegeben hatte und der inzwischen längst nicht mehr so gut aussah. Seit damals waren Zayne und ich unzertrennlich gewesen. Jedenfalls bis zu dem Tag, an dem Roth aufgetaucht war. Zayne war mein einziger Verbündeter gewesen, er war der Einzige, der wusste, was ich wirklich war, und … o Gott, er war für mich da gewesen. In den letzten Wochen hatte er sich als mein Fels in der Brandung erwiesen.

„Alsoooo …“ Sam dehnte das Wort, so lange es ging, während ich Zayne eine kurze Bestätigung schickte und dann das Handy zurück in meine Tasche fallen ließ. „Wusstet ihr eigentlich, wenn eine Schlange mit zwei Köpfen zur Welt kommt, dass die beiden um das Futter kämpfen?“

„Was?“ Stacey runzelte zornig die Stirn.

Er nickte und grinste flüchtig. „Ganz genau. Sozusagen ein Kampf auf Leben und Tod … mit sich selbst.“

Aus irgendeinem Grund entspannte ich mich ein wenig, als ich hörte, wie Stacey lachte und sagte: „Dein Vorrat an nutzlosem Wissen ist so unerschöpflich, dass ich nur immer wieder staunen kann.“

„Genau deshalb liebst du mich ja so.“

Stacey stutzte, ihre Wangen begannen zu glühen. Sie sah mich an, als könnte ich ihr irgendwie bei ihren Gefühlen helfen, die sie vor Kurzem für Sam entdeckt hatte. Dabei war ich der letzte Mensch auf Erden, der irgendwem mit Rat und Tat beistehen konnte, wenn es um das andere Geschlecht ging.

Ich hatte in meinem ganzen Leben nur einen Jungen geküsst.

Und der war auch noch ein Dämon gewesen.

Also …

Plötzlich lachte sie laut und vergnügt und griff nach der Dose Limonade. „Wie auch immer. Ich bin viel zu cool für Liebe.“

„Eigentlich …“ Sam sah aus, als wollte er ein paar Fakten zu den Themen Liebe und Coolsein zum Besten geben, da flammten die Schmerzen in meinem Kopf wie verrückt auf.

Ich atmete angestrengt ein, presste eine Hand auf meine Stirn und kniff die Augen zu, um das rot glühende Stechen abzuwehren. Das Ganze dauerte nur einen Moment, dann war auch schon wieder alles vorbei.

„Layla? Ist alles in Ordnung?“, fragte Sam.

Ich nickte vorsichtig, nahm die Hand runter und öffnete die Augen. Sam sah mich aufmerksam an, aber …

Er legte den Kopf schräg. „Du siehst etwas blass aus.“

Mir wurde schwindlig, je länger ich ihn ansah. „Du …“

„Ich? Was?“ Irritiert schaute er zu Stacey. „Was habe ich gemacht?“

Sam war mit einem Mal nicht mehr von einem Lichtschein umgeben, da war keine Spur von dem üblichen Eierschalenblau und dem zarten Buttergelb. Erschrocken drehte ich mich zu Stacey um. Ihre blassgrüne Aura war ebenfalls nicht mehr vorhanden. Das hieß, weder Sam noch Stacey hatten eine Seele. Nein, sie hatten sehr wohl jeder eine Seele, das *wusste* ich.

„Layla?“, fragte Stacey sanft und berührte meinen Arm.

Ich wandte mich von ihr ab und schaute mich in der überfüllten Cafeteria um. Jeder hier sah ganz normal aus, nur hatte keiner von ihnen eine Aura. Keiner war von einem sanften Licht umgeben. Mein Puls begann zu rasen, Schweiß trat mir auf die Stirn. Was war mit mir los?

Ich suchte nach Eva Hasher, mit deren Aura ich nur allzu vertraut war. Ich entdeckte sie ein paar Tische weiter, umgeben von den Mädchen, die Stacey immer liebevoll als die Zickengang bezeichnete. Neben ihr saß Gareth, ihr On-und-Off-Freund. Er saß vornübergebeugt auf seine verschränkten Arme gestützt und starrte mit roten, glasigen Augen vor sich hin. Ich wusste, dass er gern feierte, aber ich konnte mich nicht daran erinnern, dass er in der Schule mal high gewesen war. Auch ihn umgab keine Aura.

Dann sah ich wieder zur superscharfen, brünetten Eva, die normalerweise von einem lila Leuchten begleitet wurde, das mir zeigte, dass sie schon seit einiger Zeit in einen bedenklichen Seelenstatus abgeglitten war. Die Versuchung, ihre Seele zu kosten, war immer groß.

Auch ihre Aura war nicht da.

„O Gott“, flüsterte ich.

Stacey hielt meinen Arm fester umklammert. „Was ist denn los?“

Mein Blick kehrte zu ihr zurück. Noch immer keine Aura. Bei Sam ebenfalls nicht. Nichts, absolut nichts. Ich konnte keine einzige Seele sehen.

Wer diesen Roman gelesen hat,
wird das Meer mit anderen Augen sehen …

Band-Nr. 65106
14,99 € (D)
ISBN: 978-3-95649-106-1
eBook: 978-3-95649-399-7
352 Seiten

Nichola Reilly
Herrscher der Gezeiten

Die Erde ist überflutet. Die letzten Überlebenden harren auf einer kleinen Insel aus, deren Ufer mit jeder Flut schmaler werden. Dass sie in dieser Welt unerwünscht ist, spürt Coe jeden Tag. So gut sie kann, erledigt sie ihre erniedrigende Arbeit und setzt sich gegen die anderen Inselbewohner zur Wehr. Heimlich schwärmt sie für den mutigen Tiam, ihren einzigen Freund.

Dann geschieht es. Der Herrscher der Insel liegt im Sterben und hinterlässt keinen Erben. Ausgerechnet Coe wird ins Schloss eingeladen und erfährt, dass die königliche Familie ein Geheimnis hütet, das alles für immer verändern kann. Gibt es einen Ausweg aus dem Albtraum, in dem sie alle leben? Coe und Tiam müssen sich beeilen, Antworten zu finden, bevor ihre Welt für immer in den Fluten versinkt …